足跡

―愛媛　ニュ川の詩人
渡邊渡とその周辺―

目次

渡 邊　渡

（『近代詩歌』掲載　1925年4月）

はじめに

『駱駝』という同人誌がある。

創刊は昭和五十五年（1980）、発行所は東京都練馬区の「駱駝の会」である。

その通算四十七から四十九号が自宅の書棚に埋もれていた。それら各号に「走馬灯、廻れ廻れ－友谷静栄と林芙美子－」を連載した同人、宇治土公三津子氏から郵送で寄贈を受けたものである。その第四十九号の連載（三）には、面映ゆいことに、私が在野で林芙美子研究に取り組む医療法人理事長として少し登場し、参考文献のひとつに小書が紹介されていた。

——佐藤公平『林芙美子　実父への手紙』二〇〇一年　KTC中央出版
宇治土公氏が当地を訪ねてきたのは平成十八年五月のことであった。

「走馬灯、廻れ廻れ……」（三）によると、『放浪記』の中の「一人旅」に出てくる「尾道の千光寺の桜や、ニュ川で覚えた城ヶ島の唄や、あゝみんないゝ！」というひと言のためである。

私もこの一文はよく覚えている。〔ニュ川〕は壬生川（にゅうがわ）という地名で、JR壬生川駅には「Nyūgawa」と表記されている。しかし、芙美子が「壬生川」と書き残したものは見たことがない。同地を題材とした林芙美子著作には『改造』昭和八年新春号と二月号に初出連載された「耳輪のついた馬」という短編があるが、それ以外に林芙美子が実父・宮田麻太郎出身地のことを書いた作品は私の脳裏に浮かんでこない。

私はその壬生川で生まれ育った。私が生まれたころは愛媛県周桑郡壬生川町、その後東予町壬生川、東予市壬生川を経て、いまは西条市壬生川になっている。当時は周桑郡壬生川町立だった壬生川小学校の木造校舎に通い、そのすぐ近くに住んで、周辺を遊びまわったのである。

宇治土公氏は伊勢市生まれの文学者で、あとから知ったことだが、日本女子大学文学部国文科を卒業後、昭和三十八年日本近代文学館創設運動に企画部員として参加したらしい。平成七年に同館を図書資料部長で定年退職したようで、お会いした時には同館図書資料委員、日本女子大学図書館友の会理事を務めていた。

確か、近隣医院の奥様と同行され、当地の林芙美子ゆかりの地を訪ね歩いていた。文学好きでえらく熱心なご婦人だなと思っていた私は、ほんの短い立ち話ではあったが、なんとも言いようもない情熱と溢れ出る文学知識を感じ、いったい何者なんだろうと思ったものである。「林芙美子常設展示場」は医療法人弘仁会が平成十五年に通所介護センター「まほろば」を開設した折に、その二階に私蔵の林芙美子関係資料を展示したもので、宇治土公氏はそこを訪ねてきたのだ。その際、小冊子のコピーを差し上げたのだが、のちに届いた『駱駝』に挟んであった一筆箋には〈頂きました「渡辺渡　回想」のコピーは、後の章で生きることと存じます。〉と認めてあった。

「走馬灯、廻れ廻れ……」（三）は、以下の文章で締めくくられている。

――唐突ながらここで詩人渡辺渡のことを言っておきたい。大正末期の協奏曲を待てない。『日本アナキズム運動事典』の渡辺渡の項に、愛媛県周桑郡壬生川村出身とあるのだ。父は警察署長で、彼は八幡製鉄に就職ののち上京、抒情詩社を経て太平洋詩人協会を主宰した。「太平洋詩人」の創刊と同時に、友谷静栄を編集長に据えた「女性詩人」を発行した。

親玉の渡辺と、静栄と、静栄のパートナーの小野十三郎と、芙美子と、詩人の卵の菊田一夫（後の東宝重役で、菊田版「放浪記」のロングラン舞台を作るが、当時は渡辺のところに住み込みの文選工）と、その他の若い詩人たちと、この五角か六角関係の愛の修羅場が演じられた。とはいっても他愛ないバトルだが、そんな時期があったのだ。

忘れられた詩人渡辺渡のことを、いまの壬生川には知る人もいない。かれが故郷の山河を芙美子と語る機会があったかどうかは、わからない。

引用末にある〈渡辺渡のことを、いまの壬生川には知る人もいない〉とは、地元にとって些か寂しいことだが、確かに日本中を探しても知る人は数少ないはずだし、詳しく知る人は恐らくいないないだろう。ネット検索などで文献を探るに、渡邊渡の研究に関わるものはヒットしないのである。例えて、宇治土公氏が頼った〔『日本アナキズム運動事典』の渡辺渡の項〕の〔父は警察署長〕も情報の出どころを手繰れず、自ら調べたことがある。

平成三年から三十年余り地元署の警察医を務めており、東予警察署でも、平成大合併後の西条西警察署でも、署の講堂に歴代警察署長の氏名・就任年月一覧が掲げられているのを見た。もう取り壊された東予警察署では古びた紙が額装されていたが、西条西警察署が新築されたときに墨筆で書き直されている。当地の警察署は明治十九年の小松警察署に始まり、同三十年福岡警察署、同三十九年丹原警察署、大正十二年壬生川警察署と名称を変え、東予警察署、西条西警察署と続いている。昔は警部クラスの署長がいたらしいが、いまは警視で、大規模署では警視正である。現在出身地の警察署長を務めることはあまりないだろうが、古くはむしろ地元出身者が勤めていただろう。

しかし、渡邊渡の父親と思しき人はどこにも見当たらなかった。

因みに、交番の管理者も「しょちょう」と呼ぶのだが、〔署長〕ではなく「所長」である。地元警察署以外での警察署長だった可能性はもちろん否定しない。

だが、別の視点で調べようにも旧警察機構時代の記録は県警には残されていないのである。

私が林芙美子に関わり始めたのは、まちづくりグループがきっかけだった。

「しまなみ海道」竣工を控えた平成十年の秋、当時会社経営をしていた亡き友人があるまちづくりの会を企画しているので参加しないか、という誘いを投げてきた。何度となく飲みかわし、他の知り合いとも交流を重ね、紆余曲折で竣工の日に「まちづくりグループ　アトリエしまなみ」を発足させて、もう二十年以上の歳月が流れる。

〔ニュ川〕が今治市を挟んで尾道市とつながるので、当初はそれに関連することに取り組もうということになり、尾道で顕彰されている昭和の作家・林芙美子を切り口に活動を始めたのである。

林芙美子の実父・宮田麻太郎が当地出身だということで過去に顕彰の動きはあったが、彼女の出世作である日記体自叙小説『放浪記』に描かれる実父像の印象が悪く、立ち消えになったという経緯も踏まえての活動であった。

——私は宿命的に放浪者である。

私は古里を持たない。

私は雑種でチャボである。

父は四國の伊豫の人間で、太物の行商人であった。

母は九州櫻島の温泉宿の娘である。

母は他國者と一緒になつたと云うので、鹿児島を追放されて、父と落ち着いたところは、馬關の下關であった。私が初めて空氣を吸つたのは、その下關である。

――八つの時、私の可憐な人生にも、暴風を孕むやうになつた。

若松で、太物の雑賣りをして、かなり財産をつくつてゐた父は、長崎の沖の、天草から逃げて來た濱と云ふ藝者と一緒になると、雪の降る舊正月を最後として、母は私を連れて家を出てしまつた。

いずれも、『放浪記』初刊本から書き出しの部分を抄出した。

林芙美子の生誕碑は下関と門司小森江にあり、出生地は現在門司説が定説だが、没後しばらくの間はこの〔私が初めて空氣を吸つたのは、その下關である〕に依拠して下関とされたのである。そう書いたのは、恐らく母・キクからの伝聞なのであろう。だが、一緒になったために〔鹿児島を追放され〕たキクが、麻太郎が浮気相手を家に入れたために〔私を連れて家を出た〕と書けば、事実はどうあれ、まったく父の面目はたつまい。

現代の感覚では、好感をもって受け入れられるとはとても思えない。

しかし昭和六十年（１９８５）、地元史家の竹本千万吉が筑摩書房から『人間・林芙美子』を刊行するや、非情な父との印象が徐々に払拭されていったようだ。同書では、不経済を理由にキクが浮気相手を家に住まわせたとされ、家を出たキクと芙美子に対してはしばらく麻太郎の庇護があったことが検証されているからである。

「アトリエしまなみ」は、いくつかのゆかりの地に「放浪」を意識して流木の標柱を建立することから始め、並行して市民劇団を結成、林芙美子と実父・宮田麻太郎の父娘愛を描く「流転の人」という演劇を二度公演した。初演は丹原文化会館、二度目は今治市公会堂だったが、いずれも立見席も埋まるという盛況ぶりであった。舞台監督の急逝によって休止し、残念ながら演劇はそのまま途絶えた。しかし、文化の日に開催の林芙美子展と小・中・高生対象の小さな作品展は新型コロナで開催が制約されるまで継続していた。小さな作品展は葉書大の作品展で、三、四十の賞を差し上げ、全作品を展示するというものである。

この「アトリエしまなみ」の活動に触発され、東予市は平成十一年にＪＲ壬生川駅前に碑を建立、唯一残る林芙美子から宮田麻太郎に宛てた書簡の文面を碑文にするとともに、翌年六月三十日『人間・林芙美子』を復刻した。

その一方で、私は『麻はん』という芙美子と麻太郎との親子像を描いた小説の監修にあたった。時代背景を検証するなど、台本調に書かれた本文に手を入れて、平成十二年にＫＴＣ出版から刊行に至った。同書は小説として時代背景を鑑み大いに創作を交えたものだったが、林芙美子の実像に迫ろうと調べを重ねたすえ、私は翌年同じＫＴＣ出版社から『林芙美子―実父への手紙』を刊行した。文献収集により登壇前の林芙美子に迫り、壬生川駅前碑文に刻まれた手紙文が大正十三年十二月だとされているのを、大正十四年だと探ったものである。

だが、その執筆過程でいくつかの不完全燃焼があった。

ひとつには、林芙美子の出世作『放浪記』の初出に関することであり、もうひとつは渡邊渡という壬生川生まれとされる詩人の実像に迫りきれなかったことである。『林芙美子―実父への手紙』出版後にも四、五年は研究を継続して前者にはそれなりの結論を得たが、渡邊渡については資料収集が覚束ないため投げ出していた。

令和三年十月二十三日から令和四年一月三十日まで北九州市立文学館で開催された「詩の水脈――北九州　詩の１００年」の準備段階のとき、同文学館から渡邊渡について問い合わせがあった。林芙美子研究の際にお世話になった今川英子氏が館長をされており、今川館長が、私が渡邊渡のことを調べていたのをご記憶だったのである。しかし、新たな知見は乏しく、伝えられている生年が違っていることと、その生年月日の正確を告げただけであった。

それをきっかけに、資料不足は承知のうえで、現在知れる範囲でまとめておこうと筆をとったのである。

幾つもの出来事が『林芙美子―実父への手紙』と重複し、いくつかの内容は時期的に同書と前後すると思うが、本書のほうが事実により近いと信じて記すので配慮いただくと幸いである。

それでは、まずは『放浪記』の成立過程通説に触れることから始めたい。

渡邊　渡と林芙美子

放浪記の初出

劇作家で『近代美人伝』作者の長谷川時雨が、新人女性作家の発掘育成を目指して『女人藝術』を発刊したのは昭和三年（1928）のことであった。資金を出したのは夫の三上於菟吉である。

三上は明治二十四年（1891）埼玉県の代々漢方医を営む家に生まれ育った。祖父が漢詩をやっていた影響か、明治四十四年（1911）に入学した早稲田大学でロシア文学をやる一方で、同人誌を創刊するなど文学活動に余念がなかった。だが、神楽坂で馴染んだ芸者を連れ出し脅される騒ぎとなり退学、実家で謹慎生活に入る。大正三年（1914）夏に父が逝去して家業を継いだが、それを整理して同年上京、翌年小説『春光の下に』を刊行した。三上はこの『春光の下に』を時雨に献呈する。そして時雨が三上に手紙を出して知り合い、三上の求愛で大正八年（1919）に世帯を持つ。時雨は三上より十二歳年長ですでに女流劇作家として名を馳せており、三上も時代の寵児ともてはやされていた。

『女人芸術』の第二号に林芙美子の詩「黍畑」が掲載されている。それは、生田花世に連れられ時雨を訪ねた成果であった。これが、芙美子にとって登壇の大きな切っ掛けとなったのである。

生田花世は明治三十六年（１９０３）徳島県の生まれ、芙美子と同い年である。小学校教員を続けながら、芙美子と同じように貧困のなか詩作を続けた。平塚らいてうの女流文学社「青鞜社」に交わり、のちに『ピアトリス』を創刊している。芙美子と同道したころは詩人の生田春月と同棲中で、時雨に乞われ、幅広い人脈を生かして『女人藝術』の発刊に協力していたのである。

ほどなくして、再び時雨を訪ねた芙美子は、一冊の自作品ノートを差し出す。

それは、久しく読売新聞の学芸部記者のデスクに眠っていた「歌日記」であった。

三上がまず目を通し、時雨に連載を進め、一巻第四号に「秋が来たんだ　―放浪記―」が掲載された。途中で中断したものの、連載は三巻第十号まで二十回にわたり、その十四回分の冒頭章に、昭和四年（１９２９）十月『改造』に発表された「九州炭坑街放浪記」を「放浪記以前―序にかへて」と改題して加えたものが『放浪記』となり、改造社新鋭文学叢書の一冊として昭和五年（１９３０）七月に刊行されたのである。その各章のうち、『女人藝術』では「淫売婦と飯屋」とされた章名が『放浪記』目次では「飯屋と淫売婦」となっているが、本文頁上に付された章名はそのままなので、これは誤植と考えられている。それ以外に加筆訂正はなく、順番のみを「歌日記」の形に戻しまとめられた。

同年十一月、『続放浪記』が同じシリーズの一冊に加えられた。改造社新鋭文学叢書は一作家一冊の構成ではあったが、『放浪記』の爆発的な売れ行きにより異例の追加出版になったのである。『女人藝術』初出の残り六篇に新たな七篇を加え、さらに詩「黍畑」を挿入した「放浪記以後の確認」が最後に付加されている。

その後、昭和八年（１９３３）五月に改造社から文庫版『放浪記・続放浪記』が出版され、ほぼ同じ内容で昭和十二年（１９３７）六月改造社刊行の『林芙美子選集　第五巻』に踏襲されている。これは同選集の第一回配本だった。

その「あとがき」には次のように記されている。

——放浪記を、こんどこそはじめから書きなほしてみるつもりでしたけれど、讀みかへしてゐるうちに、噴出してゐる文字の力は、これはこれなりに尊いものであり、生活の安定してゐる現在の私が、變な風に手を加へてはいけないひと思ひ、私はこの放浪記には、あまり手を入れませんでした。

しかし、こう書いたものの、実際にはわずか二年で大幅に改稿され、新潮社から昭和十四年

（1939）十一月に『放浪記―決定版―』が出版されることになる。

さらに戦後になって「放浪記第三部」が「日本小説」に連載された。その期間は昭和二十二年（1947）五月から翌年十月まで、「肺が歌ふ」から「新伊勢物語」まで十二回に渡る断続連載であった。このとき〔十一月〕として書かれている「新伊勢物語」に〔八月〕の三日分が付加されて、留女書店版の単行本『放浪記　第三部』となった。これが昭和二十四年（1949）一月である。

この「第三部」の登場により、「放浪記」「続放浪記」は各々、第一部、第二部と称されることになる。同年出版された新潮社の「林芙美子文庫」では『放浪記Ⅰ』『放浪記Ⅱ』とされており、前者に「第一部」「第二部」、後者に「第三部」「巴里の日記」が所収されている。

昭和二十五年六月、一連の「放浪記」すべてを一部・二部・三部として一冊にまとめて中央公論社から『放浪記　全』が出版された。この内容が文泉堂版全集、新潮文庫に概ね引き継がれている。芙美子の没後に出版された新潮社版『林芙美子全集　第二巻』はこの中央公論社版が底本とされ、今川英子編の文泉堂版『林芙美子全集』ではその新潮社版が底本にされたのである。

そののち多くの文学全集が登場したが、それらに所収されているのは初刊本の『放浪記』

が殆どで、底本は様々であった。現在もっとも流布する『放浪記』は中央公論社版『放浪記全』を踏襲した昭和五十四年九月初刊の新潮文庫『新版 放浪記』だと思われるが、手許の平成六年六月版には三十二刷、平成十二年七月版には四十一刷とあり、まさにロングセラーとなっている。

さて、随分と長く『放浪記』の成立過程を眺めてきたが、以上により、『女人藝術』が「放浪記」の初出だとされているのである。しかし、芙美子自身は、『女人藝術』連載のいくつかの章をそれ以前に発表したと仄めかした。その一つは「到る処青山あり」という小文で、その初出は『小説新潮』昭和二十二年十一月号の「吾が半生を語る　到る処青山あり」である。これは、のちに昭和二十八年年九月に刊行の『香艶の書・青粥の記〈現代日本随筆集4〉』に所収されたが、同書前半「香艶の書」は森田たま著作集で、後半の「青粥の記」が芙美子の著作集である。

その二番目に「到る處青山あり」として収載された〔「放浪記」前後〕から当該部分を引用する。

――「放浪記」は日記に書いていたものです。それを或る詩の同人雑誌の人が見て、面白いから載せようといふので、その雑誌に三号くらゐまで載せました。それを、三上於菟吉さんが見て、あれは面白いといふので、長谷川時雨さんの女人芸術に推薦してくれ、五六回載りましたかしら……。

芙美子葬儀の日、昭和二十六年七月一日号の『文学界』に初出された芙美子の「昭和初頭の頃」には、その雑誌がもう少し具体的に記されている。

——「放浪記」は、神戸雄一さんの主宰してゐた詩の雑誌につゞいて載せてゐたが、途中、三上於菟吉さんのすゐせんで、長谷川時雨さんの創刊した女人芸術に五六回載せて貰った。

「放浪記」成立過程を脳裏にこれらを読むと、いずれも『女人藝術』掲載を〔五六回〕とするあたり可なり薄れた記憶の叙述ではあるが、『女人藝術』以前に活字になったことがあるのは間違いないだろう。

神戸雄一は若き日、ことに大正末年から昭和初期の芙美子周辺にしばしば顔を出す人物で、その頃のことはのちに紹介することになるが、第二次世界大戦さなか昭和十九年に故郷の宮崎に疎開、日向日日新聞の文化部長、出版局長を歴任した人である。編書に朝日書房刊『ヌウヴエル』があり、これは昭和七年に創刊号が上製され、同社から『小説・エッセイ』として刊行されている。

しかし「放浪記」が『女人藝術』に登場したのは昭和三年十月のこと、それ以前を手繰らねばならない。

菊池泰雄著『現代詩の胎動期　青い階段をのぼる詩人たち』の参考年表に詩誌をたぐると、昭和三年以前に神戸雄一の名が一度だけ見える。大正十四年十月の項に、のちに『氾濫』と改題される『朝』に名を連ねているが、これは主宰ではなく、芙美子は寄稿していない。のちに記すように『ダムダム』が登場するのは大正十三年秋である。神戸はその同人だが、芙美子の作品はそこにない。そして、昭和元年正月に野村吉哉とふたりで創刊した『作品』にも林芙美子の影は見えない。神戸雄一の主宰した雑誌をすべて当たれたとは思わないが、結論から言えば「到る處青山あり」「昭和初頭の頃」の記載は芙美子の筆の滑り、いや、登壇のきっかけとなった『女人藝術』への「歌日記」収載を〈五六回〉としか記憶していない彼女特有の迂闊、というより杜撰であろう。

探す雑誌は、先に触れた壬生川生まれの詩人・渡邊渡が編集した『太平洋詩人』なのである。

少し紙面をとることになったが、『太平洋詩人』「秋の日記」と『女人藝術』「秋が来たんだ」の両方を図版で出しておいた。「秋の日記」が掲載された『太平洋詩人』第一巻第四号の刊行

秋の日記

林芙美子

九月×日

一尺四方の四角な天窓を眺めて、始めて紫色に澄んだ空を見た。秋が來たんだ、コック部屋で御飯をたべながら、私は遠い田舍の秋をどんなにか戀しく懷かしく思つた。

秋はいゝな……

今日も一人女が來た。マシマロのように白つぽい一寸面白い話をもつてそうな女。いやになつてしまふ。なぜか、人が戀ひしい。そのくせどの客の顏も一つの商品に見へて、どの人の顏からも熱とか光りとかみえない。なんでもいゝ私はキングを讀むまねをして、じつと色んな事を考へてゐた。

やり切れない。

なんとかしなくては……全く、自分で自分を朽ちさせてしまふようだ。

九月×日

廣い食堂の中をかたづけてしまつて始めて自分の體になつたような氣がする。ほんとに何か書きたい。それは毎日毎晩思ひながら考へながら部屋へ歸へるんだが、一日中立つてゐるので疲れて夢も見ずに寢てしまふ。

淋しいなあ。

ほんとにつまらないなあ……。佳込は辛い。その內通いにするよう部屋をさがそうと思ふが、何分出る事も出來ない。

寢てしまふのがおしくつて、暗い部屋の中でじつと目をあけてゐると、溝の處だらう、チロチロ……虫が鳴いてゐる。冷い涙がフガイなく流れて、泣くまいと思つてもせぐりあげる涙をどうする事も出來ない。

何とかしなくてはと思ひながら、古い蚊帳の中に、カラフトの女や、金澤の女達三人枕をならべてゐるのが、何だかくさつた茄子のようで、淋しい。

『虫が鳴いてるよう……』

私がそつと隣の秋さんに云ふと、『ほんとに酒でも呑んで寢たいね』つて、としさんも云ふ。

皆淋しいんだ。

何か書きたい。何か讀みたい。ひやひやとした風が、蚊帳の裾をふく、十二時だ。

九月×日

少しばかりの金が出來たので久し振りに日本髮に結ふ。日本髮はいゝな、青いタケナガをかけて、桃割に結つた自分が可愛い。

鏡に色目をつかつたつて、鏡がほれてくれるばかり。女らしいね。白いエプロンが氣に入らない。どつか行きたい。汽車に乘つて行きたい。

隣の本屋で銀貨を一圓札にかへてもらつておつかさんの手紙の中に入れてやつた。喜ぶだらう……。

ドラ燒を買つてたべた。

今日は二百十日だ。ひどい嵐、雨が降る。

こんな日は淋しい。足がガラスのように冷へる。

九月×日

靜かな晩だ。

『お前どこだへ國は』

隣りの部屋に寢てゐる年とつた主人が、この間來たとしちやんに話しかける。寢ながら話を聞くのも面白い。

『私ですか、カラフトです。トヨハラつて御ぞんじですか……』

『カラフトから、一人來たのかね』

『え……』

『あれまあ、きつい女だね』

『長い事函館の青柳町におりましたの』

『いきな處にゐたんだね』

啄木の、(函館の青柳町こそ悲しけれ友の戀歌矢車の花)歌を思ひ出して、ほんとにとしちやんが好になつた。

いゝね、生きてる事もいゝね。ほんとに何だか、人生も樂しいものゝよう思へて來た。

いゝね。皆いゝ人達ばかりだね。

水のようにうすら冷い。

しみじみと佗しいなりにも何だか、女らしい情熱がもへて來る。二三日して又あそこへ金を送つてあげよう。

九月×日

たのまれた詩を一編、客の切間にかき上げた。働いてゐる時は一字一字が、魚のようにピンピンはねあがりそう。

『そのうちユミちやん、俺んちへ遊びに行かないか』三年も女給をしてゐるお計ちやんが、男のような言葉で私をさそつてくれた。『行くは』私はそれまで金を貯めよう。いゝなあこんな處の女達の方が、よつぽど親切だ。

『私しあもう愛だの戀だの、貴女にほれました一生捨てないのなんて馬鹿らしいまつぴらだよ、あゝ此の世の中で、そんな約束なんて何もなりはしないよ。私しや金でもこしらへて子供へ送つてやつた方がいゝよ』お計さんはすてきにいゝ人だ。

雨が電車のように過ぎていつた。今日少しかせいだ。としちやんは不景氣だつてこぼしてゐる。でも、扇風器をかけながら、佗しそうに身の上話をしたが、正直な人だ。占を見てもらつたら小川町あたりがいゝつて云つたので、こゝは錦町ですよつて云つたら、あらそうかしらつてつまらない顔をしてゐた。此の家では一番美しくて一番正直で面白い物語りをもついゐる。

仕事をしまつて湯にはいるとせいせいする。
秋ちやんの唄は湯殿の中にミルクのように流れて私は寝そべつて、その唄を楽しんだ。

貴方一人に身も世も捨てた
私しや初戀しぼんだ花よ

ほんとに私にもしぼんだ初戀のおし花があるんだ。
何だか、可愛がつてくれる人がほしくなつた。でも男の人はうそつきが多いな。
金をためて、旅をしよう。

（つゞく）

「秋が来たんだ」『女人藝術』第一巻第四号（昭和3年10月）

大原アヤ子

秋が來たんだ

——放浪記——

林芙美子

十月×日

一尺四方の四角な天窓を眺めて、始めて紫色に澄んだ空を見た。秋が來たんだ。コック部屋で御飯を食べながら私は遠い田舍の秋をどんなにか戀しく懷しく思つた。

秋はいゝな……。

今日も一人の女が來た。マシマロのやうに白つぽい一寸面白さうな女。厭になつてしまふ、なぜか人が戀ひしい。

そのくせ、どの客の顔も一つの商品に見えて、どの客の顔も疲れてゐる。なんでもいゝ私は雜誌を讀む眞似をして、じつと色んな事を考へてゐた。やり切れない。

十月×日

なんとかしなくては、全く自分で自分を朽ちさせてしまふやうだ。廣い食堂の中を片づけてしまつて始めて自分の體になつたやうな氣がする。眞實に何か書きたい。それは毎日毎晩思ひながら、考へながら、部屋へ歸るんだが、一日中立つてゐるので疲れて夢も見ずに寢てしまふ。

淋しいなあ。ほんとにつまらないなあ……。住込は辛い。その内通ひにするやうに部屋を探さうと思ふが、何分出る事も出來ない。

夜、寢てしまふのがをしくて、暗い部屋の中でじつと目を閉けてゐると、溝の處だらう、チロチロ……虫が鳴いてゐる。

冷い涙が不甲斐なく流れて、泣くまいと思つてもせぐりあげる涙をどうする事も出來ない。何とかしなくてはと思ひながら、古い蚊帳の中に、樺太の女や、金澤の女達三人枕を並べてゐるのが、何だか店に晒らされた茄子のやうで佗しい。

「虫が鳴いてるよう……。」

そつと私が隣のお秋さんにつぶやくと、

「ほんとにこんな晩は酒でも呑んで寝たいね。」

梯子段の下に枕をしてゐた、お俊さんまでが、

「へん、あの人でも思ひ出したかい……。」

皆淋しいお山の閑古鳥。

何か書きたい。何か讀みたい。ひやひやとした風が蚊帳の裾を吹く、十二時だ。

十月×日
少しばかりのお小遣ひが貯つたので、久し振りに日本髪に結ふ。日本髪はいゝな、キリヽと元結ひを締めてもらふと眉毛が引きしまつて、たつぷりと水を含ませた鬢出しで前髪をかき上げると、ふつさりと額に垂れて、違つた人のやうに美しくなる。

鏡に色目をつかつたつて、鏡が惚れてくれるばかり。日本髪は女らしいね、こんなに綺麗に髪が結べた日にやあ、何處かい行きたい汽車に乘つて遠くい遠くい行きたい。

隣の本屋で銀貨を一圓札に替へてもらつて故里のお母さんの手紙の中に入れてやつた。喜ぶだらう。

手紙の中からお札が出て來る事は私でも嬉しいもの……。

ドラ燒きを買つて皆と食べた。

今日はひどい嵐、雨が降る。

こんな日は淋しい。足がガラスのやうに固く冷える。

十月×日
靜かな晩だ。

「お前どこだね國は?」

金庫の前に寢てゐる年取つた主人が、此間來た俊ちやんに話かける。寢ながら他人の話を聞くのも面白い。

「私でしか……樺太です。豐原つて御存知でしいか?」

「樺太から? お前一人で來たのかね。」

「えゝ!」

「あれまあ、お前きつい女だね。」

「長い事函館の青柳町にもゐた事があります。」

「いゝ所に居たんだね、俺も北海道だよ。」

「そうでせうと思ひました。言葉にあちらの訛がありますもの。」

啄木の歌を思ひ出して眞實俊ちやんが好きになつた。

函館の青柳町こそ悲しけれ
友の戀歌
矢車の花。

いゝね。生きてゐる事もいゝね。眞實に何だか人生も樂しいものゝやうに思へて來た。皆いゝ人達ばかりだ。

初秋だ、うすら冷い風が吹く。

佗しいなりにも何だか女らしい情熱が燃えて來る。

十月×日
お母さんが例のリウマチで、體具合が悪いと云つて來た。

もらひがちつとも無い。

客の切れ間に童話を書く、題「魚になつた子供の話」十一枚。

何とかして國へ送つてあげやう。老いて金もなく頼る者もない事は、どんなに悲慘な事だらう。

可哀想なお母さん、ちつとも金を無心して下さらないので餘計どうしてゐらつしやるかと心配します。

「その內お前さん、俺んとこへ遊びに行かないか、田舍はいゝよ。」

三年も此家で女給をしてゐるお計ちやんが男のやうな口のきゝかたでさそつてくれた。

「えゝ……行くとも、何日でも泊めてくれて？」

私はそれまで少し金を貯めやう。

いゝなあ、こんな處の女達の方がよつぽど親切で思ひやりがある。

「私しあ、もうもう愛だの戀だの、貴女に惚れました、一生捨てないのなんて馬鹿らしい眞平だよ。あゝこんな世の中でお前さん！そんな約束なんて何もなりはしないよ。私をこんなにした男は今、代議士なんてやつてるけど子供を生ませると、ぷいさ。私達が私生兒を生めば皆そいつがモダンガールさ、いゝ面の皮さ……馬鹿馬鹿しいね浮世は、今の世は眞心なんてものは、藥にしたくもないよ。私がこうして三年もこんな仕事をしてるのは、私の子供が可愛いからさ……ハツハツ……。」

お計さんの話を聞いてゐると、ジリジリとしてゐた氣持が、トンと明るくなる。素的にいゝ人だ。

十月×日

ガラス窓を、眺めてゐると、雨が電車のやうに過ぎて行つた。

今日は少しかせいだ。

俊ちやんは不景氣だつてこぼしてゐる。でも扇風器の臺に腰を掛けて、憂鬱そうに身の上話をしたが、正直な人だ。

淺草の大きいカフエーに居て、友達にいじめられて出て來たんだが、淺草の占師に見てもらつたら、神田の小川町あたりがいゝつて云つたので來たのだと云つてゐた。

お計さんが、

「おい、こゝは錦町になつてるんだよ。」

と云つたら、

「あらそうかしら……。」

とつまらなさそうな顔をしてゐた。

此の家では一番美しくて、一番正直で一番面白い話を持つてゐた。

メリービツクホードの瞳を持つて、スワンソンのやうな體つきをしてゐた。

十月×日

仕事をしまつて湯にはいるとせいせいする。廣い食堂を片づけてゐる間に、コツクや皿洗ひ達が先湯をつかつて、二階の廣座敷へ寢てしまふと、私達はいつまでも湯を樂しむ事が出來た。

湯につかつてゐると、一寸も腰掛けられない私達は、皆疲れてゐるのでうつとりとしてしまふ。

秋ちやんが唄ひ出すと、私は茣蓙の上にゴロリと寢そべつて、皆が湯から上つてしまふまで、聞きとれてゐるのだつた。

貴方一人に身も世も捨てた
私しや初戀しぼんだ花よ。

何だか眞實に可愛がつてくれる人が欲しくなつた。

だが、男の人は嘘つきが多いな。

金を貯めて呑氣な旅でもしやう。


――此秋ちやんについては面白い話がある。

秋ちやんは大變言葉が美しいので、晝間の三十錢の定食組みの大學生達は、マーガレットのやうにカンゲイした。

十九で處女で、大學生が好き。

私は皆の後から秋ちやんのたくみに動く瞳を見てゐた。目の縁の黒ずんだそして生活に疲れた衿首の皺を見てゐると、けつして十九の女の持つ若さではなかつた。


其の來た晩に、皆で風呂にはいる時、秋ちやんは佗しそうにしよんぼり廊下の隅に立つてゐた。

「おい！秋ちやん、風呂へはいつて汗を流さないと體がくさつてしまふよ。」

お計さんはキユキユ齒ブラシを使ひながら大聲で呼びたてた。

やがて秋ちやんは手拭で胸を隱すと、そつと二坪ばかりの風呂場へはいつて來た。

「お前さん！赤ん坊を生んだ事があるだらう……。」


――庭は一面に眞白だ！

お前忘れやしないだらうね、リユーバ？　ほら、あの長い並木道が、まるで延ばした帶革のやうに、何處までも眞直ぐに續いて、月夜の晩にはキラキラ光る。

お前覺えてゐるだらう？忘れやしないだらう？

――……

――そうだよ。此櫻の園まで借金のかたに賣られてしまふのだからね、どうも不思議だと云つて見た處で仕方がない……。

と、櫻の園のガーエフの獨白を別れたあの男はよく云つてゐた。

私は何だか鹽つぱい追憶に耽つて、歪んだガラス窓の白々とした月を見てゐた時だつた。


お計さんの癇高い聲に驚いてお秋さんを見た。

「えゝ私ね、二ツになる男の子があるのよ。」

秋ちやんは何のためらひもなく、乳房を開いてドボン！と湯煙をあげた。

「うふ……私處女よ、もをかしいものだね。私しやお前さんが來た時から睨んでゐたよ。だがお前さんだつて何か悲しい事情があつて來たんだらうに、亭主はどうしたの。」

「肺が惡るくて、赤ん坊と家にゐるのよ。」

不幸な女が、あそこにもこゝにもうろうろしてゐる。

「あら！　私も子供を持つた事があるのよ。」

肥つてモデルのやうにしなしなした手足を洗つてゐた俊ちやんがトンキヨウに叫んだ。

「私のは三日めでおろしてしまつたのよ。だつて癪にさわつたからさホッホ……。私は鹽原の町中で誰も知らない者がない程華美な暮しをしてゐたのよ、私がお嫁に行つた家は地主だつたけど、ひらけてゐて私にピヤノをならはせてくれたの、ピヤノの教師つても東京から流れて來たピヤノ弾きよ、そいつにすつかり欺されてしまつて、私子供を孕んでしまつたの。そいつの子供だつてことは、ちやんと分つてゐるから云つてやつたわ、そしたら、そいつの言ひ分がいゝぢあないの——旦那さんの子にしときなさい——だつてさ、だから私口惜しくて、そんな奴の子供なんか生んじやあ大變だと思つて辛子を茶碗一杯といて呑んだわよホッホ……どこまで逃げたつて追つかけて行つて、人の前でツバを引つかけてやるつもりさ。」

「まあ……。」

「えらいね、あんたは……」

仲間らしい讃辭がしばしは止まなかつた。

お計さんは飛び上つて風呂水を何度も何度も、俊ちやんの背に掛けてやつた。

私は息づまるやうな切なさで聞いてゐた。

弱い私、弱い私……私はツバを引つかけてやるべき、裏切つた男の頭をかぞへた。

お話にならない大馬鹿者は私だ！　人のいゝつて云ふ事が何の氣安めにならうか——。

十月×日

……ふと目を覺ますと、俊ちやんはもう仕度をしてゐた。

「寢すぎたよ、早くしないと駄目だよ。」

湯殿に皆荷物を運ぶと、私はホッとした。

博多帶を音のしないやうに締めて、髮をつくらふと、私はそつと二人分の下駄を土間からもつて來た。朝の七時だと云ふのに、料理場は鼠がチロチロして、人のいゝ主人の鼾も平かだ。

お計さんは子供の病氣で昨夜千葉へ歸つてしまつた。

眞實に、學生や定食の客ばかりでは、どうする事も出來なかつた止めたい止めたいと俊ちやんと二人でひそひそ語りあつてゐたものの、みすみす忙がしい晝間の學生達と、少い女給の事を思ふと、やつぱり弱氣の二人は我慢しなければならなかつた。

金が這入らなくて道樂にこんな仕事も出來ない私達は、逃走するより外なかつた。

朝の誰もゐない廣々とした食堂の中は恐ろしく深閑として、食堂のセメントの池に、赤い金魚がピチピチはねてゐる丈で、灰色に汚れた空氣がよどんでゐた。

路地口の窓を開けて、俊ちやんは男のやうにピョイと飛び降りると、湯殿の高窓から降した信玄袋を取りに行つた。

私は二三冊の本と化粧道具を包んだ小さな包みきりだつた。

「まあこんなにあるの……。」

俊ちやんはお上りさんのやうな格好で、蛇の目の傘と空色のパラソル、それに樽のやうな信玄袋を持つて、まるで切實な一つの漫畫だつた。

小川町の停留所で四五臺の電車を待つたが、登校時間だつたのか來る電車は學生で滿員だつた。

往來の人に笑はれながら、朝のすがすがしい光りをあびてゐると顏も洗はない昨夜からの私達は、インバイのやうにも見えたらう。

たまりかねて、二人はそばやに飛び込むと始めてつゝぱつた足を延した。そば屋の出前持の親切で、圓タクを一臺頼んでもらふと、二人は約束しておいた新宿の八百屋の二階へ越して行つた。

自動車に乘つてゐると、全く生きる事に自信が持てなくなつた。

ぺしやんこに疲れ果てゝしまつて、水がやけに飲みたかつた。

「大丈夫よ！　あんな家なんか出て來た方がいゝのよ。自分の意志通りに動けば私は後悔なんてしないよ。」

「元氣を出して働くよ、あんたは一生懸命勉強するといゝわ……。」

私は目を伏せてゐると、サンサンと涙があふれて、たとへ俊ちやんの言つた事が、センチメンタルな少女らしい夢のやうなことであつても今のたよりない身には、只わけもなく嬉しかつた。

あゝ！　國へ歸らう……お母さんの胸ん中へ走つて歸らう……自動車の窓から、朝の健康な青空を見た。走つて行く屋根を見た。

鐵色にさびた街路樹の梢にしみじみ雀のつぶてを見た。

　うらぶれて井戸のかたいとならふとも
　故里は遠きにありて思ふもの……

かつてこんな詩を讀んで感心した事があつた。

十一月×日

愁々とした風が吹くやうになつた。

俊ちやんは先の御亭主に連れられて樺太に歸つてしまつた。

「寒むくなるから……」と云つて、八端のドテラをかたみに置いて東京をたつてしまつた。

私は朝から何も食べない。童話や詩を三ツ四ツ賣つてみた所で、白いおまんまが、一ヶ月のどへ通るわけでもなかつた。

お腹がすくと一緒に、頭がモウロウとして、私は私の思想にもカビを生やしてしまつた。

あゝ私の頭にはプロレタリヤもブルジョアもない。たつた一握りの白い握り飯が食べたい。

いつそ狂人になつて街頭に吠えようか、

「飯を食はせて下さい。」

眉をひそめる人達の事を思ふと、いつそ荒海のはげしい情熱の中へ身をまかせようか。

夕方になると、世俗の一切を集めて茶碗のカチカチと云ふ音が下から聞へて來る。グウグウ鳴る腹の音を聞くと、私は子供のやうに悲しくなつて、遠くに明い廓の女郎達がふつと羨ましくなつた。

澤山の本も今はもう二三册になつて、ビール箱には、善藏の「子を連れて」だの「勞働者セイリヨフ」直哉の「和解」がさゝくれてボサリとしてゐた。

「又、料理店でも行つてかせぐかな。」

ちんとあきらめてしまつた私は、おきやがりこぼしのやうに變にフラフラした體を起して、歯ブラシや石鹸や手拭を袖に入れると、風の吹く夕べの街へ出た。

—女給入用—のビラの出てゐさうなカフエーを次から次へ野良犬のやうに尋ねて……只食ふ爲に、何よりもかによりも私の胃の腑は何か固形物を慾しがつてゐた。

あゝどんなにしても食はなければならない。街中が美味さうな食物ぢやあないか！

明日は雨かも知れない。重たい風が漂々と吹く度に、昂奮した私の鼻穴に、すがすがしい秋の果實店からあんなに芳烈な匂ひがする。

——一九二八・九——

は大正十五年十二月で『女人藝術』の掲載は昭和三年十月だから、『太平洋詩人』掲載のほうが二年近く早い。「昭和初頭の頃」にあった〔つゞいて載せてゐた〕というのはこれも間違いで、「歌日記」の章掲載はこの一度だけである。『太平洋詩人』には第一巻第一号に「一人旅」、第一巻第二号に「火花の鎖」、第二巻第一号に「秋のこころ」と芙美子の詩が三篇掲載されているので、これらがないまぜに脳裏にあったのだろうと好意的に解釈しておこう。

余談だが、『太平洋詩人』第二巻第一号冒頭には「市外戦」という項があり、その最初に辻潤の「火花の鎖 ―林芙美子の詩集のために―」という文章がある。これが、発表後三年余りのちに都合良く改稿され、南宋書院から昭和四年（1929）に刊行された林芙美子の処女詩集『青馬を見たり』の序文になっていたりする。

『放浪記第三部』：渡邊　渡とその周辺

私の知る限り、林芙美子は渡邊渡の名を一度だけ筆にしている。

『放浪記第三部』にその部分を借りることにする。前述したように、これも日記体自叙小説で、「神様と糠」には「六月×日」が三日分あり、最初の日は〈肥満(ふと)つた月が消えた〉という書き出しの詩に始まる。

以下は文泉堂『林芙美子全集　第一巻』から、その詩の少しあとからの引用である。

――今日も南天堂は酔ひどれでいつぱい。辻潤の禿頭に口紅がついてゐる。浅草のオペラ館で、木村時子につけて貰つた紅だと御自慢。集まるもの、宮嶋資夫、五十里幸太郎、片岡鐵兵、渡邊渡、壺井繁治、岡本潤。

五十里さん、俺の家には金の茶釜がいくつもあると呶鳴つている。

なにかはしらねど、心わあびて……渡邊渡が眼を細くして唱つている。私はお釋迦様の詩を朗讀する。

末尾の〈お釋迦様の詩〉についてはのちに触れることになるが、それを考慮し大正十三年夏をこの引用部分の設定時期として、引用中の固有名や人物のそのころを今から紐解いていきたい。

冒頭行の〔南天堂〕は寺島珠雄の『南天堂』に詳しい。

同書より拾いながら説明すると、松岡寅男麿が興した古書店「有明堂」を大正六年（１９１７）自ら「南天堂」と改称し近くに移転後、長男虎王麿がそれを引き継ぎ、大正九年（１９２０）ごろ白山上に三階建てで新築移転したもので、建物や所有者は別にして、書店名としては現存する。当時、市電の最寄り停留所は本郷魚町であった。その二階には当時としては珍しくレストランがあり、固有名はなかったが、今東光が小説『華やかな死刑派』で《レバノン》という名で登場させ、平林たい子は自伝小説『砂漠の花』でその頃実存した喫茶店名《エトワール》と書いている。

この二階レストランにはアナキスト詩人や運動家をはじめとして多くの文学関係者が集まって気炎をあげ、文学史上に「南天堂時代」と呼ばれる濃厚な一時期を築いたのである。

前引き『放浪記第三部』引用部分の人名のうち、片岡鐵兵は明治二十七年（１８９４）岡山の生まれ、大正から昭和初期の小説家として名を残している。中学時代には投書家として活躍し、慶應義塾大学文科予科中退後、山陽新報、大阪朝日新聞、大阪時事新報を転々とする間に『舌』という作品を書いた。これが認められ、大正十年（１９２１）に作家生活に入り、大正十三年（１９２４）には横光利一らと『文芸時代』を創刊、新感覚派の作家・論客として脚光をあびた。

南天堂に集ったのはちょうどこの頃で、寺島の『南天堂』にはこの名前が都合四回出てくるが、いずれも同人誌がらみで人となりには触れられていない。のちに福岡日日新聞の「秀才文壇」に投書していたという傍証が出てくるから、もしかしたら渡邊渡とは若いころからの既知かも知れない。

引いた小文には南天堂での破天荒ぶりの一端が漂っており、〔辻潤の禿頭に口紅がついてゐる〕というのはなかなか笑える図ではある。『南天堂』に依れば、辻潤は南天堂の署名帳に名を残しており、文面は「ただ　ダダ　あーんぐり　ぐろりばん」。これは普通に読めば意味不明だが、辻潤の英文エッセイ「Tada Dada Alangri-Gloriban」の仮名書きである。署名は〔潤〕、書いたのは大正十二年（１９２３）七月だと紹介されていた。

蛇足ながら、現時点でこれは青空文庫 aozora3/857_34611.html で無料閲覧可能となっている。

辻潤は明治十七年（１８８４）東京浅草の向柳原で生まれ育った。国民英学会、自由英学に学び、小学校教諭を経て明治四十二年（1909）二十六歳で上野高等女学校の英語教師になっている。翌年、伊藤野枝が上野高女四年生に転校入学、恋愛関係となったため、辻はきっぱりと二十九歳で上野高女を退職する。そして野枝との同棲に至り、大正五年（1916）にはいって婚姻届けを出している。

伊藤野枝の生まれは明治二十八年（1895）、福岡県の没落した海産物問屋の長女として生まれた。小学校卒業後九カ月ほど家計を助けるため郵便局に勤務しながら雑誌に詩や短歌を投稿していたが、その年の暮れに叔母を頼って上京し翌春上野高女に入った。大正二年に卒業し、地元で婚約をしていたため福岡に戻るが、婚家にはいってわずか八日目に出奔、再上京して辻との同棲を始めるのである。

明治四十四年（1911）平塚らいてうなどが青鞜社を結社、機関誌『青鞜』を創刊した。ロンドンの文芸愛好家女性団体が青の靴下を履いていたことに由来してBlue stockingsが「知的な女性」を意味することからの命名である。野枝はこの『青鞜』に接近し、らいてうの引退・出産後にもぎ取るように編集者となり、『青鞜』を文芸誌から女性評論誌あるいは女性論争誌と呼ぶべきものへと変えていった。そのころ大杉栄との間に相互牽引の感情を持っており、アナキズムに傾倒していたのである。

大杉栄は明治十八年丸亀の生まれ、無政府主義すなわちアナキズム的著述家、運動家であった。彼は明治四十年に刊行された平民新聞に寄稿し公然と無政府主義を唱えている。大正元年『近代思想』を創刊して労働運動に参加、大正八年十月には『労働運動』をだし、これは関東大震災直前の大正十二年七月第十五号まで続いている。

編集者となった野枝は一年余りで『青鞜』の編集を放棄する。辻との間に長男一（まこと）、次男流二（りゅうじ）を得ていたが、ふたりの子を残して辻潤のもとを去り、大杉栄に走ったのである。

『青鞜』は大正五年二月号を最後に無期休刊となり、やがて廃刊である。

この野枝と大杉の関係は世の話題になったある事件に発展していった。

その事件を「日蔭茶屋事件」という。

大杉は社会運動家の堺利彦の死別した先妻の妹である堀保子を妻としていたが、そのころ独特の自由恋愛論をもっていた。それは、それぞれが経済的に独立し、同棲せずに別居、性的なことも含め自由を互いに尊重するというものであった。しかし、野枝は『青鞜』を終了させて稿料が途切れ生活苦となったため、当時番町に下宿していた大杉のもとに転がり込む。そして大杉自身も雑誌の発禁続きで家賃さえ支払えず、菊坂ホテルで同棲に入るのである。

そんな状況の中で、大杉はさらに神近市子とも恋仲になった。

神近市子は長崎から上京し、いわゆる引っ越し道楽から転居を重ねていた。芝田村町に住むころ東京日日新聞に入社し、社会部記者として著名人の取材に奔走する。その一方で、社会主義思想にひかれていたため大杉の仏蘭西文化研究会に参加して小説や評論を発表、麻布霞町に住むころから大杉との不倫が始まった。東京日日新聞を辞めさせられてしまうが、翻訳の仕事で比較的収入が安定していたので、大杉を経済的に支えた。しかし、その金が野枝に使われていることを知り、二人の仲が進むにつれ、神近は絶望のうち自死を考え短刀を携えるようになる。大杉は「発禁責任は内務省にあり」と内務大臣に直談判して金を出させ、同棲解消資金を得て神近の嫉妬を抑えていた。

そして大正五年九月十六日、仕事で葉山に行くという大杉を神近が追うと、日陰茶屋には野枝もいた。気まずくなった野枝が帰ると、残った二人は口論となる。金の話を神近が持ち出すと、大杉が金を返すと言い出したため、関係を断たれると察知した神近が、眠りについた大杉の首を刺して無理心中を図るのである。しかし神近は死にきれず近くの交番に自首、横浜の拘置所に移された。法廷では伊藤野枝への妬みを詳細に陳述したという。結局、殺人未遂で四年の実刑を受けたが、控訴のすえ減刑され実刑二年で八王子医療刑務所行きである。秋田雨雀の支援や宮嶋資夫の擁護による減刑だという話もあるが、心身耗弱と判断されたようである。

神近は出獄するや『女人藝術』に参加して寄稿、ついで『婦人文藝』を創刊するなど、文筆活動に入った。

そして戦後には政治家となり、衆議院議員を五期つとめている。

大杉栄は大正十一年万国無政府主義大会に出席するためフランスへ渡航した。だが、翌年フランスを追放され七月に帰国、八月初旬には豊多摩郡淀橋町大字柏木三七一に居を構えていた。辻潤はと言えば『自我経』を大正十年（1921）に改造社から刊行、その十一月に川崎に居を構え母・美津と長男一と暮らしていた。翌十一年（1922）六月には『浮浪慢語』を出し、その夏から広島出身の小島キヨが押しかけ同棲を始めていた。

辻潤が南天堂に署名を残した二か月たらず後、未曾有の直下型大震災が東京を襲った。大正十二年（1923）九月一日正午の少し前、関東大震災である。

平成七年一月十七日早朝の阪神・淡路大震災では倒壊による圧死と火災による被害が酷く、高速道路・鉄道・港湾・ライフラインなど多岐にわたった総被害額は約十兆円と言われる。平成二十三年三月十一日発生の東北地方太平洋沖地震ではまれにみる津波の記憶が生々しく、モーメント・マグニチュード9.0〜9.1と世界でも有数の激しい揺れで福島第一原子力発電所の事故を伴い、その影響はまだ色濃く残っている。関東大震災の場合は都市直下型大地震で家屋倒壊が多く、木造家屋と昼食前が手伝って大火災を引き起こした。詳しくは他に譲ることにして、東京府全八十二万七千世帯のうち、全壊・半壊・全焼・半焼は三十五万という、大災害であった。

大杉栄と伊藤野枝はまだ余震が残る十六日午前九時ごろ外出した。最初に向かったのは川崎町砂子町、辻潤宅であった。安否確認の意図だったろうが、辻は近所の銭湯で昼風呂中に被災し裸踊り、辻家は潰れ、野天暮らし十日ほどを経て分散していた。母と長男を無事だった妹・恒の家に預け、辻と小島キヨは広島のキヨの実家に向かい南下放浪の旅にでていたのである。身重のキヨがそこで出産との目論見であった。ふたりは被災者避難船で出発、名古屋で上陸し、キヨは鉄道で広島に向かい、辻は名古屋に滞在して金策、さらに大阪でも金策して後を追うという段取りであった。

辻の不在を確認して、大杉たちが次に向かったのは同じ川崎の鶴見に住む弟・大杉勇宅である。そこには末の妹・あやめが嫁ぎ先のアメリカから七歳の長男・宗一を伴って一時帰国していた。無事を確かめた大杉は野枝と同行したがる宗一を連れ柏木の家に向かった。自宅には同年の娘・魔子を頭に四人の子が待っている。末の子は生後一か月余りであった。しかし、午後五時ごろ柏木に帰り着いたとき、自宅前に張り込んでいた憲兵大尉・甘粕正彦らに連行されたのである。そして、三人は惨殺された。

これが、世にいう「甘粕事件」である。

辻が野枝の死を知ったのは大阪であった。夕方道頓堀を一人で歩いていて号外屋から受け取った紙面に甘粕事件が報じられていた。キヨが男児を生んだと知ったのは四国である。安芸で秋に生まれたとダシャレをくっつけ、辻は秋生と名づけたという。

生後半年ぐらいの秋生をつれて、辻潤が九州四国漫遊から東京に戻ったのは大正十三年（1924）春ごろだった。そして七月頃には東京市外蒲田新宿三一五番地、松竹撮影所の裏あたりにあった長屋に住まいした。ここには様々な人間が出入りし、夜中でも戸締りせず深夜の客の訪問を許したために「カマタホテル」の称があった。

辻はこのころ宮嶋資夫らと南天堂によくつるんで、飲み歩いていたのである。

宮嶋資夫は明治十九年（1886）東京出身の小説家、のちに僧侶である。職を転々とし、大杉栄らを知ってアナキストとなった。前期プロレタリア文学としての大正労働文学を担い、大正四年（1915）大杉の『近代思想』発行人となり、翌大正五年（1916）一月に小説『坑夫』を発表、序文は堺利彦・大杉栄であった。早くからの南天堂常連である。

さて、引用中に、辻潤が〔浅草のオペラ館〕で禿頭に木村時子のキスマークを貰ったとある。木村時子は明治二十九年（１８９６）宮城県の生まれ、歌手・女優・声優として知られている。上京して帝国劇場三期生になったあと、松井須磨子の「芸術座」に加わった。大正八年の「歌劇女優番附」によれば大関格と評価され、大正九年根岸大歌劇団に参加している。根岸大歌劇団というのは、根岸興業部を経営する根岸吉之助が、大正八年五月に「歌舞劇協会」が改組された松竹専属「新星歌舞劇団」の主要幹部を引き抜いて根岸専属とし、任されていた金龍館を本拠地として大正九年三月に結成した歌劇団である。木村時子はここに設立から加わっている。

金龍館は、浅草オペラ時代に浅草公園六区で初めてのオペラ常設館であった。

根岸興業部の金龍館と並んで盛況だった六区向かいの日本館が二号地から四号地に移転すると、明治四十二年五月その跡地に浅草オペラ館が開業、これが引用中の〔浅草のオペラ館〕である。浅草オペラ館は翌年に日活の事業所となり、主に日活向島撮影所製作作品のフラッグシップ館として営業する一方で軽演劇も提供していた。

関東大震災で浅草は壊滅、オペラ館も崩壊したが同年末にはバラック建てで再建、それから一年ばかりマキノ映画製作所が作品を供給している。金龍館も倒壊し、根岸大歌劇団はほどなく地方巡業に出ることになる。しかし大正十三年三月、巡業先の北海道で解散である。その原因は、不入りの営業不振との説もあるが、俳優側との金銭トラブルと感情のもつれから根岸興業部が浅草オペラから手を引いた、というのが本当のようである。

オペラ館を〔バラック建てで再建〕したのは当時有数の興行師だった森富太であった。

森はオペラ雑誌最右翼の『オペラ』を発刊していた活動倶楽部社の社長でもあった。当初は映画興行のみだったが大正十三年四月八日に浅草オペラを初演、その日の都新聞には出演者三十一名の連名で「図らずも今民衆娯楽の恩師森富太氏の同情の下に新しく森歌劇団を組織し、浅草出演の喜びを得たり」との挨拶文が掲載されている。

だが、この浅草オペラ復活興行のとき、そこに木村時子はいなかった。

震災直後の根岸歌劇団東海道巡業のとき、若手の相良愛子ほかが脱退してミカゲ歌劇団（ミカゲ喜歌劇団）を結成しており、木村時子はそのメンバーに加わっているのである。ミカゲ歌劇団の東京でのお目見え興業は六月三十日からの壽楽座であった。そして、七月二十七日からはバラック再建の金龍館で公演を始めた。

したがって、引用部分の設定時期に辻潤が木村時子からおでこにキスマークを貰ったのがノンフィクションだった可能性は十分にあるが、〔浅草のオペラ館〕は金龍館と書くべきではなかったか。関東大震災前からのオペラ館と金龍館のライバル関係は震災後の復興でも続いており、木村時子は、震災前は根岸歌劇団、震災後はミカゲ歌劇団の一員として金龍館がわで活動していたのである。震災の直前、金龍館で浅草オペラを観劇していたにも拘わらず、なぜ芙美子は〝浅草オペラ〟から金龍館でなくオペラ館を連想してしまったのだろうか。

震災前の七月末、林芙美子は豊多摩郡淀橋町大字柏木一〇四石沢方に住んでいた。小学校恩師・小林正雄がそう書き残している。大杉栄と伊藤野枝が近所の〔柏木三七一〕に居を構える直前のことである。七月三十一日火曜、東京高師関連で上京した小林は東京駅についてすぐ芙美子を訪ねたが不在、周囲をぶらついて、会えたあとに訪ねた部屋にはほとんど何もなかったという。小林は赤坂新町の友人宅に泊まり、八月四日土曜日に芙美子を連れて一緒に金龍館で歌劇を観るのである。その演目は〔「平和祭」「巡礼詩人」「釈迦」など〕であった。

ところで、小林の記載は日記に依拠し内容は信頼に足るのだが、この演目には疑念がわいた。

増井敬二『浅草オペラ物語』には「金竜館における浅草オペラ（根岸歌劇団の全公開）演目表（大正九年九月～大震災まで）」という一覧が所収され、これは各公演開始日またはその前日の都新聞に掲載された広告及び演芸欄の記事によって作成したとされる。そして、その大正十二年八月三日のところには、喜劇「偉大なるクライトン」、童話劇「エルヂイとカナリヤ」、オペレット「嘘」、喜歌劇「続ボッカチオ」、新作「ボードビル」とあるのだ。

だが、同じ作品、作者でも、場合により違う書き方になっていることがあるらしく、急遽演目の変更ということもありうるだろう。演目についてはこれ以上掘り下げず先に進むことにしよう。

関東大震災のとき、林芙美子は本郷の根津権現付近で下宿に住んでいた。「一人の生涯」には〔本郷の西片町にある運送屋さんの二階〕と書いている。避難先である根津権現の広場に四畳半の蚊帳をつって野宿である。そして大杉と野枝のように、新宿十二社に行き両親の安否を伺っている。露店を出すなどして過ごし、海路大阪まで渡り、九月二十六日に尾道である。尾道で数か月を過ごして、四国の両親と合流、おそらく年明けごろ単身で再上京した。

このころの職遍歴を芙美子は「文学的自叙伝」「一人の生涯」「思ひ出の記」などに書き残しており、『放浪記』でも伺い知れるが、前後関係はたぐりきれない。日立商會という株屋の従業員、両親と神楽坂や道玄坂に夜店を出店、毛糸店の売り子、ある区役所前の代書屋、株屋の店員を三四カ月、などなど多くの転職を重ねている。また、一月ごろには中野区上之原の近松秋江宅に女中として住み込んでいるが、これも二週間ほどでやめている。

そして三月、田辺若男を訪れ、暫し同棲するのである。

田辺若男は新潟県の生まれで、「剃刀」の演目で知られる俳優である。芙美子は北九州放浪時代、その田辺の代表作を観たことがあるという。田辺は、明治三十六年（1903）十五歳で大工の弟子入りをしたのち、職業遍歴のすえ舞台俳優の道を選び、島村抱月・松井須磨子の芸術座を経て、新国劇時代に震災にあった。そして大正十三年二月の雪の降る日、新国劇を主宰する沢田正二郎に妻・山路千枝子を寝取られた形で身を引いた田辺は、巡業先から三月上京したばかりで、本郷近く第七初音館の表二階で新劇団、市民座の構想を考えていた。

最初に、その市民座の仲間に入ったのは詩人の神戸雄一である。

神戸は先に登場したが、明治三十五年（1902）宮崎県で資産家の長男として生まれた。その頃は東洋大学に通う文学青年である。田辺の詩集『自然児の出発』と同時期に『空と木橋との秋』という詩集を同じ抒情詩社から刊行、近くの初音館本館に住んでいた。蛇足ながら、神戸は林芙美子周辺で結構キーマンとしての位置にいる。芙美子の詩集『二人』の出資者となり、田辺と別れたあとの芙美子を次の夫・野村吉哉に紹介する。芙美子と別れたあとの野村に生涯連れ添う橋本佐和子を紹介したのも神戸なのである。

神戸は田辺を南天堂に連れて行った。

五十里幸太郎が田辺の話に関心を寄せ、市民座主事を引き受けた。

五十里は明治二十九年（1896）東京下谷の生まれ、二十一歳早々に雑誌『平明』（二号で『世界人』に改題）を編集人として創刊し、『世界人』は大杉栄が廃刊した『近代思想』後継を自認していた。南天堂書房店主松岡の親友で、二階レストラン兼喫茶室の中心的な明るい人柄だったという。『放浪記』にも五十里が登場するが、田辺との同棲を田端で解消したあと、隣の部屋に五十里がやってくるという構図である。本稿では、重要な脇役としてたびたび登場する。

画家の牧野四子吉が舞台装置をやろうといってきた。

牧野は明治三十三年北海道生まれ、川端画学校の卒業である。日本画家中村岳陵に師事し、この頃は童話雑誌などの挿絵を手掛けていた。理科美術という分野に名を残し、「牧野四子吉生物画集」という仕事があるが、分かり易い業績は『広辞苑』の動植物挿画であろう。牧野は田辺の『自然児の出発』の装丁をしており、のちに芙美子の詩集『二人』の装丁を手掛け、昭和三十五年には田辺の自叙伝『俳優』も装丁することになる。それ以外でも、本稿では思わぬことに手を貸している。

そんな田辺の第七初音館に旧知が女優志望の女を連れてきた。

田辺は『俳優』で、

——小柄で小肥りで、鼻が少し大きめだが、近眼らしい優しい目と、愛嬌のある口元をしている。古風な桃割れに結った髪がめずらしく、肩上げのある羽織をきている。

こう風体を記している。

——二十一歳で、生まれは九州、〝林芙美子〟と言った。

その時はセルロイド工場の女工だったと田辺が書き残している。

紹介者とともにその日は帰った芙美子だが、翌日はまた一人でやってきて、持参した三冊の雑記帳を田辺の前に差し出した。『放浪記』の成立過程を見たときの「歌日記」である。詩の新鮮さ、字体、文章のリズムに感心した田辺は芙美子を南天堂の詩人グループに紹介しようと南天堂に連れて行った。

芙美子はその日のうちに風呂敷包みを抱えて、第七初音館に身を寄せるのである。

田辺に依れば、三月半ばから六月末まで三カ月半の同棲生活であった。

再び『放浪記第三部』引用部分に戻る。

「神様と糠」は「六月×日」三日分の構成だが、その引用直後に〔大正十三年夏を設定時期〕

としたのは、引用の最後に〔私はお釋迦様の詩を朗讀〕しているからであった。詩作時期仔細は不詳ながら、〔お釋迦様の詩〕の初出は小詩集『二人』で、印刷が大正十三年七月二十日、発刊は七月二十五日なのである。詩集名は林芙美子と友谷静榮のふたりのことで、二つ折り四ページの細やかな詩集だったが、資金提供の神戸は当時静榮に思いを寄せていた。

詩題の表記は片仮名で、〔オシャカ様〕は〔スリッパ〕と共に創刊号に掲載されており、『近代文学研究叢書　第六十九巻』著作年表や手持ち資料には二号・三号が見当たらないが、『二人』は三号まで出されたという。

友谷静榮は明治三十一年（1898）大阪の生まれだが、朝鮮京城の女学校を卒業している。その年、大正四年（1915）に上京して、売れっ子作家で舞台女優もする田村俊子の内弟子生活を経験し、俊子の夫で作家の田村松魚の紹介で畑中蓼派と結婚した。だが、大震災当時には別れており、ひとり駒込千駄木町で下宿していた。大正十三年（1924）にはいって詩誌『帆船』に新加入している。のちに英文学者の上田保と連れ添い生涯を共にするのだが、この頃は周辺の詩人との交友で、たびたび名前を出すことになる。

『二人』編輯兼発行人はこの友谷静榮、発行所は「二人社」、いずれも住所は「東京市本郷區駒込千駄木町廿六番地　喜久世館内」となっている。ここは当時の岡本潤の住所でもあり、田辺若男が岡本に静榮を紹介するや、静榮が喜久世館に転がり込んで同棲を始めたという。田辺は劇団関係で田村俊子や畑中蓼派をよく知っていた。また、彼が震災年三月から同人だった『帆船』に、前述のように、翌年静榮も加入してきたから彼女とも面識があった。岡本は田辺が詩集『自然児の出発』を出したとき激励の書簡を送っており、その頃からの知り合いである。

因みに、『帆船』を主宰したのは多田不二である。明治二十六年（1893）茨城県の生まれだが、大正八年（1919）東京帝国大学文学部心理学科を卒業して、日本放送協会に勤務し松山支局長を務めてから愛媛ゆかりの人となった。室生犀星らの『感情』同人になり、大正六年（1917）詩話会結成に参加している。大正九年（1920）には処女詩集『悩める森林』を刊行、『帆船』を主宰し、第二詩集『夜の一部』を出したが、次第に詩作から離れていった。

友谷静榮との同棲のとき、入籍はないが岡本潤には身重の妻があった。

岡本潤は明治三十四年（1901）埼玉県本庄市に生まれ京都で育った。中央大学予科に一時籍を置いているが、母を亡くした大正十年四月東洋大学が新設した文化学科に転学、しかし十一年に入り一年足らずで中退している。その春、京都の柴田治子と早稲田鶴巻町に同棲、長男を得て十一年末には滝野川西ヶ原の長屋に居を移した。そして、この住所に「赤と黒社」をおき、大正十二年一月一日『赤と黒』を創刊するのである。

岡本の自伝『詩人の運命　岡本潤自伝』からその頃をまとめてみる。

大震災のあと、岡本の長男・滝之助は満一歳にもならずに死に、ついで夫婦して埼玉県本庄の実家に呼び戻されて看病した岡本の父・光太郎も亡くなった。これが大正十二年（1923）十月二十五日のことである。葬儀をすませた岡本夫婦は帰京して元の滝野川の長屋に住む。年を越すと郷里で遺産相続問題の決着がついて、諸経費を差し引き一万円ほどの金を仲介者から受け取り滝野川に復帰、これが大正十三年（1924）の早春頃である。折しも、治子が妊娠していたので、受け取った金の半分を持たせて京都の実家に治子を行かせた。単身になった岡本は駒込千駄木町の下宿屋喜久世館に移り、借りた滝野川の長屋を自分名義のまま萩原恭次郎夫婦を住まわせた。治子との連絡用である。

静榮はこの喜久世館にやってきたのである。

岡本に滝野川の長屋を借りた萩原恭次郎は明治三十二年（1899）の生まれ、前橋中学校三年から短歌を作りはじめ、郷土の先輩萩原朔太郎の影響を受けた詩人である。『赤と黒』の創刊同人で、大正十四年（1925）十月に未来派的なダダイズム詩の金字塔とも言える『死刑宣告』を刊行した。これはアンカット版で装丁・構成はマヴォイストの岡田龍夫、日本近代文学館より『特選　名著復刻全集　近代文学館』として復刻されている。萩原が上京したのは大正十一年（1922）、震災後十一月の再上京で本郷区駒込千駄木蓬莱町の大和屋に止宿しており、大正十三年（1923）一月から前年春からの愛人・植田ちよとの同棲にはいった。手狭なため、岡本名義の長屋を借りて移り住んだのである。

『赤と黒』創刊同人はあと二人、壺井繁治と川崎長太郎である。

壺井繁治は明治三十年（1897）十月香川県小豆島の苗羽村で生れた。早稲田大学英文科を中退、姫路の歩兵第十連隊から入隊したが、入隊二カ月で危険思想ゆえの兵役免除となった。上京して職業を渡り歩きながら、萩原恭次郎を知り、個人誌『出発』を第三輯まで発行している。そして、それに感想のはがきを寄せた岡本潤との交友が始まる。少しのちには共産主義に接近しプロレタリア文学の詩の分野で活躍するが、この頃はアナキズム詩人である。

川崎長太郎は明治三十四年（1901）神奈川県小田原町の生まれである。小田原中学中退後、同郷の民衆派詩人福田正夫に接近、アナキズムに接するようになり雑誌『熱風』に交わり、『赤と黒』創刊まで売文生活を送っていた。

ほどなく小説家へと転じていく川崎は、本稿では以後登場しない。

さて、岡本と萩原の動向は尻切れトンボであるが、それは先送りして、いよいよ渡邊渡である。

さきに文泉堂『林芙美子全集　第一巻』から引いた『放浪記第三部』「神様と糠」の最初の「六月×日」で渡邊渡は、眼を細くして〔なにかはしらねど、心わあびて…〕と鼻歌を歌っている。この歌詞はご存じのようにローレライ、ハイネの詩を近藤朔風が訳したものだが、冒頭の正確は〔なじかは知らねど…〕であった。

こんなところも林芙美子らしいなと、思わず笑みがこぼれてくる。

蛇足に走ってしまったが、これから渡邊渡の経歴を見ていくことにする。だが、これは容易な作業ではない。資料が少なく不充分を自認しての執筆である。まずは、手元にある昭和五十九年（１９８４）から六十年（１９８５）に出された渡邊渡の人物紹介を、いくつかの私見を交えながら流し読んでみることにしたい。

足跡‥渡邊　渡

足跡：愛媛 壬生川

最初は『愛媛県史』第五章 近代・現代……（昭和五十九年三月三十一日発行）
――「天上の砂 渡辺渡／渡辺 渡（明治三二 一八九九－昭和二二 一九四七）東予市出身、萩原朔太郎門下。「太平洋詩人」を主宰。詩集に『海の使者』（大正11・3・1 中央文化社）、『天上の砂』（大正12・10・15 叙情詩社）がある。筆名・芝崎街二ともいう。

回文調のこの名前は私の興味を惹いてはいるが、ここの私的なキーワードは〔東予市〕である。昭和三十年（1955）近隣四村と壬生川町が合併し新たに壬生川町となり、昭和四十六年に三芳町と合併し東予町となり翌年市政を施行、平成の大合併で平成十六年（2004）西条市・周桑郡丹原町・周桑郡小松町と新設合併して、今は西条市である。渡の出生当時は「桑村郡壬生川村」であった。引用最後に〔筆名・芝崎街二〕とあり、ネット上の近代詩集目録には〔芝崎町男〕という筆名も紹介されていたが、いずれもその根拠となる資料に行き当たれずにいる。

『愛媛県史』第五章 近代・現代 には高橋新吉、多田不二とともに三人の詩人が紹介されており、この二人の経歴はもう少し詳しく書かれてあるのだが、渡邊渡の生年は、御覧のように〈明治三十二〉年生、没年〈昭和二十二〉年といずれも月日不詳である。詩壇の重要な位置にいたにも関わらず、過去研究対象にならなかった、そんな人物と言えるのかもしれない。この人物紹介のあと、『海の使者』から〈海の使者〉、『天上の砂』から〈小曲〉が抄出されており、両詩集の概要が紹介されている。内容から押せば、この出典は昭和二十六年七月五日河出書房発行の『日本現代詩大系　第七巻』ではないだろうか。

次に『日本近代文学大事典　机上版』（日本近代文学館編　講談社　昭和五十九年十月二十四日発行）をみる。

――「渡辺渡　わたなべわたる　明治三二・?―昭和二一・?（1899―1946）詩人。愛媛県壬生川町生れ。大正九年、九州八幡で同人誌「枇榔土」を刊行。上京してダダイズム時代の詩壇に登場、萩原朔太郎に激励された。「太平洋詩人」を主宰し同誌に詩や評論を発表、当時の新興詩壇をにぎわせた。ダダと人生派的な情感をあわせもった詩人で、詩集に『海の使者』（大一一・三　中央文化社）『天上の砂』（大一二・一〇　叙情詩社）『東京』（昭一八・一　図書研究社）がある。」（石崎等）

これもやはり生年・没年ともに月日不詳、しかも没年は〔昭和二二〕年となっている。〔同人誌「枇榔土」〕の現物は『びろうど』と平仮名表記であり、のちに詳述することになる。出生地の〔愛媛県壬生川町〕は愛媛県周桑郡壬生川町、私はこのときに生れた。前述のように渡の出生当時は「桑村郡壬生川村」、これを編纂した時は東予市、現在は西条市である。そして、全体的な記載は愛媛県史とほぼ変わりはない。

次は『愛媛県百科大事典』（愛媛新聞社　昭和六十年六月一日発行）である。

――渡辺渡　わたなべわたる　明治三二年―昭和二二年（一八九九―一九四七）詩人。周桑郡壬生川村（現東予市）生まれ。ペンネーム芝崎街二。日本大学文学部卒、九州八幡で同人詩誌「びろうど」を出し、後上京してダダイズム時代の詩壇に登場、萩原朔太郎の門下生となる。「太平洋詩人」を主宰、詩や評論を発表。新興詩壇に彩りを添えた。ダダと人生派的な情感をあわせもった詩人と評されている。詩集に『海の使者』『天上の砂』など。『日本現代詩体系』に収められている。

↓詩　〈神田　泰雄〉

項目末に〔↓詩〕とあるので、続いて同書から引用しておく。

――詩　し　近代詩は明治一五年（一八八二）の『新体詩抄』の刊行にはじまり、明治・大正期を通じ発展成熟し、大正末ー昭和にかけて転換期を迎え、未来派・高橋新吉のダダイズムの詩、アナーキスティック詩、短詩新散文運動を経て現代詩へと移行する。

――大正期、自然・耽美・人道主義が登場し興隆した。そしてそれらの閉鎖的日常性を解体しようとする「日本未来派宣言運動」「赤と黒運動第一回宣言」が現代詩の夜明けを告げる。多田不二の『悩める森林』『夜の一部』、渡辺渡の『海の使者』『天上の砂』は前者であり、『ダダイスト新吉の詩』が後者であった。

この引用文中に〈日本大学文学部卒〉とあるため日本大学に問い合わせた。ところが日大に文学部は存在せず、今の芸術学部若しくは文理学部国文学科の前身ではないかとのことであったが、いずれにしても大正末年から昭和初年の記録は殆ど残っていないとのこと。しからば伝聞かあるいは資料があるのだろうかと、編者の神田泰雄氏に書簡で問い合わせたことがある。しかし、本人は病床にありその記憶がない、と奥様からご丁寧な返信を頂いた。

つまり経歴〈日本大学文学部卒〉の出所についても、現時点で確認出来ないでいる。

さて、ここで、私の眼前にある二枚のコピーを眺めてみたい。

ふたつとも出所は私の母校、東予市立壬生川小学校時代の校長室金庫から発掘した。迂闊なことに母校訪問の日付記録がなく、記憶も定かではないのだが、故人ながら個人情報保護法が成立したら手続きが面倒なのかなと思った覚えがあるので、その成立より少し前だろう。そのころ認めた文章のタイムスタンプを頼るならば平成十三年の夏から秋ではなかったかと思う。

校長室で当時の校長先生と面談し、古い学籍簿を一緒に探したのである。手繰る相手は〔渡辺渡〕、在籍していた確証はないが、先に見た経歴の〔壬生川生れ〕を頼っての確認作業であった。最初、前出人物紹介にあった明治三十二年生まれを参考に、幅を広げて明治三十年から三十四年を探した。林芙美子は明治三十六年生まれなのに一つ年少を自称し、また書きもしたことから、最初に作成された板垣直子年譜で明治三十七年生まれとされ以後十年ばかり引き継がれるなど、伝えられる著名人の生年が誤っている例は珍しくないからである。

しかし、残念ながら、その時点で渡邉渡の学籍簿を発見することはできなかった。

諦めかけて雑談している時、校長が思い出したように金庫から一冊の名簿をとり出してきた。「自 明治廿六年度 会員名簿 壬生川校同窓會 男子部」という同窓会名簿である。その名の如く明治二十六年度から、昭和六年度までの卒業生を卒業年ごとにまとめたもので、写しを見れば「壬生川尋常高等小学校」と刷り込みのある罫紙に綴られ、氏名・寄付金・生死・大学・現住

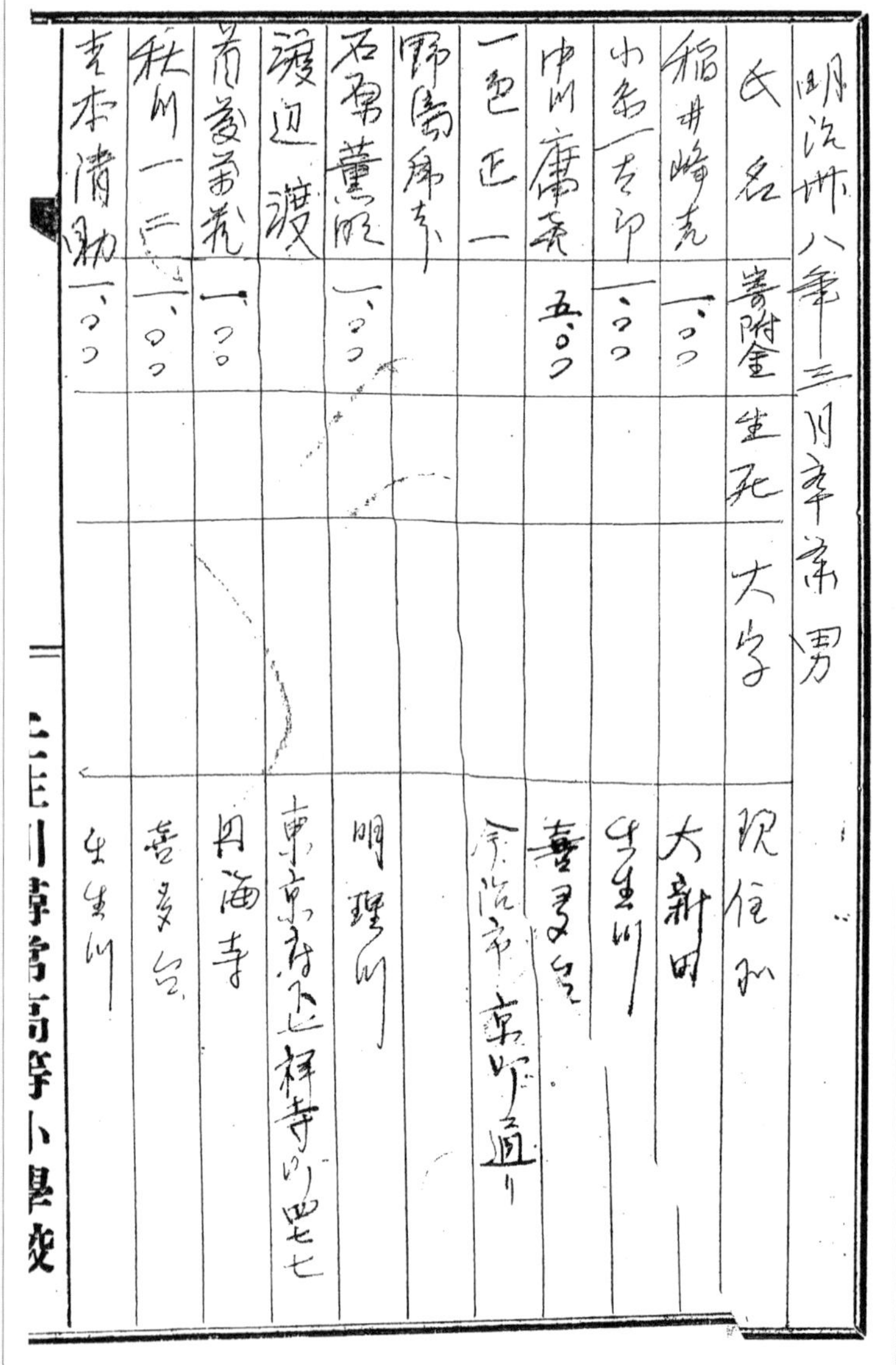

明治卅八年三月卒業男

氏名	寄附金	生死	大学	現住所
稲井峰吉	一、〇〇			大新田
小糸一吉郎	一、〇〇			壬生川
中川庸吉	五、〇〇			喜多台
一色正一				今治市京町通り
野島屋寿				
石躬董次	一、〇〇			明理川
渡辺渡				東京市芝区祥寺町四七七
前田萬兵	一、〇〇			内海寺
秋川一二	一、〇〇			喜多台
吉本清助	一、〇〇			生生川

壬生川高等小學校

「自 明治廿六年度 会員名簿 壬生川校同窓會」明治三十八年三月卒業 男

所の項目がある。寄付金の項目があることから、昭和七年度以降何らかの学校事業を控え作られたものではないか、と推察した。

斜め読んでいくうち、その「明治三十八年三月卒業　男」最初の頁に「渡辺渡」を見つけた。そこに名のある十人のうち一人の住所は書かれておらず、一人は隣の今治市、七名は近隣に住んでいる。県外は〔渡辺渡〕ただ一人、〔東京府下七祥寺町四七七〕がその住所である。

しかし、である。

〔東京府下七祥寺町四七七〕……一体ここはどこなのだろう。

御存じのように、「東京」は江戸幕府所在地の「江戸」が慶応四年（１８６８）年九月に改称された地名だが、同時に京都から東京に遷都、明治十一年（１８７８）に府制が施行されている。明治二十二年（１８８９）に十五区に分けられ東京市になり、府市が廃止され東京都となったのは昭和十八年（１９４３）のことであった。つまり、昭和六年から七年には「東京市○○区」とか「東京府下○○」と宛名表記されたはずで、この同窓会名簿に書かれた住所は東京府のなかで東京市十五区以外ということになる。

では、〔七祥寺町〕とはどこなのか。

だが、どう探ってもこの地名に行きつけなかった。

思いついたのは「吉祥寺町」の聞き書き誤りである。〔きっしょうじ〕を聞いて〔ひっしょうじ〕と書いたに相違あるまい、そう思った。吉祥寺の名が出ると、記憶の片隅にあった明暦の大火が思い浮かぶ。振袖火事で世に知られる明暦の大火は江戸三大大火に数えられるばかりでなく、ロンドン大火やローマ大火と並び称される大火災である。

明暦三年、江戸では元旦から火災が続いた。その冬、前年から三か月近く降雨がなく、大変乾燥した日が続いていたという。そして、現在の暦では三月二日から四日、陰暦での一月十八日から二十日にかけて未曾有の大火が発生したのである。出火元は老中阿部忠秋の屋敷とされているが、表向きには隣の本妙寺が火元を引き受け、阿部家から本妙寺には大正の頃まで多額の供養料が収められたようだ。出火原因や火災規模などの詳細は他に譲るが、飛び火、延焼を繰り返しながら西風にのって東方面に拡大、二十日までに江戸を広範囲に焼き、死者は四・五万とも十万とも言われる大惨事であった。江戸城は外堀以外の天守を含むほぼ全域が焼け、天守が再建されることはなかった。多数の大名屋敷や市街地の大半を焼失し、これを契機に江戸の都市改造が行われることになる。火除け地を設け、防火堤を築き、道を拡幅して広小路をつくる。そして、千住大橋しかなかった隅田川には天災避難のため両国橋や永代橋をかけたのである。蛇足ながら、同じころ日本橋芝居町にあった吉原が浅草日本堤の新吉原に移った。江戸本郷元町、いまの水道橋駅付近にあった諏訪山吉祥寺（きっしょうじ）も十九日に全焼し、東京市本郷区駒込、現在の文京区本駒込への移転がすすめられている。焼失した吉祥寺門前を大名屋敷として再建するためであった。

しかし、この移転先は昭和六〜七年には東京市本郷区駒込だから〔東京府下〕はとおらない。ならば、現在の吉祥寺（きちじょうじ）ではないか。

幕府が吉祥寺門前の住人の移住地として選んだのは井之頭公園の周辺である。

古来、吉祥寺井の頭公園にある井之頭池の湧水は大切な水源であった。伝承によれば、池西端の島に現存の井之頭弁天は平安中期を起原とし、戦火で焼け数百年放置されたあと、三代将軍徳川家光が再建したという。家康がこの池を水源として神田上水を作らせたとされ、小石川上水もこの湧水を起原としている。徳川歴代将軍が鷹狩りを楽しんだ地でもあり、江戸時代には井之頭弁天が江戸百景に数えられ名所として人が集めたが、池の周囲が高台で直接水の恩恵を受けることが難しかったため、近隣住人は少なかったといわれている。幕府は、明暦の大火で生き残った吉祥寺門前の住人から、冊状の広い土地を与えるなどの好待遇で希望者を募り、この井之頭池近くの五日市街道沿いへと移住させた。そして吉祥寺への愛着を培ってきた住人たちにより、新田が吉祥寺村と名づけられたのである。江戸時代はいわば過疎の観光名所だった地に、次第に住人がふえ、とくに関東大震災を契機に被災した多くの人たちが移り住むようになった。そして、吉祥寺駅の開発などを機に、現在の吉祥寺が形作られていくのである。

しかし〔東京府下七祥寺町四七七〕の住所に寄付依頼の案内が届いたのかどうかは不詳、〔渡辺渡〕の寄付項目は白紙のままで処理されている。

のちに述べるように、ここは短期間の転居先のようである。

さて、話を学籍簿に戻そう。

先述のように、壬生川小学校は〔渡邊渡〕在籍当時「壬生川尋常高等小学校」であった。尋常高等小学校は旧制の小学校で、尋常小学校と高等小学校を併置したものである。そして尋常小学校では義務教育の初等普通教育、高等小学校では後期初等教育と前期中等教育を施し、後者は現在の中学校第一学年・第二学年に相当する。明治十九年（１８８６）に初めて設置され、数え七歳で入学、就業年数は四年だったが明治三十九年に（１９０６）年六年制となっている。

ということは、〔明治三十八年三月〕卒業ならばまだ四年制のころ、単純計算でその生まれは明治二十八年のはずである。そう考えながら改めて探し、果せるかな、〔渡邊渡〕の学籍簿を

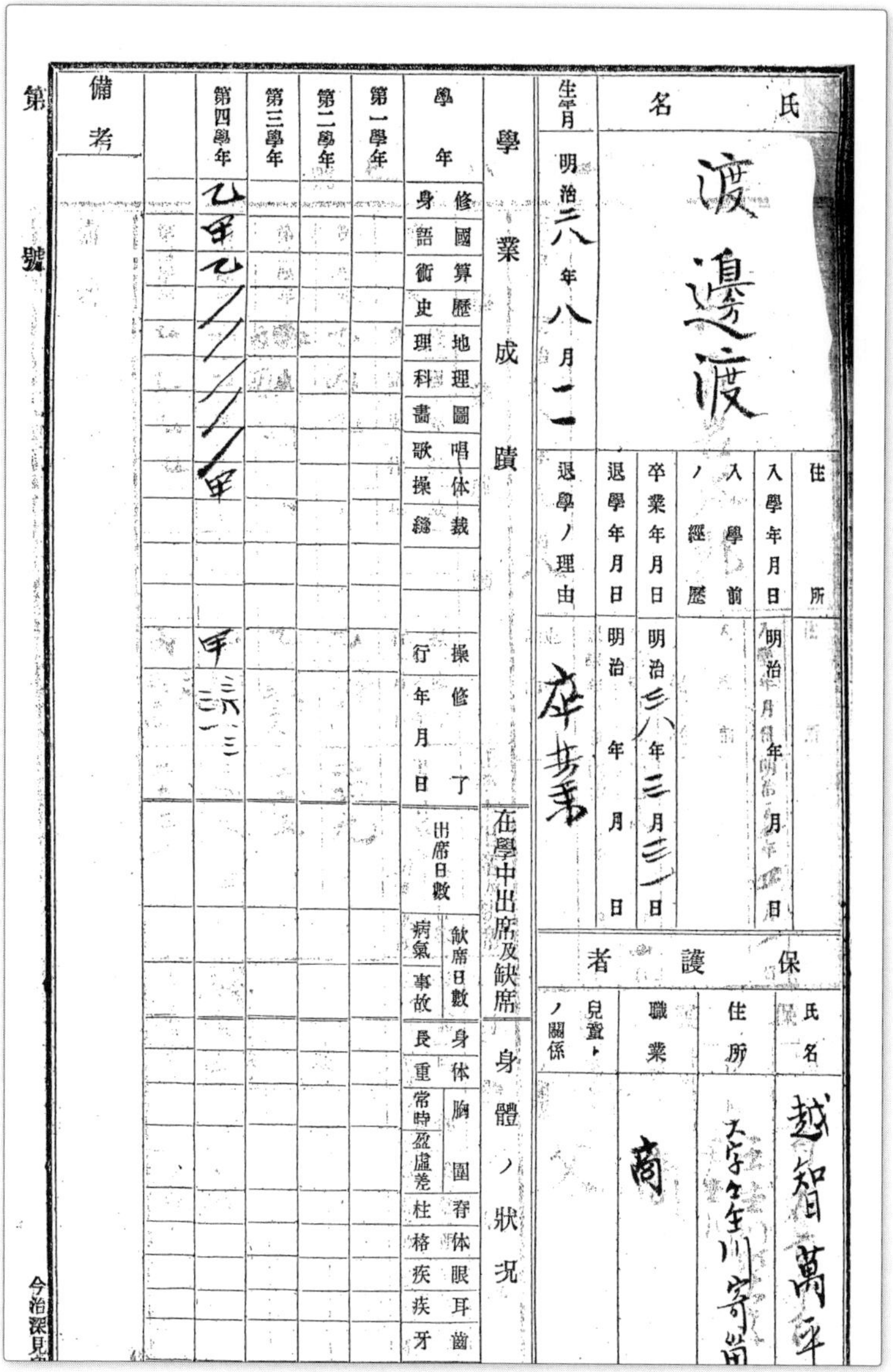

氏名
渡邉渡
生年月
明治二八年八月二一
住所
入學年月日
明治 年 月 日
入學前ノ經歴
卒業年月日
明治三八年三月三一日
退學年月日
明治 年 月 日
退學ノ理由
卒業
保護者
氏名
越智萬平
住所
大字壬生川
職業
商
兒童トノ關係
學業成績
學年
第一學年
第二學年
第三學年
第四學年
修身
國語
算術
歴史
地理
理科
圖畫
唱歌
体操
裁縫
乙
甲
乙
甲
操行
甲
修了年月日
三八
三
三一
在學中出席及缺席
出席日數
缺席日數
病氣
事故
身體ノ狀況
身長
体重
胸圍
常時
盈虚差
脊柱
体格
眼疾
耳疾
齒牙
備考
第
號

「壬生川尋常高等小学校　学籍簿」渡辺渡の頁

見つけたのである。近くに、渡辺渉という平仮名同姓同名の学籍簿もあったので、勿論、同地域、同時代の漢字表記同姓同名の否定はしないが、この学籍簿には、のちにでてくる渡邊渡著『国境の人形芝居 満ソ国境巡演記』に書かれてある誕生月日と同じ数字が見て取れるのである。

生年月日は〔明治二十八年八月十一日〕、なんと伝わる年齢よりも四歳年長であった。

卒業年月日は〔明治三八年三月三一日〕、保護者氏名は〔越智萬平〕、その住所は〔大字壬生川寄留〕、職業は〔商〕となっている。〔學業成蹟〕の欄には〔第一學年〕から〔第三學年〕までの記載がなく、〔第四學年〕にのみ成績が記入されている。その成績も〔歴史・地理・理科〕など五教科の項は斜線で埋められ判定は記されておらず、〔國語・体操・操行〕が〔甲〕、〔修身・算術〕が〔乙〕、学籍簿のその他記載事項は、出席日数や身長・体重などの身体情報はすべて空白のままである。

なぜ保護者の名字が異なるのか、なぜ〔大字壬生川寄留〕なのか、〔第一學年〕から〔第三學年〕まではなぜ不就学なのだろうか、などとたぐれぬ謎は出てくるが、現在のところ他の資料がないので仕方がない。学籍簿があれば戸籍も残っているだろうと推測できるが、個人情報保護法というより戸籍法の壁に阻まれ、存在していたとしても他人には閲覧不能なのである。

足跡：関門・房総・巣鴨

——私は瀬戸内海に面した四國の海濱の町で生れて、北九州の工業地帯で少年時代を終へ、青年期に入って東京に出て來た。

渡邊渡の第三詩集「東京」跋の三頁目にはこのように記されている。

〔瀬戸内海に面した四國の海濱の町で生れて〕以降北九州までの足跡は、いまのところ、さきほど提示した卒業生名簿と学籍簿の記載事項しか傍証がない。北九州には多少の逸話や編集した詩雑誌が残されているので、それらを紹介しながら、関門での渡邊渡足跡を追っていくことにしたい。

まずは『北九州史 第八巻』「戦前の文化運動」から。

以下は、昭和十六年五月七日から福岡日日新聞（北九州版）に三十回にわたって連載された「文化運動回顧座談会」抜粋からの引用で、参加者曾田恭助の発言に続く古海卓二叙述の部分引用である。

——いま曾田先生は小倉について話されたが、八幡では短歌がさかんだった。大正初年のころ、私も短歌をやって、主として福岡日日新聞の「秀才文壇」に投書させてもらっていました。そのころ、片岡鉄兵も投書をしていたようです。のちに投書をやめて本ばかり読んでいましたが、八幡に仏教救世軍というのが出来まして、これに参加しておった原田喜一郎という元気のいい青年が街頭で私をひどくコキおろしたことがあって、びっくりしました。それで渡辺渡と相談して殴りに行きましたが、話しているうちに仲良くなりました。

曾田恭助は冒頭の〔曾田先生〕で推察できるように医師で、明治十八年（1885）に生まれ、大正二年（1913）九州大学医学部を卒業している。福岡の文化人でもあり膨大な蔵書を残したという。

こう口述した古海卓二は明治二十七年（1894）福岡県遠賀郡黒崎村、現在の北九州市八幡西区に生まれた。渡邊渡より一つ年長である。出生名を三原卓兒、本名を古海卓兒といい、劇作家・作曲家・作詞家・俳優・舞台監督・映画監督・小説家など多彩な方面で名を残しているが、ここで大正初年は短歌をやり投書していたと述べている。

文面からは渡邊渡とはかなり仲が良いことが知れ、渡邊渡も短歌をやっていたと推察できる。

事実、手元の『びろうど』写しの本文外に〔ぬに會〕（福岡県八幡町通町四丁目八ノ一）の「会誌ぬに」第五十七号の発行広告があり、そこに渡は短歌を寄せていた。この『びろうど』

写しは平成十三年（２００１）十一月、福岡県立図書館郷土資料課の御世話になり北九州市立中央図書館より取り寄せたもので大正五年（１９１６）六月の出版、通算五号と思われる。奥付に渡邊渡の名が編輯兼発行人として書かれてあり、彼の住所が〔八幡町尾倉中本町二二七番地〕とあった。本文紙面最後の方には渡の詩が二篇所収されており、「闌入者の哀愁」を〔渡邊わたる〕、「海邊神秘」を〔わたなべ、渡〕の名でだしている。これらの短歌と詩は本書第三章「作品：渡邊 渡」に抄出しておいた。

八幡の仏教救世軍に参加していたという〔原田喜一郎〕は誤植だろう、正確は原田樹一郎である。『びろうど』写しの編輯手記が〔わたる〕という名で残されており、そこにこの原田樹一郎が登場、前月痩せすぎて徴兵検査が第二乙種不合格となった、結婚した、若松新報歌壇を担当することになった、など彼の近況に触れていた。

また、北九州市立文学館で開催された「詩の水脈―北九州　詩の１００年―」の

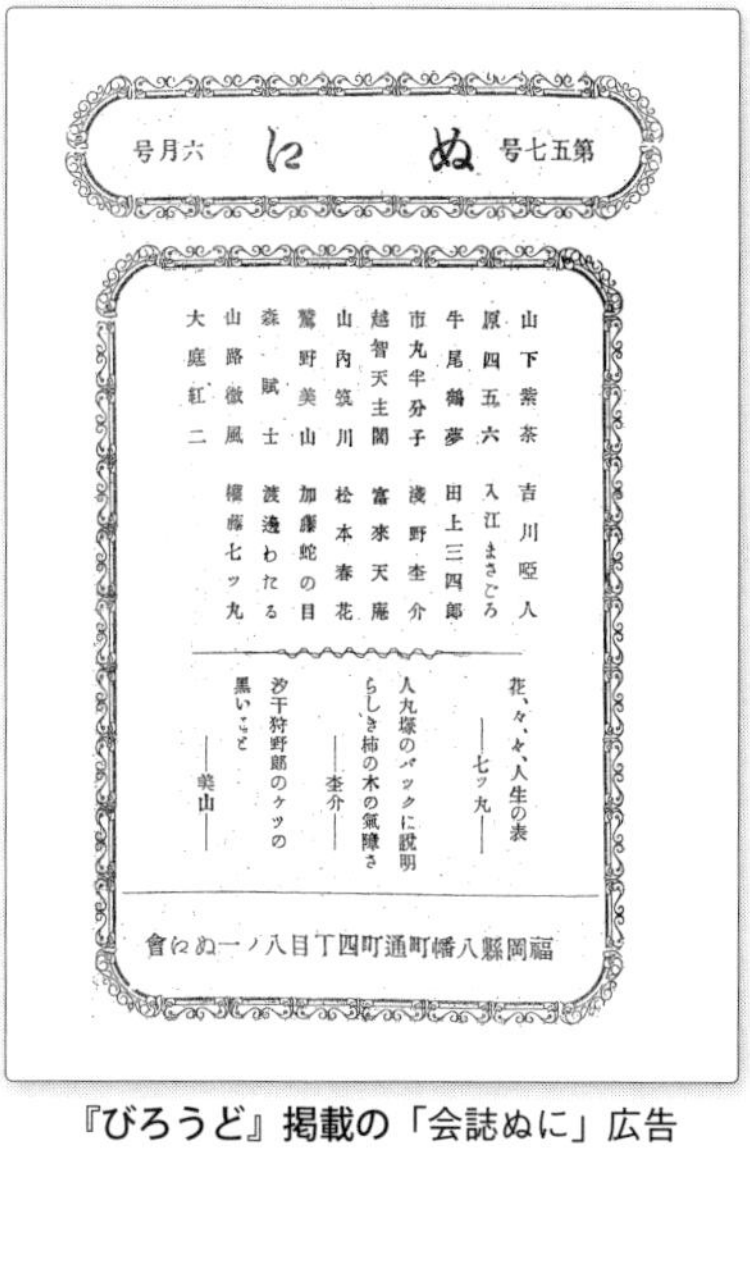

『びろうど』掲載の「会誌ぬに」広告

図録には、私が写しを取って頂いた『びろうど』の表紙写真が載せられ〔創刊は年月不詳、渡邊渡のほか、藤村俊和、原田樹一郎も参加〕とのキャプションが付され、文中には〔大正期、北九州地域において最も早く刊行された詩雑誌〕と紹介されている。

この根拠の一つは『西日本文壇史』だっただろうが、〔大正期〕〔北九州地域〕とはうまくまとめたものだ。

つぎは、その『西日本文壇史』「黎明期」から「一〇」の冒頭である。

――小倉でも、一時短歌の会はさかんであったが、これに代って、杉田久女を中心とする俳句会がさかんな時代があった。大正八年から大正十年ぐらいの間で、虚子も小倉に二度ぐらい来ている。詩の雑誌としては、大正九年ごろ藤村俊和、原田樹一郎、渡辺渡三人「びろうど」というのが先駆であろう。この三人は八幡から小倉に来た人である。原田は八幡の仏教救世軍に勤め、渡辺は、九州製鋼に、藤村は門司新報の記者をしていた。藤村は後に僧籍に入っている。

もうひとつ、『九州の近代詩人』「33」から部分抜粋する。

――資料に分かっていることは大正八年に福岡で『桐の葉』、翌九年に福岡で『土』、小倉で『びらうど』大正十年には小倉で個人誌『紙人形』、長崎で『草土』がささやかに刊行されている。

これらから読み取れることは、大正五年に八幡で『びろうど』を出していた渡邊渡と原田と藤村が、大正九年に小倉でも『びろうど』を刊行したということだ。しかし「文学を中心とした北九州の藝術運動　小倉文学青年座談会」（昭和十二年十二月号「話の関門」）という資料には、渡邊渡に関した情報として、大正九年十一月から二年間継続した地方誌「きゑんば」紹介のあと、〔これと並行的に八幡からは原田樹一郎、渡辺渡、藤村俊和が「びろうど」を出した〕と記されているのである。つまり、大正九年に刊行されたという『びろうど』の刊行場所について、小倉と八幡という二説が残っている。平成十五年十月二十四日「北九州市文学館設置に向けての検討結果報告」が佐木隆三を委員長とする同委員会から提出された。その四つの参考資料のうちのひとつ「北九州市で発行された同人誌」に「びらうど」の記載があり、創刊〔1920〕つまり大正九年とあり、数〔3〕、刊行〔八幡〕が目に留まった。だが、この〔八幡〕の三冊も現物確認でなく伝聞によるものだろう。北九州市立文学館に所蔵の『びろうど』は、私がコピーして頂いた大正五年の一冊きりだと伝え聞いているのである。

「文学を中心とした北九州の藝術運動　小倉文学青年座談会」には〔八幡短歌會〕について、〔大正七年…（略）…八幡に原田健二郎、藤村俊和によって「八幡短歌會」が生まれた〕、〔最も豊かな才能を持ち将来を望まれていた原田健二郎は翌八年若くして夭逝したが、詩人では…（略）…先年「文藝」の懸賞小説に入選した渡邉渉（當時渡）がゐた。〕〔「八幡短歌會」は同人がどんどん中央に出ていつたのと、主力になつてゐた原田健二郎の死によつて、結成後約二年にして消滅した。〕などと記されてある。〔「文藝」の懸賞小説に入選した〕作品は未見である。渡邊渡が「八幡短歌會」に所属したかどうか不詳だが、発会のとき藤村がいたことを思えば、その周辺にはいたであろう。別のページには〔大正十一年十一月渡辺渡、竹田俊一が詩と版畫の「星座」〕を出した、と記されていた。

ところで、今まで引いた北九州の資料では渡邊渡の職業が〔九州製鋼〕勤務となっているが、それはいつからのことだったのか。詳しくは手繰れないが、少しは絞り込むことが出来る。

ネット検索で「九州製鋼株式会社」を調べてみると、福岡県の単圧メーカー大安製鋼株式会社と現佐賀県武雄市の清本鐵工株式会社佐賀支社の製鋼事業部門が合体した製鋼圧延一貫メーカーがヒットする。しかし、その創業は昭和六十二年（１９８７）だから、年代的に、この会社が渡邊渡の勤務先ではありえない。

だが、大正から昭和初期にかけて同名の会社が存在していた。

労働争議を題材にした、浅原健三の『溶鉱炉の火は消えたり』で知られる官営八幡製鉄所が八幡村で操業を開始したのは明治三十四年（１９０１）のことであった。国内で二番目の製鉄所である。そこで電気炉が新設されたのが大正六年（１９１７）、その年に九州製鋼株式会社が設立されているのである。昭和三年十一月七日、その九州製鋼の製鋼工場通称西八幡工場が操業を開始すると、官営製鐵所がこれを借りいれ、月内に厚板工場として稼働させている。翌四年には九州製鋼大形工場が操業した。そして、日本製鉄株式會社法により昭和九年一月二十九日、官営製鐵所・九州製鋼などによって官民合同の日本製鋼が設立されると、官営製鐵所の名称が八幡製鉄所へと変更されるのである。

ということは、八幡で大正五年に『びろうど』を出版のとき、渡邊渡は〔九州製鋼〕勤務ではない。前職が何か知る由もないが、この転職と、『びろうど』刊行の中断と、八幡から小倉への転居は何らかの関連がありそうだ。八幡で『びろうど』を始め、大正六年から八年ごろ九州製鋼に勤務し小倉に転居、大正九年ごろ『びろうど』を再開、だいたいこんなところではなかったか。そして大正九年に刊行が確認されている『びろうど』が途切れたのは、渡の上京時期に重なっている。第三詩集「東京」跋を借りれば、〔北九州の工業地帯で少年時代を終へ〕るころの渡邊渡は〔八幡短歌會〕の会員のように中央に出ることを考えていた。

詩人秋葉啓が編じた『渡辺渡回想』というワープロ打ち小冊子がある。
奥付によると昭和六十二年十二月二十五日発行、編輯・ワープロ印字・発行ともに秋葉啓、住所が松戸市松戸新田五二八―九となっている。そこに津田穎男からの私信を「渡辺渡・回想」と題した小文が収載されていた。津田は短詩運動時代に〔津田秀夫〕という名で詩作をしており、書簡投函時点で秋田県阿仁町水無にて孔版美術印刷を営んでいると書かれてある。

その「渡辺渡・回想」の最後の部分にこうある。

――彼の先生は、水野葉舟と同時代の人見東明なんです。東京へ行って詩人として大成したい。と、手紙を出したら、東明が「そんなことはやめろ、地方に居ても詩は書ける。生活をまず築くべきだ。」と、云ったとか。

第一詩集『海の使者』の序を萩原朔太郎にもらい、自ら「海洋詩派詩人」を名乗って朔太郎門下と伝えられる渡邊渡だが、当初は人見東明を師事していたようだ。

人見東明は明治十六年（１８８３）東京の生まれ、岡山県で育った。早稲田大学高等師範部英語科を卒業後、読売新聞社に記者として勤務する。早大在学時より詩作に励み、明治四十年（１９０７）五月に野口雨情らと早稲田詩社を起こし、明治四十二年には自由詩社を結成、口語自由詩運動の基礎を作り、新体詩の普及に努めた。大正九年（１９２０）に日本女子高等学院、のちの昭和女子大学を創立し、教育者としての功績も残している。津田のいう手紙のやりとりは、時期的にみて日本女子高等学院創立のころであろう。そして、それは渡邊渡が九州製鋼に勤務して恐らく数年、ちょうど『びろうど』を手掛けている頃である。

しかし渡は、師匠の言にそむき、生活を築くことなく上京した。

――房州の南端の海岸で第一詩集「海の使者」の草稿を整理していた頃、私は半行者のやうな生活をしてゐて、其の頃私を支配してゐた海洋の精神とでも称すべき種類の思惟體系を、全國の村々を歩いて説く事に依って一生を終えようと覚悟してゐた。

これも第三詩集「東京」跋からの部分引用、二頁目の冒頭である。

『海の使者』は中央文化社から刊行されている。四六判布装上製函入のこの詩集、国立国会図書館での所蔵を確認した。現物は未見ながら、国会図書館デジタルコレクションからダウンロードして手元に写しがあるので、表紙、目次、挿画、奥付を図版で出しておくことにする。

『日本現代詩体系』第七巻には〔序〔山村暮鳥〕一頁、自序二頁〕だと記されているが、なぜか山村暮鳥の序はついておらず、冒頭に〔自序〕が二頁あり、そのあと二頁が白紙、次に恩地孝四郎の〔静かに思ふ〕と題された挿画、中央に〔装幀　著者〕と書かれた頁がある。脱稿日が〔一九二一・五・二〇〕の「自序」には〔房州の漁村の部屋で、もの寂しく、潮鳴りの音を聞きながら、煤けたらんぷのうすあかりでこれをしるす〕と書き出され、末尾に〔私は再びかへり來ぬ海の住人でありたい〕とあった。

『日本現代詩大系　第七巻』詩集目次には「海の使者」をはじめ三十六篇の詩題が小さく記載されているが、処女詩集『海の使者』目次はⅠⅡⅢと分けられており、〔自序〕にはⅡとⅢの各十篇は〔房州の漁村の部屋〕での詩作で、とくにⅢに収めたものは脱稿日前の二三日の作品、Ⅰの十六篇はそれ以前のものだと記されている。そして、Ⅰの十六篇のうち五篇にアラビア数字で詩作年月日が併記され、一番古いものが〔1916・9・21〕最も新しいのが〔1920・10・24〕、大正五年九月から九年十月までの作品であった。

『海の使者』奥付によれば、印刷は大正十一年二月二十五日〔東京市外巣鴨町天神山一一六四皎明社印刷所〕、発行所の中央文化社住所は〔東京府下巣鴨町天神山一二五〇〕、著作者兼発行者の〔渡邊渡〕の住所も同じ地番の〔東京府下巣鴨町天神山一二五〇　宮下方〕となっている。

つまり、大正九年十月下旬以降に上京して〔房州の南端の海岸〕に流れ、〔房州の漁村の部屋〕で『海の使者』所収二十篇の詩作をし、自序を大正十年五月二十日に脱稿、その後巣鴨の中央文化社と同じ住所の〈宮下方〉に身をおいて大正十一年二月二十五日に処女詩集刊行である。

恐らくは、中央文化社に文選工か編集者として身を寄せての発行だとは私の推論である。

「文学を中心とした北九州の藝術運動　小倉文学青年座談会」にあった〈大正十一年十一月渡辺渡、竹田俊一が詩と版畫の「星座」〉を頼るなら、『海の使者』刊行ののち一

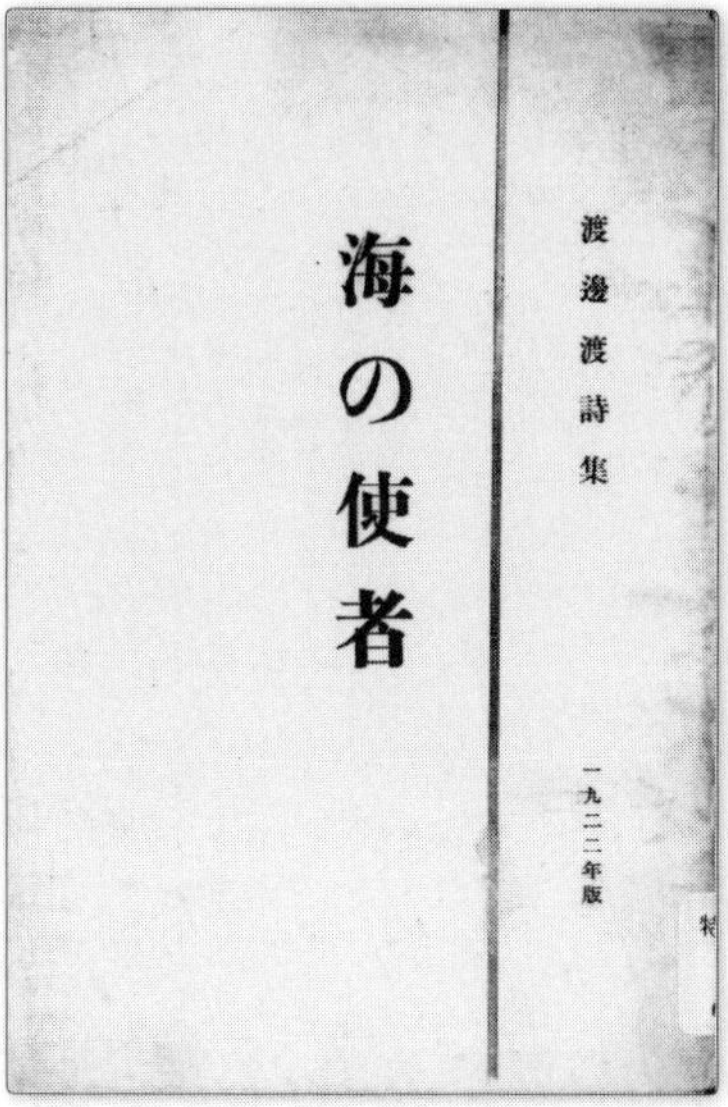

大正十一年二月二十五日印刷
大正十一年三月一日發行

定價壹圓

著作者　渡邊渡
發行者　東京府下巣鴨町天神山一二五〇宮下方　渡邊渡
印刷所　東京市外巣鴨町一一六四　皎明社印刷所

發行所　東京府下巣鴨町天神山一二五〇　中央文化社　振替東京五五二一八番
發賣所　東京市神田區裏神保町　銀杏舍書店

渡辺渡　第一詩集「海の使者」表紙、挿絵、奥付

目次

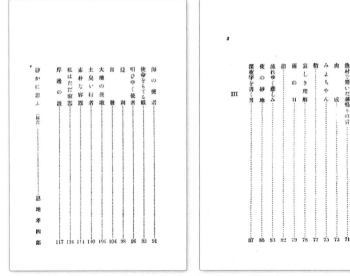

渡辺渡　第一詩集「海の使者」目次

度北九州に戻ったはずである。
そして、再上京し、関東大震災に被災、そのすぐ後に第二詩集を出版した。

先述のように、関東大震災では大規模火災が知られている。『大正ニュース事典Ⅳ 大正12－13年』によれば、震域は東京・神奈川・静岡・千葉・埼玉・山梨・茨城の一府六県にわたり、東京全市の四十六％が焼失した。日本橋区は全焼、浅草・本所・京橋・神田各区で九割以上が燃え深川は八十五％、四谷・小石川・赤坂各区は一割以内、焼け残ったのは麴町・芝・牛込・麻布・本郷・下谷・浅草の六区だったという。東京市内の新聞を見ると、震災当時十六あった新聞社のうち火災をまぬかれたのは三社、丸の内の報知新聞と東京日日新聞、内幸町の都新聞だけである。号外第一号はそのうち東京日日新聞と都新聞に加えて東京朝日新聞が翌九月二日、国民新聞が三日、報知新聞が四日であった。その殆どは市内各所の電柱や塀に貼りだされ、火災をまぬかれた三社の再開はそれぞれ順に五日夕刊、六日朝刊、八日夕刊だったという。

当然のこと、書籍発行にも大きな影響があった。『現代詩の胎動期』には大正一年（１９１２）から昭和十年（１９３５）までの詩集発行・評論エッセイ・雑誌創刊終刊などを記録した約百ページの参考年表が載せられている。しかし、その中に関東大震災後、九月中に刊行された詩集は一冊も見当たらない。十月に六冊、十一月三冊はすべて震災関係、十二月が一冊であった。この十月六冊のうちの一冊が、渡邊渡第二詩集『天上の砂』である。

『日本現代詩大系　第七巻』によれば、これも四六判布装上製函入で、出版は関東大震災から約一か月半の大正十二年十月十五日であった。詩集目次によると〔序（萩原朔太郎）〕、「小曲」を含め詩四十七篇の構成であるが、国会図書館などで所蔵にあたれず、現時点で現存確認はできていない。当時の活版印刷の工程を考えれば、詩集着手は震災前後であったろう。出版は抒情詩社、その住所は東京市小石川區白山御殿町三十二番地である。抒情詩社社主の歌人内藤鋠策もここに住み、抒情詩社印刷部を置いていた。

前記のように、小石川区の焼失は一割以内だったため、被災を免れ印刷を継続できたのである。

内藤鋠策の生まれは明治二十一年（１８８８）、新潟県長岡市出身である。祖父は長岡藩士、父は長岡裁判所の書記であった。幼少のころ父の郷里栃尾に移り住み、少年時代より歌や絵を好んだという。自学して、なんと十三歳で栃尾の代用教員となり、のちに正教員になった。明治三十九年父が病死、その前から短歌雑誌に投稿しており文学活動のために上京、前田夕暮らと知りあい、厳谷小波に師事し、その世話で博文館の記者を務める一方で『新潮』などに短歌

や エッセイを発表している。かの毒舌で有名な今東光が昭和四十六年七月の『別冊小説新潮』に内藤を題材として「天才歌人」という文を寄せているくらいの優れた歌人で、大正元年に抒情詩社を設立し、翌大正二年自らの第一歌集『旅愁』を自社で出し歌壇に新星のように登場するのである。『旅愁』は明治三十九年から大正二年までの作品中から二百余首を選び集めたもので、その装丁を手掛けた高村光太郎の詩集『道程』を翌年に出版するなど、抒情詩社は数多くの歌集や詩集を世に送り出している。

前に引いた第三詩集「東京」跋の二頁冒頭から一段落をおいて〈私は内面の聲に従つて再び東京に歸つた。以後東京を離れなかつた。〉と書かれてある。にも拘らず、処女詩集刊行後に北九州に一時帰り〈詩と版畫の「星座」〉を出していたことを見てきた。そして、渡は震災後にも福岡に一時戻っており、詩雑誌の編集をしていた。

〈「星座」〉は確認できなかったが、その詩雑誌は手元にある。

詩雑誌名は『詩盟』、手の一冊は大正十三年五月二十五日納本、同年六月一日発行の第二巻第六号である。本文最後に渡の「月夜の野ばら」という詩が掲載されているのだが、それは次章「作品：渡邊 渡」に抄出するとして、今は裏表紙にある書籍紹介と奥付ページを見ていく。

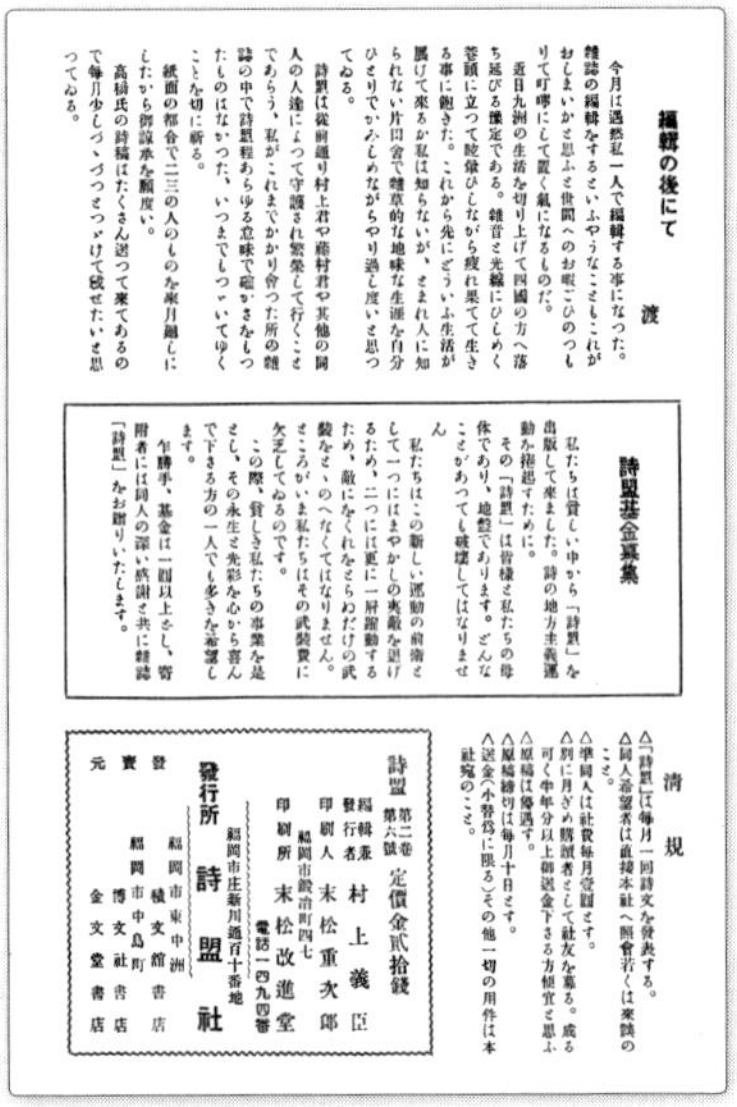
編輯の後にて　渡

今月は偶然私一人で編輯する事になつた。雑誌の編輯をするといふやうなこともこれがおしまいかと思ふと世間へのお暇ごひのつもりて叮嚀にして置く氣になるものだ。

近日九洲の生活を切り上げて四國の方へ落ち延びる豫定である。雑音と光線にひしめく巷頭に立つて眩暈ひしながら疲れ果てて生きる事に飽きた。これから先にどういふ生活が展けて來るか私は知らないが、とまれ人に知られない片田舎で雑草的な地味な生涯を自分ひとりでかみしめながらやり過し度いと思つてゐる。

詩盟は從前通り村上君や藤村君や其他の同人の人達によつて守護され繁榮して行くことであらう、私がこれまでかかり合つた所の雑誌の中で詩盟程あらゆる意味で確かさをもつたものはなかつた、いつまでもつゞいてゆくことを切に祈る。

紙面の都合で二三の人のものを來月廻しにしたから御諒承を願度い。

高橋氏の詩稿はたくさん送つて來てあるので毎月少しづゝつゞけて載せたいと思つてゐる。

詩盟基金募集

私たちは貧しい中から「詩盟」を出版して來ました。詩の地方主義運動を捲起すために。

その「詩盟」は皆様と私たちの母体であり、地盤であります。どんなことがあつても破壊してはなりません。

私たちはこの新しい運動の前衛として一つにはまやかしの爽敵を退けるため、二つには更に一層躍動するため、敵になくれをとらぬだけの武裝をとゝのへなくてはなりません。ところがいま私たちはその武裝費に欠乏してゐるのです。

この際、貧しき私たちの事業を是とし、その永生と光彩を心から喜んで下さる方の一人でも多きを希望します。

乍勝手、基金は一圓以上とし、寄附者には同人の深い感謝と共に雑誌「詩盟」をお贈りいたします。

清規

△「詩盟」は毎月一回詩文を發表する。
△同人希望者は直接本社へ照會若くは來談のこと。
△準同人は社費毎月壹圓とす。
△別に月ぎめ購讀者として社友を募る。成る可く半年分以上御送金下さる方便宜と思ふ。
△原稿は優遇す。
△原稿締切は毎月十日とす。
△送金(小替爲に限る)その他一切の用件は本社宛のこと。

詩盟 第二卷第六號 定價金貳拾錢
編輯兼發行者 村上義臣
印刷人 末松重次郎
福岡市鍛冶町四七
印刷所 末松改進堂 電話一四九四番
福岡市庄新川通百十番地
發行所 詩盟社
發賣元
福岡市東中洲 積文館書店
福岡市中島町 博文社書店
金文堂書店

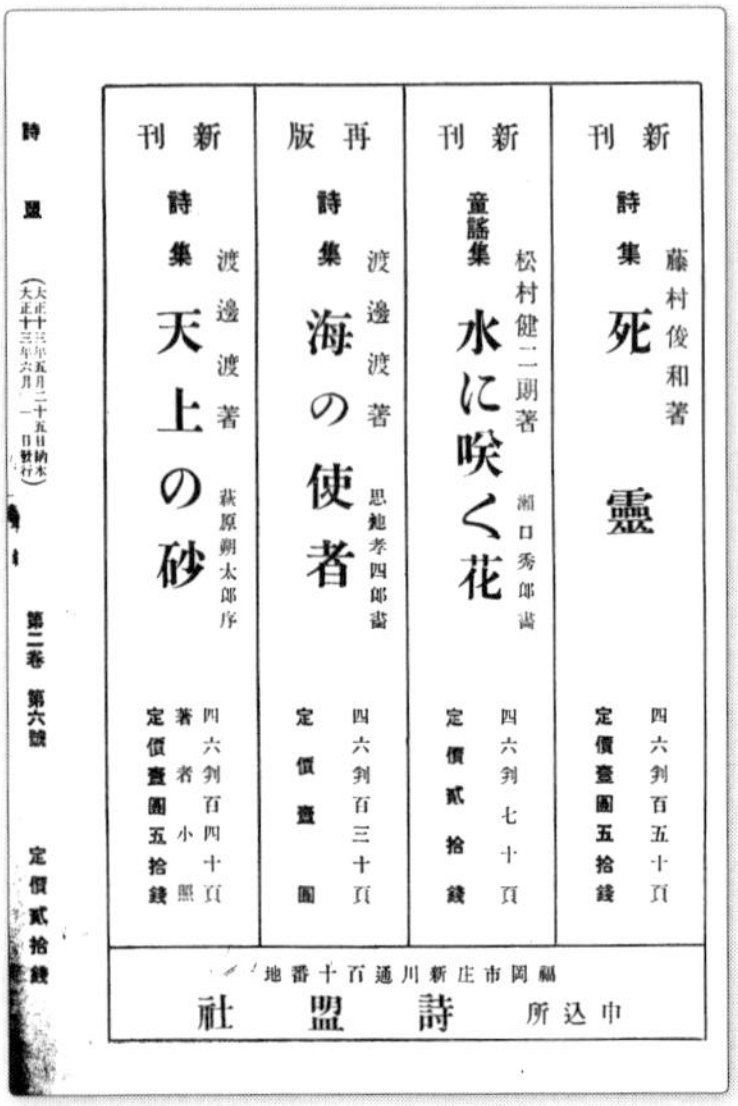
新刊 詩集 死靈 藤村俊和著 四六判百五十頁 定價壹圓五拾錢

新刊 童謡集 水に咲く花 松村健二朗著 瀬口秀郎畫 四六判七十頁 定價貳拾錢

再版 詩集 海の使者 渡邊渡著 思鮑孝四郎畫 四六判百三十頁 定價壹圓

新刊 詩集 天上の砂 渡邊渡著 萩原朔太郎序 四六判百四十頁 著者小照 定價壹圓五拾錢

福岡市庄新川通百十番地 中込所 詩盟社

詩盟（大正十三年五月二十五日納本 大正十三年六月一日發行）第二卷第六號 定價貳拾錢

『詩盟』第二巻第六號　裏表紙と奥付頁（右）

裏表紙左側に記載された定価は（弐拾銭）。いずれも四六版の四冊の書籍を紹介しており、申込所を詩盟社（福岡市庄新川通百十番地）として販売している。新刊詩集 藤村俊和著『死靈』（百五十頁 定価壱円五拾銭）、これは『詩盟』第二巻第六号刊行と同じ日の印刷六月七日発行である。そして新刊童謡集松村健次郎著『水に咲く花』（七拾頁定価弐拾銭）、再販詩集 渡邊渡著『海の使者』（百三十頁定価壱円）、新刊詩集 渡邊渡著『天上の砂』（百四拾頁定価壱円五拾銭）、この四冊である。四冊とも紹介したが、新刊『天上の砂』と『海の使者』の再版に注目した。

『詩盟』奥付頁は三段組で、下段右の（清規）によれば、月刊同人誌で準同人の社費一円を小為替で送る仕組みになっており、二段目線囲いのコラムで詩盟基金一円以上の寄付を『詩盟』贈呈の特典で募っている。下段左の奥付には型どおり発行所・編輯兼発行者・印刷人・印刷所が記載され、加えて三ケ所の発売元書店がある。

奥付に渡邊渡の名はないが、奥付頁上段に〔渡〕の名で「編輯の後にて」があった。

それを、手前勝手に、細切れに引いていくことにする。

――今月は偶然私一人で編輯することになつた

福岡の詩雑誌編集は、当時、東京からできる仕事ではあるまい。〔今月は〕ということは、暫く前から福岡にいて編輯同人だということになろう。ただその期間は読み取れない。

――近日九州の生活を切り上げて四國の方へ落ち延びる豫定である

――高橋氏の詩誌の詩稿はたくさん送つて來てゐるので毎月少しづゝづつとつゞけて載せたいと思つている

この〔高橋氏〕は高橋新吉、本文には「詩一篇」と題した詩が掲載されている。

高橋新吉の生まれは明治三十四年（１９０１）、愛媛県佐田岬半島の東端、伊方町の出身である。伊方原発の所在地と言った方がとおりが良いかもしれない。現在は県立八幡浜高等学校となっている県立八幡浜商業学校を中退して、以後放浪がちな生涯を送った。大正九年

(1920)「萬朝報」の懸賞短編小説に「焰をかゝぐ」を投稿し入選、小説家となったが、その後詩作に転じている。大正十一年(1922)十二月、ダダを世界に宣伝するとタクシー運転手をステッキで殴打して逮捕された。ダダはダダイズム、虚無思想を背景に既存の秩序や常識を否定、攻撃、破壊するのが特徴で、それを〔殴打〕という行為で表現したのだろうが、現実社会に持ち込むと当然事件扱いで、これは「発狂事件」として知られている。ダダイズムに属する芸術家をダダイストと呼ぶが、大正十二年(1923)の詩集『ダダイスト新吉の詩』は「ダダは一切を断言し否定する」という一文で始まる印象的な詩集である。所収の「皿」という詩は食堂で皿洗いをしていたときの心境を「皿」をタテに皿皿…といくつも重ねたあと最期を「…皿/倦怠」と表現している。昭和三年には郷里で禅僧の話を聞いて禅に興味を持ち、独自の詩的境地を開いた。

渡邊渡は、震災直後に東京で第二詩集『天上の砂』を発刊、時期不明ながら一時福岡にのがれ、しばし『詩盟』に編集同人として携わり、恐らく大正十三年初夏ごろ四国は愛媛壬生川に里帰りである。もしかしたら伊方町の高橋新吉を訪ねたかもしれない。いや、これは、同じ愛媛の詩人同志、互いに南天堂に顔を出したことからの妄想、なんの根拠も持ち合わせていない。

再上京の具体的時期は不詳だが、この大正十三年の暮れ、東京に渡邊渡の足跡を見つけた。

足跡：再び巣鴨・白山御殿町

今度は、眼前に八冊の詩雑誌を置いている。

それは『藝術解放』第二年一月から十月号までの八冊で、六月・九月号が欠落である。国立国会図書館や日本近代文学館などで「第一年」の所蔵を確認できず、古書市場に出るかもしれないが入手を待てない。大正十三年二月の創刊号で〔正しい生活と美しい芸術は一致しなければならぬ〕と宣言し、〔主力を評論に集め〕とあるのは確認できているが、その他はこの手持ち資料で稿を進めさせていただく。

『藝術解放』の編輯発行人は山崎斌、明治二十五年（1892）生れの長野県出身である。

山崎は善光寺街道麻績宿本陣臼井家の三男として生まれ、父の生家山崎家の養子に出された。旧制上田中学を出て国民英学会を卒業、京城日報記者になり、大正十一年（1922）作品を島崎藤村に称賛され作家として歩みだす。しかし、昭和の大恐慌で郷里の養蚕業が大打撃を受けたため帰郷したという。

その後、植物染を復活させ「草木染」と名付け、染織家・作家・評論家としての名を残した。

『藝術解放』は同人誌で、手持ちの『藝術解放』第二年一月號の編輯同人はその山崎斌・猿山儀三郎・宮下茂そして渡邊渡の四人、第二年二月號には編集同人が五人加わって九人になっており、以後、その体制が続く。

渡邊渡の同人参加時期はいまのところ不詳であるが、第二年一月号の印刷所は東京市小石川區戸崎町九六所在のポイント製版所、印刷納本が大正十三年十二月二十五日、発行が大正十四年一月一日となっている。發行所は藝術解放社、その住所は東京巣鴨天神山一二五〇……この住所は以前に見たはずだ。そう、『海の使者』を発行した中央文化社の住所と同じ、渡邊渡の住所も同じ地番の〔宮下方〕だった。つまり、震災後の再上京先に再版もした処女詩集出版元を選び、そして『藝術解放』の編輯に加わったのだろう。

山崎斌には著書も編纂書も数多いが、大正十四年八月に藝術解放社から小説『犠牲』を出している。そして『藝術解放』第二年七月号と八月号の表紙裏にその広告が張られた。発行兼印刷人は『藝術解放』編輯同人仲間の宮下茂である。『犠牲』巻末に山崎の著書が書かれているが、長編小説『二年前』（自然社版）、長編小説『結婚』（アルス版）、創作選集『静かなる小説』（アルス版）、短編集『女主人』（アルス版）、長編小説『犠牲』（藝術解放社版）の記載があり、近刊書として短編集『日本の女』があった。

『藝術解放』第二年十月號には〔藝術解放社第一回講演會〕の案内文があり、優待券付き広告の掲載がある。小さく図版を紹介するが、大正十四年十月十七日午後一時から長野市城山蔵春閣で、十八日午後一時から松本市公会堂で行われ、いずれも講演者は山崎斌のほか加藤武夫・木村毅・新居格の四人であった。入場料は〔参拾銭〕、左下角の優待券で社友は無料になるという仕掛けだが、残念ながらこの講演会の様子には行きつけていない。

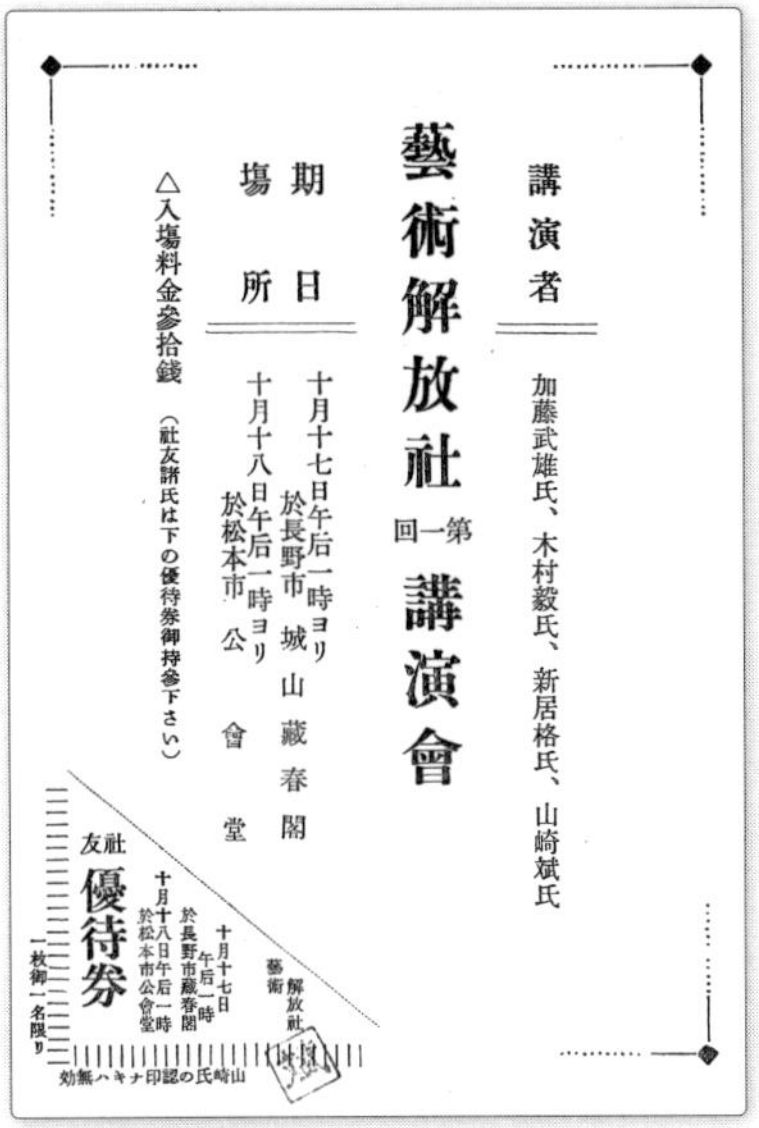
講演者　加藤武雄氏、木村毅氏、新居格氏、山崎斌氏
藝術解放社 第一回 講演會
期日　十月十七日午后一時ヨリ 於長野市 城山蔵春閣
　　　十月十八日午后一時ヨリ 於松本市 公會堂
場所
△入場料金參拾錢（社友諸氏は下の優待券御持參下さい）

社友 優待券
十月十七日午后一時 於長野市蔵春閣
十月十八日午后一時 於松本市公會堂
藝術解放社
一枚御一名限り
山崎氏の認印ナキハ無効

藝術解放社第一回講演會の案内文
『藝術解放』第二年十月号

渡邊渡は『藝術解放』にも詩を載せている。第二年一月号「純情の布を飛ばす」、第二年二月号に「黒薔薇の街を去りて」、第二年四月号に「寂しい歸宅」、第二年七月号に「海洋への思慕」、第二年八月号に「静かな掃除」である。これらの詩も本書次章「作品：渡邊 渡」に抄出するが、上図版案内文直前に所収の角田竹夫「天上の砂」批評を次に図版で載せておくことにする。

「天上の砂」批評

角田竹夫

渡邊渡君の「天上の砂」を贈られた私は、今夏の悦びの一つであつた。あの「天上の砂」の會には勝承夫君と森ケ崎へ行つてゐたので到頭、出席することが、出來なかつた。が海から歸つて來て卓上海洋の匂ひ高い詩品に接した時は豊な幻想を再びして貰へたのをうれしく思ふものだ。

嘗て私は五六年前、その頃牛込にゐて、すぐ近くにゐた林信一君のところで第一詩集「海の使者」を見たことがある。その純高な確固な海の風致は深く私に忘れなかつた。装幀に於ても淡く雅びなものだつた。

そして第一詩集「海の使者」の評判は寧ろ出版當初よりも年を追つて高まつて來たことを思ふのである。これはその內容が如何に眞實性に富むかを語るものであり時流に阿諛したものでない態度を見ることが出來やう。が、第一詩集は少し淡彩にすぎた憾みがないでもない。海洋に親しんでゐる姿相よりも、より多く觀念的であつた。が、いまそこに現實の味を賦彩されて完成にちかいものを感じる。

思ふなら、あの福岡日日新聞社時代から、……大關五郎君、本澤浩二郎君等と共に「私達」を出してゐた時分……それから、「近代詩歌」『抒情詩』の編輯に携はつてゐる最近まで愛の純一な詩相を私は感ずる」その証券として「海洋詩派の信條」(抒情詩五月號）其他に見ることが出來ると思ふ。

今私は(1)「海の住民」「墨で書いた私の綸」「呼び立てる使者」の中「海の住民」の悲痛な生活の中にも海に信じやうとするロマンテイツク・リアリアズムの詩念のこみあげるものに私は深い喜び識る事が出來たのである。餘裕ある澁い作者の肚藝は私に強い刺戟を與へてくれた。「墨で書いた私の綸」ははつきりわかる。しかし、これは饒舌と誇張に依つて少しデッチ上げた嫌ひがある。(それがもつと意識的構成なら好いが）そこへ行くと「呼び立てる使者」は樂々仕上げてゐる。嫌味のないものだ。

(2)「肉慾の合圖」「私の內容」「性慾の本質」「夕ぐれの街」「散歩者」「羽虫」「くみ」「生白い情慾」此第(2)篇は惡魔主義的な分子を多分に持つたサディズムの傾向も見られて、渡邉君の多彩な面を感じる。はじめの「肉慾の合圖」の奇智ある諷刺を愛したい。「私の內容」もヴヰヴヰツドだ。が「性慾の本質」は前篇の「墨で書いた私の繪」と同一的な失敗になるやうだ。題としても感心できない。「夕ぐれの街」「散歩者」「羽虫」「しみ」「生白い情慾」の中「しみ」と「生白い情慾」を採りたい。殊に「生白い情慾」の大膽なヱウツスプレションが鋭く私をつきさす。難を云へば最後の詩句をもつとリファインしたらと思ふけれど。

扨て第(3)篇である。「地に倒れる日」の成心を取りたい。ただ此すぐれた構想をあのまゝに投げたのは惜しい、此点あれでは感心出來がたい。「寂しい破約」「地に蒔かれし一粒の種子に於ける受難」「愛の窃盜者」「愛の幽氣」「地獄の祭壇」「末日」「悲しき苦笑」「星蔭と病犬」の中で「愛の幽氣」は實に強い潔癖にふるへる作者の動悸を感じ「末日」はニヒリステイツクなムードにも愛を信じやうとする深い靜かな悶えを感じる。第(4)篇「愛の警笛」(かうした題名は私の趣味から云ふとあまり好かないが)「八月の響」「ルーヂンの如く」「感傷」「賤民の病狀」「旅に出る朝」「白日の饗宴」「私は私を旅立つ」………全体に云つて此篇は自由で明るい。殊に「八月の響」は矢張り悩みと病愛との籠つてゐるものでありながらこれまでの暗さと硬さがなくのび〳〵してゐる。「ルーヂンの如く」もフレキシブルだ。それと最後の「私は私を旅立つ」の潜熱の研ぎすまされた決心は強い魅力がある。

第(5)篇である。「愛慾の小唄」「愛のばくてりや」「純情の雲」「愛の乞食」「若き日に刺す釘」「天上の砂」「小曲」「愛の丘」………少し「愛」といふ題名が目障りにならないこともないが「愛のばくてりあ」は好い。「若き日に刺す釘」はもつと端的に構成したら素晴らしくなるのであらうが、「天上の砂」は詩集題名なので注意して讀んだ。これは素敵だ。此生々しい姿を愛したい。

詩を揭げやう

天上の砂

ただ彼女との愛の記號を沈めてゐるだけで
私の胸にあたたまる
それに私はあの暗い

29

甘やかな丘を上りさへすれば何時も
聖潔な彼女の顔を楽しむ事が出來る
そしてまた天上的な彼女の聲を窃む事も出來る
ほんとに恵まれ過ぎた私の眼や耳だ。
それから彼女の胸に殉教の鍬を入れさへすれば
私は自由に彼女の愛（清潔な天上の砂）を
攝取することが出來る。
彼女は一粒も與へはしないけれど
無は無限に攝取し育て上げる事が出來る。
暗い丘の道を上りさへすればいつでも
笑つたり泣いたり考へたりしてゐる。
生生しい彼女がある。
そしてまたよその男を戀しなげく
熟れきつた彼女の肉体があるではないか
暗い丘の道を上りさへすればすぐ
私は救はれる。

最後の第(6)篇では「絶對の心をたづねて」「愛の時間」「命の癌」「思想の根を淨める日」「大地のしみ」「滲みゆく寂しさ」「湖心」「土の味」「祈りとしての愛」「愛人への祈禱」「静かなる土の騷擾」其他の中「絶對の心をたづねて」「思想の根を淨める日」を採りたい「絶對の心をたづねて」の焦燥……そして愛の成果を信じ切るまでのプロセス……「思想の根を淨める日」の宗教的神秘感はどうだ。………

私はいまここで此集を讀み切つた、そして種々の命題を私の心に置いた。もつと嚴重に各々について語りたいのだ、が時間もないのでこれ以上書けない。要するに渡邊君の詩想が恆に二元的に（いや多元的といふ方が好いかも知れない）はたらいてゐて結局するに純愛に押し切つてゐる姿をはつきり感じる悪魔的な方向廢頽的な姿への道を回收して。

だが、私はここに少しばかり不滿をのべさせて貰ふならば所謂、詩的範疇に入りすぎてゐはしないかといふとである。それと、所謂モラール、センスの上に立ちあがらうとしてはゐないかと云ふことだ。しかし、渡邊君の此深いパッションの得がたさは決して常凡な道德感にはおち入りはしないが更に獨望的に云へばもつと端的になつたらすばらしいことと思ふ。兎もあれ此「天上の砂」の新裝が詩壇の今年度下半期に於ける高い收穫であることを私は祝し渡邊君の未來に對して乾杯したいのである。

実はもう一冊大正十四年一月一日発刊の詩雑誌が手元にある。印刷納本も先に紹介の『藝術解放』第二年一月号と同じく大正十三年十二月二十五日、雑誌名は『抒情詩』大正十四年一月号である。ここでも渡邊渡は記された十四名の同人におり、詩「赦されざる思考者」が掲載されている。これも次章「作品：渡邊 渡」に抄出した。

この奥付をながめると、編輯兼發行人及び印刷者は内藤鋠策、発行所は抒情詩社、印刷所は抒情詩社印刷部でいずれの住所も東京市小石川區白御殿町三十二番地となっている。抒情詩社と社主の内藤鋠策については渡の『天上の砂』に触れたとき少し説明したが、震災後の再上京で渡邊渡は処女詩集のみならず第二詩集の出版元も訪ねており、双方で同人誌に関わったばかりでなく、この抒情詩社では編集の仕事をしていた。

渡邊渡は同誌面にもう一つ「白鳥省吾氏の誤謬を糾す」という文章を残している。これは白鳥省吾が『萬朝』に書いた「詩壇満語」に対しての反駁文で、詩話會とその機関誌『日本詩人』の有り体について詩論を戦わせているわけである。この詩壇論争についてはのちに少しだけ触れることにするが、この『抒情詩』大正十四年一月号にはひとつ面白い情報が載っているので、少し道を外して次はそれに筆を費やしたい。

以前、岡本潤と萩原恭次郎、二家族の動向を尻切れトンボで置き去りにした。その続きである。

大正十三年九月岡本潤は京都の実家でお産をひかえる治子を見舞った。十月には友谷静栄との同棲を解消し、戸籍上十一月三日と同じ日に岡本家は京都で、萩原恭次郎のところは滝野川で出産となる。岡本家は滝野川に復帰のところ互いに子供が増えて手狭なので、駒込橋に近い凹地二階屋を借り岡本は階下に、萩原は二階に住むことにした。そして、その近くに岡本はおでん屋を開店する。改装資金は遺産の一万円を治子の京都行きに半分持たせた残りから、自らの放蕩生活分を差し引いたものである。

そのおでん屋のことが『抒情詩』大正十四年一月号本文外「前月詩界事情」の中に出てくるのだ。

――岡本潤氏駒込橋終點でおでん屋「ゴロニヤ」を開店

この「前月詩界事情」の期間は大正十三年十一月十一日から十二月十日までである。

倉橋健一の著で『辻潤への愛　小島キヨの生涯』というものがある。途切れながらも児島キヨが残した日記を紹介しながら綴ったものであるが、その中の、この年十二月上旬に何度も「ごろにや」が登場している。このおでん屋について『南天堂』に牧野四子吉の「ごろにや」という文章が引用されており、これは岡本潤の没後寺島珠雄が依頼して大阪の詩誌『解氷期』

九号が特集した〈追悼・岡本潤〉に寄稿されたものだという。

それをかいつまめば、間口奥行きとも二間半位、軒先屋根上に巾一間半位の看板が載っている古ぼけた家で、大工など専門職がする以外の仕事を牧野が仕切り、壁面内装にドングロスを一面に貼って看板に黒猫を描き、その上におでん「ごろにや」と横書きした。材料仕込みから調理一切の責任者は五十里幸太郎、手伝いもあるが、岡本や萩原の周囲にいた詩人たちが夜な夜な集まって、つけを重ねて、半年ばかりでつぶれたという。


さて、手持ちの『抒情詩』は大正十四年一月号二月号、五月号の三冊であるが、この『抒情詩』、きちんと定期的には刊行されていない。おもに大正十年までの刊行状況を見ておくことにする。

頼るのは野口存彌編『内藤鋠策人と作品』だが、この書籍には不思議と奥付がない。因みに編者は野口雨情の子息である。冒頭にある序文、山口義孝の「刊行にあたりて」脱稿日が昭和五十九年七月二十日だと付記して稿を続けることにする。山口については後にふれることになる。

『抒情詩』創刊は大正元年十月、抒情詩社開設と同時にその機関誌として出版された。社主内藤はまだ二十代半ば、いわゆる破調の歌をしきりに試作していた時期である。一方で、注目の新進歌人という肩書をもっていた。『抒情詩』はその年もう一冊と大正二年一号の三冊で一端途切れ、大正二年にもう二冊九・十二月に出している。そして大正五年に再開し三・五月と大正六年三・四・七・九月の六冊でまた途切れ、大正七年十二月翌八年一・三月と不定期な発行状況だった。しかし、手持ちすべての『抒情詩』表紙右肩には〔大正十年十月十二日第三種郵便認可許可（毎月一回一日發行）〕と小さくあるから、それ以降はしばらく基本的に月刊のはずである。昭和に入って途切れるが、昭和十年復刊から十九年の第二期、戦後の昭和二十二年からの第三期を通じて数多の詩歌人を輩出した。

内藤は『抒情詩』の第三種郵便認可許可と同じころ、大正十年（1921）十月には西城八十や野口雨情と組んで投稿雑誌『かなりや』を創刊し「カナリヤの会」を結成した。また大正十二年には童話雑誌『たんぽぽ』を創刊し、『抒情詩』『かなりや』『たんぽぽ』で詩、民謡、小曲、童話のジャンルをカバーする体制に至った。家庭的にも充実し、翌十一年（1922）には妻・千乃との間に長女・なな（奈那）が出まれ、大正十三年には母・キンが故郷の栃木から上京、震災前に移転した小石川の家に同居である。

この小石川の内藤宅では、詩話会の集会もしばしば行われていた。

当時、多くの詩人団体があったが、詩話会はそのうち最大のものであった。先に多田不二紹介の時にも触れたが大正六年（1917）に設立され、会員は増加したが、大正十年（1921）三月民衆詩派系詩人に対する反発から北原白秋・三木露風・西条八十・日夏耿之介・柳沢健・山宮充・茅野簫々・竹友藻風が脱会、分裂後の十月に新潮社から『日本詩人』を出し同人誌としている。しかし、内藤は詩話会を敵に回すことになる。その理由は判然としないが、詩話会が「日本の詩人の大学」を意図して成立したことに対して異論をはさみ、その運営に物申したように思える。

渡邊渡が『抒情詩』誌上で白鳥省吾に反駁したのは、これに起因し同調したやりとりであった。

分裂後の詩話会を渡邊渡は〈蕾詩壇〉と呼んでおりこれが〈詩話会派〉、その〈蕾詩壇〉の運営に物申す詩人たちが〈反詩話会派〉である。相手方の白鳥が〈詩話会派〉で渡が〈反詩話会派〉という構図で、〈詩話会派〉の牙城『日本詩人』では大正十四年六月号で大野勇次が「『抒情詩』一派の痴態」を書き、七月号で「大野勇次君に寸言」と中西悟堂が返し、それに八月号で大野勇次が「反駁二三」で答えるという具合である。

『抒情詩』大正十三年十二月号所収、内藤の「きれぎれのことば」冒頭部分には〈十月の

「抒情詩」で、私は反詩話会派の旗印をおしたてた」とあり、そして翌月、『抒情詩』大正十四年一月号に「詩話会は不公平でがむしゃらであることだ」という一文を載せ、〔私は詩話会をかたきにした。敵、味方にわかれたままである。川路、白鳥、福士、百田、福田、みな私にはふるい知りあひであり、もともと味方である。それだから敵にまはしたのである。そこで私は、いまいちど詩話会をかたきにするのである。〕と書き出している。

その結末、『抒情詩』大正十四年四月号内藤の「私は永遠に詩壇人にさらばをする」を引く。

——私はかつて、歌壇人にさらばをした。いまあらためてまた詩壇人にさらばをする。

敵役の『日本詩人』は第三種郵便物認可の取り消しにあひ、定期刊行物としての致命傷を負った。やがて近い将来にやめるにちがひない。

内藤の予測どおり、『日本詩人』は大正十五年（1926）十一月通巻五十九冊で終刊となった。

この末尾には、次のように書かれていた。

——百年目二百年目に一人だけうまれるしじん、その一人がじぶんであると北原白秋たちはきづいてくれなければならない。渡辺渡、岡村二一、村井武生たちは、陶山篤太郎、赤松月船、岡本潤君たちと次の時代を築上げなければならない。佐藤惣之助、尾崎喜八、金子光晴たちは、目附役をつとめるだらう。

――次の機会の世話人には誰がなつてくれるか。それら一切の始末を、自由詩社の飯島貞君に委ねて、私はひとり工場の屋根裏へ引下がるのである。

脱稿日は大正十四年四月一日、内藤は一切を同人たちに相談なくこれを書いている。引用中の〔工場の屋根裏へ引下がる〕は廃業や隠居を意味するのではない。一時雑誌を休刊し、千乃夫人名義で古物商の鑑札をうけ古本屋を開業、そしてその詩歌堂書店を経営したのである。同時に詩歌書の図書館とも言える詩歌堂文庫の設立を企画し、その建設基金を募るため、大正十五年三月から十一月には講演会を行い、諸大家の色紙短冊の即売会を開催するなどの活動もした。同年、次女・美智子をえており、昭和二年千歳村烏山に転居移住、翌三年そこに詩歌堂文庫を建設している。

「私は永遠に詩壇人にさらばをする」の翌月『抒情詩』大正十四年五月號が出版されている。

手持ちこれ以外の『抒情詩』サイズは菊判だが、この號のサイズは何と呼べばいいのだろう。表紙図版を出しておくが、菊版は１５０㎜×２２０㎜、『抒情詩』は１９０㎜×２２０㎜と横が40㎜長い。菊版原紙６３６㎜×９３９㎜を４×４で切るところ３×４に切ったサイズで

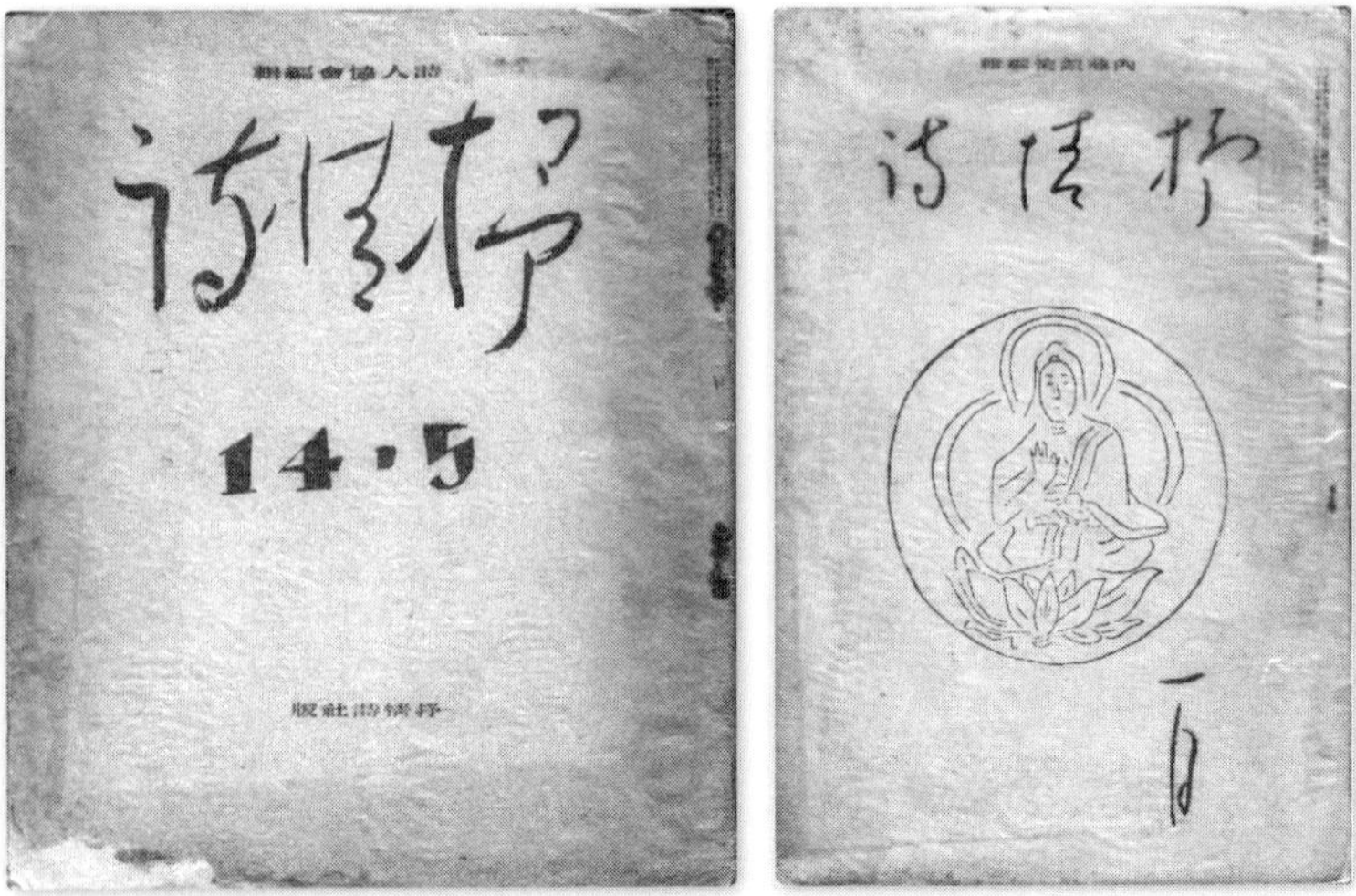

『抒情詩』大正14年１月号・５月号表紙

ある。この非定型サイズに加え、変わっているのは、まえの『抒情詩』表紙上部には右からの横書きで〔内藤鋠策編輯〕とあるのが、この號では〔詩人協會編輯〕としてあり、下には〔抒情詩社版〕と書き加えられ、中央には左から赤の算数字で〔14・5〕となっていることだ。

簡単に言うと、菊版の横を約1・3倍に広げ正方形に近づけ、中央に赤の太文字で〔14・5〕と目立させ、〔詩人協會編輯〕と謳ったものの奥付は今までどおり。その奥付の上に詩人協会発足について紹介している。

『抒情詩』五月号の奥付頁を図版で出しておいたが、奥付の囲いの中は一月号も二月号もこの五月号と同じである。三段組中段に右から詩人協会会員三十二名、次いでその中から六名の編輯同人

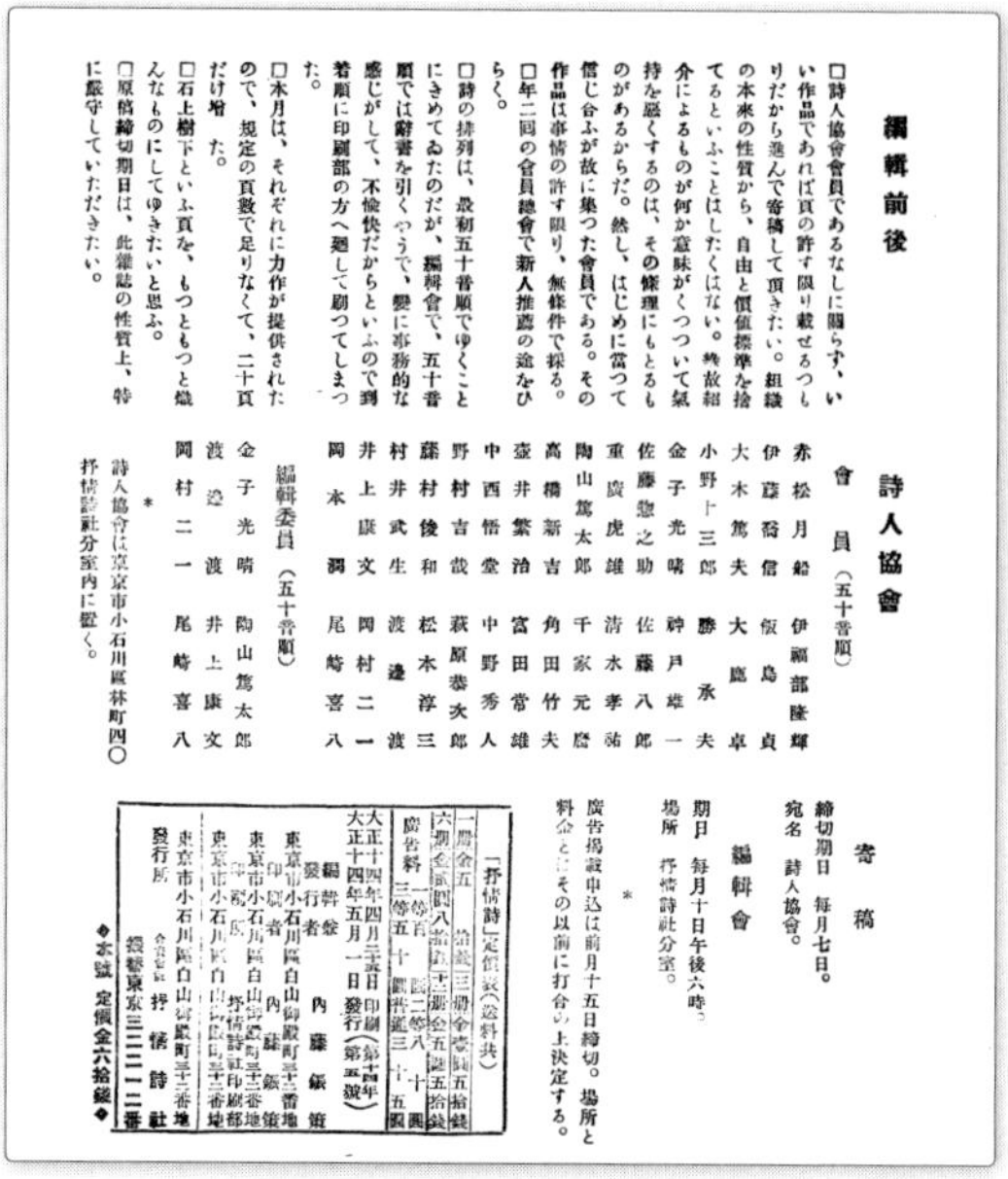

編輯前後

□詩人協會會員であるなしに關らず、いい作品であれば頁の許す限り載せるつもりだから進んで寄稿して頂きたい。組織の本來の性質から、自由と價値標準を捨てるといふことはしたくはない。然故紹介によるものが何か意味がくつついて氣持を惡くするのは、その條理にもとるものがあるからだ。然し、はじめに當つて信じ合ふが故に集つた會員である。その作品は事情の許す限り、無條件で採る。
□年二回の會員總會で新人推薦の途をひらく。
□詩の排列は、最初五十音順でゆくことにきめてゐたのだが、編輯會で、五十音順では辭書を引くやうで、變に事務的な感じがして、不愉快だからといふので到着順に印刷部の方へ廻して刷つてしまつた。
□本月は、それぞれに力作が提供されたので、規定の頁數で足りなくて、二十頁だけ增[illegible]た。
□石上樹下といふ頁を、もつともつと織んなものにしてゆきたいと思ふ。
□原稿締切期日は、此雜誌の性質上、特に嚴守していただきたい。

詩人協會

會員（五十音順）

赤松月船　伊福部隆輝
伊藤嵆信　飯島貞
大木篤夫　大鹿卓
小野十三郎　勝承夫
金子光晴　神戸雄一
佐藤惣之助　佐藤八郎
重廣虎雄　清水孝祐
陶山篤太郎　千家元麿
高橋新吉　角田竹夫
壺井繁治　富田常雄
中西悟堂　中野秀人
野村吉哉　萩原恭次郎
藤村俊和　松木淳三
村井武生　渡邊渡
井上康文　岡村二一
岡本潤　尾崎喜八

編輯委員（五十音順）

金子光晴　陶山篤太郎
渡邊渡　井上康文
岡村二一　尾崎喜八

＊

詩人協會は東京市小石川區林町四〇抒情詩社分室内に置く。

寄稿

締切期日　毎月七日。
宛名　詩人協會。

編輯會

期日　毎月十日午後六時。
場所　抒情詩社分室。

＊

廣告掲載申込は前月十五日締切。場所と料金とはその以前に打合の上決定する。

「抒情詩」定價表（送料共）
一冊金五拾錢　三冊金壹圓五拾錢
六冊金貳圓八拾錢　十二冊金五圓五拾錢
廣告料　一等百圓　二等八十圓　三等五十圓　普通三十五圓
大正十四年四月二十五日印刷（第十四年）
大正十四年五月一日發行（第五號）
編輯兼發行者　内藤鋠策
東京市小石川區白山御殿町[illegible]番地
印刷者　内藤鋠策
東京市小石川區白山御殿町[illegible]番地
印刷所　抒情詩社印刷部
東京市小石川區白山御殿町[illegible]番地
發行所　抒情詩社
東京市小石川區白山御殿町[illegible]番地
振替東京[illegible]番
◆本號　定價金六拾錢◆

『抒情詩』大正14年５月号奥付頁

が五十音順で書かれてあり、左端には〔詩人協會は東京市小石川區林町四〇抒情詩社分室に置く〕と記されている。

この『抒情詩』と同時に刊行されたのが『近代詩歌』創刊号である。

編輯兼発行人は、内藤に〔次の機会の世話人には誰が〕なるか〔一切の始末を〕任された飯島貞であった。印刷者・印刷所は『抒情詩』と同じ、発行所は抒情詩社に並列して飯島の〔自由詩社〕が加えられている。その住所が詩人協会と同じ〔東京市小石川區林町四〇〕、しかもこの奥付頁三段組に設けられた〔轉居〕欄の中ほどに〔渡邊渡氏　東京市小石川區林町四〇内藤方〕とあった。つまり内藤所有の抒情詩社分室に飯島が自由詩社をおき、内藤宅には詩人協会をおき渡が住んだのである。その位置を明治・大正時代の古地図（以下、明治大正の古地図）で確認してみると、小石川區林町四〇がわりに広

明治・大正時代の古地図

いことに気づいた。

おでん屋〔ごろにや〕がつぶれたあと、岡本一家は長崎県北松浦郡平戸村にうつった。

この転居先は『近代詩歌』、前記渡邊渡の転居知らせの左端に書かれている。『抒情詩』大正十四年五月号最後にある「石上樹下」というコラムの、岡本の手記にその経路があった。

四月十一日晩に東京を発ち、途中京都、大阪、神戸と移動する。神戸からは日本郵船の箱根丸で瀬戸内海を西に向かって門司に到着、小倉でも遊んで十八日に平戸に着いた。そして十九日午後にこの手記を記している。

平戸で一時住まい、大正十五年一月から京都で暮らすが、その夏には上京し、年内に千葉県中山黒門前に移り昭和五年ごろまでそこに居た。

萩原一家も同じく大正十四年の同じころ落合町下落合に移っている。ほどなく妻子を実家に行かせ自分は前橋市外の義母を頼り、大正十五年四月ごろに駒込千駄木町六十五に戻った。ここで暫し妻子と暮らすのである。

友谷静榮のその後は小書『林芙美子 実父への手紙』から拾っておこう。

――この岡本と別れた友谷は、その後小野十三郎と一緒になった。

小野は明治36年大阪の裕福な家庭に生まれた。天王寺中学校卒業後大正10年（1921）に上京、岡本の『罰当たりは生きている』によれば、中退した東洋大で岡本と同級であったが、その後交流はなく「赤と黒号外」同人に途中参加した頃からの付き合いである。

――自伝『奇妙な本棚』で小野のこの頃の足跡を手繰ると、震災を大阪で迎えて、足かけ5年住んでいた第二東洋館から富士見町に移り半年過ごし、東片町裏通りのみずほ館に移った。岡本との別離の後そこに友谷も住み、部屋に小野が押しかけ、そこで二人はしばらくの結婚生活に入る。

――大正14年春頃には下宿を出て日暮里に世帯をもち、大正15年初夏には豊多摩郡杉並町で所帯を構えているが、そののち二人は後に円満に別れ、小野は大阪出身の熊谷寿枝子と、友谷はモダニズム詩人の上田保と終生を連れ添った。

しかし、ここで自らを訂正しなければならない。

訂正部位は二つ目の引用、〔足かけ5年〕である。ここは小野の書いたとおりに引いたのだが、この事実は「足かけ3年」であった。小野が上京し、東洋大にはいったのは大正十年春、父から毎月五十円の送金を受けたという。だが八カ月で中退し、翌年二月には牛込横寺町九番地のアパートに移っている。第二東洋館に移ったのもその年で、大正十三年夏ごろに本郷區追分町三十一番地初音館本館に転居した。そこに林正雄、神戸雄一がおり、向かいの第二初音館には壺井繁治がいて毎日往来したという。その後の富士見町の所在は詳細確認されていないが、引用していない部分で小野は、富士見町で『ダムダム』をやった、と書いている。

少しのちに記すが、『ダムダム』創刊は大正十三年秋なのである。

大正十三年十月ごろ岡本潤と別れた友谷静榮は東片町裏通りのみずほ館での一人暮らしにもどっていた。富士見町で『ダムダム』創刊のあと、みずほ館に越した小野十三郎が部屋に押しかけ同棲に至るのである。ふたりは大正十四年春にはみずほ館を出て日暮里一〇六五吉田方に移り、大正十五年初夏には杉並区馬橋三五五に新築一戸建てを構え名実兼備の新世帯にはいっている。

さて、ここで時をほんの少し前に戻すことにしたい。

述べたように、林芙美子が友谷静榮と小詩集「二人」を出した大正十三年七月、静榮は田辺若男に紹介された岡本潤と駒込千駄木町の喜久世館に同棲中である。芙美子はというと六月末には田辺と別れひとり身であった。田端のとなり八畳には五十里孝太郎が越してくる。田辺は当面の下宿代を支払い根津八重垣町の下宿に移り、芙美子はそのまま暫し田端に住み、カフェに出たようである。

田辺の次に芙美子が一緒になったのは野村吉哉であった。

野村吉哉は明治三十四年京都の生まれ、戸籍名は「悪太」、この頃すでに肺結核を患っており、それにより昭和五年に没している。大正十一年に詩や童話を書き始め、大正十二年前半つまり震災の前『新興文學』に四篇、『中央公論』に一篇の試論を書いた。大正十三年春から夏にかけて南天堂に交わったと思われ、夏には八丈島に渡り、のちに野村と連れ添った野村澤子の「林芙美子傳の眞實のために」によれば、八丈島から帰った野村は藤田草之助が転居した後を借り、玉川の多摩川べりの小さな借家に住んでいた。島では哲学入門書を執筆し『哲学講和』として九月末に刊行、十月には詩集『星の音楽』を出し、『ダムダム』同人になっている。

『南天堂』で寺島が実際は十一月だと正してあったが、奥付に依れば十月十日に『ダムダム』が創刊され、発行所は「南天堂書房」と「ダムダム会」共同である。同人は萩原恭次郎・岡本潤・壺井繁治・林正雄・小野十三郎・神戸雄一・飯田徳太郎・高橋新吉そしてこの野村吉哉など計十二名だが、林正雄の資金持ち逃げにより創刊きりで廃刊になったとされている。

『ダムダム』が廃刊となり、東京で食い詰めた壺井・飯田は師走に入って銚子への逃避行を敢行した。

――飯田が、自分の父親はかつて銚子警察署の署長だったので、倅として銚子では多少の顔がきく、夏場用の貸別荘を冬場は安く借りられ、食料調達は引き受ける。だから大勢で共同生活して原稿を書こうではないかというのが飯田の話で、それに壺井は「うまい話」と聞いた。

寺島は『南天堂』で、壺井繁治の「若き日の平林たい子　ひとり生きる」から銚子行の経緯について引いたあとに、こう説明している。飯田徳太郎は明治三十六年（１９０３）生まれ、出身は前引で知れるように千葉県銚子である。社会主義者として知られており、『種蒔く人』『文芸戦線』『黒船』などにアナキズムの小説や評論を出しているが、昭和八年谷川岳で遭難死した。「コトバンク」に〔大正13年の軍隊宣伝事件で懲役一年の実刑判決を受ける〕とあったので、減刑出所したのか、との疑問をいだきつつ、これにも触れず先に進むことにする。

銚子行の参加者について、壺井の「若き日の平林たい子　ひとり生きる」を『南天堂』から

孫引くと、

——これに参加したのは、飯田をはじめとして、《一年後に》萩原恭次郎の第一詩集に独特なリノリウムの版画を添えた前記『マヴォ』同人の岡田龍夫、同じく『マヴォ』同人矢橋公麿、安田銀行員でわたしや萩原恭次郎の下宿によく出入りし、勤めをサボって首になる一歩手前の、肺病やみの文学青年福田寿夫、わたし、それからただ一人の女性平林たい子の六名である。それまで私は平林たい子を全然知らなかったし、飯田も直接は知らなかったようであるが、後で聞いたところでは、たい子は岡田の恋人であり、岡田の誘いでこの一団に加わったということであった……

引用冒頭行の〔《一年後に》〕は寺島の引用者注である。

平林たい子は明治三十八年生まれで本名「タイ」、現在の長野県諏訪市出身である。諏訪高等女学校を卒業し上京早々からアナキストグループと交わった。大震災のとき身柄拘束され、解かれると翌大正十三年一月に当時同棲していた同志山本虎三と大連に渡航している。そのとき妊娠しており、山本は検挙され、生んだ女児は半月で死去、実刑二年の山本を残して帰国した。その後一時期マヴォイスト高見沢路直、すなわち後に漫画「のらくろ」で知られる田川水泡と同棲し、高見沢に紹介された岡田龍夫とこの頃を過ごしていた。

銚子での滞在先は日昇館という宿であった。

滞在中の仔細は省いて、寺島『南天堂』からその顚末を引くことにする。

――離脱第一号は矢橋だった。これは矢橋本人から私が聞いた。次に銚子へ来て平林たい子を飯田に奪われた岡田が去った。三番は飯田と平林の二人が東京で金策すると出て行った。壺井と福田寿夫が残されて空きっ腹を抱えていた。そこへ香川県小豆島の岩井栄がやって来た。壺井とは同郷の女ともだちである。岩井栄の持ち金に救われて壺井と福田と三人は東京へ帰った。

飯田とたい子は一度日昇館に戻ったが、滞在者は残っておらず、すでに東京に戻っていた。『壺井繁治全集　第五巻』年譜を頼れば、〔一月、かねて文通中の岩井栄、誘いに応じて小豆島より来る〕とある。ふたりは文通しており、日昇館からの返事に岩井栄がこたえたということだ。

岩井栄は明治三十二年（１８９９）八月、小豆島で壺井との隣村に生まれた。おもに児童文学を手掛けているが、『二十四の瞳』の映画化を御存じの方も多かろう。大正四年から郵便局、役場に勤め、成人してから里帰りしていた壺井繁治と知り合い、日昇館からの便りで勤めをやめて出郷したのである。

その少し前、林芙美子に動きがあった。

小詩集『二人』を継続中のころ、友谷静榮に惚れていた縁で印刷資金を提供した神戸雄一が林芙美子に『ダムダム』で付き合いのあった野村吉哉を紹介した。両詩誌の刊行状況から推察して大正十三年秋のことだろう。『砂漠の花』は自伝小説で多少の操作が伺われるが、平林たい子が銚子に行くまえに会った芙美子はカフェ勤め、独り身である。『放浪記第三部』「冬の朝顔」には〔私は、正月には野村さんのところへ行きたい。野村さんは、早く一緒にならうと云つてくれてゐる。〕とあるのだが、『砂漠の花』も頼るなら、芙美子が野村の住む多摩川の家に転がり込んだのは年内だったのかも知れない。

——留守番に頼んだ野村が、へんな女を連れ込んでいるというので、まもなく屋敷の持ち主が彼を追い出した。けっきょく、野村は芙美子を連れて、道玄坂の借間に移った。が、そうなると、すぐにおし寄せてくるのは生活問題だった。「いいわよ、私はカフェに行くから。ときどきやってくるからね。」芙美子は、また風呂敷をもって、ころころと子犬のように機嫌よく道玄坂のどこかに口を探しに行った。

とまぁ、こんな感じだったのだろう。

壺井の年譜に戻る。

〔二月二十日、岩井栄と結婚、世田谷三宿に新しい世帯をもつ。〕〔間もなく世田谷太子堂の森影の二軒長屋に移る。同じ棟割長屋に野村吉哉、林芙美子が引っ越し、近所の散髪屋の二階へ飯田徳太郎、平林たい子夫婦が移り来る。〕

壺井栄の言によれば、道玄坂に居た野村と芙美子が太子堂の棟割長屋に越したのは野村と壺井繁治が申し合わせたことだという。そのころ、近くには前田河浩一郎が住んでいた。飯田とたい子が散髪屋二階に住むのは四月中旬、九月には世田谷町三軒茶屋に転居している。その間、初夏のころに黒島伝治が寄寓し、同郷の人と結婚して再び上京し壺井夫婦と同居した。七月には壺井夫婦が三歳の姪真澄を引き取っている。

黒島伝治の生年は明治三十一年（1898）、壺井繁治よりひとつ年下である。壺井と同じ小豆島苗羽村にうまれたが、上級学校への進学がかなわず、実業補修学校を卒業して醤油工場に勤め、学費をためて上京し早稲田大学予科の選科生になった。選科生というのは規定学科の一部のみを選んで学ぶ課程で、徴兵猶予の対象ではなかった。黒島は大正八年に兵役招集をうけ、壺井と同じく姫路の歩兵第十連隊に在営、シベリア出兵に看護卒として従軍している。看護卒は看護兵の旧称である。そして、その体験が昭和三年（1928）の代表作『渦巻ける烏の群』や『橇』など、俗に「シベリアもの」と呼ばれる戦争文学として結実するのである。

壺井夫婦と同居の頃は、『潮流』に「電報」を発表して好評をうけ、壺井の推薦で同人となり「まかないの棒」「二銭銅貨」などを次々と発表していたが、壺井宅にはアナキストなどの出入りが多いため、敬遠して暮近くに池袋に移っていったという。

太子堂での林芙美子と野村吉哉の生活ぶりは、芙美子の『放浪記』、壺井栄の『風』、平林たい子の『砂漠の花』、そして野村吉哉の「貧乏詩人の日記」にそれぞれの視点で活写され、壺井繁治の『激流の魚』、岡本潤の『詩人の運命』、小野十三郎の『奇妙な本棚』などの自叙伝が触れているが、楽しそうでもあり、一方で芙美子が野村の暴力に閉口する日々でもあった。詩を書きながら童話などを売り歩く毎日で、多少の稿料を手にしてもすぐに使ってしまい、いつも生活に貧していた。そして十月、芙美子は徳島から因島そして尾道に渡っている。徳島では母キクに逢い、徳島毎日新聞で童話を売り込みに行ったが採用されなかった。因島ではかつての恋人岡野軍一に会いに行き、尾道では恩師小林正雄と会い、不如意な生活を吐露したようである。そしてその冬、ふたりは夜逃げをして瀬田に越した。

その夜逃げを見届けた壺井夫妻も、少しして矢張り夜逃げするのであった。

銚子行の一行がひとりまたひとりと帰京を果たすころ、ひとり上京してきた若者がいた。のちに劇作家として大成し林芙美子原作『放浪記』を劇化、この演劇は昭和三十六年から芸術座でロングランを続けたが、主演森光子逝去により二千十七回で終了した。そう、若き日の菊田一夫である。

菊田は神奈川県横浜市出身で明治四十一年（１９０８）の生まれ、本名は数男である。生まれてすぐに養子に出され、生後四カ月で西郷姓の両親に連れられて台湾に渡ったが、間もなく捨てられ、転々と他人に育てられたすえ、五歳の時に菊田家の養子となった。ようやく信頼できる家族をえて台湾城北小学校に入学したものの、父・吉三郎の急逝により中退、学業半ばで薬問屋に売られ、年季奉公を務める。その後、大阪・神戸で小僧をして夜学で学び、その頃から作詩をしていたという。端折りながら書くとこんな感じだが、詳しく経歴を見ていくと「数奇な幼少期」という言葉が相応しく、菊田は生涯にわたり学歴劣等感に悩まされたという。

先述の芸術座『放浪記』はあまりに有名だが、菊田の自伝小説を劇化した「がしんたれ」も代表作のひとつに数えられている。その小説『がしんたれ』から上京の頃を拾ってみることにしよう。

菊田は主人公の和吉である。

和吉が上京したのは大正十四年一月四日、勤めを辞して、神戸から汽車で東京在の同人誌仲間を頼って出てきたのである。しかし、丁稚生活六年間の郵便貯金九十七円なにがしかをその仲間にだまし取られ、僅かに残った金で約半月近くをしのぎ、ようやく見つけたのが、内藤鋠策の抒情詩社見習い文選工であった。

――半年ほど後に〔近代詩歌〕いう雑誌をだしている戸崎町の秋田印刷所に移った。

この〔秋田印刷所〕は沖田印刷所のことで、〔戸崎町〕を番地まで言うと戸崎町七十二である。菊田はこのように半年ほどで移ったと記しているが、『南天堂』で寺島は〔菊田一夫は沖田印刷所には移らなかったようだ〕としていた。だが、寺島らしくなく、その根拠については触れていない。

しかし、これにも拘らず、疑問符そのままに抄出を続ける。

――和吉はここで、またしても珍物屋商会のときと同じように盗癖のある文選工の巻き添えをくって、活字盗売の共犯ということで留置場にぶちこまれ、出てくる早々、博文館印刷争議の大騒ぎにまきこまれて、またしても同じ富阪警察署の留置場にたたきこまれ、ほうほうのていで印刷所づとめをやめて、そして、その間に知り合った詩人仲間とはじめたのが〔太平洋詩人〕なのである。

大正十四年秋、東京市本所の凸版印刷会社は全従業員が加盟している関東出版労働組合を認めず、従業員に組合脱退の誓約書を書かせようとした。そのため従業員は待遇改善などを要求してストライキを決行、これは労働者側に凱歌が上がった。この争議に勝った出版労働組合は、引き続き小石川白山御殿町の精美堂印刷所を相手どったが、精美堂と同資本系列の博文館印刷所と日本書籍の従業員も同情ストライキを始めた。

いずれも労働者側が勝訴、これが〔博文館印刷争議〕である。

これらのゼネスト攻撃に耐えかねた資本家陣営は、急遽、凸版印刷・博文館・東京印刷・三秀舎・三省堂・築地活版・小島活版・精美堂・日清印刷・富士印刷の十一社協定を結び、特別手当を全廃し日給の単一制度として、臨時休業の際は全額を支給しない、とした。しかし、この資本陣営の共同戦線に対して組合側が立ち上がって応戦すると、たちまち新年号の雑誌刊行に支障が出るということで、十一社協定に生じた亀裂が雪崩式に拡がる。だが、精美堂・博文館は共同で共同印刷株式会社を創立し真っ向から対立した。『戦旗』に連載された徳永直の小説『太陽のない街』で知られる共同印刷争議は大正十五年一月八日、この共同印刷株式会社の操業短縮と組合員二百五十名の短縮分賃金カットの発表に端を発した大規模ストライキに対して、会社側が工場閉鎖と約千八百人の解雇を発表するなど強硬手段にでたことで拡大していった。最終的には、官警介入により三月十八日に締結し労働者側の敗北に終わるが、共同印刷所の文選工だった徳永直はこの争議団の一人でもあったのである。

言うまでもなく、和吉の〈その間に知り合った詩人仲間〉のひとりは渡邊渡である。そして『太平洋詩人』の発刊をいっとき支えたのである。

『太平洋詩人』はいずれ手元に置きたいと思っている詩誌だが、古書のネット販売が日常化している昨今とはいえ簡単に手にすることはできない。もう二十年以上探しているが、入手出来ていないばかりでなく、いまだ現物を手に取ったことがないのである。

日外アソシエーツより出版された『現代詩誌総覧』は大正後期から昭和十九年までに日本国内で発刊された各種詩誌百六十一点二千五百七十六冊の解題と総目次集である。本文を解題と目次で構成、編集者・発行所・定価や装幀・図版・カット、広告などの記載が纏められている。この『現代詩誌総覧』で『太平洋詩人』を紐解くと、解題に「〔書誌〕全8冊。創刊1926年5月〜1927年4月。〔復刻〕なし。〔所蔵〕日本近代文学館。〔目次欠号〕なし。」とある。〔内容〕は割愛だが、これに頼って近代日本文学館より取り寄せた全巻コピーが私の参考資料である。ここには復刻なしとあるが、平成二十一年（2009）にはゆまに書房から『コレクション・都市モダニズム　第2巻　アナーキズム』として『太平洋詩人』と『バリケード』が復刻されており、勿論これは入手済みである。

足跡：小石川區表町：太平洋詩人協会・ミスマル社・下落合

『抒情詩』の編集に関わり、詩人協会の設立と『近代詩歌』の創刊に大きく関与していた渡邊渡だが、三カ月ほどで『近代詩歌』と袂を分かち、詩雑誌『低気圧』を創刊した。そして、その第二号から詩誌名・組織を一新して大正十五年五月に『太平洋詩人』を創刊するのである。

この時期はアナキスト詩人たちにとって一つの転換期と言える。

半年前、大正十四年の暮れに日本プロレタリア文芸連盟が結成されており、この創刊の時にはいわゆるアナ・ボル連合が成立していた。御存じのように、〈アナ〉はアナキズム、ギリシャ語に由来する無政府主義のことで、文字通り国家や政府による統治を否定的にとらえ、これらを最小化した社会を志向する政治思想である。一方で〈ボル〉、ボルシェビキはロシア社会民主労働党が分裂しレーニンが率いた左派の一派で、ロシア語で多数派を意味する。二月革命後に社会主義革命とプロレタリア独裁を主張した。しかし、渡邊渡の脳裏にあったのは、思想の違いというより、詩に対する考え方の相違だったようだ。その考えが、『太平洋詩人』創刊号に所収された渡邊渡の「詩壇展望」に記されてあった。紙面二段組の下段冒頭に書かれてあり、〔―主として僕自身の立場を明らかにす―〕という副題がつけられている。全文は次章「作品：渡邉 渡」に抄出するとして、かいつまむと次のようになる。

自分が雑誌編集や詩壇運動に関わるのは、現詩壇があまりに良心を失い過ぎていて、封建的、惰性的であるために厳粛な価値批判規律が失われており、情実や出鱈目があまりにひど過ぎ憤りを感じるからだという。そして、わずか三カ月で『抒情詩』と離れたのは、雑誌形態が次第にジャーナリスティックになり、詩人協会の設立意義に反してきたために、当初の宣言を起草した責任上身を引いた。蕾詩壇に対立する新興詩精神というのは、時代の苦悩に根を入れた詩的精神があり、大衆的要素を具備し、少なくとも試作期や習作時代でない境地での創作であり、大陸文学の移植でなく民族の伝統への目覚めがなくてはならないと説き、蕾詩壇にはこれらが欠如していると断じ、ゆえに『近代詩歌』は蕾時代の最後であり『太平洋詩人』は新時代の始まりだと論じる。そして、詩話会から一九二六年の『日本詩集』に推薦されたが原稿を出さなかったこと、一九二六年詩會運動の精神には賛同するが加盟しなかったことなどを綴っている。稿末には日本詩人や名を残す詩人たちへの批判を羅列しているが、それは割愛である。

同じく紙面二段組の下段、「詩壇展望」の次に掲載された伊福部隆照の「一九二六年詩會の出發」には、渡邊渡の言う方向性への賛同を垣間見ることが出来る。そこには〔ほんとうに現代日本を生きようとしている青年詩人の聯盟である。〕〔吾々はその詩風に於て何等の制限をもたない。その表現手法に於て全く自由である。吾々はその詩人の個性を絶體的に認める。〕などと記されてあった。

『太平洋詩人』創刊から四ケ月後の大正十五年九月、青野季吉が『文芸戦線』に「自然成長と目的意識」を発表している。これを契機に共産主義文学者とのアナ・ボル共同戦線は崩壊、十一月の日本プロレタリア文芸連盟の第二回大会は、名称を日本プロレタリア芸術運動と改め、アナキストとその近縁者を連盟から排除する。そして、アナ・ボル戦争としてアナキストの活動が政治的色彩を強めていくのである。

さて、ここまで、菊田一夫が『太平洋詩人』に交わった経緯、渡邊渡が『抒情詩』から『近代詩歌』へと流れた背景や『近代詩歌』と袂を分けて『太平洋詩人』創刊に至った過程などを見てきた。ここで、自作資料で恐縮だが「太平洋詩人奥付一覧」を図版で収載しておく。この奥付一覧を見てみると、第一巻創刊号から第一巻第三号までは編輯・発行者と印刷者は渡邊渡、印刷所は太平洋詩人協會印刷部、発行所は太平洋詩人協會ですべて住所は東京市小石川區表町一〇九番地となっている。

『太平洋詩人』奥付（明らかな誤植は訂正）

	第一巻第一號	第一巻第二號	第一巻第三號	第一巻第四號
印刷納本	大正15年4月25日	大正15年6月25日	大正15年8月25日	大正15年11月25日
發行	大正15年5月1日	大正15年7月1日	大正15年9月1日	大正15年12月1日
編集兼発行者	渡邊渡	同前	同前	同前
住所	東京市小石川區表町一〇九番地	同前	同前	東京市牛込區新小川町二ノ八ミスマル社内
印刷者	渡邊渡	菊田一夫	同前	川久保浩
住所	東京市小石川區表町一〇九番地	同前	同前	東京市牛込區新小川町二ノ八
印刷所	太平洋詩人協會印刷部	同前	同前	ミスマル社
住所	東京市小石川區表町一〇九番地	同前	同前	東京市牛込區新小川町二ノ八
発行所	太平洋詩人協會	同前	同前	「發賣所」ミスマル社
住所	東京市小石川區表町一〇九番地	同前	同前	東京市牛込區新小川町二ノ八
定価	二十六錢（送料共）	同前	同前	二十五錢（送料一錢）
一ヶ月	二十六錢（送料共）	同前	同前	同前
三ヶ月	七十二錢（送料共）	七十五錢（送料共）	七十錢（送料共）	同前
六ヶ月	一圓四十錢（送料共）	一圓四十五錢（送料共）	一圓四十錢（送料共）	同前
一カ年	二圓七十錢（送料共）	二圓八十錢（送料共）	二圓八十錢（送料共）	同前
大賣捌店				東京堂・東雲堂・北隆堂・太東館

	第二巻第一號	第二巻第二號	第二巻第三號	第二巻第四號
印刷納本	※大正15年12月25日	昭和2年1月25日	昭和2年2月25日	昭和2年3月28日
發行	※大正16年1月1日	昭和2年2月1日	昭和2年3月1日	昭和2年4月1日
編集兼発行者	同前	同前	同前	同前
住所	同前	同前	同前	同前
印刷者	同前	同前	同前	同前
住所	同前	同前	同前	同前
印刷所	同前	ミスマル社印刷部	同前	同前
住所	同前	同前	同前	同前
発行所	同前	同前	同前	同前
住所	同前	同前	同前	同前
定価	同前	二十五錢（送料二錢）	同前	同前
一ヶ月	同前	二十七錢（送料共）	同前	同前
三ヶ月	同前	同前	同前	同前
六ヶ月	同前	同前	同前	同前
一カ年	同前	同前	同前	同前
大賣捌店	同前	同前	同前	同前

次は、この住所とそこに立つ太平洋詩人協会の建物について見ていくことにしたい。

――協会は伝通院の塀に沿った崖路にあって、玄関を入ったところが一階で、家の中に入って地下に降り、裏に抜けると、そこが街路に面している、という不思議な建物だった。

これは、菊田一夫『落穂の籠』「あの人この人」所収、林芙美子を偲んでの〈昭和四十六年二月〉部分引用である。

菊田はまた、同じ文章の書き始めに〈文撰室ともで二部屋しかない家〉とも書いている。

つまり、一階二階とも一部屋の二階建で、一階二階とも裏表の関係で出入口がついて道路に面している建物だということだが、この家が建つ〈東京市小石川區表町一〇九番地〉、いったいどんな

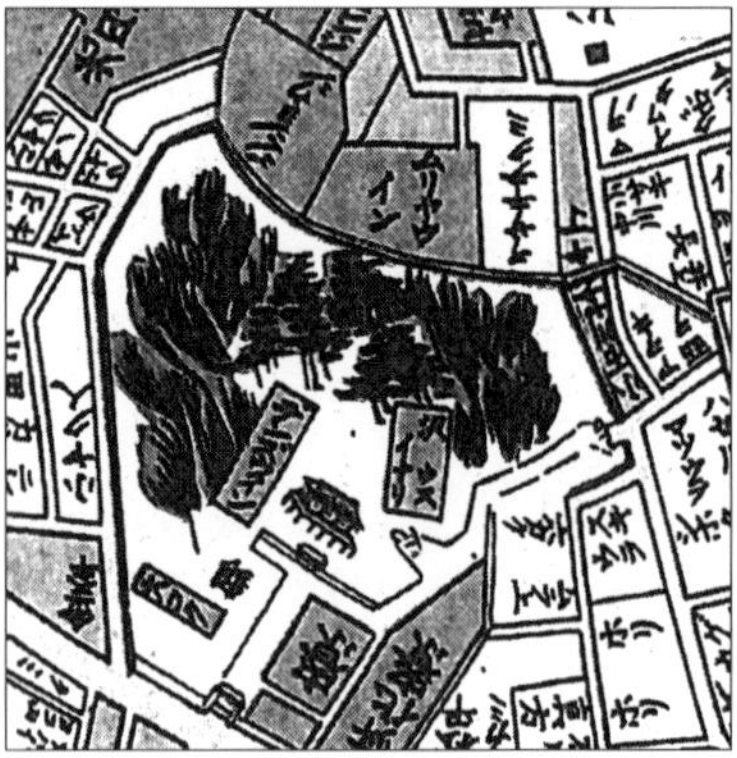
天保の古地図

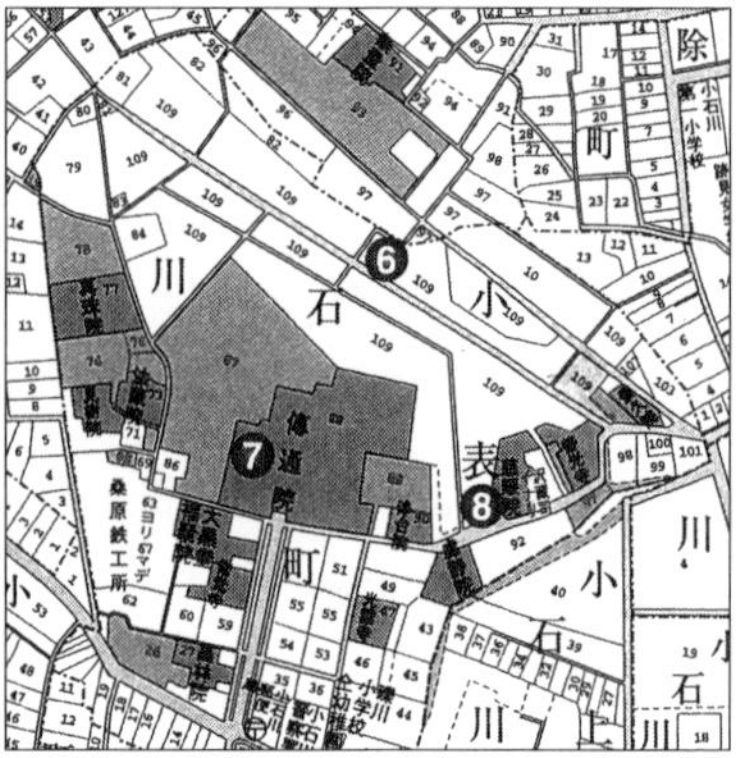

明治・大正の古地図

地形だったのか、元禄九年丙子舊版・文政五年壬午補改・天保十四年癸卯再販の古地図（以下、天保の古地図）で見てみることにしよう。

まえに、明治大正の古地図を出し〔林町四〇〕を少し見た。その地番にも広さは感じたが、〔表町一〇九番地〕はそんなものではない。地番だけでは場所が特定できないのである。

伝通院の正式名称は無量山電通院寿経寺、小石川伝通院ともいう。徳川将軍の菩提寺として知られているが、明治維新によって将軍家の庇護は完全に失われた。廃仏毀釈運動のために塔頭・別院の多くが独立し、いまでも十分に広いが、それでも規模がかなり縮小したという。明治大正の古地図と天保の古地図を見比べると、縮小する過程で、主に境内外縁と思われる伝通院と無量寺との間の林が〔表町一〇九番地〕になったようだ。

明治大正の古地図には〔塀に沿った崖路〕が何か所もある

ので、こう見てきても太平洋詩人協会の具体的な位置を明確にすることはできなかった。だから、こうして手繰る協会の場所特定には区切りをつけ、奥付と本文以外でこの地番を『太平洋詩人』全巻から拾ってみた。

第一巻第一號　渡辺渡氏　小石川區表町一〇九　太平洋詩人協會内（転居）
第一巻第二號　藤村俊和氏　小石川區表町一〇九　太平洋詩人協會（転居）
第一巻第三號　藤村俊和氏　小石川區表町一〇九　千葉方（転居）
第二巻第一號　加藤立雄　小石川區表町一〇九　アルス（詩人宿所録）
　　　　　　本澤浩二郎　小石川區表町一〇九　アルスマ（詩人宿所録）

最後の〔アルスマ〕はアルスの誤植と思われるが、ここでの注目は〔藤村俊和〕である。同じ番地で〔太平洋詩人協会〕から〔千葉方〕への屋移りは地番内の複数の家屋敷を伺わせる。この藤村の名前はいままで何度も書いてきたのでご記憶だろう。そう、北九州の詩壇をながめたとき、渡の『びろうど』仲間で門司新報の記者、後に僧籍に入った人物である。また『詩盟』の広告に新刊詩集として『死靈』が紹介されていた。図版を出した『抒情詩』五月号奥付頁の〔詩人協會會員〕32名にもその名が連ねてあったし、同誌の「地方詩壇」〔詩盟社〕紹介欄に〔中心の人人〕の一人としてあがっていた。因みに『詩盟』は一時休刊していたが

『太平洋詩人』第一巻第三號の〔動静〕に〔詩盟　七月より再刊、福岡市庄新川通十〕と紹介されている。但し、まえに『詩盟』をみたときの住所は〔福岡市庄新川通百十番地〕、この住所は〔百〕の脱字である。

門司新報記者の東京常駐はあり得ない話ではない。しかし、恐らくは北九州からの交友を保ち、職を辞して渡邊渡の助っ人に上京したと推察される。そして、取りあえずは協会に住み、近所に移り住んだというわけだ。

本澤浩二郎については『遍路』創刊号に「憂鬱の街より」を寄せているようだが文章は未見、人物像を記す資料にはお目にかかっていない。加藤立雄についても写真・映像関係だったということ以外、あまり知らない。

気になるのは〔アルス〕、これはラテン語で芸術を意味する。北原白秋の弟・北原鐵雄が創立した出版社名で、北原白秋『白秋商品』を大正九年に出しており、まえに見た山崎斌の著書三冊が〔アルス版〕であった。手持ち本では大杉栄の『日本脱出記』を大正十二年に発行しているが、主に写真芸術関係の本を扱ったようである。『日本脱出記』奥付にあるアルス所在地は小石川區表町一九、太平洋詩人協会から距離的に目と鼻の先であった。

先ほど掲げた「太平洋詩人奥付一覧」を参考頂くと一目瞭然だが、『太平洋詩人』は第一巻第三號を最後に出版形態がかわり、第一巻第四號から再出発することになる。それを契機に〔アルス〕が出てくることから、文撰道具一切を引き取り、太平洋詩人協会所在の建物をその後アルスが借り受けたのではないだろうか。

さて、前引き菊田『落穂の籠』の「あの人この人」〈昭和四十六年二月〉には、太平洋詩人協会に誰が住んでいたのか、またその雰囲気をも書き残してくれている。

——その家に常時住んでいるのは、雑誌の編集を担当している渡辺渡、経営を担当している山口義孝、印刷を担当している私の三人であったが、協会所属の詩人たちは毎日のように集まってきて持論をたたかわせ、そのころ詩壇に君臨していた詩話会打倒の論議を沸かせた。つまり「太平洋詩人協会」は詩話会に対する在野党の集まりだったのである。

そして、同じく『落穂の籠』の「私事片々」〈昭和四十六年九月〉には、

——大正十五年夏、私は死にたくなった。太平洋詩人協会の経営が苦しくなったのである。経営が苦しくなったというよりは、そこに集まっている詩人連中の生活が苦しくなった。といったほうがいいかもしれない。前にも書いたことがあるが、その小石川表町の家にたむろしていたのは渡辺渡以下五人。生活は雑誌「太平洋詩人」の売り上げ金と地方の読者

の送ってくる直接購読費に頼っていたのだが、雑誌の取次販売店からの金がはいると、詩人たちはすぐに酒を飲んでしまう。そこに生活している詩人たちばかりでなく、協会をたまり場にして集まってくる詩人たちも、寄ってたかって飲むのだから、あっというまに金はなくなってしまう。

――月末近くになると、金がなくなり、米がなくなるのである。

と、まぁ、熱っぽくもあり苦しい生活ぶりが紹介されているのだが、私の疑念は別視点、この協会にいる詩人たちの人数である。前者の記載では住んでいるのが〔三人〕、後者ではたむろするのが〔五人〕、引き算の二人は別に家があるのにいつも居るということなのだろう。『がしんたれ』には〔協会は渡辺と山口、それにときどき岡本潤や小野十三郎が泊まりにきて、いつも男所帯である〕とあった。

ところで、これらの記載はいつ時点の回顧なのだろうか。

というのも、先ほど〔表町一〇九〕を見てきた中で、協会支援に北九州から出向いてきたと思われる藤村俊和は五・六月ごろ協会に住み、七・八月ごろには同番地の千葉方に移っていた。その前、第一巻第二号〔転居〕欄には山口義孝の転居が記され、五・六月ごろに茨城に引っ越したことが知れる。

——山口義孝氏　茨城懸眞壁町常總新聞支局

そして、菊田が協会に居た期間はこののち知れることになるが、そう長くはないのである。

山口義孝は明治三十五年五月茨城県日立市の生まれである。警察官だった父の転勤に伴い、守谷尋常小学校入学以来各地を転々とした。幼少時は病弱で、読書好きが見込まれたのか大正五年に東京市北多摩軍内藤新宿町の前原八紘堂書店にはいっている。大正九年には茨城県筑波で立文堂書店という小さな本屋を自営したが、大正十一年ごろ、印刷技術を覚えて自分で印刷した自作詩を配布したいと、本屋をやめて上京する。アルスの編集員の世話で文選見習いにはいり、数か月後大関五郎の世話で抒情詩社にはいった。神保町の下宿で関東大震災に被災、大正十三年の兵役検査に着ていくものがなくて内藤鋠策に借りたモーニングで行ったという。そのころ出来たばかりの抒情詩社印刷部には職工が二・三十人いたが、その印刷部の支配人を任され、ほどなく菊田一夫が抒情詩社文選見習いとして入職するのである。同じころ渡邊渡が抒情詩社で編集を担当しており、文選工の一人に矢橋丈吉がいた。

山口は、茨城県に戻って常總新聞に勤め眞壁町の支局勤務になったあと、昭和六年八月『筑波は晴れて』という詩集を詩人芸術社からだし、その後俳句に転じて山口素人閑と号し俳句誌『夜明け』を主宰している。

つまり、こういうことだろう。

大正十四年四月に内藤鋠策が詩壇から去ると宣言、抒情詩社が一時雑誌を休刊するにいたる。そして博文館印刷争議、続いて共同印刷争議である。渡邊渡など編集者や山口はじめ菊田・矢橋など印刷工は分散を余儀なくされ、渡の引きで山口と菊田が太平洋詩人協会に再収束して共同生活を始めた。だが、すぐに山口の転勤が決まる。常總新聞眞壁支局勤務ならばそうそう協会に顔を出すわけにはいかない。藤村を呼び寄せると、藤村はいったん協会に同居、そして程なく近くに屋移りするのである。藤村は編集のためしばしばやってくるだろうし、矢橋丈吉は文選業務、竹内俊一は詩人ではなかったようだが表紙画と扉題字を手掛ける都合で顔を出しただろう。友谷静榮は『女性詩人』編集者としてやることがある。初夏には小野十三郎と日暮里から馬橋に移るが、小野は秋には処女詩集を協会から出版することになる。転居をはさんで二人とも姿を見せたに違いない。岡本潤は再上京した夏から千葉に転居するまでは居ついただろうし、萩原恭次郎も四月ごろ前橋から戻った駒込千駄木町から姿を見せたに違いない。壺井繁治や黒田哲也やサトウハチローなどが屯することもあっただろう。勿論、他の詩人たちも何かにつけて集まって、飲んでは話し込んで、しばしばつるんで出かけたりしたはずである。

林芙美子は大正十五年一月中には野村吉哉との同棲を解消し、新宿のカフェに移っていた。

野村はやがて牛込區若松町のアパートに転居し、その春、神戸雄一から野村の詩集『三角形の太陽』を二・三部引き受けて欲しいと頼まれた橋本沢子と出会うのである。『落穂の籠』「あの人この人」〈昭和四十六年二月〉には、菊田一夫の太平洋詩人協会時代大正十五年初夏の記憶として、神田小川町の電車通りにある二流どころのカフェに「お菊さん」という源氏名でいた林芙美子が番傘と一升瓶を下げて協会に泊りで遊びに来る様子や、貯めた同人費を菊田がカフェに貰いに行く場面などがあり、その記憶がそのまま芸術座「放浪記」に描かれている。芙美子が協会を訪ねてくる姿は芸術座「放浪記」のパンフレットなどの図柄にもなっている。そして、そのころ芙美子は尾道に帰省、七月上旬に上京である。

菊田はその大正十五年初夏のことに〈お芙美さんは、そのころ、平林たい子さんと共同で間借りしているらしかった〉と書いているが、芙美子が飯田徳太郎と別れたたい子が下宿していた大黒屋酒店二階に「つるや」同僚と転がり込んだのは大正が終わる十二月、ともにカフェ女給をしながら、原稿を売り歩く生活だった。

この大黒屋酒店の所在について『【芸術…夢紀行】シリーズ3 放浪記アルバム』には〈本郷區追分町六四番地〉とあり、文泉堂『林芙美子全集』別冊「年譜・著者目録」には〈本郷三丁目〉とあるが、〈大十五年十二月廿五日〉印刷納本の『太平洋詩人』第一巻第二號所収〈詩人宿所録〕には芙美子の住所が〔四谷区新宿追分〕とある。

明けて昭和元年、たい子が当時『文芸戦線』同人だった小堀甚二と結婚することになると、この年も芙美子は帰尾して「風琴と魚の町」の初稿を執筆、再上京すると「つるや」同僚と下谷茅町の仕事師の二階を間借りして、通いなれた「つるや」に戻っている。たい子と別れた飯田徳太郎は本郷駒込蓬萊町の大和館に下宿していた。その後、ひとりになった芙美子はそこを訪ね手塚緑敏を知るようになる。手塚の名は〔ろくとし〕だが、〔りょくびん〕と呼ばれていた。明治三十五年一月長野県下高井戸郡平岡村で養蚕業を営んでいた農家の次男である。実家からの仕送りを受けながら、そのころ洋画修行のため大和館で過ごしていた。十二月に結婚、翌年一月に杉並區高円寺の西武電車車庫裏の山本方の二階に移り住む。そして、その高円寺での生活が『清貧の書』の舞台になったのである。

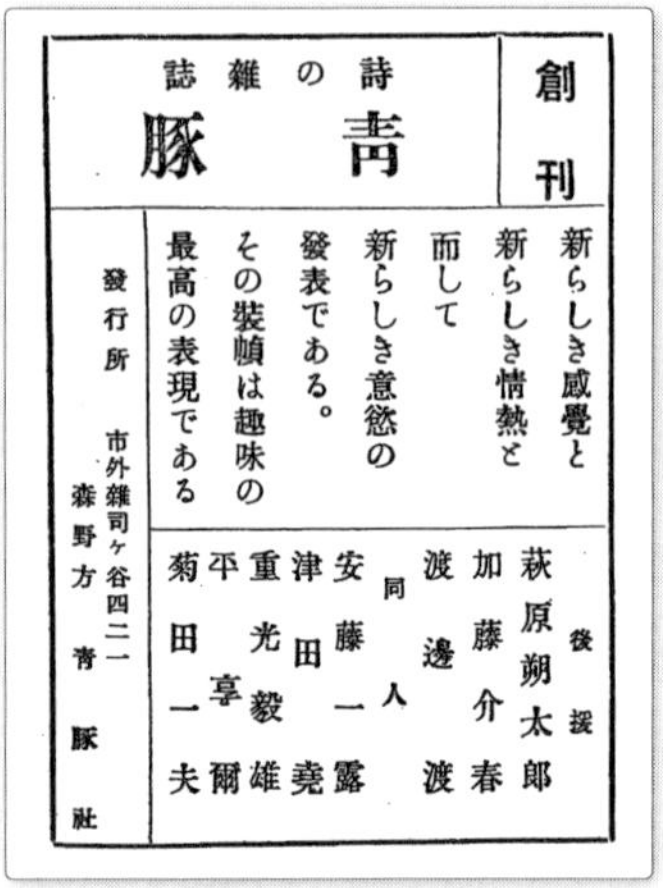
創刊

詩の雑誌
青豚

新らしき感覺と
新らしき情熱と
而して
新らしき意慾の
發表である。
その装幀は趣味の
最高の表現である

後援
萩原朔太郎
加藤介春
渡邊渡

同人
安藤一露
津田堯
重光毅雄
平亨爾
菊田一夫

發行所 市外雑司ヶ谷四二一 森野方 青豚社

『青豚』の囲み宣伝

さて、話を菊田一夫の詩雑誌に移そう。
図版は『太平洋詩人』第一巻第二號の囲み広告である。

ご覧のように、詩雑誌『青豚』創刊の案内で、発行所は〔青豚社〕、その住所は〔市外雑司ケ谷四二一 森野方〕となっている。同人は安藤一露・津田尭・重光毅雄・平亨爾、菊田一夫の五人、この後援に萩原朔太郎と加藤介春に並んで渡邊渡が名を連ねている。『青豚』の誌名は『青猫』を出していた萩原朔太郎が菊田をそう罵ったので諧謔的につけたといわれている。菊田はあちこちに太平洋詩人協会時代の赤貧を筆にし、その飢えの時期に、自殺を企て死ぬ前に萩原朔太郎に会いたいと鎌倉に出かけたこと、サトウハチローを訪ね何度か米などを貰ったことなどを書いているが、朔太郎に罵られたのはその鎌倉の時だとのことである。別の頁の誌面には自ら〔青豚發行について〕という小文を寄せており、文調から発行意欲がよく伝ってくるのだが、あれこれ調べても、この同人のうち〔安藤一露〕の名を見つけられなかった。

それが第一巻第三號の「動静」で氷解した。

――青豚 安藤一郎、重光毅雄、菊田一夫外二氏同人にて7月創刊

何ということはない。「郎」が「露」、単純な誤植であった。

安藤一郎のことなら少しは分かる。生まれは明治四十年（1907）、東京外国語学校英語科を卒業しのちに東京外国語大学教授になった。詩人・翻訳家としての著書は数多く、没後の昭和四十八年（1973）、思潮社からの詩集『摩滅』で無限賞を受賞している。重光毅雄は

広島ゆかりの作詞家である。昭和に入ってレコード産業の発展に伴い「東京行進曲」など数多くの新民謡が作られたなかで、コロムビアの新民謡音頭として広島音頭（大毎広島販売所当選歌）、広島景物小唄の作詞をしており、後者は歴史的音源（歴音）として広島市立図書館に残されている。詩人の平亨爾は当時早稲田大学の学生で、昭和四年（１９２９）に詩人社から四六判の詩集『葱』を出しているのは知っているが、それ以外のことはあまり知らない。サトウハチローに『失恋大福帳』という本がある。これは昭和七年成光館書店から出され、「カフェ陶酔法」「スポオツ銘々傳（野球テニス）」「不良少年雑記」などが所収されている。この口絵と挿絵を手掛けたのが津田堯である。

菊田は安藤一郎を誘い、『青豚』を発展させて『花畑』を創刊した。平亨爾がのちに加わったということだが、菊田はその辺りのことを『がしんたれ』に次のように書き残している。

――和吉に美也子の結婚を知らせてきた深水澄子は美也子の宝塚同好の友である。その時十九の和吉は、ちょうど彼と同じ年頃の外語学校生徒安藤一郎や、早稲田の学生だった平亨爾、それと深水と四人の仲間で〔太平洋詩人〕の外に〔花畑〕という同人雑誌を出していた。

以前にもことわったが〔和吉〕は菊田、〔深水〕は三木澄子の旧姓である。三木は菊田と同じ明治四十一年（1908）に長崎県長崎市で生まれた。愛知県立第一高等女学校の卒である。児童文学作家として多くの著書を残しており、菊田と安藤とは生涯にわたる交友があった。菊田は三木が投稿していた『若草』に問い合わせ、連絡して省線神田駅改札口あたりで初めて逢ったのだという。三木によると、当時十七歳、それが異性との初デートだった。

『花畑』は六、七号まで続いたが、菊田の青島行きで廃刊になった。

菊田が太平洋詩人協会を出て身を寄せた先は〔市外西巣鴨堀之内九八七〕、サトウハチローの自宅である。そこに居候して、大塚駅と池袋駅の中間の住宅街にあった「ラリルレロ玩具製作所」で雑務を手伝ったのである。

「ラリルレロ玩具製作所」というのはサトウハチローが新進芸術家や美術学校生らと始めた素人玩具の製作所であった。多数の顧問を得て、共同生活のもと素朴な焼き物や木彫りの動物玩具や型抜きのお面などを作っては三越で企画展販売をした。この頃、サトウハチローは既に童謡詩人・ユーモア作家として名を知られており、父は「あヽ玉杯に花受けて」で名を残す佐藤紅緑だったので、話題性があった。昭和二年三月十日には上野三橋亭で祝賀会が開催されている。第一回展は三月二十六日に始まり、三越の展覧会が終わると、菊池寛の口利きで文芸春秋社がバザーを行ったという。素朴なその作品たちには、今でもネット骨董市場で出会うことが出来る。

菊田が青島にわたったのはその年の冬で、紡績工場の雑役夫となり、馬賊になろうとしたが職工通用門前でマントウ売りの店を出す中国人に騙された、などの逸話を『流れる水の如く』に紹介しており、そのサクセスストーリーは小幡欣治『評伝 菊田一夫』などに描かれている。


さて、『太平洋詩人』の運営形態は同人誌で、少し前に引いた『落穂の籠』「私事片々」〈昭和四十六年九月〉に〈生活は雑誌「太平洋詩人」の売り上げ金と地方の読者の送ってくる直接購読費に頼っていたのだが、雑誌の取次販売店からの金がはいると、詩人たちはすぐに酒を飲んでしまう〉とあった。だが、太平洋詩人協会は商業形態をとっており雑誌販売のみならず多角経営を心掛けていた。

そのひとつは印刷部の外注引き受けで、創刊號と第一巻第二號にある〈太平洋詩人協會印刷部〉の広告では「第一部（山口義孝　菊田一夫）／第二部（竹内俊一　矢橋公麿　渡辺渡）」と分担されている。一括すると、図書雑誌その他の印刷一般から装丁、図案、文化建築設計、飾窓装飾等の営業項目で、小野十三郎の詩集『半分開いた窓』出版も菊田が担当した太平洋詩人協会の仕事であった。

本稿冒頭で「走馬灯、廻れ廻れ―友谷静栄と林芙美子―」連載（三）にも記されていたように、太平洋詩人協会は『女性詩人』も刊行していた。この『女性詩人』、なかなか出版計画が難航していたようで、創刊號表紙裏には〔五月一日創刊〕として原稿募集をしているが、第一巻第二號には表紙見開き左に〔七月創刊號目次〕が頁全面に掲載されており、「詩壇動静」には次のような紹介がある。

――「女性詩人」六月一日に市外日暮里一〇六五吉田方　友谷静栄氏編輯で創刊

そして第一巻第三號には〔九月號〕目次があり、「動静」には次のように書かれている。

――女性詩人　友谷静栄氏編輯　七月太平洋詩人より発刊

友谷静栄は創刊時、小野十三郎とまだ日暮里にいる。この『女性詩人』創刊の紆余曲折に関係するか否か、菊田は名を伏せてあるが、太平洋詩人協会での付帯的断片に、友谷静栄が渡邊渡とも恋愛関係になり、夜中に〔良人と妻と情人が三つどもえになって争うのを、十八歳の私は、不安な気持ちで見守ったことがある〕と記した。そこに山口義孝が登場するので、それが実写だとすると山口が協会にいた四月から六月の不倫騒動である。静栄からすれば『女性詩人』絡みの心の揺れだったろうか。静栄もまた一時この協会で働いていたのである。

太平洋詩人協会はイベント開催も心がけていた。

『太平洋詩人』第一巻第二號「詩壇動静」には「詩と舞踏の會」の予定が掲載されている。

――詩と舞踏の會　五月廿三日零時半から沙漠社主催にて大森城南女學校にて川路柳虹、福田正夫、白鳥省吾その他数氏出席の上開催

この開催報告にあたる角田竹夫「大森詩人講演會の記」という文章が『太平洋詩人』第一巻第三號に収載されているのでそれをかいつまむと、〔学校で舞踏をするなんて〕という御達しで、会場が近くの寄席「彌生館」に振替えられ「詩人講演会」として開催されたという。

――出席詩人は川路氏、福田氏、佐藤氏、陶山君、勝君、渡邊君、勝田君、井上君、大鹿君、中西君それに中田、英二君と私といふ大舞臺で、會後、側の神社の階壇にうづくまつての寫眞撮映――それは学藝通信社の寫眞班で、シヤツターを握つた寫眞屋さん暁星時代の友人だつたのも奇遇だつた。

この〔出席詩人〕、名まで出しておくと、川路柳虹、福田正夫、佐藤八郎、陶山篤太郎、勝承夫、渡邊渡、勝田香月、井上康文、大鹿卓、中西悟堂、中田英二、角田竹夫、この面々であろう。

講演会後は、森ケ崎旅館平盛で夜宴の乱痴気騒ぎである。

また第一巻第四號には「詩・舞踏・演劇の夕」の開催事後広告が「會記」とともに掲載され

ていた。

大正十五年十一月三日午後六時から読売講堂での開催である。

これは図版で出しておくが、渡邊渡の開会宣言のあと、自作詩朗読十名は記載順に中西悟堂・角田竹夫・尾形亀之助・草野心平・黄瀛・手塚武・林芙美子・英美子・楠田重子・鳥井政子。そして萩原恭次郎の舞踏、続いて加藤猛太郎のアレキサンドル・ブローク十二朗読、金熙明と有泉譲の舞踏、菊田一夫と渡邊渡が出演する演劇矢橋公麿作「二人の廃疾者」、これには太平洋詩人協會演劇部第一回試演とある。そして、最後に和蘭陀座第三回公演、紀久雄作「冥府」と、かなり豊富な出し物であった。「會記」には、五百人以上の会衆があり、おそらく従来のいかなる詩の会より盛会であったと記され、成功裏に終わったようではあるが、「會記」なかほどの〔勢ひ、混乱をまぬがれなかつた。出演の諸氏に、いきとどかなかったことをおわびする。〕とされていることに注目である。

この「詩・舞踏・演劇の夕」は、矢橋丈吉自伝叙事詩『黒旗のもとに』にプログラムとポスターが所収されているので、ここに各々の図版を出しておくが、これによると、太平洋詩人協会と女性詩人との共催で十一月三日と四日に開催予定なのであった。『太平洋詩人』収載の開催事後報告との細かな違いは図版を参照比較していただくとして、詳述しないがかなり異なっ

詩・舞踊・演劇の夕

時　十一月三日、午後六時より
所　讀賣講堂

プログラム

1 宣　言　渡邊渡
2 自作詩朗讀　中西悟堂
角田竹夫
尾形龜之助
草野心平
黄瀛
手塚武
林芙美子
英美子
楠田重子
鳥井政子
3 舞　踊　萩原恭次郎
4 アレキサンドル・ブローク十二朗讀
加藤猛太郎
5 舞　踊
二十世紀の序曲
（ボルカ、ネオ、イマニジス）

金熙明
彼が組織するであらうところの
（若しさうであるならば）
有泉譲

6 太平洋詩人協會演劇部第一回試演
矢橋公麿作　二人の癡疾者
演出　饒平名紀芳
配役
セムシ男　菊田一夫
その友（隻脚の男）　饒平名芳紀
貧める男（且つては彼らの友でありし）　渡邊渡
あや子　山路芳子

7 和蘭陀座第三回公演
紀久雄作　冥府
演出　加藤銀次郎
裝置　本目勇市

會記

會衆五百人を超えて、おそらく從來の如何なる詩の會よりも、はるか盛會であつたことは、自他共に認めるところである。

聽衆と舞臺との間に自由な共歡の空氣が流れてゐて、聽衆（觀客）も元氣で、適當に不謹愼で、從つて、舞臺も、適當に放縱で、殺伐で、生地で行けて、思ひを後に殘す事がなくて、サツパリした氣持である。

×

勢ひ、混乱をまぬかれなかつた。出演の諸氏に、行きとどかなかつたことをおわびする。

×

當夜、僕が逢つた範圍でも、ずゐぶん遠い地方の人で、久し振りに逢ふ人が可成あつた。第一にわざ〱この會のために靜岡から出て來てくれた英氏夫妻には感激した。其他、大連の北岡實君や、京城の岸田よしの氏の顏もあつたようである。

×

會が終えてから、銀座の富士屋に出演者五十人で集まつて、お茶を飲んで別れた。家に歸へつたのは朝であつた。

×

第二回は一月頃やる豫定です。（渡）

27

『太平洋詩人』第１巻第４号に掲載の「詩・舞踏・演劇の夕」の開催事後広告

詩と舞踊と演劇の夕

大正十五年十一月三日（水）四日（木）后六時
於　読　売　講　堂
主催　太　平　洋　詩　人
　　　女　性　詩　人
小石川区表町一〇九

プログラム　第一日

(1) 宣　言…………渡辺　渡
(2) 自作詩篇朗読
尾崎喜八　岡本潤　安藤華子　深水澄子　黄瀛　野村吉哉　神戸雄一　小野

36

十三郎　矢橋公麿　楠田重子　西谷勢之介　北村英子　菊田一夫　岩田よし
の　大関五郎　中西悟堂　尾形亀之助　大野勇次　岡田光一郎　岡村二一
友谷静栄　逸見猶吉
(3) 舞　踊（A）（B）……萩原恭次郎
(4) アレクサンドルブローク作十二（朗読）……加藤猛太郎
(5) 太平洋詩人協会（演劇部）第一回公演
矢橋公麿作　二人の廃疾者
鶴平名紀芳演出
貧しき傴僂者　菊田一夫
その友（隻脚の男）　鶴平名紀芳
富める男（且ては彼等の友であった）　渡辺　渡
あや子（その友の従妹）　山路芳子
休　憩
(6) 和蘭陀座第三回公演
演出　渡辺　渡　装置　本目勇市
紀　久雄作　冥　府　一幕

38

第一の青年　恒川　拡
第一の女　神波　淑子
第二の青年　加藤銀次郎
第二の女　新　とし子
門　番　黒木　正夫

プログラム　第二日

(1) 宣　言……萩原恭次郎
(2) 自作詩篇朗読
赤松月船　大鹿卓　竹田竹夫　英美子　草野心平　黒田哲也　久国明一
手塚武　北村秀雄　今井武治　三瀬雄二郎　広瀬操吉　福富菁児　乾癸卯
治　田辺耕一郎　平亨爾　安藤一郎　村井武生　橋本さわ子　林芙美子
(3) 童謡独唱………佐藤八郎
(4) 舞　踊
・二十世紀の序曲（ポル　カネオイマニジュ）・金熈明
・彼が組織するであらうところの（若しさうであるならば）有泉譲

39

・Kara Samideaon　オー！マイファザーランド！キンブンポ曲　金熈明
休　憩
(5) 和蘭陀座第三回公演
演出　渡辺　渡　装置　本目勇市
正宗白鳥作　梅雨の頃　一幕
A　恒川　拡
B　新　とし子
ある男　加藤銀次郎
甲　入江　秀一
乙　黒木　正夫

40

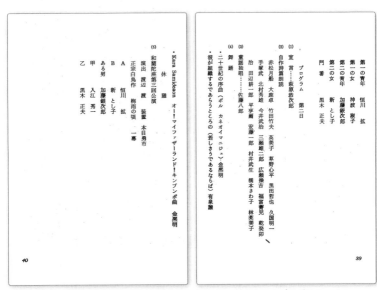

『黒旗のもとに』に掲載の「詩・舞踏・演劇の夕」のプログラム

ている。例えてプログラム二番目の自作詩朗読は二十二名の予定が実際の朗読は十名、予定されていた詩人は十名のうち中西悟堂・尾形亀之助・黄瀛・楠田重子の四名だけなのである。

開催事後広告の「會記」文末を見てみると〔會が終えてから、銀座の富士屋に出演者五十人で集まって、お茶を飲んで別れた。家に歸へつたのは朝であった。第二回は一月ごろやる豫定です。〕としめているあたり、翌日に二日目を予定しているとはちょっと考えにくい。いや、二日目を開催したなら、その「會記」も載せたであろう。二日間開催の予定が一日開催に、そのプログラムも急遽の大幅変更、いったい何があったのか。残念ながら、その内幕をものがたる資料にはお目にかかれていない。また、開催予定を予告した第二回も開催されていないのである。

『黒旗のもとに』に掲載の
「詩・舞踏・演劇の夕」のポスター

この『黒旗のもとに』の「詩・舞踏・演劇の夕」プログラムに関しては、中野正昭が「カジノ・フォーリーとモダン・エイジのアナキストたち」でを紹介し論を展開しているほか、寺島珠雄が『南天堂』で詳しく触れている。

後者は「詩・舞踏・演劇の夕」開催に重なって十一月三日に刊行された小野十三郎詩集『半分開いた窓』の印刷所兼発行所が太平洋詩人協会、印刷者が菊田一夫であることに絡めての展開である。

中野も寺島も矢橋が残したプログラムどおりに開催されたとの前提で話を進めているが、当然『太平洋詩人』の開催事後広告が本当のところだろう。じつは、小書『林芙美子 実父への手紙』も同じ轍を踏んでいるのだが。

以下は『南天堂』からの抄記。

――「わしは出来たての詩集から朗読させられたんや、どれ読んだかは覚えてへんけどな。菊田一夫も何や朗読して芝居もやりおった。」

話し言葉をなぞれば、小野は大体こんなふうに言ったのである。そして幸い、矢橋が二日間のプログラムを『自伝抒情詩 黒旗のもとに』の中に残している。しかも矢橋の作品であるポスターまでそこにはある。

ここに記載のプログラムとポスターを私は手持ちの『自伝抒情詩 黒旗のもとに』から図版

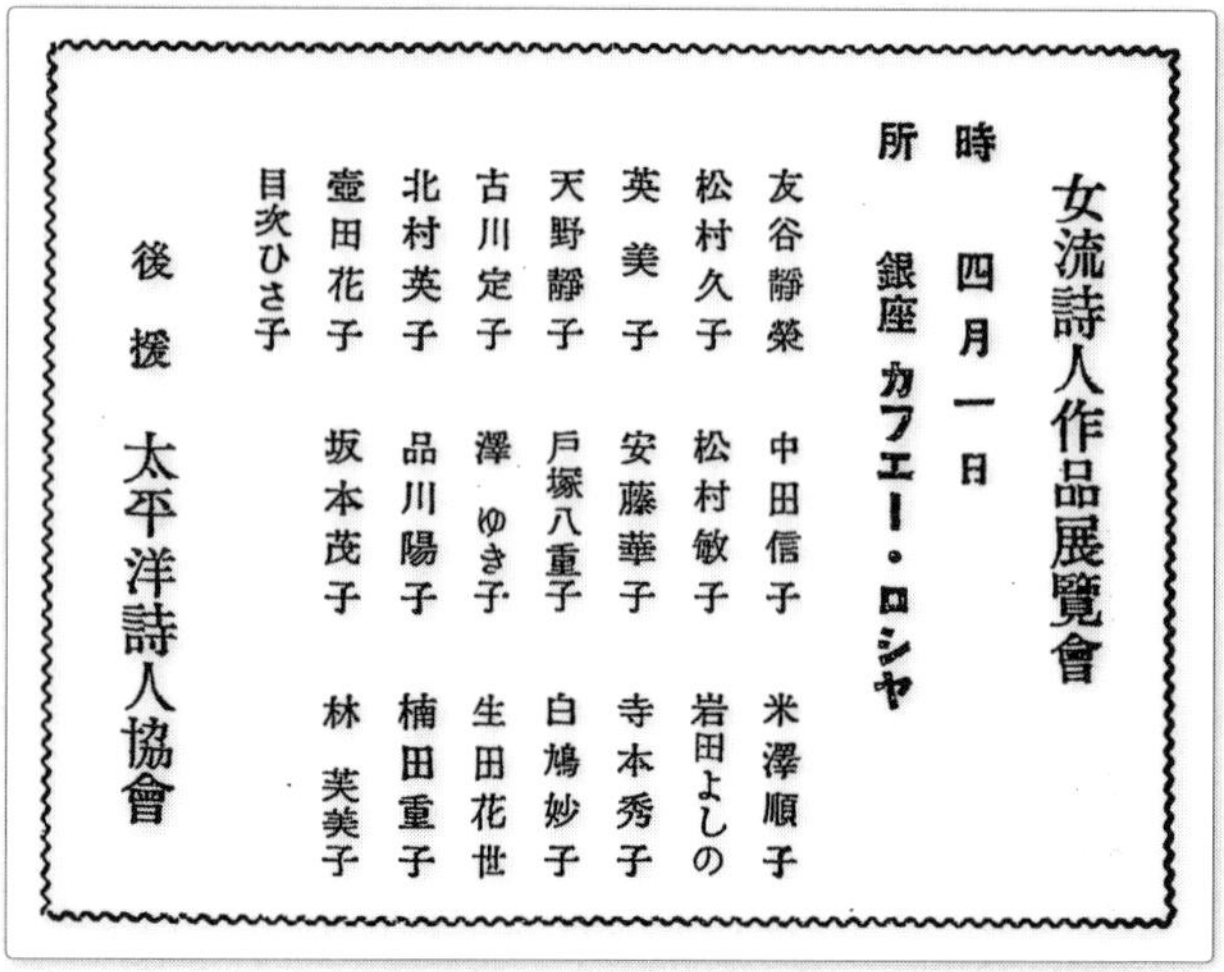

女流詩人作品展覧會
時 四月一日
所 銀座 カフエー・ロシヤ
友谷靜榮 中田信子 米澤順子
松村久子 松村敏子 岩田よしの
英美子 安藤華子 寺本秀子
天野靜子 戸塚八重子 白鳩妙子
古川定子 澤ゆき子 生田花世
北村英子 品川陽子 楠田重子
壺田花子 坂本茂子 林芙美子
目次ひさ子
後援 太平洋詩人協會

『太平洋詩人』第四巻第四號に掲載の女流詩人作品展覧会広告

で出させて頂いたのであるが、それにしても、小野が語ったことに記憶の曖昧さを感じざるを得ない。お分かりだろう、小野も菊田も開催事後広告の自作詩朗読十名のなかには名がなかったのである。それとも番外朗読だったのだろうか。

さて、第四巻第四號には女流詩人作品展覧会の広告があった。

開催日は昭和二年四月一日、場所は銀座のカフェー・ロシヤ、集う女流詩人は図版の二十二名で、最後に〔後援 太平洋詩人協會〕となっている。もっとも第四巻第四號の発行日がこの開催日と同じだから、広告というより後援告知的意味合いであったろう。

ところで、さきに『女性詩人』に触れたが、第二巻第一號の「編輯後記」には次のようにある。

——女性詩人は本月から、本誌に合併しました。同人及讀者諸氏に、本誌紙面を借りてご挨拶申し上げます。

創刊の五月から二カ月おきに出してきた『太平洋詩人』だったが、第一巻第四號は一ケ月遅れ、太平洋詩人協会は体裁だけ整え実態は解散である。『女性詩人』併合は解散の結果で、ミスマル社に業務委託、事業縮小の一環だったはずである。そして、太平洋詩人協会の本拠地を移さざるを得なかった。

こう書いてきて、「詩・舞踏・演劇の夕」についてふと思い当たった。開催を予定していた第二回が未開催になったのは当然のこと太平洋詩人協会の実質的解散のせいだろう。開催事後広告には官警介入の文言などない。プログラムが大幅に変更され二日間開催予定が一日きりになったのも、恐らくは協会存続問題の余波でなかったか。そして、裏にはアナ・ボル戦争が透けて見える。

——今月から太平洋詩人協會を東京市牛込區新小川町二ノ八ミスマル社内に置きます。

これは渡邊渡の筆、第一巻第四號奥付頁の「編輯卓上」冒頭と末尾を引いている。少し長くはなるのだが、そのあたりの経緯が知れるので、引き続きとぎれながら全文を引用することにする。

——小石川表町の家は終に解散した。

毎朝床の中で、バットを吸つてゐると、近くの、淑徳女學校へ通ふ少女達が僕らの家のカンバンをみて「太平洋に浪高し……」と唄つて行つたものだがとうとうツブレちやつた。

この〔淑徳女学校〕は明治二十五年女子教育の普及・向上を図る目的で小石川傳通院境内に設立、明治三十九年淑徳高等女学校と改称している。したがって〔淑徳女學校〕でなく「淑徳高等女学校」が本当のところではある。ちなみに昭和二十年の空襲で校舎が全焼し板橋区前の街に移転、運営は学校法人大乗淑徳学園である。現在、小石川傳通院の境内には、ルーツは同じ別系列の学校法人淑徳学園が運営する淑徳ＳＣ中等部・高等部（旧：淑徳学園中学校・高等学校）が建っている。

菊田のいう小石川傳通院の〔塀に沿った崖路〕を通学する女学生の歌になぞらえて、太平洋詩人だけに、高波のために〔ツブレちゃつた〕と軽く書いたつづきは、若干自嘲的・自虐的である。

——地下室が一間あつて、共同便所のような家——その家での不思議に鋭い生活と、さまざまな出来事と、乃至は、その家で為された仕事——その仕事の全景は、いま机上に重ねてある三冊の雑誌に過ぎないのであるが。……

ここに決算的な思考を為すならば、おそろしく損失するところが多くて、獲得するところの少ない、生活であつた。

然し僕らは、あの家で營んだ、社會への、人生への、子供じみた戦士的生活の半年を長く愛惜したい。憎み、愛し、結合し、排斥しあつた生活であつただけに、感慨が一人深い。

——解散、ボツ落。一人宛勝手に去つた……

後に僕と太平洋詩人協會の大きなカンバンと二人だけが残つた。僕は仕方ないからカンバンを引つかついで、坂を下りてミスマル社に出かけて行つて相談した。僕はここで景気よく出直そう。新しい日を迎へて、新しいをどしどしやつてゆかふと思ふ。

僕は今住所不定だが、其うちどこかへ落ちつくだらうと思つてゐる。手紙は凡て、ミスマル社内太平洋詩人協會で下さい。

「詩・舞踏・演劇の夕」の経緯を脳裏におくと、私にはこの「編輯卓上」の消沈感がより理解できる。協会に集っていた同人が目に見えて影をひそめる状況下での「詩・舞踏・演劇の夕」開催だったのである。

さて、少し前、協会を出た菊田一夫が身を寄せた先は西巣鴨のサトウハチロー宅だと書いたが、その時期が知れていることにお気づきだろうか。小野三郎第一詩集『半分開いた窓』に印

『三角形の太陽』広告

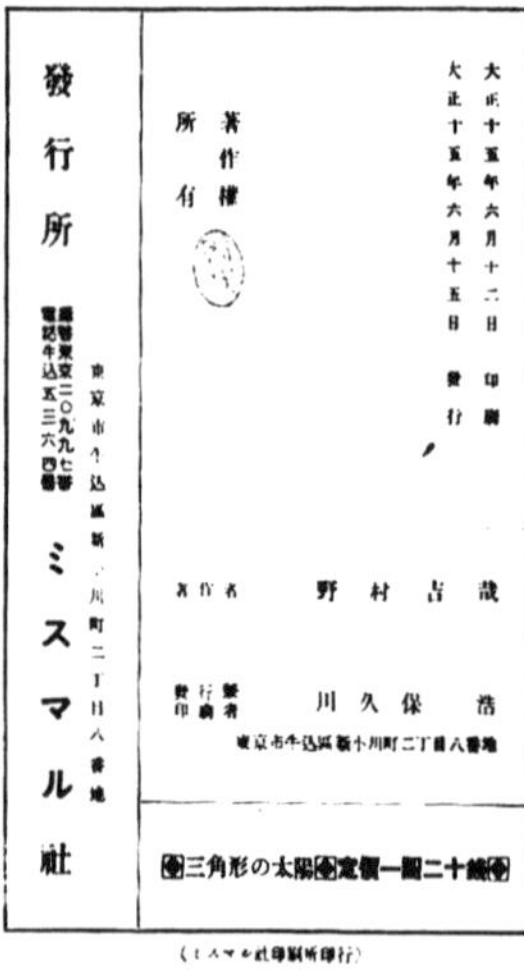

野村吉哉『三角形の太陽』奥付

刷者として名を残し、「詩・舞踏・演劇の夕」で「二人の廃疾者」の舞台に立った大正十五年十一月三日よりあと、この「編輯卓上」が掲載された第一巻第四號印刷日大正十五年十一月二十五日よりまえ、表向きそう考えるのが妥当だろう。ここでは十一月中だとしておく。

　ミスマル社の住所は東京市牛込區新小川町二ノ八、太平洋詩人協会から行けば、傳通院から参道を南に下って徒歩ですぐそこの距離にあった。本誌登場人物がらみでいえば、野村吉哉の詩集『三角形の太陽』を出版している。その装幀と三葉の挿画は石渡山達、『太平洋詩人』第一巻第三號最終頁一面に広告がある。〔送料十銭、四六判二百頁、密畫極彩色美本〕、黒背景に白抜き文字で大きく〔三角形の太陽〕と刷られた横に〔見よ！ 興趣漲る古今獨歩の一大藝術境!! 新興詩壇の生氣茲に溢る!!〕という一冊、その奥付図版、それとこの広告図版をここに出しておこう。

この頃の野村の住所をふたつ、『太平洋詩人』から拾ってみると、

——野村吉哉　牛込區若松町六六國弘館（第一巻第三號「転居」）

——野村吉哉　市外中野町三七九三（第二巻第一號「詩人宿所録」）

後者に並んで神戸雄一の住所がある。

——神戸雄一　市外中野町三七九六

同号の神戸「中野からの通信」によれば、神戸は大正十五年三月下旬から十一月下旬まで少女雑誌記者をしていたが、辞したあと十二月にこの地番に転居した。申し合わせたのだろう、おなじころ野村も近くに越してきて、ほどなく二人で詩集を出している。まえに、神戸編集の雑誌を探ったときにみた『作品』である。作品社の所在は市外中野町三七九三、つまり野村の住所に置いていた。

同じ「詩人宿所録」から詩人住所をもうひとつ。

——渡邊渡　牛込區新小川町二ノ八ミスマル社内

先ほどの引用では〔手紙は凡て、ミスマル社内太平洋詩人協會で下さい〕としてあったが、昭和二年四月、終刊となる第二巻第四號まで奥付の編輯兼発行者渡邊渡の住所〔東京市牛込區新小川町二ノ八ミスマル社内〕はずっと変わっていない。〔社内〕とあるのは、「気付」の意なのだろうか、あるいはミスマル社でも仕事をしていたのか。

『太平洋詩人』は、編輯兼発行者の名が〔渡邊渡〕から〔川久保浩〕に変わり、印刷者・印刷所・発行所から〔太平洋詩人協会〕の気配が消え〔ミスマル社〕にすげ代わってからも定価は据置かれた。一方で東京堂・東雲堂・北隆堂・太東館という四店舗の〔大賈捌店〕が加わり、二カ月ごとの発行が月刊となり、一層営業誌らしくなった。そして第一巻第四號には〔発行所〕がなく〔発賈所　ミスマル社〕であるが、第二巻第一號からは〔発行所　ミスマル社〕となり、第二巻第四號まで通算八冊が継続されている。

この『太平洋詩人』が七号まで出されたころ、ちょっとした未遂事件があった。

秋山清の『あるアナキズムの系譜』の帯には〔1920~30年代のアナキズム系詩誌を中心に芸術革命の爆発と敗北を論じる〕とある。目次から言えば、その〔『バリケード』の統一戦線〕というなかに記された、ほんの些細な事件ではあるが、数少ない〔渡辺渡〕の名が登場する一コマなので紹介しておくのである。

そのなかで秋山は、昭和二年九月から第三号まで続いた詩誌『バリケード』と同年一月から始まった『文芸解放』およびその周辺の詩誌にまつわる話を紐解きながら、

――その年の二月か三月、まだ寒い頃であった。出発早々で意気さかんだった文藝解放社から連絡があって、当時萩原恭次郎一家と画家の溝口稠（彼も文芸解放同人）が住んでいた本郷千駄木の古ぼけた広い家に集まったことがある。私は自分たち『詩戦行』の仲間の斉藤峻、小林一郎と出かけていった。

集ったのは、萩原恭次郎の住所変遷をみたときの〈駒込千駄木町六十五〉である。林芙美子『放浪記第三部』「神様と糠」「西片町」で六月七月に設定され、〈節ちゃん〉と呼ばれる萩原の妻（植田ちよ）とその子が〈坊やが飛びついて来る〉とか〈節ちゃんは子供を柱へくゝりつけて洗濯〉とか描かれてからおよそ八、九ケ月、〈坊や〉はもうしっかり駆け回っていたに相違ない。

次いで引く。

――元気そうな『文芸解放』同人が大勢いた他に『太平洋詩人』をやっていた渡辺渡、『黒い砂地』を出していた遠地輝武とその仲間、その他にも二、三のグループがいたように思

うが、当然そこに居るはずの『銅鑼』の草野心平がいたという記憶がない。東京にいなかったというような事情だったかもしれない。

そのあと、岡本潤と小野十三郎とははじめて会ったことを記したあとで、

――そこで出た話は、漠然とこれから協力してやろうというようなことだけではなく、話の途中で渡辺渡が、自分が関係している印刷工場を利用して出している『太平洋詩人』を提供するから、その夜集ったグループが協力して編集に当たってくれという話を持ち出し、反対も無くすぐそのことの具体的な相談にはいり、わたしのうろ覚えでは、こんな結論になったかと思う。

文芸解放、太平洋詩人、黒い砂地、詩戦行の四者から一人ずつ出て、渡辺渡を責任者として、東京アナキスト詩人の拠点となるべき雑誌に編集しよう、つまり『太平洋詩人』を、よりアナキズムの色彩をつよく編輯しようということに話が決まったのである。そこで壺井繁治（文芸解放）、遠地輝武（黒い砂地）、局清（詩戦行）、渡辺渡（太平洋詩人）が編集委員ということになった。

文中の〔局清〕はこれを書いた秋山清が当時使っていた筆名である。

――渡辺渡の詩人的経歴を私はよく知らないが、私などよりも大分先輩で、内藤鋠策の『抒

情詩』にふかく関係し、そこのヒューマニズムをさらに一歩抜け出ようとする積極性から、当夜の会合にも出ていたらしい。かれの『太平洋詩人』はその頃七号くらいまで出ていて、アナキズムに傾く姿勢をみせつつあり、その雑誌には菊田一夫が協力していたような記憶がある。

まえに渡邊渡の経歴を見たときに使った人物紹介はいずれも昭和五十九年から六十年のものであった。秋山清の『あるアナキズムの系譜』は昭和四十八年、経歴を調べようにもその頃に頼る資料はあまりなかったはずだ。菊田一夫はこの集まりの時にはすでに『太平洋詩人』を去っており、そのくだりで知れるように、ここは記憶をたどっての記載である。秋山は明治三十七年生まれ、渡は若く見えたようだが、秋山より九歳年長。〔私などよりも大分先輩で〕とか〔『太平洋詩人』はその頃七号くらいまで出ていて〕との記憶も正確である。

——文藝解放社の肝煎りによるこの夜の結果は、太平洋詩人の編集のために二三度集まりを持った過程で、渡辺たちの都合で何となく中止になってしまった。

〔何となく中止になってしまった〕理由はおのずと知れる。〔二月か三月〕に最初の集まりがあって〔太平洋詩人の編集のために二三度集まりを持った〕らもう四月になろう。図らずも、『太平洋詩人』が四月一日の第二巻第四號をもって終刊になってしまったからである。

——昭和二年の早い頃の文芸解放社の最初の働きかけは半ば稔りかけて挫折したのである。そしてこの『バリケード』による詩人統一戦線は、第二弾の動きとして、いくらか成功した、といえるかもしれない。

ここで、以前、渡邊渡上京のときに提示した秋葉啓編『渡辺渡回想』所収「渡辺渡・回想」をちょうど中間あたりから引くことにする。引用をこの部分から始めるのは、秋山清の記載とは趣が異なり、津田秀夫の回想内容には多少難ありとの証左のためである。

——「近代詩歌」というのは、小石川植物園（現・文京区）のそばの、沖田という印刷会社から発行されたもので、編集者は、渡辺渡でした。

——あの人との、変な因縁は、ここから始まりました。

大正十三年の初夏頃と思いますが。「近代詩歌」創刊号というのを神楽坂の書店で見まして、頁をくってゆくと——、私の詩『古風な停車場』というのが、佐藤惣之助推薦で、大きく、のっていて、しかも賞金十円をくれるように、出ていました。

では、まえに奥付頁と〔轉居〕欄をすこし見た『近代詩歌』創刊号を手に、ここに訂正を加えていく。

そう、『近代詩歌』の編集者は渡邊渡ではなく飯島貞、渡邊渡は北原白秋・白鳥省吾・佐藤惣之助とともに詩の選者に名を連ねている。〔大正十三年〕は大正十四年の誤認であるし、津田の詩〔古風な停車場〕の正確は「古風な街から」なのである。そして〔入選賞金〕は〔十円〕ではなく、〔各三圓〕と設定されている。加えて、推薦されたのは〔ノートから清書して三篇送った詩の中の一篇〕となっているが、投稿既定のなかに〔詩、民謡は一人一選者として二篇以内〕とされているのである。

では、これらあやふやさを脳裏に、改めてその書き出しから眺めてみたい。

――あれは昭和三・四年頃のことですから、ふり返ると永い時が流れていることに気が付きまして、改めて、自分をふり返るしまつです。

渡辺渡に直接年齢を聞いていませんけれど、その頃（昭和三・四年）三十歳を過ぎていたと思います。色白・細面で眼鏡をかけ、いつも微笑している様なやや女性的な感じの人で、人当たりは、やわらかでした。

こう数行の外見比喩があって…

――渡辺の方が近所に来たので、尾形亀之助・矢橋公麿・村山知義・松村又一・桑島信一・大島唯史・川崎信二その他いろんな連中と知り合いました。

そのあと尾形、矢橋などの思い出をつづるなかで、津田は〔下落合〕に住んでいる。

――さて、渡辺渡にもどります。

私が家に帰ってくると、「今日、渡辺さんが傘を貸してくれ」と云ってきたから「貴方の新しい洋傘を貸した」と、家のものに云われました。それから数日経って。渡辺は家賃を一ぱい溜めて、昼逃げした。という事情を聞かされました。おかげで、私は信用がた落ち。地主の大家さんも、渡辺のスマイルにしてやられて、一年以上も家賃を只にした様な次第でした。（しかし、昔は、のんきなかんじがいっぱいでした。ネ）

本文はここから急に昭和六年の初夏にとぶ。

そのあと最初に引いた〔大正十三年〕初夏の話のつづきにもどり…

――「近代詩歌」が出なくなり、「抒情詩」がでなくなり、どういう内訳か知りませんが、ミスマル社というのが、牛込に在り、そこから「太平洋詩人」が出ていたので、その編集をやっていたのが、私のおやじの近所へ越して来た頃の渡辺です。「太平洋詩人」がつぶれて、渡辺が昼逃げしたわけです。彼はトランクと洋傘をもって、小笠原へ行ったそうです。

と続くのだが、これによると渡邊渡は太平洋詩人協会解散のあと、津田の〔おやじの近所〕（＝〔下落合〕）に住んでいたことになる。先ほど、菊田一夫が太平洋詩人協会を出て行ったのは十一月中と推察したが、それから程なくして、渡邊渡はミスマル社に看板を抱えて転がり込み同社〔社内〕を連絡先にして、下落合に部屋を探したと考えて良い。そして『太平洋詩人』廃刊により、家賃を踏み倒して昼逃げした。だとすると、まず引用の〔一年以上も家賃を只にした様な次第〕には問題があろう。どう長く見積もっても一年は経っていない。

そして〔小笠原へ行った〕のにも異論がはさまれる。寺島珠雄『小野十三郎ノート』に行き先が〔三宅島〕と書かれているからというわけではない。海洋詩派の渡のことだから、もしかしたら、小笠原諸島や三宅島にも足を延ばしたのかもしれないのだが、じつは八丈島なのであった。

足跡：八丈島・田端

『太平洋詩人』終刊後の渡邊渡について資料を手繰ると、詩「寒風の街」が昭和四年七月一日『黒色戦線』第一巻第四号に掲載されているようだが、これには当たれていない。第二次世界大戦までの資料を『現代詩の胎動期』に見ると、〔昭和3年6月坂本七郎は静岡の柴山群平、杉山市五郎とアナキズム系の『手旗』を創刊した。渡辺渡、横地正次郎、金井新作などが仲間であった。〕と記されていた。

詩人・杉山市五郎については、ネット検索で『芋畑の詩』、『官能の十字架』などの詩集がヒットし「影」「鴉」などの作品が知れるが、人物像についてはわからない。柴山群平も詩人で、安田邦文堂からの『断層』という詩集をもち、詩と詩人社から出版された新潟県の雑誌『詩と詩人』に「断絶への道」を寄せており、新日本出版社の『日本プロレタリア文学集39』に名が見える。静岡の詩誌『手旗』にも当たれていないのだが、この柴山群平が渡邊渡のことを書き残していた。

手元に『風信』（第三号）という昭和四十五年八月一日発行の小冊子がある。裏表紙に奥付があり、発行人は浅野紀美夫、発行所は風信社、その所在は愛知県一宮市丹陽町九日市場一六九九となっている。その中に柴山群平の「渡辺渡のこと他」という文章が載せられているのである。その冒頭を書き出す。

――「海の使者」、「天上の砂」の詩人渡辺渡とはじめて逢ったのは、たしか昭和のはじめで（昭和二年か三年かはっきり覚えていない）あったと思う。その頃、宝文社発行の雑誌「若草」の編集員だった田辺精一郎の神田の下宿を訪ねて雑談してた時だったと思う。渡辺渡が偶然訪ねて来て紹介された。何でも八丈島へ行って頼まれた講談社の少女小説を書いていたといった。芋焼酎は柄杓で飲める位ふんだんにあり、熱帯の雲は電線にひっかかって見えるなどと八丈島の話をしてくれた。その後、彼と街頭で逢った時、メシの種の原稿を書く部屋がないので困っているといった。そこでその頃私は服部豊といた田端のある政治家の広い邸宅内の片隅に建てられたバラッ小屋（ママ）の部屋に案内した。食堂が遠かったので、おれが炊事道具を都合すると彼はいったが、三人の生活は二カ月位で終わった。

というわけで、渡邉渡が『太平洋詩人』終刊後に向かったのは八丈島のようなのである。なぜ、徳田一穂回想の〔小笠原〕ではなく、寺島『小野十三郎ノート』の〔三宅島〕でもなく、柴山群平のいう〔八丈島〕なのかというと、八丈島行きには確かな傍証があるからである。

手元に『八丈島仙郷記』という大正期の本がある。

これは、旧幕臣近藤繁重蔵という人の息氏で八丈島に流罪された『八畳實記』の著者・近藤富蔵の門下生で、明治初年に八丈島にできた夕学館の教頭を務めた、嘉永五年生まれの大脇繁吉という人が書いたものである。著者の序文脱稿年月は大正十年十月だがこの初版現物は未見、手元本は渡邊渡が関わった再版である。発行所は黒潮會、住所は東京市本郷六ノ一〇奥山方、発売所は東京府八丈島大賀郷にある大脇館で、印刷納本日が〔昭和三年二月廿日〕、発行は〔昭和三年三月一日〕とあった。

これだけでは傍証とは言い難いが、その再版序文を渡邊渡が書いており、その中に〔一旅行者としての私は〕と記され脱稿年月が〔一九二七年九月〕となっていて、末尾に〔八丈島大賀郷にて　渡邊渡〕とあるのだ。

『八丈島仙郷記』発売所の八丈島大賀郷村・大脇館は旅館で、大脇繁吉との関連が示唆されるが、そこに滞在して著者や『八丈島仙郷記』現物にふれた渡邊渡がおおいに興味を惹かれ、再版に至ったのではないだろうか。

同書広告のひとつに、当時、京橋区新船松町将監河岸にあった東京灣汽船株式会社による東京―八丈島間の航路が記されてあった。〔二日・八日・十四日、廿日、弐六日〕の毎月五回は午後一時に、〔廿八日〕は午後六時に出航し、東京―八丈島間を十七時間で結んでいたという。

渡邊渡の周辺では、内藤鋠策も明治四十一年に新聞記者として八丈島に派遣されている。島の教員不足から、懇請されて教師となり、四十四年退職して東京に帰った。作家として立つ決意をし、白山御殿町で抒情詩社を起こす直前である。そして、田辺若男と別れた林芙美子と巡り合う直前の夏、野村吉哉も八丈島に渡っていた。

内藤も野村も、そして渡邊渡もこの航路で向かったに相違あるまい。

ところで、柴山は、先ほど紹介した『現代詩の胎動期』の〔昭和3年6月坂本七郎は静岡の柴山群平、杉山市五郎とアナキズム系の『手旗』を創刊した。渡辺渡、横地正次郎、金井新作などが仲間であった。〕という部分に関係したことも書き残している。前回引用の「渡辺渡のこと他」直後を引く。

――小野十三郎や萩原恭次郎や矢橋丈吉等の左翼詩人は、彼に紹介されて知った。壺井繁治には彼に連れられて家へ行ったが留守で逢えなかった。私は静岡へ帰った。坂本七郎が、彼の紹介でやってきた。その後まもなく詩誌「手旗」を発行した。

この引用部分に都合三か所ある〔彼〕は渡邊渡のことなのである。

足跡：杉並區高円寺・吉祥寺

津田の回想、昭和六年を紡いでみる。

初夏、津田は〔下落合〕の実家を離れて杉並区高円寺のある屋敷のはなれ、八畳の独立家屋を借りて住んでいる。日曜のある晴れた日、国電中野駅で古本屋の帰りに、降車した渡邊渡と出会って、話しながら帰宅すると渡の住まいは思いのほか近くであった。

——現在、どうなっているか知りませんが、新宿から成子坂を通って堀之内へ行く、ちんちん電車が走ってまして、その蚕糸試験場前というところから、右のほうへはいる杉並高円寺も、私の住んでいたはじっこの方なんです。

それでずっと一緒に行くと、私のところより中野駅へやや近い、原っぱの中の一軒家なんです。なんでも「寄って行け」というので、失礼して一緒にはいると、奥さんと男の坊やが這いまわっていました。

この場所の仔細は特定できないが、だいたいの位置はわかる。

〔ちんちん電車〕はかつて西武の路面電車と呼ばれていた、いわゆる新宿軌道線のことで、戦後は都電杉並線として運行されていた。もとは堀之内軌道という会社が明治三十年（1887）に角筈から荻窪経由所沢間の軌道特許を得たことに始まり、紆余曲折、大正十年（1921）にようやく荻窪―淀橋間が開通し、角筈までのびたのは大正十二年十二月のことであった。その経路は現在の東京メトロ丸ノ内線とほぼ同じで、競合関係になることや、道路混雑緩和の意味合いもあって東京オリンピックの前年、昭和三十八年（1963）に廃止されている。

この〔ちんちん電車〕のお陰もあり、角筈周辺は次第に栄えていった。

江戸時代甲州道中の内藤新宿として栄えた新宿は近代以降関東大震災を契機に東京でも有数の繁華街に成長していくのであるが、新宿軌道線が関東大震災の三か月後に角筈まで伸びたのもそれに寄与するのである。角筈は広く、戦前は甲州街道から三越百貨店裏の武蔵野どおり一帯、それに新宿通りと靖国通りとを超えた歌舞伎町までが角筈一丁目に含まれており、これが戦後になって角筈一丁目、新宿三丁目、歌舞伎町に分けられる。歌舞伎町が繁華になるにつれ、昭和初期の武蔵野通りの様子はパリの学生街羅甸区、カルチェラタンにも例えられるようになった。

次は〔蚕糸試験場前〕についてだが、明治四十四年（1911）蚕の品種改良を目的として農商務省原蚕種製造所が設立されている。これがのちの〔蚕糸試験場〕で、いまその場所は杉並区立蚕糸の森公園になっており、北東の角に東高円寺の駅がある。当時は北側に〔ちんちん電車〕の「こうえんじ」という駅があり、北東に中野駅まで歩いて一㎞あまり、そのころ調整区域だった東側一帯の〔原っぱの中の一軒家〕に渡邊渡が住んでいたのである。

このあと〔奥さん〕について津田は言及しているが、私は人定に行きつけなかった。

一応、以下に抄出しておく。

――挨拶をすますと渡辺は、この人の名を覚えている筈だ。と言うのです。よく聴いてみると「近代詩歌」の後ろの頁の方などに「何々支部結成大会」とか「結成報告」とかの記事があり、「詩についての講演・渡辺渡」「詩の朗読・支部誰々」「独唱・何々」と、女の人の名があった事を思いだしました。その人は、渡辺にたのまれると、そういう支部結成等に行き独唱したり、詩の朗読をしていました。

そして、渡邊渡の当時の職についても言及されている。

――渡辺と時々逢いました。その時は、松竹映画スター及川道子の後援会の機関誌の編集をやっている。と、いってました。

及川道子は明治四十四年(1911)生まれの女優である。大正十三年(1924)小学校を卒業後、東京音楽学校一橋分教場音楽科に入学、同年秋に築地小劇場に加わっている。舞台女優としてのキャリアを積みながら、昭和二年（１９２７）東京音楽学校を修了、当時本郷にあった第一外国語学校英語専科・高等科で翌年まで学んだ。そして昭和四年（１９２９）松竹蒲田撮影所にはいり、映画女優の道を歩んでいく。立て続けに主役を張ったが、肺結核に倒れた。しかし療養後、蒲田を代表する知性派スターの地位を確立、昭和八年（１９３３）には幹部に昇格している。

昭和六年の初夏、津田の記憶のとおり渡邊渡が及川道子後援会の機関誌編集をしていたなら、及川道子は松竹蒲田撮影所に入ってちょうど絶頂期にかけて売り出し中のときにあたる。だが、昭和十一年（１９３７）松竹の撮影所は蒲田から大船に移転、及川道子は翌十二年に大船撮影所を退社して、十三年に夭逝している。

及川道子後援会機関誌を手掛けたなら、渡邊渡は当時松竹所属のはずである。

ここで、映画の歴史を概略述しておくことにする。松竹関係の流れである。

映画に繋がる技術は十九世紀後半から研究されてきたが、それらは全部十九世紀前半に完成された写真を現実の動きの記録と再現に応用しようとしたものであった。その最初は、大きな箱の中の動く映像を覗き穴から見る方式のもので、キネトスコープと呼ばれた。アメリカの発明家トーマス・エジソンが明治二十一年（1888）アイデアを考案して研究所の助手たちが翌年に開発、同時に映画用カメラのキネトグラフも開発し、明治二十四年八月両方の特許を申請した。しかし、キネトスコープで見ることが出来たのはひとりだけである。

明治三十年二月にはフランスから大きなスクリーンに映像を映写できるシネマトグラフが輸入されている。こちらは奇しくも松竹創業の年にあたる明治二十八年（1895）にリュミエール兄弟が開発したもので、機構は現在のカメラや映写機とほぼ同様であった。リュミエールの会社の技術者が京都で歌舞伎俳優を撮影したのが日本最初の映画撮影だとされ、日本人による映画撮影の最初は明治三十一年（1898）の浅野四郎らによる短編映画「化け地蔵」「死人の蘇生」などであった。翌年には「芸姑手踊」が東京歌舞伎座で公開されているが、これらは活動写真と呼ばれ、無声サイレントで活動弁士による説明つきだった。

演劇興行会社だった松竹合名会社は大正八年（1919）欧米の活動写真界に現状視察団を派遣、翌九年二月に松竹キネマ合名社を創立している。ハリウッドでは「スターシステム（主演俳優主義）」から監督以下演出者が中心となる「ディレクター・システム」、そしてプロデューサーが中心となる「プロデューサー・システム」へと移行したが、松竹の映画製作ではこのうち「ディレクター・システム」を採用した。四月には歌舞伎座裏手の芝居茶屋「梅林」

二階に松竹キネマ俳優学校を開講して映画界に人材を送り込んだという。

日本初の本格的な映画会社は日本活動写真株式会社、「日活」であった。大正十二年のことである。同年東京向島に日活向島撮影所を建設し活動を開始したが、関東大震災で閉鎖を余儀なくされる。一方松竹は、大正九年（１９２０）に中村化学研究所の跡地に蒲田撮影所を開所して、そこに俳優学校も移転、専属俳優の雇い入れも行っている。その中の一人が諸口十九で、のちに菊田一夫が演劇界入りするくだりでまた登場することになる。

渡邊渡が松竹で及川道子後援会機関紙を手がけるころ、〔大阪市東區博労町二丁目二二〕の出版社、巧人社から『日本詩集』が刊行されている。出版日は昭和六年六月五日、抒情詩社編である。編集者は赤松月船・北川冬彦・島田芳文・角田竹夫・中西悟堂・西谷勢之介・萩原恭次郎・岡本潤・尾崎喜八そして渡邊渡だった。四六判ハードカバーの装幀は廣川松五郎、目次だけで三十五頁という厚さ三cm以上の分厚い詩集だが、そこに渡邊渡の詩「私の寝床は氷河の匂がする」が所収されている。この詩の初出は『太平洋詩人』の第2巻1号だった。

このほか『太平洋詩人』掲載の渡邊渡の筆はすべて次章「作品：渡邊 渡」に抄出しておいた。

ところで、この詩集で興味深いことは、巻末に十六頁にわたる「詩人録」があり、渡邊渡の〔生年月〕が〔明治三十年八月〕となっていることだ。渡は二歳年少と信じていたのだろうか、〔居所〕は〔白山御殿町抒情詩社気附〕となっていた。

津田の回想に戻ろう。

――昭和六年の秋。十月頃です。渡辺の家の前の原っぱの中の道をとおると、奥さんの妹さん（何度か逢って知ってました。）が紙くず等を燃やしているのです。それが大量で、山の様にあるのです。すると奥さんが坊やを抱いて出て来て、私を見ると挨拶して、その作業をつづけるのです。（どうも様子が変だなァ？）と感じて、足をとめると、今度は渡辺が出て来て「やあーー」といって、れいの微笑です。

私が、そばえ行くと「今度、離婚してね。」私は、驚いて、黙っていました。「この家も、今日で空き家になります。」と、他人言（ひとりごと）みたいに云うのです。奥さんの横顔にただよう、寂しい、あきらめのあとの様な、影のある笑いの様なもの。妹さんのおこった様な顔。私には何も云えませんでした。ただ、「この野郎！」と、怒りの様なものを渡辺に抱いたことだけでした。

さて、ここで思い出すのが「明治三十八年三月卒業　男」にあった〔東京府下七祥寺町四七七」という住所である。中野駅から吉祥寺駅までは八㎞たらず、中央本線・総武本線相互乗り入れの前の年だが、離婚した渡邊渡の転居先が吉祥寺だったのだろう。だが、その傍証は見つけられなかった。

足跡：浅草

次は、秋葉啓編『渡辺渡回想』所収の徳田一穂「渡辺渡人と作品」に頼ることにする。秋葉の編集は昭和六十二年だが、「渡辺渡人と作品」の初出は『若い人』である。徳田一穂逝去が昭和四十一年（1981）だから、昭和四十二年からの復刊『若い人』ではない。読めば文面から知れるが、現代仮名遣いでなく明らかに戦前の文字使い、仲村久慈（戦後八鬼に改名）の『若い人』である。

その部分引用から始めることにしよう。

――昭和十三年秋の初め頃であったが、私は国際劇場近くの浅草ハウスに部屋を借りることにした。翌る年の何月頃であったか、まだ冬の明け切らない薄ら寒い肌の感触が記憶に残ってゐるから、多分四月の初め頃のことでもあったのだらうと思ふが、或日私は詩人の倉橋弥一君と一緒に浅草を歩いてゐて、地下鉄横丁のボン・ソアールに這入って行ったが、そこで倉橋君から紹介されたのが渡辺渡だったのだ。その晩、私は倉橋君につれられて渡辺渡さんの部屋に上がりこみ、ついにそこで夜明かしをして話し込んでしまったのだった。その渡辺君の部屋といふのが、私の借りてゐるアパートと国際劇場を中に挟んだだけで、直ぐ眼の前だったので、その後私は渡辺君とは実によく付合ふやうになった。同じ町内だっただけではなく、実に私は渡辺渡の人物に惚れ込んでしまってゐたので、私は浅草のアパートにいる時は、毎日必ず渡辺渡を訪ねてゐたのだった。

文面にある浅草の国際劇場が開場したのは昭和十二年（１９３７）七月三日、これは松竹直営で松竹歌劇団の本拠地となった。もともと幸龍寺があった場所だが、幸龍寺は関東大震災に罹災し、昭和二年（１９２７）に烏山への移転を開始、十五年に終えている。寺院移転と並行して劇場が建設されたのである。しかし国際劇場は昭和四十二年に閉鎖され、その後取り壊された。跡地には浅草ビューホテルが建築され今に至っている。

倉橋弥一は徳田記載のとおり詩人である。東京出身で明治三十九年生まれ、高千穂高等商業学校を卒業した。川路柳虹の指導を受けて詩作を『炬日』に発表、のちに「詩篇」「詩作時代」を創刊した。詩集に「詩集訪問」、共同詩集に「鉄」があり、「孤島の日曜大工」という小説も書いている。

——私は毎日のやうに渡辺渡と顔を合わせるやうになってから、浅草にゐるのが何となく心たのしくなたっ（ママ）た程だった。その頃の浅草はまだネオンがともり、ミルク・ホールは二時頃まで客を入れてゐたし、夜明しで店を開けてゐる飯屋もあったので、そんな店で夜通し文学談を二人はやってゐたものだった。若々しく心たのしい二人だったな、と今でも時々思ひ出しては懐かしい気がする位だ。渡辺渡のやうな人柄のいい男が浅草にゐると云ふことが、不思議に思へた位で、私は渡辺君に案内されて、あっちこっちのレヴューの楽屋を物珍し気に見て歩いたりしていたが、その後君のお陰で私も大分浅草の内面的なことが分って、一度は子供の時からお馴染みの浅草を作品にして見度いと思ふやうになったが、時代の大きな動きは、さうした作品を書きにくくさせてしまってゐた。それに私はまる一年で浅草のアパートを引き上げてゐた。

徳田の浅草ハウス入居は国際劇場開館から一年余りたったときである。〔まる一年で浅草のアパートを引き上げてゐた〕とあるから、住んでいたのは昭和十三年秋のはじめから約一年だが、その期間、渡邊渡は『新喜劇』という雑誌に関わっていた。それればかりか、第四巻第十号（昭和十三年十月）からは〔編輯兼発行者〕をやっているから、徳田が浅草ハウスに居たころは浅草の演劇裏事情に最も詳しい一人だったろう。〔レヴューの楽屋を〕〔見て歩〕くことも日常茶飯事だったろうし、夜どおし〔ミルク・ホール〕や〔飯屋〕で文学談を交わすことも、浅草の裏舞台を見て歩くことは珍しくなかったはずである。

『新喜劇』はムーラン・ルージュ新宿座出身作家が中心となった新喜劇運動の機関誌だった。昭和十年九月新喜劇社から創刊されたこの雑誌の扉言は川端康成の「『新喜劇に寄せて』と題する文章で、第四巻十一号から第三種郵便の認可を受け、第五巻十二月号まで月刊同人誌として継続している。わたしは『新喜劇』全号に目を通したわけではない。計十六冊の手持ちを国会図書館蔵の部分コピーで補って、三十冊分あまりを手元においてこれを書いている。第二巻には発行されていない月があり、第五巻は手元の昭和十四年五月号のみである。

創刊同人は二十二名、そのうち本稿に登場してもらうのは島村龍三・仲澤清太郎・水守三郎・菊田一夫の四名である。渡邊渡は創刊時より経営面での仕事を引き受けていたが、演劇への関心が強くなり同人に途中参加したのだと、第二巻第五号〈新同人御紹介〉にあった。演劇・映画・文芸・ジャーナリズムなど幅広いジャンルから集まった同人数は第三巻半ばから四十名前後で推移しており、寄稿の顔ぶれもまた多彩で、例示するなら扉言の川端康成、村山知義、十返一（肇）、金子洋文、そして水谷八重子や古川緑波なども寄せている。

『新喜劇』の昭和十二年（１９３７）一月から六月までの全作品が濱本浩『浅草の灯』とともに第五回直木賞候補最終選考に残っている。その選評は『文芸春秋』昭和十二年九月号に初出し、『オール讀物』平成十四年十月号に再録されたが、選考委員の佐佐木茂索が〔この機に

「新喜劇」同人の才智に敬意を表し、同好の士の注意を喚起出来れば幸いである〕など好意的だった半面、白井喬二は〔作品本位で見る時、各作が俳優の協力を前提とする分量が余りにも多過ぎる感がある〕など妥当ながら辛口に意見している。三上於菟吉が〔いたずらに候補がない時は、くれずとも好いかと私は思う〕と評したせいか、結局は「該当作品なし」ということで受賞はならなかったが、その対象作品の中には渡邊渡の「遺産」が含まれていた。

『新喜劇』の直接の廃刊原因は用紙統制だったようである。昭和十二年の日中戦争勃発による急速な社会情勢の変化が小市民喜劇を取り巻く環境にも影響し、新喜劇運動も尻すぼみの方向だったこともあるだろう。同人内にも見解の相違や熱意の差がしだいに生じ、廃刊前月には組織再編され、「一幕物研究会」が渡邊渡や仲澤清太郎を交えた十三名の同人で結成されている。

『新喜劇』創刊当時の〔編集兼發行者〕は島村龍三、〔神田區鍛治町一ノ二大洋ビル第一文藝社内〕に〔新喜劇編輯所〕をおいて編集に当たり、島村の住所と同じ〔浅草區松葉町一一三〕所在の新喜劇社より刊行されている。しかし第二巻の途中から〔新喜劇編輯所〕はなくなり、新喜劇社所在は〔浅草區芝崎町一ノ六番地〕に移った。島村龍三は第四巻八号まで奥付の〔編集兼發行者〕に名を載せているが、編集は同人が当番制でやっており、編集所を持ちまわるようになったのである。

新喜劇社には経営部と編集部があったようだから、渡邊渡はその経営部にいたのだろうか。その後、昭和十二年一月には事業部が発足、その事務所を〈京橋區木挽町五ノ四豊玉ビル〉におくとともに、そこに新喜劇社を移転している。第二巻四月から九月までに三カ月の未発刊月があるのは、〈新喜劇編輯所〉がなくなった時期と一致する。事業部の役割は定かでないが、最初の仕事は「新喜劇創刊第三年記念　新喜劇まつり」であった。これは昭和十二年二月二十日に日比谷公会堂で開催され、異例の盛況を博し、当日の呼び物だった「新喜劇同人劇」が好評だったため一層活発に劇作をすすめようと、時間と労力を浪費するマージャンなどを控える動きが出てきたという。

『新喜劇』には不定期に〈同人住所録〉が掲載されている。だが、同人に出入りがあるたびに掲載されたわけでもない。第一巻では、創刊号にのみ〈同人住所録〉が掲載されており、そのうち本稿登場四名の創刊同人住所を以下に列挙する。

菊田一夫　：浅草區松清町三 松清荘
島村龍三　：浅草區松葉町一二三
仲澤清太郎：浅草區芝崎町二二

水守三郎　：神田區鍛治町一ノ二大洋ビル第一文藝社内 気附

渡邊渡が同人入りした第二巻第五号には〔新喜劇同人録〕があるが人名だけで住所記載はない。時系列的にその次の〔同人住所録〕は第二巻九号つまり昭和十一年九月号だが、それを含む手持ちすべての〔同人住所録〕で渡邊渡は〔浅草區芝崎町一の六ノ二〕に住んでいる。そして、同じ住所地番の人があと二人いる。仲澤清太郎が先ほど引いた〔芝崎町二ノ二〕から転居、以後ずっとそこにいた。島村龍三も同じく居を移し昭和十三年秋まで住んでいた。

三人の住所地番が同じだと言っても下宿屋ではない。そこには二階建ての家並みがあって、渡邊渡は島村家と仲澤家にはさまれた家の二階四畳半を借りて住んでいたのである。渡は、徳田とミルク・ホールやオールナイトの飯屋に出かけたように、普段は近くで食事をしていたが、ちょくちょく両家の食卓の端に腰を据えたという。

この〔芝崎町二〕丁目は現在の浅草三丁目にあたり、当時は浅草国際劇場、現在は浅草ビューホテルのすぐ西側の一角に相当する。そこは丁度、徳田一穂の記憶に合致する場所で、徳田のいた〔浅草ハウス〕の住所は〔浅草區新谷町一四　浅草ハウス〕であった。

筆名〔芝崎街二〕を名乗ったのは、この芝崎町がらみと推察するが、その筆名での印刷物は未見である。

新喜劇社の所在は、第三巻五号より〔浅草區芝崎町一ノ六番地〕から〔浅草區千東町三ノ一六二〕に移っている。その後、第四巻一号から新喜劇社は三人と同じ住所になった。理由は不詳だが、島村家と仲澤家には家族がいるためなのか、あるいは〔編輯兼発行者〕になるのを見越してか、渡邊渡の間借りに新喜劇社を置いたのである。

『新喜劇』所収の渡邊渡の筆などを読み合わせてみると、渡邊渡は『新喜劇』創刊の頃に島村家に転がり込んだようである。松竹撮影所はそのころ蒲田から大船への移転準備の時期で、及川道子が大船撮影所退社する一年足らず前、体調不良が目に見えて講演会の仕事が希薄になっていたのではないか。

『新喜劇』の「演劇と友人の言葉」という文に渡邊渡は〔「新喜劇サークル」の會員の原稿を讀む役を水守君に頼んだ〕と記しており、第三巻二号（昭和十二年二月号）編集後記には〔新喜劇サークルができて一年半〕との記載がみられた。このサークルは『新喜劇』創刊に合わせて結成された、いわば誌友の会である。半年以上の予約読者で組織され、既に知名の俳優・演出家・音楽家・装置家などが参加していた。東京のみならず大阪など各地支部で親睦会を開くとされ、サークル員には新喜劇の総見・合評・投稿権があり、作品添作紹介のうえ優秀なものは誌上発表されるという特典が設定されている。渡邊渡のいう〔原稿を讀む役〕というのは、この添削関係の役だろうか。

渡邊渡の『国境の人形芝居　満ソ国境巡演記』の著者略歴には〔早稲田大學脚本研究會に学ぶ〕との記載がある。現在、早大では五百に及ぶサークルがあるということだが、〔脚本研究會〕という名のサークルは現存しない。この会に加入したのは恐らく、〔水守君〕の引きだったろう。本稿で早稲田の名をだしたのは三上於莵吉・人見東明・壺井繁治・黒島伝治・平享爾の紹介のときだったが、〔水守君〕もまた早大卒なのである。

〔水守君〕というのは筆名・水守三郎のことである。本名は水盛源一郎、広島県出身で早稲田大学英文科を卒業したのは昭和四年である。明治三十八年生まれだから渡邊渡より十歳若いが、水守はカジノ・フォーリー、ムーラン・ルージュ新宿座、帝劇ミュージカルなどに所属して劇作を続けており、その世界では大先輩である。ムーラン上演の「チャタレイ裁判」や「マダム貞奴」などを書き、『湖畔の舞台』という小説も出している。『新喜劇』〔同人住所録〕によれば、水守は〔第一文藝社内　気附〕としたあと〔浅草區田島町四（田島町アパアト〕に住んでいたが、昭和十三年十一月ごろ〔小石川區大塚窪町二四六ノ三〕に転居している。『新喜劇』参加のころは「笑の王国」にいた。古川緑波の発案で昭和八年（１９３３）四月に設立され浅草六区の常盤座で旗揚げされた軽演劇の劇団である。設立の背景にはサイレント映画の終焉と、それに伴って失職した活動弁士が活路を見出すということ、あるいはカジノ・フォーリーやエノケンのプペ・ダンサントなど他の軽演劇に対抗するという意図があり、舞台をめちゃくちゃにするという「アチャラカ」という手法で観客を唖然とさせていた。

前述のように、渡邉渡は、島村龍三・仲澤清太郎と同じ地番に住んでいるが、カジノ・フォーリー、ムーラン・ルージュ新宿座に直接の関わりはなかった。だが、カジノとムーランの名を出したので、時を少し戻してその辺りの一端に触れておくことにする。浅草オペラが関東大震災で消えていき、街並みが復興に向かうなかで、新宿で映画の灯がともって育つに並行して、浅草では別の大衆芸能が花開いていくのである。

すこし時を戻しすぎかもしれないが、喜劇は歌舞伎から派生したという。

中村珊瑚郎の弟子、中村珊之助という役者が「笑う芝居」を志し、尾崎紅葉訳の「喜劇夏小袖」というタイトルから「喜劇」をとって役者仲間の中村時代らと一座を結成、そこから喜劇を標榜する群小劇団が次々と組織されていったという。その流れの中で、昭和三年九月「松竹家庭劇」が大阪角座で旗揚げしている。中心となったのは曾我廼家十吾と渋谷天外であった。当時、人気を博していた曾我廼家五郎劇に対抗した松竹の劇団である。

一方、昭和初期の新宿は、洋画封切専門館の武蔵野館、邦画封切館の帝国館や帝都座、二番館の昭和座など映画館の多い街であった。昭和四年（1929）に松竹が演劇の劇場、新歌舞伎座を開場させ、上方より曾我廼家五郎劇や新劇を呼んでいる。昭和九年には新宿第一劇場と名称を変え、松竹少年少女歌劇団の本拠地となったが、長くは続かず、四年後に映画館に鞍替えである。

大正デモクラシー、大正ロマン昭和モダンなどの言葉で知れる時代の流れは第一次世界大戦に伴う好景気に支えられて多種多様な民衆娯楽が花開いた。その中でも浅草オペラは総合芸術とされるオペラを浅草風にアレンジしたもので、大正五年浅草公園六区の活動写真館「キネマ倶楽部」で旗揚げされた「世界バラエチー一座」で幕を開けたとされている。同じころ、本格的オペラを目指していた帝国劇場歌劇部が低迷し解散、その元歌劇部メンバーが加わり「歌舞劇協会」が旗揚げする。後を追って「東京歌劇座」、そこから「東京オペラ座」と華やかに展開したが、浅草を含む下町の殆どが焼失した関東大震災によって、以後、浅草オペラの灯は消えゆくのである。

その浅草で、のちに軽演劇と称されるジャンルが産声をあげた。

カジノ・フォーリーである。旗揚げは昭和四年（1929）七月十日、場所は浅草四区の浅草公園水族館二階附属演芸場であった。経営は櫻井源一郎、パリ九区の「カシノ・ド・パリ」と「フォリー・ベルジェール」をもじって「カシノ・フォリー」とするところ、日本人に発音しやすいと「カジノ・フォーリー」を提案したのは櫻井の親戚にあたる内海正性だった。内海はフランス帰り画家志望の青年で、弟の行貴とともに運営に協力したという。

次は、中野正昭『ムーラン・ルージュ新宿座』「内海正性と南天堂」の書き出しである。

――カジノ・フォーリーは、本郷の資産家の息子だった内海正性・行貴兄弟の一種の道楽から始まった。内海家は江戸初期から残る名家の一つで士族の家柄だったが、父の内海鎌太が亡くなってからは斜陽に在った。内海家の三人姉弟のうち、姉のひでが櫻井家に嫁いだので、一族の将来は正性にかかっていた。が、家のことは姉に任せていた。そして正性が旧制の暁星中学校を卒業してしばらくすると、今度は母親が亡くなった。すると正性は家督相続を忌避するように、絵画修行を理由にフランスへと渡るのだった。大正八年（一九一九）のことだ。

南天堂主人松岡虎王麿はこの内海正性と幼馴染で、内海と渡航する予定だったが行けなかった。フランスからの内海書簡に、パリで本屋二階のカフェが流行っていると書いてあったため、松岡はそれに刺激され翌大正九年ごろ近くに南天堂を新築移転時、二階に喫茶兼レストランを開業したのである。

中野によると、渡仏から五年後、内海正性は関東大震災の報を聞いてパリ生活に終止符を打つ。帰国すると財産分与である。南天堂でアナキズム詩人たちが連日のように狂騒を繰り広げるなか、毎日のように五円札を一枚持って南天堂に通い、談笑し、彼らを連れて銀座のカフェに繰り出した。借金を肩代わりしたり、住居を提供したりもした。前に出した、秋山清の『あるアナキズムの系譜』の〔当時萩原恭次郎一家と画家の溝口稠（彼も文芸解放同人）が住んでいた本郷千駄木の古ぼけた広い家〕、つまり〔駒込千駄木町六十五〕所在の家は内海家所有なのである。この溝口稠の押しで、行貴がまずカジノ・フォーリーの構想に強く惹かれ、その真剣さに正性が動かされて旗揚げの実現に向かったという。

溝口は、知人の石田守衛を座長格に、東五郎を幕内主任に据えて正性を助けた。石田はもともとパヴァロヴァ一門のダンサーで、浅草オペラの舞台を踏んだ経験があり、東はやはり浅草の電気館レヴューで幕内主任をやっていた縁である。二人は電気館レヴューの解散で窮していたところを溝口に声をかけられたのであった。石田と東の二人は浅草オペラの残党組を中心に俳優を集め、正性は南天堂がらみの友人でアナキストの徳永政太郎を文芸部長にした。徳永はイタリアオペラの楽譜の翻訳をしていた。

行貴も兄・正性と同じく暁星中学校を卒業し、法政大学に進学したが、実学より趣味を愛する点では兄と変わらない音楽青年だった。陽気で社交家だった正性と違って温和で無口、酒や女には近づかずたまの外出もシネマ・芝居・音楽会という、いまの音楽オタクのような人物で、横浜の外国汽船の船員にたのんで海外で発売されたばかりのジャズレコードを入手するほどのジャズ愛好家だったという。カジノでは音楽監督を務め、カジノのジャズ音楽は行貴に負うところが大きい。

先ほどの『ムーラン・ルージュ新宿座』「内海正性と南天堂」の引用部分には〈姉のひでが櫻井家に嫁いだので〉とあったが、櫻井家と内海家は先祖が分家の間柄であり、ひでは当主の櫻井源一郎に嫁いだのである。櫻井家もまた資産家で、日本館やカジノ・フォーリーの拠点となった浅草水族館も櫻井源一郎が管理していた。

この水族館は明治三十二年（１８９９）に日本最初の私設水族館として開業した。

当初は物珍しさもあってか盛況だったが、やがて入館者も減り、大正十二年（１９２３）に二階に演芸場を設けて三流どころの寄席興行に貸してやっと採算がとれていたという。直後に関東大震災である。そこを無料で借り、前述のように、スタッフや俳優は関東大震災で仕事にあぶれたり転職を余儀なくされていた浅草オペラの残党に声をかける。南天堂には大勢のボヘミアン芸術家がいて、何より親の遺産があり当面の資本金には困らない。

こうした流れでカジノ・フォーリーは開場したのである。

カジノ・フォーリー開場当日の新聞には「日本最初のレビュー劇場」「専属男女優数拾名出演」「カジノフォーリー大ジャズバンド」などと打ち上げられている。〔レビュー〕というのは大衆娯楽演芸のことである。もとはフランス語で批評・調査を意味し、ある出来事について風刺的に音楽・舞踏・寸劇・曲芸などをひとつの演目として展開する。

そういったカジノにエノケンこと榎本健一が合流した。

エノケンは関東大震災以後、浅草から麻生十番の芝居小屋や京都の太秦に移りサイレント映画の端役をしていたが、東亜キネマ京都撮影所、中根竜太郎喜劇プロダクションを経て浅草に戻っていたのである。

エノケンはウケたが、いかんせん興行街六区ではなく四区だったこと、水族館附属宴芸場でのアトラクション的興行であったこと、など立地条件の悪さに加え、経営陣をはじめ俳優や作・演出家も素人同然だったため興行成績があがらず、旗揚げ後二カ月、九月で閉鎖にいたった。

だが、十月には組織を一新して再スタートを切っている。

一般にカジノ・フォーリーと言えばこの第二次カジノ・フォーリーをさすが、改組の実態は一旦解散して経費とくに人件費を削減しようとするものだった。開場をまえに石田守衛と東五郎の二人が集めた浅草オペラ残党組などの俳優は、金持ちの素人がやると知り高給をふっかけていた。端役ながらも第一次で評判だったエノケンを代表格に据え、一方で座長格の石田、幕内主任の東、文芸部長の徳永は身を引くことになる。正性が表舞台から退き、行貴が経営を手掛け入江淡雪の名で引き続き音楽監督を兼任、第一次では裏方にいた溝口稠が正式に支配人兼美術担当に就任している。そして、美術担当には牧野四子吉が加わり、溝口の友人島村龍三を文芸部長に据えた。島村は多少芝居の心得があり第一次で時々手伝いをしていた。そして、島村の引きで、文芸部に東洋大・南天堂がらみの水守三郎・仲澤清太郎・五十里幸太郎らがのちに加わるのである。

しかし、翌昭和五年八月エノケンが待遇問題から脱退、浅草観音劇場で「新カジノ・フォーリー」を旗揚げする。サトウハチローがその文芸部長をしたことから、翌月九月には、サトウの世話で浅草国際劇場の文芸部にいた菊田一夫が新カジノ入りしたが、十月には解散に至った。

昭和五年十一月一日には玉木座がオープンした。支配人は、テナー歌手で、のちにムーラン・ルージュ新宿座の支配人もつとめる佐々木千里である。同時に、新カジノを解散したばかりの榎本健一ことエノケンらがそこでプペ・ダンサントを旗揚げする。フランス語で踊る人形という意味である。文芸部長は新カジノから引続きサトウハチロー、菊田も文芸部に入っている。

菊田一夫の演劇界入りは昭和三年春であった。ある夜、菊田はサトウハチローに連れられ浅草六区に行った。松竹の専属俳優で、浅草公園劇場に出ていた諸口十九一座を訪ねたのである。菊田がその場で松竹の文芸員見習いとして雇われたのは、さながらサトウの顔であった。すぐにコピー係にまわされ、鉄筆でカリカリと台本写し、ほどなく脚本づくりに関わるのである。菊田が本格的に劇作の道に入るのは「笑の王国」の座付き作家に迎え入れられてからであった。昭和十年ロッパが「笑の王国」を退団して東宝に所属すると、菊田も翌十一年九月に脱退する。東宝に移籍して東宝文芸部に所属、緑波一座に加わるのである。

カジノ・フォーリー文芸部は文芸部長島村を編集・発行人として、昭和六年（１９３１）六月一日に「カジノ・フォーリー・パンフレットCasino」第一号を発行、八月一日には第二号を出している。このパンフレットはじめ関係プログラムなどは、ネットをググれば目にすることが出来るだろう。だが、その年の末、島村は角筈にオープン予定のムーラン・ルージュ新宿座に引き抜かれ、カジノ・フォーリーを去ることになる。

それをカバーしたのは五十里幸太郎であった。

五十里は芸能一般に通じており、南天堂でも頼られる存在であった。述べたように、若き日『平明』のち『世界人』を編集、田辺若男の市民座では主事に手を挙げ、おでん屋〔ごろにや〕では調理一般を担当するなどジャンルを問わず多彩な人物である。大正十四年には聚英閣から『音楽舞踏十五講』を出し作家でもあった彼は、第二次カジノ・フォーリー文芸部に入ったとき「速水純」の筆名を名乗り、島村がカジノを去るころには『文芸解放』終刊後のアナキズム文学運動誌を目指し創刊された『矛盾』の編集発行人もしていた。多忙だったが、市民座の主事の経験をかわれてか二代目文芸部長の声がかかる。五十里には断れない理由があった。妹が内海正性に嫁いでいたのである。

第二次カジノ・フォーリーは昭和八年三月まで継続した。

パリのモンマルトルに「ムーラン・ルージュ」というキャバレーが誕生したのは明治二十二年（1889）のことであった。その店名はフランス語で「赤い風車」を意味し、建物の屋根には赤い風車が建てられ、いまでもパリを代表する観光スポットのひとつである。御存じのように、淀橋區角筈のムーラン・ルージュ新宿座はもともと映画館だったが、佐々木千里がこのパリのキャバレー店名をもじって大衆劇場として開館したのである。オープン時は龍胆寺雄、吉行エイスケ、楢崎勤を文芸部顧問に迎え、文芸部長格で島村龍三が取り仕切った。初演は昭和六年十二月三十一日、入り口屋根の上に、本場をまねた、赤い電飾を灯した四枚羽の風車がくるくると回る四百三十席の劇場で、軽演劇やレヴューを上演して学生や知識層の人気を集め、多くの作家、俳優を輩出している。昭和八年から十年が全盛期だとされており、戦時は敵性語のため「作文館」と改称していたが、昭和二十年二月松竹に経営権が移り、同年五月の空襲で焼失し公演不能となった。戦後は松竹の手を離れ、商標登録などのトラブルから昭和二十六年（1951）閉館に至ることになる。

島村龍三は明治三十八年淡路島の属島沼島に生まれている。若き日には詩に熱を入れ、大学時代から南天堂に通うようになり、アナキズム詩人の仲間入りをした。黒田哲也という詩人名で活動しており、昭和二年（1927）三月東洋大学支那哲学科を卒業、本書登場人物のうち岡本潤・小野十三郎・神戸雄一の後輩にあたる。既に述べたように東洋大では大正十年（1921）に「文化学科」を新設しており、文学のみならず演劇・美術・ジャーナリズム関係で身を立てた卒業生が多く、島村も、後述のように、所謂浅草式インチキ・レヴュー作演出のパイオニアとして知られることになるのである。

詩人・黒田哲也の名は、本稿では矢橋丈吉自伝叙事詩『黒旗のもとに』から図版で出した「詩・舞踏・演劇の夕」プログラム二日目の〈自作詩篇朗読〉六番目にある。『太平洋詩人』をみると、第一巻第三号に「七月詩壇評」を書き、第一巻第四号には「幸福な晩餐」という詩が掲載されていた。また、動向として、第一巻第一号に〈本郷區小泉町八〉とあり、第一巻第三号には〈(大正十五年) 7月末より下関市南本町九四八に帰省〉、第二巻第一号には〈市外戸塚荒井山四九七 光生館〉と当時の住所があった。

大学卒業後の島村は定職につかず、甘酒を売ったり士官学校の馬丁をしたりして暮らしていたというが、『太平洋詩人』に交わったあと菊田一夫が雑務を手伝ったラリルレロ玩具製作所での共同生活を経験している。島村の妻・照子は女優から政治家に転じた望月優子の従妹で、娘・葉子は宝塚歌劇団四十二期生で映画スターでもあり、野々山貞夫と結婚した。野々山はジャズドラマーで、「ハナ肇とクレージーキャッツ」のハナ肇である。

カジノ・フォーリーでの島村の仕事のなかに、第25回公演に川端康成『浅草紅團』を〈レヴュー『浅草紅團』(10景)〉として、第53回公演に林芙美子『放浪記』を〈レヴュー『放浪記』(11景)〉としての脚色・演出がある。

川端康成の『浅草紅團』は全六十一節にわたる長編小説で、関東大震災後の盛り場・浅草を舞台に、既存の価値観を転換させたモダニズムの観点から、不良少女・少年たちの生き方を新鮮な文体で綴ったものであった。まず、四年十二月十二日から五年二月十六日まで東京朝日新聞に三十七回にわたって連載されたが、連載が始まって間もなく川端がレヴューを見に行ったという。すると、それまで閑古鳥が鳴いていたのが、入り口に人だかりができており、以後「浅草紅團」がカジノ・フォーリーの名を一躍東京中に広めるのである。三十八節から五十一節までは「浅草赤帯会」と称して雑誌『新潮』九月号に、五十二節から六十一節までは雑誌『改造』九月号に「浅草紅團」として掲載されている。『浅草紅團』はこれらを纏めて昭和五年十二月五日先進社より刊行されたものである。カジノ・フォーリーを語る場合、必ずと言って良いほど取り上げられる作品である。

林芙美子『放浪記』の成立過程については本稿冒頭で詳述したが、改造社新鋭文学叢書の一冊として出版されたのが『浅草紅團』の五か月前、『続放浪記』は前月であった。

いずれの公演も好評を得ており、世評の高かったこれらの小説がカジノ・フォーリーを支えたといえる。しかし、一方で、新人二人の原作者の名を高めるのに、島村やカジノ・フォーリーが一役買ったともいえるだろう。

中野は『ムーラン・ルージュ新宿座』第一章「浅草オペラからインチキ・レヴューへ」で、

――インチキ・レヴューはのちに笑いを主軸に発展して〈軽演劇〉〈新喜劇〉〈アチャラカ喜劇〉などと呼ばれるようになるが、こうした東京喜劇の脚本上の最初の作品は、島村龍三がカジノ・フォーリーの第三回公演に書いた『世界的自殺法』だった。

と書いており、その章末参考文献（4）は以下である。

――渡辺渡は「本格的レヴュウの変革的発達史」（『若草』昭和一一年〔一九三六〕四月号で「カジノでは最初の間、脚本は映画其他の基辺にある物の筋をとつて間に合はせてゐたが、再組織後間もなく島村龍三の「世界的自殺法」を上演した。これが創作レヴユウの最初の物である。且つ又この辺りに日本で特殊の発達をとげた変革的レヴユウなる物の発達はおかれるべきものではないだらうかと思ふ。〔略〕一九三〇年の二月に山田寿夫の「嫁取合戦」が上映されるに及んで漸く変革的レヴユウなる物の行き方が決定したとも言へる」と記している。「変革的レヴユウ」とは昭和七年（一九三二）頃から使用されるようになった言葉で、宝塚歌劇などが目指した欧米流の〈本格的レヴュー〉に対して、それまで〈インチキ・レヴュー〉と呼ばれていた浅草式のレヴューを言い換えたものだ。この言葉を使用していたのは島村らレヴュー脚本家たちで、そこに彼らの意識的変化を読み取ることができる。

『新喜劇』〔同人住所録〕を総覧すると、前に書いたように、渡邊渡と仲澤清太郎の住所には動きがないが、島村龍三の住所は四巻十一号に〔本所 江東劇場 気附〕とあり、四巻十二号では〔杉並區高圓寺六ノ七二四〕になっており昭和十三年十一月ごろ高円寺に転居している。〔江東劇場〕は、江東楽天地（現東京楽天地）にあった。江東楽天地は、総武線の始発駅として明治二十七年開業した本所駅の近くに、昭和十二年に誕生したレジャー施設である。今の錦糸町駅周辺で、錦糸町は以後繁華街として発展していった。江東楽天地には江東劇場のほか本所映画館・リッツ劇場・キンゲキの映画館四館・遊戯施設などの施設があり、構内には須田町食堂が誘致され、吉本興業と提携した江東花月劇場が設置されている。多くの人が訪れて繁盛し、戦後は国営競馬場外馬券売場を誘致し、日本中央競馬会とつながりを持つ。

仲澤清太郎の本名は中島毅造、島村と同じく東洋大学文化学科の卒業である。共同印刷の大争議に際して、日本プロレタリア文芸連盟演劇部は小道具類をトランク一つに入れて移動上演をする「トランク座」を結成し、ストライキ激励とカンパ集めを行った。これはのちのプロレタリア演劇運動の源流となるが、仲澤は仲島淇三の芸名で俳優としてその舞台に立ち、その後も秋田雨雀の先駆座や佐々木孝丸の前衛座など左翼演劇団の舞台に立った。仲澤清太郎の名でカジノ・フォーリー文芸部に身を置いたあとも軽演劇脚本を執筆し、しばらくは所謂インチキ・レヴュー作家である。渡邊渡の隣に住んでいるころは清さんとか清兵衛とか呼ばれ、体重四十五、六kgと痩せていて、胃の不調からいつも、一見近づき難い、取りすました顔つきをしているとと渡邊渡が筆にしている。

そののち、オペラ館ヤパン・モカル文芸部長、吉本興業株式会社金語楼劇団主事兼文芸部長を経て、昭和二十二年に設立された国華興行株式会社の文芸部長に就任した。同年、同社によりロック座が開館して、東宝の副社長だった秦豊吉が顧問についている。翌、昭和二十三年東洋興業株式会社がロック座の経営を引き継ぐと、その春から二十七年秋にかけて仲澤がロック座の支配人をつとめ、その後も東洋興業株式会社の芸能配給部長などの職についているが、フリーになったあと昭和三十三年に学風書院から『踊り子風流話』を刊行した。これは、浅草ロック座支配人時代に経験した、ストリップの世界の裏話を題材にした艶笑小話集である。

ロック座は、最大手にして最古参のストリップ劇場として浅草に現存する。運営は昭和三十五年創業の東興業株式会社、千代田区神田淡路町に本社がある。同名のストリップ劇場が全国に存在していたが、殆どが系列店であったため、浅草ロック座と称しているという。

さて、『新喜劇』第三巻第四号（昭和十二年四月）には渡邊渡の脚本「遺産」という七景の作品が十四頁に渡って掲載されている。これが渡邊渡の戯曲第一作で、先述のようにこれが第五回直木賞候補最終選考に残った。その後、第三巻十号に「貸衣装」、第四巻一号に「陽の射す縁端」、第四巻五号に「事務服物語」、第四巻十号に「作業開始」が掲載されている。いずれも次章「作品：渡邊 渡」に掲載しておいた。

脚本「作業開始」（二幕五場）が所収されている第四巻十月号は『新喜劇』の「四周年記念脚本號」として出版されている。渡邊渡原案の「成吉思汗―砂漠の民族―」も掲載されており、数多くの〔祝・新喜劇四周年〕が寄せられている。表紙を見開くと古川綠波、表紙裏には吉本興業合名會社、ついで榎本健一、三益愛子、古川綠波一座などなど。本稿登場人物では木村時子の名も見える。

そのほか『新喜劇』には評論・エッセイなど渡邊渡の文章がいくつも掲載されているので、ここでは表題だけを紹介しておき、内容は次章「作品：渡邊 渡」に抄出とする。各表題は「不可解な存在」「新喜劇と社会性」「芸術と入場券」「演劇と僕」「演劇と友人の言葉」「仲澤清太郎を語る」「民族的演劇の問題」「エノケンの西遊記」「吉本ショウの行くべき道」である。

足跡：浅草から奥多摩へ

ここで『渡辺渡回想』徳田一穂の書簡に戻ろう。孫引きを続けさせて頂く。

――しかし、その後今日まで渡辺渡と私の附合は年と共に深まって来てゐるので、私にとって如何に渡辺君が人柄の善良な友人であるかと云うことが分かる訳である。最近、十年近く浅草にゐたといふ渡辺君が浅草を離れて、奥多摩の方へ引移って行ってしまったのは、私にとって浅草に行った時に、なんとも云へない心寂しさを覚えさせられるのだ。渡辺渡と私との浅草に於ける交際は私にとって、実に一篇の懐かしい小説でもあるのだが、ここでは唯渡辺渡の善良で粘り強い生活力を持った人柄の好もしさのみを云っておくことにする。

吉祥寺からほどなく浅草に移った渡邊渡は、その後十年足らずで〔奥多摩の方〕に居を移すわけであるが、その転居理由はいずれ説明することになる。

徳田は最後に簡単な作品評を残していた。

――作品については、今手元にないので詳しくは論じられないが、最近二つ程「新創作」で読んだ詩は脈々とした生命観の底に人生の哀愁があふれたもので、立派なものだったと思ふ。小説は長い間ドラマとレヴューの台本などを書き続けてゐた為であらう。まだ何処かにさうしたものの影響が残ってゐて、多少すっきり来ないものがあると、私は率直に述べ、粘り強い渡辺渡のこんごの努力の結晶を待つことにする。

最後に、近く出版される詩集「東京」をたのしみにしてゐることを述べておきい（ママ）。

第三詩集『東京』にまつわる話はもうひとつある。

先に引いた秋山清の『あるアナキズムの系譜』をもう一度借りることにする。

――……昭和十六年の秋、私が働いていた日本木材会社という統制会社の分室が神田旅籠町の三菱銀行支店の三階に在ったとき、久しぶりに渡辺の訪問を受けた。ひとなつかしげな優しい目じりの皺、しゃがれっ声、あの頃とちっとも変らぬ態度に幾分の老けを見せながら、自分の今のことなど一言も話さずにせき込むように誌の話をはじめた。

「おどろいたなぁ、みんな詩がうまくなってるんで、『詩原』ってのを見たよ。小野君の詩なんて、いいいね。」

彼は、その二年くらい前（昭和十五年）に私たち（金子・壺井・青柳・秋山・岡本・小野）が集まって編集した『詩原』を誰やらに見せてもらったといっていた。
『詩原』は日本社会主義文化運動資料33『太鼓・詩原』で復刻されている。その別冊、西杉夫の「『詩原』解説」によれば、『詩原』は昭和十五年三月に創刊されたという。秋山の引用中〔私たち〕、（　）内名字だけの六名は金子光晴・壺井繁治・青柳優・秋山清・岡本潤・小野十三郎、それ以外に秋山清が青柳優（丹沢明）と相談して選んだ同人には江森盛弥・伊藤八郎がいた。出版は赤塚書房である。創刊号に続いて翌月に二号が出たが、要視察者が多いとの警察からの指摘により内容が変遷していく。三号は小説や評論、随想に中心をおき、その後は小説、詩、短歌、俳句などの投稿作品にも力を入れ、ほぼ月刊を維持しながら第二巻六号までは確認できているという。

渡邊渡もこの『詩原』に詩を寄せており、復刻本第一巻二号に詩「證明」が見える。

この頃の作品をあたると、昭和十六年三月一日『文化組織』第二巻第三号に詩「青空の改訂」の掲載がある。少年向け『大平原の二少年』という本の編集という仕事も見つかった。この児童書の装幀・挿畫は岡村不二男、十九の短編が所収され、発行所は〔東京市神田區東神田十番地〕所在の〔淡海堂出版株式會社〕、配給元は例によって〔日本出版配給株式會社〕である。「はしがき」の脱稿年月は昭和十七年六月、発行日は昭和十七年九月二十日、初版発行部数は

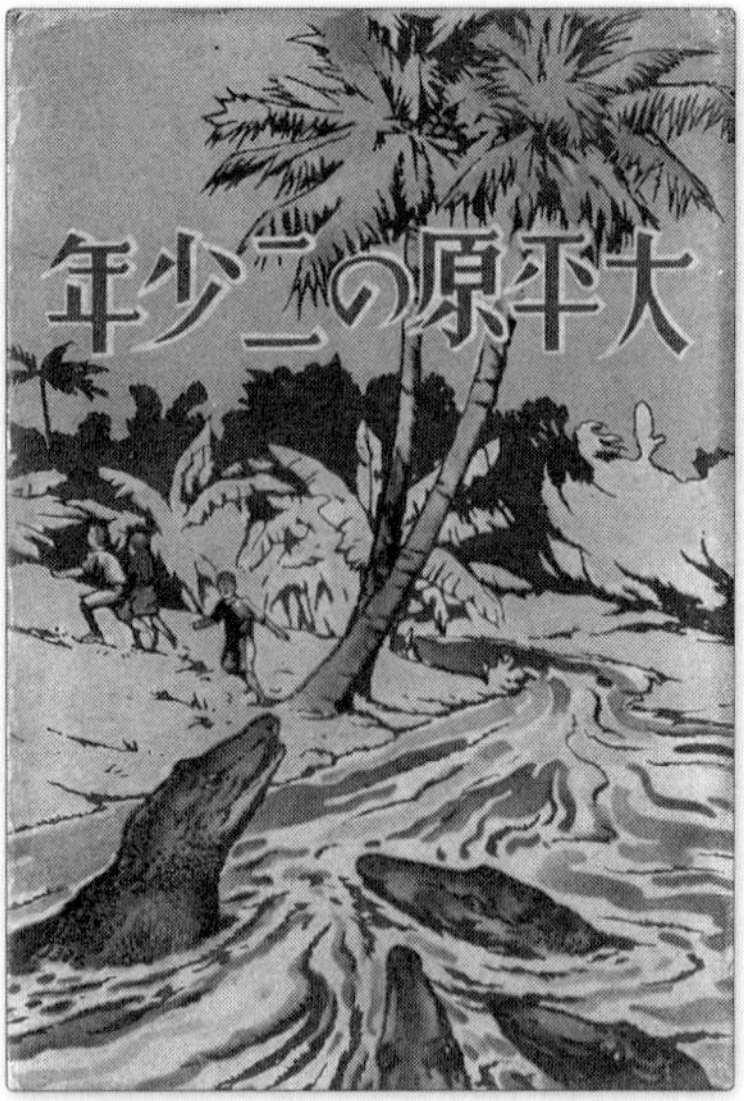

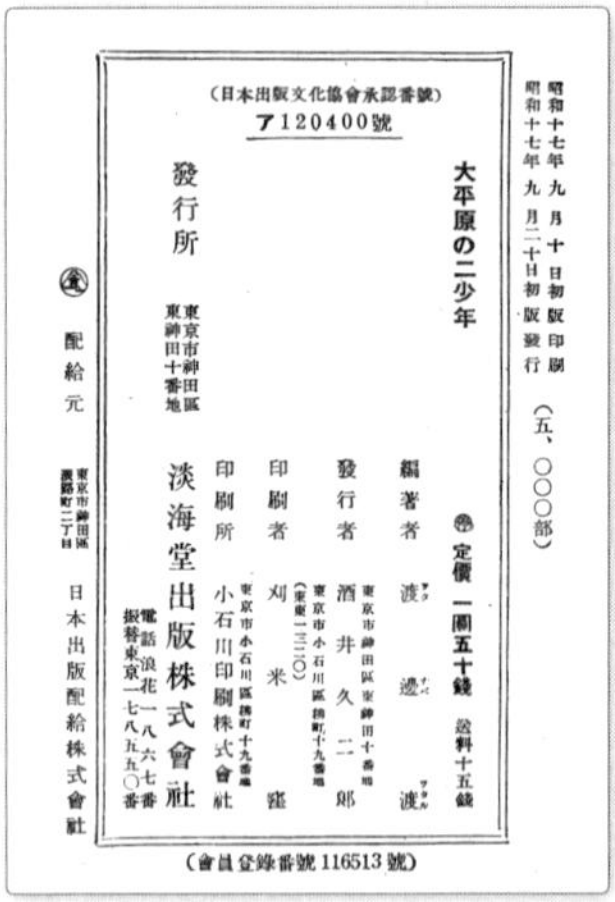
昭和十七年九月十日初版印刷
昭和十七年九月二十日初版發行（五、〇〇〇部）

大平原の二少年

定價 一圓五十錢 送料十五錢

（日本出版文化協會承認番號）
ア120400號

編著者 渡邊渡

東京市神田區東神田十番地
發行者 酒井久二郎

東京市小石川區諏町十九番地（東東一三二〇）
印刷者 刈米達

東京市小石川區諏町十九番地
印刷所 小石川印刷株式會社

東京市神田區東神田十番地
發行所 淡海堂出版株式會社
電話浪花一八六七番
振替東京一七八五五〇番

東京市神田區淡路町二丁目
配給元 日本出版配給株式會社

（會員登錄番號116513號）

『大平原の二少年』表紙と奥付

五千部、定価は（一圓五十銭）、開戦後戦況華々しいときの銃後出版であった。

秋山清『あるアナキズムの系譜』のその後……。

――「近くオレも詩集を出すよ」

といって帰っていったが、次に来たとき『東京』という詩集をくれた。一円五十銭か二円だったが、その代金を渡そうとしても「贈呈だよ」といってすぐには受けとらなかった。前の時か、詩集持参のときだったかはっきりしないが、在郷軍人会を先頭にした行列が長々と歩いていたことが蘇ってくる。まだ太平洋戦争の劣勢が国民には見えていなかった時期

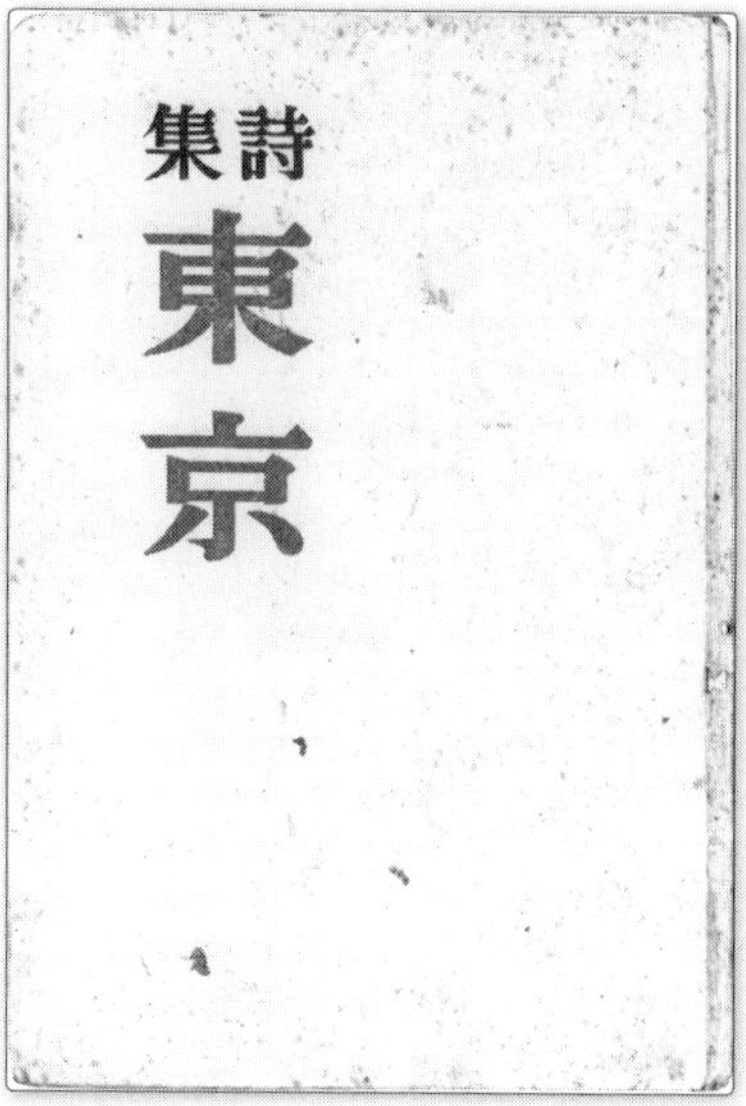

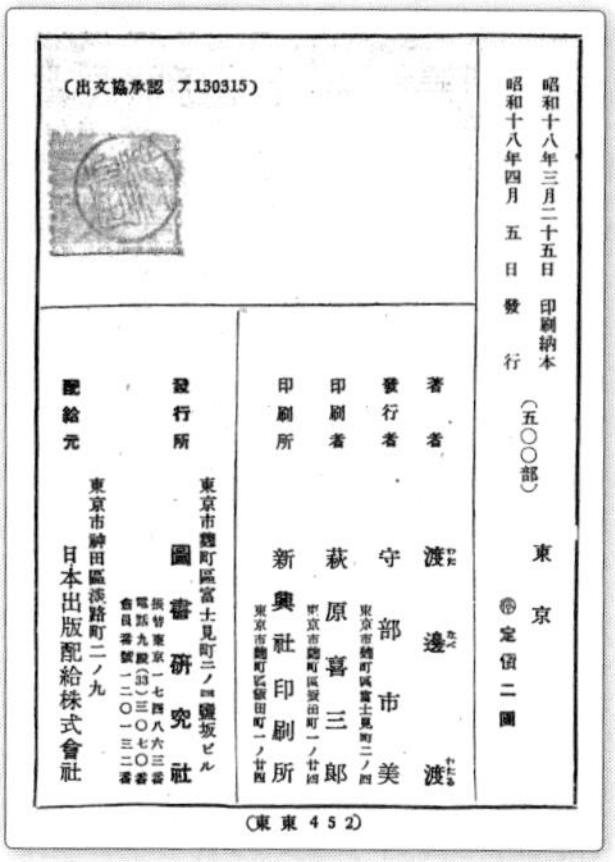
（出文協承認　ア130315）

昭和十八年三月二十五日　印刷納本
昭和十八年四月　五　日　發　行
（五〇〇部）
東　京
㊟定價二圓

著者　渡邊渡
東京市麴町區富士見町二ノ四
發行者　守部市美
印刷者　萩原喜三郎
東京市麴町區飯田町一ノ廿四
印刷所　新興社印刷所
東京市麴町區飯田町一ノ廿四

發行所　東京市麴町區富士見町二ノ四鹽坂ビル
圖書研究社
振替東京一七四八六三番
電話九段(33)三〇七〇番
會員番號一二〇一三二番

配給元　東京市神田區淡路町二ノ九
日本出版配給株式會社

（東東452）

第三詩集『東京』表紙と奥付

であった。

奥付による『東京』の発行所は〔東京市麴町區富士見町二ノ四鹽坂ビル　圖書研究社〕、発行者は〔宇部市美〕で住所は発行所と同じである。配給元は〔東京市神田區淡路町二ノ九　日本出版配給株式會社〕、〔定價二圓〕であった。印刷所は〔東京市麴町區飯田町一ノ廿四　新興印刷所〕、印刷者は印刷所と同じ住所の〔萩原喜三郎〕、そして印刷納本日は〔昭和十八年三月二十五日〕、出版日は〔昭和十八年四月五日〕となっているが、それは奥付発行日の位置に貼ってある訂正紙に印字されたもので、光を当ててよくみると、その下には印刷納本日〔昭和十八年一月二十五日〕と発行日〔昭和十八年三月一日〕とが、なんとか透けてみえる。

戦時体制下、出版物配給を一元化するため、昭和十六年に当時二百以上あった取次業者を統合した日本出版配給株式會社が設立され、神田に本社を置いた。前記、配給元の住所である。これは「出版新体制」と呼ばれ、出版界における経済統制・言語統制強化の業界再編を出版流通・配給面で支える国策会社として出発したものの、戦況悪化による物資不足・応召者の増加・物流網の麻痺などで業績が沈滞、昭和十九年には組織改編され「日本出版配給統制株式会社」になっている。

この印刷納本日と発行日の訂正は、そういった出版業界の事情によるものかもしれない。『東京』「跋」末尾には脱稿日が〈昭和十七年七月九日〉と記されており、その最後、脱稿年月日のあとは次のように締めくくられている。

——東京を發つ前夜に

著　　者

『あるアナキズムの系譜』によれば、昭和十六年の秋のことに、渡邊渡は〈近くオレも詩集を出すよ〉と言っているが、『東京』「跋」には、詩稿を整理して印刷所にまわしたときに日本が第二次世界大戦の戦端を開いたと書かれてあるから、真珠湾攻撃のあった昭和十六年十二月にはまだ印刷所にあったと推察される。そして、そのような時期に詩集を出版するのは差し控えるべきと考え原稿を取り戻したものの、「跋」脱稿翌日の七月十日から関東軍報道部長名で糸操り「小玉人形劇團」が東京を発ち新京（シンキョウ）にむかうことになったので、東京を離れる前に出版しておこうと、前日に「跋」を書き加えて戦地に赴くのである。

新京というのは満州国の特別市・首都で、現在の中華人民共和国吉林省長春市にあたる。この慰問従軍のことは、渡邊渡自身が『國境の人形芝居　満ソ国境巡演記』に日記体で書いているので、次項に略述したい。

足跡：満州

渡邊渡は小玉人形劇団で脚本を手掛けていた。

小玉人形劇団の操り人形の操作主任である小野敬二が、関東軍司令部報道部からの電報を拝受して、新京に出向いたのは昭和十七年三月下旬のことであった。新京から帰った小野は、すぐさま緊急同人会の開催を速達で告げ、その結果五月初旬に新宿の小玉人形劇団事務所で同人会が催された。小玉人形劇団というのは脚本・舞踏・音楽・装置と各担当の者が同人制のもと参画し、それに小野が操作部を代表して同人となって合議制で運営していたため、同人会の開催が必要だったのである。

話し合われたのは、関東軍報道部で満州文化工作の根本方針が樹立され、三月に実践第一号として小玉人形劇団が指定されたため、その打ち合わせである。人形劇は他の民衆芸術に比べ劇団が小規模で手軽であること、同じ人形劇でも文楽の様に難解でなく満州でも受け入れられやすい、というのが選ばれた理由であった。

そして、日東人形劇団が編成され、一行は七月十日午後八時四十分東京駅発車の夜行で東京を離れることになるのである。東京から巡演に向かったのは六名であった。舞台脚本を手掛ける渡邊渡四十七歳、現地では脚本の仕事はないので開演挨拶とか音響つまりレコードの係である。人形操作は小野敬二三十六歳とその妻・お末二十九歳、役者あがりで台詞係の太田信太郎五十歳、人形遣い青木のお幹三十五歳とその娘ミヨ子十二歳。ミヨ子は学校が夏休み、幕間で日本舞踊を披露することになっている。それに大阪からの四名が現地で合流する予定であった。佐藤利春という三十六歳背広の男性、佐々木莖子二十六歳、安川京子三十一歳、鹿子二十五歳である。彼女たちは歌や踊りの芸なので、渡邊渡は彼らの呼称に〔大阪組〕とか〔ショウ組〕という言葉を使っている。

翌朝、車内で目覚めると京阪間の車窓から稲田が見え、やがて山陽線にはいる。岡山に差し掛かるころ、宇野線に乗り換え高松行の連絡船に乗ったことを思い出す。時期不詳ながら、その経路で、何度か里帰りをしているのだ。岡山から先は、北九州からの上京以来およそ二十年ぶりのことであった。

下関に着いて、釜山行きの連絡船を待ち、ようやく日没ごろに乗船する。

連絡船は男・女・男女同伴と席が別れていたため、皆それぞれに分かれて席を取っている。

日露戦争の終戦は明治三十八年九月五日であった。それから一週間もたたない十一日に私鉄山陽鉄道傘下の山陽汽船が関釜連絡船の運航を開始していた。他に、大阪と済州島を結ぶ君が代丸があったが、第二次世界大戦までは関釜連絡船が殆ど独占的に日本本土と朝鮮半島とを結ぶ役割を担っていた。

七月十二日朝には釜山港である。そこからは列車で新京に向かった。

日本統治時代の朝鮮半島では、釜山から京城（現ソウル）までを京釜鉄道株式会社の路線が結んでいたのでその経路で北上である。京城からは京義線にはいって新義州（現北朝鮮領）に向かった。そこからは満州鉄道で安東から奉天をつなぐ安奉線、奉天から新京までは連京線である。

一行は午後になって新京に到着した。宿に入って、ひと風呂浴びて明日に備える。

こうして新京についた巡業団は十三日関東軍司令部報道部に出頭、到着の報告である。

十四日は報道部での試演会、演目が紹介されている。

序幕は「三番叟」、二番目は「千人塚」、三番目は「壽獅子」、四番目は「朝顔日記の大井川」、五番目トリ狂言は笑劇「釜泥」であった。渡はご丁寧にその各々のストーリーを書いているが、いずれも江戸から明治の糸繰り人形古典だと説明されている。しかし、ここでは省略させて頂くことにする。

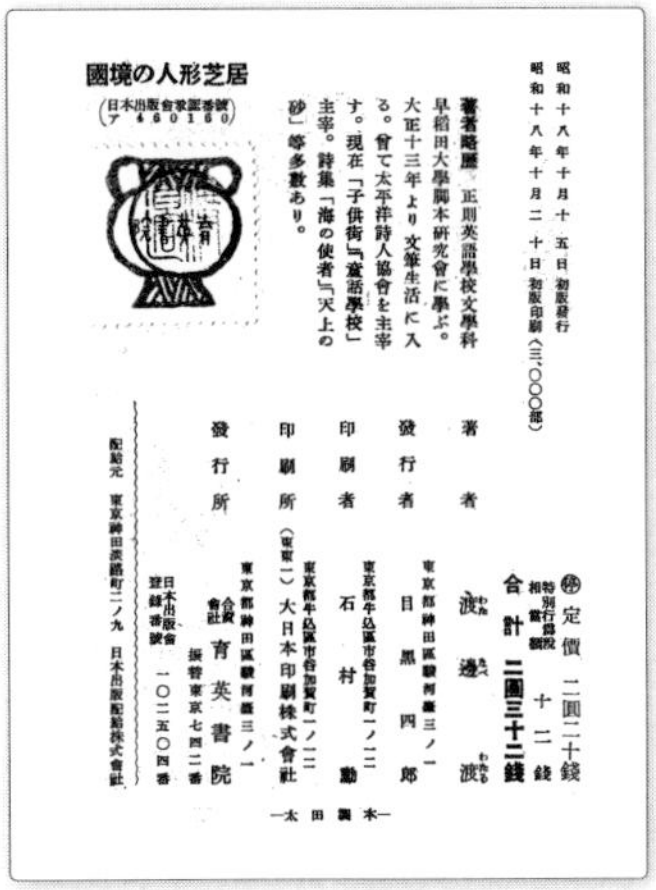
昭和十八年十月十五日 初版發行
昭和十八年十月二十日 初版印刷（三、〇〇〇部）

著者略歷　正則英語學校文學科
早稻田大學脚本研究會に學ぶ。
大正十三年より文筆生活に入
る。曾て太平洋詩人協會を主宰
す。現在「子供街」「童話學校」
主宰。詩集「海の使者」「天上の
砂」等多數あり。

㊇定價　二圓二十錢
特別行爲稅相當額　十二錢
合計　二圓三十二錢

著者　渡邊　渡
發行者　目黒四郎　東京都神田區駿河臺三ノ一
印刷者　石村勤　東京都牛込區市谷加賀町一ノ一二
印刷所　大日本印刷株式會社（東東一）　東京都牛込區市谷加賀町一ノ一二
發行所　合資會社 育英書院　東京都神田區駿河臺三ノ一　振替東京七四二一番
日本出版會登錄番號　一〇二五〇四番

配給元　東京神田淡路町二ノ九　日本出版配給株式會社

國境の人形芝居
（日本出版會承認番號 ア460160）

—太田製本—

『國境の人形芝居　満ソ國境巡演記』の表紙、奥付

慰問団、人形劇六名とショウ組四名合計十名の日東人形劇団は、慰問中は白地の布に黒い明朝の襷、「日満軍警委員會派遣皇軍慰問團」をかけることになっていた。

『國境の人形芝居　満ソ国境巡演記』は次の四部構成になっている。

第一部　東京より新京に
第二部　北満地區
第三部　東部国境地區
第四部　白頭山の麓

これまでは、この第一部七月十日から十五日をかいつまんで紹介した。

二部は七月十五日から八月六日である。

その間、新京とその周辺の前線部隊への行きかえりで操り人形劇巡業を繰り返す。人形などの荷物を持っての移動は鉄道や軍用トラックで、既存建物の広間や間に合わせの舞台での慰問公演である。

八月八日夜明けに圖們（トモン）着、そして琿春（コンシュン）にはいる。九日には東部国境第一線陣地に軍用トラックで向かう。それから八月二十四日までは琿春と哈爾濱（ハルピン）とその周辺の隊での巡業、これが第三部である。主には隊での俄作りの舞台で演じるが、計画にない行き当たりばったりの開演もあった。

八月二十四日に居るのは牡丹江から琿春に行く途中で通過した駅、名前は伏せられている。そこでの公演を終えて、京図線を新京に向かって西にむかう。降車駅も名がでてこないが場所は間島（カントウ）省、満鉄支線で朝鮮人居住地の隊などに移動して慰問する。これが第四部である。

八月三十日に最後の場所、安圖にはいった。そこは現在の中華人民共和国吉林省東部の延辺朝鮮族自治州で、豆満江の源流ちかくに位置し、川を挟んで北朝鮮と向かい合う地でもある。白頭山の頂上は北朝鮮領、露国境とも遠からず、朝鮮人やロシア人あるいは匪賊をまえにしての公演もあった。最終公演は翌八月三十一日である。

九月一日朝バスで駅に向かい、二十時××分の汽車に乗った。満州鉄道支線を北上し新京に帰るのである。翌朝目が覚めると吉林駅、ほどなく新京に戻った。そして三日の夜は大阪組を駅に送る。四日には十五時の汽車に乗る東京組の五名を見送って、自分一人で夜、東京とは反対に北へと旅立っていく。

目的は開拓村の現地視察、約一か月の予定であった。

足跡：奥多摩

満州で巡業もあと少しという八月二十四日、渡邊渡は、普段から力仕事をしない自分たちでも重い荷物を担いで運べたことに驚き、日本の内地に体力を使わずに暮らす男は数多いだろう、と思いを馳せる。

——それらが自己の體力に自覚して、知的勤労の余暇を向上、農業に使用すれば、そこから上る全國の増収は夥しい数字に上る計算になる。

——国民各個の體内に眠れる體力の發掘

と、でも命名すべき一つの發見であつた。

こう気づいて、内地に帰ったらすぐに東京に近い農村に居を構え、少なくとも自分の食べる米穀野菜を自給自足すると決意して、浅草から〔奥多摩〕に引っ越すのである。

この渡邊渡の気づきに関する論説が『現代日本文芸総覧』「補巻」に紹介されていた。

いずれも『文學報國』に所収されており、ひとつは昭和十九年一月二十日刊第十五号の「文筆業者と農耕/体験から見た自給体制」であり、もうひとつが三月二十日刊第十九号にあるアンケート「伝統の理念登場」に応えた「決戦生活への断乎進発／空理空論の勤労観一掃」である。また、その一か月後の『文學報國』第二十三号には「匪賊村」という渡邊渡の詩があった。これは、内容から、満州での巡業先で匪賊がいた村を題材にしている。

『文學報國』は不二出版から平成三十二年に復刻されており、国会図書館所蔵の復刻版を遠隔複写したので、「文筆業者と農耕／体験から見た自給体制」「決戦生活への断乎進発／空理空論の勤労観一掃」「匪賊村」をいずれも次章「作品：渡邊 渡」に抄出しておいた。

この〔文筆業者と農耕〕の現場に立ち入った詩人がいた。

――「手旗」終刊後、何年過ぎた頃だったろうか、私は民間社会事業団体の仕事に入り、茨城、東京、静岡、広島、福岡と転々とした後、東京の母子寮と保育園に勤めた。つづいて戦時下の日本も太平洋戦争に突入した。

そう、柴山群平の「渡辺渡のこと他」、前回引用からの続きである。

――渡辺渡が福生に農家の納屋と田畑を借りた。自給自足の農耕生活をはじめた。陸軍報道部員として北支に行って前線の兵隊の農耕生活を見て感動してはじめたといっていた。何しろ農耕生活などはやったことはなく、しかも相当広い土地を、陸稲、大豆、小豆、大根、さつま芋、ぢゃが芋、菜類、トマト等、独力でやってのけた。彼の話に依れば附近の農家の人もびっくりしていたという。いつか私は彼の畑で新鮮なトマトをもいで食べたが、その味のうまかったことは忘れられない。さすが彼もひとりの畑仕事に疲れたのか、草とりを手伝ってくれ、手伝ってくれればギンメシを御馳走し新鮮な野菜も大豆もトウモロコシもわけてあげるという。そこで、その話を自分の勤めている保育園の保母さんに伝えた。いよいよ物資欠乏ははなはだしい社会状態であったので、「ギンメシ」の魅力にひかれたのか、私は五人の保母さんを連れて日曜日出かけた。一日の五人の若い労働は、彼を喜ばせた。彼が若い女性と中年の女性等に（彼は独身者であった）せまい部屋で圧倒されてマゴマゴしているので、わたしたちが炊事をやりましょうと保母さんたちは待望のギンメシを炊いたり、野菜料理をつくったりした。そして若干の野菜や大豆・芋等をもらって来たことがあった。彼の部屋の縁側には、雑誌、新聞、図書の類が山と積まれてあった。農耕の合間に原稿もかきつづけていた。いつか彼を福生に訪ねた時に、宝文館の記者の北条秀雄がリュック姿で来ていた。その後、付近の農家の人の斡旋で、細君を迎えたということをきいた。

渡邊渡自身が『國境の人形芝居　満ソ国境巡演記』の序文最後に所在を〔奥多摩〕と書き、徳田一穂が書簡に書き残した〔奥多摩の方〕の正確は「福生」であった。福生というと、今は横田基地の所在地として知られている。奥多摩と聞くと、どうしても奥多摩町あたりの山奥を思い浮かべてしまうが、福生市から奥多摩町は三十㎞くらい離れている。奥多摩というのは、広義には東京の西、多摩川水系の上流域をさし、多摩川流域に青梅市の西部と奥多摩町、その支流秋川流域に檜原村、あきる野市が含まれるのだという。

大正九年（1920）、青梅鉄道が立川から二俣尾まで延伸されたとき、それより先の自治体が更なる延長を求めて青梅鉄道に建議書を提出した。その動きの中で、多摩川上流の風景を生かしながら観光の推進を図ることを主目的に保勝会が結成されている。その地のブランド名として「奥の細道」の「奥」を生かすことになり、保勝会の名称が「奥多摩川保勝会」と決まり、のちに「川」の文字を取って「奥多摩」を前面に出したキャンペーンが張られた。

福生は、正確には奥多摩ではないのだろうが、いわば、奥多摩の入り口とは言えるであろう。

渡邉渡は福生で一年たらずの農耕生活を続け、昭和十九年九月十五日『現地報告　北の守備線』を大日本出版株式会社より出版している。価格は一円六十四銭、装丁・挿画は荻巣高徳であった。

荻須は明治三十四年愛知県生まれの画家である。愛知県立第三中を経て、大正十年に上京、小石川の川端画学校に学んで、翌年入学した東京美術学校（現東京芸術大学）では西洋画科に

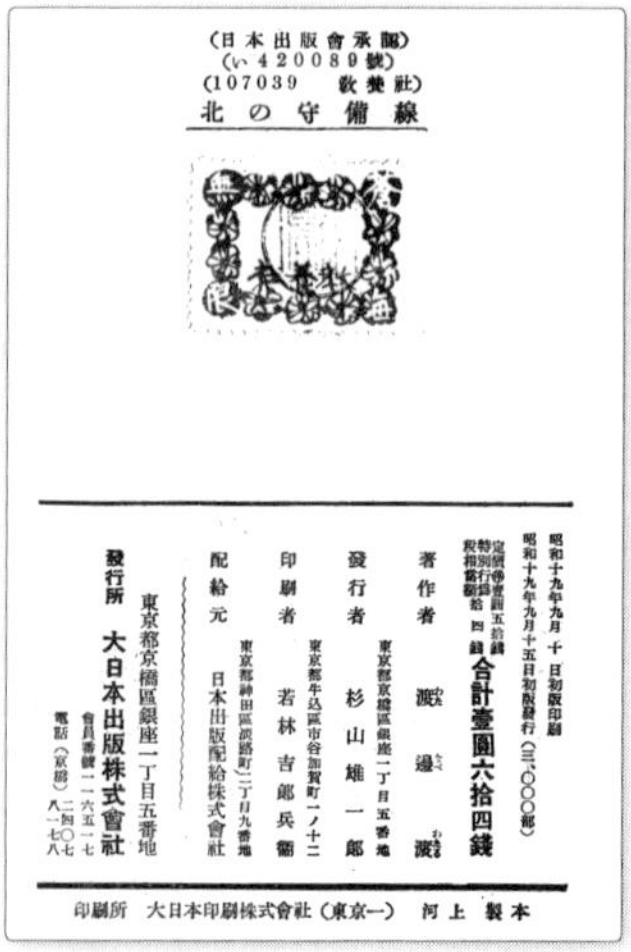
（日本出版會承認）
（い420089號）
（107039　欽仰社）
北の守備線

昭和十九年九月十日初版印刷
昭和十九年九月十五日初版發行（三、〇〇〇部）
定價壹圓五拾錢
特別行為稅相當額拾四錢　合計壹圓六拾四錢

著作者　渡邊渡
東京都京橋區銀座二丁目五番地
發行者　杉山雄一郎
東京都牛込區市谷加賀町一ノ十二
印刷者　若林吉郎兵衞
東京都神田區淡路町二丁目九番地
配給元　日本出版配給株式會社
東京都京橋區銀座二丁目五番地
發行所　大日本出版株式會社
會員番號一一六五一七
電話（京橋）二四〇七　八一七八

印刷所　大日本印刷株式會社（東京一）　河上製本

『現地報告　北の守備線』表紙、奥付

はいり、同期に小磯良平がいる。活動期間の多くをフランスはパリで過ごし、地位を確立したかに見えたが、昭和十五年（１９４０）に戦況悪化のため帰国を余儀なくされている。再びパリに戻ったのは戦後、昭和二十三年のことだ。この戦時の一時帰国のとき『現地報告　北の守備線』の装丁・挿画を引き受けたのである。

『現地報告　北の守備線』の序には、軍隊と同じ規律のもと、早朝に起きて二反の畑を耕作し、個人的意欲や感情をすてて国家の一単位としての個人へと改造を達成する記録として、また、日本と満州国の関係は切り離せないものだという認識を伝えるために出版する、という意味のことが書かれてある。この序の脱稿日は昭和十七年八月二十一日、まさに、銃後運動の手本のような出版物であった。

ついで柴山群平「渡辺渡のこと他」の末尾を抄出する。

――彼の第二詩集「天上の砂」を出してから、十八年間の歳月が過ぎた。そして「東京」という第三詩集を出した。昭和十八年四月五日発行。発行所は図書研究社である。詩集「東京」刊行委員には、野口米太郎、高村光太郎、萩原朔太郎、室生犀星、金子光晴、大鹿卓、徳田一穂、高見順、中西悟堂、福田正夫、野口雨情が名を連ねている。二十六年前の詩集「東京」の内容についての紹介は又の機会にしたいが、「跋」の中で、彼は次のように言っている。

「～町を忙しさうに歩いている平俗な人間の生活こそ却って最も高い人間の生き方の形式で、汝が持っている位の悟りは人間それぞれ持っている。むろん全部ではないが、通行人の何割かはそれが判っている人達だ。汝はもう一度町にかえって通行人の顔を見直して来なくてはならぬ。そこで汝は、真の人間生活が判っている者と、何も判らないでただ生物的に生きている者と入り交わって町というもの、村落というものは構成されているものという事を理解するであろう。汝は体を遭遇別離の頻繁な巷に置いて、その極めて平俗な生活からセリ出される実質を詩とせねばならぬ。それが汝の人生だ〜で私は内面の声に従って再び東京に帰った。以来東京を離れなかった。」終戦後、浅草の劇団の文芸部にいるということを聞いたのはいつ頃だったたろうか。そして逝くなったという風のたよりを知ったのはいつごろだったたろうか。

第二次世界大戦が終結した昭和二十年夏からの数か月間、印刷・製本が滞り、都内では各雑誌をはじめとして一切の刊行物が姿を見せない日々が数カ月続いた。出版や記事や文芸の表現にあった制約が撤廃されても、戦下での寄稿は内容によっては掲載されなかったという。人材不足もあったに相違あるまい。そんな時期ようやく出版できるようになった昭和二十年十月二十六日印刷納本、十一月一日出版という古びた雑誌に渡邊渡の論説を見つけた。

雑誌名は『誌研究』十一月号（第二巻第二號）、発行所は東京都瀧野川區瀧野川町一八九三所在の寳文館である。福生に〔リュック姿で来ていた〕〔宝文館の記者の北条秀雄が〕担当したのだろうか。配給元は「日本出版配給株式会社」改め「日本出版配給統制株式会社」、住所は先述のとおりである。菊版十六頁の薄い雑誌のうち渡の論説は「農耕民族の詩」と題され、三頁にわたるのでこれも次章「作品：渡邊 渡」に抄出することにしたい。

最後に、渡邊渡『国境の人形芝居 満ソ国境巡演記』の著者略歴を全部だす。

――正則英語學校文学科、早稲田大學脚本研究會に学ぶ。大正十三年より文筆生活に入る。曾て太平洋詩人協會を主宰す。現在「子供街」「童話學校」主宰。詩集「海の使者」「天上の砂」等多数あり。

正則学園高等学校沿革などによると、〔正則英語學校〕は斉藤秀三郎が出した私立学校設立願を明治二十九年九月二日に府知事が認可したもので、同年十月十六日が設立認可日である。認可当初は普通科・高等科・英文学科・教育科・夜学科の五学科を要していた。渡邊渡がこの英文科に学んだのか、後に文学科が立ち上がったのかは不明、文献に当たれなかった。〔早稲田大學脚本研究會〕に関しては述べたとおりである。大正十一年の第一詩集「海の使者」と大正十二年の第二詩集「天上の砂」を文筆生活に入る前の作品として、〔大正十三年より文筆生活に入る〕としているが、震災後に再上京して、東京に腰を据えたのを起点に筆耕生活にはいったと自認したのであろう。

編集を手掛けた児童書『大平原の二少年』の出版日は昭和十七年九月二十日であった。操り人形劇の巡業を終えて、九月四日に北の開拓村の現地視察に一か月の予定で向かったのだから、第三詩集『東京』と同じように、満州に出発する前に印刷所に回したはずである。操り人形劇の劇作をしながら児童文学にも関わったはずだが、「子供街」「童話學校」については、今は何もわかっていない。

作品：渡邊　渡

第一詩集『海の使者』自序（1921年5月20日）

自序

房州の漁村の部屋で　もの寂しく　潮鳴りの音を聞きながら　煤けたらんぷの
うすあかりでこれをしるす
虐められ　忘れられつゝ　十年も書きつゞけて來た詩稿をあつめながら　私は
涙ぐまずにはゐられない　そう　私の詩は　もつともつと永くこの筐の中に埋め
て置くべきであつたかもしれない　私の肉體が朽ちて　私の生の最後の黑い幕が
ひかれるときに　私の死骸を蔽ふ　黑地の布に包みこまれて　眞に私を知つてく
れた數人の友によつて　寂しく　寂しく弔はれ　送りとゞけられるべきものであ
つたのかもしれないけれど　私はいまこれを世に出さずにはゐられない氣がする
最も弱い魂を持ち堪えて　純粹に生きて來たものにのみ識ることのできる　お
そるべき寂しさの　深さと量を　地上の總ての生命の中に頒ちたいものだ　それ
をしなければならない使命を感じる　私の言葉で言へば『陸地の住民は清潔さに
缺乏し飢えてゐる』私はすべての魂が求めてゐるものを　少しも持つてはゐない

けれど　頌ち與へることが許されてゐるやうな氣がする
詩集の内容について　少し書き添えて置き度い
IIとIIIに收めたものは　この部屋に來てから書いたもので　特にIIIに收めたものは　最近二三日ひきつゞいての　精進と祈禱の上に惠まれた感激を　そのまま粗野な言葉で書きとめて　いつたのであつた
Iに收めたものは　私が詩を書きはじめてから今までの　それは若い日の愛の惱みと哀しみの荒野を歩いて來た私の小さい足痕である　そして筐を埋めた詩稿の中から　個性的な　冷たい　黑い　感じのするものを選み出して來た
私は再びかへり來ぬ海の住民でありたい
陸地の快樂と絶え間ない別離を拒み　永遠の靜謐を摑んで儚遊に寂しく濡れてゐる　かたい石の心のみが　私に通ふ

一九二二・五・二〇

房州舘山てに　　渉

大脇繁吉 著・渡邊渡 補『八丈島仙郷』再版序文（1927年2月）

再版序文

船から上つて一足八丈島の土を踏めば、靜かに蹠裏から沁みこんで心臓に向けてさし上つて來る南方的な土の味を感じるであらう。

そして、すべての旅行者は直ちに八丈を愛惜して、密度の濃い人情と、自然風物の清麗により美の情懐をかき立てるであらう。

珊瑚樹の蔭で鳴る黒潮暖流の潮の音。そして、死火山の右肩から青々と登る大型の月――風は速く、太陽の影は木版のやうに濃い。

地主も小作人もない島の畑には赤甘藷が地にひびを割つて育つてゐる。

秦の始皇の臣が不老不死の靈薬を需めて來たり住んだと傳説されてゐるこの島の畑には今も尚百歳に近い老翁が赭赭（かくしやく）として鍬を振つてゐる。

其時隨從して、漂着した五百人の童女の裔が、この島の住民であると傳へられてゐるが、今も女人の膚は細やかで、四肢は均整して、漆黒の髮は地に垂れてゐる。

かかる島の記錄は、いかなる種類の人にも必ず無限の感興と思慕を呼び起さずには措かないであらうと信じる。

一旅行者としての私は、ただ、主として筆觸の潤ひをつけたに過ぎない。記述するところはすべて原著者大脇繁吉翁の研纂によるものである。

大脇氏は、舊幕臣近藤重藏氏の息氏で人を斬つてこの島に流罪された八丈實記の著者、近藤富藏氏の門下生で、明治初年に、この島に出來た夕學館の敎頭であつて、島の名門家持丸氏の支族で、嘉永五年生れだ、篤學、謹直の士である。此種の文献を編するには、島に於ける唯一人者である。

初版は文章晦澁の爲、不幸にしてひろく世に讀まれるに至らなかつた。ここに初版の文體、配列すべてを壞はして、新らしく、大衆的な筆潤に架して一般讀物的に組立てた。

再版を編するに當り、菊池未子三氏、菊池治可氏の指導に俟つ事多し、ここにその厚意を謝す。

本書が讀者の間に一册でも多く讀まれて、いたづらに傳說神話の間に見捨てられて來た八丈島の實質を正しく世に理解されんことを望んでやまない。

一九二七年九月

八丈島大賀鄉にて

渡邊　渡

はしがき

いま大東亞建設の、雄々しい戰ひが、共榮圏の各地に、日夜つゞけられてゐます。地圖をひらいてごらんなさい、マレー、ジヤワ、ヒリツピン、ボルネオ、ビルマ、など、すべて忠勇な皇軍勇士の進んだあとには、たくましい勝利の歌が、かなでられてゐるのです。そしてそこでは、わが日本の人々も、原住民も、支那人も、印度人も、力をあはせて、かがやかしい明日に向かつて、働きつゞけてゐます。

この外、泰にしても、佛印にしても、わが日本の正しい心を理かいして、わが國の弟となつて、共榮圏の建設にいそしんでゐます。まさに、いま、アジヤは、大きな夜明けの光をあびてゐます。かういふ時代に生まれた私たちの喜び、私たちの感激はいふまでもありません。アジヤを負ふて立つ我ら日本國民、そして君たち日本の少年少女諸君私たちは、ともに皇國の一員として、より、ふんぱつしなければなりません。

こゝに書いた南佛印の開拓物語も、さういふ我々の心がまへを書いたものです。この物語に出て來る人々は、とりもなほさず、君たちであり、君たちのお友達です。わにや象や、豹の住む國、そして椰子やパイナップルの木のしげつた國、そこへこれからの日本はかがやく日の丸を高々とかかげなければなりません。友とかたく手を握り、弱いものをいたはつて、日本精神が何であるかを知らせねばなりません。諸君、南の國は君たちを待つてゐます。強い身體と、明るい心を持つて、進んで下さい。私はこの物語を通じて、皆さんにさう希望します。

昭和十七年六月

渡邊渡

第三詩集『東京』　跋（1942年7月9日）

跋

これは私の第三詩集である。第二詩集「天上の砂」との間には十八年といふ長過ぎる歳月が横たはつてゐるが、作品の出來た年月は直接第二詩集につながつてゐる。

此の詩集にをさめた詩は、みな、他の實生活上の豫定や計算といつしよに、小型のノオトに書きつけておいたものを最近整理したもので、町端れの電柱にもたれて書いた詩もあれば、田舍道の草つ原に跼まつて書きつけた詩もある。または深夜、端然と机の前に坐つて書いた詩も入つてゐる。ノオトを整理してゐると其の時々の生活感が附着してゐるやうな氣がする。然し、よくこのノオト數冊が保存されて來た物だと自分ながら不思議に思ふ。持物全部無くするやうな事件が過去には一再ならずあつた事を思ひ合はせて――

何年前になるかよくは覺えてゐないが、九州で夜中に隣家に火事が發して、眼を覺ますと私の部屋の窓硝子に炎がバラ〳〵と吹きつけてゐた事があつた。その時、私は無意識に詩の草稿の束を抱えて、寢卷の儘家を飛び出してそれを附近の人氣のない畑の中に埋めて家に取つて返へした。もう其の時は、私の部屋にも火が移つてゐたが、熱氣と煙の中で、何か安心した氣持で、二階の窓から下の往來に行李などを威勢よく投り出した事を覺えてゐる。その時、詩の原稿を畑に埋めたと同じ氣持で、其の後の此のノオトも保存して來たものらしい。

何といつても私にとつて詩は肉體の各部分と同じ様に大切なものである事は確かだ。

だけど他の紙片に書きつけた詩は大半散逸した。が、今そんな贅澤は言つてゐられない。同じ頃詩を書き出した友人の中には定まつた壽命をさへ縮めて死んだ者が何人かはある中で、私は生きて、一應の健康を持して、此の展かれた時代の一端に立つ事を得、且つ第三詩集の出版を企圖することを得るなどとは、正に望外の幸運である。

一通り整理を終へて印刷所に原稿を廻はした時、我等の祖國日本は米英との間に戰端を開いた。日本に生を受けた者の一人として、私もまた、此の民族的、國家的重大時期を考へずにはゐられなかつた。で、此の様な時期には詩集の出版などはさし控へるべき物であらうと思つて、一度は印刷所から原稿を取り戻して來た。が、熟考の末は反對に、

「かういふ時代にこそ詩は擴く人々に讀まれなくてはならぬ時だ」

といふ確信に到達した。で、再び出版に取りかゝる事にした。

藥品や鑛石がそれぞれ異つた用途と作用がある様に、詩の民族乃至人間に對する效用も獨自であつて、他の政治經濟乃至は一般文學部門とは別個にそれ自身の性能に於て積極的に時代に働きかけを爲さねばならぬと私は考へたのだ。言葉を變へて言へば詩人は詩人として、此の歴史的時代に立ち向はねばならぬと私は信じてゐる。

房州の南端の海岸で第一詩集「海の使者」の草稿を整理してゐた頃、私は半（なかば）行者のやうな生活をしてゐて、其の頃私を支配してゐた海洋の精神とでも稱すべき種類の思惟體系を、全國の村々を歩いて說く事に依つて一生を終へようと覺悟してゐた。その情熱は想像を超えて强く、生活上の颱風だつた。

正にその生活の端緒に就かうとした時、全然別個の聲が私の中に起きて、私の行動を否定した。

「町を忙しさうに歩いてゐる平俗な人間の生活こそ却つて最も高い人間の生き方の形式で、汝が持つてゐる位の悟りは人間はそれ〴〵持つてゐる、むろん全部ではないが、通行人の何割かはそれが判つてゐる人達だ。汝はもう一度町にかへつて通行人の顔を見直して來なくてはならぬ、そこで汝は、眞の人間生活が判つてゐる者と、何も分らないでただ生物的に生きてゐる者と入り交つて町といふもの村落といふ物は構成されてゐる物だといふ事を理解するであらう、汝は體を遭遇別離の頻繁な巷に置いて、その極めて平俗な生活からセリ出される實質を詩とせばならぬ。それが汝の人生だ」

で、私は內面の聲に從つて再び東京に歸つた。以來東京を離れなかつた。

然し、街の生活者として、思想を持ち、文學の苗を養つて行くにつけては、私は最も拙劣な、粗忽な生活者であつて、度々、決算をかけがへのない肉體でやらざるを得なくなつた。

で、何度か馬鹿々々しい大病をやつて、生死紙一重の所を往來して、今、私の肉體の所々に不毛の畑のやうな不備、弱體の個所が出來てゐる。が、人間の肉體といふ物は、他の昆蟲や動物の或種の物のやうに、いよ〳〵生命が絕滅しない限りは、生命の生活は熾んで、自然を愛し、人間社會に理念を持ち、また人間の情愛を感ず事に少しの變化も來たさず、人間といふものは、實にしぶとい、且つ微妙な生物であるといふ事を私は自身の體で實驗した。

×

私は瀨戸内海に面した四國の海濱の町で生れて、北九州の工業地帶で少年時代を終へ、青年期に入つて東京に出て來た。――この順序は或る意味で、私達の生きた時代の日本の社會の一つの類型で、私の過古の歲月もまた東京の過剩人口の一人としての持色と缺陥を持つた生活だつたと今思ひあたる。

伯林には伯林の都市としての特色があり、巴里には巴里の表情があり、また桑港には桑港の、紐育には紐育の特殊の姿があり、敗戰都市重慶にはまた重慶としての、カルカツタにはカルカツタの、シドニイにはシドニイの都市としての個性的な姿、表情を持つてゐる。で、日本の首都東京の特性は或る意味で世紀の、また世界の神經球とも考へられると思ふ。

その東京の軒の下と往來にハミこむやうに生きて來て、大東亞戰爭を迎へた私の詩は、私といふ個人の生活記錄であると同時に、一面に於ては此の歷史の一區劃の間での東京の都市としての脈搏と表情を最も丹念に持つてゐるものの一つだと思ふ。なぜならば例へ私は終に優れた詩の一篇も書けず、生活者としては劣敗者としてこの年まで來たけれど、生き方としては氣のつく限り素直に、傷つく事も恐れず心をむき出しにして生きて來たといふ事は誰にも憚らずにいへる事で、さうした生活態度は決して賢明な人々の選ぶべきではないが、物に例へれば遮蔽物のない地面の様な物で、そこへ降つて來ただけの物は、雨も、風も、霰も砂埃もそのまゝ曲否されずに吸收される物であるからだ。

ただ一つ殘念なのは私が詩を書き始めた最初の頃から、私を激勵し私の詩を信じてくれた故萩原朔太郎氏にこの書を見て貰ふことができないといふ事だ。內容の良否に關はらず、それは人間の私として寂しい限りだ。

此の集を出版するにあたつて刊行委員となつて下さつた諸氏並に、いろ／＼世話をやいてくれた親近の友人諸氏には玆に謹しんでお禮申し上げます。

明日は、關東軍報道部の命令に依つて北の戰線に向つて東京を發つ事になつた。日本內地を離れるのは私にとつてはこれが始めてだが、生きてゐる事の意義を今日ほど強く感じた事はなかつた。

昭和十七年七月九日

東京を發つ前夜に

著者

後記

ソ聯領の港

私は今、日本の端の山に立つてゐる。
――桔梗となでしこの花を踏みつけて、

遙かにソ聯領の海、
ソ聯の街が見えた。

長閑な入江と其の岸邊の街――

私の概念をたたきとはしてシベリヤの地は今、私の眼の前に展開した。
××××××××は岬の蔭で、此の山からは見えぬ。
××××××××――。

少年の日に、
戰史の港として開いた地名の港は、
眼には見えぬが私の肉體から直線距離〇〇キロの位置に在つて、
世紀の苦患を激しく私に説明してゐる。

――靴の底で草花の莖がミシ〱と折れた。

日本の端に立つて、
私の體は男性の脈搏を搏つた。

これは國境線に立つた日の私の氣持であつた。

昭和十七年七月十日、私は關東軍報道部長殿の命を受けて、糸操り『小玉人形劇團』と共に東京を經つて新京に向つた。かねて關東軍報道部で、滿洲國文化工作の具としては、日本の傳統的な民族藝術を使用せねばならぬ。――と、いふ方針が確定し、其の第一着として、私が脚本部員となつてゐる右の小玉人形劇團が指定されたのであつた。

「滿洲で仕事をするには、何はおいても、先づ、第一線の軍隊の生活に觸れて來なければならぬ」

と、いふ報道部の意向で、劇團は昭和十七年七月十五日、新京を發つて前線に向つた。

これは其の時の旅行記であるが、防諜上、著名大都市以外の地名はすべて伏字とし、また數字も除けた。同時に、他の、これは個人的な理由から公職の人以外は匿名とした。

終りに此の書を爲すにあたつて特別の便宜を計つて下すつた關東軍報道部の長谷川中佐殿、菅原中尉殿、赤嶺少尉殿、夏目上等兵殿並に國務院の堀正武氏、及び現地各隊の部隊長殿並に協和會の人達に謹んで謝意を表して置く。

國境の部隊で貰つて歸へつた向日葵の種子を庭に植ゐて置いたのが、今朝見ると二た葉が開いてゐた。

昭和十八年五月二日

奥多摩の家にて

著　　　者

渡辺渡 著『現地報告　北の守備線』序（1943年8月21日）

序

滿洲國の文化工作には、日本の傳統的な民族藝術を以つてせねばならぬといふ、劃期的な方針が、關東軍報道部において、樹立されて、私が脚本部員となつてゐる小玉人形劇團が、その第一着の具として指定されたのは、昭和十七年の三月頃だつたが、

「滿洲國で、假りにも文化工作といふやうな仕事に携はるには、何はおいても前線の將兵の生活に接觸して來ぬといかん」

と、報道部の命で急遽、最少限度の人員で組織した人形劇團と共に、私が前線に向つて、東京を發つたのは、炎暑の七月初旬だつた。

生れて始めて日本內地を離れた私、始めて接する大陸の山河、而して、また、勿論、始めて接觸する北邊鎭護の任にあたる軍隊の生活、——東京にゐて新聞や

ラジオで戰局を讀み、また聞く事によつて、一かど國民としての覺悟は持つてゐたつもりであつたが、前線の將兵の生活に直接、接してみると、そんなものは殆んど紙細工的志向に過ぎないものだつた。——

服は滿洲の土に汚れ、髭はぼう〳〵と生やして、私が再び新京の關東軍司令部の門前に歸りついたのは、大同大街の並木路に、秋風のわたる頃であつたが、その時私は、この極めて短時日の間に、私といふ一個の人間が、根本から叩き直され、改造されたことに氣がついた。その點、體も精神も、人並以下にへナ〳〵であつただけに、私の場合は變化もまた顯著であつたといへる。

その時、私は、この私の肉體と精神の著しい變革を、國内の人々にぜひ報告せねばならぬと思つたのだつた。

東京に歸つて約十ケ月、私は軍隊と同じ規律の下に、早朝に起きて二反の畑を耕作して、せめて境遇の許す範圍内で、體力を國家目的に使用すると共に、傍ら、滿洲國及び隣接國の民族史、文化史、その他各種資料を蒐集して嚴密に檢討しつゝ、私が接觸して來たところと照應して、こゝに改めて、北の國境線の重要性を再確認し、同時に、苛烈なる決戰の日に直面して、我等大和民族の精神の資としての「北の精神」の把握、體得の必要を痛感して、溢れる感激をもつてこの書の筆を執つた。

で、この書は一つには、私といふ一個の人間が、前線の軍隊生活に接觸する事によつて、その血肉から、個人的意欲、感情を叩き出して、國家總體の一單位としての個人への改造を達成して行く、嚴しい記錄であると同時に、併せて、我が國と滿洲國は、今や切りはなしては考へられない所まで達してゐるといふことを、種々な方面から、實例によつて語り、國民の北方への關心を新たにされん事を求めたものである。

昭和十八年八月二十一日

著者

短歌　『びろうど』5号　大正五年六月号（1916年）

「わたしの目が星になつたらたいへんだわ」、けうとき君が申し様かな

渡

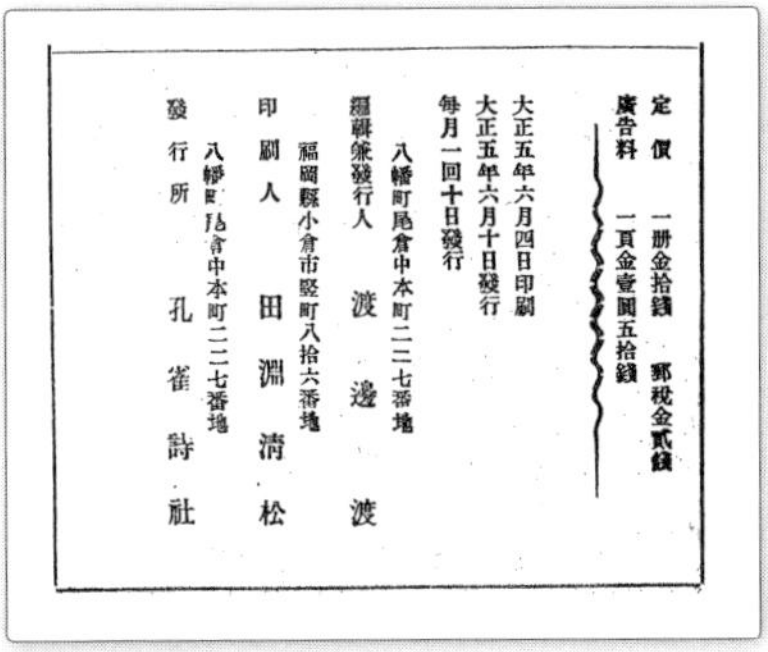
定價　一册金拾錢　郵税金貳錢
廣告料　一頁金壹圓五拾錢

大正五年六月四日印刷
大正五年六月十日發行
毎月一回十日發行

八幡町尾倉中本町二二七番地
編輯兼發行人　渡邊渡
福岡縣小倉市竪町八拾六番地
印刷人　田淵清松
八幡町尾倉中本町二二七番地
發行所　孔雀詩社

闖入者の哀愁

渡邊わたる

夕煙西より北になびくごとごとくひるがへれ小鳩のこころ

君戀ひて戀ひてこがれてまよい來し夕の入江にさしのぼる月

勿忘草送りし人のみ心を夜天の星にうらなひにけり

勿忘草悲しきものを勿忘草あな心なき君がたはむれ

君がみ名ひたよびよべどいたづらに勿忘草ぞ青かりける

君を戀ふ明るきいちねん夕ざれば聖と澄みて星を數ふる

夕ざれば落暉の丘に立つひとはひとひ〳〵に細りけるかも

もろ肩の彈力ゆたに感じつつ背ゆそとも抱かばいかに

星の數かぞへ給へと書き送る鵞ペンの軋り寂しき夜なり

君死なば我も死ぬるとしたためる汝の手紙のものゆゝしけれ

金ペンは折れて空しく光るなり君がみ名一字殘りゆゝしも

相見る日近しといふにをかしもよいのち死ぬるぞちれ給ふ君

宵西に君を泣かせし明星の白くも寂しき曉なりにけり

緋炎ねけし咲き咲く夕なり戀人よ汝も燃ゆるや胸の乾れ

戀を得てかばかりつらきものなりや凡夫の戀は世におはれな

おつどりとなれる魂姿見にはね飛ばされしわれならなくに

一八の花を教へて一八の傳説秘むる君ならなくに

×

樹一郎駒ごめ樓に醉ひしれてうなる唄より夏は入り來る

詩「海邊神秘」『びろうど』5号　大正五年六月号（1916年）

海邊神秘

わたなべ、渡

渚をさく白き花
莖はかなしく波にしのび
ゆらめき
ゆた〳〵と
夏をはらむ。

×

ここの岩蔭に、老魚あり
いつのころより閉されしか
重たきまぶたにこけ生ひぬ
ああ夏の明るき輝きに
大陽の慈愛に
今はかそかに開かれし夏の魚の
重たき瞳

むれゆく小魚らの白き胸に
驚異のひらめきぞはためく
やがて、蜘蛛のいとひろごる不安
小魚の瞳あせばみ
ふか〳〵と水に
淫樂の波紋を畫く

×

波の上にははばたきよろこぶ千鳥
船は帆をげて來れど
無智なるものはせんねんはばたく
漁夫さをあげていのちを打てば

白きむくろは波の上に横はる
さていのちはくちばしの尖にとどこほり
ここしばしまどろみ執念つぶやく。

時は節制をくづし
重たく冷たくしじまぞ流る
かゝるとき
輓歌は空と海の遠にひびく。

千鳥の肉くされくづれて海濁れば
いちねんむらがりより來る魚。

さざなみまきをこし
しばしこの領土に
生のよろこび躍動す。

千鳥の肉魚の肉となり

みりみりと陽にくしんにし
み入るとき
われらはるかに見る
最大の法悦を。

編輯手記

——わたる——

□原田樹一郎君は、あまりに細り過ぎて居つて、徴兵撿査は第二乙種不合格であつた、そして早速婚約の美人と結婚した。それは前月の事である。それから後、たいてい一週間に一度くらひづゝ逢ふけれど、ちつとも、その事を話さない。僕は今月号の。詩歌の消息欄でそれを見て、びつくりした。生活派詩人の陰険を、克明に思はせられた。本人は結婚ではない共同生活だつて力んでいる。

□貞君は閑却な身を、あの幽壮な、家にをぢこめて、終日終夜、幹彦の小説を耽讀してゐる、やがては、捲土重來の勢で、二十年の沈獣を破る日も近いであらふ樹一郎君は、小待の河岸の廢頽情調に讃美の涙を流して、强烈な西洋酒に、あたら、桃色の情緒を焦さつくしてゐる。

[illegible]明君がこのごろめつきり詩人的に徹底した。前月は一度も顔を見

（編注：原本の綴じ直しで一行欠落）

て待つてゐる。

病身な上野春星君は山ごもりして、セント三陵玻璃的な詩の生活を送つてゐるそうだ。

岡田夕凪君は、五年目に生國河内にかへつた。そして河内からこんな手紙が來た。……書筐から、五年前の愛讀書を、引つ張り出して見ると、ずいぶん内容の淺薄なものばかりであつた。こんなつまらぬものを眞面目に讀むで居つた、そのころが思はれます。古い抽斗の隅から、昔の熱烈なラブレターが出て來た。………。四五日前にかへつて來たけれどまだあわない。こうして友の消息をしたためて居る日、山峽の窓邊にしと〳〵と氷雨して、靜淑な傳說の森に、小鳥の白い聲がしきりにひびくけれど、待ちあぐむでゐる戀人からの手紙が來ない。

□樹一郎君が若松新報の歌壇を擔當する事になつた。そして路傍演說の選手時代からの自己の生活を描寫した長いものを連載するそうだ。

僕も過古數年の果敢ない努力を紀念する爲に、筆をおこしてゐる。出來上つたらどこかの新聞にでものせて貰ふつもりでゐる。貞君も何か書いてゐる。

□維持社友を特別社友といふ名でよぶ事にした。そしてそれらの人の作品に對して、每月先進の人々から批評をいただいて『びらふぎ』に載せようと思ふ。

今月賴むでおいたけれど原稿が間に合はなかつたから來にまわした。

寄　附　壹圓五拾錢　權藤ななつまる氏　五拾錢　日下部德丸氏

寄贈雜誌　鄕土藝術　鄕土藝術社　港　博多詩社　趣味　家庭文藝社

紅潮　紅潮詩社　鵜　ぬね會　邪宗門　鈴木三津吉氏

月夜の野ばら

渡邊渡

深夜の星で飾つた愛の聖殿は既に汚れた
愛する者よ　どこにゐるのか
すぐに來て　死と迷言の床から私を起せ
君は心にぼろをまとへるそのままでいゝ
君は心臓の壁に泥を塗り立て　頭に罪の思想を化粧するとも
君の純眞と莊嚴は靜かな山岳のやうに私を整へ淨めることに無駄はない

おゝ愛する者よ
白きばらを折りて私に與へよ
地に咲くすべてのばらを折りて私に與へよ
あまりに　白きばらを折りて與へることによつて私を死なしめ
また私を生かしめよ

私は君の手紙を抱きしめて身を浄めながら
深夜の野道を歩いてゐるのであるが
おゝ愛する者よ　どこにゐるのか
地の底にまた堂の底に君は住みて私の合掌を受け入れ
愛の創造に死者のやうな日を送ると
月にかざした一枚の野ばらの花瓣は私に答へてしまつた

あゝ、われは地上の愛に徹して肉身を消耗しつくし
月夜に散り敷く一枚の野ばらの花瓣のやうに
純情の寂しき薄片となりて土に還へるべき日が來た

編輯の後に

渡

今月は遇然私一人で編輯する事になつた。雑誌の編輯をするといふやうなこともこれがおしまいかと思ふと世間へのお暇ごひのつもりて叮嚀にして置く氣になるものだ。

近日九洲の生活を切り上げて四國の方へ落ち延びる豫定である。雑音と光線にひしめく巷頭に立つて眩暈ひしながら疲れ果てて生きる事に飽きた。これから先にどういふ生活が展けて來るか私は知らないが、とまれ人に知られない片田舎で雑草的な地味な生涯を自分ひとりでかみしめながらやり過し度いと思つてゐる。

詩盟は從前通り村上君や藤村君や其他の同人の人達によつて守護され繁榮して行くことであらう、私がこれまでかかり會つた所の雑誌の中で詩盟程あらゆる意味で確かさをもつたものはなかつた、いつまでもつゞいてゆくことを切に祈る。

紙面の都合で二三の人のものを來月廻しにしたから御諒承を願度い。

高橋氏の詩稿はたくさん送つて來てあるので毎月少しづゝづつとつゞけて載せたいと思つてゐる。

純情の布（きれ）を飛ばす

渡邊　渡

わが感傷の歴程に證しとして世界の外に追放した、
そして私は瘦えたる神經と變質した感覺の陶醉者となり、
かの蒼き星に籍を置く痴人となりて
夜陰にのみ起き出でて
こはれた玩具のやうに寂しく
まことに寂しく　こくり　こくりと折れながら大地を僣行する。
みじめな散策である。――

大地を歩行する者

胴體は朽木の如く土に倒れ
枯枝の如くわが骨は傷めり
わが合掌の掌（て）は力なく離れて木の葉の如く散りゆきぬ。
わが若き日の血は黒澄み沽れて樹脂の如く
蒼白き思索の節々にねばりつきて
悲しき愛憐の瘤となる。

かくの如くわが生存は地に倒れ
倒れたものの寂しき背を踏みて
時は歩む
地の底でありまた天（そら）の底である世界ぞ
生（なま）の瞳をつぶし硝子の瞳（め）に涙を塡めて

悲しい方角

腕を組んで重たい頭を傾けたものは
畦道の蛙となつてどぶの底に沈んでしまつた。
心臟を赤い布にして曙の餘光に透（すか）しながら
記憶の壁を拭き取るものは
愛慾の野末にしめやかなる晩鐘の歔り泣くのを聞いた。

勞役の棒杭は大地に入れて置いたが
愛の榮冠をうける前に
嘆きに澄んだ額は死の烙印をたたきこまれた、」
されば愛の誓約はこはれた磁石のやうに
粗末な玩具となつて
悲しい方角を指し示しながら
哀願のうすら明りにはしたなくぶら下る。

墜ちてゆくもの

古びた骨　ちぎれた肉のきれぎれが
はかなく集まつてゐるばかしの私のからだです、
陰翳だらけのうす黒い私の肉身です。
それは愛慾のひどい熱のために瘦えた
寂しい私の胸板です。

ああ　どこに
情熱の悲しい風が立つものか
靜かな雨は　いのちの夜に降るではないか
いたましい愛の滴が骨を割るではないか

愛する者よ　草の葉を蹴つてはいけない、
青白い葉末葉末を隕石のやうに墜ちてゆく
いなごの黒い運命を蹴つてはいけない。

愛情の旗

我愛の情熱は空の底に於て生誕し
雨となつて大地に降り　土をたたき
飛沫となつて愛する者の裾を濡らし
愛する者のその寂しく白き足を悩ましめる。
私の生活が深くなり澄んで來るままに
彼女の足は雨の中で悩むべきだ。

おゝ　愛する者よ
嚴しき桎梏の中にわが愛はとぢられ
わが身は病み衰へて起つすべもなく死を待てども、
わが愛の誓言は永遠の實在であり
わが愛の感情は雨となり嵐となり
四季風物の心情として君の心臓に朝夕愛の言葉を送り、

黒薔薇の街を去りて

渡邊渡

純情の喪失

もうからだぢゆうがこんなによごれて來てはおしまひだ、
すだらけではないか
肋(あばら)はたうとう　ばらばらに　墜ちてしまつた。

そのあたりに寂しく棲息する小鳥はどこに行つたか、
胸の落葉をかきわけてのがれ去つたか、
ああ夜陰に悲しく影を食ふ小鳥さへも
もはや私を見捨ててしまつたか。

季節の咏嘆

銀のびろうどを寂しく飾つた猫楊(ねこやなぎ)の枝に
ぶーんぶーんと
閨怨のうすい羽根を泣かせて慕ひ寄つた
若い虫どもはどこに行つたか。

ああそのあたりは
叡智のしづんだ明るみに照らし出された
遠い田舎の畦道です。
やがてそのあたりは
深い季節の咏嘆場です
ほつんほつんと
郷愁のつくしんばうは匂つてゐるが
感傷のよもぎの葉はよごれてしまつたのです
――私は永く都會に住んで人ごみにもまれてゐたから。

ああ私の羽根はもう鳴らない、
追想の猫楊の粒が黒く枯れ墜ちたあたりに
私の心も悲しい羽根を折つて死んでゐた。

欲情

愛憐の癒えたる心に於て
寂しく掘りおこされる
さくさくたる
欲情の砂原に
うす白い獸類の骨が積み重なり、

故里なる國境の山に
銀白無情の雪は暦とともに古びたれど
その麓のあたりに
かかる悲しい眺めのすなはらありて
黒い蔭をわが思索の上につくる。

ああわがさびしい砂原より
獸類の骨の腐りゆく
悲しい音樂は消える日もなし。

鄕愁の渚を去りて

黒い上衣は鄕愁の渚に捨てて來た
古びた肉片を汐水にひたし
たるんだ神經を海風に吹かせて
私は靜かに去つた。

鄕愁の渚に悲しい波はいまもなほ打ち寄せてゐるやうだ。

私は鄕愁の渚を靜かにのがれて
やぶれた思索の靴を繕ろつてゐます。

古臭い港

いいいであの波船はなやめる黒薔薇の港を離れた、
かのさみしい蒼ざめた港景のかげに
しのびやかに
生白い思索の莖が生え出してゆくのを誰も知るまい、
港は夕暮れの祭りであるか、
悲しい外國の旗が吊られてゐはしないか、
きいろい崖のかいわいに
靑い上衣が脱ぎ捨てられてはゐないか、

靑白い莖はさみしいではないか、
港の夕景は古くさい書物や
愚想の小布で
切ない樂器を組み立てて來たやうに見える。

――一九二五、一、七――

寂しい歸宅

渡邊渡

頭の底で
いくまいかの
銀貨と銅貨を集めたり分けたりしながら
私は街々を歩いてゐた。

暗いよごれた露地に折れたとき
頭の底の濕り地に
銀貨と銅貨のいく枚が
かなくそのやうにくさりついてとれなかつた。

そんな頭を風に吹かせて
私は棒切れのやうに寂しくかへつて來た。

詩「海洋への思慕」『藝術解放』第2巻第7号（1925年7月1日）

海洋への思慕

渡邊　渡

1

吹き寄せられた都會の白い砂埃と
街頭にざれかかる
ねばねばした淫情の流し目のために穢れた
私の胸は
霙降る日も
隙間だらけの寂しい木片です
枯枝のやうな胸板はじくじくによごれてしまつた

いのちの底に積み重なるものは
短く切れた情熱臭い思索の塵
くさつた黑髮の束
よぢれたこよりの屑である

2

あゝ私は海を見ずに暮して來た
そのために私のいのちは薪のやうに枯れてしまつた

しんと晴れた日の枯枝が
靜かな情熱をもつて青空を慕へるごとく
私は赤錆ついた心の枝をさしのべて
黑き海邊を想ふ
私は食慾のやうに切なく
冷たい壚風をもとめて暮す

3

貧乏の部屋で寒い霙を眺めながら
かつて女性の足裏を拝んだやうに
いちづに
私は海邊の素朴な景物を戀ひ慕ふ
かつて海邊に至りて
私のいのちに泌みこんだ
女性のはだの匂ひをていねいに洗ひ墜したとき
悲しい海の色合が
新らしく洗ひ出された私のいのちに泌みついてしまつたか

4

ああ　古き日は霙まぢりの土に凍てついて
くさつた生首のやうに審かれてあれ
私はただ寂しき純情を投げて
海洋を戀ふる者である

5

眼をつむつてそこにおこるものは
ゆるやかに動いてゆく滿潮の音である
永い都市生活の間に私は
押入に折りこんだ蒲團の音をききしめる
悲しい癖がついてしまつた

6

ああ汐みちるときに
ぬれたる岩の上に膝を抱いて私はいつも泣いた
海草のくさつた匂ひに醉ひしれて
しぶきの冷たい花を瞳にしみこませながら
幼な兒のやうに私は泣いた
滿潮時のあの切ない深い情熱は
私をいつも涙のかたまりにして磯邊に捨てた
私のいのちを海臭い一枚の藻の葉のやうに
青々とぬらして渚に捨てた

7

ああ海が私を捨てたとき
私の詩篇は流れ藻のやうに蒼白い餘韻をひいて
渚の砂地にかへりつく時である

8

おゝ私の生活を海邊の砂地に捨てしめよ
生活を捨てて純情を惜しむ錫色の虫けらとなつて
私は海邊のぬれたる岩の上で
海鳥の群にまぢつて一日靜かに泣いてゐたい

9

都會に住んで私の胸はとりとめもなくよごれてしまつた
私の生活は毎日辱しめの下に化膿する
おゝ　せめて霙降りつゞく大地に兩手をついて
泣き聲をあげながら美しき海邊を戀はしめよ

詩「静かな掃除」『藝術解放』第2巻第8号（1925年8月1日）

靜かな掃除

渡邊　渡

何を貢すべきものとてもなければ
せめて部屋をきれいに掃き淨めて
私の涙ぐましい心を箒の穗先に下ろして
深い思惟の谷合から出て來る
私の愛情の精氣で
疊をきれいに掃き淨めて
愛する人の足裏をそこに踏ましめようと思つて
部屋中掃き歩いてゐると
朝早く出て行つた彼女の
よごれた足袋が物蔭に脱ぎ捨ててあつたので
私は祈る時のやうに手をさし出してそれを取り上げ
ひそかに唇を押し當てて
ぢつと目を瞑つた
愛する人がかへつて來てこの足袋をはくときに
涙ぐんだ私の心を踏みしめてゐる足袋が
或はしくりしくりと痛みはしないか

夏の夜の閨怨

街は賑やかな夏の宵であつて
男達と女達とが
愛に濡れた腕を組み交はし
または靜かなる愛情の糸をつなぎ合つて
ぞろり〳〵と流れてゆく
その寂しい群衆の流れに立つて
なめくじのぬめりとした感じの手が
私の心臓の邊りを押えた。
心臓の邊りに悲しい私の閨怨が
ぬめりとしてゐるのです。

それは私が街を歩いてゐて
心臓の邊りをむしり取つて
閨怨をかき墜してゐるゆえに
ぞろ〳〵と街をゆく人達さえも
蒼白い夏の宵に
蠟燭のやうに寂しいつながりとなるのです。

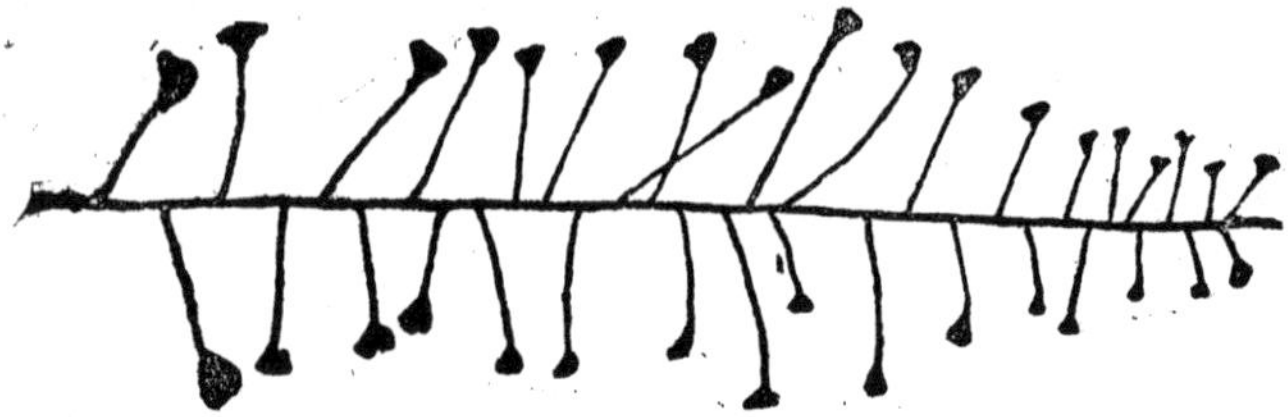

赦されざる思考者

渡邊渡

それは海邊の部屋であつた、
波の音が枕にこもり
夜更けの枕は唄つてゐた、
夜の敷物は　磯の匂ひに浸されて咲いてゐた。

電燈を消した部屋には闇といつしよに
青竹のやうな若さがぎつしり塡まつてゐた、
大地は賑やかに伴奏した、
二つの存在が材木のやうに寂しく竝んでゐて
そこらぢゆう生白い二の腕が流れまはつた、
古典的な朱の脣が前額にきびしく打ちこまれて
優雅な腰部の線が
ほつそりと咲いてゐる情感の穂先をしみじみと撫でつけた。

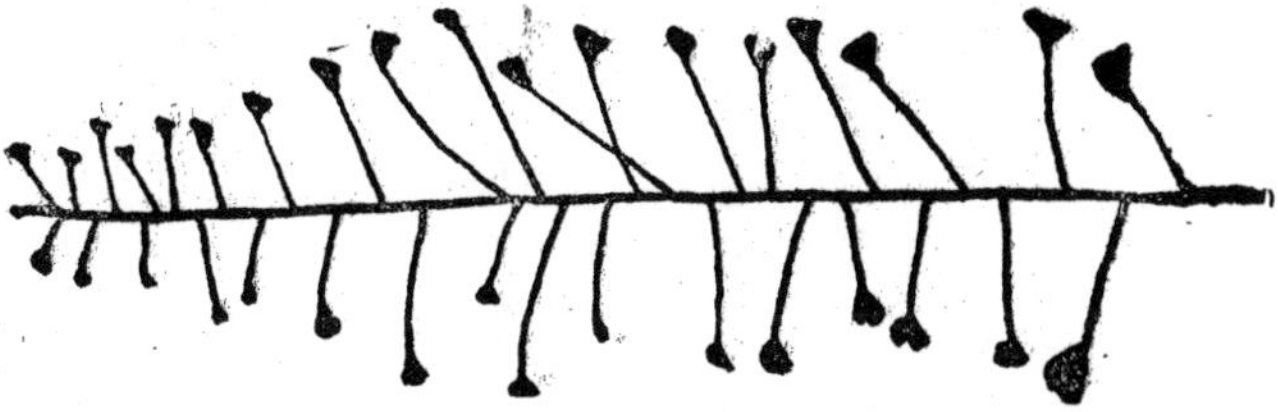

それは私がまだ若かつたころの生活の一節（ふし）である、
ぽきぽきと折れてくだける無罪なる一ふしである。

いま　はれ上つた空の下で
既に遠く血の唄は鎮まり、
大地の一角を断り取つて思考し、
既に白皙となりし額を大地の断片に寄せて
埋もれし土の心をあばきながら、
晴れたる空の下の一くれの土から
もう消えてしまつた血の匂ひを嗅ぎ出さうとしてゐる者よ、
おお　はれたる空の下で　古き日の生活の断片をくだき、
枯れたる生命（いのち）に薬を塗る如く
漂泊と繁殖の味をかみしめてゐる者は赦されざれ。

はれたる空の下で
秋は深しとしみじみ瞳をとぢながら
膝頭を抱き合はせて静かに思索する者は赦されざれ。

白鳥省吾氏の誤謬を糾す

渡邊渡

白鳥省吾氏が『萬朝』に書いた一詩壇漫語」に對してお答へする。

その標題に「漫語」といひ、人の書いたものを「悲鳴的小論」と言ひ立てて見て、わづかに昂奮を鎭めてゐる君である。だが私は、君が自己及朋黨の爲に躍起になつて辯解し彌縫してゆかうと務める、その眞面目さを愛する。

だから今君の老へ方の誤謬を訂正しようとする動機の中には、君に對する一味の好感が潜在してゐる事を承知して貰ひたい。はじめに言ひたいのは、君の所謂「概念といふ言葉の意味もわかつてゐない」といふ片語を、其儘君にお返へしする。言ふが如く纏め思想の型を作つて、それに當てはめる詩もまた概念詩にちがひない。だが、『現代詩の研究』といふ尨大なものを書いたものが、今更定義じみた言葉を平氣で使つてゐては人に笑はれる。

他に概念詩がある、例へば君が書いてゐる詩は大部分その概念の重苦しい鎖である。君の詩の短かい一篇を取つて見ても、溶けきれない言葉が、それぞれに獨立した概念をもつて息苦しく雜居してゐる。さういふ詩を抒情詩として認容するだけの寛大さを我我は持ち合はせてゐない。

君が所謂自由詩の闘士として力說して來たといふ所論は、正しい。「甘いセンチメンタリズムを排し、常套を排し、空想的な美を排し、作爲されたる美を排す——かくて詩壇は現實的傾向を主潮とするやうに見えて來た」言ふが如くであれば實に正しい。

其意味に於て詩壇は一歩歩いてゐるだらう。同時にたくさんのものを失つてゐる。獲得したものだけを詳しく覺えてゐて、損失したものを知らない人はお氣の毒である。

現代の詩壇の大衆は芳醇な香氣を失つてゐる。至純な情緖を失ひ、靜かな法悦を失つてゐる。君等が先達となつて現實的傾向へと急いだ詩話會派は、よき抒情詩としての貴い他の要素を捨てて、ただ其一要素たる現實的傾向を攫んだ。だが、それは憑かれたるものの掴み方だ、正しい體得ではない。

作詩者は生活の現實に根を持つと同時に、自由に外界からの養ひを攝取しなければならない。殊に我我と國語を同じくし、膚の色を同じくし、時代を同じくする現代の詩人から最も切實なものを攝取しながら育つてゆかなければならない。ただ漠然と「詩は吾等の日常生活の中にあり、詩は社會的要素を有すべきだ」と空嘯いて見て何になる。

詩話會の內在的使命が若しあるとしたならばそれは、偏見を捨てて現存せる詩人の實質を如實に收容し提供して、お互ひに作詩者（君自身をも含む）の反省と精進のために資すべきである。例へば白秋、八十の作品を吾人は「日本詩人」の上で永く見ない。それらの人は前述の批難を正直に持ち合はせた人であるが、なほ稀に見る抒情詩人である事は否まれない。抒情詩としての貴い資料を吾人に與へてくれると信じる。殊に多數の中には特にさうした資性をもつて生れて來た人があるにちがひない。尙所謂無產派の人達に就ても、理由は異ふが同じやうな事が言はれる。

諸流派の詩人が雜然と集まつて出來たといふ詩話會の「日本詩人」の存在價値は初めから便宜以上に出なかつたのだから、一面に完璧な便宜を提供するだけの責任感を失しては赦されない。

勿論詩人は大衆に支配されてはならない事は言ふまでもないに關らず、私が詩話會の罪をただし、好い人物だといふ定評のある君に敢て苦い言葉を呈しなければならない必要がどこから生じたかといへば、我我詩人にとつて詩壇といふものの意味は、それとなく住宅のやうなものだ。眞に個個の生命の營みに、自由と便宜を與へるものであれば吾人は無關心で住んでゐられるが、詩人の正しい營みを妨げる被包物は立ち處に取り除けてしまつて本來の意味に返へさなければならない。冒瀆されやうとしてゐる蒼空と大地を取りかへさなければならない。詩話會は出直しなさい。年刊「日本詩集」を獨裁するのは潜越である。

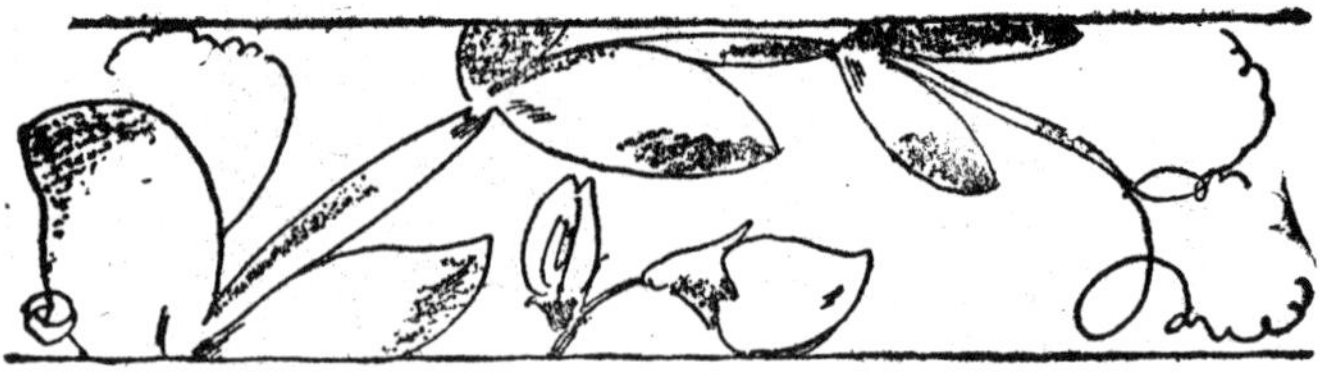

汗ばんだ信仰への出發

渡邊　渡

頭はやけに疼く、
熱でよごれたためでせう、
熟れたくだもののやうにうつたうしい頭は、
鳥のくちばしでつつかれてゐたい。

黒いさみしい鳥はゐないか、
どこかじくじくした田の畦のやうなところを歩いてゐた
夕ぐれの悲しい鳥はゐないか、
かたい冷たいくちばしはどこに捨てたか。

わたしはよごれて落葉臭い頭をさし出し
汗ばんださみしい月夜の木蔭に於て
ボツリツボリとついばまれてゐたい。

夜中の花

わたしのにくしんは夜の植物園にほかりと咲く
夕靄色の草花です、
それは夜中に於て
ひらひらと
蝶の羽根のやうに美しく、
あけがた
くさつて地に墜ちた月の殘光にそまつて
しめり、
しぜんに
萎びてゆく魚のやうな花びらです。

新詩集を評す

渡　邊　渡

〔六月は羽搏く〕　阪中正夫詩集

『六月は羽搏く』は阪中君の處女詩集である。

我我は南國といふ言葉に對してかつて一つの間違つた概念を用意してゐた。南國人と言へばすぐにグロテスクな享樂主義者と考へ、野蠻な感傷主義者を考へる。

ここに見る南國人としての著者は、極めて謹嚴なフアストウ的風格をもつたリアリストである。

彼は詩人としての出發點に於ける足場を、カント以後の近代哲學の榮光の上に置いてゐる。

そこにはギリシヤ初期への見苦しい思索的竄走もなければまた、宗教意識へのあはれむべき流目も見出すことは出來ない。

そこに田園詩人としての彼の尊嚴がある。

同時に、尠なからぬ情緒の自殺と感動の惰胎を支拂つてゐることはつまり出發點に於ける誤算とすべきであらう。

從來かくの如き衝動によつて爲された詩業の多くは情緒の陰溱的結果によつて沒落して行つた。

我我はこの著者の本質の潤澤と思索の靱性を信じて至難な道への勇壯な出發を祝福しよう。

かくの如く採擇した彼の途上に叡智の燈明を焚くものは、芳醇な南國の土壤に湧く蝿の群象と、蝶と、蜂である。また淵の岩に腹をすりつけながら太るといふ鮎の子であり、惱ましい匂ひをもつ麥稈でありまた、靜かに秌を振つて彼の視野に來たり、やがてまた黑い餘韻を殘して靜かに去つて行く運命的な多性の影響でなければならない。

日が暮れて
二人が松林を出て來た時こそ
まるで狩人のやうに心は明ろい喜びに輝き
笑ひは脣と頰に目酷めて
そして二人の秘めた網には
ああ何と澤山な獲物が
充たされてゐたことであらうか。

この著者の女性觀は、めづらしく初心で、少年時の素朴を其まゝに持ちつづけてゐる。卽ち近代人の多くが必然的に染め出される不潔な惡魔主義の味はひもなく、また淺薄な人道主義的な偶像も見出すことは出來ない。

上品な皮肉とウヰツトで送迎される、土臭い、いつぽんの白百合があるばかりだ。

海洋詩派の信條（序論）『抒情詩』第14巻第5号（1925年5月）

海洋詩派の信條（序論）

渡邊　渡

1　詩壇への言葉

我國に新體詩といふ遊戯が發明せられて以來、口語詩といふ不思議な名前が冠せられ、自由詩といふ不自由な名稱を持ち步いて、象徴派、民衆派が派生して、詩の本然の意味を地に捨ててしまつた。

それは正規詩の誕生に、必然的に要した陣痛期間であるとして、新しい生命の萠芽を扶けてくれた陣痛時の亡者に對して、我我はただ同情と咏嘆を持ち得るに過なぎい。開放された意味に於ての本然的價値に參加し得る舊時代の脫獄者は、革命の長子として尊敬する氣持になれる。

詩壇、詩人、詩——從來さうした言葉が持ち傳へて來た夢幻的な、平面な意味、さうした概念を一先その發言元へお返へしする。そして我我は、もつと實感的な、もつと自覺的な、もつと素朴な意味に於て、自由に、再びそれらの言葉を撰擇し、採取する。その場合は、同じ言葉であつて、意味は全部裏返しされて、我我の仕事の中に生きて來る。それは遺產として繼承するのではなくて、稼ぎ出したのである。儀式によつて送られ、また儀式をもつて次の時代へ送りとどけるべき性質のものでなくて、血液と神經と汗とで耕し出した穫得として、これらの言葉、詩壇、詩人、詩、etc, を生命の一部分として所有する。

私は前期の詩の仕事を律して罪惡とするものではないが、その大部分は摸索であり、徒勞であつたことを明言する。

2　文壇と詩壇

私は文壇と詩壇との關係の上に立つて考察を進めて行きたいと思ふ。文壇と呼びかけて見たところで、あまりに漠然として取りとめのない譯だが、純粹の藝術的衝動によつて創作し、小說、戯曲、評論といふ形式をもつて表現されてゐる分野を文壇といふものであるとしたならば、私の持ちたいと思ふ世界との相違は、ただ樣式の外線の上の些細な相違であつて、根柢にあつては、一つの共同の磁野を持ち合つて、その中で、同じ方角に向つて廻はつてゐる二個のモーターに過ぎない。

必然が樣式を生み、本質が形態を形造る前に、經濟的社會組織の不健全な要求に他動されて、現在の雜種的樣式の內面と外線を隨胎したのである。

時代の意識と、個の意識との抱一を前提としての主個の方へ動いて行つて、はじめて、樣式の必然性が爲されてゆくのであらう。

この意味に於てのみ「文藝時代」は若い世紀に於ける、よき意圖と、試練を實行してゐる。

私は詩壇に於ける舊時代を考へたくないと同じやうな意に味於て、「文藝時代」以前の文壇を玆に計量したくない。

文壇と詩壇を現狀のやうに乖離せしめたのは、舊時代の最大の罪惡である。既に、夢幻と咏嘆の上に浮游してゐたリリツクを捨てて、大地の上に築かれた社會相の現實の中核から創み出してゆかうとする我我の詩は、古い時代に於て爲されたすべての契約を放棄して、はじめて躍裏に地熱を感じ、皮膚に空氣の抵抗を實感し、大腦皮質に時間の數字を讀みながら、大地に立つ者である。そこに發生する產物としての詩である。

國語に韻律とニユーアンスを與へたのは、前期の詩壇の唯一の功績である、その閒に小說を中心として榮えて來た文壇では、本來、母體的關係にある詩壇と接觸を絕つて、國語の上に於ては、實用を目的の全部として成立した、巷閒の日常語と、文語の一部を混淆した、出來合ひの言葉を以て、復雜で、陰翳に富んだ、文學的內容を出さうとした、それは極めて非効果的であつた事は當然である。

歷史的に言葉の訓練を缺いて、雜種的なスタイルに墮した文壇で、新しい感覺と神經を以て、純粹な言葉をさぐり、象徵と暗示の味はひを出さうとしてゐる文壇は、可成大きい覺醒である、だがそれは極めて自然な進展である。

そこまで動いて來た文壇の良心は、夢幻と咏嘆の上に浮游し、低徊してゐた、意識的リリシズムを捨てて、大地に卽した、現實の諸相の中からのみ、詩を生み出してゆかうとするところまで、內面的に突出して來た詩壇と同一の磁野に旋轉してゐるものであるといふことを進言したい。

然しさうしたことは、本論に何の關聯もないことである、ただ、私の詩論を成生せしめた、前提的要素として避け難い道草である。

3　民族への言葉

私はここで、我我の民族の歷史は、かつてはじめに萬葉を持ち、古今を持ち新古今を持ち、後に芭蕉の靜觀と象徵を持つてゐたのだから現代の詩に參加しなければならないといふ樣な、下手なお講義を繰り返へさうとしてゐるのではない。きいろい、煤けた膚を持ち合はせて、寂しい島に住んで來た、我我の祖先の味氣ない生活態度と、手淫的思索の堆積としての陰棲の哲學を書齋と習慣から捨てて、不自然のない、健全な生活の原則をたづねて、人間性の源泉に於て、淸新な純理と實踐の資質を承けよと言ひたいのである。

私は、詩は民族の歷史的寂寥と憂鬱を內潛せしめたものであるべきことを信念としてゐる。

詩の創作衝動の發生と、その達成を基點として、一篇の詩を創造するためには、溯つてその詩人のそれ以前の作はもとより、民族の歷史の上のあらゆる製作が、單に古典といふ意味でなくて、生生しい原因的要素として、模索と徒勞であることを思惟する。

現代の詩は、搖籃期の甚しい摸索時代にあつて、萬葉の詩根を學び、芭蕉の靜觀を束ねて、そこに貧しい詩學を構成してそれについた。文語を捨て、定形を捨てて後、尙その詩學をいつまでも捨てずに來たのであつた。

私はさきに詩は民族の歷史的寂寥と憂鬱を內潛せしめたものであるべきだと言つた。それは直ちに、詩は人類の歴史的寂寥と憂鬱を內潛せしめたものであるべきだと言ふことが出來る。

同時にいま我我の机邊にあるところの、あらゆる詩學を捨てたところに、はじめて詩があり得るといふことを識るべきだ。

4　時代に就て

時代の精神はつねに底深く動いてゐる、そこに沈潛して生きるもののみの新時代である。表面に浮遊する水沫的祝祭としての時代の相貌を取り入れたくない。われわれの認識を下ろして行つたところに展ける實在としての新時代は、つねに能動的に効果し、支配して行かなければならない。

新時代は舊時代の破産によつて創成され、潛入する熱度と力である。だから新時代はつねに破壞的であつて、ワイルドである。それは同時に不朽の建設性を內在してゐる。新時代の精神の投影としての詩の外貌がワイルドに偏し、破壞に偏することは、舊時代の不自然な永續と、不健全な內容とを證左するものである。

深い叡智と潤澤な實感を持たない、嚴肅な意味に於て時代精神に根ざさざる詩は表現と同時に枯死してゆく。

私は詩壇、文壇、民族、時代——さうした言葉の持つ辭令的意義を捨てて、さうした概念の外に於て、もつと素朴な、實感的な詩の意味を把持し、實踐してゆかなければならないと思ふ。

そこまで來て私は、成生要素としてあまりに科學的な堆積的文化の全體を、勇敢に否定しなければならなくなつて來る。そして屬性的なものを捨てて、濾化された意味での素朴的な原始宗敎へまで、經典以前の宗敎意識へまで、創作衝動を復歸せしめ、哲學以前の思索磁野に於て、我我の詩學を獨創しなければならない

そして從來の堆積的、陸地的文化の代りに、建築的、海洋的な文化要素を姙んで、民族の寥寂と憂鬱によつて體系づけられた、淸純な詩學の細目を組立ててゆかなければならない。

詩「静かな器をもとめて」『抒情詩』第14巻第5号（1925年5月）

靜かな器をもとめて

渡邊　渡

故里の腐つた家で
白いしやぼんのやうに老いさらぼへた母よ
病みついた床から
その木綿の布一枚のやうに
ぼろぼろになつてしまつたからだをおこして下さい
そして長雨でやせ細つた寂しい指をそろへて
新しい洗面器に水を汲んで下さい。

寂しげなる母よ
わたしは都會に住んで
砂埃のためにじくじくによごれた心臟を
じやぶりとつけて冷したいのです。

こんな悲しい夜には
汗ばんで重たくなつた心臟を
そんな靜かな器（うつは）に容れて
物置のやうなところで
じやぶりじやぶりと浸（つ）けてゐたいのです。

夜・雨

じとじとと雨が降る夜は
うつすらと私の膚がしめり氣を帶びて
肉がたるんで來て
ぬれた布のやうに重さをもつて來ます。

ぬかるみだらけで
よごれ、みだれた土に

雨はかすかにひびきます
雨は土壌に幽氣を縫ひこめる
絹針のやうに靜かな音階です

よごれた土で
疲れ果てた私の心は
そこらぢゆうに
青白い膿をおとしながら
蕊の方で氷結してゐた寂しさの瓦斯體が
しみじみと水氣のやうに立ちのぼります。

ああ　雨の夜には
山岳のやうに寂しい私の全存在が
うすよごれたしとねの中に靜かに伸びてゐる
白いすらすらした腐えの
熱病臭い濕り氣を求めてやまないのです。

石上樹下　『抒情詩』第14巻第5号（1925年5月）

石上樹下

新時代の建設といふ言葉は曖昧だが、眞に新しいものは、菜つぱでも魚でもぎしぎししてゐていいものだ。新しい櫻の花瓣が、雨はれの新しい四月の空にさくさくときりこんゐでるのは、純正な、屬性のない、美感を發祥せしめる。

。

編輯會が手間取つて、十時過になつてしまつた。新宿からの電車がなかつたら高井戸まで、三里、甲州街道を歩いてかへるのも愉快だと言つてる男は實に清新だ。野菜のやうに清新だ。彼がかへつて行つてから後寂しくなつた部屋で、ぢつと眼をつむると、雨でぢくぢくになつた外套を着こんで、白い大街道の空氣を割つて、闇をくだいて、愛妻を熱想しながら、進撃のやうに歩いてゆく彼の、いつもおこつてゐるやうな額が、靜かに思ひ出されてなつかしい。

。

どぶの底でくさりかけてゐる玩具を引ずり出して天日に曝してゐるのがいまの僕の生活の有樣だ。

おもちやは既にこはれてゐる。おもちやは內臟までくさりついてゐる。このみじめな小景を誰か來て歪のないレンズを具へた、精巧な寫眞機で、ピシンと撮つてくれないかしら。

。

僕は前齒を引つこ拔いた、世相を見ずに靜かな氣持になつて後半生を生きようと思つて、一夜、二枚の前齒に因果を含めて引つこ拔いた。

だが、僕はすぐ翌日から寂しくなつてしまつた。玄關をたたきこはされた憂鬱な建物のやうに街頭に立つて、春四月の櫻臭い女達の、すべすべした指を眺めてやるせない氣持になつて、頭でひそかに入齒の値段を計算してゐる自分を見出さなければならなかつた。

。

熱愛してゐた愛人が、他の男に嫁いで、やがて妊娠したといふ消息が、その女の文字で書き送られた。さういふ場合に諸君ならばどうしますか、僕はその夜直ちにヤツトコを取り上げて、前齒を拔き取つて心を鎭めた。

。

僕の「海洋詩派の信條」は提唱ではない、一つの釋明であり信條であるに止まる。自分を發して外野に出て、何の効果も損失ももたずに、再び自分の中にかへつて來てはじめて、力强く自己を効果すると云つたやうな性質のものである。

さういふ勝手な性質のものであるから本論は文藝評論の體を捨てて、隨筆風に逐次的に書いてゆきたいと思ふ。原稿紙で百枚位の豫定である。（渡邊渡）

詩壇展望――主として僕自身の立場を明らかにす――　『太平洋詩人』第1巻第1号（1926年5月1日）

詩壇展望
――主として僕自身の立場を明らかにす――

渡邊渡

▼太平洋詩人創刊
▼詩壇惡
▼一九二六年詩會
▼アナクロニズムの傳禦

僕が突然「近代詩歌」を捨てて、「太平洋詩人」を創刊したことに就て、相離れてゐる人々に尠からず晦迷を投げかけてゐるやうであるから、僕の立場――藝術良心と詩壇意識の結合の上に立脚する對外野的態度――に就て、釋明しておきたいと思ふ。

いつたい「近代詩歌」といふ雜誌の內質は、去年の五月に創設した、詩人協會の精神から派生した詩的精神の大衆的普汎の實際運動であつた。

さういふことになれば、詩人協會の創設に最も熱心に關與した僕が、わずか三ケ月目にその機關雜誌「抒情詩」を去つたことに就ても未だ一度も態度を聲明しなかつたやうであるが僕に自分の才分や、經歷が、不適當でありながら、いつも好んで、雜誌編輯や、諸種の詩壇の運動に沈湎してゐる理由は現詩壇があまりに良心を失ひ過ぎてゐて、封建的、惰性的であるがために、嚴肅な價値批判の規準が失はれてゐて、情實や出鱈目があまりにひど過ぎることに就て、憤りを感じるからである。

その意味で僕の信念は明徹である、
僕は偏奇に直情的な主情盟行の徒でありながら、時として「詩話會の罪狀」といふやうなことを書いて見たり、諸種のムーヴメントに參加したりして、常に自分を損失してゆくのは、單に神經的なケツペキばかりでなく、あまりにあるがままに安んじてゐる、だらしのない詩壇への絕えざる公の憤りからである。

田舍にゐて、靜かに詩を書いてゐる時ならば、どんな不仕末が、どこに行はれてゐようと、平氣でゐられるが、一度自分の詩業を、詩壇に持ち出した以上、到底不合理な、停滯そのものの上に自分の仕事や良心を依託して置くことは許さなかつた。

僕が好んで詩壇に檄したり、諸種の運動に參加したりする動機はつねに止み難い藝術良心の示唆によるものであつて、詩壇に新らしいが故に、摩擦の程度が少く、弱く馴らされて育たなかつた野生兒の叫びである。

斷じて神經質のケツペキや、物好きな反逆癖から出發するものではない。

もともと僕は直徑的な抒情の徒であるが故に、つねに敢行する。論議を弄んだり、理想を紙凧のやうに高く飛ばして眺めてゐたりする譯にはゆかない。つねに敢行する。

詩壇惡は、僕の生活にとつて社會惡の一部である、しかも最も切實な一部分である、僕の社會的良心は、第一次の行爲として詩壇惡に對つて、挑戰することに不思議はない。

おそらく此種の思想以下の恥づべき勞働爭議は、詩壇の續く限り行はれてゆくことであらうと思ふ。

詩人の勞働爭議は、つねに、時代心理と關聯を失つて古賓にイントシした、思想の喪失者、心性の炬火が消えて、製作力の減退した、精紳の陰萎者等の座食を詩壇の資本主義として挑戰される。

ところで、僕が最も早く「抒情詩」と離れたのは、雜誌がしだいにジャーナリステツクになつて來て、詩人協會の創立の意義に反して來たために、當初の宣言を起草した責任上、身をひいたのであつた。共後「抒情詩」は一時休刊してゐたが四月から尾崎君の編輯で、再刊されることになつたのは共に悦びたい。

詩人協會の生命は非常に短かかつたが、少くとも、詩壇のヤンガーゼネレーションを認識せしめた事實はいなまれない。

僕が「抒情詩」を離れ「近代詩歌」を育てて行つたのは、一つに歸して詩的精神の普遍のためであつた。

舊時代の偏學究的、尙古的、衒學的な雰圍氣を、追放して新時代的詩精神の明快と放適を供給したかつたためであつた。

抽象的な鬪爭意志を捨てて、現實の新時代の空氣を持つためにつとめて來た。

そして相當に効果を收めた。

同時に僕の詩根が疲れた。

僕の詩人的生涯にとつて、最も重要な時期にあつてかうした、謂はば第二義的の仕事のために、學ぶ事を止め精根を疲れしむることは、勘からぬ損失であることを痛切に感じて來たので、キッパリと止めてしまつた。

舊詩壇、（主として民衆詩派のボッ興に沿ふて繁榮した詩話會派詩壇）に對立して立つ新興詩精神の良心的内容を分折すれば、

1 時代の苦悶に根を入れた、詩的精神であること

2 大衆的要素を具備すること

3 勘くとも、試作期、習作時代を離れた、境地に於ての獨創であること

4 民族の傳統に目覺めて斷じて大陸文學の移植としての詩業でないこと。

これらは勿論、我々の詩作衝動の根柢に於ける自意識であつて、ひいては、詩人的生涯の出發點に於ける自覺であるが

舊詩壇には、これらの良心が完成に欠如してゐて、畸形的な骨董的な方角に向つて牢固たる壘を築いてゐる。そこに舊時代と、新時代との對立がある。

一つのものが充滿してゐるとき、同時に他の物が、そこに容ることは出來ない。

古い瓦斯體を排除することによつて、はじめて、新らしい瓦斯體が容器に充滿して來るのである。

内的な充實は、外的な爆發の準備である。より永き準備はより決定的な爆發を意味する。

想ふに、自由詩壇のやうに、時代的な、先行的な仕事が爲されてゐる分野にあつて如上の不合理が永く許されて來たことは可成不思議な現象であるが、近來の種々の運動の發芽は雄辯に決算期、舊時代の崩潰期が近づいて來たことを物語つてゐる。

僕が、雜誌を捨てたり、また新らしく創めたりすることは(2)大衆的要素を具備すべきこと……の示唆に依るものである。

僕の詩人的生活を意志づけるためには僕の藝術良心を絕えず解放せしめる。それが行爲として發現する場合には、雜誌を創めたり、また街頭で銅鑼をたたいたり、飛行機を飛ばして宣言を撒いたり、乃至は當代の詩人を滿載した戰鬪艦に大砲を儀裝して、太平洋の沿岸の港を巡航して、禮砲を打ち棄てるやうなこともはじめるかもしれない。

僕の内生活に空疎の出來ない範圍に於て、僕の熱情は、此種の外的な行動によつて、消耗すると同時に蓄積されてゆく内生活に些の空疎が出來れば、外的な活動はすぐに中止する「近代詩歌」を弊履のやうに捨てたやうにいつでも、捨てて去る。

僕の内生活が、壓迫乃至浸略を受けない範圍で、僕は外的な實際運動を新興詩壇のためにつづけることを約束する。

詩的精神の大衆的浸潤を意圖し成果するために僕は雜誌を捨てたり創めたりする。

「近代詩歌」は舊時代の最後であつた。

「太平洋詩人」は新時代の初まりである。

僕の詩人的内生活の諸條項は、「太平洋詩人」をいつまでつづけても少しも、亂されないだけの用意は既に出來てゐる。

お金が出來たといふ意味ではない。僕は終生赤貧であるがこの雜誌は經濟的に獨立能力を以て創れてゐるのである。だから江湖の諸兄安じてこの雜誌の讀者になつて下さい。

僕は詩話會から、今年度の日本詩集に推薦の榮を給はつたが原稿を出さない方が僕の節度だと信じたから出さなかつた同時に一九二六年詩會に加盟することも辭した、然し其運動の精神には同感する。

「一九二六年詩會」運動の根本的な精神は、個々の詩人の力點が、新時代の主張であつて、一九二六年以前に既成された詩壇を過古派と見なすといふ點にある。

時代性とオリヂナリティを持つた詩人は、進んで舊時代を脱出して新時代的詩精神の規矩につへべきである。

埋火になつてしまひさうであつた僕の詩を、詩人の群集の中から撰り出してくれた二人の詩人がある、萩原朔太郎と佐藤惣之助である。共に僕の尊敬する先輩である。

尚僕は野口米次郎、室生犀星、高村光太郎、加藤介春、千家元麿、白鳥省吾の諸氏をそれぞれ違つた意味で詩人としての正しい價値を信奉するものである。

白鳥省吾氏の作「世界の一人」を少年時代に讀んで非常に感激したことがあつて變になつかしい氣がするが、その近業には甚だ不賛成である。詩劇や長篇詩の運動にもどうも敬意が拂へない。聞けば「日本詩人」の原稿として、萩原恭次郎や金子光晴君其他の人から白鳥氏を難ずる評論が來てゐるさうだが、日本詩人編輯者がそれを握りつぶすのはよくない。

時代精神の爼上に曝して、そして純正詩人としての、白鳥省吾氏の本來の價値にまで還元して然る後に現代の詩人としての、白鳥省吾の權威を糾してその大を認識すべきである。

佐藤惣之助氏が新潮社の日本詩人編輯室で、「詩話會でおとなしくやつて來た詩人は樂に出世するが、こぢれた詩人は出世しない、綸の方でもさうだよ」と言つた言葉は、純良にして質着な僕をして充分に怒らしめた。

こぢれたといふ言葉に就て僕が代つて註釋を加へる。こぢれた仕事とは詩人協會、其他の新時代的ムーヴメント、こぢれた詩人は、赤松月船、岡本潤、吉田一穗、サトウハチロー、大鹿卓、岡村二一、僕、其他である。

僕はアナクロニズムの傳票を受取つたやうな氣がした。

明らかに言ふ。聯詩、野外詩會、全國詩誌聯盟　凡てがアナクロニズムの産物である。

もつと誠實で、嚴肅であつて貰ひたい。

詩壇當事者の發言として人に聞かれて恥かしいぢやないですか。

日本詩人で、詩を上等品、並、下等品、未製品と四通りに分けるのも惡趣味だ。

逆説的な、思想的存在である、佐藤惣之助の趣味性を以て民主的な時代性を寧き永續的な美の價値をお刺身のやうに處理するのは、野蠻である。

我我は離合定まらない詩壇にあつて、せめて歴史的に、經濟的に根柢のある日本詩人だけでも私情に穢されない、絶體の規矩であつてほしいと念ずる心よりこれを書く。

海の町

――萩原朔太郎氏におくる――

渡邊渡

汽車を下りて
鎌倉の町は血のやうに明快だ

ガードの下で痩せたよその奥さんに途を聞けば
海に出る前に左に曲れとやさしく教えてくれた
その話し方が明晰だ。

鎌倉は明るい人情の汀た

僕は穢れた額をまだ海にたたきつけてはゐないが
路傍の松の木は
明るい海のガスを吐き出してゐる

既に明るい海の調子が
街いつぱいに流れてゐて
僕の前額が板ガラスのやうに澄んで來た。

詩「午後三時の洗面」『太平洋詩人』第1巻第3号（1926年9月1日）

午後三時の洗面

渡邊　渡

水道の口金を捻ぢて
ソウソウたる水を洗面器に充たし
ヂヤブリヂヤブリと
頭の中の塵を洗ひ墜す。

さつきの喫茶店に
水草のやうな少女が立つてゐたから
苦いコーヒーが裏側に染みついた頭の壁から
水のやうな情緒が泌み出て仕方がなかつた。

生活の壁は世界苦の寂しい泥でぬり立ててゐたから
そんなしめやかな部屋に待ちこんでぢつと押えてゐる
と
手許の方から
しくりしくりとくづれ墜ちて來るのです。

喫茶店を出て
街角の風に曝し出されたとき
既に僕の生存はやぶれた旗のやうにボロボロだつたの
です。

ボロボロな生存の生地を引つかついで
今街からかへつて來た僕です。

ああザツバクにしてイン盛な街頭に刻んだ
僕の足跡はシトシトとして寂しかつたが、——
僕の上層は落葉のやうな街頭の雑想で
みじめによごれてしまつた。

僕は血がしみついて曝首のやうになつた
世紀末のよごれた頭を、
水邊の白い寂しい洗面器の上にさし出して
ヂヤブリヂヤブリと洗つたのです。

詩「悲哀は硝酸である」『太平洋詩人』第1巻第4号（1926年12月1日）

悲哀は硝酸である

渡邊　渡

君の手は黒い潮風に染まつてゐる
その冷たい岸邊の砂のような掌を
私の中にさしハサんで
早い波のように私を動かす。

君の側にゐれば潮騒の音がさわぎ立つて
からだ中に朝方の海氣のような
押しひしがれる愛惜を感じて
私は胸元でイガ栗をもみつぶしてゐるようだ。
私は胃の中に硝酸を注ぎこまれてゐるようだ
私は生存はギシギシ波に嚙まれる岸邊の岩だ。

海の彼方の水晶のような寂寥を
君は電報のように簡單に消息して
そして
ジヤブリジヤブリと
私の骨と肉と宿命の地から消え去る

——一九二六　九　二七——

詩「九月下旬肉体の日記」『太平洋詩人』第1巻第4号（1926年12月1日）

九月下旬肉體の日記

俺の肉體は街から草履のように疲れてかへる。
それを
敷つ放しの寢床の上に載せて休ませておくと
一晩たてば、また青葉のように新らしく水氣を帶びて來る。
朝再び
シャリシャリミ土の上を辷らせて
俺の肉體を街に送る。
街でよごれてしまへ

街には毎日硝酸のような悲しみと
沃度のような悩みがある。

（天の岩戸のように厳粛に
俺の肉體はひらいて

物蔭でかすかに燐光を發散する白きマッチを壊はす・・・

一しき悪虐の紫外線に染め出された
寂しき季節の善行の——
頭に青空を嵌めて
俺の肉體は、激烈な意志でよごれる。）

俺は街かな草履のようにシナ〳〵と疲れて歸へる

詩「私の寝床は氷河の匂がする」『太平洋詩人』第2巻第1号（1927年1月1日）

僕の寢床は氷河の匂ひがする

渡邊渡

熱いお茶を一杯だけ飲んで
僕はまた、冷たい寢床に
――氷河のやうな匂ひのする僕の寢床――
僕の生涯を通じて
ところどころに
この寂しい氷河の匂ひのする寢床があつた。

そして、そこに入れた足と下半身は踵まで冷たい。
かかる陰濕な寢床では
思想も、若さも、情感も、すべて切なく氷るのだ。

かかる寢床で本を讀めば
ヌスメ、ヌスメと頭の骨が唄ひ出す。

僕の頭は、無數の數字で黒く塡められてゐるために
痩せたヒヂに五分間も載せておくと
世紀前人の悲しい逆行汽笛のやうに
ブイーン、ブイーンと泣き出す。

今宵。切に
僕のカラダは
汗と、熱と、寒冷と、孤獨の寂情で、
浮洲のやうに寂れてゐる。

われ世紀の前線に立つて寂れ墜ちる無情なる生存を
街頭に運んで、ヒョウヒョウたる十一月末の風に吹
かせて
酢漬のやうになつて
ああ、われ一度落葉のやうな死屍となつて街頭に横
たはり
胸板の折れた、悲しい空箱のやうになつて
生活の廣場に横たはり
生存の根を海邊に向けて、
清潔な夜明を待たうか。

詩「黒い紙を貼った！」『太平洋詩人』第2巻第2号（1927年2月1日）

黒い紙を貼つた！

渡邊　渡

俺は人間生活を在りのままで熱愛する。
誤謬も價値もクソもない、
俺は生活の味に飢ゑてゐるんだ。
生活の獲得と味識が俺の全部だ。

寒い郊外の夜道！
地ベタを蹴りながら俺は歩いた。
爪先に當つて移動する土クレが無性にうれしいんだ。

暗い垣根に沿つて坂に出た時
坂に照りつけてゐる濕り氣を帶びた窓明りと、
賑やかだがイヤに平和に響く笑聲が、
瀬戸物のやうに破れてゐた。

ここに一つの人間の巣がある。
笑ひ、泣き、親しみ合ふ
生臭い人間の生活がある。
肉慾的な人間生活の夜がある。

俺は歸へつて行く林の中の寂しい家を思つた。
孤獨と、寂寞と、借財と、寒氣で氷りついた疊——
俺の部屋は死棺の匂ひがする。

死毒のやうな寂情が壁にくつついてゐて——
チヨロリ、チヨロリとヤモリのやうにシツポを動か
　す黒い苦惱の虫が住んでゐて——
その部屋では、
思想も性慾も
冷たい壁に氷りついてしまうんだ。

しかも俺はその部屋に住み
しかも俺はこの暗い道を歸へつてゆく。
俺の胸は寒い夜風で氷つてゐる。
さつきの明るい笑聲と灯火の窓邊が
切なく俺の胸板にメリ込んでゐる。

×

そんな胸を風に吹かせて
俺はシヤバ〳〵と歩き出した。
馬脚のやうに健康な足で、
寒い空氣を割りながら——
糞！勝手にしやがれ
俺は脚だけでたくさんだ。

脚と胴體と頭で前進しろ！
背骨は泣いてゐろ！

俺の前脚に重たい大地の意志がある。
轍の巾(はば)をメリこませながら
荷馬車のやうにガラガラと歩いてやれ！

回想も、愛執も、眼も、手の平も秋の落葉だ。
黒いカードだ。
林の中で積つてゐろ！

俺は泥で重たくなつた靴を打ちつけて
玄關の戸を破り
俺は胸板から先に家に這入つた。

俺はバケツの水をガブリと飲んで胃を冷した。
（冷たい胃腑が必要なんだ）

俺は有りたけの書物を重ねて石油と火を一時にふり
　かけた。
そして俺は
黒い紙を一枚壁に貼りつけた。
（壁には俺の心臓が吊してある）

詩「店先で買って来た『生活』には血が滲みついてゐた」『太平洋詩人』第2巻第3号（1927年3月1日）

店先で買つて來た『生活』には血が滲みついてゐた

渡邊　渡

さつき
電車の窓に投げかけてゐた俺のカラダに
季節外れの優しい心が動いてゐた

俺は明るい店先に立ち寄つて
黒パンと干物を買つた

それはヤセたカラダと明日の生活のために
今夜直ちに肉になるであらう

寒い橋を渡つて
俺の脚は荒々しく地をケリはじめた。

暗い谷間は
其日其日の貧しい生活から沁み出した夜の灯火で
優しく染まつてゐた
其上にバサ〳〵と寒い凍つた空がふつた。
俺は前額に凍つた空の割れてゆく破片をメリこませながら
寒い道を歩く

俺の手の平に種族の血が黒くにぢんでゐる。
道傍に嚙ぢり捨てた目釘のされた俺の心臓の生地は木綿だ。
俺の額は軍艦のやうに鋭い。

黒パンと干物をぢつと腐身に抱きしめて
俺は寒い坂道をケリながら歸へつて來たのだ。

俺に叛いた俺の部屋に俺の生活は既にない。

古臭い愛執と回想と魔術の兌換券が
塵と寂情にまみれて散りみだれた俺の部屋は生活の荒野だ。

生活の荒野で膝頭を寄せてパンと干物を嚙ぢらう。
銀貨二枚で俺は血の滲みついた一日の生活を賑やかな店先で買つて來たんだ。
こんなきりつめた衣食では
涙ぐんだ指も、愛憐も、血痕も、宿縁も一緒に嚙ぢつちまへ。

俺の消化器は恥知らずでエンヂンのやうに健康だ。
食事が終へたら
俺の生存の横つ腹に
堅牢無比と刷つた赤いレッテルを貼つちまへ。

時代的移住民族

渡邊渡

ここに極めて近代的な思想外貌をもつた、原始種族の時代的移住民の鬪ひと、悅びの生活原理がはじまる。

×

私は結論なき思想を平氣で發表する。我々の思惟が窮極に達しない前に、つねに、他の思惟系統が、出現するからである。——思惟はサクサウする。

×

我々は實踐なき思想を思想し、思想なき實踐を悅びもつて生活曠野の中に育てゝゆく。より原則的なるものを生活の中に需めてゆくことは、我々の種族にとつて生活の休止を需めてゐることであるといふ戒めを我らの種族の記證文とするものである。

×

鬪ひの內容は、敗衂と、捷利である。單一な敗衂と捷利はいかなる鬪ひの中にも嚴肅な意味では存在しない。

×

人類族の實踐的な純粹生活は、鬪ひと休息であるべきだが我々世紀的移民族の生活の實質を檢察すれば、鬪ひへの衝動と意志の死骸とである。休息の悅びは、旣に旣に原則として無い。

×

我々の肉體は、朝、鬪ひの悅びを帶して、街頭に出征するそして、夕に、生活の死骸となつて、棲家に輸送される。

×

我々の生命光線はつねに焦點を外れてゐる。焦點なき雜光線は、意志を分折して、意志の死骸を濫造する。

×

我々の生活意志は一種の排泄本能に過ぎない。

×

我々は一切の倫理的無價値、美的無價値を蟲のように慕ふ病氣の趣味性とテンペラメントをもつ。

×

我々は謹んでエホバに述べる。人類の原罪は、我らのこの悅ばしき非行禮讃によつて、重罪され、刑罰され、更に第二次の邊土に追放されてあれよ。

×

ここに原始種族の時代的移民の生活事實がはじまる。

×

彼らは、電車の中で、または、事務と事務の間隙で、讀書するをつねとし、街頭で、殊に、夜店を歩いてゐるとき、または屋臺でヤキトリを食つてゐるときに、冥想し思索するを常例とする。

×

彼らは、晝間も床を伸べて、バットを吹かせながら、女のケツの曲線の上にかゝる。窓外の秋と空と枝とを見てのみ、はじめて感傷の涙を流すのである。

×

彼らの米ビツは毎日空であるが、彼らは勞役せず、彼等は闘爭の意志をもつて、隣人に挨拶し、科學的に金品を掠奪する。

×

彼らは好んで、櫻紙、ナフキンの類に詩を書き、壁を見れば直ちに繪を描き、三尺の空間あれば腰を伸ばして踊り、一面の平面と一面の立體あれば、直ちに演劇を開始する。

×

彼らは、掠奪、强カン、殺人、○○、逃亡、×××、●●、を日常茶飯事とする種族なれども、社會的營養不良と傳統的不眠症のために、その情熱なく、從つて經驗なきが故に、その能力なし。

彼らは、コーヒーとバットと電氣ブランと鹽鮭と、鳥類のキモを肉體構成の主要素として常用する。

×

彼らは生命を抵當として五錢の金を借りる。彼らは名刺を入場券として、葉書を會費として觀客若くは來賓として場内に入る。

×

彼ら！ 彼らは、かゝる世紀の蟲であるか？

×

彼らはより新らしき世紀への移住民族の精液であるか……

×

街では、今、水道の口金に首をさしこんで、コホロギが一匹死んでゐたといふ號外が、撒き散らさせてゐる。

×

號外！

ハンショク、傳播――骨盤の裏に生棲する思想を掃蕩して、星を敎へ

×

星に蛆がわくような夜は掌に米粒を一つ戴せて眺めてゐたい。

×

乾杯！

雑報的事務所としての詩壇

渡邊　渡

詩壇の中に生活するといふことは、詩壇意識の中に生活するといふことであつて、詩壇それ自身を一個の生活體として生きるといふことではない。

だから詩の雑誌を出して、詩壇良心を闡明しようとしたり、新鮮さを詩壇に供給しようとしたりする仕事は、進行掛的の價値よりないこと言を俟たない。

×

一個の詩人的生涯にあつて、その種の仕事に長く務役することは愚かで、あはれである。

×

時として、詩の創作が、直ちに、詩壇を導き、詩壇を清潔にすることがある。

その場合、詩壇意識は、完全に、創造の下に潜在する。

だから、詩壇意識の熾んなる詩人――意識的に、詩壇の傾向に追從し、または反逆しようとする詩人は、創作の必然性なき詩人、獨創なき詩人である。

詩壇意識をして、時代意識、社會意志にまで、完全に結合させて、それを創作衝動の内容として持つことは、約そ、詩作の理想的境地である。

然し、そこに於て、創作意慾の純正は破壊する。

創作衝動は、本來の性質として、觀念として、傾向として智識するよりも、實感として、狀態として體得すべきである。

その場合、より獨創的なるものは、より獨斷的なる狀態にある。より理想的なる作品は、つねに、より激發的な衝動によつて創れる。

×

詩壇は所詮一個の生活體ではあり得ない。

詩壇は終に雑報的事務所に過ぎない。

より正確なる、詩壇意識は、一種の事務良心に過ぎないであらう。

合評　『太平洋詩人』第2巻第1号（1927年1月1日）

合評

尾崎喜八、岡本　潤、神戸雄一
草野心平、壺井繁治、手塚　武
新島榮治、野川　隆、野村吉哉
萩原恭次郎、福富菁兒、矢橋公麿
渡邊　渡　（五十音順）

太平洋詩人　十二月號

高井戸にて（尾崎喜八）

福富…批評したい人だけがしたらいいと思ふ。

小野…斯う云ふのは批評出來ませんね。

萩原…僕は尾崎君の詩を否定する。詩の現實味が其の詩の中から働き出すやうになつてくれると好いと思ひます。

壺井…一寸長く言ひすぎる、尾崎君の傾向について言ふ、非常に明るい一つの冗漫は自分の感じを可愛いがりすぎる、僕は萩原君の言ふ様に外から働きかける力があれば好いと思ふそれ以上は尾崎君の詩を凝固させてしまふ。

手塚…「今日一日」と云ふ感謝を言ふことが信條ぢやあないかしら。

尾崎…今後も詩作してゆくとしたならば……

矢橋…僕は詩として十分だと思ひます、尾崎君さして、其人として始めて會うた印象としてですね。

手塚…月評を書いた事があつたが、尾崎氏のことをそんな風に思つた。

新島…この詩の全體として半分位の行數で滿たしたらいいと思ふ、少し冗漫ですね「愛の」「今日一日」の二行が馬鹿に氣障だ。

萩原…僕は詩としても詩を歌ふ詩の發足として決して惡くないと思ふ。

草野…一寸も氣障だとは思はない、何しろつゝましいと思ふ。

萩原…好いと思ふ。

萩原…眞劍になつた時斯う云ふものを要求する。

手塚…一寸も氣障ではない。

岡本…訪ねてきた友達を停車場まで送つて行つた友情的な後での愁ひはしんみりする、實感だ。

萩原…だから惡い詩ではない。

手塚…一つ一つの詩から自分の實感を滿足させない限り尾崎氏に對する希望ももつてゐる。

萩原…歌ふ詩として友情を云ふ所が好い。

手塚…同感ですね。

尾崎…題目に對して實にふさはしいと思ふ。

手塚…先刻恭次郎君が云つた……

岡本…尾崎君のは眞劍になつた時だけに離れる。

萩原…離れても好い。

手塚…離れてもいい。

萩原…尾崎君の熱狂する態度としてそれを拒否したりすることはしない限り前提の詩として普通の作だと思ふ。

手塚…かう云ふ詩ばかりはうんざりする。

萩原…惡作ではない、僕は嫌いではない。

女と蛙（草野心平）

岡本…草野君にうつらう。

萩原…それにしよう、尾崎君から草野君に行つたらどうです。

矢橋…草野君讀まないの？

草野…（朗讀す）

手塚…草野君の詩は口の中で反芻して欲しい。

壺井…草野の蛙に付いて説明してくれ。

矢橋…詩を構成する新しい試を考へてゐる。

尾崎…草野君を知つてゐるからあまり云ひたくない、初めの詩は世界をひろくしたいと云ふ意味しかない、内容を求めるのは無理だと思ふ。

小野…尾崎君いや草野君の蛙はアナアキストだ。

壺井…一寸とエロチツクな所があると思ふ。

小野…うんエロチツクだね。

岡本…一寸考へなくては解らない。

野村…蛙に思想を與へるなら好いと思ふもつと明瞭にね。

矢橋…草野君に解るだらうね。

壺井…一番先にくるのはエロチシズムだ。

小野…野草君の蛙はアナアキズムを出したいと思つてゐる。

草野…僕はいろんな蛙を描きたいと思ふ。

悲哀は硝酸である。九月下旬肉體の日記（渡邊渡）

渡邊…（朗讀）

壺井…表現に就て一寸言ふ、やうなが變にひゞく、やうなやうなと云ふのは冗漫であつて悲しみがぴつたりこない。

尾崎…美しきとか悲しいとか云ふ言葉を生きものゝ様に生かして用ひて見たいと最近僕は思つてゐる。

岡本…後の詩は妙な意志力があつて面白い穴倉に居る蜘蛛の様な意志がある。

萩原…それで好いかな、（太平洋詩人の頁をくりながら）安藤一郎の「忘却のセンチメンタル」と目次赫紗子の「蚊」と云ふのがいゝだけあとは駄目だね。

詩文學　十二月號

（生田長江氏の作、加藤一夫氏の作を岡本潤氏が讀む）

萩原…どうかね、どうかね。

渡邊…少しも刺激を與へない。

矢橋…感冒みたいだ。

岡本…實感がない。

新島…軽るい感じでまとまつて深くは行けないんだ。

岡本…最う止めよう、面倒だから。

大地への思慕（松本淳三）

萩原…（同氏の作を讀む）
野村…混乱してゐるねえ。
壺井…少しよつぱらい過ぎるねえ。

岡本…よつぱらひがごみために落ちたやうだよ。
小野…然しさう云ふ意味で悪くないね。（笑ふ）
矢橋…目術がない。
壺井…目のまへに居るだけで酔はされない。
新島…センチメンタルな酔つぱらいだ。
渡邊…松本の純良が好きだ。

多數者と我（萩原恭次郎）

壺井…「死刑宣告」の焦躁と混亂とから逃がれ、落ちついた情熱がほんとうの地のやうだが……

尾崎…今迄みた萩原君の中で一番いい詩だと思ふ。

小野…多數者の合意に依るか。

新島…批評は先入意識を拔いて獨立させなければだめだ。

萩原…三瀬君の月評は印象批評に過ぎない、あの人の批評は周圍のここばかり言つてるるのは好くない、どうも一種の印象批評ですね。

三輪君の詩はどうだね。

萩原…（三輪氏作朗讀）

好くないね。

銅　羅　八輯

牛（坂本遼）

岡本氏…（朗讀す）
矢橋…好い詩だね。
岡本…（朗讀をつゞける）
壺井…感情が純粹だ、好い詩だ。
萩原…其の詩は好い。
小野…坂本君の詩は好い。
矢橋…純粹な處が好い。

[illegible]（土方定一）

草野…どうですね。

小野…其の詩は餘りよくない、此の前の方が好い。此の前の「銅鑼」のがね。

草野…さうだねえ。

耶蘇磔殺の後（赤木健介）

小野…どうかね？

手塚…概念的になり過ぎてる。

草野…觀念で書いてゐる。

岡本…象徴的なプロレタリアだ。

萩原…思想が硬化してゐると思ふ、概念的に流れ過ぎてゐる。「影を進らねて圓周を作らねばならぬ」など云ふ所などね。

岡本…水夫のものの立場に立つて居るやうだ。

野村…「一兵卒」と云ふ方が好くわかる。

ヨブ的人生　『太平洋詩人』第2巻第1号（1927年1月1日）

ヨブ的人生

渡邊渡

僕は「死の懺悔」を借りて來て讀んでゐる。この本は岡本が熱心に僕にすすめてくれたもので、このごろどんな本を讀んでも心の底から勘しも昂奮しないので、何も讀まずに、そつとして置きたい氣持だけれど、この本だけは是非讀みたいと思つてゐたところなので、少しムキになつて讀み初めた。

僕はこの著者の純良な性質が非常に懐かしくなつて來た。猫を可愛がつたり最後に小さい妹にだけ逢ひたくなつたりするところが殊になつかしい。

子供の時の思ひ出としての記述の中に、マッチの藥を集めて、それに灰をコヨリの中に卷きこんだものを導火にして、それを蟻の集團の中に入れて、爆發させるといふところを讀んで、少しおそろしくなつて來た。

同じ世紀に住んでゐて、略同じやうに、時代精神の動きに接して來てゐながら僕にはさういふ時代精神の特質をもつてゐなかつた。

こんなにまで、實感的な時代の代辯者の口から、時代の正義を聞かされるとき、こんな風な言葉があると、少しおそろしくなる。

×

然し少し離れて考へて見る。

ここに取り出された一つのヒューマン●ドキューメントとしてこの本の上に出た人間性の種々相と、僕の場合とを對立させて考へて見る。

茲で僕はかつて、自分がその渦中にありながら社會運動家とならずに來た時の、自分の信念內容を分拆して見なければならない。そこには多少は逃避的、快樂的な意識もまぢつてゐないではなかつたが、矢張二様の殉数的生涯のタイプでのることに期する。

人生に對する價値追求の二つの樣式――

彼が選擇したのは、明らかに、その新約的價値であつた。

そこに考へられるのは、彼と僕とのほんの二三年ではあるが、年齡の差。――過然的な背向――

それから稟性の相違である。それは往々にして人生の出發を完全に一平角に替えてしまう。

さうした原因的相違によつて、僕が選擇ーたのは舊約的、――もつと適切に言へばヨブ的人生であつた。

それは單に、彼と僕との二つの人生の出發点の特色ではなくて、時代精神の二様の意向である。

そして今、僕は僕の選ばなかつた途の聖徒行跡を讀んでゐる。

断想 ——海洋文學の出發點に於ける一考察—— 『太平洋詩人』第2巻第2号（1927年2月1日）

斷想

A

——海洋文學の出發點に於ける一考察——

渡邊 渡

人が若し、海邊の砂の上に、背中を海の方へむけて寢てゐるとする。その人は、背の方により多く、鄕愁——情緒——其他の生命的な惱みを感じるであらう。前の砂原よりも、より多く背中の海側の方に生活の魅力を感じるであらう。

歡びと、惱みの生活的勢力の營みを海側の方に於て感じるであらう。

その人の血液は海側の方で活潑に流れて、砂原の側で、極めて、習慣的に、貧しく流れてゐるであらう。

何かしら海の方に血族的な惱みと悅びの創意的な生活潛勢力を持つであらうと思ふ。

陸地は永劫に寂寞たる砂原であることが、人類の歷史の最初に契約されてゐるのである。

人間の生活は先づ海から起つたものである。

背中が黑くて、スイスイと動いてそして腹を裏返へすと、生白い魚族は、實に我々の惱みの性質、夫自身である。

人類の寂寞と孤獨は、我等の祖先が海を捨てた時からはじまつた。

×

寂寞と孤獨の內容は、失意と、病患と過勞と疲勞とである。

我等の祖先が、需めて砂原に住むやうになつてから、我等の生活は次第に、貧血と飢餓を告げて來た。

×

耕し得る潤澤なる耕地、靜かに住ひ得る森林、それらの中には、より多く、創意的な人間生活の濕氣があり得た。

そこは、陸地の一部ではあるが、同時に海の一部でもあつた。尠くとも砂原ではなかつた。

人類は、海邊の平野で、——所謂、沃土といふ、一種の海と陸の境界線の限られた、幅の濕地の上に生棲すべき、生物であつた。

決して、直接に、糧食を需めることの許されない。砂原的生物ではなかつた。

×

さういふ砂原的生活の、幾世紀かは、我等の種族に一切の不自然な結果を——生命の、貧血と飢餓を與へた。

×

僕がここに、人類は海の族だと言つた意味は決して、人類は空氣と容を失つて海中に棲む一種の魚族だと言つたのではなかつた。

×

然し、魚族が海に住まなければならないやうに、人間は、海を基點として程遠からぬ、沃地に生棲する一種の生物の族であると言ふことを考へたいのである。

×

人間が海を遠く離れて、高原や、沙漠に近い、あたりにまで、生活を需めて行かなければならなかつた、といふことが既に。生命の貧血と飢餓を需める第一歩であつた。

×

我等の血族は、海を遠く離れない沃土で、ハンショクし、生活すべき根本的な制約の下に作られてゐる。

B

僕が詩を書く場合の、または言論上の正しい立場は、敢て原則的なプロレタリアートでも、また、アナーキストでもなくつていゝんだ。僕は、正直に、より鋭くより劇的に病的な印象を與へる程にまで僕自身であればいい。

×

僕は、僕と同時に、僕の把持するイデオロギーを支柱として展開せる世界に於て、日日に勤勉に諸種の神祗的存在の建築物破壞作業に從事する健康な職工であればいいんだ。

そして僕の生活意欲の底で、毎日、建築物の崩壞する爆音と、煙硝の匂ひと、肉片の飛散する礫と共に、原人的な勞働の讚頌歌が聞えてゐればいゝんだ。

僕は毎日、僕の生活勢力――肺臓と頭と腿骨に目的を與へて此種の破壞作業を進めてゐる。

かかる工事場に僕の生命的立札をぶちこむんだ。

C

俺の感傷時代は最後の幕を下した。

×

これから何がはじまるか、見たい人はぢつと見てゐてくれ。あまりキタナイのでガマンが出來ない人は勝手にどこへでも行つてくれ。

俺は倫理的基礎を持たない絕對自由意志で不思議な生活を開始する。

追放囚の生活樣式を踏襲するが、俺の生活意志を追放することは誰にも出來る譯のものでない。

×

俺はもう、留置所の寒さも、監獄も、短刀の陵辱も平氣だ。俺の生活意志はむしろそんなものの中から流れ出す性質をさえもつてゐる。

×

俺はバイドクもライ病も平氣だ。

加算する、今日から俺はカインの長子である。

×

俺のカラダは荷物と一緒に定期輸送車に積みこんでくれ。ゴトゴトとどこまでも引ずつて行つてくれ。

俺は平然と引ずられてやる。

俺の肉はちぎれて勝手に泣いたり唄つたりするであらう。

然し俺は尙熾んに意志する。

×

蒼ざめた意志だなんてケイベツするな。書物に書いてある意志といふ言葉の意味とはまるで違ふんだからね。

詳しく書けば、正當な意味で蒼けば「倒れざる、衰へざる意志」だ。

だから蒼ざめた感じも與へよう。

市街戦「詩神」『太平洋詩人』第2巻第2号（1927年2月1日）

「詩神」

渡邊 渡

拾ひ讀みであるが、概して愚劣だ。雑誌全體に生氣がなく、呼吸がなく、時代性がない。それ故に愚劣である。

遇然にいゝ作品はある。

僕は、思想を、體系を、時代意識を詩に需めた。歴史的、抽象的價値を排斥して、切實な實證的價値を需めて詩作するが故に、如上のものを他人の詩の上に需める。

然しそれは藝術觀照の上の、價値感攝取の上の、便宜的構想に類似するものである。

僕らが詩を讀んで、最初から最後まで、検察してゐるものは、實感的な價値の證明——實證である。

それが、全部ではないが、重要な觀明精神である。

遇然に卷頭にある、野口米次郎氏の足下の世界——書かれた事柄は、違つても書かれた意志—意味はいつも同じだ。(いゝ意味で)どこまでも、僕等には時代的に對岸的な存在ではあるが、破綻のない心性の高い水壓目盛を讀むことが出來て溜飲が下る氣がする。

百田宗治氏、雪、夕暮は愛誦するに足る。無產詩前派の民衆詩より一進況地を偏藝術至上主義的に開拓したことを敬獨する。僕は氏の近作を殆んど讀まなかつたために、かつては反對の事を言つてゐたと思ふ。玆に訂正する。

田邊耕一郎氏——貧しい凡庸な勤人よ。と書き出して、奈翁の誇りとかがやきで、また、王子の誇りとけだかさで、高臺の坂を上つたり下つたりするのはよくないと思ふ。

齒を磨いたり、顔を洗つたりする君は、純朴で、聰明な、新時代の好適な詩人だが、一歩外に出れば、安價なヒロイズムに陷落する。

鷲島よ、とべ(佐藤惣之助氏)少し固くなつてゐる。

生活夫自身を躍進せしめるが爲めの精進であるべきだのに、單に聰明から來たる、謹愼であるが故に、僕等は、氏のかかる傾向を冷遇する。

手記

渡邊渡

1

東洋的ピューリタニズムの倒壞に就て――

闘争は最初に僕自身に對して開かれる。

革命の宣戰は、ブルジョアヂーの一城塞であり、カソリックの一妖怪であるところの僕自身の内面的な存在性に對つて發布されなければ嘘だ。

傳統的な、墮性的な、習性的な生命組織に於ける觀念學に對して挑戰狀を發すべきである。

×

僕の思想的倒壞、感情的恐怖、一切のセンチメンタリズム要素（東洋趣味なテムペラメントと宿命的郷愁感念、森林的觸感をもつ哲學要素、其他）の破產と解放、そこに白熱的な革命の第一次ペリカードがはじまる。

×

そして、いかに朗らかな、肉體性の解放感と、眞理への直線的進軍が僕の中で行はれるか！

×

そして、はじめて僕の存在は眞理への戰車として、社會的に確實な第一次の進出を達成する。

×

新組織計量數字に刺されて僕の骨はシバシバ凍傷を起す。

×

手術を終へた重病體のやうに、僕の個的存在は、頻死を告げてゐる。――正に、時代的寢臺の上に横たはる。

――氣息エンエンとして――

×

外科手術後の蒼ざめた生命塊は置き所もない。

そつと船に積みこんで小笠原島へでも運んでやらうかと思ふ。

原始的な海風が内臓まで吹きまくつてくれるといゝ。

ドイツ製の機械のやうに、シツカリとしたクランクを横つ腹にくつつけて歸へつて來るのは愉快だね。

×

註――

淺薄な、イージイな思想的推移はケィベツする。

生活への自我意識への、人生への、哲學をシバシバ變更する事――上部構造は思想的、境遇的風雪によつて毎日のやうに無論變更するであらう。――然し、下層部構造の安易な變形は、生活的基礎の薄弱を説明してゐる事である。

然して、いかなる思想的建築、思惟素材も、十年を經れば朽ちるであらう。

だから十年に一度宛全人生の態度を根柢から變更しなければならない。

ヤドカリの殻のやうに、無用の大思想を背負つて、チビリチビリ生きてゐる姿はみじめである。

十年の間、眞摯な探究的個の生命に宿つて朽ちない思想は、眞に時代夫自身の思想である。

さうだ、時代夫自身の正確な思想を生活基調として、功利的個意識を滅却すること以外に爲すべき事はないのである。

2

教訓的善根に就て――

時代的に、そして系統的に、修正補促されて來たあらゆる價値、無價値、有用不用の經典の窰から、人間性情の本來の欲情を力強く解放すべきである。

――野性に向つて。

――慢性的な善の教義から思想的惡の領域にまでゲキレツに突出すべきである。

×

教訓的善根を捨てずに時代的善根を把捉することは不可能である。教訓は、生活の迷信である。生活から情熱を抜き、意志を消して、思辨的な理念だけを、包紙のやうに殘すに過ぎない。

3

近頃本が讀めて來るやうになつた（それは、主に動物學と倫理學の本であるが）。

本を讀むといふ事は、智識を廣くするといふやうな功利的な意味ではない。本を讀みたい欲求夫自身が價値なので、毎日本を讀むやうな生活氣分と、肉體の狀態が好もしいものである。

僕はもう數年の間、本を讀まずに來た。本は無論だが、新聞も雜誌も生活から捨ててゐた。暦も、時計も捨てて來たんだ。

――エーダの雲が生き物である證據を掴むために――

×

彼は『滑らかな、澄んだ透明な魚の澤山居る川の岸に到達した。彼は、傾斜した堤に凭れ座つて、熱心に水中を見つめて、魚が完全な調和を保つて遊び歩いてゐるのを見た。………』そこで彼は……理解した。（人生に對して計畫を立てたのだ）。

×

そこで彼は、………

材木を盜んで來て、家を建て、夜店から白いバラの花を買つて來て家の廻りに植えて………

二年目にはバラの林が出來て、家がバラ臭くなる。

その林の中でブタを飼ふんだ。

そして妻を捜す。妻が來る。

昨夜、ロツホで酔つぱらひのロシヤ人が、怪しい口調で××チヤンの顔を正面から見ながら言つてゐた。

『毎日同じ顔が、同じ場所にあつて、毎日同じ氣持でそれ、見てるたいくつしゆる』

僕は泣つ面をして××チヤンの横面を眺めながら考へた。

――毎日同じ物を同じ氣持で見る心に俺は飢えてゐるんだ――

それは猫の子でも、シヤモヂでも、妻でもいゝんだ。流轉しない物質を持つてゐたいんだ。

×

正直なことを言へば、僕はいま或女性と別れて寂しいんだ。寂しいから朝から夜中まで、夜中から朝まで、ヤケに本を讀んでゐるんだ。僕に八十五パーセント、彼女に十五パーセントの愛したい意志があつたんだが今ではその十五パーセントさえ消滅した。

そして頁をめくつたらこんなことが書いてあつた。

(……此等の動物は、他の物と離れる時に悲しさを感ずる。それは人間に就ても同様である。斯くの如き本能の痕跡を有しない人間は妖怪である)

勝手にしやがれ！

[redacted]

釘（小品）『太平洋詩人』第2巻第3号（1927年3月1日）

釘

（小品）

渡邊渡

彼はそーつと蒲團を刎ねて起きた。そして靜かに、靜かに疊を踏みつけて戸外に出るのであつた。

彼は一人で、この郊外の寂しいところに家を借りて住んでゐるのだから誰に遠慮する必要もない譯だのに、その事をしようとする時に限つて、何か見えないものに監視でもされてゐるかのやうに、全身を凝らして、忍び出るのであつた。

その事といふのは、極最近に彼の最も重要な日課の一つになつてゐる事で、深夜、と言つてもたいてい午前三時から四時迄の間で、夜が宵の口の濁りをすつかりスリ落してしまつた時間になつて、彼は家を出て、家のすぐ横側の露地を曲つて、櫟林の暗闇に沿つて、四五丁歩いたところに、展開されてゐる草原――そこは何となく曠野の一部といふ感じの露骨にするどちらかと言へば荒々しい野原であるが、彼が、こんな深夜に限つて毎夜かかさずそこへ何をしに來るかといふことはおそらく今の世の中でどんな總明な頭でも想像する事さえ出來ないだらうと思ふ。

彼自身でさえ、彼自身に秘密にして置く事であつて、正確に言へば彼の五官の中に住つてゐる彼以外の存在者が、彼をそこへ引ずつて來て、手を放すのである。

實際晝間、机の前でぢつと考へると、夜のさうした仕草が全然彼の生活圏外の事實であるようにキッパリと思へるのであつた。

夜中に、さうして、彼が家を出る時には、きまつて、左の掌底に一握みの釘をシツカリと握り絞めてゐた。

そして原に來るとたいてい同じ場所に――別に目標のやうなものもないのだが、彼は、上手に彼の場所を捜し當てて、そして、毎夜同じ木の株に蹲み、同じ土塊をいぢり、同じ草の葉をむしるのであつた。

彼がどうして、此場所を定めたかといへば、それは最も秘密な感情で、且つ最も重大な事柄である。

普通の感覺で見ては、「何でもない事だが、彼は最近の肉體的な、氷のやうな寂しさ、ギユツと押しつめた心で、そこから胸を張つて野の果を見渡すと、密生した、林の切目がまばらな樹木の枝になつて、その枝を透して、地平線の邊りが、肉眼では見えないが靜かに明るく押し開いてゐる、そこの樹木の上に、特種な星座が、何とか星座と言ふのであらうが、枝々のすぐ上に、白く澄んでゐる。その方角が丁度、彼の戀人が住んでゐる街の海邊の方に當つてゐる。彼は原つぱの彼の場所に、かうして坐ると、肉體的に、朗らかなその方角の氣分を、蒸氣がさし登つてゐるやうに實感するのであつた。

尚彼の肉體細胞は、海の波の背や砂の犇きを、其日のままの悩ましさで感じた。

彼が其時間に其場所に坐ると、――彼はしだいに膝を合はせて、地べたに、ピツタリと坐るのであるが、――不思議に凡てが、時間的な、空間的な、明らかに數え得る隔りを無視して、實際彼女のすべ／＼した指を掴んでゐる實感で、彼の右肩は彼女の左肩にピツタリくつついて、悩ましくもみ合つてゐる肉のきしめきさえを實感するのであつた。

そして彼等は息詰るやうな海邊の砂の上で、足も手も砂にまみれて、二人の言ひ捨てた言葉も、思想も、二人の宿命さえも黒く砂にまみれて、何もかもが、やたら砂まみれになつて、今寂しく、ギシギンと詰つて彼の身邊に殺倒するのであつた。

彼は性來砂が好きであつた。啄木が掴んだ一握りの砂、――を彼はしみじみと掬ひ返へした。

彼の日も砂を掬つて見た。彼女の目の前で砂を手の平に乘せて、そして捨てて見た。

すると次第にその砂が血生臭くさえなつて來るようであつた。何だか、ジヤリ、ジヤリする音が、骨でも削つてゐるやうに響いて來て、思はず、手の平から捨てた。

其日の砂は、殊に、灰黒の重たい、細いとがつた砂で、ぢつと載せてゐても手の平が傷むやうな砂であつた。

彼は其日、彼女と二人で、彼女の家に行つて、奥座敷で、火鉢をはさんで、彼女の父親はキセルでタバコを吹かせながら、そして彼は、バツトを猛烈に吹かしながら、ほんの少しの間話した。

然し彼は、火鉢と一緒に、階級と時代をさしはさんで話さなければならなかつた。

そして、其部屋で父親と話しながら、彼女を、靜かに眺めてゐると、やはり一種のブルヂョアヂィの砂を掌に載せて眺めてゐるのであつた。いくらもみつぶさうとしても掌に溶けこまない彼女であつた。

尤も牡としての彼の感情の大部分は、牝としての彼女と共同の水道の水みたいに、申分なく浴け會つてゐるのであつたが、彼の生計や、社會的な所在が、其奥に嚴として、蟠まつてゐた。

そして結極、彼女の存在と、彼の存在は、もみつぶして粉にしても溶け合はない刺のある砂々であつたんだ。

かうして、彼が、身體にぢかに、温つたかく、高貴に着てゐた彼女といふ着物は、即日剝ぎとられてしまつた。

×

彼は右の掌に握つて來た釘を一本とり出して、大地にブスリと刺しこんだ。そしてカラダ全體で、靜かに呼んだ。

（彼女の左の胸だ！）

そして、釘は次第に夜の更けるに從つて右の胸、手、足、腿、××、へと鋭く刺しこまれて行つた。

そして最後に殘つた一番大きな釘を彼女のミケンにしつかりと打ちこんだ。

■手記

渡邊渡

1

これは黑四角手記である。

これは或る時期に於ける（現在である）僕の內的鬪爭の、宣戰の、破壞の記錄である。

僕の思想母體、生活母體の開展の記述である。

そして、主として、如何に惱んだかの、述懷的記述でなくて、如何に行爲したかの、破壞的生活戰野からの報告書である。

雜草的な命題だけを書きとめることもある。それは、次に來たるべき戰野に於ける題目である。

×

ユーモリストとして出發するか、行動的實證主義者として出發するかである。

2

僕は、左頸部動脈の上にチョウといふオデキが出來た。聞くところに依ると、チョウが動脈の上に出た場合は、急死することがあるさうである。

今ヅキン、ヅキンと痛みが全身に響いてゐるんだが、ぢつとガマンしてゐる。

生か死かと言へばやつぱり生だと言ひたくなる。

だが近頃のやうに鈍重な不幸が續いてやつて來るんでは生存の生地が弱つて來たやうだ。

生きてゐるのがメンドウ臭くなる。

だが死ぬるとなると、ヤケに愛着が此世の上に殘るのは事實である。

オデキが今夜もつとひどくなつて、明日あたり急に死んでしまへたらどうだ。むしろさうだとすると、心持が簡單に仕末出來ていゝかもしれない。今死に時なのかしら。これも一種の認識だ。

だがもう少し生き伸びたいのが本音だ。

神様、おとなしくするから、もう少し生命をとらずにおいて下さい。

3

ふとした出來心から、カスバートといふカソリックの司祭である人のフランシス傳記を讀んだ。

今時分、かうした人の傳記書が、僕を動かさうとは信じ得ないことであつたが、事實は反對で、一氣に讀み終へてから後、肉體的にも精神的にも、おそろしく朗らかになつて來て、おどつたり、うたつたりしたい激動さえ感じて來た。

何といふ氣持の惡い反語であるか。

×

此の書のフランシスの生活への科學的、分析的理解。は、從來のフランシス傳記記者、ヨハンネス、ヨエルゲンセンや、ポール、サバチエの遠く達し得ないところである。

×

そしてこの書には、何よりもフランシスの生きた世紀への批判が、嚴然と記述の背後にあつて、時代惡への痛烈な叛逆者として、時代正義の勇敢な戰士としての、一つの純良な、そして斷固たる魂の進展の記錄が克明に書かれてゐる。

そして宗教概念を一蹴し去つて、ひどく人間的で、動物的單純で行爲し、捷利し、凱旋して行く、俗界の一非天才人の血を以つて書かれた傳記である。

彼の妻はクララであり、彼の情人は、ローマの寡婦であり、彼の性慾は、兩性派生の根柢に於ける叡智にまでつきとめて、解決を求めてゐる。

4

いい本を讀んでいい氣持になつたりするのは、やはり肉體的の作用だと思ふ。殊に主として血液の作用だと思ふ。

僕がフランシスを讀みつづけてゐる間中、カラダが、神經的にムヅ、ムヅして、焦々して、ぢつと坐つたり寢たりして讀んでゐられないんだ。だから僕は、夜中に部屋中歩きながら讀んだ。

こころで、いよいよ讀み終つて、あつたかいメシを食つてしまうと、ひどく爽快な氣持になつて來た。それは、讀んでゐる間、カラダ中がイライラした反作用だと思ふ。

それで僕は機械を發明したいと思ふ。

何でもいゝから、目で見るか、耳で聞くか、カラダで觸ることによつて、血液のジュンカンを惡くし、イライラさせる機械をこしらへて、人がいゝ氣持になりたいと思ふとき、それを使ふと共後じ直ちに、最初の接吻の後のやうに、心氣爽快になつて、人生が新らしくなつて、生活意慾が熾烈になつて、計畫を立て、實行力を與へ、生活の中に理想が生きて來て、凱旋のやうに人世への出發が開始されるんだ。

さういふ機械を夜店で、それを必要とする人に、實費で賣ることにしたら、人類の生活が簡單に幸福になれるだらうと思ふ。

5

前月、萩原君と野川君とが僕の詩について書いてくれた。意外なところに知己があると思つた。

草野君は、中野君に何か書かれたのが誌面でやつつけられたはじめての經驗だと言つてゐる。

僕の場合は、誌面で推賞されたはじめての經驗なんだ。いつもやつけられるか、默殺されるのだ。今後も多分さうしたことの繼續だらうと思ふ。

それでも僕は割合に元氣だ。

だから、人は僕の事を押の强いやつだと言ふんだ。

それでもいいんだ、その方がいいんだ。僕のやうなパッとしない人間の仕事や誠實は、潜伏的價値に屬するものであることが、豫め約束されてゐる。

　然し一言にして言へば僕はそんなのはきらひだ。

　こき下されたり、おだてられたり、またこき下ろされたりしながら、本質的自我を、絶えず把持し、整理し、躍進させてゆくのが最も新らしい抵抗的な生活様式であると思ふ。

×

　だが、斷じて、自分の存在をみすぼらしいものとして考へたくはない。

　スバラシイ人生的誠實、最大量の情慾的潜勢力と關聯して自分の存在を考へてゐたい。

　その意味からでも少數の知己を同時代に求める。

編輯後記

渡邊　渡

□僕が詩的精神の大衆的汎濫の實際運動を標榜して立つてから茲に一年を算した。

□去年の五月僕が「近代詩歌」を創刊した當時は、身邊の知己を煽動してやうやく雜誌の形をこしらへたのであつたが、今度「近代詩歌」を止して「太平洋詩人」を創めることに決まると、熱矢のやうな奮激の手紙が、全國の若い詩人から毎日數十通も飛びこんで來るので少しおどろいた。

□原稿を依頼した人達もみんな快く書いてくれた。おかげで今月は現詩壇の俊鋭をセーヴすることが出來て本誌の出發は、先づ熾んなる祝祭によつてはじめられた。

□今月は創刊號だから詩友欄が、揃はなかつたが、來月からは本欄と步調を合せて進ませてゆきます。

□日曜日を面會日として、僕の書齋を解放しますから遊びに來て下さい。

編輯後記　『太平洋詩人』第１巻第１号（1926年５月１日）

編輯卓上

渡邊　渡

▼最近僕に二つの悦びがあつた。その一つは、畏友岡本潤君が、わざ〳〵京都から出て來て、本誌の仕事を援けてくれることになつたことである。彼の友情は、やがて、雜誌の上に滲み出て來て、新興詩人の一大結束となるだらう。もう一つは尾崎喜八氏からの突然の書簡である。

「君はどうしてゐますか、君の事を僕はいつも思ひ出してゐる。勇氣と希望とをもつてやつて下さい。人生の炎の道。それは僕等の運命です。しかし、この運命が又何と僕等の信念にふさはしいか！

渝らぬ友情にて

尾崎喜八」

この手紙はずいぶん僕を元氣づけてくれ、切ない氣持にさえしてしまつた。

▼「やはり野に置け……」はずつと續く豫定です。

▼高村光太郎氏、生田春月氏もこれからはだいてい毎月何か書いてくれます。

▼詩壇時評は伊福部氏に一任することにした。

▼赤松、佐藤、小野、其他、從來の執筆者諸氏は無論筆采を新たにして毎月書いてくれる

＊

▼マリアン・バーラーは誌上喫茶室です。この邊りでヘツラツたる生氣を見せて下さい

編輯卓上　『太平洋詩人』第１巻第２号（1926年７月１日）

編輯卓上

渡邊渡

▼「近代詩歆」が六月きり廢刊になつたことは當然の歸趨である。詩の雜誌が營業として成りたたないことは最初から判つてゐることであつて、ただ特殊の熱情によつてのみやうやく成り立つものである。小劇場的な組織によつてのみ、――觀客と演技者の――讀者と作家乃至發行者との間の有機的な結合に依つてはじめて、成り立つて行くものである。

▼僕らの雜誌は尠くとも發賣者と購讀者の關係の上に立つ店頭の商品ではない。

▼いよいよ、第一回の年鑑詩集を發刊することになつた。標題は一九二六年詩集である。年カン日本詩集に對抗するの意味ではない。日本詩集とは、全然異つた意味で、自由なそして廣汎な現代詩人大集成としての紀念碑的な出版である。

▼執筆者は全國的に廣く需めた。藩閥的なケチなものにせずに、一目見ただけでも、清爽たる感じのする、時代の產物として、作り出したいと思ふ。

▼近代詩歆以來、ずつと引つづいて、投書して來た人の中には、少數の貴重な詩人がある。其人達に對しては、編輯者としての僕の態度があまりに嚴酷であつたやうだ。特にそれらの人はこの集の出版を機緣に、漸次に實質的な價値を世に問ふ機會をもたせてあげたいと思ふ。

編輯卓上　『太平洋詩人』第1巻第3号（1926年9月1日）

編輯卓上

渡邊渡

今月から太平洋詩人協會を東京市牛込區新小川町二ノ八ミスマル社内に置きます。

×

小石川表町の家は終に解散した。

毎朝床の中で、バットを吸つてゐると、近くの、淑德女學校へ通ふ少女達が僕らの家のカンバンを見て「太平洋に浪高し……」と唄つて行つたものだがとうとうツブレちやつた。

地下室が一間あつて、共同便所のような家――その家での不思議に鋭い生活と、さまざまな出來事と、乃至は、その家で爲された仕事――その仕事の全景は、いま机上に置れてある三册の雜誌に過ぎないのであるが。……

ここに決算的な思考を爲すならば、おそらく損失するところが多くて、獲得するところの少い、生活であつた。

然し僕らは、あの家で營んだ、社會への、人生への、子供じみた戰士的生活の半年を永く愛惜したい。

惜み、愛し、結合し、排斥し合つた生活であつただけに、感慨が一入深い。

×

解散、ポツ落。一人宛勝手に去つた……最後に僕と太平洋詩人協會の大きなカンバンと二人だけが殘つた。僕は仕方ないからカンバンを引つけかついで、坂を下りてミスマル社に出かけて行つて相談した。僕はここで景氣よく出直そう、新らしい日を迎へて、新らしい仕事をどしどしやつてゆかうと思ふ。

僕は今住所不定だが、其内どこかへ落ちつくだらうと思つてゐる。手紙は凡て、ミスマル社内 太平洋詩人協會で下さい。

編輯卓上　『太平洋詩人』第1巻第4号（1926年12月1日）

編輯後記

渡邊　渡

□前號は發賣禁止になつた。

□新興詩壇の眞心良心が太平洋に保存されてゐることは、誰しも認める平明な事實であらうと思ふ。

□我々には今、何物にも遠慮してゐる場合でないと思ふ。明らかに我々の時代が、來たことを感じる。我々は卒直に我々の信念を行爲しいてゆきたい。

□我々と共に歩く人は傑友として握手しよう敢て我々と歩みをわかつ人は、共に語るに足りないものとして輕蔑しよう。
其點に於て我々は單位敢行である。

□合評記事は、會其物も、不完全であつたが、筆記もまた、會其もののように不完全であつて、出席者に甚だ、氣の毒である。

□たくさん詩の雜誌が出たが、太平洋詩人が一番、權威があつて、堅實新鮮で、內容多量で、質もまた、優れてゐることを、自負する、誰も、異議を稱へないだらう。

□女性詩人は本月から、本誌に合併しました。同人及讀者諸氏に、本誌紙面を借りて御挨拶申上げます。

□今年は、住所不定の爲に、年賀缺禮、惡しからず。

□僕の生活事實は、今可成、悲壯で。孤寂である。だが、それはこの雜誌の使命に少しも關係のないことである。

編輯後記　『太平洋詩人』第2巻第1号（1927年1月1日）

編輯後記

渡邊渡

□本誌が次第に、充實、前進してゆく途上にあつて、より若い人達との提携のために、一般投書雑誌の形式を踏襲することを余議なくされて來ましたが、現在のやうに、詩壇の第一機關として、一般から期待されるやうになつて、我々と行を共にされた、若き人達も、漸次内面的にも成長されて、今では、多くは其詩作途上に、他人の介在を必要としないまでに高められて來てゐることを痛感します。

□從つて、投書欄と言ふものが、不必要な形になつて來ましたから、次號から、斷然、從來の投書雑誌形式を打破して、編輯方針の上にも、一切の啓蒙的精神を捨てて、公器としての存在價値に立脚することにしました。

□但し、讀者諸氏の切望によつて、僕の選と野口氏の民謠の欄とを詩面の一部に殘存せしめることにしました。

□僕らは、從來の詩の雑誌のやうに我々の時代の詩に至る精神と全然關聯のない、老大家の贅作をもつて誌面を粉飾することを恥ぢる。どこまでも我々の時代其物の彈力をもつて進めてゆきたいと思ふ。

□僕は性來、有名なヅボラであつて、大切な編輯上の事務を怠慢、停滯せしめていけないので、今月から、事務的な方面を嚴格な點に於て有名な福富菁兒君にカントクして貰ふことにしたから、今後は、絶對に停滯や間違ひはないと思ふ。

□次號から毎月地方同人雑誌の批評を福富君がやつてくれる。

□地方詩壇の情況も順次載せたいと思ふ。

□今月は、原稿山積の狀態で、增頁したが、それでも尚、新島氏の小説と僕の小品を載せることが出來なかつたのであるが、來月からは、二三篇宛是非共載せてゆきたいと思つてゐる。

編輯後記　『太平洋詩人』第2巻第2号（1927年2月1日）

編輯後記

渡邊　渡

□今月は、はじめて四篇の小說を載せることが出來た。これは僕の當初からの宿望であつたが、いつも頁數の關係や何かで實行することが出來なかつたのであるが今後は毎月載せて行きたいと思ふ。

□詩人が、詩の形式以外で何も書いてはいけないといふことはないと信じる。書かない方がいゝと信じる人は、書かない方がいゝであらう。書いてもいゝと信じる人は書いた方がいゝであらう。書かなければ嘘だと信じる人は、積極的に進出して行つた方がいゝだらう。

□僕の信念からものを言へば、何故に從來の詩人は、あゝした短かい行數の中に蟄去してゐたのであるかを不思議に思ふのである。

□創意的な詩精神を、小說、戯曲の形式にまで開展して行つて、スケールを失ひ、情緒を失ひ、變に抽象的になつてゆくやうでは、詩人としてもダメであると思ふ。

□尙、從來の規準に據る詩劇や、散文詩や、敍事詩を書くためには、現在の社會生活はあまりにリアルである。

□僕らはさうした神秘主義や、リリシズムの殘鬼をどこまでも持ち歩かなければならない理由はないと思ふ。

□だから今時分詩劇や敍事詩を書く人を僕としてはケイベツするのである。

□僕達のこの雜誌は、故意にではないが、自然に一種の戰線が張つてゐる。そして可成に好戰的態度でもあるだらう。

□然しそれは僕達の把持する精神の質的特色であつて、方法論的意圖ではない。

□僕達は作意的共同戰線は排斥するが此種の潛伏的な共同戰線意識は大體に於て肯定するのである。

□僕達はかうした明白な理由の下に好戰的なのである。だから變にヒステリシクな孤軍奮鬪的な惡戰はしない方がケンメイである。

×

□來月から全線的に月評戰線を敷く。

□福富君が病氣の爲前月豫告した地方詩壇の批評を載せることが出來なかつた。

□野口氏の選稿は二三日後れてとゞいたので來月に廻した。僕のところへ送つてくれた分も來月からは本欄に組むことにしたい。

編輯後記　『太平洋詩人』第2巻第3号（1927年3月1日）

▼編輯手記

渡邊　渡

▼本誌は、社會的存在としては、一營業雜誌であり、詩壇の公器であるけれども、ただそれだけで終つてゐるものではない。

▼内容をよく讀んでくれて、此雜誌と共に歩いて來てくれた諸兄は、よくわかつてくれると思ふが、〝本誌の最大の使命とするところは、無產階級詩人の全詩壇的、文壇的進出の爲の第一機關たるにあり、最も大きな動脈となつてゐるものは、アナーキステックな詩的精神である。

▼かかる詩的精神の全詩壇的開展を期する爲に、本誌を基點として、全野に亘つて、我々は花々しい戰線を張りたい。

▼詩壇程封建的斷哉的精神の露骨に殘つてゐる社會はないと思ふ、さうした時代錯誤な地盤の上に、新時代的詩業を建築してゆくことは不可能である。だから我々は敢て、月評戰線、詩人月旦戰線を敷くことにしたのである。

▼そして次第に第二段、第三段の進出と展開に、轉化してゆくであらう。

▼從來詩の雜誌は犧牲として成り立たないとされてゐた。そこへもつて來て、我々が敢て旗幟を鮮明にする場合、經營的困難に陷ることは言を俟たない。で讀者諸兄も、一般の雜誌に對する氣持から離れて、もつと有機的に近寄つてもらつて、結束と寛容につとめていただきたいと思ふ。

編輯手記　『太平洋詩人』第2巻第4号（1927年4月1日）

不可解な存在　『新喜劇』第2巻第7号（1936年10月）

不可解な存在

渡邊　渡

仲澤君と知り合ひになつてまだ一年も經つか經たないので人を識る事も淺く、噂に聞くその廣大な演劇的經歷に就いても殆んど知らないので、斯らいふ場所で私などが筆を採るといふのは當を得たことではないと思ふのであるが、人や藝術を語るのには何もそんなに長いつき合ひが是非必要だといふわけのものでもないだらうと考へて何か一言申し述べて見たい氣になつにのである。

仲澤清太郎といふ人を知るためには、彼の原稿を見ればいゝのではないかと思ふ。

彼は、原稿用紙を裏がへしにして罫（けい）のかたのあとに鉛筆で書いてゆくのである。しかもその書かれた文字が楷書で木版のやうにきれいである。彼は夏は浴衣を着、冬はドテラを着て、その原稿の字のやうな格好できちんと机の前に座はりこんでたんねんにかきつけてゆく、奥さんの話に依ると、一冬の間にドテラを三枚位、膝をつき破るさうである。

仲澤清太郎は、この机の前に座つたやうな構へ、云ひかへると彼の原稿の字のやうな構えで人生に對してゐると云ふことができるのではないかと思ふ。

さうかと思ふと、甚だくだけた一面もあつて、作品を透して見るやうな揶揄すべきエロテイシズムも、人間的にも持つてゐるやうな氣もするし、――斯らなると、やはり仲澤清太郎は僕にはよくわからない。存在である。やはり一年位のつき合ひはわからないのかもしれない、もつと古いつき合ひの人からの感想を聞かせてもらはなければならないのであらう。然し若しかしたら彼は十年つき合つても二十年つき合つても正體のわからない不可解な存在であるのではないかとも思ふ。

ただこれだけのことは私にも云へる、彼は、非常に至性純良の人であることと、文學的素質の豊かなものに惠まれ、演劇人としては、島村君に且つて、構成派の舞臺の倒れ方を敎へたりしたこともあると云ふ程のその道の先達であるから、われ〳〵にとつては信頼して頼ることのできる演劇道の先輩の一人であるのには違ひない。

新喜劇と社會性

渡邊渡

従來「新喜劇」の誌上に發表された「新喜劇」に關する多くの論評は、たいてい外部の人の筆になるものであつて、「新喜劇を多く觀てゐないが……」といふ樣な前提の下に論ぜられたものが多かつた樣である。その點になると私などは新喜劇作品の主なるものはたいがい見て來てゐるし、同人とも個人的に絶えざる折衝を重ね謂ば新喜劇のといふ液體の中に生活してゐるやうなものであるから、新喜劇論を成さうとする場合にも、演劇人として淺いことも或はその點で補つてくれはしないかとも考へるのである。殊に新喜劇のやうに、短期間に急速に種々の問題の解決を迫られつゝある仕事に於ては、一層親しく過程的な無名作品にも接する期會を持たなければ、或は理論が空轉するおそれがないとも限らないのである。

これは新喜劇の誌上に物を發表された人達に向つて云ふのでなくて、その圈内にない、もつと外廓での批判者の爲に用意しておく言葉であるのは無論である。

さて、われ／＼は新喜劇の第一期といふ言葉をしば／＼用ゐるが、第一期と云ひ第二期と謂ひ、それには何ら確然たる根據があるのではないが、假りに雜誌發刊後と發刊以前とを比較するならば、同人及、一般新喜劇作家の創作態度に判然と區切りをつけることができると思ふ。卽ち雜誌發刊以前は、多くは需用供給の制約の下に出來上つてゐたものでこれを第一期とするならば、雜誌發刊後は、明らかに、意識して一つの、或は幾つかの方針のやうなものを數へ上げることができる。この期間を便宜上第二期と云つてもいゝのではないかと思ふ。

意識的な方向と云へば、例へば、大劇場に適應すべき脚本、または社會性の具備といつた様なもので、更に社會性の具備と云ふことの中には諷刺劇的な道への要望と時事劇的なものへの要望と云ふやうなものが數へられる。が、第二期に於けるそれらの點に關する成果のあとをたづねる前に、ここでもう一度、方向なき時代の發生當初の新喜劇について確然たる自己認識を持つておくべきではないかと思ふのである。

この時期に於ても、新喜劇は既に多くの民衆的な支持を受けてゐた。（單に小市民層の支持と從來規定されて來てゐるが、さうした見方は正當でないといふ點にも觸れてゆきたいと思ふ）そしてまた愛されてゐたところの新たなる演劇ジャンルであつた。

それが何に起因するものであるかに就ては、從來、その日常生活性と現代風俗性といつた様なものが主として擧げられてゐたと思ふ。が、私が特に發生期の新喜劇の特性として云ひ足しておきたいと思ふのは、それらよりも、もつと根本的なことで、後の社會性の問題、大劇場向の脚本としての困難性とも密接に關聯を持つものでありながら、何故か一般に看過されて來たところの、テーマの上に於ける、新喜劇のみの持つたモラルとも云ふべきものに就てである。

此語は適切でないかもしれないが、一層具體的に云ふならば、日本に於けるブルジョアジイの勃興の過程に於て、或はそれ以前の封建制下に於ての道義觀、――キリスト教的道德觀及び、封建的道德觀に大きな改訂を加へようとしてゐたことを見のがしてはならないと思ふ。

殊にそれの男女問題に就ての全く新たなる相貌を新喜劇は示して居る。

新喜劇には男女問題に關する限り、イノックアーデン的道念もなければ、近松的理念も共に破壞され放棄されてゐた。

かつて、この國の大衆に變革の可能が信じぜられた。そしてあらゆるの社會主義理論が一致するところの原始共產制下に於ける社會生活への憧憬を民衆は一時的によせ持つた。そして前衛的な仲間にあつては、將來社會に於ける生活の見本に類するものそさへ持つたのだつた。然し、やがてすべての可能は彈壓下に逼息して民衆は、すべて絶望に陷ちたそして無意志となつた。

が、原始共產制の下に於ける男女關係に類するものを大衆はムーラン・レージュの舞臺に見出して、その客席を充たしたのだつた。以上の理論が正當ならば場所や一時的適應性の關係で一部小市民層の外衣の下に起されたものも、期會が自由であるならば、その時期に於ける一般大衆の支持を受けるべきものであつたのだ。

私がここに擧げた理論を特長づける證左となるものは、新喜劇の舞臺で成される戀愛、その他の人間關係が、既製のあらゆる道念を破壞しながらも尙且つ、頽廢と區別されるべき一つのモラルを失つてゐないといふことである。それを見逃してはならぬと思ふ。

世上で發生期の新喜劇を目して漠然とモダニズムの演劇と成す者が多い。が、モダニズムなる語意を單にアメリカニズムと解するならばこの云ひ方は當つてゐない。ソヴエツト、ロシアの生活が持ち來たらしめたものもまたモダニズムの大きな要素と數へるならば私の云はうとすることと少しも背馳しない。

ともあれ、社會的動因はおくとしても、結果された發生期の新喜劇の持つモラルは、他の世紀末的頽廢の諸現象と峻別れさた上で、その日常生活性と共に、演劇ジヤンルとしての新喜劇の積極面には相違ないと思はれる。が、同時に多くの消極面があつたことは明らかである。演劇としての致命的なものさへも幾つかは數へ上げることができるであらう。

先づ最初に眼につくものは、新喜劇の特異のテーマなるものが、社會的具體人物に依らずして、肉と皮と骨を脱きとつた感覺だけの行動として舞臺で動くかの觀を呈してゐた。要するに一つの童話に過ぎなかつた。

第二期の當初に於て新喜劇同人に課せられた課題は、この童話をいかにして健全なる大人の劇にまで引き上げるかにあつたと思ふ。そして定められた努力の方向が、大劇場への進出と、社會性の具備と云ふやうなことになつたのではないかと思ふ。

で、私は玆に第二期に於ける努力の成果を檢討して見ようと思ふのであるが、最初に氣のつくことは、それが餘りにせつかちに過ぎ、新喜劇の積極面、殊に、新喜劇の持つモラルに就ての文化史的意義や社會動因に就ては考察を置き忘れた形があつたと思はれる。その爲に多くの努力を空しい效果になつて殘された例を私は幾つとなく見て來た。

その著しい例は新喜劇が新宿座を出て他に移るに從つて、新派的なモラルを取り入れたことなども數へられる。が、これは著しい積極面の放棄で、新喜劇の自己解體作用に外ならぬと私は觀てゐる。

　大劇場進出の行程としては、さし當り歌舞伎的技巧の修得とか、其他、多くの本質以外の方法が幾多考へられると思ふ。ここで、本質的な特色の放棄までしようとするのは、新喜劇の正しい成長の爲に採りたくないものであると思ふ。

　社會性の具備と云つたやうなことは、それに比して遙かに本質的な題目である。がそれだけに一層困難なことでもある。この方向への從來の努力のあとを見るについてもやはり前の場合と同じ、積極面の自覺の弱さを私は痛感するのである。

　新喜劇の社會性の具備——といふことに限つては、これはむしろ直接には新協劇團等の進歩的な演劇運動に於ける或時期の動向に刺戟されて成されたものではないかと思ふ。が、ひとり演劇に限らず一切の文化的な仕事が、同時代の進歩的な分野からの影響を受けて育つことには何の反對も持つわけのものではなく、反つてさうでなくてはならぬことを私は主張するものである、が、新喜劇の内部での從來の努力の方向のあとを訪ねる場合に、新協など左翼的な演劇團體の持つ歴史と經驗と、それの新喜劇の場合との相違を見落したかの觀を私は見受ける。トランク劇場、前衞劇場以來十數年間、この國のマルクス主義の活潑な政治鬪爭の線に沿つて育つて來たこれらの劇團の現在の社會狀勢下に於ける仕事の性質と、全然別個の發達の過程をもつ新喜劇のそれと、無機物の如くつぎ合はせようとすることは自己喪失の行爲である。

　が、さうした多くの過誤、失敗に關らず、この方面への努力の意圖こそ、新喜劇の最も良心的な面であることには無論異論はない。この面に於てこそ新喜劇は發展の道を見出し、世紀の要望に答へる健全な演劇形態を創造することができると私は信じるものである。だからこの方面の仕事に對しては私は、絶えず最大の關心を持するものである。以下この面に於ての特に重要な仕事に對して檢討の筆を進めたいと思ふのであるが、ここまで書いて來たことは、その爲の前提と考へてもらつてさしつかへないものであり、同時に斯うした前提のもとに論ずるものであるから批難の場合もまた根本に於て同意の立場にあることを了されたいのである。

　先づ最初に問題作「塀の一生」であるが、他の多くの新喜劇同人がいたづらに既得境地の保守に浮身をやつしてゐる間に、ひとり伊馬氏が、この作と云ひ、また「地下街で拾つた三万圓」と云ひ、勇敢に「諷刺劇」「時事喜劇」と云つた至難な新分野に突進して行かれることには人間的に襟を正させられるものがある。が、それは別として「地下街で拾つた三万圓」はしばらくおきこの「塀の一生」は當時の世評よりも一層低く私は買ひたいのである。その理由は、前に云つた新喜劇と新協劇團などの演劇的閲歴の相違に關聯して考へられることであるが、この作に對して私が云ひたいことは、これは「諷刺劇」の形態はとつてはゐないが、新喜劇十二月號の上代利一氏の「江東おから新聞店」に就いて見ると一層はつきりと浮き出されると思ふ。

「おから新聞店」は、新人中、隨一の名にそむかず上代氏は溜飲の下るやうな腕の冴えを見せて觀客を最後の場面までつれて行つてくれた。が最後の場面となつて、社會主義的意識をもつた苦學生の配達夫が、いろんな金の必要にも關らず爭議の手傳に最後まで一人がんばつて行かなかつた。あの場合、とつてつけたやうな目的意識的なものが作から遊離して滓(をり)のやうに殘つた。あの場合、苦學生は苦悶の末最後にやはり行くやうにしたら、さうした滓はのこらず作者の意圖は充分に觀客の胸に達せられ且つ、文學的重厚さもはるかに得られたのではないかと思はれる。

これが新協劇團などになると「トランク」劇場當時からの十數年の運動の歴史が體内に生きてゐる。目的意識的遊離はとつくに克服されてゐる筈である。新喜劇が體質的に持つべき社會性は自ら他にあると思ふのである。「塀の一生」には「おから新聞店」のやうな判然たる目的意識性は見出せないとしても、やはりそれに類する物を見受けられるのである。これは現在の客觀的な社會狀勢に對する認識を欠いたものであり、現在の世界の苦悶の姿に對する正確な見方に立脚してゐないものであると私は斷ずるのである。

要は作者の生活に内在する社會性であつて、社會性なるものは生活的に把握する意外にその作を高める結果にはなり得ないと思ふ。これは既に一般的に云ひ古された言葉ではあるが、新喜劇の社會性を考へる場合、この言葉がもう一度眞面目に考へ直されなければならないことではないかと思ふ。

むろん或特定の時機に於ては、或は生活を離れても高度の意識を盛らなければならぬ場合もあつたかもしれないが、拙くも現在はその様な意味の限りでは特殊の時機ではないことは明らかである。

小崎政房氏の「吸殻往生」を觀た時、私は驚嘆に近いものを感じた。よくも、これだけ嚴しく書けたものだと思つたが、やはり、私はこれに對しても、他の一二の人達が云つたやうな最大級の讃辭を呈する氣にはどうしてもなれなかつた。やはり一種の意識過剩を感じて小崎氏の作家としての體質は以前の「古風な戀物語」のやうな作の上にあるもので「吸殼往生」は、幾分體質を離れた仕事であるといふ感をさせられた。

斯う書いて來ると、新喜劇の社會性の面に於ける仕事はすべて失敗であつたごとき印象を私の文章は爲してゐると思はれるが、それはより高き境地に於ての完成をのぞむ意味から云はれるものであつて、これらの作こそ、新喜劇全體がマンネリズムに陥落しようとしてゐる危機を救ひ、各人の作家的魂を鞭つた第二期に於ける記念すべき諸作であつたのだ。

捕はれざる立場に於ての時代への認識をもつならば、現代は殆んど人類文化史上に於ても最も深刻なけはしい姿にある。もはや從來の如何なる原則的思考を持ち來つても間に合はない時代である。

新喜劇が第三期とも云ふべき時期に於ける出發點として考へられる諷刺劇、或は時事喜劇などの題目についても、全然發達過程の異つた他の演劇分野に對しては嚴然たる批評的態度を持して、日常性の强調、モラルの新樣など新喜劇の積極面を失はず各作家の體質的な線に立脚して、兼ねて新喜劇全體としての獨自の姿を劃しつゝ、今後の發展の方向を辿るべきであると思ふ。

締切間際の悤忽の間に草したものなので、抽象に走り、獨斷に陥ちた點も多いと思ふ。いづれ時を見て訂正したいと思つてゐるが、ただ、玆には新喜劇同人の一人としての私の意圖のあるところを汲んでいただけば幸である。

芸術と入場券『新喜劇』第3巻第5号（1937年5月）

藝術と入場券

渡邊渡

先日、矢野文子の舞踊發表會を觀に行つた。舞踊に就ては何等の基本的な知識も持ち合はせない私ではあるが、觀て感じたところを述べるのはさしつかへないであらうと思ふ。

幕があいて最初に驚いたのは、日本女性として稀有なダイナミックなその肉體の美であつた。かういふ肉體に眼で接するところを得るだけでも、生き甲斐だと、私は彼女の舞臺を見て感じたのだつた。ほそ〴〵とした彈みのない裸體を一束にして見るよりもかうした力強いものを一つだけ舞臺において觀てゐる方がどれだけいゝかしれないと思つた。體の中でも手と肩が特にいゝと思つた。

彼女の體が動いてそこに起るリズム――に就て云へば個性的なものは未だ餘り強く感じられないが、基礎的なものとしては、實に豐かなものを受ける。尠くとも、藝術であつて、それ以外のものでないことは確かである。

が、私がここで考へて見たいことは、矢野文子の肉體に就いてでもなければ、その舞踊としての水準に就いてでもない。かうしたどちらかと云へばモッサリした藝術が現代に存在するといふ事に就てである。

甚だ失禮なことであるが、私は幕間に二階の招待席から下の客席を見下ろし來てゐる觀客がどんな風にして此の會を知り今夜ここに來たのかと考へて見た。そしてすぐ會員券のとぢたのを友人から友人に賣り歩くといふ方法を考へた。さういふ會員券を買ふ人はたいがい非常に裕福な家庭の子女であることも合せて考へた。

中世紀の偉大な音樂家達は、多くは宮廷に抱へられてその經濟的庇護の下にあゝした作品を殘したのであつて、直接に民衆の中にはいつて生活の必要から需められたものではなかつた筈である。

これで、よき藝術はいつの時代にも特定のある階級の層の經濟的庇護の下に立つ事を約束されてゐるかもしれないと思つた。

この觀方から演劇の場合に於ける同樣の問題と考へて、新喜劇の客受けとか客筋に關する問題を引き出したかつたのだが、茲で枚數が盡きた。

演劇と僕　『新喜劇』第3巻第11号（1937年11月）

演劇と僕

渡邊渡

十月號に脚本を書いて、親しい友人たちからいろいろの批評や、感想や、奬勵を受けた。私は自分の書く脚本は、まだ〳〵、ひどく物足りない感じがするのである。もつと、生活の骨かくに近きにある物を出せぬものかと思ふ。せめて自分の肉の一片のそれに皮のくつついたやうなものの一つでも、一篇の中のどこかに、打ち出せたらどんなに心樂しいものであらうかと思ふ。

が、まだ、演劇の世界に入つて日も淺く、毎日の暮しの爲に、硏鑽も思ふに任せぬ間にあつて、ともかくも、此前の作よりは進境を見せて來たと云はれるだけでもめつけものである。

何よりも、こうして、作を發表すれば、直ちによんでくれて熱心に批評もしてくれる友人たちを多く持つてゐるだけでも、得難い事であると思ふ。

殊に、ともあれ、脚本としての形を持つものを書いたといふたけで、私の爲に心からよろこんでくれる友人も知人もあるといふことは甚だ生き甲斐を感じることである。

此の温床に於て自分の中に育つべきものあらば育てたいと思つてゐる。

私は敢て一世を風靡する傑作を書からなどとは希はないが、せめて、自分の片身とも思ひたい、自分にとつて親しみのもてる作を書いて見たいと思ふ心は切々たるものである。

生活を單純化して、時間を少しでも多く演劇の勉强の爲に割いて、早く、演劇の眞諦を攫みたいと思つてゐる。

劇界の具體的事實に面して筆陣を構へなくてはならぬ「同人無題」に於て斯ういふ私事の爲に、貴重な頁を使用して恐縮である。餘白がなければ紙屑にして貰つて結構である。

仲澤清太郎を語る　『新喜劇』第4巻第8号（1938年8月）

仲澤清太郎を語る

渡邊渡

仲澤君の事を皆、清さんと云ふ。また清兵衛とも云ふ。清兵衛の方が取りすました顔つきにピッタリと來る。あの一見近づき難い顔つきは清兵衛さんの生れつきの顔ではなくて人工的な物である。――といつてむりにこしらへてゐる顔つきでなくて自然にあゝいふ形態になるのだが、とにかく自然の顔ではなく人爲的なものである。かういふとどうしても一應説明が要るにことなるわけで、その説明をここで果しておきたいと思ふのである

簡單に最初に結論を云ふと、つまり胃が惡いからあんな苦虫をかみしめたやうな、取りやうによつては分別臭い顔つきになるのである。「胃が惡いやうな顔だ」といふことはサトウ・ハチローも一ぺん指摘したさうであるが、ハチロー氏をわづらわさなくても少し注意すれば誰にでもこれはわかることである。が、問題は胃が惡いといふことでなくて、人爲的に胃を惡くしてゐるといふ點である。

私は、御存知のやうに、同じ二階建の棟の家並で清兵工さんと、島村君との兩家の間にはさまれた家の二階四疊半を借りて住つてゐる身なので、そのあたりのメシやでメシを喰ひ歩き、家庭の食卓を親しむ氣持になつた時は兩隣の友人の家に入つて行つてチャブ臺のはしに坐らせて貰ふことにしてゐるのだが、清さんの家では、あの様に主人清兵衛さんが體が十二貫位にやせてゐるので、これをせめて十三貫臺にしたいといふのが家庭のモットウらしい

ので、したがつて、少量喰つて榮養價値の絶大なおかずを食卓の上に揃へるのである、奥さんがこれは類稀な賢夫人で（これは、かけ値のないこと事實である）事、さういふ點になると實に完全で、あらゆる努力を拂つて理想的な食物を作製するわけであるが、奥さんのそのあたたかい愛情も、殘念なことには清さんの胃の機能がよわくてうけつけないのである。

そこに大きな仲澤家の誤算があつたと私は思つてゐるのである。とにかく十二貫の體に相當の胃しかもつてゐない、そこへ十七八貫の體格の人間に相當量のおかずを並べる、例へて云へばクンセイ。スズコ。クサヤの干物等々といつた工合にビタアミンの含有量の見本のやうな食物を少くとも五六種は並べてゐる。これを清さんは一々愼重な手つきで箸にはさんで口に持つて行く、口のところまでは文化社會だが、人間も一歩口から奥のことになると哺乳動物の習性で律せられざるを得ない。胃まで下つて、胃が、入れた物を消化する力は、つまり十二貫位の體格の人間の力である。

その誤算はどういふ結果を生むかといへば、結果はただ一つ、胃がわるくなるといふことである。かういふ徑路をとつて清さんは、毎日〳〵胃がわるくなつて行く。そして、あの鶴とまでは行かぬにしても、何か鳥類のやうな上品な痩軀の上にのつかつてゐる。顔は必要以上に取りすましたツキのわるい物になつてゐるのである。

かういふわけで胃のわるい清さんは床の間に武士が大刀を置くやうに星胃散の大きな鑵を置いてゐるのである。これさへあれば人後には落ちないといつた氣持であらう。その點も武士が床に太刀をおく氣持と一致する。

民族的な演劇の問題

渡邊　渡

長期戰下の演劇の行くべき道に就て考へる場合に凡そ二つの異なつた道があると思ふ。

一つは、所謂、國策の線に沿つた政治の一翼としての行き方で、第二の場合はやはり根本に於ては國策の線に沿つたには違ひないが、よく思想的に時局の認識を深めて行つて、新たなる日本の當面する民族的な文化の創造といつた點で、演劇の展開を考へる場合である。

第一の場合に就ては、多く云ふを要しないもので、これは、時局銃後に題材をとつたもので種々の工風、研究が積まれてゐて、次第に一層好適な物が、商業劇場の舞臺に展開して行くことであらうと思ふ。

ところが、第二の場合を考へると、われ〴〵は、茲にはからずも過去に於て演劇に携はつて人々の當面したものよりも、比較にならない大きな轉回の前に立たされてゐることに氣がつくのである。

前月の新喜劇の小川君の「疑問」と題する文章で、火山灰地が飜譯劇の樣な氣がするといひ、且つ、日本の土の匂ひ、日本人の血の臭ひ――といつた樣なものの要望が演劇にも需められてゐる。私は、小川君のこの疑問は、大體に於て現下の演劇に携さはる者の一般的な疑問を代表するものであると思ふ。

が、この一般的な日本的といふ題目その物の中にも、自ら前に云つた第一の場合と、第二の場合とをはつきりと區別しておかなくてはならないと思ふのである。兩者を混同して同一の行き方を考へるといふことは、それ自身既に混亂である。

第一の場合を除外して、單に第二の場合に就いてのみ考へれば、日本人の血、日本の土といつたものを割合に的確に把握することができるのではないかと思ふ。

第二の場合を考へる時は何よりも先に、この國土と民族の歴史の端初に基點をおいて考へなくては把握もまた不正確をまぬがれない。最も陷り易い誤謬は、日本的なもの――といふ對境を、歌舞伎の持つ生活感と對照して考へようとする態度である。主として封建治下に發達した歌舞伎には決して、今後への需める日本民族の層の匂ひはない。

度々小川君の名をあげてすまないことだが、一般的な疑義の例としてあげさせて貰ふと、あの文章の中に放送民謠の例があつたが、謂ふが如く、職業歌手と、その土地の人との場合は、後者により多くの日本の土の臭ひをかぐことができる點には少しも異論はないが、理論が折角そこまで來れば、一應日本の歌謠の發達の過程まで入つて考へて見なければ、所謂比較的なものに終始して正確には判斷できないと思ふ。現今地方民謠とされてゐるものの多くは、封建政治下に於て各地に散布したもので、その徑路は、參勤交替で江戸に來た諸國の武士が、江戸の花街などで覺えて歸つた唄を、その領國の地に殘したものが大部分である。わづか百年二百年の間そこで唄はれたものが、その地の民謠としては嚴密には到底受け取り難いものである。むろん、放送に用ひる物にはそれ以外の、もつと、長年月の土地の謠が用ひられることもないではないだらうが、私の聽いた範圍では、多く德川中期以後に散布された民謠をその地の唄として取り上げてゐるやうである。僅か一世紀、二世紀の歴史しか持たない唄が、その地の民謠としては、決して受取れないことは、明白なことであらうであらうと思ふ。

江戸時代に發達を遂げた歌舞伎、民謠――の中にあるものは、特殊の封建治下の歪められた多分に頽廢的な、佛敎的因果應報のかせの中の日本人の姿であり、日本の風土、風俗である。

今日のわれ〳〵が當面する、日本主義とは、その樣な物ではない筈である。またわれ〳〵の民族としての自覺的な演劇の據つて立つ基礎は、遙かに潑剌として生活意欲の旺盛な物でなくてはならぬと思ふ。日本歴史の頁を更に數枚繰つて萬葉の歌の時代に達すると、われ〳〵ははじめて日本民族の膚の匂ひかぐやうな氣がするのである。私は今後の日本主義的な一切の創造的文化の諸部門は、基本として萬葉につくのが正しいと信じてゐる者である。が、演劇の部門では歌としての萬葉のやうに手頃なものが現在に殘されてゐないらしいので困るが、歌舞伎、能など、目前に殘つてゐる物の中から德川時代に政治的に變質された部分以前の物を摘出するのは、さして困難なことではないと思ふ。

が、藝術の仕事は究極は作家。個人の創造に歸するもので、かうした歌舞伎の中からの、民族的なるものの摘出などといふことは云ふまでもないことだが、萬葉の精神、感觸――を探るといふやうな場合にも、何等の創造的精神なくて取り上げる場合には多くは失敗である。既に近世の西歐的な科學を通過してきた現代人にとつて萬葉の單純さは生活上のウソとなる。

かういふ風に考へて來れば火山灰地などは案外、歌舞伎よりも日本人の膚合と精神に適合したものとなつて來るのではないかと思ふ。あの劇の屬性的なキリスト教文化の匂ひなどは、さして氣にしなくとも、俳優の演技が次第に上達して來るに從つて舞臺の上で思つたより簡單に解決されて行く性質の物であると思ふ。

とにかく、演劇に携はる者も、今は、日本民族の歷史を、數世紀も、これ以上もふりかへつて考察を擧げ、根本的な取捨選擇を要望されてゐる、もはやこれまでのやうに、三四十年乃至は一二世紀の回顧的な勉强では追つつかなくなつてゐることを時局から敎へられるのである。

今、日本の文化は全面的に列國の線まで押し出さなければならぬ課題が日本人に與へられてゐる。その文化の一部門としての演劇もまた民族の生活の糧としての獨自の形態と内容とを課題として果せられてゐる。ぼや〳〵してゐりや敗北だといふ氣持が切にするのである。

エノケンの西遊記　『新喜劇』第4巻第11号（1938年11月）

エノケンの西遊記

渡邊　渡

エノケン一座が日劇に出演するやうになつて以來、丸の內の客から前例のない支持をうけてゐる事實に對して、「何故、エノケンは受けるのだらう」といつたやうな言葉を、專門家の間、特にひろく歐米のレビユウー、輕演劇的なものなどを調査して歸へつたやうな人達から聞くのであつた。

私などもやはり、「何故受けるか」と、いくら考へて見てもはつきりと云へない者の一人であつた。が、何にもとらはれずに客として見てゐると、前二回の場合もやはり何かしら樂しめるものがあることを感じるが、今度の西遊記を觀るに及んで、やゝ受けるわけがわかつて來たやうな氣がするのである。大體に於て、室町時代の能を思ひ浮べさせられるやうな、日本の國土に卽した土俗學的な要素がエノケン一座に於て最も多い。これは浪花節がうけると同じ理由で、民族的な意味から受ける當然の理由となるべきものであると思ふ。

が、單なるさうした行き方をとつただけでは、近代の知識人の觀念の殼を破つてその奧の民族的な具へまでの共感を得ることはできない。やばりあの一座にエノケンがゐなかつたら、丸の內では受けなかつたであらうと私は可成の自信をもつて云へるのである。

西遊記において、無條件で樂しい點は、エノケンが、岩の上で猿の日常の習性の眞似をしてゐるところや、または、果物の木にのぼつて、音をたててかぢりながら、これはまだ若い、とか熟れてないとかのセリフを云つたりするところで、主としてエノケン個人の演技である。むろん、その個人的演技を生かすための役割は全體で果してゐるものの、魅力は所詮エノケンの個人的演技である。そして演劇としての立場は、童話劇、大人に觀せるための童話劇――である。その領域から出ようとすれば必ずどこかに破綻や空疎が生じるにちがひないと思ふ。淺草でやつてゐた頃のエノケンには、その意味での空疎を私はいろ〳〵と思ひ出せるのである。

私に云はしむれば、無意識の間に、丸の內に出て後のエノケンは、大人の童話としての行き方を遠慮なくやつた。そのために、受けたのだと思ふ。いつの時代にもさうであるが、現代に於ても人間は、社會生活の屈托を、童話に於て慰さうとする傾向は著しいのである。――と、こんな風に僕はエノケンの西遊記を觀て考へたのである。

以上の意味に於て、田島辰夫の河童が、も一歩といふところで至上の藝に達せずにゐたのが惜しい氣がした。あの舞臺で、三人のエノケン、五人のエノケンが、思ふ存分に活躍したならばその時は壓倒的である。

吉本ショウの行くべき道

渡邊渡

數ヶ月前、京都の旅興業に出る前までの吉本ショウは、大體に於てアメリカ的なショウ形態への努力をつゞけて來たやうであつたと思ふ。その意圖に下に、文藝部、振付部並に裝置部の結束の下に、川田義雄以下の新鮮な感覺に依るショウ・マンを生かしての絶え間ない努力は、誠に好感を以つて考へられたものであつた。そして旅興業に出る直前は、まだ何の定型もない日本のショウ形式の分野に、新たな型を創造するのではないかと考へられた。尠くとも、その端緒は花月の舞臺を觀るほどの者は感じたに違ひないと思ふ。それが、京都から歸へつて後、以前の熱意は更に見受けられなくなつた上に、山崎醇之輔が吉本ショウを去つてスタツフの結束の一角が崩れた。その後の舞臺には尠くも以前のテムポと轉換のハーモニーへの意圖は見られなくなつた。

ここまで來てしまつた吉本ショウは、むしろ、あきれた、ぼういずや、ラツキー、コムビのやうな演技の單位を、いくつもこしらへて、轉換などは極く消極的な注意を拂ふ程度のボードヴィル風な行き方をした方が賢明であると私は思ふのである。

演劇と友人の言葉 『新喜劇』第4巻第4号（1938年4月）

演劇と友人の言葉

渡邊　渡

戯曲を書かうと思つて原稿紙をのべて、その第一行の第一字のペンを下ろさうとする時私はいつもきまつて、どこか一點を睨むやうにして思ひ起すことがあるのだが、それは私の戯曲に對する長い歳月を經ての間の時々の友達の批評の言葉である。不思議なことに永い歳月の間にそれらの言葉がちつとも忘れられてゐなくて、ふだんは考へないが、いま、シバイを書かうと原稿紙に向ふと、訓戒のやうな形で私の頭に再生して來るのである。それを更めてここに記して見ると——

私は九州にゐて文學に氣持を動かされた頃の十七八の頃だと思ふが、原稿紙二三枚の戯曲の筋書きみたいなものを書いてそれを友達に見せた。その筋は今では私はもう覺えてゐないが、何でも、主人公が誰かを殺すことになつてゐるのだが、それを讀んだ友人の批評の言葉は今でもはつきりと思ひ出せる。友人は、何の爲に殺さなくてはならないか、そこが、必然性が薄弱だといふやうなことを言つた。私は、その批評に參つてしまつて數年間戯曲のことを斷念してゐた。其後東京に來て詩を書いてゐたころ、これは前のやうに筋書きでない一幕物の戯曲だつたと思ふが、それを、机の上においてあつたものを今の島村龍三君の黒田君が讀んで、「君の戯曲はト書が長すぎる」と云つた。私はこれでまたへこたれて、更に數年戯曲を書くことを斷念してゐた。それが、ふと二年前に、島村君のところにころげこんで來て、新喜劇の戯曲を書く氣持になつて一本書いて、志村君の演出でオペラ館で上演して貰つたのだが、それを、當時、本誌を主としてやつてゐた關係で毎日逢つてゐた水守君に觀てもらつたのである。水守君が來て、「今オペラ館で君のを觀て來たよ」と、いふので「どうだらうね」と、きくと、水守君はだまつて何とも言はないでタバコを吸つてゐる。「こりや、あまりかんばしくないんだな」と思つて私もだまつてゐると、やゝあつて水守君が口を開き「戯曲などは急にウマクなるものでないから止めるなら早くやめた方が悧巧だね」と云つたのであつた。

こいつは、單に僕の戯曲にとゞまらず、僕の文學的生活を通じてのはじめて經驗した酷評だつたが、どうしたわけか、前の二回の批評で受けたへコみ方よりも安易な氣持であつたばかりでなく、これに依つて僕は反へつて、腰を落ちつけて演劇史の第一頁から讀みはじめ、作劇術を學びはじめたのであつた。そして、昨秋の特別號に書いた「貸衣裳」で水守氏の批評はきけなかつたが、他の友人達によつて、どうにか戯曲にはなつてゐる批評を受けることができて、よかれ惡しかれ、僕の演劇に對する本腰がやつときまつたわけであるが、水守君の二年前の批評に對しては何の反感も持つ氣持はないのである。ああいふ批評のしかたもかへつて作家は育てられる結果になる場合を自分の上に考へ合はせて、其後私が本誌界のいろ〳〵の仕事をやるやうになつてから「新喜劇サークル」の會員の原稿を讀む役を水守君に頼んだ位である。その後、私は一月號の「陽の射す縁端」といふ作に對して、最近知遇を得るの機を得た千葉昭氏から「あれは筋立が弱かつた」といふ批評を受けた。私も成る程と思つた。が、あとでよく考へて見ると、その批評が正確であるだけに、このことを克服するには生やさしいことでないことだと氣がついてへコたれた。他の人のことは知らず私の場合には作の骨組をガツチリと整へるのは先づつとめれば可能のことだが、その立てた骨組に私の肉なり血なり皮膚なりが果してついて行くかどうか、ついて行かせなくてはしようのないことだが、これは大變な事業だと私は氣がついたのであつた。結局はもう一層全身的に原稿紙に向ふといふより他に私の場合、方法はまだ考へつかないでゐるのである。

　とにかく、私が、戯曲の筆を下ろさうとする時は、ここにかいたやうな新舊の友達の言葉が歳月を無視して背後に控へてゐて丁度支那の雜軍の兵士が背後の督戰隊ににらまれてゐるやうな工合である。が、なるたけへコたれないで勉強してゆきたいと思つてゐるのである。

脚本「貸衣装」『新喜劇』第3巻第10号（1937年10月）

貸衣裳　三幕四場

渡邊　渡

時代
　現代（大正六年より昭和十二年までの二十年間）

場所
　四國の或小さい町、東京淺草。

人物
　楠田　清二（血統は七百年ばかり前に京都から赴任して來た男がこの地に土着したものを先祖として、代々比較的、地方での文化的な環境の下に置かれて來た家庭の子供。但し生家は貧乏）
　佐吉（血統は、千年許り前にこの地の倭寇の爲に捕虜となつて伴れ歸へられた支那邊海の代々掠奪を業とする漂浪民族の裔で、祖先の人種的特性は、この子に於ても時として表はれるが、繼續的ではない、生家は其日暮しの沖仲仕）
　まつ子
　つる（まつ子の母）
　龜藏（まつ子の父、乾物屋の主人）
楠田　なみ（清二の母）
吉井（町會議員）
早見（小學敎師）
　たつ子
町の子供數人。行商人。安直酒場の主人。女中、A、B、C、客數人。

第一幕

（四國の或小さい古い町の町端れの寺院の裏。舞臺正面に白壁の塀がつゞいてゐて、上手寄で塀は竭き、寺の裏門となつてゐる。道は下手で町に通じ、上手で田園に通じてゐる氣持。

三月頃の夕暮れに間近の時刻で、塀に當る陽ざしの漸く落ちた頃。塀には落書などあつて、至極牧歌的な氣分。

塀の中で、女の兒數人、土地の童謠を唄ひながらお手玉を取つてゐる。その唄聲の中で幕開く。幕開いても童謠は尙つゞいてゐる。姿は塀のかげで見えぬ。

數人で輪を作り、中に二人出てお手玉を取り勝つた者へ、輪の中から誰か順番で出て挑戰するといふやり方で、最初輪の中の二人がかけ合ひで唄ひ、次に輪の者が合唱する。童謠の詞は「花いちもんめ」

甲「勝つて嬉しや花一匁」
乙「負けて口惜しや花一匁」
甲「ふるさとまとめて花一匁」
乙「ふるさとまとめて花一匁」
甲「まつ子さん取りたい花一匁」
乙「みち子さんとりたい花一匁」
　　　　チツチン、ブ

（上手から村に出てゐた町の行商人二人づれで

つて二百圓は體につけとるぞのもし。人間もこれでちよつと出るのに二百圓の物を身につけるようになつたらもうしめたものぞのもし。

清二　さうでしたか。おばさんの御意見はよくわかりました。それで話はもう、正式にお取りきめになつたのですか。

つる　それがのもし、向ふ樣では、その爲にわざ〳〵歸へつて來ておいでるんで、支店の主人が、さう長く店をあけては居られんと、こう云はれるんぞのもし。尤ものことで、式はまああとにしても、とにかく體だけ今度つれて歸へらせようと思ふとるんぞのもし。

清二　さうですか、わかりました。だけど、おばさん、他人の僕がかういふことを云ふのは失禮かもしれないですけれど、かういふ事は、やはり本人の氣持が第一ぢやないでせうか。まつ子さんの氣持はお確かめになつたのですか。

つる　そりや、あんたがまだお若いから、さうお思ひになるんで、娘やか云ふものは、嫁に行けと云へば、たいがい何ぢやかぢやと云ふて見るものぢやけんど、嫁つてしまへば、また何とか折れ合ふて行けるものぞのもし。

清二　え、普通の場合或はさうかもしれません。然し、まつ子さんにもし、かたく將來を云ひ交はしたといふやうな男でも外にあつた場合は、さう簡單にもゆかないのぢやないですか。

つる　それだけは許さんぞのもし。親にかくれて男をこさへるやうな眞似はさせんぞのもし。のもしお父さん。

龜藏（うなづく）

つる　猫の子を軒下に捨てといてひとりで大きうなつたんとは違ふけんのもし、あの娘をこれまでにするには、並大抵のことぢやなかつたんやけんのもし。その恩を忘れて、さう勝手なことはさせんけんのもし、のもしお父さん。

龜藏（うなづく）

つる　親の目を忍んで男と約束するやの云ふたら、そりや野合ぢやがのもし。あれも、今は何ぢや、かんぢやと云ふとるけんど、性根のない子でもないんぢやけん、よう云ふてきかせたら、親の命はきく子ぢやけに……

清二　勝手なお願ひすけれど、まつ子さんを、ちよつとここに呼んで頂けないでせうか、お暇はとらせません、ただ一言だけ僕まつ子さんに聞きたいことがあるんです。

（襖の外にまつ子の氣配がする）

つる　（襖の方を睨みつけて）まつ子、はいつたらいかんぞの、お前には用のないことぢやけに、あつちに行つて居りなさい。

龜藏　清二さんあんたの氣持はわしにはわかる。云ひたいこともそりやあるぢやろが、ここはもう何も云はずに、こなな運命ぢやと諦めて、お歸へりになつた方がええんぢやないかのもし。何も女はあれ一人ぢやないんぢやけに、氣持を押へて……。

つる　そりやのもし、あんたと、まつ子は、子供の時から兄妹みたいに暮して來た仲ぢやけんのう、あんたが、東京から、時々あれに手紙をくれるのも、知つて居つたけんど、見て見ぬふりをして何も云はずに居つたんぢやけんど、あれももうお嫁に行くときまつたら、嫁いつたさきの子やけに、うちの子であつて、うちの子ぢやないのぢやけいのもし。これからは、もうあれに手紙はくれんやうにお願ひしますぞのもし。これで結婚後他の男から來た手紙がもとで家庭が圓滿にゆかんといふやうな話はざらにあることぢやけに、ここにあんたからあれに來た手紙があるけに……（手紙の束を出す）

清二　あ、それは……？

つる　これは一應、親の私の手からあんたにお返へししますぞの。清二さんもさきのある體ぢやけに何も云はずに受取つておくれなはいませ。これだけでみなぢやつたと思ふけんど……。

清二　（苦悶の表情で、）さうでしたか。（受取る）ぢや、これで失禮します。（立ち上つて歸へりかける）

まつ子　（襖を手荒くあけて、とびこんで來る）清二さん……。

清二　あ、まつ子さん……。

（互にかけよらうとするのを、父が清二を、母がまつ子を、押しとめる）

つる　（まつ子に）何といふことをするんぞの。

龜藏　（清二に）まあ、清二はん何も云はん方がええ。（母がまつ子を止めて居て、父がかるく清二を押して、外に出す。）

（龜藏とつる、清二を店の方に送り出し、まつ子は、疊の上にうつぶせになつて、身を悶える）

（龜藏とつる、部屋にかへつて來る）

つる　まつ子、親の顔に泥を塗るやうな眞似はすまいのう。

龜藏　（つるを制して）まあ、お前は默つとれ。

つる　（龜藏に）みなあんたが人間が甘いけに、こななことになるぢやがの、奉公人の居る前で男に抱きつくとこぢやつたがのもし。

龜藏　（つるには相手にならずまつ子に）まつ子、わしや、現はれる。話しながら塀の前の道を通つて下手町に去る。

下手から佐吉出る。手織木綿の着物をつんつるてんに着た貧家の子で、大柄でふて〴〵しい子供。あたりを見廻はして、塀の中に耳を聳立て、塀によぢのぼつて中をのぞく。塀から下りて、裏門の方へ行く。

下手からまつ子の母出る。）

母　（心配さうに）どこへ行つたんぢやろぞ、あの子は遊び出すと、家に歸へるのも何も忘れてしまふんぢやけに。……（唄をきゝつけて）あ、またお寺の庭で遊んどるよ。

（裏門の方にかけよる。佐吉、その時裏門から中にはいらうとしてるたのだが、母親の姿を見てあはてて、足をかへし、母親の傍をすりぬけて、そは〳〵しながら下手に去る。母親、ちよつとその姿を見返へして不審の體。急いで裏門に近づく）

母　（門のところから中に聲をかける）まつ子、いつまで遊んどるんだね、ごはんですよ。（然し、居所がわかつて安心の體）

まつ子　（聲だけ）え、もう一回だけよ、すぐ歸へるけにお母さんさきに歸へつといて……

母　えゝかの、それが濟んだらすぐ歸へるんぞの。（門をはなれる）

まつ子　ごらんなさい、お母さんがいらんこと云ふけにあたい敗けたぢやないかね。（一勝負ついた樣子だが、また次のを初めた樣子）

（上手から町會議員吉井現はれる）

母　あ、吉井さんぢやないかのもし。

吉井　こりや〳〵、乾物屋のおかみさんかの？　氣がつかなんだがの。近頃、急に若返へつたのもし。

母　あんたこそ、さうやつておいでると、八百屋の店先でじやが芋はかつとる人とは別人のやうに見えるぞの。そやけんど町會議員になるとどこへ行くにも、紋付着て行かにやいかんのかのもし……

吉井　おかみさんの口にかゝつたら敵はん。今日はちよつと町會の相談會があるのでこれから出かけるところぢやがの……

母　また野菜の値上げの決議をするんかのもし、あんたが町會議員になつてから、野菜がもう何べん値上げになつたと思ふぞの、たまには乾物の値上げも話に出してくれてもよささうなものぢやのに。

吉井　そんな、無茶云ふもんぢやないぞの。野菜の値上りは、在方の方で、政府の桑畑の奬勵で畑が減つた爲の値上りで、私が町會議員になつたのとは何の關係はないんぢやけんのう。

母　ホ、ホ、ホそれ見なさい、さうムキになるところは、何か腹にやましいところがある爲ぢやろがのもし。それに、桑畑の奬勵は決まつただけで、苗植えるのは來年からぢやないかのもし。畑にはまだ野菜が去年の通り植はつとると在の人が昨日來て云ふてつたぞのもし。きまつただけで來年から減るのに、もう野菜の値が上るちゆうのはどういふわけぞのもし……

吉井　あれ？　町の人は何も知らんのぢやけにつまらんこと云ふもんぢやないぞの。キャベツのええのが出たけん、明日とどけさして上げるけんのう……。（腕時計を見て）あ、もう五時半ぢや、おくれたわい。（と行きかける）

母　キャベツ一つで買收したつもりかの吉井はん。

吉井　わかつとる〳〵云はいでも。然し驚いたのう、あんたも、乾物屋の看板娘で店に坐つとつゝた時分は虫も殺さん顏しとつたけんど、いつの間にそんな拔け目のない女子になつたんぞの。

母　そりや、あんたみたいな人が居るけん、ぼんやりはして居られんがの。

吉井　あんまりひどいことは云ふもんぢやないぞの。これでも昔は、あんたに一枚はつて、今の亭主と取り合ひをした仲ぢやけにのう、まあ、終ひには戀に敗れたとは云ふものの、且つては愛し愛された仲ぢやろがの、あんまりづけ〳〵云ふもんぢやないぞの。さうぢやろがの（肩をたたく）

母　知らん〳〵、私はそなこと知らん。

吉井　人は知らず、わしの前ぢやさうは云ひはせんぞの。

（稍デレ〳〵となる）

母　いやぢやがの、人に見られたらどうするんぞの、この人は。（ピシャリとひつぱたく）

吉井　痛い……ああ、ええ氣持ぢや。

母　ええ年して馬鹿云ふもんぢやないぞの。それより町會の時間に遲れるんぢやないかのもし……

吉井　あ、さうぢや、（改まつて）ぢや、あした店の者にキャベツとどけさすけんのう、桑畑の事やか人に云ふもんぢやないぞの、町の人は何も知らんのぢやけんのう、ええかの。（あたふたと、下手に去る）

母　（あと見送つて）あの親父と來たら轉んでもただは起きんのぢやけに、然しああいふ人でなけりや、此節は金は殘らんのぢやろ。（急に思ひ出して）あ、さうだ、ごはん焚きつけたままぢやつたのに……（ちよつと驅け出して、思ひ出して塀の方に向いて）まつ子、はよ戻らんと家へ入れんぞの……（下手にあたふたとかけ込む）

（下手から、清二の母なみ、前かけで手を拭きながら上手の道をずつと見透しながら出て來る。）

なみ　どうしたんぢやろぞね。こなに晩うまで學校に居るんかしら。（塀の中に氣がついて）まつ子さん、清ちやんはここを通らなんだかのう？

まつ子　うゝん、通らん。（十一位の女の兒、門のところに驅け出して來て）おばさん、清ちやんまだ學校から戻らんの？

なみ　さうよな、中學に上る者だけ殘つて、勉强してもろとろがい。さうぢやけんど、たいがい五時には戻るんぢやのに……今日はどしたんぢやろぞ……

まつ子　そんならあたい、ここで番しとつてあげるけに、おばさんさきにお歸へりなはいませ。

なみ　さうかの。それぢやあ、たのむぞの。さうぢやけんど、清二が戻つて來ても、もう道で遊ばずにお歸へりなよ、ご飯時ぢやけんのう。

まつ子　うん、待つとつてすぐ歸へるけに。

女の子A　（聲だけ）まつちやんの順番ぞの、早う〳〵。

（まつ子かけ込む）

なみ　ぢや、まつ子さん、賴んだぞのもし。

まつ子　ええ、大丈夫ぞの。

（母親下手に向つて歩きかけた時、上手から小學教師、早見現はれる）

なみ　あ、先生　今おかへりかのもし。

早見　あ、清二君のお母さんでしたね、迎へにおいでたんですか、今日は、模擬試驗をやりましてね。晩くなりましたが、もうぢき歸へつて來るでせう。御心配は要りません。

なみ　さうですかのもし、先生にはいろ〳〵とお世話になりまして、……あのう、一度、おたづねして伺はうと思つて居りましたんぢやけんど、うちの清二は大丈夫でございますかのもし……。

早見　と仰言ると……

なみ　入學試驗でございますよ、あの子は、ちよつと家庭の事情で東京の中學校に上がらせることになつとりますんで、東京の中學は何は何といふても、田舍のと違ふて、はいりにくいぢやろと思ひますから。

早見　あ、さうですか、其事でしたら、これは運のもので確かな事は誰にも云へませんが、まあ、かうして、あとに殘して準備勉强もして居るんですから、まあ、清二君なら例へ東京の中學校でも大丈夫ぢやろと思ふんですがね。心配したらきりはありませんが、清二君が落ちるんだつたら、この小學校から行つたものはみな落ちるといふわけになるんですからね。……多分、はいれないやうなことはないと思ふとりますがね……。

なみ　それをきいて、安心したぞのもし、お蔭さまで……

早見　もう、そのうち歸へつて來ると思ひますがね、ぢや

なみ　よろしゆう、お願ひします。御免被ります。

（早見、下手に去る）

なみ　（塀の中へ）そしたらまつ子さん、おばさん先に歸へつるけんのう、清ちやんと一緒に戻つておくれませのもし。

まつ子　（聲だけ）え、おばさん歸へつてもええぞのもし

（母親急ぎ足で下手に去る）

まつ子　（聲だけ）あ、清ちやん、（門のところに姿を現はして上手に向つて手をあげながら）清ちやーん、こゝよ。

清二　（聲だけ）あ、まつちやん。

（眞面目さうな小學生の清二、上手から驅けて現はれる。）

まつ子　清ちやん、晩かつたのう、今まで學校に居つたん？

清二　うん、今日、模擬試驗があつて遲れたんぞい、まつちやん、まだ遊んどつたんかい。早う歸へらんとおばさんに叱られるぞい。

まつ子　あたい、清ちんを待つとつたんぞい、清ちやんとこのおばさんが、今迎へに來たんぢやけんど、あたいが、ここで待つとつてつれて歸へつてあげるちゆうてさき歸へつといてもろたの、さあ歸へろ。

清二　うん、歸へろ。

（二人上手に歩きかける）

（女の子、たつ子。門のところに現はれる）

たつ子　清二さん、まつちやんと一緒に歸へるの？

清二　うん、失敬！

女の子A　（聲だけ）あ、お手玉が一つ足らん。（門のところに現はれる）まつちやん、お手玉一つ持つとりやせん？

まつ子　あ、さうぢや。（手に持つてるたお手玉に氣がつき）投げるぞの、ええかい。（投げる、女の子A、それを受ける）（女の子、A、Cも裏門のところに姿を現はし、二人の方を見てるうち、たつ子鞄から、紙と筆をとり出して描きはじめる。

清二と、まつ子、塀の前に立ち止まつて何か、こそ〳〵話し合つてゐる。）

おたつ　まつちゃん、こつち向いて見んかい。

（二人ふり返へると、おたつの手に、相々傘の男と女との繪がかいてあるのを、こつちに見せる）

まつ子　知らん〳〵。

清二　ばか！

（女の子達、キャッ〳〵とはやしながら塀の内にはいつて、またお手玉をはじめる。）

まつ子　いやぢや、淸ちやん、東京の中學校やかにはいつたら……

清二　そなな無理云ふても、もうきめてしもたんぢやけん

まつ子　東京へ行つたら、いつもんて來るの？

清二　中學が五年ぢやろがい。大學が六年と見て、まあ十年ぢやのう。

まつ子　それでも休暇があろがい。休暇にも戻らんの？

清二　それがね、苦學生ぢやろがい僕は。苦學生は休暇の間に働いとかんといかんのぢやがい。

まつ子　そなの、嫌ぢや〳〵、あたいもつれて行つて…

…東京に……

清二　そなな無理云ふもんぢやないぞい。働きもつて學校に行くのに小さいまつちやんを伴れて行けるものかい……ね、まつちやん、僕の家は貧乏で中學へははいれんのを、どうでもして學校だけはやつとこと思て、東京へ出て苦學するつもりになつたのぢやけに、まつちやんも無理云はずに待つとつておくれよ、ね。

まつ子　うん、わかつた。あたい待つけんね、十年でも何年でも、……そぢやけん、淸ちやん大學出たら迎へに戻つてね、忘れずにぞい……

清二　うん、戻るぞい。忘れたりするもんかい。……そやけんど、まつちやん。

まつ子　何？　淸ちやん。

清二　おかしいかしらん？

まつ子　何が？

清二　ねまつちやん、今から十年經つとしてぢやけんどね。

まつ子　うん。

清二　僕は今十四ぢやけん十年經つと二十四ぢやろがい。

まつ子　さうかしらん。

清二　そりや、さうぢがい。二十四ぢやつたら大人ぢやろがい。ね、そしてまつちやんは今年十二ぢやけん、十年經つたら娘になるんぢやのう、まつちやんがお嫁さんみたいな娘に……やつぱりおかしいぞい、大人の男が大人の女をつれて行つたりしたら、みんなに何ぢやのかんぢやの云はれるぞい。第一、まつちやんとこのおばさんが、東京やか、やつてくれんかもわからんぞい。

（佐吉上手から出て、こつそり近よつて來る）

まつ子　かまはん、そしたら、あたい、淸ちやんのお嫁さんになつて行くけん。

清二　僕の？

まつ子　うん、お嫁さんになつたら、どこへ伴れて行つてもええぢやろがい。

清二　ほんとかい、それ、まつちやん、僕のお嫁さんになつてくれるかい……？

まつ子　うん、嫁はんになるけん、大學校出たらすぐつれに歸へつておくれんね。

清二　うん、すぐ來るけんのう。

まつ子　けんまんしといて！

清二　さあ、けんまん！

（二人、けんまんする）

佐吉　こりや！　淸二、おんし、何のけんまんしたんぞ。

清二　あ、佐吉！　何してもええが、要らんこと云ふな。

佐吉　ぬかすな。何が要らんことぞ。わしがこないだ、まつちやんの手引つぱつたらおんしは、女の子の手やか引つぱるもんぢやないちゆうて、偉らさうなこと云ふとろが、手引つぱつていかんのにけんまんしてええんか。何のけんまんしたんぞ、さあ、ぬかせ。

清二　おんしは、まつちやんが嫌ぢやといふのに手引つぱつたんぢやろが。僕はまつちやんが嫌ぢやと云ふのに何もしやせんぞ。

佐吉　嫌ぢや云はなんだら、何してもええんか。何のけんまんしたんぞ。

滝二　何でもええが、要らん世話ぢやが。

佐吉　見い、云へまいが。（烈しく、淸二を突く、淸二よろ〳〵として立直りにらみつける）云へるなら云ふて見い。

清二　手出さいでもよかろが。

佐吉　かなはんのならお叩頭せい。淸二、おんしがね、まつちやんと、もうこれから遊ばんと云ふたらこらへてやる、遊ばんか。

清二　遊んでもええが、要らん世話ぢやがい。

佐吉　何が要らん世話ぞ、來い。（擲る）

（二人なぐり合ひをはじめるが、淸二、體格の差で、敗色が見える）

まつ子　（泣き聲で）おばさん、佐吉が、佐吉が、淸ちやんを！（と、下手にかけ去る）

（佐吉、淸二を組みしく、淸二抵抗力を失ふ。佐吉その上に馬乗りになつて殘忍に擲りつける。塀の內の女の子ら裏門のところに集つて、この樣子を見てゐる。下手からまつ子と、なみ、驅け出して來る）

まつ子　あすこ、あすこよ、おばさん。

なみ　あッ。

（二人かけつける）

なみ　何するんぞの、手向ひもせん者を。（と、佐吉を突き除ける）

（佐吉、淸二から離れるが、ふて〴〵しく自分の裾の泥を拂つたりしてゐる。間もなく後を見返つてなみの顏色を見ながら下手に去る。なみ淸二を起して前かけで顏を拭いてやる。まつ子も心配さうに淸二の泥を拂つてやる。たつ子も來て、淸二の鼻のをかんでやる。）

女の子A、B、C　（佐吉が去つたので、かけつけて）佐吉の落第坊主。

佐吉　何？（と一足引き返へすが、なみの眼と出逢つて、また歩き出す。）

つる　まつ子は居らんかの。（と、下手から現はれる、まつ子を認めて）まつ子、何しとるんぞの。（なみを認めて）あ、楠田はんのおかみさん、今日は。（やつと一切の樣子を知り）どこの子とけんかしたんぞい、淸ちやん。

なみ　今のもし、まつちやんが知らせてくれたんで來て見ると、馬乗りになつて打ちよるんぞのもし。もう子供の喧嘩ぢやないがのもし。何ぞ恨みでもあるやうな仕方ぢやかのもし。あの子ぞのもし、憎つたらしい。（佐吉の方を指す）

つる　あ、あの子は、さつきに來た時、塀から中のぞいとつたぞのもし。（或事に氣がつき、女の子達に）あんたらのうちであの子と仲のえゝ子居るんかい。

女の子　うゝん、佐吉は、まつちやんを好きなんぞの。

つる　え、まつ子？　お前、あの佐吉ちう子と仲がえゝんかい。

まつ子　違ふんぢや〳〵。あなな子好かん。あなな鼻たれ好かん。（佐吉また引き返へしてにらんで去る）

なみ　（淸二に）どしてあなな子と喧嘩やかするんぞ。

つる　（なみに）何で喧嘩したんぞのもし。

なみ　（淸二に）どしたんぞ淸二（だまつてる）

つる　（まつ子に）まつ子、お前見とつたんぢやろがどしたんぞ。（まつ子返事をせぬ）

つる　（女の子達に）あんたら、見とつたんぢやろがい、どしたんぞの。

おたつ　まつちやんと淸ちやんがけんまんしよつたら、佐吉がおこつたんぢやがのもし。（とAの顏を見るAうなづく）

なみ　まあ、何のけんまんしたんぞい。

女の子A　まつちやんが淸ちやんのお嫁はんになるちゆうて、指切りしたんぢやがいのう。（たつ子うなづく）

なみ　（淸二に）まあこの子は、お前、まつちやんをお嫁はんに貰ふ約束したんか。（淸二うなづく）

つる　（わざと眞面目くさつた調子で）まつ子、淸ちやんのお嫁はんになるんか、もうけんまんしてしもたんかの。

まつ子　（つるに）許してね。

（つる、たみ、あきれて顏を見合はせる）

——幕——

第二幕

第一場

（此間十年經過）

（相當な乾物屋を營むまつ子の家の座敷、下手壁で仕切られた八疊位の部屋。壁の外は往來になつてゐる。部屋の正面は襖で、下手寄りの襖をあけると、店と通じてゐる樣子、上手寄りの襖を開けると臺所、居間に通じてゐる氣配。

幕開くと、龜藏、老眼鏡をかけて新聞を讀みながら、煙管に煙草をつめてゐる。

店で、客と、番頭、小僧の應酬の聲。

客、買物をして歸へつて行く姿、往來に見受けられる。

つる、手紙の束を手に上手の襖を開けてかけこんで來る）

つる　あんた、まあこれを見ておくれな！（と、手紙の束を龜藏の前におく）

龜藏　（やはり新聞を讀んでゐる）やかましいぞ。今ええとこぢやけん、ちよつと待て……

つる　新聞のつゞき物やか、讀んどる時ぢやないがの。これを見ておくれませ。

龜藏　もうすぐぢや、もうちよつとぢや。ここまでよんどくけに。

つる　（手許をのぞきこんで）また高橋お傳を讀みよる、（引つたくる）それどころぢやないがのもし、まあこれを見ておくれませ。

龜藏　（手紙を見て）だいぶためたのう。それみなうちに來たんか。

つる　ぼんやりしとる場合ぢやないぞのもし。今、私が、まつ子の手文庫を調べて見たらこなものが出て來たんぞのもし……

龜藏　そなことしちやいかんぞ。何ぼ母子の間でも、やたらに手文庫ぢやの云ふものはあけるもんぢやない。お前はいづかしらんわしの手文庫から藝者の手紙を見つけ出したのに味をしめて、何かと云ふと、人の手文庫を無斷であけるくせがあるが、そりやいかんぞ。さう〳〵いつでも柳の下に鰌が居るもんぢやないんぞ。さはやく、まつ子の氣のつかんうちにこつそりとのもとのとこに仕舞つておきなさい。

つる　何を云ふんぞのあんたは、こりや、みなまつ子のとこに男から來た手紙ぞの。

龜藏　え、ラブレターか。あいつ、いつの間にそなな男こさへたんぞ、油斷はならんの。

つる　これと云ふのも、みなあんたが、そなな風ぢやけんぞのもし。どうも、あれが今度の縁談が起つた時から樣子がおかしいと思ふて、きつと何にかあるに違ひないと思ふとつたが、やつぱり此の通りぢやけんのもし

龜藏　（手紙を取り上げて）おつる、こりや淸二さんから來たんぢやないかい。

つる　さうぞのもし、もう何年も前から文通しとつたらしいぞのもし。親程馬鹿な者はないと昔から云ふが、ほんたうぢや。私は今日まで何にも知らなんだ。

龜藏　そこにあるのは、みな淸二さんから來たのばかりか

つる　さうぞのもし、そして、一束にして、これで括つてあつたのぞのもし。（と、淡紅色のリボンを投げ出す）

龜藏　（リボンで手紙を結へて見て）こなな工合にか……ふーん、やつぱり、若いときと云ふものはええもんぢやのう、男から來た手紙をみなこなにしてためとくんぢやけんのう。

つる　何を云ふんぞの、ぼんやり眺めて居る場合ぢやながうがのもし、考へてお見なさいませ、町會議員の吉井はんが折角仲にはいつてくれて、結婚の話が、ここまで進んで居る時に、こななものが出て來て、若しこれがわかつたら、吉井はんに合はす顏がないぢやないがのもし。

龜藏　かまふもんか、吉井やか、どうせ金が何ぼか入ると思ふてやつとる仕事ぢやけん。あなな奴に遠慮せいでもええが。吉井と云ふ奴はわしやだいたい虫がすかん。

つる　吉井はんの方はええとしても、第一今度の話の相手はんをどうおしるか。こななことが原因で、若し破談にでもなつたらどうおしるか。こなな緣はめつたにころけこんで來るもんぢやないけにのもし。

龜藏　そりや、さうぢやけんど、手紙があつたちゆうて結婚が破談になるちゆわけぢやなかろが。第一淸二はんは、子供の時、東京に出たまま、この十年間一ぺんも歸へつて來んのぢやけん。人にきかれてやましいやうなことが二人の間にあるわけないがの。そりや若い者同士ぢやけに、例へ、少し位の氣持はお互ひにあつたとしても、何も破談の原因になる程のことはあるまいと思ふがのう。この手紙ぢやつて、數は多いが、みな時候の挨拶かもしれんぢやないか。……

つる　時候の挨拶をこなに大きな束になる程出しますか。貰つた方でも、桃色のリボンで括つて人の氣のつかないところにかくしといたりしますか。常識で考へて見なさい。

龜藏　そなに云ふのなら、讀んでみりやわかるぢやないかの。何にもお前のやうに、そなに昂奮せいでもええがどれでもええ、取つて見てくれ。わしがよんで見るけに……（龜藏外してた眼鏡をゆつくりかける）

つる　よんでおくれませ。時候の挨拶かどうかよんだらすぐわかるがのもし。なるだけ日附の新らしいのがええかしらん。（さがす、一つ拔き出して）三月十日……これがええ、これはまだ一と月も經つとらんけに…（渡す）

龜藏　わしは時候の挨拶だけぢやと思ふけんどね。淸二さんのことぢやけん……（擴けてよみはじめる）「手紙と寫眞たしかに受け取りました、有難う……。」ありや、ぶつつけにこななこと書いてあるがの。時候の挨拶はあとに書く〳〵のがはやるのかのう、此頃は──

つる　いらんこと云はずにさきをお讀みなはいませ。（獨言）島田の寫眞が一枚足らんと思ふたら、東京に送つたのぢやつたのか。女學校のお友達にあげたぢやの云ひよつたのに……

龜藏　（讀む）「僕はあの寫眞を見たとき、これがあのまつちやんかと思つて驚いてしまひました。よく、こんなにきれいな人になつてくれました。こんな魅力的な女性は、東京でもめつたに逢へません……」おだてよるがの、淸二はんも隅にはおけんぞい……

つる　いらんこと云はいでもええ……

龜藏　（讀む）「この女性がやがては自分の妻になるかと思へば……」ありや、勝手にきめてけつかる……えーと「と思へば僕は、十年の苦鬪が、はじめて報ひられたやうな氣がします。僕はあの寫眞を、晝間は洋服の內ポケットに入れて步き、夜は、蒲團の下にしいて寢てゐます……。」こりや、あかん……おつる、わしやもう知らんぞ。（手紙をいそいでしまひまで擴けて見て…）どこにも時候の挨拶やか書いてないがい。

つる　ええけん、はやう、しまひまで讀んで下さい。

龜藏　わしや、もう嫌ぢや。こりや、あんまりはつきり書き過ぎとる。お前よんで見い。

つる　私は漢字のとこがよめんけに。あんたに讀んでくれちゆうとるんぢやないかのもし。よまんのかの？

龜藏　（仕方なしに又とり上げてよむ）「僕の卒業も、もう一と月のさきにせまつて來ました。卒業證書を手にしたらすぐ、それを唯一の土產に故鄕に歸へるつもりでゐます。あなたに逢ふ時の喜びを今から胸に描いてゐます。私は大學の卒業證書と共に初戀の女の心を攫むことができました。思へば幼年の頃のふとした誓ひが殆んど九分通りまで實現されて來たのです。僕は敢て人生の勝利者だと思ひます。どうか、此際あなたも充分自重して下さい。故鄕に歸れば、誰か適當の人を仲に入れて、一應世間なみな方法をとつて、あなたの家へ求婚するつもりでゐますが、むろんそれは形式だけのことですが、障擬はその形式的なところに潛んでゐるんぢやないかと思ひます。何を云ふにも、僕はまだ自活の道も立たぬ書生つぽだから、あなたの御兩親がすぐ承諾してくれるとも考へられません。若しも斷られた時は、かねての豫定通り、內部からあなたが充分頑張つてくれなくてはいけないのですよ。何しろ、おぢさんは根はいゝ人だけれど、もう頭も禿けて居られることだし……どうも僕の經驗では萬事頭の禿けた人の考へは、一時代古くて、充分、われ〳〵新時代の者の氣持を了解してくれないのです。だけど、僕は此間頭だけは、頭の禿けたあなたのお父さんとも、完全に了解をつけたいとねがつてゐますが、一層困難なのは、むしろおばさんの方です、おばさんは、もう髮の毛も一層白くなられたと思ひますが、僕の經驗では白髮の人は、禿頭の人よりも、はるかに頑迷で、あなたのうちのおばさんは別として一般に、計算高くて話しにくいのです。どうか、このおぢさんと、おばさんとの二人を說き伏せる爲に、あなたは努力して下さい。それもこれも皆、うまく卒業できての上のことですから、試驗のすむまでは手紙もさし上げないかもしれません。手紙はゆかなくとも僕の心は離はずにゐて下さい。淸二より、まつ子樣。」

（二人顏を見合はせる）

龜藏　禿頭より白髮の方が頑固ぢやの云ふところは、なか〳〵若いのに目が利くぢやないか。

つる　馬鹿みたいなこと云ふとる場合ぢやないぞのもし。どうするおつもりぞのもし、これを。（手紙の束で疊をたたく）この二人のことを？

龜藏　どうしてちゆうて、もうできたことぢや、一緒にしてやるんぢやね。

つる　あんたと云ふ人は、さういふ風に何につけても人間が甘いから、自分の子供にまで馬鹿にせられるぞのもし。いゝえ、親を踏みつにしたやり方ぞのもし、私やこなに馬鹿にせられてもうだまつて居られん。

（印のはいつた法被をきた店の小僧、下手寄り襖を開けて、廊下に膝をつく）

小僧　おかみさん、お客さんがお見えになりました。淸二はんやら云ふお方ですぞの……。

つる　ゑッ、楠田の淸二はんかの、人違ひぢやないかの淸二はんぢやつたら、東京に行つておいでの筈ぢやが……。もう一ぺんきいておいで。

小僧　東京から今日戾つたばかりぢやと、云ふておいでぢやぞのもし。

つる　ぢや、やつぱり、淸二はんぢや。あんた、淸二はんがもんて來たんぞのもし。

小僧　店で待つておいでるぞのもし。

つる　座敷が散らかつとるけに、掃除するけに、ちよつと店で待つとつてくれるやうにお客さんに云ふておくれ

小僧　おかみさん、ここは、私がさつき掃除したばかりぞのもし、何も散かつとりやせんがのもし。

つる　いらんこと云はいでもええ、さう云ふて待つといてお貰ひ。

（小僧去る）

つる　あんたあつちに行つておいでなはいませ。私が逢ふて、今度の話のと、どつちがええむこか、よう調べますけに。

龜藏　わしも居つてええぢやないか。淸二はんが久しぶりに戾んて來たのに、わしが逢ふてどして惡い？

つる　それがただの時ぢやないんぢやけん。場合によつては、淸二はんに、まつ子との交際をやめてくれと、きつぱりと斷らないかんのでせう。そこにお人好しのあんたが居つたら又何を云ひ出すかわからんけに、あんたといふ人は人の顏見たら何も云へんのぢやけに。

龜藏　こら、もう一ぺん云ふて見い。斷らんならんのならわしが斷はる。わしはこの家の主人ぢやぞ。あんまり馬鹿にすな、下から行きやつけ上りやがつて。

つる　人並の口、利けるのもし。默つとりや思ひ上つて何その、何が主人ぞの。

龜藏　主人に違ひなかろが、おんしの亭主ぢやろが。

つる　默つとれ禿茶びん。

龜藏　何ぢや、糞婆、もう貴樣みたいな奴はこの家もおい

とけん、出て行け、さア、出て行かんか。

つる　云ふたのもし。私はこれでも家つきの娘ぞのもし、ちつとは昔を考へてお見なはいませ、あんたは店の小僧ぢやつたのが、私の婿になつただけで、かうして一家の主人におさまつたのぢやろがのもし、出て行けぢやのよう云へたわい。出て行きたかつたらそつちで出て行きやええんぢやがの。ここは私の家ぢやけん、あんたらの指圖は受けんぞのもし。

（龜藏、いたい所をつかれて、默々とタバコをふかせてゐる）

小僧　（襖を開けて）掃除まだすまんかのもし、お客さん待ちかねておいでるけん……

つる　こつちへお通し。（龜藏に）ええかの、居りたけりや、居つてもええけんど、いらんこと一口でも云ふたら承知せんぞの、若し口出すんなら、毒にも藥にもならんこと云ふとりやええんぞの、わかつたかの。

（紺絣に袴をつけ、オール、バックにした清二小僧のあとから、はいつて來る。）

つる　（猫なで聲で）清二さんかのもし、まあ、大きゆおなりになつて、まあ〳〵こつちにお入りなさいませ、……ようお越しなさいました。

清二　（座について）御無沙汰致しました、お變りなく結構です。（龜藏の方へ）おぢさん、暫らくでした、お元氣で何よりです。

龜藏　まるで見違へたのう……いつお歸りたのかの。

清二　今朝歸へつたばかりです、まだどちらへも上つてゐないんですよ。

龜藏　それで、あんた學校の方は……。

清二　お蔭様で、やつと卒業することができました。

龜藏　卒業したかの、大學校をね。ほう、そいつはよくやりだ、この町でも、苦學をすると云ふて東京に出てゆく者は多いけんど、これで大學を卒業して戻んたものはないけにのう。あんたが初めてぢやがの、どうぢやろぞ、今夜でも店の者を集めてあんたの苦闘談でも一席きかせてやつてくれんかの……。

つる　あなた……（と睨む、龜藏默る）

つる　（清二に）あんたそれで、ずつとお一人で……

清二　むろんですよ。あちらには親戚と云つてはなし、同郷の者も行つてるには行つてるがひがみですかね、何だか訪ねて行くのも物欲しさうに考へられさうな氣がして僕は文字通りの一人ぽつちでしたよ。この十年間は……全く。

つる　そりや不自由でしたのもし。近けりや私が行つて身の廻りの世話位してあげてもええんぢやけんど、何云ふても三百里離れとつてはのもし。（清二の着物に瞬つて見て）斯ういふ着物や何かも自分で見立てて來るのかのもし。こりや地は久留米かのもし。染絣のやうでもあるし、この節では染絣も上手に出來とるのでちよつと見ると久留米と變らんがのもし。

清二　え、安物ですよ、柳原の吊り下り物でしてね。

つる　え？

清二　ははア、こいつは失禮。おばさんには判るわけありませんね、東京には柳原といつて古着屋ばかりの街がありましてね、そこへ行くと季節の物をズラリと、吊り下げて賣つてるんですよ。仕立下ろしの物もありましてね、柳原と云や、もうそれでわかることになつてゐるんですよ。縫ひ上つてるんだから仕立屋に出す手間も要らないし、便利ですからね、我々、學生はたいがいそれを利用することにしてゐるんですがね。

つる　（龜藏に）聞いたかのもし。やつぱし場所は便利ぢやのもし。（清二に）それで丈やユキも合ふやうになつとるかのもし。

清二　え、寸法もいろ〳〵揃えてあるので、たいがいは間に合ひますね。

つる　ぢや、着物はみなその柳何とか云ふとこでお買ひになるのかのもし。

龜藏　おい（とたしなめるが、つるにらみ返へす）

つる　これで、清二はんやかは、お酒もあがるまいし、タバコもお吸ひにならんしするから、着物やか出來る一方ぢやろのもし。もう一通は揃ふて居るのぢやろがのもし。こんなのはまあ普段着ぢやけに、さうそのもし、持つとる人程普段着やかはわざと粗末ものを着るのもし……。

清二　とんでもないことですよ、おばさん。僕は何しろ食ふや食はずに學校大事に通つて來たのですからね、着物なんてものは一枚だつてありませんよ。まあ着物と名のつく物は、あとにもさきにもこれ一枚きりですよ。

つる　まあ、あななこと……。

清二　ほんたうですよ、おばさん。

つる　さういふたつて、まさか、それで、東京驛から汽車に乘つたわけぢやなかろがのもし。

清二　ところがさうなんですよ、僕はこれで東海道線をずつと通して來たんですよ。

つる　そりや、ほんとかのもし清二はん。

清二　え、かけ値のない話ですよ。

つる　それにしても、今は春ぢやけんで、夏になると夏物、冬になると冬物といふ工合に、季節々々の着換えはあろがのもし、これ一枚といふことはなかろがのもし。

清二　それがですよ、夏になると、今着てゐるこれをマゲて夏物を出すといふ工合に……。

つる　ありや、あんたは、そななこともう……。

清二　え、どうもこりや、とんだとこで恥を晒しちやつて

つる　それでも、まあ、ええがのもし。大學校出たんぢやけに、方々で高い月給で引つぱり凧ぢやろけに、着物やかこれから何ぼでも、こさへよと思ふたらこさへられるんぢやけに……。

清二　ところがおばさん、さうは往かないんですよ。何しろ文科のことで賣れ足は遲いし、よしんば、うまくどこかに入れたとしても、月給は全くお話しにならないんですからね。まあ、やつと食へるか食へぬかといふ境目と思へばたいした間違ひないんですよ。それも、いい工合に就職口があつてのことですよ。

つる　それぢや清二はんあんた、これからどうおしるつもりですかのもし。

清二　僕ですか、何しろかういふ時勢のことですからね、どこでもいい、安月給に甘んじて勤めて、一先づ身を落ちつけてからゆつくり、年來の希望である文學の勉強をやらうと思つてるんですよ。

つる　その文學をおやりると儲かるんかのもし。

清二　いや、その方も儲かると云ふ方ぢやありませんね、よほど名が賣れて來ないとまあね……。

つる　さういふものかのもし、それぢや、やつぱし學問よりか他の商賣の方が金儲けにはなるぢやのもし……。苦勞して學校に行つてもそれぢやのもし……。

清二　（襖の方をあちこち落ちつかぬ體で見かへしながら）あのおばさん、まつ子さんは居ないでせうか。永くお目にかゝらないからお逢ひして行きたいと思ふんですけれど……。

つる　はい、居ります……が（と、いそいで龜藏の方へ膝を向けて、何かしきりに説く、龜藏もうなづく）

つる　（清二の方に向き返つて）まつ子の事ぢやけんどのもし、あれも今度、嫁にやることに決まりましてのもし。今あつちの部屋で嫁入仕度の物を縫ふてるとこぢやがのもし。

清二　え、まつ子さんが、お嫁に行くんですか。

つる　それがのもし、あなな娘のどこが氣に入つたのか是非あれでないといかんと云ふてくれる人があつてのもし。私はそなに急いだこともないと思ふんぢやけんどお父さんがえらい乘氣でのもし……。

龜藏　おい〳〵。……（つるに睨みつられて沈默する）

つる　それに早いといふても、もうあれも二十一ぢやろがのもし。これで娘の子は、男とちがふてすぐお婆さんになるけんのもし、まあ、ええ貰ひ手のついたのを機會に嫁にやつておく方がええといふことにまあ決めたんぞのもし。

清二　その貰ひたいといふのは、やはりこの町の人ですかね。

つる　え、さうぞのもし。佐吉さんをあんた覺えておいでるかのもし。

清二　佐吉といふと、あ、あいつだ、おばさん、まつ子さんを貰ひたいと云ふのは、まさか佐吉君ぢやないでせうね。

つる　それがのもし、あの佐吉はんがえらう出世をして歸へつて來たんぞのもし……そして親の口からこななこと云ふのは何ぢやけんど、あの人は、子供の時からまつ子が好きであれを嫁にするを樂しみにせい出して來たのぢやと云ふておいでるんぢやがのもし……。

清二　ぢや、やつぱり佐吉のところにおやりになるのですね。

つる　人はわからんものでのもし。あの人は子供の時は、あんまり出來のええ方ぢやなかつたやうぢやつたけんど、小學校を出るとすぐ大阪に行つて新聞配達をして居つたと云ふことぢやけんど、主人に可愛がられて、どうぞのもし清二さん、今度、店を分けて貰ろて、支店を出すことになつたちゆうぞのもし。私らも、かうして店を持つてようわかるけんど、店を一軒あづけるとなると、これはよつぼど信用せられたものぞのもし、それが田舍とちごうで、大阪でぢやけにのもし、まあ、今のところあの人が、町での出世頭といふまあ取沙汰ですぞの。清二さんらもこれからと云ふ人ぢやけん、丁度、あの人も今、婚禮のことで町に戻んとるけん、一ぺんお逢ひてはどうぞの。出世する人にはやつぱりどこか人とちごた所があるもんぢやけんのもし

清二　然し、おばさん新聞の支店といふのは僕も苦學中、新聞配達をして知つてゐますが、東京でも、或年限辛棒すればなれるもので、ただ店をあづけると云ふだけで本人の財産といふものは別に……。

つる　いゝえ、さうかもしれませんが、私はこないだ、歸へつた時、挨拶にお見えになつて、あの人にお逢ひしましたがやつぱり人間の格式が出來とりますぞのもし、着とるものがあんた結城紬の重ねぢやがのもし。それが普段着ぢやと云ふんぞのもし、私は、女ぢやけにわかるが綿やか一本もはいつとりやせん。本物の結城ぢやがの。その上、下着から帶までそれに釣り合ふて一分の隙もない衣裳ぞのもし、まあ、ざつと見つも

つて二百圓は體につけとるぞのもし。人間もこれでちよつと出るのに二百圓の物を身につけるようになつたらもうしめたものぞのもし。

清二　さうでしたか。おばさんの御意見はよくわかりました。それで話はもう、正式にお取りきめになつたのですか。

つる　それがのもし、向ふ樣では、その爲にわざ〳〵歸へつて來ておいでるんで、支店の主人が、さう長く店をあけては居られんと、こう云はれるんぞのもし。尤ものことで、式はまああとにしても、とにかく體だけ今度つれて歸へらせようと思ふとるんぞのもし。

清二　さうですか、わかりました。だけど、おばさん、他人の僕がかういふことを云ふのは失禮かもしれないですけれど、かういふ事は、やはり本人の氣持が第一ぢやないでせうか。まつ子さんの氣持はお確かめになつたのですか。

つる　そりや、あんたがまだお若いから、さうお思ひになるんで、娘やか云ふものは、嫁に行けと云へば、たいがい何ぢやかぢやと云ふて見るものぢやけんど、嫁つてしまへば、また何とか折れ合ふて行けるものぞのもし。

清二　え、普通の場合或はさうかもしれません。然し、まつ子さんにもし、かたく將來を云ひ交はしたといふやうな男でも外にあつた場合は、さう簡單にもゆかないのぢやないですか。

つる　それだけは許さんぞのもし。親にかくれて男をこさへるやうな眞似はさせんぞのもし。のもしお父さん。

龜藏　（うなづく）

つる　猫の子を軒下に捨てといてひとりで大きうなつたんとは違ふけんのもし、あの娘をこれまでにするには、並大抵のことぢやなかつたんぢやけんのもし。その恩を忘れて、さう勝手なことはさせんけんのもし、のもしお父さん。

龜藏　（うなづく）

つる　親の目を忍んで男と約束するぢやの云ふたら、そりや野合ぢやがのもし。あれも、今は何ぢや、かんぢやと云ふとるけんど、性根のない子でもないんぢやけん、よう云ふてきかせたら、親の命令はきく子ぢやけに……

清二　勝手なお願ひすけれど、まつ子さんを、ちよつとここに呼んで頂けないでせうか、お暇はとらせません、ただ一言だけ僕まつ子さんに聞きたいことがあるんです。

（襖の外にまつ子の氣配がする）

つる　（襖の方を睨みつけて）まつ子、はいつたらいかん

その、お前には用のないことぢやけに、あつちに行つて居りなさい。

龜藏　清二さんあんたの氣持はわしにはわかる。云ひたいこともそりやあるぢやろが、ここはもう何も云はずに、こなな運命ぢやと諦めて、お歸へりになつた方がええんぢやないかのもし。何も女はあれ一人ぢやないんぢやけに、氣持を押へて……。

つる　そりやのもし、あんたと、まつ子は、子供の時から兄妹みたいに暮して來た仲ぢやけんのう、あんたが、東京から、時々あれに手紙をくれるのも、知つて居つたけんど、見て見ぬふりをして何も云はずに居つたんぢやけんど、あれももうお嫁に行くときまつたら、嫁いつたさきの子やけに、うちの子であつて、うちの子ぢやないのぢやけいのもし。これからは、もうあれに手紙はくれんやうにお願ひしますぞのもし。これで結婚後他の男から來た手紙がもとで家庭が圓滿にゆかんといふやうな話はざらにあることぢやけに、ここにあんたからあれに來た手紙があるけに……（手紙の束を出す）

清二　あ、それは……？

つる　これは一應、親の私の手からあんたにお返へししますぞの。清二さんもさきのある體ぢやけに何も云はずに受取つておくれなはいませ。これだけでみなぢやつたと思ふけんど……。

清二　（苦悶の表情で、）さうでしたか。（受取る）ぢや、これで失禮します。（立ち上つて歸へりかける）

まつ子　（襖を手荒くあけて、とびこんで來る）清二さん……。

清二　あ、まつ子さん……。

（方にかけようとするのを、父が清二を、母がまつ子を、押しとめる）

つる　（まつ子に）何といふことをするんぞの。

龜藏　（清二に）まあ、清二はん何も云はん方がええ。（母がまつ子を止めて居て、父がかるく清二を押して、外に出す。）

（龜藏とつる、清二を店の方に送り出し、まつ子は、疊の上にうつぶせになつて、身を悶える）

（龜藏とつる、部屋にかへつて來る）

つる　まつ子、親の顔に泥を塗るやうな眞似はすまいのう。

龜藏　（つるを制して）まあ、お前は默つとれ。

つる　（龜藏に）みなあんたが人間が甘いけに、こななことになるぢやがの、奉公人の居る前で男に抱きつくとこぢやつたがのもし。

龜藏　（つるには相手にならずまつに）まつ子、わしや、お前の味方ぢやけんど、……。

つる　（龜藏に）あんたそれは何ぞの。

龜藏　（つるには相手にならずまつ子に）然しこりや、あきらめた方がええぞ。わしはあの手紙を見た時は、お母さんが何といふても、お前を清二はんと一緒にさせてやらうと思ふたんぢやけんど、逢ふて見て話をきいて見りや、お母さんのいふことがほんとうぢや。第一、お前が清二さんのとこへ行つても、清二さんはお前を養へんがの。

まつ子　私、東京で働くけにええ。

つる　何を云ふんぞの、不幸者……。

龜藏　手足まといになつて、清二はんのこれからの出世の防げにもなるけに。よう考んだ方がええ。

（まつ子はうつ伏してゐるその上で、父と母と、何か、佐吉との式を一日も早くしよではないかといつたやうなことを、話し逢つてゐる。

清二、手紙を抱いて、悄然と往來をかへつて行く姿が、見える）

——溶暗——

第二場

（その翌日の夕方。

舞臺は、第一幕と同じ）

（塀の前で、清二、下手を見て待つてゐる。たつ子、女學生の裝で、下手から現はれる）

たつ子　あ、清二さん。

清二　やあ。

（たつ子かけよる）

清二　どうでしたね。うまく逢つて來てくれましたか。

たつ子　え、まつ子さん、すぐ來るけにと、云ひよつたぞのもし。

清二　さうですか。やつぱり來てくれると云つてゐましたか、これもみな君のお蔭です。有難う。（思はずたつ子の手を握る）

たつ子　まつ子さんにこななとこ見られてもええんかのもし。

清二　あ。さうか。（と、離す）

たつ子　あ、さうかと云ふ人がありますか圖々しい。（背中をかるく打つ）

（寺の庭のあたりから、童謡花一匁きこえて來る）

たつ子　清二さん、あの唄覺えておいでかのもし。

清二　あ、「花一匁」！　なつかしいね、あの唄は。……覺えてますよ。やつぱりこんな日だつたね、時刻も丁度今頃かね、君やまつ子さんが、やはりあすこであの唄を唄つてた。

たつ子　あんたが、佐吉さんと取組合ひの喧嘩した日のことぢやろがのもし。

清二　さうだ思ひ出すよ。丁度、あの邊だね、僕が佐吉に組みしかれてさんざひつぱたかれたつけね。

たつ子　あの時。泣いてるあんたの鼻をかんであげたの誰か覺えておいでかのもし。

清二　誰だつたかね。

たつ子　心細いのもし、私が鼻かんであげたんぢやないかのもし。

清二　あ、さうだつたかね、つまらんこと覺えてゐるんだね、君は。

たつ子　あななこと云ふて。（打つまね）あ、さうぢやつた、まつ子さんが來たら邪魔になるんぢやけん、早う、いんどこ。（下手に去る）

清二　どうも有難う。

（上手から小學教師、早見出る）

清二　あ、早見先生……。

早見　おや、君は清二君かね。これは珍らしい、いつ歸へつたの。

清二　昨日歸へつて來ました。

早見　それで君學校の方は。

清二　え、お蔭樣で卒業することができました。

早見　さうかね卒業したかね。城北大學の文科だつたね、うーむ、よくやつたね、えらい。（肩をたたく）

清二　いえ、さう云はれるとかへつて恐縮です。

早見　あのね、今日は、生徒の宿題を見なくちやならんので暇がないが、さうだ、明日の晩、宿直だから學校に來給へ。

清二　え、うかがはせていただきます。

早見　いいかね、待つてるよ。一つ君の奮闘談でも聞かせて貰ふかね、ぢや。

清二　ごめん下さい。

（早見、下手に去り、入れちがひに、町會議員、吉井下手から現はれる。清二その姿を見つけて逢ひたくない樣子で、クルリと後向きになる。）

吉井　（すれ違つた時、後を見返へして）おや、お前さんは、若しか楠田の清二はんぢやなかつたかの。あ、やつぱりさうぢや、おお、大きうなつたのう、お前何でも大學校を出たちゆうぢやないか、さうか。（ねめ廻はす）まあ、學校は出たんぢやけん、これからは一つ

金儲けの方をやるんぢやね。何ちゆうても、此世の中は金ぢやけにのう……。

（清二返事をせずに、まつ子が來はしないかと、しきりに下手を見てゐる）

吉井　東京では今キャベツは一貫目何ぼしとるかのう。

清二　（他所々々しく）さあいくらでせうかね、僕よく知りませんよ。

吉井　まあ、家へも遊びに來給へ。

吉井　（少し歩いてふりかへつて、引き返へし）誰を待ちよるんぞ。

清二　いえ、何でもないんです。

吉井　うまいことやりよるんぢやないんか。（肩をたたく）

（清二、吉井に背中を向けたので、吉井、ニヤリとしながら上手に去る）

清二　（下手をのぞきこんで）もうさつきからだいぶ經つのに、來ないところを見ると何かあつたのかな。出かけようとしてるところをおばさんにつかまつたのかな？　あ、誰かやつて來たね、おや、あいつ誰だらう、じやらじやらした着物きてやがつて、公休日に淺草の活動見に行く店員といつたところだね、（眼を外らせて立つてゐる）（下手から佐吉、りゆうとしたなりで現はれる。清二、佐吉には圖らず、やはり下手をのぞきこん

清二　え、まつ子さんが來た？

佐吉　まつ子はん、清二はんやがね、遠慮せいでもええ人やさかい、こつちに來なはれや、さ。

（まつ子、止むを得ず引き返へして來て、佐吉にていねいに頭を下げ、清二には、ごく冷淡に頭を下げる）

佐吉　どこへ行きはるのやね。

まつ子　ちよいとそこまで……。

佐吉　このお方清二はんやが、覺えてはるかね。

まつ子　え。（と興味のない樣子をしてゐる）

佐吉　そや〳〵、丁度ええとこで逢ふた一ぺん二人だけで逢ふて、あんたの本心きいとこ思ふとつたとこや、清二はんおいでたかつて、昔友達やさかい遠慮いらん、正直に云ふてくれはれな、あんたわてのとこへ來てくれはるかね……。

まつ子　え……。

佐吉　あんた承知してくれはるんやね。

まつ子　（コックリする）

佐吉　それきいて安心した。閒（はた）の者で話きめて、本人が不本意や云ふて、あとでもんちやく起すこと世間によくあるよつてな。あんたの今の一言きいてわて安心しました。ぢや、清二はんに失禮させて貰うてそこまで送

でゐる）

佐吉　（すれ違つて）おや、あんたはん清はんやおまへんか。

清二　え、僕は楠田清二ですが、どなたでしたかね。

佐吉　やつぱり清はんやね、あんまり變つとるんで、氣がつきまへんでしたよ。私ですよ、佐吉やがな。

清二　え、佐吉君？　さうか佐吉君だ。

佐吉　私も、そなに變りましたかね。

清二　變つたよ、まるで氣がつかなかつた。（着物にさはつて）これだね、君、結城といふのは。

佐吉　そや〳〵、やつぱり場所にゐやはつただけあつて、眼は肥えてゐやはる。これ結城と見分けてくれはるさかいね、ほんの普段着やがな。（清二の着物に觸つて）あんたはんのはこれ久留米ですかね。染め絣としてはよう出來とりまつせ、ちよつと見たところぢや、わからへん。

（清二いよ〳〵そは〳〵する）

佐吉　誰か待つておいでなはるのかね。

清二　いや、何でもないんですよ。

（下手からまつ子姿を現はすが、佐吉のゐるのを見てドキリとして二三歩引き返へすのを）

佐吉　あ、まつ子はん。

らせて貰ひませうか、ぢや、その邊まで一緒に行きましよ。來なはれ。

まつ子　いえ、ええんぞのもし、一人で歸へるけん。

佐吉　まあ、さういはずに來なはれ、話もあるさかい、清二はん、ぢやいづれまたそのうちに。

まつ子　（佐吉についてゆかうとする）

清二　まつ子さん！

まつ子　えつ。（とふりかへる。複雜な表情をするが、クルリと向き直つて、その儘、佐吉のあとについて下手に去る。）

（清二その後姿を見送る）

――幕――

第三幕

（此間更に十年經過）

（晩秋の宵、淺草、合羽橋通の大衆的な安直な酒場新井屋の内部。下手寄りに出入口、のれんが下つてゐる。上手寄り突き當りにカーテンが下りてゐて、その奥にコック場、帖場の一部が覗いてゐる。上手前壁際に、便所に行く入口あり。室内、最下級の酒場の飾りつけ、安手の椅子、テーブルなど程よく置かれてゐる。

幕開くと、田舎から出たての女中、三人、いそがしく客の間を縫つて、注文をきゝ注文を通してゐる。

幕開くと、上手寄テーブルにかけた常連の客女中をからかつてゐる。

勞働者風の男三人はいつて來る。女中、帖場「ゐらつしやいまし。」と大聲で迎へる。下手寄り奥のテーブルにかける。女中B注文をききにゆく）

女中B　おぢさん、何にする？

勞働者A　おぢさんはひどいね。

女中B　だつておかみさんあるんでせう。

勞働者B　こいつは獨り物だよ。姐さん女房になつてやれよ。

女中B　さうね、あんたお給金いくら貰つてるの？

勞働者A　あれ、來る氣でゐやがる、この面で……

女中B　何？　……（力まかせに勞働者。Aの背を打つ、A危く倒れさうになる、洪笑起る）

勞働者B　とにかくお銚子一本貰はうか。

女中B　お肴は何にするの。

勞働者B　カツだ俺は。

主人　（女中に）もう見たのか、あきれたもんだらう。

女中A　私、見てきまりが惡くなつたわ。

客A　君がきまりが惡くなるのぢや相當なもんだらうね。

主人　驚いたもんですよ、まア一杯もらひませう。（し、勝手に客の德利をとつて盃を持ち自分でついでのむ）

（楠田清二、うらぶれた姿でのれんを分け入つて來る、やはり常連と見えて、亭主のゐるテーブルにつか〳〵と近寄つて來る）

主人　あ、楠田さんだね、丁度いゝ所に來た。（清二席につく）楠田さん、あんたの書く万才の原稿があまり受けないわけが今日やつと分りましたよ。

清二　つまらんことを發見したんだね。

主人　とにかく橘館にかゝつてゐる、十姉妹、鈴虫といふ夫婦万才を一つ聞いてごらんなさいよ。

清二　あんまり聞かない名前だね。

主人　聞かない道理ですよ、大阪からの初登りらしいんですよ。

清二　へえ、そいつうまいのかね。

主人　うまいもまづいも、まあ百聞一見に如かずですよ、見てゐらつしやいよ。何しろあんたの書くのは上品過ぎる、エロが足らんですよ。あゝいふのに比べると……ね。

〃 C　俺もカツだ。

〃 A　俺もだ。

女中B　（Aに）知らないよ、勝手にしなさい。（にらむ）（大きな聲で帖場の方へ）三番さん、お銚子一本、カツ三枚……

客A　（上手寄りのテーブルにかけた二人伴れの常連の一人、帖場をふりかへつて見て女中Aに）今日は。大將見えないね、どうしたんだ。

女中A　また橘館に漫才きゝに行つたんでせう。

客A　漫才好きなんだね、ここの大將は。

女中A　え、だつて面白いんですもの。

客B　さういへば君漫才みたいな顏してるよ。

女中A　云つたね、こいつ。（突く）

（下手のれんを分けてここの主人歸へつて來る下手の常連の顏を認めて、つか〳〵とそこに來る）

主人　いらつしやい。ちよいと骨休みさせていたゞきましたよ。

客A　また漫才でせう。

主人　驚いたですよ、今日の橘館のあの万才師にはね、十姉妹、鈴虫といふ夫婦漫才ですがね、……

女中A　あ、それ私も、昨日の公休に見て來たわ。

清二　然し僕も近頃では、だいぶ濃厚なエロを入れてるつもりだがね。

主人　いや、問題ぢやない。まあ、あれを一度見るんですね、えげつないつたらないんだから。

清二　僕のもエゲツなく書いてるつもりなんだがね。今亭々座でやつてるのなんかは……

主人　素然けた遣ひですよ。とにかくね、見てて逃げ出したくなるからね、然し人間の皮かぶつてよくもまあ、あんな眞似が人樣の前でできると思ひますね。面の皮千枚張りといふのはああいふ手合ひでせうね。いくら金になつても、まあ普通の常識のある人間ではあの眞似はできませんよ。亭主も亭主なら女も女ですよ私しやあ、しかし、いくら受けても、ああいふのはきらひだ、人間といふものがどだいあさましくなるね。何しろね、男の野郎がですよ、「私しや、これでも徵兵檢査の時にね、檢査官にほめられましたよ……」ときり出すんでせう……。「おや、どこがええ云ふてほめられましたんね」と受けるとね、「ただ、一つええとこがある云ふてね」

女中A　さうよ、「それどこやね」つて女の方が、わかつてるくせにわざとわからないやうな顏してきくんでせう、面の皮が厚いたらないのよ。あの顏考へただけで

こつちが氣まりが惡いわ。

主人　さうだ〳〵、「それどこやね」とね、（物眞似調子になつて）「私しや、これで徵兵檢査の時にね、檢査官にほめられましたよ……」

女中A　「おや、どこがええ云ふてほめられましたんね」

主人　「ただ一つ、ええとこある云ふてな」

女中A　…………

客A　（女中に）おい、やれよ。

女中A　いやよ、氣まりがわるいぢやないの。

客A　物體つけずにやれよ、何だ。

清二　やつてくれよ、五十錢出すよ。

女中　ほんとに五十錢くれる。

清二　うん、商賣のもとでだから拂ふさ。

女中A　ぢや先に頂戴。

清二　畜生、信用しないんだね。ぢや、出すぜ。（蟇口をあけて銀貨一枚とり出す、テーブルのすみにおいて）ここにおいとくぜ、終りまでうまくやれたら、これそつちへやるからね。さあ、始めてくれ、大將頼んだよ。

主人　よしぢや行かうぜ。「ただ、一つええとこある云ふてな……」

女中A　「それどこやね」

主人　「フ、フ、あてて見い、どこや?」

女中A　「わかつた、眉毛やろ、その釣り上り方がええ云やはつたんやろ。檢査官が」

主人　「ちがふ〳〵、もつと下やが、……」

女中A　「眉毛の下やつたら口かいな。口の大きいのが强さうに見える云やはつたのか」

主人　「ちがう、下や、もつと下や」

女中A　「まだ下かいな。あ、そやつたら、その猪首やろ」

主人　「下、下、もつと下やがな」

女中　「そやつたら、ずーつと下つてお臍かいな」

主人　「もつと下やがな」

女中A　「お臍の下云ふたら、膝かいな」

主人　「あ、通過した、ちよつと上……」

女中A　「通過した? お臍の下で、膝の上や云ふたら……あ、……」

清二、客、A、B　やあ、こりや、どうも、ア、ハッハ……

（女中、銀貨をすばやく取る）

主人　「通過した?」つて女が云ひながら、眼を膝から少し宛上にうつしてゆくんでせう。これを、男の野郎ニヤ〳〵しながら、指でわざ〳〵、ズボンの××××××××××するんでせう。氣の毒なやうな氣もしてね、何んだかそつちを見てゐられないんですよ。

客A　そういふ夫婦、家に歸へつたらどんな風なんだろうね、やつぱし、其調子かね。

客B　まさか。

女中A　普通の人のやうよ。ちつともかわらないわ。女の方なんか、とてもおとなしさうであんな人がよくあんなことできると思ふ位よ。

客A　おや、君、どこかで逢つたことあるのか。

女中A　よく店に來るわよ、二人づれで。

清二　へえ、そいつは氣がつかなかつたね。

主人　私も知らなんだね。（女中に）人違ひぢやないだらうね。

女中　人違ひなもんですか。一昨日も、旦那が帳場にゐた時に來ましたわよ、あのテーブルに。（と、下手前方のテーブルを指す）

主人　へえ、氣がつかなかつたね。今度來たら知らせてくれよ。ああいふのの、素顏を見てやりたいからね。

（下手寄り勞働者達、泥醉して、うたひ出す。入口ののれんを分けて、佐吉と、まつ子、小屋歸りの萬才師の裝で、はいつて來る、佐吉は出來合の背廣。まつ子は、和服で束髮、首に白い絹を卷きつけて、昭和十二年の風俗とは思はれぬ時代おくれの裝(なり)、さつき女中Aが指ざしたテーブルにかける）

女中A　來たわよ〳〵。あれよ、あすこよ。

（一同そつちを見る）

主人　さうだ、あれだ。……

（女中C、そばに行つて、注文をきく。佐吉は淸二たちのテーブルに背を向けてかけ、まつ子は淸二たちに顏を向けた位置にかけてゐる。佐吉女中に酒を注文し、まつ子、メニューを調べて何か注文する。

淸二先程から、そつちを眺めて、しきりに首をひねつてゐたが、次第に、眞劍な顏になる。女がメニューをおいた時、ふとみつめてゐる淸二と視線が合ふ）

清二　あ!（立ち上る）

まつ子　あッ。（立ち上る）

佐吉　（驚いて後を見返へすが）あ、楠田はん?

（淸二佐吉に氣がついて、一層驚いたが、言葉は出ない）

清二　（席を立つて、まつ子の顏をみつめたまま、そのテーブルに近づいてゆく、まつ子は、すぐ感情に堪えかねて、うつむく）まつ子さん暫らくでした。

まつ子　（顏を上げて）お久しうございます。（またうつむく）

清二　（佐吉に）意外なところでお目にかかりましたね。今そこで、あんた方の噂をしてゐたところですよ。万才をやつて居られるさうですね。

まつ子　（ちよつと、顏を上げて何か云はうとするが、すぐうつむく）

佐吉　淸二はんに、こなとこで逢はうとは思ひませんでしたよ。お達者で結構です。

清二　え、有難う、體だけはね。

佐吉　あんたはん、やはりお住ひはこの邊で。

清二　え、すぐ近くなんですよ、そしてね、万才作者をやつてるんですよ。

まつ子　あら。

佐吉　そりや。また……?

（話しこむ）

（上手のテーブルから、主人去り、客二人のこり、淸二たちのことを、話し合つてゐる樣子。活動がはねたと見えて、客立てこみ、注文を通す女中の聲、喧しい。

客、次第にかへつてゆく）

清二　全くどこに誰がゐるかわからないものですね、東京と云ふところは。……

佐吉　そう云へば、吉井はん知つてはるやろ、あんた。

清二　吉井さんと云へば、あ、鄕里(くに)の町會議員の吉井さんでせう。

佐吉　そや〳〵、町會議員してはつたお方やがな、あの吉井はんが、やはり淺草に來てはるんやがな。

清二　え? 淺草に?

佐吉　それが何してはると思ひやはる、わてらの小屋の隣の亭々座の樂屋番してはるのやがね。こないだ何氣なしにあの樂屋にはいつてゆくと、ゐやはるのでつせ。知つとる人に逢ふの面目ない云ふて居やはつた。何でも國の方、失敗して居られんやうになつて出て來やはつたのや云ふ話やがな。

清二　わからんものですね、ああいふ拔け目のない人でも失敗することがあるんだから……

佐吉　こりや、吉井はんの話やけど、早見先生知つてはるやろ。

清二　え、早見先生どうしていらつしるでせうね、いつか宿直室でビールを御馳走になつたりしたのだが、あれから音信せずにゐるんで氣にかかつてゐるんですがね。

佐吉　そやつたら一ぺん、訪ねて行つてあげなはれ喜びまつせ。

清二　え、ぢや、東京にゐられるんですか今。

佐吉　さうや、吉井はんの話では小石川の……

まつ子　（ちよつと顏を上げて）牛込やがね。（そのまま顏をうつむける）

佐吉　そや、牛込や、牛込の區役所にでてゐやはるんや。田舍の學校の方は停年になりやはつて、今區役所で小使してゐやはるのやビール下げて訪ねて行つて上げなはれ。

清二　さうですかね。意外なことばかりですね。ふーむ、意外と云へばね、僕はさつきから聞かうと思つてゐたのですけれど、君、どして新聞店の方よして、万才師になられたんですね。店の方はもうとぢてしまつたのですか。

佐吉　店と云やはると、……

清二　ほらね、僕がいつか鄕里でお逢ひした時ね、あの時たしか君は、新聞店の主人の信用を得て支店の主人になつたと云ふことで評判だつたやうだつたが……

佐吉　あ、さよか、あの事云ふてゐやはるのやね。店云ふても賣店の株ゆづつてもろただけのことやさかい……

清二　え、賣店ですか。

まつ子　さうですのよ、國にかへつて店々と云うて歩いてゐたのに、來て見ると、夜店のはしに夕刊置いて賣つてるだけのことですの。何でも、その株を他の人からゆづつて貰ろたのや云ふてんですの。

佐吉　あハハツ、田舍の人はみな正直やよつて店云ふたらみなほんとの一戸張りの店や思ふてゐやはつたのやがな。あれ夕刊の立ち賣りの株やつたんですよ。

清二　正直なところを云ふとね、あの時、僕も君に逢つて少し變だと思つたんだ。僕の見たところでは、まだあの時は、君は一戸の店の主たるの格はなかつただですよ確かに。

佐吉　やつぱり判りなはつたか。あ、ハハツ。

清二　然し、賣店としても、あの頃君は、相當の收入はあつたんでせう。僕が逢つた時に、相當な身裝でゐられたやうだから。

佐吉　それ言はれるとつらいんや。

清二　覺えてゐますよ。たしか結城つむぎか何かの重ねを着てゐましたね、不斷着に……

佐吉　すんだことやさかい白狀しますがね。淸二はん惡く思ひなるなよ。あれ貸衣裳屋から賃借りで借りて行つたのやがな、着物から下着や帶までそつくり……。

清二　え、ぢや、あれ、君の着物ぢやなかつたんですか。

佐吉　それ云はれるとわて面目ない。あれはただ女房打ち取る爲の武裝やつたのやがな。

まつ子　さうよ、支那の保安隊みたいなものや。貸衣裳屋の着物でお母さんを信用させてしもたんや。お母さんが馬鹿やつたんや。私は貸衣裳でごまかされてこの人のとこに伴れて来られたのや、私達一家みなこの人と吉井さんにだまされたのや。

清二　いや、お宅の人達だけぢやないですよ。町の人全體がさう信じてゐたらしかつたですね。

まつ子　人をだまして苦勞させて……

佐吉　だましたわけやないんやで、斯う云やお前が増長するがあの時はお前を貰はう思て、のるかそるかの勝負したんやで、何ならもう清二はんにかへしてもええよつてな、清二はんどうや、この婆もろてくれはるか。

まつ子　こなに皺くちやになつてしもて、今更清二はんのとこに行けますか、馬鹿！

佐吉　たうとう、馬鹿言ひよつた……（立つて、便所に行く、足許よろ〳〵してゐる。あとでちよつと氣まづい沈默。互に昂奮してゐる）

まつ子　清二さん。

清二　ええ。

まつ子　私いつかあなたに逢ふ時があつたら云はふ思とりましたんやけど、おんたはんのやうにひどい人、世の中にまたとあれへん。

清二　何ですつて、意外なことをききますね。僕の方こそあなたに怨みを云ふ理由はあります。あなたからそんなこと云はれるわけはない筈ですよ。最後にお逢ひした日を思ひ出して下さい、僕は生涯忘れやしないですよ、寺の塀の前で、僕はあなたを待つてゐた……。

まつ子　覺えてゐますとも、髪結ひのたつ子さんから言傳があつたよつて、こつそり家を出てお寺の裏まで行つて見ると、あんたの傍に佐吉が居つたのです。私佐吉が居つたのですぐ引き返へさうとしたのやけれど、佐吉に見つけられて呼びとめられてしもたんや。

（佐吉、便所から出て来て、上手寄りの常連のテーブルで迎へられ、酒をのまされてゐる。）

清二　それは知らなかつたです。然し、あなたはそばに来て、佐吉君にだけ挨拶して僕には殆んど眼もくれなかつた。それはまあいいとして、あなたは、佐吉君の求婚に直接承託を與へて、僕をおいて勝手に二人きりで歸へつてしまつた。それを見送つた僕の氣持を考へて下さいよ、僕はあなたを呪ひ、また人生その物を呪つた。

まつ子　あんたは、あんたはあんまり勝手すぎます、さうや、あんたは利己主義や。

清二　え、何が利己主義です、例へばあの時のことを、假りに僕とあなたと、立場を入れ替えにして考へて見て下さい、あなたはどんな氣持がします。

まつ子　それが勝手な考へ方やおまへんか。

清二　何故です？

まつ子　そやないか、あんたは、自分のことだけしか考へやはらんのやないか。今あんたはん、二人立場をかへて考へて見い云やはつたやろ。そやつたら私の身になつて見てくれはれや。私が、あの時、誰一人相談相手もなしに、どんなに苦しい思ひして居つたか、あんたはそれ考へて見てくれはつたのか。

清二　それは一通りの苦勞ぢやなかつただらうとは思ひます、然しそれもこれも、僕を裏切つた結果となつては……

まつ子　何云ふてはるのや裏切者あんたやおまへんか。

清二　まつ子さん妙な云ひ方は止しませう。現にあの場で僕を捨て、佐吉君を選んだのは君ぢやありませんか、今更その事實を枉げて何になるんです。

まつ子　そやつたら、あんたにお聞しますが、あの日、たつ子はんに、あんたが傳言してくれはつて、私が家を出てゆく時、どない氣持で居つたか知つてゐやはるか。

清二　僕に最後の宣告を與へるつもりでやつて来たんでせう、きつと。

まつ子　違ひます、私は、親も家も捨てる決心であんたに逢ひに行つたのだつせ。あんたに逢ふて東京に来る打ち合はせしよう思ふて行つたのです。

清二　え、僕と一緒に東京に来るつもりだつた？

まつ子　さうでしやろ。あの時は、もうお母さんは無論のこと、私の味方や思ふとつたお父はんまで、私らが一緒になることには絶對反對となへとつたのやおまへんか、一緒に東京に逃げて来るより外に道なかつたのやおまへんか、あんたを杖とも柱とも思ふて頼りきつて居つたのや……

清二　詭辯だ、まつ子さん、何の必要があつて、あんたは今更そんな詭辯を弄されるんです。あの時に、あんたが僕にとつた態度、それから佐吉君にとつた態度。それが何もかもはつきりと説明してゐるぢやありませんか、僕はもうそんなことをきくのは堪らない、止して下さい。

まつ子　あなたは、あの時私が佐吉にだけ叮嚀にしたのをまだ根にもつてゐやはるのやね。

清二　當り前ぢやありませんか、何よりの證據ですよ。

まつ子　清二はん、あんた、それほど私を信じてゐやはらなかつたですか。

清二　信じてゐたからこそ裏切られものが、一倍苦しかつたのです。

まつ子　やつぱり、あんたの信じ方が足りなかつたのや、私があんたを信じて居つた程、あんたはんはわてを信じてくれはりよらなんだのや。そやありませんか、私が佐吉の云ふなりに歸へつたのは、あんたとのことを感ずかれないためにしたことです。大事な時やよつて佐吉に少しでも感ずかれたらことや思ふて、いやな思ひしてごきげんとつといたのやありませんか。

清二　その佐吉君とかうして十年も伴れ添つてゐると云ふんですね。ふ、ふん。

まつ子　ぢや、清二はん、あんたは、あの時、あんたはんが、急に東京に發ちはつたあと、私がそのあと追つて家出たの知りはらんのやね。

清二　え、君が僕のあと追つて家出た……？

まつ子　その事知りはらんのか。私は、あんたが、私をおいて一人で發ちやはつたときいた時、ひどい人や思たけれど、やつぱし昨日のことでカッとなつて歸へりやはつたのや思ふと、早よう逢ふて話さう思ふて、身のまはりの物もつて驛までかけつけたのです。切符も東京まで買ふて、汽車ついて乘らう思ふた時、お父はんと佐吉かかけつけて、つれて歸へられたのあんた知りなはらんのか。

清二　まつ子さん、それ事實ですか。

まつ子　町の人誰やつて知つてはる。聞いて見なはれ。

清二　……僕が惡かつた。間違つてた。

まつ子　家につれて歸へられて、みんなよつてたかつて無理やりに佐吉と一緒にさせられてしもたのや。私その時も、あんたゐてくれはつたら思ふて、一人で勝手に歸へつたあんたを怨んだのや。大阪に伴れて歸へられてからも、私、やつぱり、いつか清二はん来てくれはつて、私を伴れて歸へつてくれはるやうな氣して、それ待つて居つたのや。

清二　もういゝです。まつ子さん、あなた一人に苦勞させてすみません。さう事がわかつた以上、あんたは、もう佐吉と一緒に、衆人の前であんな萬才なんかしてることはないでせう。僕にだつて、僕にだつてあんた一人位はどうにでもして養へる。養つて見せる。さうだ。佐吉君にはここで話をつけておく……（テーブルの上に醉ひ伏してゐる佐吉の方へ行きかける）

まつ子　待つて……清二さん、もう何もかもすんだ事です今更どうにもならないことです。私はただこれだけのことをあなたに逢ふて云へばよかつたのです。

清二　然し、さうとわかつて見れば、僕はもう、あなたを佐吉の許には一日だつておいとくことはできませんよ。戸籍上のことはあとにしても、とにかく佐吉君との間の話はつけて来ますよ。

まつ子　いゝえ、私は今の儘でええのです。お客様に笑はれて舞臺に立つて漫才しとればええのや。

清二　わからないこと云ふもんぢやありませんよ。もつと強くおなりなさい。あなたを掠奪した佐吉君の爲に、これ以上義理を立てることがどこにありますか。

まつ子　私が漫才して居るの夫のためぢやございません。

清二　ぢや、誰の爲です？

まつ子　私はもう人の親やさかい。子供の爲には何でもしなくちやいけません。

清二　さうか、子供さんがあつたのか。（ぐつたりと椅子にかける）さうか。

まつ子　清二はん。

清二　……………

まつ子　あの時使に来たたつ子はん覺えてゐやはるやろ。あのたつ子はん。神田で美容院出してゐやはるから訪ねて上げなはれ、あんたのこといつも心配してゐやはりよつたさかい。神田の省線の驛のすぐ前で、花月美容院云ふたらすぐわかります。私からもよろしゆう云ふた云ふてくれはりませ。

清二　……まつ子さん。

まつ子　（清二に關らず）あ、また、寢こんではる。（立つて、上手のテーブルに行つて、テーブルにうつ伏せになつて眠つてゐる佐吉をゆり起す）あんた、あんた、おきなはれ、清二はんが待つてゐやはるやないか。

佐吉　うー、あ、えゝ氣持や。あこりや失禮。そや、清二はんゐやはつたのやね。（立つて歸へつて来る）（清二に）何沈んでゐやはるのや、久しぶりに逢ふたのや、乾杯しよう。姐さん、お銚子、もつて来てくれよ。

まつ子　もうお止しなはれ。店ぼつ〳〵しまひやさかい、それに清二はんは、もうのみなはれん。

佐吉　まだ一本ええやろ。

まつ子　やめなはれ。

清二　僕もうのめませんよ。

（十位の男の子、のれんをわけて首を突きこむ）

子供　お父つさん、またのんでるのやね。

佐吉　あ、坊主また寂しがつて来よつた。（清二に）一人留守番させとくものやよつて、寂しがつて、酒場一軒一軒さがして歩くのや。（子供に）ここに来い。（子供来る）

まつ子　あ、雨が降つとるのやね、こなに濡れて。（袖でふいてやる、背中むけさせてふいてやつたりして、いとほしさうな樣子である。清二ぢつと見てゐる）

佐吉　どうや、わてによう似とる皆云ふのやけど。

清二　見た時すぐさう思つたですよ、そつくりですあの時の君と。

佐吉　あの時云ふと。

清二　寺の裏で、僕がなぐられた時の君ですよ。

佐吉　うは、えらいこと覚えとるのやね。

清二　そつくりだ。實に不思議だ。あの時の君のきてゐた手織木綿のきものが、スヱーターになつただけのことだ。

（まつ子、清二の一言一言をきゝながら、子供につたい雫を拭いてやる）

佐吉　姐さん勘定！

清二　いや、僕が拂ひますよ。

佐吉　心配しなはるな、あるよつて。

（佐吉、脱いでゐた上衣をとつて、着ようとするが、醉つてゐるのでうまくゆかないので、まつ子手傳つて、腕を袖に入れてやつたりする。）

清二　（女中が持つて來た、傳票を見て、拂ふ）

佐吉　（まつ子に）あ、清二はんが拂つてやはる。お前がまぐち持つとるやろ。

清二　（まつ子の手を押へて）いゝですく。

まつ子　すみまへん。（また急いで、佐吉の身の廻りを手傳つてやる、子供もそれを親しく見てゐる）

清二　（眼を外らせて）ぢや、さきに失禮します。（のれんの方に歩き出す）

佐吉　ごめんなはれ。

（清二のれんから外に出るが、雨を眺めてちよつと立つてゐる）

まつ子　あ、傘持つてるやはらんのやろ。これ持つて行きなはれ。（と、短かい柄の自分のパラソルを持つてのれんのところにかけてゆくが、清二が、のれんを出たところに向ふ向きに立つてゐるのに、手がさはつたので、あはてて、一歩中に下つて）ぬれると體にわるいさかい。これ持つてゆきなはれ。夫のがありますさかい、三人ではいて行きますよつて。

清二　いゝですよ（かけ出す）

まつ子　清二さん（と、思はず、あとを追つて外に出たがやがて、またかへつて來て）濡れて行きやはつた。

佐吉子供と仲よく何か話してゐる。

——幕——

（カツト・島　公靖）

陽の射す縁端
――八丈島の浮田秀家――

渡邊　渡

時代
　天正十八年より明暦元年までの六十一年間。

場所
　八丈島。小田原。

人物
　浮田　秀家
　浮田小平次（秀家の子息）
　備前の漁師
　　相（小平次の乳母）
　村田　助六（元浮田家の家老）
　浮田　八郎（秀家の少時）
　池田三左衞門（後の池田輝政）
　甘糟五兵衞（相の父、鄕士）
　楓（後の相）
　鎧を着た武士（實は初代奥山縫殿介）
　北條家の雜兵、二十人。八郎の從者。三左エ門の從者
　奥山縫殿介（初代）（代官）
　　淺　路（奥山の妻、雪）
　奥山の用人
　島役人
　奥山縫殿介（二代）
　奥山　主殿（その舍弟）
　笠井（浮田家家臣）
　月岡（〃）
　安田（〃）
　大谷（〃）
　風早（〃）
　脇屋（〃）
　岡本（〃）
　中山（〃）
　浮田家の下女。
　代官所の下女（島の女）
　島役人の妻。
　島民老若男女數人。

第一幕

慶長十三年三月、午後晩く夕方に近く。

八丈島に流罪となつてゐる浮田秀家の住居。

當時、八丈島は、全然の無人島ではなかつたが、それに近い、僅かの漂着民の住まつてゐた極はめて原始的な狀態の孤島であつた。特に書き加えて置きたいことは、當時の船舶では、黑潮の先にあるこの島に航行することは三回に一度の難破を覺悟しなければならなかつた事である。

その不便な島に秀家主從が流謫されて來て、無智な島民からは罪囚として冷遇されながらも自ら先に立つて荒地を耕やし、魚撈に從つて、與へられた境遇の下に最善の人間生治を營まうとしたのである。さうした原始農耕民族的な人生意圖が一見して伺はれるやうな建て方の家とその庭である。

數年前の流謫當初に、秀家自ら家臣を指揮して建てた、手造りの然し永久的な、實用本位の家の一角、座敷――が、舞臺上手寄に見えてゐる。八疊位の廣さで、東南に向いてゐる。前面及下手向に廣い陽さしのいゝ椽がある。座敷の上手側は、襖で臺所、居間、及、可成廣い家臣達の長屋がある心持。正面上手寄り半分は襖で下手寄りは床の間である。正面襖の奥は、一つの部屋を通り越して玄關に通じる心持。室と椽との間の敷居は、障子が建てられるわけであるが晝段は開け放されてゐる。

下手寄、舞臺の三分の一の面積及、座敷の前面は、庭となつてゐる。

下手庭の正面は、二列の生垣、その二列の間を通つて外へ出るやうになつてゐる。生垣は住居を一廻りしてゐて外に出る者はみなこの二列の間を通ることになつてゐる。生垣と家の間も庭で玄關から出てそこを通つて行くことになつてゐる。

座敷の椽の前面に自然石の沓脫石があり、椽の前を通つて、上手つき當りの右手に家臣の長屋及臺所に通じる木戸が見えてゐる。家族はみなこの木戸から出入りする。

庭の下手寄りに農具漁具を入れる物置と、並んで奥に穀物を入れる納屋がある。納屋の前には蓙がしかれてゐて、日向に野の物が乾してある。尙、當時八丈島では、米及甘諸は收獲されず、大根其他の蔬菜と、穀物としては主として稗、粟であつた。海の物は海草、鰹、鮑等。莚の上の收獲物でその一端を說明すること。

二列の垣根を出た所は、坂になつてゐて、此住居全體がやゝ高き坂の上の場所にあることを說明させる。住居の上手、東北側は、深い山を背負つてゐる感じ。

坂道を下つたところは村道の心持。然し村落は見えない、村落を越してかなたの遠い水平線とその上の空とが見えてゐる。

住居の前面は、少しの陸地があつて、崖となり荒海に面してゐる心持、その岸の潮鳴りの音が耳を澄ますと聞える。

床には、昔を語る如く黃金作りの陣太刀がおかれ、その隣にいかめしい、甲冑が飾られてゐる。全部農夫の生活の中に此床の間だけが目立つ。椽端に小平次の玩具の積木が置かれて居り陣太刀の横に茶器を入れた盆があり、下手寄りに火鉢に鐵瓶がかゝつてゐる。

住居全體として實用が八分、過古の名殘が二分の感じで、實用が次第に庭から座敷へと過古の生活の名殘を噛みながら上つて行くと云つた感じ。

幕開くと、舞臺、上手寄りに、下手を頭にして絹布の蒲團が敷かれてゐて、それに救助された漂流者の漁師が寢てゐる、椽の軒に漁師の救助された時着てゐた着物が吊されてゐる。

遠くで潮鳴りの音が聞える。

漁師　（眼を覺まして）う、うーん（と兩手をのばせて欠伸をする。）おや（と起き上らうとして）あ、痛ッ、と腰をさする、やつと起きて）さうだ俺は親方におぶさつて作日ここへ來たんだ、今、何刻だらうな、もうぢき夕方らしいな、……俺あ、一晝夜ぶつ通しに寢たらしいね、う、うーん（と、また欠伸をしかけて）い、痛い、いけねえ（と腰をさする。）いつたい此家は何商賣の家だらうな、（庭の方を見て）お百姓のやうじもあるし（床の間を見て）あんな立派な鎧や冑はお白姓の家にある品物ぢやないしな、（尙、不審さうに室內、室外を見廻はした後に、自分の着て寢た蒲團に氣がつき）おや、俺あ、こんなとてつもねえ立派な蒲團を着て寢たものかね、こりや絹ぢやねえか、本物の絹の蒲團だぜ（觸つて見る）

上手寄正面の襖を開けて浮田秀家現はれる。島風な粗末な着物を着た三十五、六歳の骨格の逞ましい男、氣さくな調子、態度極はめて平俗である。

秀家　眼が覺めたな、ほう、もうさうやつて起きて居られるかね、まあ、よかつた。

漁師　（かるく座り直して）へい、有難うございます、お蔭樣でどうやら助りました、何もかも親方のお蔭でございます、この御恩は決して忘れません……

秀家　何、禮などを云はなくともいゝ、誰でもすることを居合はせてしただけのことぢやからね、そんなに堅くならずにくずしなさい、まだ座ると足が痛むだらう。

漁師　へい、では、ごめん蒙ります（足をずらす）

其時、潮鳴りの音の間に、ドシン、ガタ、メリ〳〵と、物の折れくだける音遠くで聞える。

兩人耳をすます。

漁師　親方あの音は何ですかね。

秀家　水舟ぢやよ、また

漁師　水舟と云ふと！

秀家　人の乘つてゐない漂流船のことを此島では水舟と云ふて居るのぢやよ、乘組員がみな波にとられて舟だけが流れついて來たのぢや、毎年鰹漁の季節になると潮流の關係でもあらうか、此下の磯にああして水舟がよ

く流れつくんぢや、礒は何しろあの岩だからな、小舟などは胴中から折れてしまふんだ。今の晉がそれで、舟が岩にぶつかつて折れたのぢやよ、たまに人が生き殘つて居る舟もあるが、早く島の者に見つけられなかつたら、岸まで流れついて來て、やれ〳〵と思ふた瞬間、舟諸共に背骨まで折れてしまふんだね。

漁師　親方もう其話はお止しなすつて！　それぢや早い話が私も昨日、親方が岸の上から見つけてくれなかつたら今の舟と同じやうに舟は折られて私も死んでたわけですかね。

秀家　先づ、その邊だね。

漁師　ひえッ、危ねえ所でしたね親方、（前の海をのぞいて首をひつこめる）

秀家　全くだよ、お前のやうに運のいゝ男は少いよ、わしが、何氣なく岸の上まで出て見ると、小舟の中にお前さんが眠つてゐる。

漁師　眠つて居つたのぢや、ございませんよ、腹がへつて動けなかつたのですよ。

秀家　其くせ、綱を下げたら摑まつて上つて來たね、動けないと云ひながら、

漁師　そりや、綱が下りや、たいていの者はつかまりますよ、生きてさへゐれば……

秀家　ハ、ハ、ハ、まあいゝよ、それだけ元氣が回復すりやいゝ、お茶でも入れてやらうか、そのうちに御飯もできるであらうからな。

漁師　相すみません。

秀家立つて、床の間の茶器を取り、鐵瓶の湯を移して茶を立て、茶碗を漁師の前におく、漁師、乾いてゐたと見えて、がぶりとやる。

秀家　もう一杯ついでやらうか。

漁師　あ、おいしかつた、すみません（さし出す）

秀家　（つぎながら）俄かに餘り呑んでは體によくない、これで、やめて、また時間をおいて飲むのだね！

漁師　（飲干して）うまかつた、親方こんなにお茶をおいしく飲んだことは始めてですよ、（と、空になつた茶碗になつかしさうに眼を落して、はつとして）おや、親方、これは備前燒ぢやござんせんかね。

秀家　うむ、よくそれが判つたね。

漁師　やつぱしね、大した燒きですな、これは。

秀家　ほう、お前燒きまでわかるか。

漁師　そりやね親方、生れ故郷の產物は判らなくては。

秀家　おや、お前は備前の生れか。

漁師　さうなんですよ私は備前國兒島郡の生れでしてね。

秀家　さう云へば、あの邊の言葉の訛があるね。

漁師　おや、訛に氣がおつきなさるところを見ると親方もあの邊にお出になつたことがありますね。

秀家　うむ、備前に住つたことはないが、美作には住んだ

美作はわしの第二の故鄕ぢや。

漁師　え、作州ですかね、作州と云へば備前とは隣同士ぢやございませんか。

秀家　岡山にも度々行つたことはある。

漁師　へえ、死んだ命を助けて貰つたお方が生れ故鄕にゆかりのお方なんて全く不思議な緣ですな、親方。

秀家　うむ、不思議と云へば不思議な緣だね、さうか備前生れかお前は、然しあの邊もだいぶ變つたらうね、近頃では。

漁師　變りましたね、今のお殿樣になつて、がらりと變りましたね、偉いお殿樣でしてね。

秀家　ほ、ほう、さうか、岡山城主は誰になつたね。

漁師　松平參議樣ですよ。

秀家　待てよ、松平參議と云ふと……

漁師　ほら、あの名高い松平參議樣ですよ。

秀家　判らんね、そも〳〵松平は關東の總稱ぢやが、松平何といふ人物かね、名は何と云ふな。

漁師　松平輝政樣でござんすよ。

秀家　そんな大名居つたかね。

漁師　いけませんね親方、松平輝政樣をお知りにならんぢや、話せませんな案外、ほら、前に姬路のお殿樣で、さうさう、その頃は確か池田樣と仰言つたと思ひますが、四五年前にお國換と一緖に姓を……

秀家　おい、それは池田三左衞門輝政ぢやないだらうね。

漁師　やつと通じた、それですよ、そのお方ですよ、確かに以前のお名前は三左衞門樣ですよ。

秀家　ふむ、さうか、三左が今、岡山の城主か、三左め、あれで案外世渡りがうまいでな、……

漁師　（呆氣にとられて）え、

秀家　三左は壯健かな。

漁師　何ですかね。

秀家　まあ、よい、結構なことぢや。

漁師　（ふと或事に氣がついて）つかぬことを伺ひますが此島何といふ島でございませうか。

秀家　おや、お前、自分が何と云ふ島に居るか今まで知らなかつたのか。

漁師　へえ、つい伺ふ暇がなかつたもんですから。

秀家　成程、さう云へばね……此島はお前八丈ヶ島ぢやよ

漁師　おや、やつぱしね、しまつた。それでは若しや親方は、前の作州のお殿樣の浮田秀家樣の御家來衆では……？

秀家　さうぢやよ、わたしが秀家ぢやよ。

漁師　へ、へ、へ、へッ……（と、さつととび下つて兩手を突く）何も存じませぬで。

秀家　おい、〳〵、お前何をして居るのぢやね。

漁師　存じませぬで、どうか、お、お助けを……

秀家　變な眞似をするんでない、そりや元は城主であつたか知れぬが今では八丈島の百姓ぢやよ、おい、八丈島だぞ、ここは……それでは話ができんぢやないか、そこでは……（立つて行つて起しながら）さあ、手數のかゝる奴ぢやね。

漁師、秀家に手を取られて、恐縮しながら元の場所に歸へり平伏する。

秀家　時に、どうぢや、お前今だいぶ體を動かせたがどこも痛みはせぬか。

漁師　（體の方々をさはつて見て）へい、治つた樣子でございまする。

秀家　そりや、よかつた、もと〳〵病氣と云ふのでなくて體の衰弱だから、ひよいとした拍子で治るものぢやよ、何よりの事ぢや。

漁師　へい、（と恐れ入つて、言葉も出ない）

秀家　ふむ、案外早く元氣になれたね、（と、立ち上り腕を組んで考へこみながら、步き廻つてゐたが、）さうだ（と何かと決心して、漁師の前に歸つて來て）

秀家　おい、漁師。

漁師　へい。

秀家　お前、もうそれだけ體が回復したのだから、便船がついたらそれに乘つて國許に立ち歸へる事にしてはどうぢや。

漁師　へ？　お殿樣、そ、その便船といふのはいつ參りますでございませうか。

秀家　近々に參る筈ぢや、一年に一度、流罪人を乘せて參る幕府の船ぢやが、もうとつくに着いて居なければならぬ筈ぢやが、天候の都合で日取が後れたのであらう、其うちにきつと參る、今日にも着くかしれぬ。

漁師　では其船はお上の船でございますか。

秀家　さうぢや、幕府の船ぢや。

漁師　私はこのままお殿樣のお側においていただくことゝいたしまする。

秀家　え、其方、國許に歸へりたくはないのか。

漁師　へえ、國で女房がどうして暮して居ることかと氣にもなりますが……。

秀家　では歸へればよいであらう。

漁師　お殿樣、漂流民は、何でもキリシタンの御法度このかた歸へればすぐに牢に入れられ打首になるといふことでございます。

秀家　ふむ、その事ならば心配は要らぬ、わしが船役人に其方の身許を紹介して上げるからよい、船役人は、余の至極懇意にして居る男ぢやから必ず惡くは取計はない。それに島でこそ流人、流人と賤しまれて居るが、德川殿身内にも秀家存じよりの者はまだ多少は居る筈ぢや、お前一人の命位どうにでも計つてくれる。

漁師　左樣でございますか、では此上のお慈悲にどうか村に歸へれますやうにお願ひ申し上げます、家には、半年前に貰つたばかりの女房が、私の歸へりを待つて居るのでございます、お察しなすつて下されませ。

秀家　うむ、安心せい、その代りにな、これ漁師。

漁師　へい。

秀家　余の賴みも其方きいてくれるな。

漁師　へい、そりや、もう、これが聞かずに居られまするかこれだけお世話になつて、其上國にまで歸へして頂いて、……罰が當ります、どんなことでもお云ひつけなすつて下さいまし、御恩の萬分の一でもお返へしできれば私としてもこんなうれしい事ございませぬ。水の中に入れとおつしやれば水の中に、火の中に入れと仰言れば火の中に……

秀家　用と云ふのはな、其方國許に立ち歸へつた上で、岡山城を訪ねて池田に逢ふてくれることはできぬか。

漁師　へい〳〵、お逢ひするのでございますか。

秀家　さうぢや、逢つて或事を賴んで貰ひたいのぢや、余の内密の用向きで參つたと云へば城門は通してくれる。

漁師　へい、命にかけをお引受け致します、御用だけすませたら、あとでへまやらかして打首になつても構ひませぬ、もう一眼女房の顏見さへすりや、命なんざ、どうなつたつて構ふもんですか。どうか御安心なすつて……

秀家　いや、打首になるやうな、決してさような用向きではない。ではやつてくれるね、此使。

漁師　お殿樣、どうか貴樣、この使をしろ、しなければ手打に致すぞ——と、云ふ風に云ふて下されませ。

秀家　有難い、よく云ふてくれた。然し此用件に執ては、余と池田と二人きりしか知らぬ事だから、其つもりで居れよ、何人にも口外してはならぬぞ。

漁師　かしこまりました、決して人には申しません。

秀家　もつとこつちに寄れ（漁師寄ると秀家立つて、襖に耳をつけ、椽から外を見廻はして、元の座に歸へつて來て、云はうとするがテレる）

漁師　何でございませうか。

秀家　實はな、女の事でな。

漁師　へえ〳〵、さようでございましたか、奥方様へのお傳言を池田の殿様の手から。

秀家　いや、それが妻にではない、他の女の事ぢや、妻よりも前に余が知り合つた女ぢや、池田一人だけが余と其女のことを知つて居るのぢや。

漁師　（拍子抜けの體でぽんやり、秀家の頃を見上げてゐる）

秀家　最初から話をせねばわからぬが、聞いてくれ、故大閤殿下に從つて余が小田原の北條攻めに加へられた時の事でな、（次第に調子がつく）合戰は長期となつて休戰狀態、無聊をかこつ折柄池田に誘はれるままに、余は、池田と共に、僅かの伴をつれて城下に夜遊びに下つたと思つてくれ、其時余は十八歳、池田は九つ上で二十七ぢやつた。何を云ふにも互に若いから向ふ見ず、日暮を待つて山を下つて訪れて行つたのは城下はづれの郷士の邸ぢやが、その家は、小田原城の搦手の城門と、呼べば答へる距離であつたのには更に氣がつかなかつた。郷士は無論われ〳〵兩人を下にもおかぬもてなしで、荒い風にも當てず育てて來た姉妹の箱入娘を、話相手にさし出したのぢや、池田の側に姉娘、余の傍らには妹娘と云ふ工合にな、ところが、緣は異なものでな、余はその娘に心惹かれて又なき者と思ひ、娘も又余に心を許して打ち語つてる時、門前で思ひもかけぬ物具の音、すはッと一刀を手に戶の隙より戶外を見ればこは如何に、門前間近に逼る敵の勢、作部屋に待たせた僅かの從者がけなげにもそれに立ち向つて行く、敵は多勢、我等は袋の鼠、切齒扼腕したがもう及ばぬ、此上は、斬り死覺悟で打つて出で、運よくば、重圍を脫して、山上の陣地に逃けのびようと、パッと庭に飛び下りた……。（溶暗）

舞臺、星月夜の明るさとなつて、十八年前の天正十八年に歸へる。上手に郷士邸の門の一部が見えてゐる。其前はずつと草原正面奥手に一筋の小徑がある心持、小徑下手は山上の味方陣地に通じる心持。小徑に沿つて、下手寄りに數本の樹木が配されてゐる。

門前で、外から間近にせまつた、一人の鎧武者に卒ひられた雜兵二十人餘りに對して四人の味方の從者、無言で刀をつけてゐる。從者一、列を離れて注進の爲に引き返へす、三人、大刀をつけた儘、何かのきつかけでパッと動に入らうとする直前の靜の形。が、數の上で味方はぢり〳〵と、外から壓迫されて行く如き態勢。

三左衛門　（上手門内で聲だけ、鋭く）八郎、八郎はどこだ。

八郎　（それに答へてやはり、鋭い聲だけ）三左か。

三左衛門　おゝ。

八郎　ぬかつたな、（從者一と共に、八郎、三左に近づいた樣子）

三左エ門　何のこれしきの敵、來い。

二人、門前に出て來る樣子、それを機に、從者一も前に出て、味方の從者四人、一緒に斬つて出る。烈しい打合。

池田三左と浮田八郎、いづれも、非武裝の略服で、てんでに大刀を手に、敵勢を注意深く睨みつけながら現はれる。

八郎、けなげに、一足前に出て、敵に向はふとするのを、從者一、二、左右からとめて。

從者一　大切なお身體でございます、われ〳〵殿り致します、落ちさせられませ。

從者二　名もない雜兵相手に、刀の汚れでござございまする。

八郎、倘、去りかねて居るのを、三左衛門、前の敵に刀をつけながら。

三左衛門　（從者に）よいか、あとは其方達に賴んだぞ（八郎に）八郎來い。（と、斬り立てて一氣に舞臺中央まで出る。）

八郎　（三左衛門について、やはり中央迄出る）

敵の鎧武者、雜兵二人と、すばやく、出て、一息ついた、三左衛門、八郎の行手を遮ぎる。

鎧の武士　見參！（三左衛門にかゝる）

三左衛門　參れ。

二人、烈しく打ち合ふ、二合、三合……。

八郎に、雜兵二人かゝるのを、從者一、見つけて躍り出て打ち据える。

三左衛門　えいッ（鎧の武士の眉間を打つ）

鎧の武士　たッ（と膝を、地につけて額を押へる。）

髮を後ろに束ねた楓、姉雪と共に、門前までかけ出し、恐怖に抱き合つておびえながら、互に闇をすかして誰かを物色してゐる。雪は鎧の武士を眼で追ふ樣子。

楓　浮田樣、（と、驅け出す、）

八郎　（其時、三左衛門と共に、下手に去つてゐたが楓の聲をききつけて）うぬ、おのれ裏切者、（と、樹木の邊りまで一人とつて返へして刀を取り直す）

楓　（樹木のところで出逢つて）ち、ちがひます、私ではございませぬ、あ、姉上の……

八郎　何、では、そなたの姉上……

楓　はい、姉上の婚約者が、城中に居られるのでございます。姉上はその方に功名させようと、內通したのでございます、姉上を御許し下されまし。

八郎　うむ、さうだつたか、姉上がのう……ふむ、城中の武士……

楓　お殿樣、私をつれて逃げて……

八郎　うむ（と、ちよつと、其儘抱き寄せて共に逃げよう體勢）

「八郎」「八郎」と、下手はるか先で呼ぶ三左衛門の聲。

八郎　（楓に）放されよ、必ずあとより迎へに參る。此場は先づ家に歸へられよ。

楓　いえ、お伴れ下さりませ。（と、放さぬ）

三左衛門　八郎（と、下手に現はれる）何と云ふ眞似を致して居る、たわけめ、參れ。

雪　（門前で）楓、楓！

楓、はつと省みた隙に、三左衛門「參れ」と八郎の腕を摑んで、引つぱつて下手に。

甘糟　（門前で）楓、楓！

楓　（父の聲に後を省みて、また下手を向いてさすがに決しかねね）浮田樣。

八郎　うむ、待つて居られよ、必ず後より迎へに參る。（池田に腕をとられて下手に去る。）

楓、いつまでも去つて行く姿を、闇を透し〳〵して見てゐる。

從者、一團となつて、敵を防ぎながら一歩一歩、下手に退く態勢。

（溶　暗）

舞臺、明るくなつて、元の、八丈島、浮田秀家の住居の座敷。

秀家…といふやうなわけでな、余の半生にただ一度の女との事件であつたのぢやがな、上方に立ち歸へつて娘の事は氣にかけながらも、南船北馬、そのうちに、余は心ならずも太閤の御仲介で、前田の妹を貰ひ受けることになつたのぢや、濟まぬと思ひながら、いつか妻との間にできたのが島に共に來て居る小平次ぢや。朝鮮闘原と、運命は轉々して流人となつて島に來て、やつと、自分に返へつて俄かに懷かしく思ひ起したのは、名さへ知らぬその節の娘のことぢや、今秀家に一番大切なのはその女。ところが、何を云ふにももう二十年も前の事である。娘の境遇も無論變つて居ることであらうと思ふ、どうしてゐるであらうかと獨り心にかけてゐた時、思ひがけなく出現したのが其方ぢや、さつきの話で池田のことをふと思ひ出し、池田がその娘の顏も素狀も知つてるのが何よりの幸、どうであらうな、其方、池田に逢ふて、其娘が今、どこに、どうして暮して居るか、それを取り調べて、便船で報らせてくれるやうに賴んで貰ひたいのぢや、世は戰國、一度は何者かに嫁いだが、夫が討死して今では寡婦となつてゐる。といふやうなことも無いとは限らぬ、それに助けたのが三左領內の者であつたりするのは偶然とは思ひかねる、余は其女と余とのつきせぬ緣と考へたいのぢや、若し寡婦で居るやうなこともあつて、女が進んで來たいと云ふなら、島へ來られるやうに取りはからつて貰ひたい。——と、こんな果敢ない、希望さへつなぎたくなる秀家の今の氣持ぢや、……

其時、遠くで銅鑼の音がして、木戶から家臣笠井、月岡、安田の三人あはてゝ出て來る。

笠井　（部屋の前で他の二人と共に足をとめて、殿懃に會釋をして）殿、只今、江戶表からの船が着いた樣子でございまする。

秀家　（一般的な家臣と領主の態度で）やつと着いたな、では一足先に參つて居れ、余もあとから參るであらう。

三人　はッ、御免下さいませ（驅け出して、二列の垣根の間をかけぬけて、下手坂道に下つて消える）

秀家　船は明日までは必ず碇泊して居る故急ぐことはない、それよりも、さつきの話ぢやが。

其時、村田助六、秀家よりも一つ二つ年上の男、やはり島風の衣類で木戶を開けて現はれ、家臣のあとを追つて、船つき場に行かうとしたらしいのだが、ふと室內の話聲が耳に入つたと見えて、一歩退いて木戶の戶にかくれて立つて話を聞く。

秀家　其方に見せてやりたいものがある、（と、秀家は立つて、床の間の胄を被つた鎧の胴の裏側から、おこつた手つきで、手紙を拔き出し。）

秀家　余は、第一此手紙が氣に食はぬ、これは數年前、余が、流島ときまつて、伊豆の港で流人船に乘りこまうとした時、妻の使者から渡された手紙ぢや、其方よんで見い。

漁師　（受取つてひろげるが讀まぬ）

秀家　遠慮は要らぬ讀んで見い。

漁師　私は字は讀めませぬで（さし出す）

秀家　何だ字がよめぬのか（受取り）では余が讀んできかせてやる。「……さま〳〵に心を碎きましたなれど、何を云ふも邊りの監視きびしく、御許に馳せ參じることは覺束なく、兄も妾は城に止まつて歸國の沙汰を願ふに心を盡した方がよろしからんと申されるのでござりまする。不貞の女とおさけすみ下さいますな、聞けば島では米穀に不自由の地と申すこと、妻と云ふ名に依つて、母といふ名によつて流罪人一人に就き一俵の米を送ることは法に許されて居るとの事、貴方樣と小平次の分都合二俵の米は、毎年お送りさせて頂きます。どうか御健壯やかに、幼き者の事何卒お願ひ申上げまする。」（封に入れて膝の前に投げつけて）行けぬ代りに米を送つてやるとは何事ぢや、その心根が氣に食はぬ。余は、此便船で妻には離婚狀をさし出すつもりぢや。

漁師　ゑ。離緣狀でござりまするか、あの三くだり半……

村田どきッとする。

秀家　さうぢや離緣狀、余も男ぢや、不貞の妻から惠まれた米を食つて生きてゐたくはない。（手紙を手にとつて）この書狀に離婚狀を添へて此便船で加賀に突き返へしてやる。離緣狀もちやんと認めてあるのぢや、（と云つて冑の錣の邊りから離婚狀を拔き出し）さうだ、善は急げだ、其方の事もついでに船役人に頼んでやる。ついて參れ、歩けるか。（と手紙二通懷に入れる）

漁師　勿體ない（と、手を貸さうとする秀家を拒んで、）大丈夫でございます、もうこの通り獨りで歩けます。（立つて、秀家のあとから、正面襖を開けて去る。）

村田、考へこんで木戸の中に入る。

下手坂道から笠井、月岡各一俵宛の米を擔ぎ安田、つき添つてうれしさうに上つて來て、庭に入る。島の老若男女、うらやましさうに垣根の外までついて來て見てゐる。

笠井　（木戸の方へ歩きながら）米のめしは正月に食つたきりぢやな。

月岡　それもたつた一ぜん、あ、貴公は、そつと二ぜん、よそひかけて曝露したのぢやつたな。

安田　笠井氏は米飯の顏を見ると前後の辨へがなくなると見えるな。

笠井　その點は、貴公ぢとて同じ事ではないか。

安田　はははッ。

月岡　何しろ、米はなつかしい、今夜は着いた祝ひに焚いてくれるだらうな。

安田　米飯が食へるぞ。

笠井　食へるな。お互に……

三人、そのまま木戸に入る。

下手正面の垣根の横から秀家、漁師をいたはりながら現はれ、坂道の方へ下つて去る。

相　（上手襖を開けて現はれる、忙しさうにたすきをとりながら）小平次樣！　あら、積木を出しつぱなしにして……船つき場にゐらしたのかしら（と、下手椽端に出て、こちらを背に垣根の先の方を眺めて、眼で探す樣子だつたが、坂を下つてゆく秀家に氣がついて）あら、お殿樣、漁師とあんなに仲よくお話して居られる。あ、危い、漁師はまだ足許がしつかりしてないうちに出かけたりするのですから、あ、轉びますよ、漁師の分際でお殿樣の肩に摑まつたりして。……だけどお殿樣は此頃歩き方まですつかり島の男になつてしまはれた。（と、寂しさうに云ふ。）あ、小平次樣はあんな岩の端に立つたりなどして、（呼ぶ）若樣。小平次樣、……あ、やつと氣がつかれた樣子、（呼ぶ）お歸へりなされませ、道が暗くなると危うございますから。（手を振る。小平次やつと歸へりかけた樣子、相、見てゐる）驅けると轉びますよ、そこの大きな石とらせておかなくては危ぶございますわね。お父上の側を通り拔けてゐらつしやいまし。まあ、お敎へもしないのにお父さまにはよく御挨拶なさること（涙ぐむ體）

間もなく、坂道の上に小平次十歳位、島の子供の裝で現はれる。

相　さ、ここにゐらつしやいまし、（椽端の角のところにこちらを向いて蹈み、前に小平次を立たせて）あまり晩くまで外で遊んではいけませぬよ。（襟や帯を直してやつて）若樣は、他の島の子のやうに着物をはだけたりしてはいけませぬよ、若樣のお父上はお偉い方でございますからね、お偉い方の子供はきちんとしてゐなければなりませんよ（直し終つて）さ、この積木をおしまひなさいまし、お偉い方の子供は、自分で出した物は自分で仕舞はなくてはなりませぬよ。

小平次　はい、（と積木を木箱に入れて抱へる）

相　さ、もう外に出てはいけませんよ、もうぢき御飯ですからね、さうさう、今日はお米の御飯さし上げますよ。

小平次　ばあや、それほんとですか。

相　ゑ、おいしく焚いて上げますよ。

小平次　うれしいな、おコメ、おコメ、嬉しいな（と、木戸にかけ込む）

相、其後を見送つてゐる。

正面襖を開けて村田現はれる。あたりを見廻しながら、相に。

村田　殿はお出かけになられましたな。

相　はい、今さき、漂流人の漁師と一緒に、お出かけになられました。きつと船のところに見にゐらしたのでございませう。……（と、忙しさうに、たすきをかけはじめながら）では、ごめん下さいまし。（行きかける）

村田　あ、ちよつとお耳に入れゑおきたいことがある。

相　私にでございますか。

村田　ふむ、内密のことでござるがな（と、座る。）

相　（たすきを仕舞つて、前に坐りながら）あの、どの樣な……。

村田　相どの、餘の儀ではござらぬが、殿は、未だにそなたを、拙者緣邊の寡婦で、寄る邊ない者ゆゑ島について參つたと、さう思ふて居られるやうでござりますかな。

相　はい、最初お逢ひした當座は、何か時々不審に思うて居られた樣子でございますが、此節では、もう、それも自分の氣の迷ひであつたと、さう決めて居られる御樣子でございます。

村田　では、そなたの身元には、まだお氣附きでないのでござるな。

相　はい、何の疑も持つて居られぬ御樣子でございます。

村田　それは重疊、よく自重して下された。村田厚くお禮を申し上げますよ。

相　何の、お禮など……

村田　相どの、殿は奥方を離婚なされますぞ。

相　ゑ、それは誠でございませうか。

村田　さき程、離婚の書狀を認め、それを船役人に手渡しに參られた。

相　では到々……（と、やはり女同志のそねみで、何となく嬉しさうな面持）

村田　それに就て、そなたの氣持を聞いて置きたいのぢやが、奥方を離緣すると、もう米の來る道は絕たれますぞ。

相　はい、位階なき下々の者ではよし家族と雖もお米を送ることは許されませぬから（と、顏色次第に暗くなる）

村田　左樣、我々家臣の家族は送ることは許されぬ、奥方お一人より米を送れる人はない。

相　……

村田　奥方よりの送米がとだゑると、浮田主從十五人の者は、盆正月と雖も米の飯は食へぬ。

相　（決心した面持で）村田樣、あなた樣のお力で、その書狀を、そつと、船役人の手から取りかへすことはできませぬか。

村田　其事でござる、それはいと易いことぢや、船役人は物の判つた人物、事情を話して頼みこめば、否は云ふまい。

相　では、少しも早く船に參つて！　お家の爲でございます（確固たる決意の顏）

村田　それはよいが、然し、此期を外せば、そなたは永久に日蔭の花で暮さねばならぬ、それは承知でございますか。

相　（苦しさうに）はい、御家臣皆樣、小平次樣、わけてお殿樣も、みな、お米が食べられるか食べられぬかの境でございます。私一人が……

村田　我慢をして下さるか。

相　はい。

村田　忝けない、村田、一家の者に代つてお禮を申し上げます。では、これまで通り。

相　……

村田　では、もう殿が船役人に書狀を手渡した頃でございませうから、拙者これより何氣なく船へ參つて、事情を打ち開けて船役人の手から取り返へして參ります。……（行きかけてふりむき）相どの。

相　ゑゝ。

村田　御心中お察し申します。（相の方へ念ずるやうな面ざしをしておいてクルリと背を向ける）

相　何の……

村田、急いで正面襖を開けて玄關の方に去り、相、動かず、緣に坐つて前の地上の一點を瞶め、やがて、袖で流れる涙を拭く。

村田、正面内庭に姿を現はし、急ぎ足で、坂を下つて行く。

野良歸へりの大谷、風早、脇屋、その時、丁度坂の上に姿を現はすが、村田すれ違つても氣がつかず、坂を下りて行く。三人見送つて顏見合はせて庭にはいつて來る。

大谷　はて、何事か出來致したのかな。

風早　ふむ。

風早、持つてゐた大根を置き、道具を、物置に仕舞ふ。大谷も鋤を肩から下し物置にしまふ。

脇屋　日がかけると急に寒くなるではござらぬか（と云ひながら莚の上の野菜を納屋にしまひ、莚を卷く）

岡本、中山漁師の姿で、坂の上に現はれ、庭に入つて來る。

二人　片々もう歸へつて居られたのか（と、庭に入る）

風早、脇屋　いや、お疲れさま。

大谷　（あとから歸へつた二人に）御家老にお逢ひなされたかつたかな。

中山　お逢ひ申した、今坂の下で、あはてて、我々にも氣がつかずに、船の方へ行かれた。

大谷　何かあつたのかな。

中山　さあ。

岡本　（風早に）大きな大根が收穫れたな、どら（手にとつて）おや、すがはいつて居るではござらぬか。
風早　うむ、大きくはなるが、何しろ、畑の土に榮養がないんだからな、土をこさへるのが我々今後の仕事でござる。
月岡　（木戸から現はれ）おや、方々歸へつて居られたのか、何をぼんやりして居る、米のめしが炊けて居るぞ。
一同　（「えッ、……。」「米の飯？」「さうだ、船がはいつたのだつた」「忘れて居つた」と、口々に叫びながら、農具、漁具を、物置にたたき込んで、「わーッ」と、凱旋のやうな鬨の聲をあげて、木戸に驅けこむ。）
相　（上手襖を手荒く開けてはしやいだ顔で座敷に現はれる。たすきをかけてゐる。襖を閉めて、一足驅け出してふりかへり襖の奥へ）皆様、お殿様がお歸へりになるまで箸をつけてはなりませぬぞ。
ドラ聲　（襖の奥で）早くお願ひ致す、すぐ呼んで來て下さらぬと、食べて仕舞ひますぞ。
相　いけませぬ。
キー〳〵聲　（襖の奥で）相どの、見て樂しんで居れは殺生でござるぞ。
相　（上手椽ばたにかけ出して行つて坂下を見廻しながら）あ、あすこに、お殿様、早く早く（手招きする）
ドラ聲　（襖の奥で）もう辛棒できぬ、身共は一口だけ先に食はせて貰ふ。
キーキー　（襖の奥で）ならぬ、食つたら切腹でござるぞ。
ドラ聲　切腹してもよい、

相、坂を上つて來るらしい秀家の方へ、早くといふ風に體でする。遠くの空夕焼、相半面に夕陽を受けてゐる

——幕——

第二幕

第一場

慶長十六年十月。夜に入つたばかしの頃。

八丈島の代官屋敷。山裾の深い林の中に建つてゐる心持。在島二十人足らずの流罪人と、その從者の監視の爲に近年新たに設備された代官所で、平常は代官は、江戸にゐて、その下役の島役人が常住として此屋敷の一部に住み、流罪人の監視に從つて居る。然し殆んど用はない。さうした特殊な事情が、何處となく出てゐるやうな、置いた物にはほこりがたまつてゐると云つたやうな氣分の建物の中の座敷である。

臺所の四疊半と、炊事場は普段も使つてゐる。

間取りの順序は、下手小經に沿つて、奥木戸あり、引戸になつてゐるそれを入ると土間、半坪ばかり。土間の次は板ばり四疊半の廣さ、板ばりの奥手が流し場になつてゐる。板ばりの上手寄り一足上つて四疊半の疊のしかれた居間。居間の上手寄り座敷兼廣間、この建物の中で唯一の重要な部屋。

座敷正面上手寄りは襖で、玄關及他の數室に通ずる心持、座敷上手側は壁。壁と隣つて下役人の控所ある心持。

座敷正面奥、下手寄りに床の間。床の間に十手五個、せめ道具三四種類置かれ、床の間、上手寄りの端に鐵砲一挺、他の道具と離れて壁に立てかけられてゐる。

幕開くと、座敷に代官奥山縫殿介、秀家より一つ年長の男、一見一かどの武士である。律義だが何となく型の小さい凡俗の常識の範圍で動く感じの男、その部類では上々の人物。額に刀疵がある。床を背にして脅息に倚り、文箱の文書を調べてゐる。

下手寄りに妻淺路、三十七、八歳、到來物らしい黄八丈の反物を膝の上に擴げて見たりしてゐる。

炊事場で、島役人の妻と、下女と背を向けて膳立の用意をしてゐる様子。

下女　奥様、今夜のお客様はどなたでございますか。
島役人の妻　私もよく知らないのだけれど、何でも今日江戸から見えられたお代官様のお知合ひの方で、大切なお客様だと、うちの人が云ふて居つたよ。
下女　船でご一緒にその方も來られたのでございますか。
島役人の妻　私もたしかなことはきゝそびれたけれど、前から島に居られた方のやうなお話だつたよ。
下女　まあ、島にもそんなお偉い方が居られたのでございますか、お代官様のお知己などが——？
島役人の妻　それですよ、私もそんなお方が居られるとは今日まで知らなかつたのだよ。

兩人膳立をつゞける。

奥山　（文箱の文書を擴げたまま、妻に）これを見なさい、關ケ原の總帥も、かうして博打や人殺しと一緒に流罪人名簿にかゝれるやうになつてはおしまひだね。
淺路　よい氣味でございますこと、罰でございますよ。あんな圖々しい奴つたらありやしない。許婚者のある娘を口說き寄つておいて、それが、もう夫も定まり何不自由なく暮してゐるところへ、突然、顏を見せてくれるだけでもよい、逢ふだけでよいと若殿衆みたいなこと云ふてこんな離れ島まで夫諸共呼びよせるなんて、あんな自分勝手な男はありやしない、私、池田様の御家老が見えて、あなた樣の居る前で始めてこの話聞かされた時は、いつその事舌を噛みきつて死んでしまはうかと思ひました。
奥山　まあ、よい、かうして島までやつて來たんだから、あとは逢つて顏を見せてやれば用は足りるのぢややからな。間もなく見えるであらうが、とにかく何氣なく逢ふだけは逢うて上げるのぢやね、其代りうまく逢つて江戸に歸へれば、先づ五十石の加増は動かぬところぢや。何しろ、大阪の雲行のあやしい折ぢや、浮田秀家の動きは大きいからな、それとなくその動勢を推察しその上そなたと云ふものを使つてその野心を靜めてかへつたとなればこれは大した功績ぢや。お上にだつて眼はある筈ぢや。……島役人が迎へに行つてだいぶ經つから、もうそろ〳〵來る頃ぢやが、膳立の用意はできて居るであらうな。
淺路　はい、只今見て參ります。（立つて、臺所の襖を開けて）できて居りますね。大切なお客様故、取り落しのないやうによく頼みますよ。
島役人の妻　はい〳〵、私の料理の腕はこれで島では一番でございますからね。
淺路　まあ、さうですか、ホホ、もうぢき見えられますから、手落ちのない様に頼みますよ（と襖をしめてもとのところに歸へる）（奥山に）調つて居るやうでございます。
奥山　さうか。（玄關の方へ聲をかける）誰か居らぬか。
奥山の用人　（隣室で）はッ（現はれる）お呼びでございますか。
奥山　まだ、島役人は戻つて參らぬか。
用人　はい、だいぶ道程があるやうに申して居りましたから……然し、もうよほど經ちますからまもなく戻つて參ることと存じます。
奥山　ふむ、見えられたら粗略のないやうに致せ。流罪人と雖も位は從四位中納言、一般の流罪人とは違ふのぢややからな。言つておくが、寄れ。（耳打ちする）
用人　はッ、大阪の？……（奥山にシーッと云はれて）心得ましてございます。
奥山　下つてよい。
用人　はッ（襖をしめて去る）
奥山　（淺路に）お前顏を覺えて居るか。逢へば……
淺路　當座は覺えて居つたかもしれませぬが、何を云ふにも二十年近くも前のことでございますから、……私何故か、あの折一緒に來られたもう一人の若殿様の方は今でもお姿を思ひ出せるのでございますよ。
奥山　一緒に來たと云へばそれが池田侯だらう、ほう、そちは池田侯に氣があるのか。
淺路　何を仰言るのでございます。ただ二人を比較するともう一人の方がお優しかつたと思ふだけではござりませぬか、……
奥山　うまく云ふて居るのう。
淺路　あなた、御冗談にも程がござります。
奥山　あやまる〳〵。（心解けた體）
淺路　それよりもあなた樣こそ、その額の疵を負はされた當の男の顏、覺えて居られますか。
奥山　さうだ、忘れもしない此疵だつた。然し、暗闇の中で、喧嘩にやられたので顏は見えなかつた。
淺路　あの時、討手に來たのがあなたであつたと知らせてやりませうか、さぞ驚くことでござりませう。
奥山　いや、それは秘めておく方がよい……萬事わしに任せておけ。

玄關の開く音がする。

奥山　あ、見えられた樣子ぢや、（立ち上り）參れ、お出迎へを致せ。
淺路　はい（襟をとゝのへ、裾を直して、さすがに胸をときめかせて、思ひ切つて奥山のあとから上手に去る。）

秀家、臺所の引戸を開けて入る。羽織袴のきちんとした裝。

秀家　ごめん下さい。
島役人の妻　はい、どなた樣でございましたが、……おや誰かと思つたら、お前さんは坂の上の流罪人だね。袴なんかつけてるから、どこの旦那かと思つたよ……
下女　馬子にも衣裳と云ふけれど、ほんとでございますね奥さん、私はいつて來た時誰方かと思ひましたよ。（秀家に）名主さんより偉さうぢやないかねお前さん。
島役人の妻　うちの人に願ひ事があるなら又にしておくれよ、今日は生憎、大切なお客様があるので私達今かうして取り込んでゐるとこですからね、又明日でも出直して來るといゝよ。
秀家　私は只今お迎へを頂いて上つたのですがね。
島役人の妻　おや、おかしいね、何の間違ひだらうね、そんな筈ないのだが……

玄關で云ひ爭ふ聲。臺所の一同そつちに耳を傾ける。

氣色ばんだ奥山を先頭に、島役人、名主、用人、淺路の順序で上手襖を開けて座敷に入つて來る。入口近くで奥山島役人を振り返へつて。

奥山　えーい、何故、大事な余の客人を裏口へなどお通し申した。

島役人　（恐縮しながら）は、流罪人はすべて裏口からといふ仕來たりになつて居りますもので……

奥山　默れ、世が世であれば其方共、顏も拜めぬお方であるぞ、それに今朝方より與々も申し付けてあるに……

島役人、名主恐入つてゐる。奥山尚も取りかへしのつかぬ事をしたと、激昂して我を忘れて用人までも叱つてゐる。

淺路、はつと氣がついてあはてて臺所の境の襖を閉りる。

淺路　（思はず立つた儘……）あの、浮田樣でゐらせられますか。

秀家　あ、そなたは？（思はず一歩出る）

淺路　（心を制して敷居際へ坐りよそ〳〵しく）ようこそお出で下さいました。先程より主人は待ちかねて居りまする、下役の者の不調から斯樣の所にお通し申して申し譯もござりませぬ、どうかあちらの玄關より（島役人の妻に）お前、御案内申しなさい。

島役人　え？　奥樣、これは……。

淺路　何ですと。（本氣で怒る）

秀家　いや、いつも此所から上つて居りますから、ではご免被ります（と、上りかける）

島役人の妻　あれ、やつぱしお前さん上るのかね、お待ち（と、鹽入から鹽を摑んでパラ〳〵と、秀家の裾にふる）

淺路　これ、何といふことをお前は、……

島役人の妻　奥さま、流罪人は不淨の者でございますからかうして淸きませんとね。（又、パラリとふりかける）

淺路　お默りなさい。（體をふるわせて怒る）

秀家　いえ、もう馴れて居りますからな（と上る。）

淺路「お前方は何といふ」と、女婢をにらみつけて置いて、秀家に、

淺路　どうかお許し下さいませ、さ、どうぞ、お通りなされまして。

秀家　ご免下さいまし（と、通る）

女兩人、解し難く、顏を見合はせ、首をひねる。

奥山以下、もう席についてゐる。奥山は、以前ゐた場所に、他の者は、上手寄に居並ぶ。

奥山　（叮嚀に頭を下げて）ようこそお越し下さいました、役儀柄これにて御免下されませ、さ、どうかこれへ、（秀家下手に坐る。淺路、秀家の横顔を見る位置に、夫と並んで坐る）拙者、此度、鳥勢視察の爲に謁り越した當島代官職奥山縫殿介（ぬいのすけ）にござります。お見知り置き下されませ。

秀家　拙者、浮田秀家でござる。本日は流人の身の秀家にわざ〳〵御叮重なるお使ひを下され厚くお禮を申上げます。

奥山　これなるは愚妻淺路と申す不束者、お見知りおき下さるよう。

淺路　先程は……

秀家　（叮嚀に會釋する。）

奥山　先程より配下の者共、重ね〴〵の不調法何ともお詫びの言葉もござりませぬ。

淺路　女共までが、又……

奥山　不調法致したか……（顏色をかへて怒る）

秀家　いや〳〵、左樣なことにお心を配られては返つて痛み入ります。以前はともあれ、今は流人、當然のことと心得て居りますから役人衆御家族たちはおとがめなきよう秀家から偏へにお願ひ申します。

奥山　はつ有難き御言葉でござりまする。（島役人に、）貴門樣お取なし故今日のところはさし許すが、以後再び斯樣のことを致すに置いては用赦は致さぬぞ。

秀家　いや、どうか其樣におとがめなく……

奥山下役人を睨みつけただけでやめる。

奥山、淺路に目くばせする。

淺路　はい（立つて臺所に入る。女兩人と共に、膳部を運び入れる）

奥山　（膳部を運んでゐる間の無駄話といつた調子で、さり氣なく）大阪にては秀頼樣、ひそかに浪人共を集めて居られる由、お聞き及びではござりませぬか。

秀家　如何にも聞いて居ります。由なき事でござる。

奥山　まだ御使者は參りませぬか、ハハツ（わざと事もなげに云つて代官の本性を見せて顏を顧める。）

秀家　まさかに此島までは、參りますまい、よしんば來たとしても、拙者は采配は愚か、應召もかたくお斷り申すつもりでござる。

奥山　（俄かにさぐるやうな職業的な眼付になつて、）したが、浮田殿は幼少の折より故大閤殿下お膝元にて御成人なされたといふ特別の御間柄と承はりますが。

秀家　いかにも、特別の寵愛は受け申したなれど、それは私事でござる。天下の事は私事によつて行つてはならぬ。今漸く亂平いで建國の時に及んで何を好んで兵を起します、徳川と云ひ豐臣と云ひこれ皆私人でござる、私人の爭ひで民に迷惑をかけてはならぬ。お取もあらば秀家住居までお越し下されよ、住居をごらん下されば秀家の心中は一目瞭然、農具漁具の類は一通り揃へて參りました。秀家の耕した野菜を饗應いたしまするぞ、拙者の今考へて居ることは規模こそ小なれ、徳川内府殿のお考へと同じでござる。秀家は與へられた場所でそれをやつて居るだけのことでござる。此方が結構分に應じたやうな氣が致して居ります。

奥山　はッ、ゆかしきお心掛けでござります。御高說しかと胸に疊んで立ち歸へり復命致します。（牛以上疑ひを捨てた樣子。この時、膳立てが整つてゐる）では、何の趣向もござりませぬが先づ一獻、淺路、酌をなさい。

秀家　いや折角でござるが。拙者は當節酒は絕つて居ります。

奥山　と云つて、一杯位は……

秀家　いえ、心にかたく誓ふことのござつてな、

奥山　さようでございますか。

淺路　でも一杯だけ。

秀家　いえ。

奥山　いや、かへつておすゝめしない方がよろしからう。

淺路　ではごはんになされますか。

秀家　はい、頂戴仕ります。

淺路　ごめん下さいませ（と、めしをついで出す）

秀家、押し戴くやうにして受け靜かに食べる。

淺路　どうか、何もござりませぬが箸をおつけ下されませ

秀家、てい重に會釋をするがやはり箸をつけずにやがてめし一杯食べ終へて代りを貰ふ爲に

淺路のさし出す盆の上にのせる。淺路つけて出すとこれを受取り、口に持つて行かうとして、下におき、懷から紙を取り出して、その茶碗のめしを移し、叮嚀に紙に包みこんで袂に入れる。一同手元を見てゐる。

秀家　大變御馳走に相成りました。家族の者も待つて居ります故、本日はこれにて失禮仕ります。（と、淺路、下役にも會釋して立ち上らうとする）

奥山　（氣色ばんで）お待ち下されい。

秀家　（腰を下ろして）何かまだ他に御用でもござりましたか。

奥山　先程よりの御動作、奥山とんと腑に落ちかねます、酒は心願あつて飲まぬ、肴は少しも手をつけられぬ、それはよいとして、その袂の中の物は何でござる。めしを紙に包んで道にお捨てになさる思召か、代官職奥山縫殿介のさし上げたるめしには毒でもはいつて居ると思召されるか、刀にかけて御返答承はりませう（構へる）

秀家　いや、これは端たないところをお眼にかけました。

奥山　御辯介は無用、返答を承はりませう。

秀家　さればでござる。秀家は今宵計らずも御歡待を受けて、かく御馳走に相成りましたが、家に余の歸へりを待つて居る家臣共は、もう永く米のめしを口に致さぬのでこれを持ち歸つてやれば、どの樣によろこぶかと、その顏を思ひ出すと俄かに歸へりたくなつたのでござる。端たなき仕業とお笑ひ下されませ。

奥山　（次第に頭を乘れてゐたが、）ははツ、存ぜぬ事とて失體申上げました。先程よりの無體平に御用赦下されませ。

淺路　あの、其樣にお米に不自由して居られるのでござりますか。

秀家　いかにも、御承知の如く此島は地質として米は獲れませぬ。拙者の許へは當初、前田家に居つた妻より米が每年二俵宛參つて居りましたが、思ふ所あつて妻には離別の書狀をさし出しました。

淺路　あの御離別を。

秀家　左樣、米の不自由を忍んでも離別せねばならぬ譯がござつてな、それ以來は來ぬ物と覺悟きめて居りましたが。

淺路　はい。

秀家　翌年船がつくと、やはり米二俵とゞけられました。

淺路　あの、どちら樣からでございました。

秀家　それがとんと判らぬのでござる。

淺路　まあ。

秀家　その年、又翌年と二年は參り、拙者も、篤志家の寄進と存じ受取つて居りましたが、今年は時化で定期船が參らず、從つて家臣共は昨年この方、米のめしは一杯も食はぬのでござる。

淺路　では、御飯を重に詰めさせてさし上げまする、お持ち歸へり下されますか。

秀家　忝けない、遠慮なく頂きます。

淺路　（下座でぼんやり見てゐた下女に）お前、早くお重に御飯をつめておいでなさい。（下女立つ。淺路奥山と顏見合はせる）

奥山　明朝、米一俵おとどけ致させるでございます。

秀家　御高配有難く存じます。（下女が持つて來た重を淺路が風呂敷包にしてさし出す）

淺路　ではこれを。

秀家　忝けない、では、これで御免蒙ります（と、臺所の方に立たうとする）

淺路　あのお履物は玄關に揃へて置きましたから、……

奥山　どうか（と、玄關に行くやうに招じる）

秀家　忝けない。

男全部、その後について、從つて出る。淺路一人あとに殘る。

裏口から、下女大根を一本持つて寒さうな恰

紆で歸つて來て、四疊半の島役人の妻に。

下女　お〻寒、霜で道がこち〳〵でございますよ。

淺路　あの方とは違ふ。人違ひだ。……（と、坐つたまま二十年前を思ひ出す如く、一點に眼をこらせて、體を捻らせながら叫ぶ）

玄關で「ではまた近々に、」などと人々の送る聲がして、やがて戸が開く音。

——幕——

第二場

舞臺前場と同じ。數日後の夜。

幕開くと座敷で、淺路、物思ひに沈んでゐる。臺所で、島役人の妻と下女、食事のあと片づけをしてゐる。

玄關で誰かの訪れた物音。

島役人の妻　（下女に）行つてごらんなさい、村の衆だつたら、皆樣、夜番所へお出かけでお留守だと云ふのだよ。

下女、座敷を通りぬけて、玄關に出る。玄關で應待の聲。間もなく下女、あはただしく座敷にかけこんで來て。

下女　奥様、ほらあのいつかご飯を紙に包んで歸へつた流罪人がございましたでせう、あれがまた參りました。

淺路　え、浮田樣かね。（と、立ち上りながら下女に）お前失禮なこと云ふと承知致しませんぞ。

下女　はい（臺所に去る。島役人の妻と顔見合はせて何か云ふ）

淺路　（襟を直し髮を解きつけて、臺所へ）ここを片付けておいて下さいよ、お客樣だから（と、上手襖をあけて、いそ〳〵と去る。下女、再び出て座蒲團などを片付けて臺所に去る。玄關で應待の聲。間もなく、淺路羽織袴の秀家を案内して座敷に歸つて來る。）

秀家　お役人衆もみなお出かけでござるか。

淺路　え、皆つれて參つて、家には女ばかし殘されたのでございますよ。……（秀家の着物を見て）あら、雨が降つて參つたのでございますか。

秀家　え、途中からバラ〳〵と降つて參りました。

淺路　袖がお濡れになられましたね、……（はらつてやりながら）あら、霙のやうでございますわ、（と、一粒とつて見せる）

秀家　さうかも知れませぬな、冷えましたから。

淺路　（向き合つて坐りながら）今夜宅に宿つて行かれては。

秀家　さうも參りませぬ。

淺路　さようでございましたわね、皆樣お持ちでございますからね、ではお歸へりに傘をさし上げますから、ごゆつくりとなされて下さりませ。

秀家　先日は米穀一俵お屆け下されまして家臣一同より厚くお禮を申上げてくれと申して居りました。

淺路　何のお禮などには及びませぬ。

島役人の妻　（さつきから、裏口の戸を開けて空を見上げてゐたが、此時、座敷との間の襖を開けて）奥樣、細かいのが降つて參りましたから私、ちよつと夜番所まで傘を持つて參りますからお留守をお願ひ申し上げます。

淺路　さうですか、皆樣のも持つて行つてあげて下さいよ。

島役人の妻　はい、では行つて參ります。

淺路　ご苦勞樣。

島役人の妻、裏口から外に出る。下女、火鉢のところで、考へてゐたが、あとを追つて、かけ出す。すぐ、島役人の妻に押されながら下女かへつて來る。

島役人の妻　いけません、うちに奥樣の外に誰もゐなくなるぢやありませんか。

下女　だつて、流人が來てゐるのに一人で居るのは恐いのですもの。

島役人の妻　奥樣がゐらつしやるからよいでせう。

下女　いえ、私もついて行きます。その傘半分持たせて下さいましね。

淺路　（立つて來て、襖を開け）何をして居るのだね。

島役人の妻　この子はどうしてもついて來ると云ふて聞かないのでございますよ。

淺路　それだけの傘一人で持つのも大變でせうから、ぢや半分もたせてつれて行きなさい、私が一人で留守居して居りますからね。

島役人の妻　さようでございますか、い〻年して仕樣のない子でございますよ、（下女に）ぢや、ついておいで（淺路襖を閉めて歸へる）その代り、お前この傘全部持つのですよ。（と、持たせて、下手奥に去る）

秀家　では拙者はまた日を改めて伺ひます。

淺路　まあ、では、あとに私一人で、此林の中の家に殘れと仰言るのでござりまするか。

秀家　では拙者あとを追つて下女に立ち歸へるやうに申しませう、一筋道でござる故行き違ひになる氣づかひはござらぬ。まだ遠くは參りますまい（と、立ち上る）

淺路　お待ちになつて下されませ、下女は私わざと出したのでござりまする。……秀家樣。

秀家　え、

淺路　お忘れになられた様子、私を覺えては居られませぬか。私でござりまする。

秀家　あの、そなたは……。

淺路　はい、小田原の甘糟の娘でござりまする。

秀家　ええッ、ではやはり、先夜お目にか〻つた折、ふとどこかで前にお逢ひした樣な氣が致したが、心の迷ひと打ち消して參つたのでござる、やはりそなたは、あの甘糟殿の娘御……。

淺路　あなた樣もお壯健で何よりでございます。

秀家　うむ、そなたも壯健で結構ぢや。ふーむ。然しお變りになられたなそなたも、秀家年頃思ひ泛べて居た面影とは宛で變つて居られる。

淺路　あら、それは當り前ではござりませぬか、お殿樣にお目にか〻つたのは十六七の小娘の折、今ではやがて四十に手のとどく人妻。變るのが當り前ではござりませぬか。

秀家　さう云へば、それには違ひないが……

淺路　では秀家樣はあの時の小娘の私を未だに考へて居られたのでござりますか。

秀家　うむ、眼を閉ぢると頭に泛ぶ面影は、髮を長く垂らせて重さうに打かけを着た、少女の姿……

淺路　まあ、他愛もないことを。

秀家　如何にも他愛もないことを拙者は長い年月考へて來たものでござる。……今こそ身の愚かさを初めて覺りました。（深い沈思）

淺路　では、斯うして今あなた樣の前に、此樣に髷を結つて坐つて居る私は、もう貴方樣には何のか〻はりもない女でございますか。

秀家　（あはて〻）いや、それは違ふ、秀家にとつては、そなたこそ一生に一度の思ひ出の人、その人とかうしてゆくりなくもめぐり合へば、若き日のことを思ひ出して懐かしき限りでござる。

淺路　秀家樣、それは芯底から仰言るお言葉でござりまするか。

秀家　何を好んで斯樣な言葉を弄びませうか、二十年此方思ひつゞけて來たその人に、今やうやく逢つて居るのでござりまするぞ（思はず膝をのり出す。）

淺路　（グイと膝を外らせて）私は、私は、最初小田原でお目にか〻つた折から、貴方樣は大のきらひでございました。あなたといふ方も、あなたのなされ方もみなきらひでございました。

秀家　さ、さようであつたか、ふ〻む。

淺路　お別れした其翌日からあなた樣の事はまるで忘れて居りました、災難を追つ拂つてほつとした氣持でございました。

秀家　面目ない。

淺路　それを年を經た後となつて池田樣のお力を借りて…

秀家　池田が何と致しました。

淺路　池田樣に私を探してくれとお頼みした覺えがありませう。

秀家　思ひ當ります、いつぞや備前の漁師が島に流れついた時、たしかに、そなたの事を池田三左に依頼致した、嘘偽りは申さぬ、しかと依頼した。

淺路　そのなされ方が氣に入りませぬ、私は、池田樣からの御内命で、奥山同道八丈島に參つて浮田殿御前に出よと上より申し渡された時、あなた樣を憎んで憎み抜きました、いつそさし違へて死ぬ氣で島に來ました。

秀家　では、そなたは、池田三左よりの依頼で秀家の爲にわざ〳〵島に來られたのでござるか、存じも依らぬ事でございました。

淺路　あなた樣は、何故池田樣などに私のことをお頼みになられました。それが氣に入りませぬ、外樣の大藩の主である池田樣の御權勢で、小役人の奥山を否應なしに押しつけて、小祿者の妻となつてゐる昔の女を見て樂しまうとなさる、其なされ方が私はいやでござりまする。小田原での時も、既に決まつた婚約者のある私に權勢を肩に無理強ひに云ひよられました。それもこれも同じ手でござりまする。あなた樣は、昔から我儘勝手な方でございました。

秀家　いや、何と云はれても一言もござらぬ、相濟まぬ、秀家兩手を突いてお詫び致します。何卒お許し下されよ。

淺路　今申上げたのは船が島に着く迄の氣持でござりました。島に着いた夜から私の氣持はまるで變りました。

秀家　え、

淺路　着いた夜、あなた樣に始めてお逢ひした折から變りました。裏口からあなた樣はお越しになられました。

秀家　左樣か、漸く拙者にも合點がついて參りました。流罪人となつて裏口からこそ〳〵と訪れ、鹽を振られて居るのを見て、氣が濟んだと仰せられるのでござるな。

淺路　ごはんを紙に包んで家に待つ家臣の爲にと袂に入れられたのを見て、おいたわしくなつてそつと涙を拭きました。

秀家　それで漸く年來の溜飲が下つたとかう云はれるのでござるな。

淺路　はい、あなた樣に持つて居つた私の考へが、がらりと變りました。そして今では、

秀家　ふむ、今では……。
淺路　今では私は年頃、あなた樣でない別な方に腹を立てて來たのであつたと、やつと氣がつきました。
秀家　何と云はれる。
淺路　今になつて思ひ出すのは、小田原のことでございます、あの折私は、あなた樣と向ひ合つて坐つて、あなた樣の顏を見ず、あなた樣のお聲も耳に入りませんでした。夫故、あの折は、私はあなた樣を、まるで知ることができなかつたのでございます、私の心は、あの時、城中に居つた今の夫の奧山に敵將二人の在所を報らせるので小さい胸が一ぱいだつたのでございます。
秀家　始めて承はる、ではあの折、來られた打手の大將は奧山氏。敵に內通せられたのはそなたであつたか。
淺路　申し譯もござりませぬ。
秀家　過去の事を今更云ふても詮ないこと、一切水に流して、お別れ致しませう。
淺路　いえ、それはできませぬ。
秀家　と云はれると？
淺路　私は、島に參つてから、奧山とあなた樣と私と三人のことをさまぐに考へました、そしてやつと氣がつきました。
秀家　はて、何と。
淺路　私は、奧山に嫁ぐべきものでなくて、浮田樣の妻となるべきものであつた、奧山の妻となつたのは運命のふとした間違ひ……
秀家　それは餘りの……
淺路　いえ、あなた樣に斯うして近々と膝つき合はせて居ると私のその考へが間違ひないことを感じまする。
秀家　といつて今更奧山氏と……
淺路　別れるとは申しませぬ……
秀家　では……
淺路　ただ、一生に一度の眞實の日、かけがへのない日を無駄にやり過して悔を後へ殘したくはないと思ひまする、秀家樣、今こそその時でござりまする。世間の思惑など考へずに、生れながらの人間になつて下さいまし（熱情的に寄る）
秀家　（退いて）いや、そなたのその考へ方は違ふて居る、初戀などと云ふものは、葱のやうなものでござる。思ひ出の畑の中から時として引き抜くと、懷かしい過古の日の土の匂ひを持つてゐるところが値打のあるところでござる。初戀は葱でござる。
淺路　それでは、私は、畑の中に立つてゐる牝牛でございますか、虻のいつぱいたかつた牛だと仰言るのでござりまするか。
秀家　何を云はれる。そなたは秀家にとつては、他にかけがへもない、此世にただ一人の人でござる、そなたを侮辱することは秀家を侮辱することでござるぞ。
淺路　では、此世にただ二人の人間ではござりませぬか。
秀家　よく云はれた、如何にもその通り、此世にただ二人の人間でござる。
淺路　では、私達の爲のただ二人の夜ではござりませぬか、何も考へる程のこともないではござりませぬか（寄る）
秀家　と云つて（退く）
淺路　（寄りながら）二度と來ぬ日でござりまする、夜番所へ行つた人達も程なく歸へつて參ります程に…（間）
淺路　秀家樣！（と倚りかゝる）
秀家　（引きずられて）淺路殿。
放れて、淺路行燈の灯を吹き消す。
舞臺闇。間。
玄關で人々歸へつて來た物音。
奧山の聲　淺路！
淺路　（行燈に灯を入れる、亂れた姿）
奧山の聲　淺路は居らぬか、合羽が濡れて居る故しまつておきなさい。
淺路　はい（襟をとゝのへる）
秀家は、默念と座つてゐる。
奧山　（がらりと襖を開ける、ぬれた合羽を持つてゐる。）あ、浮田殿居られたのぢやな、（樣子を直感する。）……うーむ、（座敷に入つて合羽を疊に投げ出して、二人の間にわけて入つて、返事をせぬ二人を、せわしく右左と見る。その時はいつて來た用人に）明朝出發する船の用意をして置け。
用人　何と仰せられます。
奧山　明朝、島を發つて歸へるのぢや（と、何か云はうとする淺路の方を向いて、上から荒々しく腕で押へる。）
――幕――

第三幕

明曆元年（此間四十年經過。）
八丈島の浮田秀家の住居（第一幕と同じ）
小春日和の午前。座敷に蒲團がしいてある。
幕開くと八十歲に近い白髮の老人となつた秀家、正面椽端の陽のさすところに出て、前方の海と斷崖下の岩など眺めながら、茶器と鐵瓶を傍らに置いて、茶を立てようとしてゐる。茶器は第一幕に使用した物。と、坂の下で、祭のはやしの音、秀家耳をすませて「今日は里は氏神樣ぢやな。」と云ひながら鐵瓶に手をかけるが、上手襖の方をふりむいて、
秀家　相。
相　はい（聲だけで、姿を現はさず、何かごとぐ探してゐる音聞える）
秀家　相、わしがお茶を入れてとらせるから此處に來なさい。
相　はい、只今參ります。
秀家　何をゴソぐさせて居るのぢやね。
相　（上手襖を開けて現はれる。やはり八十歲近い老婆となつてゐる、手に、古着の疊んだのと、木の箱を持つてゐる。）探し物があつて、古いつゞらを開けて見ますと、こんなものが出て來たのでございますよ。（と、秀家の側に坐る）これは、何でございませうね、（と古着を取り上げて）大事に疊んでしまつてあるのでございますよ、私考へ出せないのでございますよ。
秀家　だいぶ古い物が出て來たね、思ひ出すよ、これは、
相　おや、お殿樣ご存じでございますか。
秀家　ほら、あの男が着て居つたのぢやよ、小舟が流れついて。死にかつて居つて、暫らく家にゐた男があつたぢやらう。
相　あ、さようでございましたね、あの備前の漁師とか云ふ。
秀家　さうだよく、然し古い物があつたものぢやね、さう云へばあの男も國に歸へしてやつたが、どうしてゐるかねもう死んだかしれないね……薄命の相をして居つたから。（と冥想的になる）
相　（箱を取り出して、蓋を開け）これは、ご存じでございますか。
秀家　何ぢや（のぞきこんで一つ木片を取り出し）うむ、積木細工ぢやないか、（と、また、一つ一つと取り出す）
相　これは小平次樣の玩具でございますよ。
秀家　あ、さようか、見覺えがあると思ふた、古い物が出て來たね。
丁度、其時小平次やはり六十位の老人となつてゐて、木戶を開けて杖をついてどこかへ外出しようとする樣子で現はれる。
相　若樣、ちよつと來てごらんなさいまし。
秀家　小平次、ここへ上れ。
小平次　何でございますか（と、椽に上り秀家の隣に坐る）
秀家　これに見覺えあるか。
小平次　あ、これは私の玩具、……古い物が出て來ましたね、（と、子供の時の手つきで、積んで見る。）
相　ホ、ホ、ホ……
秀家　手つきがよい、くく、アハハッ、アハハッ……（と笑つた拍子に後にひつくり返へつて茶器で頭を打つ）
相　あ、お危ふございます。
小平次　あ、お父上。｝（殆んど同時に）
秀家　うーむ（と起きられない）
相　お怪我はありませぬか（と、手をかけて抱き起す）
小平次　お父上（と、相と左右から起す）あ、茶器が破れた（と、瀨戶物の破片を取つて見る）
相　（起したが、秀家が口を利かず樣子が變なので）お殿樣、どうなさいました？　若樣、そちらの肩を持つて下さいまし（と、小平次と左右から肩を持つて、座敷の寢床の中に、つれて行つて寢かせる。）
秀家　小平次。
小平次　はい。
秀家　此父に若しもの事があれば、村田を後見として其方在島十戶百人の家臣を納めるのぢやぞ、よいか。
小平次　はッお父上……
秀家　相。
相　はい、あの……
秀家　もそつと側に參れ（相、寄る）相、そちには、余は世話になつたな、よく仕へてくれました、お禮を云ふぞ。
相　何を仰せられますかお殿樣、これしきの事でそんな心細いことを……
秀家　いや。秀家の命ももう永くはない、事に依ると今日あつて明日持たぬかもしれぬ。
相　何を仰せられますか、病氣は氣からと申しまする。
秀家　いや、我等のやうに年を老ると自分の死期は分るものぢや。わしは、さつき椽で轉んで自分で起きられたな。三軍を叱咤した秀家が轉んで自分で起きられぬとは、もはや終りぢや、わしは自分の命の枝がもう枯れてしまつた事を知つた。そちだとてもはや齡ぢや、わしの云ふて居る氣持はわかるであらうが……
相　（顏色を見て言葉を裏書するものを感じ、ハッとして）お殿樣、私をあとに置いて先に行つてはいけませぬ。
秀家　いや、壽命はこれ別ぢや、そちも體を大事にして、壽命のあるだけは生きることぢや、秀家は壽命がつきたのぢや……
小平次　村田を呼んで參ります（と、襖をあけて去り、奧の部屋々々をかけ廻つて呼んでゐるらしく、「村田」、「村田は居らぬか」といふ小平次の聲、切迫感を持つて聞える。やがて、村田と共に小平次かへつて來る）
村田　殿、お氣を確かにお持ちなされませ。
秀家　いや、もう氣休めは云ふなよ。
相と小平次と、村田に、何か囁き、村田、肯

背して暗然たる面持、ぢつと主の窶顔を見る。

村田　殿、何か承はることがござりましたら村田にお申し聞け下されませ。

秀家　家のことは、共方後見となつて小平次を導いてくれよ。

村田　は、委細承知仕りました。何かその他には……

秀家　さうぢやのう、だいぶ永い間、米のめしを食はぬのう、死ぬ前にせめてもう一杯だけ、湯氣の立つてるおいしさうな奴を食ふて置きたいものぢやが。

村田　はッ（と、答へて思はず他の二人と顔を見合はせて困惑の體、三人暗默のうちに協議して、村田奥に去る）

相　（泣きながら）お殿様は、何と云ふさもしいことを仰せられますか、世にあれば從四位中納言ともあらうお方が、時もあらうに今わの際に米の飯を一杯食べて死にたいなどと仰せられては末代までの恥ではござりませぬか。

秀家　いや、恥と云ふな、恥と云へば秀家は物心ついてから後した事はみなこれ恥。恥ばかりぢや、だが、余はこれでよいと思ふて居る。

村田、現はれる。相、上手襖を開けて去る。

村田、枕元に来て。

村田　殿、御安心なされませ、ただ今使を走らせましたから島内に散在する家臣共の家から例ひ少量なりとも米の粒を集めて參り、一ぜんの飯は必ず焚いてさし上げまする。

秀家　すまぬな、本來ならば辭退したい所ぢやが、どうにも食ひたくてたまらぬ。

相、襖を開けて、虎の皮を手に現はれる。

相　お殿様、朝鮮からお殿様がお持ち歸へりになられた虎の皮を今、蒲團の上にお掛け致しまする。（と虎の皮をかける）お殿様は今虎の皮を着て居られるのでございますよ、あまり市井の人間のやうなあさましいことを仰せられずと、天晴れ武將の最後らしく華々しい初陣の物語でもお聞かせ下さりませ。

秀家　では、余は今虎の皮を着て居るのか。

相　さようでございます、お勇しいお姿でござりまする。

秀家　は、は、は、勇ましい姿か、……これで初陣の話を致せばよいか、相。

相　はい、お聞かせ下さりませ、お殿様が最初に刀を抜いて敵をお斬り遊ばせたのはどこの戰の折でござりましたかしら。

秀家　さうぢやな、最初に刀を抜いて敵を斬つたのは、さうぢや小田原役ぢや。

相　小田原……？（と、ちよつと顔色をかへる）

秀家　（調子をつけて）城門間近の郷士の屋敷。池田三左と二人、寄せ来る敵を右に左に斬り拂ひ、漸く一方の血路を開いて取つて返へした。

相　共折お殿様のあとから伴いて參つた者は居りませなんだか。

秀家　從者はみなあとに殘つて敵を防いだ、余と池田と二人だけぢや。

相　從者の一人はとつて返へして、追ひすがる敵を打ち据えた筈！

秀家　あ、そんなこともあつたやうな氣がするな、家臣が一人。

相　その他にも、もう一人居りました筈。

秀家　はて？

相　共にお伴れ下されませと、後について參つたまだ肩あげのとれぬ女の子が居た筈でござりまする。

間

秀家　相、そちは、それを誰に聞いた？

相　誰に聞いたとはお情けなうございます。その女は、相でござりまする。お殿様、今こそ申し上げまする、私は甘糟の娘糀でござりまする。わけがあつて、おかくし申して居つたのでござりまする。

秀家　な、何と？

村田　殿！　そのわけは身共から申し上げまする。相どのは、天下第一の節婦でござりまするぞ、殿とのお約束を守り、小田原落城の後間もなく、當時、城代家老を勤めて居りました身共の許まで訪ねて來られました。だが、折も折、加賀候妹御と殿との間に御婚儀の話が進行いたして居りました。身共の一存を持ちましてお家の爲に相殿を説いて、身共の邸にその儘止まつて時機を待つて頂くことを承諾して貰ひました。

相　時々、御登城のお姿を他所ながら拜して相は果敢ない心を慰さめて居りました。

村田　時は過ぎて、我軍關ヶ原に破れ、殿流罪と定まつたる折、小平次様乳母として召使の中に加へておいたのも拙者の計ひでござりまする。……島に參つて殿とのお近づき村田蔭ながら喜んで居りましたが、それも表立つては、奥方よりの米穀、一時も絶えてはならじと島役人の眼を除けるが爲に、一生召使として暮して頂くやう拙者からお願ひしたのでござりまする。そのお蔭で、奥方よりの米は、奥方御在世中、永く便船毎に送られて參りました。今こそはつきり申し上げまする。相どのこそ、浮田一家の救ひ主でござりまする。

秀家　村田！　共事に執ては余はそちに内緒で濟まぬ事をしたが奥へは、先年、離婚の書狀をつかはしておいたのぢや、あれはとくに、余の妻ではなくなつて居る。

村田　いえ、その書狀は、拙者が船役人より取り戻して參り、未だに保存いたして居りまする。

秀家　え、では、やはり、共後の米は奥より……

村田　はい、それもみな、家の爲且つは主君の爲でござりまする。君の馬前に討死するばかりが臣たるの道ではないと心得まする。

秀家　左様か、余はよい家來を持つた。

村田　はッ有難き仕合はせ。

秀家　したが村田、相の儀に就て余にはどうしても腑に落ちぬ事がある、共方達には今日まで秘めて居つたが余は先年、甘糟の娘に逢ふたぞ。代官の妻として本島に參つて居つた。

相　お殿様、それはどなたでございますか、私以外に甘糟の娘……。

秀家　うむ、似ても似ぬ別な女、だが、確かに前に逢ふた。

村田　殿、解せぬ事を申されますな、それは何かの間違ひではござりませぬか。

秀家　わしにも合點が參らぬ。

村田　今更詮議立は無用でござりますが、相どのに就ては拙者、小田原に赴いて充分に身元調べて參つたもの、決して相違はござりませぬ。

秀家　はて、ではあの女は間違つて居つたのか。

村田　神かけて、それは間違ひの女、村田助六、相どのに相違があれば腹かき割つて申開き致しまする。

秀家　間違ひ？

正面襖を開けて、家臣の一人敷居際に兩手を突き。

家臣　恐れながら村田様にまで申し上げまする。只今、新任代官とか申されます方參られて居ります。殿に是非共、お目にかゝりたいと、お待ちでござります。いかゞ取り計ひませうか。

村田　（そつちへ歩いて行つて、秀家に憚るやうに）村田逢ふて參る（と、行きかける）

秀家　村田。

村田　（隣室で）はッ何か……？

秀家　此處に通しなさい。

村田　いえ、斯様の場合お逢ひになることもないかと心得まするが。

秀家　よい、死ぬる前に、若い江戸の武士に一目逢ふて見たい、通しなさい。

村田　は、然し、恐れながら此御容體で……

秀家　關はぬ。

村田　（小平次と顔見合はせた後）では……（と、去る）

相は、少し離れて、悲しげに頭を垂れてゐる。

村田、壯年の武人兩人を伴つて正面襖を開けて入つて來る。入口で村田、兩人に何事か小聲で説明する。兩人、うなづいて靜かに襖を沛つて、やつと秀家の顔の見える位置に並んで座り髮を落し、然し、チキハキとした聲調で。

武士　お取込の所に參上、恐縮に存じます、拙者、新任代官、奥山縫殿介。先年來島致した同名奥山縫殿介の長男でござります。お見知りおき下さいませ。

秀家　ほう、これは珍らしい方にお逢ひ致す、もそつと顔を前に出され、ふふむ、父上によく似て居られる……で父上は御健在かな。

武士　いえ、父は、十年ばかり前に亡くなりました。

秀家　左様か、よい方であつたがな。

武士　これに伴つて參つたのは、拙者舍弟、主殿、お見知りおき下されい。

秀家　ほう、御兄弟で見えられたか。

武士　早速でござりまするが、是非お耳に入れたさことがござる故、恐れながら暫時お人拂ひを願ひ度く存じまするが。

秀家　關はぬ。

武士　だが。

村田　お代官殿、これに居るはみな、殿の近親の方ばかりこれなるは御子息小平次様、（主殿、なつかしさうに小平次を見る）あれに居られるのは、殿の身の廻りのことをなされる家族同様の御方、身共は元浮田家、城代家老職村田助六でござる。みな一家中でござる、何なりとも遠慮なく申されい。

奥山　では、……お耳に達して置きたい儀は、……これなる舍弟主殿！

村田　御舍弟……の。

奥山　舍弟の儀に就て母上臨終の折……

秀家　ではあの母上淺路殿も亡くなられたか。

奥山　は、父の亡き後、壯健で我々兄弟の成育を樂しんで居りましたが、先年ふとした風邪が元で……

秀家　左様か、ふーむ、亡くなられたか。

奥山　母が今はの折に、拙者共兄弟を枕邊に呼び云はれるには、弟主殿は父の子とはなつて居るが、實は父の子に非ず、主殿の父は、八丈島に居られる浮田秀家様、お逢ひすれば萬事はわかる、折もあれば、弟を島に伴ひ行き、父子の名乘りを致させてくれよと、聞かされた折の我々兄弟の驚き……

秀家　ふーむ、主殿とやら、顔を見せてくれぬか。

　主殿、額をさし現す、互に見合つて感動。
奥山　心にかけながら何を云ふにも絶海の孤島。――時を得ず殘念に心得て參りましたが、漸く望かなつて此度赴任を幸同道致して參つたのでござる。
相　主殿樣とやら、そなたの母上は、小田原のお生れでござりまするか。
主殿　は、拙者きき及びまするには母は、仰せの如く小田原城下、甘糟と云ふ代々郷士の家の長女と生れ、名を雪と申す者……。
相　あ、雪？　お殿樣、何としませう、その方は私の姉上！
一同　えッ？
相　お殿樣、お殿樣は何といふ……人もあらうに姉上と……
秀家　濟まぬ相、濟まぬ。
　相、隣室に去る。
村田　殿、これは何としたこと、餘りと云へば……
秀家　池田の所業ぢや、いつぞやの漂流民をかへすについて、池田に、余が、妹のことを頼んでおいた。それを三左め姉を間違へて島によこした……
村田　では殿は、姉上を妹とばかり思ふて……
秀家　正にさうぢや。
村田　そゝつかしいは池田殿、間違ふに事を欠いて……。
小平次　お父上、今はいけませぬ。
秀家　いや、もう大丈夫ぢや、こんなに元氣になつて參つた（と、體を起して見せる）
小平次　では、そつとおつかまり下さいませ（と、秀家に肩を貸し取りつかせて立つ）
主殿　（はせよつて）私にもどうか。
秀家　ふむ、其方もか、（と、椽端に出ながら）息子二人に兩方から肩を持たれるのはよい氣持ぢや。
　兩人、秀家を椽端に下ろす。
秀家　ここが一番よい。陽がさすでのう、あ、さき程の積木ぢやのう。
小平次　はい、私の玩具の……
秀家　主殿、これが小平次の幼き折の玩具ぢやぞ。
主殿　は、兄上の……
　秀家、積木をはじめる。襖の奥で騒ぎが始まる。兩人立つて驅けこむ。村田、相を抱えて現はれる。
村田　殿、拙者が、もう少し遅ければ相どのは、身投けして居る所でございましたぞ。
秀家　馬鹿な何をする身投けなど止めてここで積木を致せ
相　（人々引つぱつて行かうとするのを、）いえ、私、もう死にませぬ。（秀家の側に坐る。他の者席を外す。）

（氣がついて）あ、相どのは？（とかけ出し、クルリと引きかへして）殿、殿は何も知らずにした事、神明、殿に罪はござりませぬ。身共が相どのを探して申し開けまする。（去る）
　奥山兄、顔をそむけて、奥に去る。
　主殿秀家の側に寄る。
秀家　だが、よく參つたな、逢へぬ所であつたぞ。
主殿　私も嬉しく存じまする。これも亡き母上のお引き合はせ。
秀家　そんなこともあらうな、余は、其方たち兄弟の若々しい姿を見て急に元氣を恢復して參つたぞ、（袖に觸つて見て）當節江戸では斯樣な衣類をみな着て居るか斯樣な袖が流行つて居るか。
主殿　は、御意！　江戸は段盛になつて參りました。父上も御恢復の上は、一度江戸にお伴仕りまする。
秀家　ハハ、さうは往かぬぞ……國事犯として永世流罪の沙汰がとどいて居る。それにもはや既に定命……然し。不思議と體に精氣がついて參つたのはどうしたことか、（主殿に）其方を見た爲か、……小平次、余をあの椽端に伴れて行つてくれぬか、余は、此邸の建物の中であの椽端のあの邊りが一番好きぢや、あすこに余を伴れて行つてくれよ。
秀家、相、わしの生涯はな、池田三左が、こさへた物ぢやよ、（と、積木の片を一つ置いて、）池田がかう置いたつまり相、そちのぢやな、その上に、もう一つかう置いた。（と、また一つのせて）これが淺路、つまりそちの姉ぢや、それをかう（とわざと外れかけにおいて）間違つて置いたからいかぬのぢやよ、池田が、ちぐはぐな、秀家の（と他のをのせる。）生涯をこさへたのだ。
相　（それをくづして一番下の積木を持つて）是が私でござりませう。昔の楓。
秀家　さうぢや、それがそちぢや、
相　だから、これを私が、かうまつ直におけばそれでよいのでござりませぬか。
秀家　まつ直に……
相　その上にこれを（と、秀家のをのせ、淺路のを、椽におく）これで何もゆがんでは居らぬではござりませぬか。
　二人顔を見合はせてニッとする。
秀家　では、相、そちは秀家を許してくれるか。
相　勿體ない、私は、お殿樣と一生お側に暮せたのでござりますもの、奥方よりも、姉上よりも仕合はせでござりまする、身を投けようとした時、やつと、それがわかつたのでござりまする、楓の一生は誰よりも誰よりも幸福……。

- - - - - - - - - - - - - - - - - - - -

秀家　楓、……
相　あの、長くこんなところに居てはお體に觸ります、お床にお歸へり遊ばしませ、さ、私の肩につかまつて…
秀家　（つかまりながら、）うむ、負つて行つてくれるか、外してはならぬぞ。
相　外せと申しても、もう外しませぬ。
　（床につれてかへつて寢かせる）
秀家　（相の手を取り顔を見て）小田原で逢ふた頃はそちはまだ、肩揚けのとれぬ少女だつたな、（と、やせたしわんだ手と顔を手でさはつて見比べる）
相　お殿樣も、まだ前髪の若殿樣でございました。凛々しいお姿で……（と、うつとりと思ひ浮べる、其儘、二人手を握り逢つたまま、無言。兩人落葉を重ねた如く手に手をのせ相は、顔をふとんにふせる。）
村田　（上手より襖を開けて入り）殿、米のめしが焚けて參りました、さ、冷えぬうちにお召しなされませ（と手に茶碗につけためしを持つてゐる）
相　（はつと氣がついて）お殿樣、ごはんでござります、さ、お殿樣、お起き遊ばせ。
村田　殿、冷えぬうちに召し上りませ。
相　お殿樣（揺り動かす秀家動かぬ、）
村田　殿（揺り動かす秀家起きぬ。）
村田　あ、殿が……
相　お殿樣、（と大聲に泣く）
　奥から小平次、主殿現はれ、枕頭に集まつてそれぞれ呼ぶ。村田、枕頭に米飯をおき、相虎の皮を、あごの邊りまで引き上ける。
　間もなく、家臣たち右往左往し、奥山は、さつきの秀家のゐたあたりの椽に出て腰をかける。
　家臣の一人、椽と、座敷の間の障子をしめる他の一人の家臣、障子に、忌中と書いた紙を貼る。
主殿　（上手障子を開けて出て來て縫殿介の傍に坐り）兄上、父上は亡くなられました。（と涙をふく）
奥山　（冷やかに顔を外らせて）此椽端はよく陽があたるのう。（ちよつと前を覗き込んで）そこの崖の下は海ぢやな。
　家の内外、家臣達で右往左往してみな悲しみの色。奥山縫殿介一人、死者に反抗を持つ唯一の者として、沓脱石に足を置き、椽に腰かけて腕を組み顔を前方に向けた儘の堅い姿で動かぬ
　坂下ではやしの聲。村の子供、三人、外出着の着物を着て、坂の上に上つて來るが、下女に追ひ返へされる。
　奥山、大刀を腰からとつてわきにおいて、手でちよつと袖の塵をたたいて、又もとの姿勢。

――幕――

（カット・山崎郁之輔）

事務服物語（三幕五場）

渡邊渡

場所　東京。埼玉縣下の或小さい村。
時　現代。

――人　物――

鈴木康一　大學生。
平山啓作　會社員。
リエ　その妻。
志津子　その娘。
村上芳人
村上欣造　芳人の父。社長。
その妻
原田　會社の營業主任。啓作の上役。
住職
その妻
小僧
醫師
運轉手
助手

第一幕

東京市板橋區の場末にある會社員平山啓作の住居。震災直後に建てられたバラツク建の借家。八疊位の座敷兼主人夫妻の居間だけが見えてゐる。

季節は初夏。時刻は午後六時頃。

下手は壁で內庭と區切られ、內庭の外は奧に通じてゐる。路地と內庭の間は板塀。自動車の入らぬ路地で、自動車は半町ばかり隔つた大通りで止まる。

座敷の下手側、せまい內庭の突き當りに、玄關があつて、板壁だけ見えてゐる。玄關の中は、せまい緣と土間だけの心持。

座敷の正面中央床の間。その下手寄は壁。上手寄は襖で、襖の奧は娘志津子の居室。その奧に臺所のある心持。

座敷上手側面は壁。

座敷の調度は、一時代古い下級會社員の家の調度。床の間に西洋草花の鉢が置かれてゐる事、其他で若い娘の居る家であることを說明させる。

幕開くと、市內目拔きの場所にある會社からの歸へりに立ち寄つたらしい四十年配の營業主任原田と、老人の平社員啓作とが對座してゐる。

もう可成長く話しこんでゐた樣子。

原田　では妻君ともよく相談をしてね、成るべく早く僕のところまで返事をしてくれ給へ。……だいぶ長居をしたね。

啓作　主任さん、もう少しお待ちになつて下さいまし。そのうちに女房も戾つて來る筈ですから。娘を迎へに行くと申して電車通りまで行つたのでございますが、家を出てもうだいぶ經ちますから、きつと、もうその邊りまで戾つてゐるに相違ないと思ひますから、何でしたら、私が一つ走り電車通りまで行つて參りますから……夕刊でもご覽になつて……

原田　いや、それには及ばんよ。かへつて今日のところは僕が直接娘さんにも、また細君にも逢はない方がいゝかと思ふんだ。かうなると會社で僕が君の上役だといふことがかへつて不便なことになつて來てね、押しつけがましく取られても困るからね、そりやね、いくらいゝ話だつたつて突然ぢやね、娘さんの方でもいろ〳〵事情もあることだらうからね、そこを君が一家の戶主として說伏するんだね。その上で正式に僕の所まで返事をして貰ひたいのだ。相手の方ではもう親戚も全部說き伏せてあるのだからね、……想像以上の骨折りだつたのだよ。

啓作　御尤もでございますとも。これだけ身分が違ひましては……

原田　そこへ行くと君の家の方は、かういつちや何だか、まあ謂はゞ拾ひ物みたいなわけで……

啓作　さうでございますとも……

原田　こんなのは探したつて見つかる緣談ぢやないのだ。君がよほど確かりして反對を押しきる肚をきめてゐなくちや駄目だよ。君の返事次第で相手の方ぢや、すぐ結婚式の段取りに取りかゝることになつてゐるんだからね。

啓作　何分よろしくお願ひ申し上げます。

原田　ではお暇することにするからね。

啓作　折角お越し下さつたのに何のおかまひもできませんで、（と、立つて原田のレインコートを被せかける）

原田　然し娘さんはいやに遲いんだね。私と一緒に會社を退けたわけだから、もう二時間經つて居るね。

啓作　（あわてて）はい、その何でございます。歸り途でちよつと學校時代の友達の家に寄つて歸るとか申して出かけましたので……

原田　とにかく氣をつけた方がいゝね。折角我々が骨を折つてここまで來てゐる話が、娘さんの行狀でこわれるやうなことになつてはつまらんからね……

啓作　主任さま、うちの娘にかぎつて決してそんな。その樣な……

原田　それならいゝがね……（啓作、後から主任のレインコートの塵を拂つたりする）では……

啓作　お氣をつけて……

原田、玄關に下り、啓作、後姿へお辭儀をする。

原田やがて往來に現はれ、空を見上げて蝙蝠をさしかけて止め下手前に去る。

原田と殆んど入れ違ひに、啓作の妻リエ、つくろはぬ髮形、洗ひ晒しの着物で、然し几帳面な着つけで下手から現はれ、此邊りに見なれぬ原田の後姿をふり返へり〳〵、やがて玄關に入る。

その間に啓作、そは〳〵しながら元の座に戾つてゐる。

リエ座敷に入る。

啓作　おや、お前一人か、志津子は？

リエ　歸つて來ないんですよ、電車何臺待つたかしれないんですよ。……あまり一つ所に立つてゐると闇の女か何かと思はれては嫌ですからね、さきに歸つて來ましたよ。

啓作　何を云つてやがる。こんな婆の闇の女があつてたまるものか。

リエ　おや、これでもこないだお湯の歸りに袖を引つぱられたのですからね。うそと思へば八百屋のおかみさんにきいてごらんなさい。八百屋の手前の電信柱のかけに立つてた男ですからね。

啓作　そりや間違つて引つぱつたんだ。

リエ　まだあんなこと……

啓作　馬鹿、お前のことをきいてるんぢやない。志津子はどうしたんだ。お前迎へに行つたら歸るまで待つてりやいゝぢやないか。

リエ　きつと康一さんとどこかで待ち合はせたんでせう。康一さんに送つて貰つて歸つて來ますよ。

啓作　それがいかんよ。若い娘を、若い男と二人つきりで出步かせておいて、間違ひでも起きたらどうするんだ。

リエ　起きたら起きた時のことで正式に一緒にさせてやればいゝでせう、何も……あんただつて、それとなく康一さんの卒業を待つてゐるんでせう。卒業證書と一緒に志津子の體は上げる……と。

啓作　お前、康一さんにそんな事云つたのぢやないだらうね。

リエ　私は云ひませんよ。だけどあなただつて肚ぢやせんからさう思つてるんでせう、夫婦の間でこの位の事はわからなくては……どうもをかしい、あんた私の留守に何かあつたのですか……？

啓作　うむ、會社の上役の方が見えてね、ほら原田さんね、主任の……

リエ　え、主任さんが？

啓作　さうだ、お前と一足違ひに歸られたのだよ。どこか大通りに出たところでお逢ひしなかつたか、お前？

リエ　ぢや、レインコートを着て背の高い、チヨボ髭を生やした方でせう。

啓作　さうだ、その方だ、お逢ひしたらう。

リエ　その方なら家を出たところでお逢ひしましたよ。私はお隣に見えた方かと思つて御挨拶もしなかつたけれど、……あれが主任さんですか、さう云へばどこか重みがありますね。たゞの社員とはどこか違ふ、………それで何か用事？　會社に勤めて二十年間一度も見えたことのない主任さんが見える位だから、よほど重大な用事があつたのでせう？

啓作　うむ、重大事件だよ。

リエ　……あ、それならさうと早く云つてくれなくては。

（立たうとする）

啓作　おい〳〵どこへ行く？

リエ　ぐず〳〵してる場合ぢやありませんよ。私これから停留所に行つて來ますからね。追ひつけるかもわかりませんからね。あんただけの問題ぢやありませんから私からも家の事情をよく話してお願ひして來ますよ。かうなりやもう主任さんのお袖にすがるより他に道はないのですからね。

啓作　待たんか、まあ坐れ。（と、無理に坐らせて）お前何か感違ひしてるんだらう、主任さんの來られた要件について。

リエ　わかつてゐますよ。その位のこと、あなた、會社コレでせう。（と、馘の型をする）他の事で見えられるわけはありませんからね。（立たうとする）

啓作　あわてるな、まるで違ふ。

リエ　え？

啓作　來られた要件はね、志津子の縁談のことだよ。主任さんが仲人になつてくれてね、相手の方はもう話はまとまつてゐるので、こつちがウンと云へばすぐ結婚式に――といふところまで進んでゐるんだよ。

リエ　おや、まあ、そんな話で、――それで相手といふのはどちら様で、やはり會社の方……？

啓作　それがね、會社の社長の息子が是非あれを欲しいと云ふんだよ。

リエ　まあ、社長さんの息子さんが？　それほんとうですか、あんた私をかつぐんぢやないでせうね。

啓作　わしも最初きいた時は、さう思つたがね、然しきいてみりや、本人が他の女は、貰はんと云ふんだから、先様でも身分の高下なんか云つてゐられないかもしれないんだよ。

リエ　ぢや、その御子息といふのは、もう志津子と逢つたのですね。

啓作　逢つたどころぢやないんだ。主任さんの話では毎日のやうに用もないのに親父の會社に出かけて來て、窓口に立つてゐる志津子につまらんことを話しかけるらしいんだよ。あの事務服姿によほど魅せられたらしいんだよ。

リエ　へえ、志津子は家にかへつてそんな事おくびにも出しませんね。

啓作　志津子の方ぢやてんで問題にしてゐないらしいんだよ。

リエ　勿體ない？

啓作　何でもね、こないだ主任さんが、そしらぬ顔で見てゐると御子息が、音樂會の切符だか何だかを志津子に渡したらしいんだよ。志津子は默つてそれを受け取つて御子息の見てゐる前で、机のわきの紙屑に入れたといふことだよ。

リエ　まあ、何といふ事をする娘でせう。

啓作　さういふ態度を見せられると、片つ方は一層心が募つて來るといふ理窟だね。

リエ　丁度、あんたと私が一緒になつた時と同じわけ合ですね。

啓作　何云つてやがるんだ、しわくちや婆。

リエ　おや……

啓作　よせよ。……それでね、自分の力ではどうにもならないと思つて、一週間ばかり前にたうとう親父の社長さんに打ちあけて、女房に貰つてくれと頼んだらしいんだ。社長さんも一應ははねつけたらしいんだが、御子息の方では思ひ詰めた氣持は堅いらしいんだよ。

リエ　へえ、

啓作　それで社長さんが、主任さんを呼んでね、女事務員の平山志津子といふのはどういふ家庭の娘だときかれたのでね、主任さんはわしには普段から好意を持つてくれてゐるからね。此の時とばかりに、「あれは營業部で私の下に働いてゐる平山啓作の娘で、親子二人で會社に勤めてゐる實直な娘で……」と、うまい工合に云つてくれたらしいんだよ。……すると今日また呼ばれて、「あの娘を息子の嫁に貰ひたいから、君一つ使ひに行つてくれんか、親戚の抗議はわしが大體押し切つておいたから……」といふお言葉で、主任さんが見えられたんだよ。

リエ　あんた、その息子さんといふのは片輪者ぢやないでせうね。

啓作　いや五體は揃つてゐるが……

リエ　ぢや、コレが少し足らない……（と、頭に指をやる）

啓作　いや、足りないと云ふ程ぢやないんだよ。私立ながら大學も出てゐるんだからね。ただ、主任さんの口ぶりではあまり出來のいゝ方ぢやないらしいんだよ。

リエ　その位の事は我慢しなくてはね。

啓作　お前もさう思ふか。

リエ　そりや出來のいゝのに越した事はないけれど、さうぜいたくは云つて居られませんよ。こつちの事を考へりや、それで正妻としてちやんと籍を入れてくれると云つてるんですか。二號ぢや、私いやですよ。

啓作　その點はよく念を押しておいたよ。わしだつて大事な娘を妾にはやりたくないからね。

リエ　ぢや、やつぱり奥さんに……それで、こつちさへよけりやいつでも結婚式を擧げるといふところまで話は進んでゐる、……あなた、こりやもう考へる程のこともないぢやありませんか。今夜にでも行つて主任さんに「承知致しました。何分よろしくおとりなしを願ひます。」とお願ひしておいでなさいよ。さうなりや、あなただつてもういゝ年をして會社に出なくてもいゝことになるし、私だつてさうなれば社長の息子の姑だから、家にゐてもこんなはけつちよろけの木綿の着物ぢやいけないから銘仙位は着てゐなくては……

啓作　おい、待てよ、さう先廻りをしてはいかん。

リエ　だつて、先様では。

啓作　先様はいゝんだが、こつちがね。

リエ　不服云へた義理ぢやないでせう。こんな勿體ない話を……

啓作　わしら二人に異存のある筈はないが、志津子だよ、問題は……肝腎の志津子がね……

リエ　さうでしたね。切符もらつて紙屑籠に入れるやうでは、よほど嫌つてゐるらしいから。

啓作　それに康一さんにもとくとわけを話して身を退いて貰はなくてはならないが……女はよく氣がつくものだが、どうだねお前、あの二人の仲はどの程度まで進んでゐると思ふ？

リエ　それですよ、今のところぢや、たいしたことでもないと思ひますがね。別れて別れられん程でもないと私は思ふんだけれど、……然し若い者同志の仲だから……若しかしたら、……あんた、これや大問題ですよ。

啓作　さうだらう。かうなつて見ると、氣の毒ぢやが康一さんといふ男が邪魔になるよ、お前たしかに、康一さんに、後には娘を貰つてくれといふやうなことを云やしなかつたかね。

リエ　はつきりとさうは云ひませんがね……

啓作　まあ口に出してはつきり云はなければいゝといふ事にしとかなくてはね……ぢや、それはよし。……ぢやかうしよう、お前、今夜にでも志津子が歸つたら、それとなく二人の關係はどういふところまで行つてるかそこを聞いて見てくれんか。それによつて方法を講じなくてはならんからね。

リエ　え、よござんすよ、一家が立つか立たんかといふ瀬戸際ですからね、志津子の方は引受けました。

啓作　とにかくどつちにしても、二人は手を切つて貰はなくちやいけないんだけれどね、何しろかういふ幸運を逃がしちや志津子だつて一生の損だよ。

リエ　さうですよ、……だけど、あゝして慕つてゐる者を離すのは可哀想な氣もしますよ。

啓作　それを考へるな、心を鬼にした氣持で充分肚を決めてかゝるんだぜ。いゝか。

　二人倚、話しをつゞけてゐる。

　下手から志津子、二十位の近代的な好みの和服で容貌の美しい楚々たる女性。大學生康一と戀愛初期の感じで現はれる。

康一　あ、家だ、ここの道何だか短かくなつたやうな氣がするね。

志津子　え、私もよ、ちよつと寄つて行かない？

康一　だけど、小父さんの顔見るの何だか氣が退けるね、今日は上らずに歸るよ。

志津子　いゝぢやないの、何もお父さんの顔見られないやうなことしてゐるのでもないんだから。

康一　さうかしらね。

志津子　いやよ、そんなに見ちや。

啓作　志津子だよ。

リエ　あなた？

啓作　今云つた通りにするんだよ。可哀想だとか何とか一時の氣持に左右されてはだめだぞ。……先づ最初にする事は、お前が、志津子と二人きりになつて……さあ、

リエ　え！（と、立つて）おや、誰かと一緒らしい様子ぢやありませんか。

啓作　ぢややはりお前の云つた通り康一君が送つて來たんだらう、行つて見なさい。康一君だつたら上げなさい。

リエ　だけど、志津子の氣持もきかないうちに……

啓作　いゝから、康一君の方はわしが引き受けて當るから

　リエ、玄關の障子を開ける。

リエ　志津子でせう、そこで何をしてるんだね、早くお上り。おや、康一さん。さあ、どうぞお上りなさい。

康一　今晩は、おばさん。

志津子　送つていただいたのよ、それに康一さん歸ると云ふのよ。

啓作　（坐つたまま）康一君、康一君。

康一　今晩は小父さん。

志津子　（外の康一に小聲で）このまゝ歸つてはかへつて

變よ。
康一　困つたね。
リエ　そんなとこに立つてるずに、早くお上り、志津子、康一さんも、さ——
康一　（リエに）ぢや、ちよつと小父さんに逢つて行きます。

二人玄關へ入り、リエ、座に戻る。
康一、靴をぬいでゐる間に、志津子、一足先に座敷に上る。

リエ　女の子が晩くまで歩き廻つてはいけませんよ。私はお前が晩いので迎へに行つて、電車何臺待つたと思ひます？
志津子　あら、ごめんなさい。だつて私……
啓作　親に口返答しちやいかん。來なさい、康一君とはどこで逢つた？
志津子　丸ビルのとこで待つてゐて下すつたのよ。

康一入つて來る。

康一　今晩は……
リエ　今晩は……

ちよつと座が白ける。

リエ　お前御飯は？
志津子　康一さんに御馳走になつたのよ。
啓作　康一さんにあまりお金を使はせてはいけないよ。
康一　何でもないですよ。二人で十錢のカレーライス食べたんですからね、ミルクホールで……
リエ　志津子、お前ちよつとお出で……お母さん、お前に相談したいことがあるんだよ。（と、立つ）
志津子　あたしに？　ここぢやいけないの？
リエ　え、ちよつと康一さんに失禮させて貰つてあつちの部屋へ——康一さん御ゆつくりしていらつしやいよ。
（と、志津子をうながして奥の部屋に去る）
志津子　何なの？（と、つゞいて入る）
啓作　康一さんは慥か來年卒業だつたね。
康一　（隣室を氣にしながら）え、さうなんです。
啓作　あと一年で文學士だね、早いもんだ。田舎の中學を出て上京して來たのはつい此の間のやうな氣がするが、もうあれから五年經つたんだからね。わしは、君が高等學校を出た時、大學の支那文學に入るときいた時は變な氣がしたが、君はよくあの時支那文學と氣がついたね、やがてかういふ時世になると、やはり君にして見りや判つてたわけだつたんだね。先見の明があつたんだね。
康一　いゝえ、支那に興味を持つてたので入つたのですが、先見の明なんて云ふのぢやなくて、偶然ですよ。
啓作　然しよく今日までやつて來たね、もう一息だね。田舎から出て來て、最初家に來た時は、朴齒の下駄をはいて、腰に手拭をぶら下げてゐたね。あの頃から見ると別人のやうだね、どこから見ても立派な最高學府の學徒だよ。君のお父さん、つまりわしの從兄が生きてゐたらその君の姿を見せてやりたいものだよ……。

奥で、志津子とリエと何か云ひ爭ふ聲。つゞいて志津子荒々しく襖を開けて現はれ、すぐあとにリエつゞいて現はれる。

志津子　知らない〳〵、あんまりよ、お母さんひどいわよ。
（疊にうつ伏せて泣く）
康一　（志津子に）どうしたんです……。（リエに）何ですか。
リエ　（康一には答へず、志津子に）何もお前の爲を思つて聞いて見たんだからね、そんなことなけりや無いでいゝんだよ。
志津子　だつて私達をそんな風に見てゐられたかと思ふとくやしいわ。お母さんやお父さんの時代と違ふんですもの、それに、それに、……あんまりだわ。
康一　（志津子に）志津子さん何のことですか、僕に云つて下さい、僕にも關係のある事でせう。
志津子　今、あつちの部屋で……
康一　あつちの部屋で何かあつたのですか、心配だから僕に聞かせて下さい。
志津子　お母さんてば、私とあなたの間に肉體上の關係あるかなんて聞くんですもの、こんなことき く親あるかしら。
康一　小母さんそれほんとうですか。
リエ　私はね、ただね……
啓作　いや、訊かなくとも判つてゐることなんだけどね、君達が近頃あまり一緒に出歩くのでね、實は今日或人から注意を受けたんだよ。それで、本人の口からきいて證明してやらうと考へて、わしがこれに聞かせたんだ。
康一　他の人は何といつてもいゝですよ。小父さんも僕達の間をそんな不純なものと疑つたのですね。
啓作　いや、念の爲に聞かせて見ただけだよ、……私らは判つてゐるよ、失禮なところは君に謝るよ。ところでね康一さん、君に今日改めて相談があるのぢやがね。
康一　承りませう。何でせうか。
啓作　他でもない志津子の事なんだがね、これは今度、仲に立つてくれる人があつて近々に片附けようと思ふんだ、君も折角これまで妹のやうにこれの事を思つて來てくれたが、世間では若い者同志の事は誤解し易いのでね、逢ふのは今日だけにして、今後は二人だけで出歩くやうなことは愼しんで貰ひたいんだよ。
志津子　お父さん。
啓作　お前は默つてゐなさい。
志津子　いや、私は他へお嫁になんか行かないのよ、誰が行くもんですか、横暴よ！
康一　さうですよ、突然にそんなこと云はれては困ります よ、僕に何か落度があつたらいくらでも云つて下さい。直しますから。
啓作　私が、自分の娘を他へ嫁がせるのに、君は不服かね。
志津子　え、私不服よ。
啓作　お前に云つてるのではない、不服なのかね康一君。
康一　不服です。
啓作　おい、君にそんな事云へる資格があつたのかね。
康一　ありますよ。だつてさうでせう、小父さんは僕と志津子さんとの間のことは何年間も默認してくれてゐたでせう、僕とならどこへでも一緒にやつてくれたでせう、氣はついてゐながら一度だつて何にも仰言らなかつたでせう、僕は心で小父さんに御禮を云つて來たんですよ。今にきつと僕が學校を卒業して就職でもしたら、其時は僕達を結婚させてくれるものと思つて、その日を樂しみにして來たんぢやありませんか。それに今となつて急に……。
志津子　さうよ、ひどいわよ、……大丈夫よ、私他へお嫁になんか行かないから。
啓作　康一君、そりや君の獨斷といふものだよ。勝手にさう極めて貰つては困るね、或はおリエが一度位、將來は二人を何とか云つたかもしれんが、然しかう云ふことはやはり、父親の私といふ者があることだからね、直接私の口から云はなくてはね……。
リエ　いゝえ、私だつてそんな事は云ひませんよ。
康一　だつて小母さんは、いつも僕に口ぐせのやうに云つてくれたぢやありませんか。「こまぐ〳〵した洗濯物や何かは、洗濯屋に出すと不經濟だから家に持つて來て置きなさい、日曜日にでも志津子にさせるから、自分の家内だと思つて、何でも遠慮なくさせなさい……と」
リエ　さう云つたのをすぐ……
啓作　そこだよ。「家内と思つて……」と「家內」とは違ふからね、見たまへ、何もかも、さういふ風に勝手に君がきめてゐたことぢやないか。
志津子　私こんな家出てくわ。……私をあなたのアパートに置いて下さるわね。……ぢや、お父様、お母さま、長々お世話になりまして、お年のことだからお體を大事に……
リエ　これ、お前は何といふことを云ふんです。（と、抑へる）
啓作　親不孝者！　とにかく康一さん、これ迄の事はともかくとして、今後に就ては、この娘の父親である私がかうして云つてゐるのだから聞いて貰はなくてはならぬ。今後志津子とは一切交際を絕つと、後日の爲に一札書いて貰ひたいね。（リエに）おい、硯と紙を持つて來なさい……
志津子　離してよ。（もがく）
リエ　いけません。（抑へる）
啓作　よし、わしが取つて來る。（と、立つて机の上から硯箱と紙を持つて來て）さ、一筆書いといて貰はう。
康一　折角だが。お斷りします。
啓作　何故書かん？
康一　僕は何もそんな物書く必要を認めません。
啓作　ぢや、警察に頼んで、警察の手で君に書かせるがいゝかね。
康一　えゝ、どうぞ……さ、志津子さん來給へ、僕のアパートに行かう。
志津子　え。

二人同時に立つのを、リエ志津子を抑へて無理に坐らせ、啓作、康一を「待つてくれ」々々…
…と云ひながら、玄關近くに押して行く。

啓作　待つてくれ。これは云ふまいと思つてゐたのだがね實は此度志津子を貰ひたいといふ相手と云ふのが、わしや志津子の勤めてゐる會社の社長の息子なんでね。
康一　それがどうしたのですか。
啓作　まあ、さう昂奮せずに聞いてくれ給へ。さつきのことだよ、わしの會社の主任が來てくれて、「社長の御子息が是非志津子さんを貰ひたいとの話だから、わたしが仲人となるからやつてはどうだ。」との話なんだよ。
康一　社長と姻戚になつておけば、小父さんの月給も上るつまり小父さんの榮達の爲に志津子さんを犠牲にしようと云ふんでせう。
啓作　さう取られては困る。何と云つても君はまだ世間を知らん。世間といふのはさう君たちが考へるやうにはいかんのだよ。理窟ぢやないからね、早い話が此の話を斷はつて見給へ、さし當り志津子はもう會社には出られない。
康一　そんな不合理なことあるものですか、それはそれ、これはこれ、何も……
啓作　そ、それがいかん。世間といふものはさうはいかんよ、學校の窓から見てゐる世間と、現實の世間とは大ちがひだからね。何たつて會社は社長の物なんだ。社長が氣に食はなければ何だつてするよ、志津子ばかりぢやない、此わたしだつて、さうなりや何とでも名目をつけて馘にされるのは判りきつた事なんだ。知つてのやうに其日暮しの私の家で、働く者が二人一時に馘になつて見たまへ、どういふことになるか。志津子の方は探せば他に就職口も見つかるかも知れんが、女事務員の給料では高が知れてる、せいぜい自分の着物代と化粧料位のものだ。到底一家は立つて行かない…

志津子　私は女給したつて、お父さんは養つて上げますよ。

啓作　馬鹿なことを云ひなさるな、お前に女給させる位なら何も苦勞はせん。……私の方はとなると、手にこれと云ふ技術もない五十七歳の老人ではね、こりや俄かに就職口などはない。今の會社を馘になればもうそれでお終ひと見なくちやならん。

康一　さうなれば僕だつて………

啓作　その氣持は有難い。然し、君はまだ學生の身ぢや、假りに學校を止めて働く氣になつても、すぐに就職口があると極まつたものでもないだらう。

康一　………

啓作　その邊の理をよく考へて君が身を退いてくれると萬事おさまるのだからね、……わしの顔を見てくれ、皺だらけだらう、此の皺は、家内と家を持つてからの三十二年間その日の暮しと闘い抜いて來た記念の皺だよ。よくこの顔を見といてくれ、……この疲れた顔で再び生活の爲に立ち上る力は私にはないのだ。

康一　………

啓作　わしにしろ、おリヱにしろ、もう人生では休ませて貰ひたい時なんだ、働ける間は働いて來たんだからね。主任さんもそれを云つて歸られたが、人間の働ける期間にはきりがある、わしらは、もうそのお終ひ近くまで來てるるんだよ。

康一　(おだやかになる)　小父さんのお話はよく判りました。それを云はれると僕も一言もないんです。

啓作　ぢや、一札書いてくれるね。

康一　いや、小父さんの氣持はよくわかりましたが、然しさういふことの爲に、志津子さんを見も知らぬ社長の息子のところにやつてもいゝものでせうか。

啓作とリヱ顔見合はせて、うなづき合ふ。リヱここだといふ風に合圖する。

啓作　康一さん、あんたには知らせまいと思つたのだが、志津子は社長の御子息とは毎日のやうに逢つてるるんだよ。

志津子　康一さん！

康一　(同時に)　えッ、どこでですか。

啓作　御子息は毎日、この娘に逢ふ爲に會社に出かけて行つてるんだよ。

康一　え、會社で！

啓作　さうだ、會社で毎日逢つてるる。こないだなんかは音樂會の切符を貰つてるるところを主任に見られてるるんだ。

康一　志津子さん、それはほんたうですか。

志津子　うそよ、違ふ、切符はすぐわきの紙屑籠に入れてしまつたのよ。

康一　然し、あなたはその人のことに就て僕には一度も云はなかつたですね。

志津子　だつて云ふ程のことは……

康一　何ですつて、もう一度云つてごらんなさい。何が云ふ程のことでも……ですか。

啓作　ま、ま、待ち給へ、そりや君、野暮だよ、君には云へまいぢやないかね、……何しろ、會社ではもう二人のことは誰一人知らぬ者もない仲で……今日、私は主任からそれを云はれて何と答へていゝかわからなかつた位だよ。

康一　さうでしたか、わかりました。あの硯と紙を取つて下さい。

啓作　さうか書いてくれるか、有難う。(と、立つて硯と紙を持つて戻る)

志津子　康一さん、そんなもの書いちやいけない………

(抑へられてるる體をもがく)

康一　何も氣がつかなかつた。僕は今やつと自分が間抜けであつたことに氣がつきましたよ。……何と書けばいいんですか。

啓作　思つた通り書いてくれ給へ。もう志津子とつき合はないといふことを認めといてくれゝばいゝんだ。

康一、書く。啓作それを取つて目讀し、

啓作　うむ、結構々々……(たたんで懐にしまふ)

康一　志津子さん、その人といつまでも幸福にお暮しなさい。(と、玄關に下りる)

志津子　だめよ〳〵行つちや、話せばわかるんだから、私も一緒に……(もがく)

康一　………

リヱ　(志津子を抑へたまま)　康一さん、志津子がゐなくなつても、これまで通り家には來て下さいよ。

康一　(土間で靴をはきながら)　いえ、もう來ませんよ。僕は二度とこの敷居は跨ぎませんよ。

康一、玄関を出る。

啓作　(その後姿に)　君も丈夫で暮してくれ給へ。

志津子　放してよ。(と、母の手をふりほどいて)　康一さん私も……(と、玄關にかけてゆく、啓作それを支へる。そして元の場所に押し戻す。)

啓作　志津子や、よく聞きなさいよ、私はもう終つた人間だから、時と場合でどんな貧乏にだつて堪えて見る氣持はあるのだ。然しお前はこれからの體だ、そのお前の將來に暮しの苦勞だけはさせたくないと思ふのが親心だよ、貧乏と闘つて來たお母さんのこの顔を見なさい、何よりの手近な見本だ。お前の老年をこんな寂しい顔にさせたくないんだ。平和な穏やかなお婆さんの顔にさせてやりたいんだ。今は親を怨め、然し好きだ嫌ひだといふのも若い時のことで、長い年月がそのあとに控えてるるのだからね、さきでは今日の私らの仕打をお前は感謝してくれる時がきつと來ると私は信じとる。お前が三十、四十と年を取つて行つて子供の親となつた時に今日の私らの態度を思ひ出してくれ。

リヱ　ほんとだよ、私だつてお父さんと一緒になる前に丁度お前と康一さんのやうに、かたく云ひ交はした男があつたのだけれど……

啓作　何？　云ひ交はした？

リヱ　今だから云ふんですよ。私は三十何年間ぢつと胸の底にしまつて來たことがあつたのですよ、私の田舎の家で隣り合はせの——

啓作　お前の田舎の隣りは豆腐屋ぢやないか。

リヱ　さうですよ。豆腐屋の一人息子と幼馴染で、さきは家を持たうとかたく云ひ交はしてゐたのですよ……。

啓作　今になつてそんなことを……。

リヱ　(志津子に)　その人は今でも豆腐屋をしてるるといふことだけれど、私は別に逢ひたいとも思はないからね、お前だつてさうですよ、家をもつて子供の一人もできれば康一さんのことなんか考へなくなるのだからね。

志津子、尚も反抗の態度を示す。そして抑へる兩親の手を拂ふ。

表に出た康一、電柱によりかゝつて家を睨みつけてゐたが、苦しさうに路上に倒れる。

舞臺暗くなつて、兩手で顔をかゝへて倒れてゐる康一と、泣き伏して尚も男のあとを追はうとする志津子の姿と、痛ましさうにそれを止めてゐる兩親の姿の一部との内外二ヶ所だけスポットで明るく照し出されて——。

靜かに幕。

第二幕

一ヶ月後の或午後。

舞臺空虚、絹布の座蒲團が積まれ、ボン〳〵時計は電氣時計に代へられ、其他僅かの間に調度萬般更まつて家政の向上を示す。

下手で自動車の止まる音、つゞいて下手前から志津子丸髷姿で現はれ急ぎ足に玄關に入る。

玄關の引戸の開く音にリヱ小ざつぱりとした銘仙か何かの着物で、上手襖を開けて現はれ、割烹着で忙しく手を拭きながら玄關の方へ行く。

リヱ　(玄關近く來て、あわてて髪と襟を直し)　はい、只今。

志津子　(外から障子を開けて入り)　あたしよ、お母さん、お客様かと思つたの？

リヱ　おや、お前かい、だけどお前よく來たね、……おや、お前一人かね。若旦那は？……旁人さんは？　一緒ぢやなかつたのかえ。まあ、こつちにお坐り。(と座蒲團を出す)　着物がよごれるからね。

志津子　お母さん。

リヱ　何だね。

志津子　あれから後、康一さん見えて？

リヱ　いゝえ、一度も見えませんよ。……だけどお前、それはいけないよ。さう家に入るなり康一さんは見えたか……なんて訊いたりするやうぢやね。……お嫁に行けば行つた先の家の人なんだからね。前の知り合ひの男の人のことなんか、きれいに忘れてしまはなくてはね。お前はもう平山志津子ぢやないのですからね、もう籍も入つて村上志津子と苗字まで代つてしまつてるるのだからね。……だけどほんとによく似合ふよ。お邸では髮結さんだつて腕のいゝ人を呼ぶんだらうね。……どこから見ても立派に大家の若奥様だよ。一ヶ月前まで會社の受附で事務服着て働いてるた娘だとはちよつと信じられないよ。……お前、氣分でも惡いのかえ？　少し顔色が惡いやうだが……

志津子　何でもないのよ。……お母さん、私今日お願ひがあつて來たんだけれど訊いて下さる？

リヱ　何だね、またそんなに改まつて……

志津子　私を暫らく家において下さらない？

リヱ　さうだね、體が惡ければ、それもいゝだらうがね、いつたいどこが惡いんだね、お前お醫者様に診て頂いたかね、嫁つたばかりで實家に歸つてるるといふのも外聞が惡いからね。成るべくならばあちらで養生した方がいゝのだけれどね……お前若しかつはりぢやないのだらうね。

志津子　まさか。

リエ　いゝえ、さうだと體を大事にしなくてはならないからね。お前月の物はあるかえ。

志津子　よしてよ、お母さんは、私があんな男の子供を産むと思つてるの？

リエ　お前何といぶ事を云ふのですか……？

自動車の止まる音。

リエ　おや、うちかしらね、近頃では自動車が止まるとうちと極まつてるんだよ。此の横町で……。

下手から志津子の夫村上芳人、二十七八才、着流しのゾロリとした姿で現はれ、抱えの運轉手と助手とついて出るのへ、應揚に

芳人　すぐだから待つてるたまへ。

兩人恭々しく頭を下げて去り、芳人そのまま玄關に入る。

芳人　ごめんなさい。

リエ　はい、只今。（と、立つて行く）

志津子、聲で氣がついたと見えてクルリと玄關の方へ背を向けて坐はる。

リエ　（玄關の障子を開けて）あら、若旦那、ゐらつしやいまし、其節はまたいろ〳〵と……

芳人　志津子は來て居りますでせうか。

リエ　え、參つて居ります。きたない所でございますがどうぞ。……志津子や若旦那がお見えだよ。お出迎へなさいよ。

志津子　…………

芳人上る。志津子を見て

芳人　やつぱり此處だつたのだね。きつと實家に歸へつたんだらうと思つて最初に此處に寄つて見たんだ。まあ然し、よかつた。

志津子　…………

リエ　おや、それでは此娘は若旦那に斷らずに家を出て來たのでございますか。

芳人　さうなんですよ。僕がちよつと調物があつて書齋に入つて居ると上女中が、あわててやつて來て若奧樣が今お出かけになつたと知らせてくれたのですよ。

志津子　（クルリと上體だけ後向けて）お母さんの前でうまい事云ふわね、調物だなんて、あなたは女優のブロマイドを整理しに書齋に入つたんでせう。それ以外にあなたの仕事ないのでせう。みんなわかつてゐるんですからね。

芳人　それだからブロマイドを全部燃してしまはうと思つて整理してるたんぢやないか。

志津子　もつと外にする事ないのあんたは？　ブロマイド集めるのと女房の尻を追ひ廻はす外に……？

リエ　これ、何といふ事を云ひます。

芳人　とにかくお母さん、今日は此儘歸へるやうに云つてくれませんか、これで邸にはいろんなわからない連中がゐて、これがぬけ出して圓タクで實家に歸へつたなんて云ふと、それ見ろと云はんばかりに、「やはり身分が違ひ過ぎると家風に逢はん。」とか何とか云ひ出すのですからね。

志津子　私がゐるのがそんなに困るなら離緣すればいゝぢやないの。

リエ　これ、何を云ひます？……若旦那の仰有る事は當然ですよ、お前とにかく今日は此儘御一緒にお伴してお歸へり。また斷はつて出直して來ればいゝぢやありませんか。

芳人　ね、たのむから、さうしてくれ給へ。

志津子　あんた先に歸へつて「僕の女房は云ふ事きゝません。」と、さう云つてくればいゝでせう。……お母さん、私のお部屋お掃除してある？　私やすみたいのよ。

リエ　そりや體が惡いんだから少し寢むのもいゝが、たいした事なければ此儘お伴して歸へつた方がいゝよ。歩けないかね……

芳人　え、どこか體が惡いのかね、さう云へば顔色惡いな。

リエ　來た時から何だか元氣がないのでございますよ。

芳人　そりや大變だ、……さうならさうと何故僕に一言云つてくれないのだね、かゝりつけの醫者に診せさせるのだに……ぢや、ちよつとでも體を横にした方がいゝだらう。君の部屋つて此處かね？　さ……

志津子　觸らないでよ、汚ない……。（と、手を拂つて立つて奥の部屋に入る）

芳人　體だけは大事にしといて貰はんとね。（つゞいて入らうとする）

リエ　お止し遊ばせ、お召物が汚れますよ。

芳人　何、着物なんかいゝですよ。（入らうとする）

志津子　入らないで頂戴。此處は私の部屋なんだから。（と、襖をピシャリと閉め）

芳人、座に歸へり、リエ立つて襖を少し開ける。

リエ　お前、そんなところにごろ寢しては風邪をひきますよ。

志津子　さうね、それ取つて下さらない？　その衣紋かけにかゝつてゐる私の事務服、それを足にかけて寢るから。

リエ入つて行く。

リエ　そんなものぢや何にもなりませんよ、蒲團をしいて上げるから、ちやんと寢た方がいゝでせう。

志津子　大丈夫よ、着物から出てるとこだけ包めばいゝの。……お母さん、やつぱり私のお部屋が一等いゝわね。此處にかうして横になつてゐると私、いろんなことを思ひ出すのよ。女學校に上つた頃の事、その前のもつと小さかつた頃の事、お母さん、私をこのままうちにおいて下さると病氣なんかすぐよくなるんだけれどなあ。

リエ　いけません。今日は此處で體を少し休めて、おうちに歸へるんです。でないと若旦那がお困りだからね。

志津子　少し苦勞させた方がいゝのよ、あんな男は……

リエ　これ、（と、座敷に戻り、襖をしめる）ほんとに申譯ございません、どうしたと云ふのでございませうね。元は極く素直な性質だつたのでございますが、お邸にゐてもやはりあんなんでございますか、こんな事云つちや失禮ですが、お二人だけの時でも。

芳人　いや、家で二人きりの時は、もつとひどいですよ。

リエ　これよりも、もつと……？

芳人　え、いくら話しかけても仲々口を利きませんよ。手でも觸ると、さつきもやつたでせう、これですよ。

（と、拂ふ眞似をする）

リエ　まあ、……私にはどうしても合點がゆかないのでございますよ。世間でよく云ふことだけれど、見ず識らずの者同志でも、結婚をして新婚旅行から歸へつて來るともう子供の時から一緒に育つた者同志のやうに遠慮もとれて、俗にいちや〳〵すると申しまして……まあ、そこがそれ何と云ひますか人生の微妙な點でございましてね……

芳人　そこですよ。僕もやはり其點を考へましてね。かういつちや何だけれど、女學生上りの女の子なんてのはどうにでも制御できると思ひましてね、本人の氣持なんかもタカを括つて、謂はば親父の威光で無理にこちら樣から頂いたといふやうなわけでしたが……。

リエ　え、そりや、もう。

芳人　ところが結婚してもうそろ〳〵一月になるといふのにあの始末でせう。

リエ　ほんとにどうした事でございますかね。

芳人　これはね、他の人には云へない事ですけれどね、お母さん。

リエ　何でございませうか。

芳人　若しや、あれには、その、體の一部に何か欠陷でもあるのではないかと……さう僕は思ふのですがね、お心當りはないでせうか。

リエ　え？　と、申しますと、つまり志津子は片輪だと仰有るので……

芳人　でないかと思ふのですよ。

リエ　はて、さういふ事があれば結婚前の氣質や體質に何となく現はれるものだと申しますけれどね……

芳人　そんな點はなかつたですか。

リエ　私には思ひ當る點はございませんよ。……若旦那はさう仰有るからには、何か確かな證據でもおもつておいでの事でせうが、こりやどつちにしましても一大事でございますから、どうかそれを御遠慮なく、別に他には聞いて居る者も居りませんから……

芳人　いや、證據と云はれては困るんですがね。

リエ　それぢや何の證據もなしに、あれの體にケチをつけようと仰有るので。

芳人　いや、さうとられては困りますよ、恥を云つちやいますがね。

リエ　え、隱してる場合ぢやあございませんよ。

芳人　實は僕達は、結婚の當夜から部屋は別々で……あれが寄せつけないのですよ。力づくで撥ね飛ばすのですよ。それで若しかしたらこれは體に欠陷があるのぢやないかと、ついさう考へるやうになつたのですがね。

リエ　え、ぢや、あなたがたはまだ………？

芳人　さうなんですよ。面目ないが、我々は夫婦とは名ばかりで、……ただ戸籍謄本の上だけでの夫婦でしてね……お母さん少しは僕の此氣持も察して下さいよ。好きで貰つた女房に……

リエ　あの若旦那、あれはお宅にさし上げた娘でございますよ。志津子はあんたの奥樣でございますよ。

芳人　さういふわけでせう、その妻にこんな冷淡な態度をとられては男として……

リエ　おや、あなたは男でしたか。

芳人　いやだなあ、僕は眞面目に云つてるのですよ。それを茶化したりなんかしちや——

リエ　別に茶化しはしませんよ。男ならば、自分の奥樣に何を遠慮してゐなさるのです。私に云はせれば若旦那逆にあなたの方が、男として何か體の一部に欠陷があるやうにも考へられますね。これは……

芳人　いや、そんな事は決して。

リエ　ぢや夫なら夫らしくなさればいゝでせう。何も、否も應もない腕づくでも。

芳人　そんな封建的なことをしては……

リエ　何が封建的で……夫が妻に何をしようと、誰が何といふ資格がありますか。

芳人　さういふ理窟になりますかね。

リエ　決まつた事でございますよ。確りなさいましよ。

芳人　ぢや、つまり、早い話が僕の手落ちみたいなことに……

リエ　みたいなぢやありませんよ。手落ですとも。

芳人　待てよ、そんなものかね。

リエ　病氣の原因だつて、大方その爲でせう、女といふものは最初のきつかけを失つて、それが次第々々にくせになつて、其爲に氣鬱になるといふことはよくある事ですからね。……よろしゆうございますとも、さうと分れば、母親として一刻だつて家には置いとけませんからね。起して參りますから、すぐつれて歸へつて下さい。（立つ）

芳人　然し、折角やすんでゐるのを無理に起しては……あとで又僕に當るから。

リエ　若旦那、それいけませんよ。「あとで又僕に當るから」……何ですかそれは、御自分の奥様ですよ。私は又あれが氣分が惡いと云ふから惡阻ぢやないかと思つた位ですよ、それに、何でございますか……お話にも何にもならないぢやございませんか。……とにかく起して來ますからね、態度だけでも、もつと夫らしくするんですよ。……此儘おいたとあつてはお宅の社長様や大奥様に私が申譯ありませんからね。（奥に入る）

運轉手と助手待ちくたびれて下手に現はれる。

運轉手　待たせるね、どうしてゐるんだらう。

助手　見て來ようか。

運轉手　そつとあすこから覗いて見給へ、氣づかれぬやうにね。

助手、玄關からのぞいて、歸へつて來て

助手　うちの大將一人でしよんぼりしてゐるよ。

運轉手　（小指を出して）レコはゐないのか。

助手　奥にゐるらしいんだ。座敷には大將一人だよ。

運轉手　あんな薄馬鹿野郎に使はれてゐるといふのも金の爲なればこそだ。……おいかけようぢやないか、（と路ばたに腰をかける。）おい吸へ。（と、バットを出して助手にとらせ、自分も取つて吸ふ）

康一、下手から元氣なく現はれ、二人の前を通つて家の前に立つてやつと氣がついたやうにしみ〴〵と家を眺める。そしてバットを吸はうとしてポケットから取り出すが、空なので箱を路上に投げる。

運轉手　學生さん、タバコならあるぜ、吸ひ給へ。

康一　い〻んですよ。

運轉手　吸ひ給へよ、遠慮いらんよ、さあ。（とさし出す）

康一　さうですか、ぢや一本貰ひますよ。（と、二人のそばに來てタバコを貰つて口にくわえると助手、マッチをすつてつけてくれるので、つい腰を下ろして並んで吸ふ）

運轉手　（助手に）ずゐぶん小つちやいうすぎたない家だね、俺んちの方がこれよりはりつぱだよ、なあおい。

助手　たいした變りはないね。

運轉手　云つたな。然しこんな小さい家の娘が、村上財閥の若奥様になつたのだからこりや、評判になるのも無理はない。たいした出世だよ。

康一　（はじめて知つて驚がくの體で立ち上り）有難う。（と、バットの禮を云つて、思ひつめた體で下手前に去る）

兩人、あとを見送つてさゝやく。

リエ、志津子の手を引つぱつて出て來る。志津子、手に事務服を疊んで抱いてゐる。

志津子　だつて私體が惡いのよ、お母さん。

リエ　い〻え、そんな病氣お郷にかへれば直ります。若旦那から何もかもきいたんですからね、お前の方がわるい。とにかく車も待たせてあるのだから今日はお伴してお歸へり。でないと私が社長様や大奥様に何といつて申しわけができます？

志津子　あんた何を告け口したの、お母さんに。

リエ　志津子！　何ですかその口の利き方は、さ、お伴して歸へるんですよ。い〻かね、今日かへつたら心を入れかへて若旦那にお仕へするんですよ。何ですか子供ぢやあるまいし……おや、お前何だつてそんな物大事さうに抱いてるんだね。（と、事務服を取る）

志津子　返へして、私それ持つて行くんだから。

リエ　馬鹿なことを仰有い。こんな物……何を云ひ出すやら。（と、奥の部屋に手荒く投りこむ）

志津子　お母さんは、私の何もかも奪ふのね。過去の思出まで取つてしまふのね。

リエ　そんな變なことを云つてゐずに、さ、早くお歸へりなさい。少しはお前も聞き分けといふものがあつてもい〻んですよ。（と玄關の方に押して行く）

志津子　（押されて歩きながら）昔のお母さんは優しかつたけれど、變つたのね。私が體がわるいと云ふのに無理に歸へすんですもの。私死んでもい〻つて云ふの。

リエ　あゝ〳〵死になさい。そんな病氣で死ねるものならね。

芳人　夫を夫と思はないから罰が當つたんだ。さ、歸へりなさい、夫の命令だぞ。

志津子　何よ、もう一遍云つてごらんなさい。（と、にらみつける）

芳人　（身を退いて謝まる表情）

リエ　志津子！　お前は。（と、後から押して玄關に出す芳人つゞく）

運轉手と助手、氣配を見て、直立不動の姿勢をとつて迎へる。

リエ　（もとの座にかへつて）だけど氣になるね、ああ云つてかへしたものの……體が惡くならなきやい〻が。

幕。

第三幕

第一場

數日後の夜更け。戸外は雨が降つてゐる心持。床の間に新らしい位碑が飾られ、線香が上つてゐる。葬儀間もない情景。

リエ、啓作愁然と向き合つてゐる。ふと顔を見合はせ、リエ袖で涙を拭き、啓作顔を外らせる。下手前から康一、レインコートをつけ蝙蝠をさして急ぎ足で現はれ玄關の引戸に手をかけ、中に入らずに外に立つて奥へ聲をかける。

康一　ごめんなさい。

リエ　はい、……こんなに晩くどなたかしら？

康一　ごめんなさい、起きてゐらつしやるのですか。

リエ　あの聲康一さんのやうだが、私の氣のせいかしら…はい、どなた。

康一　僕ですよ。小母さん、康一ですよ。

リエ　あ、やつぱり。……はい、只今開けますよ。……あなた康一さんですよ、どうしませう？

啓作　上げなさい、きつとどこかで聞いて、來てくれたんだらうから、早く開けて上げなさい。外は雨が降つてゐるんだから。

リエ　（立つて行つて玄關の電燈をつけて）やつぱり康一さんでしたね、よく來てくれましたね、こんなお天氣に……？（と、下りて鍵をあけて）さ、お上りになつて、濡れたでせう。

康一　僕はここで暇しますよ。上つてゐる時間がないんですよ、僕此前、お宅から歸つて間もなく北支へ通譯官として從軍を志願しておいたのです。幸ひ學校が支那文學なものですからね、……それが、今日許可になりましてね、明朝八時に出發なんですよ。通譯官といつても殆んど兵士と同じ様に前線を驅け廻るのでからね、それに無事に職務を果した後も、僕はもう内地には歸へらずにそのまま大陸に移住したいと思つてゐるますのでね、まあ。いづれにしても何時再び東京の土が踏めるか分らない身なものですからね、實はもうお宅へは上るまいと此前かたく決心して來たのですが、お年寄のお小父さんと小母さんには、せめてお別れだけでもして行きたいと思ひましてね、……そんな譯ですからね、此處でお暇させて頂きます。小父さんも、起きてゐらつしやる御様子ですが、僕がかういふわけでお暇乞に參つたと仰有つて下さいませんか。

リエ　まあ〳〵、それではお國の爲に……でもよく來て下さいましたね、……さういふ事なら尚のこと一寸だけでも上つて……

康一　いえ、それがね、さうしてゐられないんですよ。出發の用意なんかもありましてね、寸暇を盗んでやつと伺つたのですからね。

啓作　（立つて來て）さうか北支に行く事になつたのか。

康一　あ、小父さん、暫らくでした。

啓作　さういふ事なら、なほ更だ、一寸お上つて行つてくれんか。

康一　ところが明日の朝八時の出發なんですよ、いろ〳〵と準備もありますので、……では小父さんも小母さんもお達者で。

啓作　待ちなさい、暇はとらせんから志津子にも一眼逢つて行つてやつてくれんか。

康一　え、志津子さんに？　志津子さん歸つて來てゐるたんですか。

啓作　ぢや、君はほんとに何にも知らずに來てくれたのだね。

康一　え、むろん志津子さんが歸へつて居られようなどとは知りませんでしたよ。

リエ　そこぢや、はねが上るから、まあ内に入つて……

啓作　上つて一眼でい〻から逢つてやつてくれんか。あれも君にや逢ひたがつてゐたから。

康一　（決然と）いや、お逢ひしないことにします。僕逢ひたくないのですよ。

啓作　そりやね、君がさういふのも無理はないと思ふがね然し、それもあれが壯健でゐる間の事で……

康一　え、では志津子さんは體でも惡くして歸へつて來てゐるんですか、病氣ならちよつとお見舞だけは言つて行きませう。すみませんが志津子さんを蒲團ごと、ここまで引つぱつて來て下さいませんか。

リエ　そんなこと仰有らずにちよつとだけお上りになつて……

康一　いえ、こだわるやうですが、僕は二度と此敷居は跨がぬ決心をしたのですから、男が一度心に決めた事ですか。

啓作　さうだらう。無理もない、が然し、あの時の事は何もかも私ら二人で相談してやつたことで、ほんとはあれには何の罪もないことだつたのだ。そのあれが、今ではここまでは愚か一寸だつて動くことのできぬ體となつてゐるので……

康一　さうでしたか、身動きもできぬ程の重態ですか。ぢや一眼だけお眼にかゝりませう。自分だけの事は云つて居られませんから。

啓作　有難う、私からもお禮を云ひますよ。

康一、上つて、三人默々と座敷に通る。

康一　おや、今日は法事なんですか。……志津子さんはやはり自分の部屋に寢てゐるんですね。

啓作　いや、まあ、そこに坐つてくれ給へ。

リエ、座蒲團を取り、康一その上に坐はる。

啓作　康一さん。

康一　えゝ。

妻作　志津子はこんな姿になつてしまひましたよ。（と、位碑を眼で示す）

康一　え？　こんなと云ひますと？

リエ　あの子は到々……志津子や、お前が逢ひたい〳〵と云つてゐた康一さんが來て下すつたのですよ。（と、泣く）

康一　えツ、ぢや志津子さんは……？

リエ　え、私らが惡かつたのです。こんな可愛想な子はありませんよ。

康一　そんな、そんな事……いやですよ。元通りの志津子さんの體にして下さい。

リエ　それを云はんで……何といつても、もうこんな姿になつてしまつた事ですから、何もかもこんな運命だと諦めて……早くお線香を上げて下さいよ。

康一　いやだ〳〵、僕はお線香なんか上げませんよ。誰がお線香なんか上げるものか……何故こんな事になる前に僕に逢はせてくれないのです。病氣のうちに何故僕に知らせてくれないのです？

リエ　それがねこんな事になるとは誰も考へもしなかつたので、……丁度一週間前ですよ、此前の土曜日にあれが突然家に歸つて來ましてね……

康一　ちよつと待つて下さい。此前の土曜日の何時頃です？

リエ　お午からですよ。三時頃來て、迎へが來て一時間ばかりで歸へつて行きましたよ。

康一　ぢや、僕はその時刻に此前まで來ましたよ。ただ何となくふら〳〵とやつて來て、此前で自動車の運轉手からタバコを貰つて吸つたのです。其時志津子さんがあの家へ嫁いだといふことをはじめて知つたのですよ運轉手にきいて……

リエ　まア、運轉手に……それは迎へに來た車の運轉手ですよ。

康一　ぢや、あの時、志津子さんは此家にゐたのですか。

リエ　え！　何から何までちぐはぐになつて、其時あなたが聲をかけて下されば志津子は家にゐたのですよ。私は何だか恐しくなつて來ましたよ。其時ふらりとあんたが來なすつたなんて、どこまで引きつけ逢ふやうなあんた方二人！……氣分が惡いといふのを私が無理に邸へ追ひかへしたのが惡かつたので、……それから急に惡くなつて、三日たつて入院させたからと云つて來たので驅けつけて見ると、もう碌に口も利けないやうな容態で……

啓作　家に歸へつた時體が惡かつたといふ事をこれが私にかくして居たものでね、其時引きとめておいたらこんな事にならずにすんだかもしれんのだよ。

リエ　私だつてまさか、こんなに急に……とは思はなかつたので……

康一　今となつてそんなことを爭つてゐる場合ぢやないでせう。せめて、臨終の時のことをきかせて下さい。病氣は何だつたのですか。

啓作　全身の衰弱だね、方々惡いには惡かつたが、ここが特にといふ所はなかつたし、非常に疲れて衰弱してゐたよ。

リエ　息を引き取つたのは昨日の午前十時三十五分でしたね、あなた。

啓作　うむ。

リエ　其時だつて、顏色なんかごく穩やかで私、まだ生きてゐるのかと思ひましたよ。

啓作　死んだやうな氣はしないんだよ。あまり突然なので。

康一　昨日の午前でしたら告別式は……今日？　それとも明日ですか。（と、奧をのぞく體）

リエ　こんな時候ですからね、今日、極く内輪だけの告別式をすませて、お父さんの田舍の寺に……ほら、いつかあの子やみなで一緒にお參りしたことがありましたね、埼玉の田舍の村の小さいお寺……あすこに。

康一　葬つたのですか。

リエ　え、病院でも家に歸へる〳〵と云つてゐたからその方があの子の魂も浄佛するだらうとあちらの親御さんとも話合ひの上でさう決めたんですよ。

康一　さうでしたか。え、判りました。ではもう僕の知つてゐる志津子さんの體も地球の上には無くなつたのですね。（氣が鎭まる）

リエ　え、あの子も、もう土の下ですよ。お父さんの宗旨で土葬なんですけれどね、何たつてもう此世の者では……（泣く）

康一　さうかな、……埼玉縣ぢやまだ土葬なんてとがが許可されるのですかね。

啓作　丁度ね、村の經費の關係で火葬場の改築ができ上らないとかでね、一時的の許可になつてゐた時に、こんな事になつたので……

康一　でも、かう考へても、土の下とはいへ、志津子さんの體が原形のままそつと横たはつて存在してゐると思ふと、何だか近しい物のやうな氣がしますね、火葬にしてバラ〳〵になつて骨壺の底に入つてゐるのと比べますとね、……いつかみんなで行つたあの長閑な竹藪なんかあつた村でせう。あの村はづれの……さう〳〵境内に大きな銀杏の木のあつた寺でしたね、あすこの墓地に志津子さんの體が埋められてゐる……まさか、そんなことにならうとは思はなかつた。一昨年でしたね、僕と志津子さんとあの寺の木の根にかけて一緒にむすびを食べて……（泣く）

リエ　もう、そんな話をしないで……

康一　僕は何も知らないから、これを。（ポケットから手紙の束を出して）……これはみな志津子さんから僕に來た手紙ですよ。この中には純潔な志津子さんの魂が籠つてゐるのですよ。僕はこれを北支まで持つて行つて膚身離さず身につけてゐたいと思つたのですよ。……それもこれも、志津子さんがこんな事にならうとは少しも思はなかつたから……さうだ、小母さん僕はこれから埼玉に行つて來ます。圓タクで行つて歸へれば往復四時間で、今一時でせう、遲くも六時には歸へれますからね……さうだ、ここで話をしてゐるよりも行つて來ますよ。墓にお參りして、ついでに此手紙を墓のそばに埋めて來ますよ。此紙には二人の愛情が泌みこんでゐるのですからね。僕が墓前に捧げる何よりの花束として志津子さんは受けてくれるに違ひないのです。ではお暇します。

リエ　だつて康一さん、こんな眞夜中に……それにこんな雨降りにお墓參りをしなくとも、……此夜は家に寢て明日になれば雨も止むかしれませんから……ほら風も出て來たぢやありませんか。

康一　そんな事云つてゐられませんよ、夜中だとか雨だとかは……さうでせう、僕は、夜が明けたら戰地に發つ體ですからね。

啓作　さうだつたね。

康一　朝の八時になれば、僕の體はもう僕の物であつて僕の物でないのですからね。

リエ　生憎ね、丁度そんな時を選りに選つてあの娘が……

啓作　では、御苦勞でも行つて下さるか。そのあなたの眞心は通じますからね、あんたが拜んでやつて下さるのは百人の人に拜んで貰ふのよりもあの子にとつては嬉しいんですからね。

康一　ぢや、時間がありませんから……これで　（立つ）

リエ　さうですか。（と、つゞいて啓作と共に立つて玄關に見送る）

康一　時間の關係で多分こちらへはもう寄れないだらうと思ひますから、お二人ともどうかお達者で……

リエ　よく拜んでやつて下さいよ。時間があつたら顏見せるだけでいゝから、も一度寄つて下さいよ。

康一　え、では、これで……

啓作　寄れなかつたら手紙をくれ給へ。

康一　承知しました。

康一、下手へ去る。二人顏見合はせてリエ、袖で涙を拭く。風の音。

啓作　暴風雨になつて來たね。康一君うまく圓タクが拾へるといゝがね。

稻光、雷鳴。

第二場

二時間後。午前三時頃。

埼玉縣の或る小さい村の寺の境内。銀杏の幹だけ見えてゐる。

正面は墓地の板塀。舞臺は境内の廣場で上手前方に寺門。上手側面に庫裡の入口が見えてゐる。正面上手端に、墓地への入口の木戸がある。雨が烈しく降つてゐる音、風が木の葉を鳴らす音。庫裡の軒下で、雨を除けながら五十年配の和尚とやゝ若いの寺男とがひそ〳〵と語り合つてゐる。

寺男　あの方は確か賞間の葬儀にはお見えにならなんだ樣でございますね。

住職　氣がつかなかつたよ。來なかつたらしいね。何かの手違ひで告別式に間に合はなかつたのだらうよ、きつと。

寺男　それにしても、こんな眞夜中に、それに暴風雨の中を東京からわざ〳〵お越しになるところを見ると、佛樣とはよほど深い間柄のお方でございませうね。

住職　さうともさ、今日埋めた佛樣も若いからね、何かよほどの事情があつたにはちがひないよ。わしはよつぽど斷らうかと思つたのぢやが、話を聞いて見ると明日の朝には戰地に發つことになつてゐると云ふことでねあの學生さんの身になつて見りや、全くお氣の毒でね。

断はることもできなかつたのだよ。……然しもうだいぶ時間が經つが、まだ拜んでゐるのかね、お前そつと行つて見て來てくれんか。

寺男　よろしゆうございます。私が今見て參ります。

住職　拜んでゐるならお邪魔しない方がいゝから、すぐ歸へつて來なさい。

寺男　はい、承知致しました。（と、木戸を開けて去る）

住職　（銀杏の木を見上げて）此風ぢやだいぶ枝を折られるね。

寺男、奥の木戸を開けて心配さうな樣子でかへつて來る。

住職　何か變つた樣子はなかつたかね。

寺男　和尙さん、私は驚きましたよ。この土砂降りの中を地べたに膝を突いて手を合せてゐるのですからね。

住職　さうか、まあいゝよ。拜んでゐる分にはね。

寺男　私も覺えがありますよ。前のかゝあが死んだ時は、丁度あの學生さんと同じ氣持でしたよ、學生さん、あんたの氣持わかるよ。

ポキリといふ音がする。

住職　また、枝が一本折れたよ。

木戸を開けて、墓地から康一現はれる。

住職　もうおすみになつたかね。

康一　え、心殘りのないやうによく心から拜んでおきました。……和尙さんにお願ひがあるのですが……

住職　お布施の事かね。

康一　お布施は少々ながら此處に包んでおきましたから、お納めなすつて……

住職　頂いとくよ。（と、受取り）……これは改めてわしから餞別として上げる。受取つて下さい。（と、その包をかへす）

康一　いゝえ、それは規定ですからお納めになつて下さい。……それよりもお願ひといふのはこれなんですがね。

（と、ポケットから手紙の束を出す）

住職　何ぢやね、それは。

康一　これはみな、今日あの墓に埋めた女から僕に來た手紙なんですよ。故國を發つに際して心殘りのないやうにこれをあの墓の側に埋めておきたいと思ふのですよ。

住職　さうかね、貸しなさい。明日雨が止んだらわしが埋めて上げよう。これだけラブレターがたまつたのだね、何年分だね。（と、手で取らうとする）

康一　（あわてて引つこめて）いゝえ、僕自身の手で今夜のうちに埋めて置きたいと思ふのですよ。それで、決して御迷惑をかけるやうな事は致しませんから鍬のやうな物を貸していただきたいのですよ、

住職　そりや困るね、鍬は貸せんよ。そんな事をしたらわしの手が後に廻つてしまふよ。明日にしなさい、明日夜が明けてからに、お前さんのゐる前でわしが埋めてあげるから。

康一　だつて僕は明日八時には發たなくてはならない體なので。

住職　あ、さうか。……君は全く難題を持ちかける人だねわしの立場も考へてくれなくてはね。

寺男　和尙さん、私さへ默つてゐれば他へ知れる事はないのでせう。貸して上げなさいましよ、私は女房に死なれたから此人の氣持はよく分るのですよ、和尙さんには經驗がないから分るまいが……

住職　分つた〳〵、お前行つて持つて來て上げなさい。

寺男　（康一に）ちよつと待つてゐなさい。私が持つて來て上げるから。（と、庫裡に入る）

康一　有難うございます。

寺男、鍬を手に現はれる。

住職　雨で土がよわつてゐるから、よく氣をつけて掘るんだよ。

康一　承知しました。（と、鍬を受け取り木戸から墓地に去る）

土を掘る音聞える。

寺男　掘つてゐますね。

住職　やつてるやうだね。

寺男　（木戸から大きな聲で）土が弱つてゐるからあまり深く掘つちやいけませんよ。

康一　よく判つてゐます。雨にたたき出されてはしようがないから、もう少し掘つときます。

稻光りがする。

寺男　うへつ（頭をかゝえて住職のかげにかくれる）

つゞいて雷鳴。

ポコンと鍬が棺に當つた音。

寺男　あ、あの音？

住職　棺に打ちこんだな。

二人同時に木戸にかけよる。

メリ〳〵と板を剝がす音。

住職　しまつた。お前、早く……

寺男、住職に押されて木戸からかけ込み、住職だけは殘つてのぞいてゐる。

康一　（聲）志津子さん〳〵。

寺男　（かけ出して來て）和尙さん大變でございます。

住職　どうした？

寺男　ふ、蓋をこわして中の娘を抱き起して居りますよ。

住職　いかん、早く止めろ。

寺男　止めましたが、とても駄目ですよ、確りと抱きしめて居るので……恐ろしい力で……

住職　よし、わしが行つて來る。（入る）（聲だけ）おい、何といふ事を君は……最高の教育を受けてゐる者が……

康一　（聲）志津子さん〳〵。……あッ。

住職　あッ。

二人木戸に驅け戻る。

康一　和尙さん見たでせう。

住職　うむ、確かに手を動かせた。

康一　動きましたよ。生きてゐるのです。生きてゐるのを墓に埋めたんですか。

住職　………（せわしく歩きまわる）

康一、再びかけこむ。

康一　（聲）志津子さん、氣がついたかね。僕だよ、康一、わかるね。

康一、志津子を負つて木戸から現はれる。志津子グッタリとなつてゐるが、生きてゐる證據に男の肩にしつかりとしがみついてゐる。

寺男　住職　あッ。

住職　死んではゐなかつたんだね。

康一　東京につれて歸へりますよ。

住職　さうし給へ、少しも早くね。（寺男に）お前、門の外に此方の車が待たせてある筈だからね、すぐ發つからと云つて來なさい。（奥へ）……おーい、誰かゐないか。

小僧　（寢卷のまま眼をこすりながら現はれる）

住職　大急ぎで毛布を持つて來なさい。……わしも一緒に東京に行くから、仕度を……

小僧　はい……（と、奥に入つて毛布を持つて來る）

住職の妻、帽子、コートを手に現はれる。

妻　何か急な御用でも……（志津子を見て）おや、此お娘さま、お加減でも……（住職志津子の着物の土を拂ふ）あれッ。

門の外から運轉手現はれる。住職、毛布を運轉手に渡しながら

住職　これを病人の膝にかけて置いて下さい。……（妻に）ちよつと一緒に東京まで行つて來るからね。…………（寺男に）あとはあの儘にしときなさい。門をしめて明日は中に誰も入れぬやうにね。手續はわしが歸へつてからする。

その間に、志津子と康一、門から上手前へと去つてゐる。住職かけて外に出る。

妻と小僧恐怖のために抱き合つてゐる。

稻光り、雷鳴……門前で自動車の動き出した音。

暗　轉。

第三場

前場から二時間餘り後。曉である。戶外は既に明るい。座敷上手寄りに、客席の方を頭にして志津子寢かされてゐる。枕元に葡萄酒の瓶、牛乳の瓶など置かれてゐる。

康一、住職、啓作、リエ枕元に集まつてゐる。康一、住職はもはや志津子の甦生を信じ、啓作リエはまだ腑に落ちぬ態度、特にリエは合點がゆかず、取り亂してゐる。

リエ　し、志津子や、お前は……？

康一　小母さん、いま話しかけてはいけませんよ、よわり切つてゐるのですからね、……みな少しの間枕元離れてゐた方がよくはないでせうか。

住職　其方がよくやすまるぢやろ、では。

一同、立つて下手襞際に退く。

志津子　康一さんだけそこにゐて。

康一　あすこにゐるからいゝだらう、ね、志津子さんは體がとても弱つてゐるんだから安靜した方がいゝよ。……だけど、眠つちやいけないよ。そつと眼をつぶつて氣持を靜かにしてゐるだけでね……ぢや、お醫者樣が來るまでさうして居給へね。

志津子うなづく。康一も、みなのゐる下手襞際に來る。

リエ　（立つて行つて）志津子や。

康一　小母さんだめぢやありませんか、安靜にさせておかなくては。

リエ、みんなのところに歸へる。

リエ　（志津子にはゞかる聲で）どうしたといふ事ですね、康一さん、私にはさつぱり分らない……

啓作　（康一に）私にも分らんよ。あれは確かに志津子だが、昨日納棺したのも確かに志津子の筈で、わしは此手であの子の頭を抱えて棺に入れたのぢやからね。

康一　さうですよ。それもたしかに志津子さん、そこに寢かせてあるのもやはり志津子さんですよ。志津子さんに代りはありません。

啓作　では、君は墓を掘つて志津子を出して來たのだね。墓からつれ戻して來たのかね、…和尙さんさうですか。

住職　うむ。（うなづく）

康一　さうなんですよ。

リエ　まあ、あんたは何といふ恐ろしい事を……

康一　だつてあの通り甦つてゐるぢやありませんか。生き

てゐる者を墓に埋めてくる方がどれだけ恐ろしいことか知れませんよ。

リエ　恐ろしい。私はどうすればいゝんでせう。

康一　小母さんは靜かにしてゐてくれさへすればいゝんですよ。

リエ　はい〳〵、だけどあの子が時々動いてゐてくれるだけで、私の體までが一緒に動くやうな氣がするんですよ。分らないけれどまあよかつた、よかつた。

啓作　家の中が急に明るくなつたやうな氣がするね。あれがふとんの中であゝして寢返へり打つたりしてゐるだけで……康一さん、あんたは先程家を出る時、志津子は死んでゐないと思つたのかね。墓を掘り起すつもりで家を出なすつたのかね。

康一　いえ、そんな事は考へませんでしたよ、僕はたゞ手紙を志津子さんの屍のそばに埋めたいと思つただけですよ。

住職　私に鍬を貸してくれて云つた時も、此方の言はれる通り墓を掘り起すなんて氣持は確かになかつた。それは私が證明して上げてもいゝ。

啓作　では、どうして君はあれが生き返へつてゐると分つたんだね。

康一　手紙を埋めるつもりで墓の上の土を掘つてゐますとね、ボコンと鍬の先が板に打ちこんだものですよ。何しろ昨日盛り上げたばかりの土のところに、此雨でせう。

住職　雨で土の腰が弱つてゐると幾度も注意はしておいたのだがね。

康一　僕も氣をつけてはゐたのですが、何しろ、雨の中でくらやみの仕事でせう。深く掘り過ぎてゐることには氣がつかなかつたのですよ。……何かに打ちこんだとは思つたが、其時まだそれが棺の蓋だと氣がつかなかつたのですよ。あわてて鍬をこぢ上げると板の一部がとれて……其時、ピカリと稲光りであたりが明るくなつたのですが、ふと下を覗くと板の破れから見覺えのあるあの着物が覗いてゐるのですよ。……此板一枚とれば下に志津子さんが寢てゐると思ふと僕は懐かしさに思はず、蓋の穴のあいた所に手をかけて板をとつてしまつたのですよ。今考へて見ると僕だつて普通ならばそんな事はしませんね。だけど僕には知らせずに死に目にも逢はせてくれなかつたといふ氣持が手傳つたに相違ないと思ふのですよ。

住職　君が御婦人を抱き上げたので寺男が止めたが、恐ろしい力で抱いてゐるので、離れないと知らせて來た。

康一　抱き上げた時、最初に私が氣づいたのは志津子さんの體が濕つたかいといふ事でしたよ。時間からゆくともうこんなに濕つたかい筈はない——と、いふ不審が起きたのですよ。それで膝の上でゆさぶりながら幾度も名前を呼んでゐるうちに、志津子さんの體が少し動いた様な氣がしたので、もう一度大きな聲で名を呼ぶと、志津子さんが何か云ひたさうに、唇を動かせたのですよ。

住職　寺男の報らせで私が止めに行つて見ると丁度、此方が蝙蝠の柄の上の方を持つて自分の體を雨に濡らせて御婦人の體を濡らせまいとしながら前かゞみになつて大聲で名前をよんでゐる所でしたがね、私が、蝙蝠の下から覗きこんだ時……御婦人の手がこの方の腕のあたりに何かによりかゝりたいといつた風に指を動かてゐるのですよ。

康一　和尚さんの聲をきいて、僕は自分のやつてゐる事が空恐ろしくなつて志津子さんの體をそこに投り出して驅け戻つて來たのですよ。

住職　さうだつたね、わしも、思はず、此方の後から軒下まで逃け出して來ましたよ。

康一　和尚さんと顔見合はせて、やつと理性を取り戻して墓のところまで歸へつて行つた時は志津子さんはもう完全に意識を回復してゐましてね、起き上る力はないから棺の中で自分で顔だけ下に向けて、着物はずぶ濡れになつてうつむけに寢てゐましたよ。

リエ　さういへば、お棺の中にゐた時の着物を着てゐるのですね。

住職　さうだ、うつかりしてゐたね、着かへさせて上げなくてはね、緣起が惡い。

啓作　緣起もだが、濡れたのでは體に惡い、……さ、早くお前、着換えを。(リエ立つ)

住職　うつかりしてゐたよ。

リエ、着換えを持ち出し、啓作、起す。

他の者は離れて話してゐる。

啓作　着物が濡れてゐるから着換えをするんだよ。

リエ　惡かつたね、お前氣持が惡かつたらうね。あ、福袢もお取りかへなさい。みんなお脫ぎなさい。たいして瘦せもしなかつたんだね、氣分はどうだね。

志津子　割合いいのよ、康一さんに何か甘い物でも買つて來て下さらない？

康一　何、いゝんですよ、僕はタバコさへあれば何も要らないんですよ。

着換へをすませて。もとのやうに志津子を寢かせ、兩人もとの所にかへつて來る。

リエ　(志津子の方を氣にしながら)それでも、よくこんな物の腐る季節にね、今朝たいたごはんが夕方もう腐つてゐるんですよ、それによくまあ、あの子の體が一晝夜以上も元のままで持つたものですね。

康一　そりや、おばさん生きてゐたからですよ。

リエ　ぢや、あれは、納棺した時からずつと生きてゐたものですか。

康一　さうですとも。

リエ　だけど、おかしいね、納棺の時だつて、あれ程體を動かしたのに、あれは手一つ自分で動かせもしないで、……

康一　僕はファーブル昆虫記の中で讀んだのですがね、昆虫の幼虫を、神經をとめて一ヶ月以上もの間、穴の中に貯藏して置いて。それを食べるといふことが書いてありましたよ。其間少しも動かないんですよ。生命はあるが生活は停止してゐるといふ狀態なのですね。昆虫と人間では違ふでせうが、志津子さんも、まあ大體そんな生理狀態の下におかれてゐたんでせうね、きつと。生活は停止してゐるが、生きてはゐる——といつた狀態で……ね。

リエ　では生きてゐるのをお墓に埋めたといふことになるわけですか。

康一　さうなんですよ。

リエ　私共夫婦は何といふ恐ろしい事をしたのでございませう。生きてゐる娘を觀違で墓に埋めたなんて……あ。(と、氣絶する)

康一　小母さん〳〵、何を云つてゐるのですか。(と、抱き起す)

一同、總立ちとなつて介抱する。リエ氣がつく。

康一　氣がつきましたね。小母さん、確りして下さいよ。何も小母さんが惡いのぢやありませんよ。誰だつてさういふ時は小母さんと同じ様にしますよ。誰だつて。どこでだつて……何も小母さん方の落度ぢやありませんよ、ね、和尚さん。

住職　さうとも。

リエ　さうでございませうかね、何だか私は恐ろしい事をした様な氣がして……

住職　あんた方が惡いと云へば、納棺の時、そばでお經上げてゐた私の方がもつと惡いのぢやからね。

康一　誰も惡い人はなかつたのですよ。

住職　さういふ事にして貰つてね、あの方を少しも早く健康にすることが、はたの者の爲すべき事ですよ。

康一　そこですよ、……醫者に診て貰はなくてはほんとの安心はできませんがね。……お醫者さんどうしたんでせうね、遅いですな、……家が分らなくて其邊をうろ〳〵してゐるのぢやないでせうか。僕ちよつと、門まで出て見ますよ。(立つ)

リエ　さうして下さるか、……何しろ此家は、住んでゐる自分達でも、よく素通りしてしまふことがあるのですからね。

康一、障子を開ける。

志津子、そつちに背中を向けたまま、それを感じ。

志津子　康一さん、うちにゐて……。

康一　何、ちよつと門口まで出て見るだけだよ。お醫者が家が判らないといけないからね。

志津子　お醫者さんなんかどうだていゝのよ。私自分で治せるから。

住職　よし〳〵、わしが一走りその邊まで行つて見よう。(立つ)

康一　ぢや、お願ひします。(と、席にかへる)

住職　坊主が醫者を呼びに行くとは世間の逆ぢやね。(と玄關に下りる)

啓作　和尚さん、この家に曲る角わかつて居りますかね。

住職　うつかりして、車の中で見とかなかつたよ。

啓作　ぢや、お醫者様に出逢つても二人で家を探すことになるぢやありませんか、さ、お上りになつて下さい。

住職　私が行つて參りませう。

住職　さうかね、だいたいこんなまぎらわしい所に家を建てるのがいかんよ。(と、上る)

啓作　病人の方よく頼んだよ。

リエ　はい、お醫者さまを早く。

啓作、玄關から出て

啓作　あ、雨は上つたね空が見えてゐる。傘はいらんね。

(と、傘を玄關におき下手に去る)

リエ、志津子の側に行つて、

リエ　おや、さつき入つて來た時と見ると、まるで顔色がよくなつたね、(と、蒲團の襟を引上げてやる)

醫者と啓作、下手から現はれ、話しながら、急ぎ足に玄關から入る。

醫者　この家の前さつきから幾度も通つたのですよ。

啓作　昨夜の風で標札が飛んでるものですから、お通り過ぎになつたものでせう。(二人上る)

醫者　(咳をして)　たまに早く起るきと風邪を引きましてね……。

リエ　恐り入ります。おやすみのところをお起して。

醫者　それで、その方はどこに……おや、今お話の方はこの御婦人ですかね。(元氣なので驚く體)

啓作　はい、この娘でございますが……

醫君　別にそんな事のあつた方とは思へませんね。………どれ〳〵。（と、聽診器を取り出し、手首を握つて、間）

リエ　（小聲で）先生、助かりますでございませすか、此儘？

醫者　（手首を離して首をひねる。……聽診器を當てて診察し、それを傍に置き）お嬢さん、氣分は惡くありませんか。

志津子　いゝえ、何とも、たゞ體がいくらかだるいだけのことなんですのよ。外に自分では別に……

醫者　さうでせうね。

リエ　先生、容體は……？

醫者　不思議ですな、今のところ體に殆んど異狀は認められませんね、ただ衰弱はしてゐますがね、これも一兩日中にはもとの通りにとれませう……

康一　（志津子に）よかつたね。

醫者　不思議なことですな……ちよつと……（と、眼で知らせて立つ。啓作、住職、リエつゞいて下手の襖際に集まる）

醫者　私にはお話のやうなことがあつたとはどうも信じられませんがね、檢死はむろんおすみになつたのでせうね。

啓作　え、そりやもう、死亡屆もすませ、埋葬證も下りてこの和尙樣に……

住職　正式の手續を踏んで私の方に來られたのです。

醫者　で、お嬢さんを診て居られた醫師は病名は何と云つて居ました？

リエ　はい、肝臟と腎臟が弱つてゐると申して居りましたが、どうも食慾がなく次第に衰弱がひどくなつて來ますもので、變だ變だと云つて居りますうちに、急に一昨日から……實は先生、これについてはいろ〳〵と混み入つた事情がございましてね……（と、聲をひそめ時々康一の方を眼で示しながら、經緯を說明する樣子）

志津子　窮屈だから、この蒲團取つて下さらない。

康一　先生、蒲團取りたいといふんですけれど……

醫者　では、體の下半分だけかけておきなさるといゝでせう。全部とつては風邪をひくといけませんからね。雨の上つたあとは健康なものでも風邪を引きやすいのでね

康一、云はれた樣に蒲團を引き下げて、志津子を見てゐるが、何か感じて、すつと立つて行く。

志津子は眼で追ふ。

リエ　さういふ譯なのでございましてね、かういふことになると知つたら最初から……（康一が來て坐つたので話を切る）

醫者　それで私にも大體わかりました。やはりそれなんですよ。かうした例は書物では見ましたよ、遭遇するのは初めてですがね。

啓作　では檢死の間違ひといふのではなく……

醫者　さうですとも。私が取扱つてもやはり其醫師と同じ樣に死亡の診斷をしてゐたでせう。肝臟、腎臟の故障は衰弱に伴つて必ず起るもので、こりや問題でありませんがね。眞の原因となつたその氣ですね、その爲に一度死んで、その原因を取り除く事件があつて再び甦生したといふのが至當でせう。醫學上假死狀態といつてるますがね、多くの場合助かりませんよ。こちら樣の場合では（康一を見て）此方でしたね、あんたの稀にゐる强い性格と愛情が物を云つてかうして命を取りとめたので、むろん奇蹟ですよ。親御さん達が死者として取扱つたのは當然ですとも。當然の處置をとられたまでですよ。

リエ　それをお聞きして、これでやつと私も氣が樂になりました。生きてゐる者を親が埋めたのかと思ふと私も空恐ろしくて、あの娘に合はす顏がないやうな氣がして居たのでございますよ、はい。先生の今の一言を聞いて安堵致しました。……別に私共が早まつた事をしたわけでもないのだし……

醫者　さうですとも、その御心配は要りませんよ。然し、私も長く醫者をしてゐますが病氣の恢復の時は何となく氣持のいゝものですよ。それが、こちら樣のやうに一度………が、助かるといふことになると、これはまた、診る醫者としても一層氣持のいゝものでしてね、私は醫者になつてから、こんなはれ〴〵とした氣持になつたのは始めてですよ。

住職　全くですよ。何しろ昨日一人減つた日本の人口が今日また一人殖えた計算になるのぢやからね。

リエ　人口で思ひ出したのですけれど、あなた、村上で籍を返へしてくれぬと云ふかもしれませんね。

啓作　さうだな、籍などあわてて入れるのでなかつたね。

住職　何の事ですかね、この娘御の籍ですかね。

啓作　さうなんですよ。嫁ぎ先の籍に入れてしまつたものですから、果して返へしてくれるかどうかと……

住職　返すも返へさんも問題は解決してるぢやありませんか。

啓作　え、何時。

住職　さうでせう、あちらの奥樣になられた娘御は昨日亡くなられましたと埋葬證を添へて私の手許まで持つて來られたのでせう、籍はもうありませんよ。

啓作　では、この娘の籍は？

住職　新たに今日出產屆を出すのですな。

リエ　え、出產屆でございますか、出產の時と同じの？

住職　む、……その書式は知りませんがね、とにかくその樣な屆を出すのです。

醫者　御名說です。

一同　あ、ハ、ハ、………

康一　では、志津子さんももう大丈夫のやうですから、僕は時間もありませんので……何と云つても僕は墓を曝いて居りますから墳墓發掘罪は免れぬ事と思ひますから、これから自首して出ますよ。警察に出てそれと一緒に、今朝通譯官として赴任するといふことも申し述べて見て、內地に居て罪に服すか、それとも豫定通り出發してあちらで宣告を待つか、そこの所は警察と軍との間の折衝にお任かせして、定められた通りに僕は行動しないと思ひます。それでは……

啓作　君にはすまんね。全く……。

住職　待ちなさい。早まつてはいかん。君が何故自首しなければならん？

康一　理由の如何に關らず、僕は墓を掘つて居ります。墓を曝くのは國法で嚴禁されてゐる筈です。判つて逮捕されるよりも自首して出ようと思ふのですよ。

住職　いかにも君は墓を掘つた。然し、中の物は生きた人間であつた。これは墓にして墓に非ず、君は生埋めになつてゐた人間を助け出した殊勳者ぢやないか。

康一　幸ひ生きてゐたやうな物の、掘る時は死んでゐると思つてたのですから……

住職　よしさうであつたとしても、墳墓發掘罪に問はれるのはわしぢやよ。わしは、僧職でありながら君に鍬を借して居るではないか、君は何でもないことになるのぢやよ。わしは鍬を貸す時から、或覺悟はしてゐたよ。今朝寺を出る時、門を閉めて、墓地には手をつけぬ樣にしておくやうに云ひつけて來たから、ここをお暇したら、歸へつてすぐわしが自首して出るつもりぢや。君はそんなことを氣にかけずに出發し給へ。

康一　さうですかね、和尙さんにはすみませんね、僕の爲に……

住職　何、服罪するとしても極く輕いんだよ。此前にも同じな樣事件が茨城縣にあつたのだが、この時は無罪になつてゐるのでね。……心得てゐるんだよ、安心して行きなさい。

康一　さうですか、それを聞いて安心しました。

住職　それよりも君は、もう出發の時間だらう。

康一　え、もう時刻も切迫して居るので……では、（と、兩親と親を見合はせる）

リエ　あちら向いてゐる間に、では、そつと……あとでわしから云ひきかせるから。

康一、立つて障子を開けかける。

志津子　康一さん、どこへ行くの。

康一　（はつとして、靜かに枕元に歸へつて來て決心した面持で）志津子さん、僕は云はずに行かうと思つたのだけれどね、氣づかれたから云ふんだけれど、實はね、僕、通譯官に採用されてね、今朝北支に發つ事になつてゐるんだよ。もう時間も迫つてゐるのでね、もうみんな東京驛に揃つて待つてゐる頃だからね、ほんとはもつと志津子さんが元氣になるまで側にいたいと思ふのだけれど、かうした際だからこれでお暇するよ。どうか體を大事にしてはやく元氣になつて下さい。北支の空で僕はそれを祈つてゐますよ。では……

志津子　まあ、さう。北支に行くの、通譯官で……いゝわね、……お母樣、私も一緒に北支に行くのよ、大急ぎで用意してよ、……（と、起きようとする）

リエ　いけません。何を云ふのです、この子は、その體で……聞きわけのない子だね。（と、押へる）

志津子　だつて醫師さつき、私の體どこも惡くないと仰有つたでしよ。ね、先生、行けるでせう北支へ……

醫者　歩ければね、然し、あんた歩けませんよ。やはりもつと休養してあとから行かれた方がいゝでせう。

リエ　それ御覽なさい、先生もああ云つてゐられるでせう。

志津子　歩けたらいゝんでせう。ぢや、歩いて見せるわ。

リエ　いけません。（押へる）

醫者　醫者としては云ふ資格ぢやありませんがね、然し、醫學でどうにもならぬ現象のあつた直後ですから云ふのですがね、これは多少體に無理でも、ご一緒に行かれるなら行かれた方がいゝかとも思ひますよ。歩けさへすればね、步行にさしつかへるやうでは、こりや困りますがね。

志津子　さう、ぢや歩いて見るわね、いゝこと。（立ち上らうとする）

康一　お待ちなさい。……志津子さん、僕は、あとで手紙で書かうと思つたのですけれどね、僕と一緒に行くと云ひ出されては云はないわけにもゆきませんがね、僕の云ふことを靜かに聞いてくれると約束して下さい。

志津子　え、きくわ、何の事よ、さ云つて……

康一　あなたは、僕のことはゐなかつたものと思つて下さい。僕と別れてお嫁に行つた時の氣持にもう一度返つて下さい、そして今までの御主人の許へかへるのがどうしても嫌なら、また、あなたならば貰ひたいといふ男もいくらでもゐる事でせうから、どうか僕の事は忘

れて再婚して下さい。

志津子 ………

啓作 それは頻には出來まい、康一君、君は、私がいつか云つた事を根に持つてゐられるのにちがひないが、あれは私の一生の誤りだつたのだから、私からお詫びする。さ、あの時の君の書いた證文はここにあるからお返へしする。（と、茶簞笥の抽出から證文を出して渡す）

康一 こんな物は最初から問題にしてゐなかつたのです。……とにかく、僕は志津子さんとは結婚できません。（と、立つてつか〳〵と玄關の方へ行く）

リエ、啓作、玄關の障子のところで立ち塞がり志津子も起き出して取りすがる。

康一 どいて下さい。

リエ 康一さん、私達がこれだけお願してゐるのに……そりや私たちがした事は間違つてゐました。だけど志津子には何の罪も……

康一 僕が云ひたくない事まであなた方は云はせるのですね。……僕はね、昨夜から今朝にかけて……志津子さんを嚢で抱き上げた時、體溫を感じた時から自分を殺しても志津子さんを生かしたいと思ひました。僕の愛情は昔のまま少しも減つてはゐないのです。

志津子 うそよ、康一さんは私がきらいになつたのよ。だから私を作れて行かないんでせう。

康一 いや、僕はそんな人間ぢやないつもりだ。僕の愛情は永久に變らない。

啓作 ぢや、これが行きたいと云ふんだから一緒に……

志津子 ロばつかしよ、私に飽きたんだけれど、ばつが惡いからよ。いゝわ、私……北支へだつてどこへだつて一人でゐらつしやい。

康一 ぢや、云ひますがね。僕は志津子さんがグッタリとなつてゐる間どうしてもこれを元通りしなくてはならないと思つたのです。そして、どんな事があつても生涯一緒に暮したいと思つたのですよ。

志津子 うそ御仰有い。みんなうそよ。

康一 それが、次第に元氣になつて、（間）先程から、かうして寢卷一つになつて、腕が袖から出て、……潑溂とした若々しい體を、見るにつけて、僕は、この當然僕の妻ともなるべきであつた體が、見も知らぬ他所の男の爲に一度でも捧げられたのかと思ふと、堪えられない氣持になつたのですよ。……いくら愛しても僕はもう兄弟の愛以上に志津子さんを愛することはできなくなつてしまつたのですよ。

志津子 康一さんそれは思ひ違ひよ。

リエ さうですとも、私が云つて上げます。……康一さん、志津子はね、私の娘だけれど感心な子ですよ。一度心にきめた、あなたの爲に、結婚してもやはり貞操を守つて……

康一 そんな事があり得ますか。

リエ いゝえ、それは志津子の夫となつたその本人から聞いた事で、此度の病氣といふのもほんとは其爲に氣をつかつて……。

康一 志津子さん、それはほんたうですか。

志津子 （うなづく）

康一 すまない、僕はそんなことは知らないので……（間）

啓作 ぢや、時間がないから。

康一 はい。（立つ）

啓作 先生、これは、一緒に行かせてもほんとに大事ないでせうか。

醫者 今かけつけた樣子ぢや、まあ大丈夫だね。

自動車止まる音。

一同、はつとする。

下手から、村上父子、村上老夫人、原田、自動車から下りた體で縵服で現はれ、運轉手、助手あとにつゞく。

その順序で玄關に入る。

欣造 ごめんなさい。

リエ は、はい。（と、障子を開ける）あ、社長様、若旦那も……

リエの聲に座敷の一同あわてる。康一は志津子を肩につかまらせて立ち上り、住職、啓作、醫師でふとんを隣室に引ずりこむ。つゞいて康一志津子を肩に寄らせて隣室に入りかける。醫師戸惑ふて先に入る。康一入り、志津子入ると、啓作あわてて襖をしめる。志津子の着物の裾、五寸ばかり襖の外に挾まれてハミ出したのである。そこへ芳人、一人さきに上つて來て、それを見る。

芳人 おや。

啓作あわてても、少し襖を開けて着物の裾のはさまつてゐるのを押しこみ襖を元通り閉める。

リエ （土間の人達に）取り散らかせて居つたものですから……さ、皆様どうかお上りなさいまして……

欣造 ごめん蒙るよ。（と、上る）

つゞいて老夫人、原田、運轉手、助手上り、座敷に座る。芳人腰を上げて襖の方へ度々立たうとしては考へこむ。

欣造 （啓作に）此度は何とも……これからといふ若い娘を死なせてお力落しの事ぢやろう。折角、おあづかりして申譯けがないと思ふとるよ。

啓作 いえ、これもみな壽命のことでございますから。

欣造 おかみさんも、御愁傷のことでせうが……

リエ はい、御丁寧に有難うございます。かうして社長様はじめ皆様そろつてお參りして下されば、あれもさぞや草場の蔭でよろこんでゐることでございませう。

欣造 わしはね、平山君も知つとる通り、忙しい體のことなのでね、氣にかけながら昨日の告別式に出られなんだ。その埋め合はせに今朝、食事前のわづかな時間を割いてかうしてやつて來たわけでね。

啓作 恐れ入ります。

欣造 早過ぎたかと思ふて居つたが、もう和尙さんもお見えぢやね。和尙さん早々と御苦勞樣でした。

住職 いえ、その……

欣造 では早速ぢやが、和尙さん、お經を上げて下さらんか、私は、すぐお暇しなくてはならんのでね、……こら芳人、お前さきに燒香しなさい。物の順序だからね。故人に近い間柄のお前が先にするのぢや、……おい、何をぐづ〳〵して居る。わしは忙がしいんぢや。

芳人 この襖……（と、開けうとする）

リエ （あわてて押し返へして）あら、若旦那、其部屋は取り散らしてゐますので、今片づけますから、どうか先に燒香をおすませになつて下さいまし、大旦那様もお待ちでございますから……

芳人 どうも、さつき僕が上つた時、此部屋に誰か入つたやうな氣がするんですよ。誰でしたか、さつき此部屋に入つたのは。（と、襖を開けやうとする）

リエ （それを押へて）いゝえ、誰も入りは致しませんよ、こんな部屋に……

芳人 いや、僕は確かに入つたのを見た。志津子らしい姿が入つたですよ。（と、尙も襖を開けやうとする）

欣造 馬鹿者……うつけた事を云ふのではない。志津子は此所に居るのぢや。（と、位碑を示す）さ、早く燒香をせんか、わしは忙しいのぢやぞ。

原田 さ、若旦那、亡くなられた奥様が、そこに入られるわけはありませんよ、早く燒香をおすませになられませ。

夫人 芳人、あまり氣持の惡いこと云ふものぢやありませんよ。

啓作 あ、それでは、今みなで志津子の生前着てゐた着物をここに積けて話して居たところに皆様方がお見えになられたので、私が着物を、この襖を開けて投りこんだのでございましたが、若旦那は大方それを御覽になられたのでございませう。

芳人 それを早く云つてくれないから。さうでしたか、着物を投りこんだだけですか。（と、納得の體）

夫人 これは。昨夜一睡もしないものですからね。

欣造 やつとわかつたか、わかつたら早く燒香しなさい。

芳人、疑念も去つたと見えて、思ひつめた手つきで燒香を始める。住職、經を誦し、芳人退くと、欣造、夫人、原田、運轉手、助手の順で燒香する。啓作、欣造の後に廻つて羽織の裾を直したりする。啓作、リエと顏を合はせる。

奥の部屋にガタ〳〵と云ふ物音がして、同時に醫者噓をする。一同はつとする。噓二つつゞいて起る。

芳人たまりかねて、立つて襖を開ける。

醫者現はれる。

リエ あ、先生いつの間に此部屋に……

醫者 いつの間にとは、ひどい事を……（と、一同に會釋をして、そつと啓作、リエに、彼等が窓から出たことを告げる）

芳人 （次の部屋を見廻はして）やはり他には誰もゐないね。あつ、この着物！（と、さきに脫かせた志津子の着物を取り上げて歸つて來て）お父さん、これは志津子を納棺させる時着せてゐた着物ですよ、間違ひないですよ。

リエ それは二枚同じのを拵へたのですよ、あれが柄が氣に入つてゐるので……

芳人 さうですか？

欣造 まだ、そんなことを云ふて居るのか……

芳人、爲方なく坐る。リエ、あとをしめる。

住職、一段と經の聲を高める。

康一、志津子を肩に寄らせて裸足のまま、道の奥に現はれ玄關の前に出る。

康一 窓からそつと逃げ出したとはあの連中氣がつくまいね。（と、志津子の着物の裾を拂つてやり、自分のズボンの裾も手で拂ふ）履物なしでは困つたね。……よし、僕そつと玄關から取り出して來るからね、手、離すよ、大丈夫かね。

志津子 え、大丈夫私は。要心して行くのよ、見つかるとそれこそ大變だから。

康一 うん、わかつてるよ。（と、玄關を開ける）

芳人、きき耳を立てるが、リエ、欣造を指して立たせぬ。康一、中に入つて、自分の靴と志津子の下駄を手に現はれる。芳人再びきき耳を立てる。康一、先づ志津子に下駄をはかせ、次に自分の靴を履く。

康一　これで足はいゝと、さ、後れるから急がう。

志津子　ね、康一さん私のお願ひをもう一つきいて下さらない？

康一　何？

志津子　すまないけれど、もう一度窓から入つて下さらない、衣紋かけに私の事務服がかゝつてるからあれ取つて來て下さらない。

康一　何云つてゐるのだね、事務服なんか置いて行つちやつていゝぢやないか。

志津子　私、北支に行つたら。あれを着て働くのよ。

康一　それにしたつて、北支にだつて事務服位は賣つてるよ。途中でだつていくらも買へるぢやないか。

志津子　さうぢやないのよ、私、自分の着なれたのを着て働きたいのよ。不愉快な事件の起きる前に着てゐた物を着てるたいのよ。この氣持わかつてくれるでせう。

康一　よわつたね。（と、あたりに氣を配りながら、もと來た方にかへつて行くが、やがて事務服を抱えて現はれる）これでいゝだらう。

志津子　親切ね、あんたは。

康一　ぢや、急がうね、歩けるかね。

志津子　大丈夫よ、ほら。（歩く）

康一　然し、一時間前に此處で下りた時とは、たいした違ひ方だね、驚いたね。（腕時計を見て）あ、あと四十分だ、圓タクでかけつけて、驛について五分とないよ、さ、急ぐよ。

志津子　待つて、私、もう一度家を見ておきたいわ。（と、ふりかへる）

康一　そんなことしてたら汽車に乗り遅れちやうぢやないか。（體を引つぱる）何だ、こんな借家、幾度見直しても同じことぢやないか。

志津子　そんなに借家々々と云はないでよ、私この家で育つたんですからね。私には他のどんな家よりかも大事なのよ。だけど震災直後に引つ越して來た頃から見ると、此家もずいぶん穢くなつたわね、越して來た頃は新らしい木の香がまだしてゐるわ。そりやペラ／＼な板だつたけれどね、ほら、あすこね、玄關と家の壁とかうなつてゐる所ね、（と、手で角をこさへる）あすこだけが冬でも風が當らないのよ。だから私、冬はいつもあすこに蹲んで遊んだのよ。覺えてゐる、康一さんが田舎から出て來た時？　やつぱりあすこで夕方まで遊んだわね、あの頃康一さんは、まだ中學を出たばかりで、田舎つぽい言葉使つて、きたない手拭腰に下げて……

康一　あの年、志津子さんは女學校に上つたのだね。……ね、北支でこれと同じ家建てませう。

志津子　うん、さう、英爵數へて貰つたわね。

康一　馬鹿だね、見渡す限り荒漠たる棉畑の端つこにこんな小さい家建ててごらんよ、變ぢやないか。

志津子　いゝぢやないの、棉畑の端つこの家で、二人だけで住むの。

康一　ぢや建ててあげるよ。（腕時計を見て）あ、大變だ、もう時間がない。

志津子　（家へ）　さようなら。（と、頭を下げる）

康一、志津子を促して下手へ去る。

室内で、それ／＼挨拶を交はせて、辭し始める。運轉手、助手さきに玄關に下り、他あとにつゞく。

啓作、欣造の羽織のしわを後に廻つて直し、欣造、土間に下りる。原田最後に殘つて、啓作と膝を突き合はせる。

原田　君には濟まんことをしたやうな氣がして爲方がないのだよ。あの時、わたしがあんな話を持ちこんで來なければこんな事にもならなんだと、君は思ふだらうね。

啓作　何のその様なことを……

原田　ほんとに申わけないことをしたとわしは思つとる。

（と、頭を下げる）

一同、玄關の内外に立つてゐる。りエ一人だけ下手前に立つて、大通の方を見て志津子の乘つた自動車を見送る體。

和尙、醫者室に殘り、啓作、一同を送り出して外に立ち、皆、歩き出した時、啓作、昨夜の風で下に落ちてゐた標札を拾つて、袖で板を拭いて柱にかける。

りエ人々の近づいたのも氣がつかず、遠く小さくなつて行く自動車を眼で追ふ體でやはり、大通りを見てゐる。

幕。

脚本「作業開始」『新喜劇』第4巻第10号（1938年10月）

作業開始（二幕五場）

渡邊 渡

時　昭和三年頃。昭和十三年
所　鬮北九州の工業地帶。

人物

設計課長
社長
中井修
石原
本田
橋本
吉本
李玉石
竹內ルミ子
社員A
社員B
社員C
女事務員、A、B、C。
國防婦人會員、1、2、3、4。
給仕。現場員。小使、他社員數人。

第一幕

第一場

昭和三年頃。

筑紫野製鋼所の創設に携はるバラックの機械設計課の部屋。舞臺上手寄り三分の二ばかりが室內。

部屋の下手側は板壁で廊下と區切られ、奥に廊下へ出入のドアがある。

廊下を隔てて下手側面に、應接間三つ（ドアだけ）

廊下は設計課の部屋の外れで左右に分れ。下手に行けば玄關、受附、その他人事係、庶務課の室（突き當りの窓すぐ横）などある心持、上手へ曲つたところは直ちに地面に下りて工場へ向つてゐる道がある心持。

廊下の前面は、設計室の奥行より一間ばかり手前でつきて、雜草の生えた空地の一角が見えてゐる。

廊下の突き當りは窓で、山岳と雲と空とが額に嵌つたやうに見えてゐる。

室內の正面後は央以上窓で、窓の部分の大半は製鋼所の建物の風景。上手寄りの一部分に海の景色見えてゐる。

窓に一尺ばかりの距離をおいて圖板をのせたテーブル四臺並んでゐる。上手側面は壁。その壁を背にして課長の椅子とテーブルがある。下手に下級社員のテーブル。ドア近きところに給仕のテーブル。中央に圖面をのせた圓卓がある。

季節は九月。幕開くと夏休で下手テーブルに年配の下級社員橋本椅子に寄りかゝつて寢てゐる。

下手前の空地に、タイピストのルミ子蹈んで何か考へてゐる。空は晴れてゐる。

サイレン鳴る。橋本ムクリと起きる。

橋本　（ノビをして）うーん。グッスリ寢こんぢやつた。あゝあ、いゝ氣持だ。（ゆつくりと圖板の上の覆紙をめくつて羽根で圖面の上をはき始める。）

ルミ子立つて誰かを待つ樣子。

サイレンで、建物の外に去つてそれぞれの遊びにふけつてゐた社員達、正面の窓の向つ側をゾロゾロと歸つて來て、廊下の奥を橫ぎつて、下手奥の各室に入る心持。玄關の方から給仕の少年吉本、書物を一冊脇にはさんで歸へつて來て室內に入り自分の椅子にかける。

課長下手前の袖から現はれてルミ子を見る。

課長　おや、君、そんなところに立つて何をしてるんだね、……全くいゝ子になつたね君は、こんな會社においとくのは惜しいよ。どうだ、今夜歸へりに一緒にごはんをつき合つてくれんか（手を出す）

ルミ子　（とびのいて）さわらないで下さい。

課長　まあ、さう云はんと……（ルミ子を追ふ）……あ、いけない（と、クルリと向きかへて、すまして廊下にかゝり、やがて室內に入り上手の自分の席につく）

石原　（二十五六歳、下手前の袖から現はれる）今課長何をしたんだね君に

ルミ子　今夜ごはんにいき作へとかいつて、私の……握るのよ、いやなヂヂイ……

石原　觸らせるなよ、あんな男に……あの事決心がついたかね、君の氣持がきまつたら僕から直接君のお父さんに話すつもりでゐるんだよ。

ルミ子　私ね……

石原　何だね、かくしてる場合ぢやないよ、早く云つて見給へ

ルミ子　もう少し考へさせて貰ひたいの、私……

石原　もう考へることなんかなかつた筈ぢやないか僕達の間には……お互ひに心をうちあけ合つたのだから……それとも、其後君の心境に變化が來たとでも云ふのかね

ルミ子　いゝえ、違ふわ、さういふ風にとらないでーね、これあげるわ（と、バラの花をさし出す）

石原　（受取つて）何だいこの花は

ルミ子　これね、今朝私の家の庭に咲いたのよ、近所でも評判の大きなバラの株なのよ、この秋のはじめての花なの、まだ露がついてゐるでせう、私そつと袂に入れて持つて來たんですのよ

石原　（花を地にたたきつける）僕は花なんか欲しくないんだ。ルミ子さん、男の氣持を弄ぶのもいゝ加減にし給へ、花なんかでごまかさうたつて、もうその手にはのらないんだぞ、何だこんなもの（靴でふみにじる）

ルミ子　まあ、あなたは……

中井、石原と同年配の靑年、石原の出た所から現はれて立つ。

中井　石原……

石原、ふりむくが、クルリと向きかへつて、怒つた足つきで廊下に上り、室に入る。ルミ子板壁にもたれてすゝり泣く。

中井　竹內君、どうしたといふんです。いつたい。……おや、バラの花を……（拾つて）ふんづけて泥まみれになつてゐるぢやありませんか、君が持つて來たんでせう。此花……（と、泥をはらひ、かいで見ていゝ氣持になり）これもつて早くお歸へりなさい、さ、そんなところに立つてゐては人にあやしまれますよ、さ

ルミ子　（花を受け取り、襟を直して）すみません（と、玄關わきの庶務課の部屋の方へと廊下を去る）

さきに、設計の自室に歸つた石原は、一たん窓ぎわの一番上手寄りの自分の席につくが、すぐ立つて室內を步きまわりドアに近づきそつと開けて、丁度、中井がバラの花を拾つてルミ子に渡すところを見つめてゐて、ルミ子が去る樣子を見てドアをしめて自席に歸へる。

中井は、それに氣づかずルミ子が庶務課の部屋に入るのを見とゞけて步き出し、自分の部屋に入り、石原の下手寄、隣りの席につく。

中井　石原、あとで君に話したいことがあるんだよ

石原　……（顔をむける）

中井も仕方なく圖板の方へ向き直る。

本田　（石原、中井より一二歳年上、ラケットを手に玄關の方から歸へつて、部屋に入ると、シャツをはだけて汗を拭きながら）李の奴全然なつちよらんよ……猛烈なサーヴが來るね、僕が發止とそれを打ちかへすたい、敵もさるもの器用にとつて返へすたい、しかし足許に無理があるから仕樣がないネットを越して球はスピードのないヒョロヒョロ球たい、ネット際に出てゐるから李の眼の前にその球が來るたい。そいつを李がスマッシングでガンとたゝくたい、ネットさ、——來る球來る球ネットたい。全くいやになちやうよ。

李　（中井と同年配位の日本の高工を出た支那人、本田と同じ方向から入つて來て）すまんすまん今日は調子が出なくてね、

本田　調子が出ないといふのとは違ふぢやなかか、君のは

ーすなんだ」
李　すまん、試合までにはきつと腕をならしとくからね、
本田　駄目だよ、もう僕は君とは組まんたい、吉本君、明日から君俺の前衛になりやれ、いゝかね、
李　明日もう一日練習試合やらせて見てくれ、もう一ぺんだけでいゝ
課長　ははア、内輪爭ひをしてゐるところを見ると今日のテニスも敗けかね、
本田　李君がなつとらんのですとたい。
課長　何だか知らんが毎日敗けてばかり歸へるなよ、他の室へ見つともないからね、
李　明日は恥をそゝぎますよ（と、下手の窓の下の板のはがれた所へそつとラケツトを仕舞ふ。）
吉本　あ、李さんが又あんなとこへしまつとりますばい。
本田　吉本君、かまうことなか、あすこを釘づけにし給へ（と、李を抱く。吉本、釘と金鎚を持つて來てすばやく、板を釘づけにする。本田の手をはなれた李、その上をうらめしさうになでてゐる）
橋本　それで課長さんの方は本日はいかゞな御成績で……
課長　碁かね、碁は三目といふきわどい勝負だよ、最後の石をおくまでどちらが勝つてるかかい目見當がつかん、幾分先様が勝味に見受けたが、さあいざ地をつくつて見るとどうだね三目……
橋本　そりや、よろしゆうございましたね、三目の勝とは……
課長　え、……
橋本　課長さんが三目お勝ちになられたのでございませう
課長　負けだよ、三目……
橋本　え？
一同　は、ハハツ
石原　（グイと課長の方へ體を向け直して）課長！　そりや、僕たちは月給は毎月きちんと貰つてゐます。然しかうして毎日、テニスや碁の話ばかりしてゐるんでは我々青年は全くやりきれないです。この會社は設備はでき上つてるわけですが、いつたい、いつから作業を始めるんですか
課長　無理を云ふな、わしにもそれは判らんよ
石原　李君、君はそれで日支合辧の此會社に勤務してゐる唯一の支那側の代表者だらう、いつから作業を始めるか、つまり、いつから大冶の銑鐵を船につんで揚子江を下つて來るか、今年中か來年か君にはわかつてるだらう敎へてくれ
李　僕は技術者として來てるんだから、そんなこと判らんよ
課長　さうとも、石原君、李君にそれを云へと云ふのは無理だよ。何しろ現在では支那を積み出す時の銑鐵の値段よりも、アメリカから日本に着いた時の鐵の製品の値段の方が安いんだからね、うちで事業を創めても銑鐵を鐵製品にする入費が全然無駄になる計算だからね、世界的に鐵の値段の上るのを待たなくてはね……
石原　いやになつちやうね、いつのことか見當もつかぬ鐵の値段の上るのを待つなんてことは……
中井　全く鐵の値段は下つたもんだね、僕は今日、此製鋼會社の建物設備全部を時價に見積つて計算して見たが全體で百萬圓を越さないね
課長　そんな筈はないよ、此會社には既に建築設備費として二千五百萬圓は注ぎこんでゐるんだからね、
中井　然し課長さん、それは五年前に材料を仕入れた時の値段でせう、鐵價の下つた現在の時價では百萬圓の相場ですよ、僕は今日工場の上の原つぱに寢ころんで、あの柱は一本何噸で何圓、といふ風に一々計算して來たんだから間違つても十萬圓とは間違ひませんよ
課長　つまらん計算をするんだね君は
中井　だつて他にする仕事はないんですからね、此會社では……
課長　ないにしてもだね……
石原　こいつはね、課長、自分の月給貰つてる會社の建築の目方を計算するのと、女の子に花を拾つてやる以外にはする事はないのですよ
中井　待て、その事については……
石原　俺は大の男が毎日晝休みに原つぱに寢ころんで暮すなんてことは不贊成なたちだよ
中井　俺はそれでいゝんだ
吉本　あの原つぱは神功皇后以前からある原つぱだといふのは事實でございますか、中井さん
中井　いや、それよりももつと以前からあるかもしれない
橋本　へえ、そんな大昔の原つぱが此工場の敷地の中にあるのですかね、どこですか〳〵どの邊で！
中井　あすこも、ここもだよ（と、見當を指ざす）
橋本　吉本、え、そこも？（と、下手前の原つぱを指ざして見る）
中井　さうだよ、此邊全體が大昔から噴襲の住つた筑紫野だらう、その筑紫野の一角を削つて工場を建てたのだから、削り殘された部分の原つぱは皆大昔からの原つぱになるわけだよ。さうした原つぱに寢ころんでゐると何ともいへない氣持だね、かう膝を抱いてね、
石原　ああ馬鹿々々しい、此野郎（と、圖面を手荒くめくつて一枚をビリ〳〵と破る）

同　あつ、（立ち上る）
課長　何といふことをするんだね
石原　古新聞を破つて鼻をかむんですよ。（とかむ）
一同　何だ

暗　轉

第　二　場

その日の夕刻。

課長仕度をして去り、みなつゞいて「お先へ」といつて去る。石原と中井殘る。

石原　おい、歸へつたらどうだね、別に殘つてやる仕事なんかあるんぢやないだらう。
中井　君に少し話して了解を得ておきたいことがあるんだよ、みなゐるところでは云へなかつたのだがね、立つてゐずにかけてくれないか
石原　立つてゐたつて聞えるよ、何のことだ。
中井　ぢや、云ふよ、實はね、さつき便所に立つて歸へりに廊下の曲り角のところにルミ子さんが待つてゐてね、何か僕に折入つて相談したいことがあるから今日、みなが歸へつたあとで此部屋で待つてゐてくれと云ふことなんだよ……
石原　止めろ、あとは聞かなくとも判つてる。おい中井貴様は……
中井　……待て、僕とルミ子さんの事を誤解しないでくれ、僕たちの間は何でもないんだ、ただ君の友人としての僕にルミ子さんが何か相談があるんだと思ふんだ、さう思へばこそかうして待つてゐるわけなんだよ
石原　止さんか、貴樣が普段から他所へ行つてルミ子のことをいやにほめそやしてゐるといふことはちやんと知つてゐるんだ。あんな素直な聰明な娘はめつたにないとか何とか云ひやがつて、……變だと思たらやはりかういふ下心があつて、
中井　それは云つた、然しそれは單に感想を云つただけだ、別に下心とか何とか……
石原　ぢや聞くがね、君は、あの女に對して何の特別の感情ももつてゐないと斷言できるか、良心に問ふてそれが云へるか
中井　そんな事は何も……
石原　そんな事とは何だ
中井　そんな僕の心の中の事なんかは此場合問題ではないと思ふ、
石原　それが問題でなくて何が問題だ。
中井　僕はただ君の友人としてここでルミ子さんを待つてゐるだけだ、
石原　ぢや、よし、俺は今日限り君とのつき合ひは斷はる。友人でも何でもないんだから、さあ歸へれ、歸へつたらいいだらう。
中井　そりや困るよ、ルミ子さんと約束しておいたんだから斷らないで歸へつてはルミ子さんにもわるいからね、
石原　見ろ、貴様はやつぱりルミ子と二人きりで逢ひたいんだらう、此野郎（となぐりかゝる）
中井　止さんか（と、受けながら下る）

ルミ子、物音をきいて、洒勤着に着かへた姿で庶務課の室からかけ出して來る。

ルミ子　まあ、石原さん何をなさるの
石原　君の胸にきいて見ろ、君には一番よくわかつてるわけだ。
ルミ子　そんな勝手な想像をする物ぢやありません。私なんかとそんな濡れ衣をきせられたら中井さんがお氣の毒ですわ。
石原　何がお氣毒だ、俺の方がよつぽどお氣毒だ。さあ中井來い、てめえも男だらう、腕と腕で來い。
ルミ子　後生だからそんな野蠻なこと云ふのは止して……
石原　うるさい、どけ
ルミ子　いやよ、打つなら私を打つて
石原　よし、望みなら打つてやる。（向ふ）
中井　ルミ子さん危い！（と、遮る）
石原　（中井がルミ子をかばう隙を見て）野郎！　（と、毆りつける）
中井　やるのか（と構えるが一撃を食つてゐるので、眼がふらつく樣子）

石原、猛烈に毆りかゝり、中井も應じるが數合の後中井のびてしまう。

おろ〳〵してゐたルミ子は中井が倒れたのを更に毆らうとしてゐる石原を見て、中井の體の上に自分の背をあてて倒れ

ルミ子　もう止して（身を以つてかばふ）

石原、一度はルミ子につき進むが思ひ止まる。

ルミ子　中井さんお怪我はありません（と、抱き起していたわる。）

石原、苦じさうに傍らの椅子に倒れる。

ルミ子は石原の方を見向きもしないで中井をいたわる。中井も苦しい體で、ルミ子の心をうける仕草。

暗轉

第三場

その翌年の春

會社の全社員此部屋に集まつてゐる前で、社長解散理由を說明してゐる。

社長　……只今、數字をもちまして申し上げました通り、本邦に於ける鐵製品の値段は、その原料である銑鐵の値段よりも反へつて安いといふ狀態でありまして、いつになつたら此現象が解けるか、何しろ大戰後引きつゞいての世界經濟の混亂時代の事でありまして、我社としても豫測できないのであります。從つて、働いて居られる諸君には誠にお氣毒の事でありますが、當會社は、本日を持ちまして一先休業といふことに致します。然しながら此度のことはどこまでも休業でありまして解散ではございません。そもそも製鐵業は、單なる產業ではなくて一國軍需工業の獨立とは切りはなせぬ關係を持つて居る事業でありますから、鐵價がかい復して、成算のとれる見込がつけばたちどころに操業に取りかゝることに致すつもりで居ります。その時機は一年先か、三年先か或は十年先かわかりませんが、若しも操業といふやうな場合には何はおいても先づ諸君の許に報知をさし出しますから其折は當會社へ歸へつて再び勤務して頂くやう希望致します。さういふわけで諸君の今後の就職のことなども會社といたしましてはできるだけお骨折する勞を惜まないつもりでゐますから、それらの事は各々係の課長と御相談なさるやうに……ではこれで……（と、頭を下ける）

一同、感慨深く頭を下け、社長先づ引取り、あとには第1景の人員だけがそれぞれの席に殘る。

他の者もそれぞれ自室に引き取り、あとには第1景の人員だけがそれぞれの席に殘る。

課長　前々からわかつてゐた事だが、やはりいよいよとなると、あまり氣持のいゝもんでないね。

橋本　全くでございますよ　私は、社長樣のお話を承はつてゐる間、淚が出て仕方がなかつたのでございますよ。

課長　そりやさうだよ、會社なんてものは大きな家族のやうなもんだからね、その家族が散りぢりになるといふのは、いゝ氣持のもんでないとも……ところで此部屋では誰と誰とが次の就職口がきまつたかね、石原君は若杉製鐵所へ行くことになつてゐるのだね、きまつたねこれは……

石原　え、もう若杉製鐵所から採用の辭令を貰つて來ました。これですよ（と、抽出から出して見せる）

課長　さうか、辭令がもう來たかね、ぢや今月の月給は兩方からとれる計算だね

石原　さうはいきませんよ、だつて來月一日の日附の辭令ですからね、

課長　あ、さうだつたね……吉本、君の事はついうつかりしてゐたが、少年のことだからここで貰つてる給料でよけりやわしがどこへでも世話してあけるよ。

吉本　はい、僕は休職手當を當分の學費に當てて苦學をしたいと思ふとりますとたい。

課長　さうか、何しろ君はこれからの人間だ、大いにやり給へ、苦學結構だ、……橋本君は困つたね、わしも、君のことは方々へ依賴しておいたのだが、何しろ年を老つてゐるからね、使ふ方でもそこを考へるんだよ、未だにどこからも返事が來ないんだよ……

橋本　お手數をかけて相すみません、

課長　然し、まあ安心じ給へ、もしどこからも使ふと云つて來なければ、社長に賴んで此會社の留守居番をやつて貰つてもいゝんだ、どうせ人は要るんだからね、一人や二人は……

橋本　は、さういふことに取計つていただければ！　助かるでございます。

課長　まあ、わしに任せときなさい。……李君は支那に歸へればいゝね

李　は、支那に歸へるといゝてすが、奧さんが支那へは行きたくないと云つて……

課長　え、奧さんて、誰の奧さんだね

李　はい、僕の奧さんで……

課長　何だ、君の奧さん……さうだつたね、そりや妻君の云ふのも尤もだね、誰だつて自分の生れた國を去るのはいやだからね、君の國に行けば風俗習慣もちがふだらうし住みにくいにはちがひない、殊に君の妻君のやうに花柳界で育つた樣な女は特にね、…然し、夫婦となつた以上さうは云つてゐられないね、說得するんだな、

李　そこを一つ課長さん……賴みます。

課長　わしが說得するのか！　仕方がない、今夜にでもわしの家によこしなさい、何とか云ひきかせてあけよう……「李君はあれで支那に歸へれば名士の一人だ」とか何とかうまく云つてやるよ

李　さうてす、歸へれば名士の一人で……

石原　貧弱な名士だね

課長　では結局、失業者は本田君一人といふわけだね、此室では……見給へ君テニスなんかは全くいざといふ時何のたしにもならんよ、わしなんかはこれで學友達の奔走で佐伯工場の設計課長の口が決つたのだからね

本田　は、テニスは以後やりません、……月給などはいくらでも結構でございます、何處でもよございますたい、適當な口を……

課長　へヘエ、だいぶこたえたね、然し何しろ此不況ではおいそれと口はないよ、まあ氣永に待つてゐ給へさがしとくから……中井君は佐伯工場の方は、もう返事をしておいたかね、君をと指定して云つて來たんだから間違ひはないがね、

中井　僕は佐伯工場は斷はりました。

一同　えッ

課長　斷はるとは何故だね……何が不服なのかね、最上の條件で來てゐるのに

中井　僕はもう此仕事を止めたいと思ふのですよ

課長　え、止める？

中井　え、止めて上京して文筆生活に入りたいと決心したんです。

課長　それは止し給へ、いくら君に文才があるといつても文筆でめしが食へるまでには容易ぢやない

中井　覺悟はして居ります。然し僕は飢死するまで闘つて行くつもりです、男子が其覺悟で向へば何だつてやれると思ふのです。（課長も口をつぐむ。）

本田　精神一到何事か成らざらん——大いにやり給へ

中井　贊成してくれるのか有難う、僕一人でも止めれば、失業者が一人へるわけだからね、

本田　いゝ所に氣がついた、えらい、……（小聲で）佐伯工場の就職口を俺に讓れよ……

中井　何だ……

本田　ね、いゝだらう、賴むむ（と手を合はせる）

其前から各自荷物を纏めてゐる。本田、中井が承知したと知ると、急に元氣づきラケットなどを荷造りしはじめる。

課長　ぢや諸君、體を大事にし給へ、こちらにゐる間は私しの家にも來てくれ給へよ、いゝかね……（特に中井に）

一同　永々お世話になりました。

課長去り、各自それぞれの挨拶をして去つて行く、本田は、中井の肩をたたいて「ぢや元氣でやり給へ出發の日がきまつたら知らせてくれよ」と云つて去る。室内中井だけ殘る。

中井立つて室內の壁などを見渡し。

中井　お別れと思へば此室もなつかしいな、……（窓に向つて立つて）此工場もやはりなつかしいな、

ルミ子、廊下の奥からあわただしくかけこんで來る。

ルミ子　あ、よかつた、私もうお逢ひできないかと思つたのよ、だつてお宅へ寄つたら貸家札がかゝつてるんですもの

中井　さうですよ、今日のことはたいがいわかつてゐたからね、昨夜のうちに荷造りして東京驛留で送つておいたんですよ、これで體を汽車にのつければそれでいゝんだ、何しろ住みなれた土地だ、決心はしてもやはりにぶり勝なものでね……

ルミ子　ぢや、どうしてもやはりゐらつしやるんですの

中井　え、僕の前途を祝福して下さい、

ルミ子　え、もうお止めしませんわ

中井　笑つて僕を送つて下さい。

ルミ子　何故、何もかも捨てて僕といつしよに來いと云つて下さいませんの、私はとうからその一言をお待ちしてゐるんですの……あなたは一週だつて……（と、中井に寄りかゝつてすゝり泣く）

中井　（それをいたわつて諭すやうに）君にまでまき添へを食はせたくないんだ。君は此町で生れて此町で育つた人間だ、君は僕みたいな取りとめのない男の道づれをしちやいかん。君にふさわしい賢實な男を選んで結婚してくれ給へ、そして健康な子を生み給へ、僕は東京の場末の町で、白バラが咲いたら君のことを思ひ出すよ、「おゝ、且つて青春の日、一輪の白バラの花を我に與へし女性ありき、今も尙健やかなりや……」とね、ぢや、何よりも體を大切にしてね、（と、決然と行かうとする）

ルミ子　（取りすがつて）離しちやいけない。私を一緒につれて行つて！

中井も心ゆるんで相抱いて泣く。間、中井、ルミ子をムリに椅子にかけさせ、それをまじまじと見下して立つてゐたが、決然とドアの方にかけ出して去る。

ルミ子　中井さん、待つて（と、あとを追ふ……が姿を見失つたと見えて再び部屋に歸へり中井の椅子にかけて、肩をふるわせて泣く。雨の音きこえて、舞臺しぼり、ルミ子の姿だけ明るく照し出され、）

暗轉

第二幕

第一場

十年經過。昭和十三年の秋。室內、戰時の重工業の多忙から來る活況を呈してゐる。

課長席、窓際のテーブル十年前の位置。課長席に三十四五歳の石原、机上の圖面を凝視してゐる。その席にくつつけて新たにやゝ粗末な一つのテーブルおかれ、それに本田かけて忙しさうに資料を漁つてゐる。

窓邊の四つのテーブルには、新規の技術者、A、B、三番目に吉本の席（空席）四番目技術者C、

ドアのそばの給仕は前の吉本の年配の少年。橋本は舊態依然、トレースをやつてゐる。それに並んで新たにテーブル三脚あり、若い女のトレーサーA、B、C仕事をしてゐる。

窓の外は轉爐の噴く火焔大音響と共に沖天にあがり、一秒位で横轉したと見えて火焔消え音響は、壓延の雑音に代はる。（舞臺明るくなつて約一分間、情景描寫）本田の前の卓上電話鳴る。

本田　（受話器を取つて）モシ〳〵、さうだ本田だ。今忙しいんだがね。……何といふ人だ……え、中井、中井何と云ふ人だね、え、修……、さうか、すぐ行く、一番の應接間に通しておいてくれ、叮重に通し給へよ。よかや、……（受話器をおいて立ち上る。電話の間、石原、中井ときいて、幾度も、顔を本田の方に向ける）課長！　中井君が訪ねて來ましたばい、中井修が

石原　やつぱりさうか、一別以來だね、

本田　さうですたい、十年ぶりですたい、一番の應接間に待つてゐるんです、僕逢つてゐますからあなたも手が空いたらおいでになりませんか。

石原　うむ、これを片附けといて行くからね

本田　え、然しよく來てくれたもんだ（と、ドアの方へ行きかける）

社員B　（圖面を持つて立ち上り、本田の席へ行かうとして歩いて來た。本田とぶつかり）お出かけですか、

本田　うむ、ちよつと……

社員B　ここどうも計算が合はないんですがね、何か間違ひぢやないでせうか

本田　どこだ！

兩方半ば爭ひの調子で圖面を中央テーブルに擴けて語り合ふ。

中井、うらぶれた文筆業者の裝で女事務員に伴はれて下手から現はれ廊下にかへる。なつかしさうに方々見廻はして

中井　ほう、昔のままだね、ちつとも代つてゐない、（設計室の前に立つて）あ、此室だ（と、ドアに手をかける）

女事務員　こちらでお待ち下さいまし、本田さんすぐお見えになりますから

中井　あ、さうでしたね、昔、自分の居た部屋だからね、つい昔のクセが出てね、どうも失禮！

女事務員　前に此會社にゐらしたのですか

中井　うむ、ずつと前のことだよ、君なんかこんな子供の時だよ

女事務員　（應接間のドアを開けて）では、ここで暫らくお待ち下さいまし、

中井　此應接間も先からあつたね（と入る。女事務員、あとのドアを閉めて玄關の方に去る）

中井、待ち切れずに、廊下に現はれてあたりを見廻はす。その時、吉本、一人前の技術者となり、現場員を従へて奥から現はれる。

吉本　あ、中井さんぢやありませんか（と近づく）

中井　え？、どこかでお目にかゝつた様な氣もしますがね、失禮ですがどなたでしたかね

吉本　よして下さいよ、吉本ですたい、給仕の 吉本ですよ

中井　え、吉本君か！　大きくなつたね、

吉本　大きくなつたはどうも、

中井　さうか、吉本か！

吉本　（氣がついて）手があいたらすぐ來ますから（と、あわてて室内に入り、窓邊の三番目のテーブルにかけて現場員の手にした資料を中に、二人で忙しく何か調べはじめる。）

女事務員　（二番の應接間に他の客を案内して來て中井を認め）どうか、そちらでお待ち下さいまし。本田さんすぐお見えになりますから

中井　（だん〳〵と）ずゐぶん忙しいんだね（と、一番に入る）

本田、廊下に出て、一番の應接間に入る。中で「やあ」とか「變つた」とか久濶の挨拶交はされ、やがて聲が小さくなる。……

室内、石原の卓上電話が鳴る。

石原　（受話器を取る）石原……製板工場かね……な、何今日壓延した厚板、硬度試験で規格に會はない、そんな筈はないがね、……今試験中か……すぐ行くからね……その儘にしとき給へ（受話器をおく）

石原、顔色を變へて、現場用の上衣を着てゐるところへ、本田應接間を出て入つて來る。

本田　お出かけですか。

石原　うむ、製板工場まで行つて來る。

本田、早口に石原に囁く。

石原　そりやいかんよ君、いくら舊友だつて公私を混合しちやいかん、中井を採用するなんてそりや無茶だ。

本田　然し丁度、設計の手が足りないところなので……

石原　いくら手が足りないからつたつて、中井はここを止めてからずつと他の仕事をしてゐたんだらう

本田　え、豫定通り今日まで文筆生活をやつてゐたといふことですたい。

石原　さうだらう、ぢや君、十年前から技術は一歩も進歩してゐないといふことになるだらう、日本の此十年間どれだけ技術が進歩したと思ふ。今日ではもう十年前の技術は何の役にも立たんよ、廢物だよ。

本田　お言葉をかへして恐縮ですが、中井は僕にとつては單に舊友といふだけではないのですばい、あの時、佐伯工場の就職口を僕にゆづつてくれたのは中井です、若しも中井があの時、ゆづつてくれなかつたら、今日、僕が反對に中井のやうに、就職を賴んで來たかもしれないのです。

石原　いや、そりやね、僕としても舊友が困つてゐれば助けてやりたいとは思ふがね、然し、早い話がそこへ並ばせて、中井に仕事ができるかね、製圖機械の使ひ方も忘れてゐるんでないかね

本田　或はさうかもしれません、然し仕事上の事は、僕が一々世話をやいてやれば、何とか面目は立つて行くと思ふのですが……

電話鳴る。

石原　（受話器をとつて）……わかつてる〳〵、これからすぐ行く、その儘にして……ぢや、萬事君に任せる。

本田　有難うござす。

石原廊下に出た時、應接間を出ゝ廊下を歩いてゐた中井と逢ふ。

中井　いよう石原ぢやないか、

石原　（ちよつと苦い顔して）うむ、今すぐ本田が出て來るからね、俺はちよつと急ぐんで……（と、廊下突き當つて右へ去る）

中井、その後姿を見つめてゐる時、本田、出て來て、體を押すやうに應接間に入れ自分も入り後手にドアをしめて。

暗　轉

第　二　場

前景から一ヶ月後。晝休み、みな自席に休んでゐて、中にはまだ辨當箱を仕舞つてゐる者もある。他の者は、新聞を讀み或はタバコを吹かせてゐる。

中井と、技術者Bの席が空いてゐる。

吉本　（新聞を見てゐたが）ああッ（と、その新聞を手に持つて立ち上り、ちよつと課長の方を見るが思ひかへして、下手の橋本のそばにかけつける）李さんが……李さんが、ここだ〳〵（と新聞を突きつける）

橋本　え、李さん？（と、あわてて老眼鏡をかけ新聞を讀み上げる）……「（漢口通信）抗日蔣政權最後のあがき……またも漢奸の汚名を被せて、現在支那の一流技術者である左の諸氏を銃殺の刑に處した。〇〇媒鐵公司技師、李玉石（三五歳）」……ああ……

石原　到々……

本田　やられたか（立つ、橋本が持つてかけつけた新聞を手で引き）どこだ、……ふーむ。（石原も其他の者も集まる。）

石原　さうか

本田　心配にはなつてゐたとばつて、……ふーむ。（と、自席に就き、やはり自席にかへつて石原と顔を見合はせる）

他の者は橋本の席の廻りに引きかへして來て、橋本、吉本を中心に語り合ふ。

社員A　ぢや、橋本君何だね、この李玉石といふ人は、もと此會社にゐたんだね、

橋本　さうですよ、此室で、……そこのテーブル……さうだ、Cさんあなたが今使つてるテーブル、それ李さんのテーブルですよ

社員C　ほんとか、氣持が惡いね、

一同　ハハツ、……お、ホホ……

社員A　笑ひごとぢやないよ、此テーブルにかけて仕事をしてゐた人が漢奸で殺されたと云やあ、襟を正したくなるよ……このテーブルね（とテーブルに觸つて見る）

女A　李さんてどんな人。

橋本　（泣いてゐたのをやめて）どんな人つて？　君

女B　きれいな人だつた？

橋本　いや、さうきれいだといふ程ぢやなかつたが……氣のいゝ人だつたよ、小倉の藝者を奥さんにしてね、……あ、思ひ出したテニスの好きな人でね

女C　まあたのもしいわね、スポーツマン

橋本　たしか本田さんと組でやつてゐましたね、吉本さん

吉本　さうでしたね、本田さんが後衛で李さんが前衛、思ひ出すよ

給仕　國防婦人會の方たちが濡れてゐるんですよ。

本田　どこで、あ、あすこに居るたい。みなづぶ濡れだね、早くそれを持つて行つてあげ給へ

中井　（本田と同じ所を見るが、雨にぬれてゐるルミ子の姿を認めたと見えて眼を外らして、再び岸邊の邊りを見て、）あの船は北支へ行くのかね

本田　いや、中支かも知れんね、とにかく行く先は大陸だね。

幕

女A　まあ、あの本田さんが、昔はスポーツマンだつたの
女B　信じられないわね、
女C　あの顔でスポーツマン！
本田　橋本君……（立ち上る）
橋本　はッ（直立する）
本田（考へこんで歩いて來る）僕は今思ひ出したんだが、いつか、李君のラケットをその壁に釘づけにした事なかつたかね、
吉本　あ、さうだ、あすこですよ、あの板のところですたい、僕が釘を打つたのです。あれは確か、あの傑出さなかつたと思ひますから、今でもあるかもしれませんよ、
本田　棒はん剝がせて見給へ
吉本　いゝですか……橋本さん、釘抜きを貸して下さい、
（橋本釘抜きを取りに行く）……
女A　ずゐぶん變なとこにしまつたもんね、
女B　あるかしらね、
女A　とり出さなきあ、ある道理ね、
吉本、橋本の持つて來た釘抜きを受取つて、壁際に寄る。
吉本　釘が腐つてなかく〳〵抜けませんよ、うーン。やつと一本抜けた。こんなに錆てら、（と投る）

本田　何しろ十年前に打つたんだからね、（拾つて眺める）
吉本二本三本と抜く。そして板に手をかける。板の剝がされる音
女C　あ、見えたわ……もう少しよ、
吉本　よしあつた……（と手を突込んでラケットを引き出す。）……本田さんありました。
本田（受取つて）これだよ、（と眺めてゐたが、石原に）李君のラケットが出て來ましたばい、これ
石原　あ、それだ〳〵
本田、見事な形をつけてそれを振つて見る。
サイレン鳴る。皆あわてて席につく。
橋本　氣の毒なことだ奥さんはうまく逃げられたかしら
女A（小聲で橋本に）創立當時からゐる人は、課長さんと本田さんと、橋本さんと三人だけですの
橋本　吉本さんもゐたよ、
女A　ぢや四人ね、
橋本　うむ、……いや、もう一人、中井さんが居るよ、
女B　まあ、あの中井さん……？
橋本　さうだよ、そこに机が四つ並んでゐてね、一番上が課長さんで、その次が中井さん、その次が本田さん、一番はしが亡くなつた李さんといふ順だつたよ、
女A　ぢや、中井さん、昔はえらかつたのね。

橋本（頭を指でさして）うん、これぢや、今の課長さんより上だつたんだよ、昔は
女A、B、C　まあ……
中井と、社員B入つて來る。
橋本（小聲で）中井さん（と呼んで新聞を渡して説明する）
中井　え（と、新聞を見て）李君が漢奸で……（然し勤務中なので、そのまま窓際の五番目の席につく。）
石原（圖面を調べてゐたが、かんしやくを起してどなる）誰だこれを設計したのは……間違つてるぢやないか、このシャフトが此メタルに入らんぢやないか、こんな幼稚な間違ひをするやうぢや仕方がないね、誰だこの假スタンドを設計したのは
中井　僕です。（と、立つて石原のそばに行く）
石原　ここだ〳〵（と鉛筆で圖面の個所をさして中井に渡し、外ぽを向く）
中井　恐れ入ります。（圖面を受取つて歸へる）
本田その後姿を見てゐる。
吉本立つて中井の圖面について數へてやつてゐる。
女事務員、ドアを開けて入つて來る。石原のそばに行き

女事務員　あの、只今お宅から奥様がお見えになつて居られます
石原　三時の休みまで應接間に待たせとけ
女事務員　それが國防婦人會の幹事の方々を御案内して來なさいましたので、婦人會の方に工場を見學させていただきたいと仰言つて居られます。
石原　國防婦人會では見なせなくてはなるまいね、守衛にさう云つて案内させなさい
女事務員　奥様の仰言ひますには、最初に設計の部屋から見せていただき度いといふことで……
石原　何人だ
女事務員　皆様で五人でございます。
石原　入れなさい、仕事の邪魔せんやうに云つときなさい。
女事務員　承知致しました（去る）
女事務員再び現はれ、あとに國防婦人會の制服を着たルミ子を先頭に四人つづく。
橋本（立つて）これは奥様、ようこそおいで下さいました
ルミ子　お邪魔させて頂きます。
一同、それぞれ、簡單にしかし、課長の夫人と思つて心をこめて挨拶をする。一わたり、橋本の説明で、四枚の上を見て、最後に中井のところに來て、

四人　有難うございました。（とドアの方へ行き、
ルミ子、後れて何氣なく、中井のそばまで來て
ルミ子　あッ（立ちどまる）
中井（やはりはじめて氣がついて）あッ、あなたはッ（へと、椅子ごと後たふりむく）
一瞬顔を合はせたきりでルミ子去り、中井も席に直る。
本田立つて、つか〳〵と中井の側を通り、その腕をこづいて自分が先に廊下に出る。中井あとにつゞく。
本田應接間を一々、ノックして見るがいづれも來客中、で止むを得ず中井を、下手前面の空地に誘つて出て、話をはじめる。
吉本立つて行つて、自分のかいた圖面を女Bに寫すやうに云つて渡し説明を始める。
女C、眼で何か抗議をし、女A、定規で吉本の頭をたたく。
吉本　いたッ
女A、C　シーッ（と課長の額を見る）

だぞ、吉本の設計した圖面を貴様が寫さなくてはならんのだぞ、昔、顎で使つた給仕の吉本の圖面を云はれるまゝに君は寫さなくてはならんのだぞ、それでもよかや、
中井　仕方がないよ、寫すとも……
本田（獄とばす）それ程月給がほしいなら、貴様が今會社から貰つちよる月給だけ俺が出してやるから俺の家で犬の番でもして遊んでろ。……
中井　君、それは違ふ、僕は月給の爲にゐるんぢやない
本田　何だと……
中井　そりや月給も俺には必要だ、然し、俺だつて東京で何とか生活するだけの收入はコツ〳〵何かしら書いてれば入る。然し俺は毎日、つまらん文字を原稿紙の桝に埋めてゐる仕事に嫌氣がさして九州にかへつて來たんだ。我等の祖國は今、國を擧げて東洋平和の爲に鬪つてゐる。俺は不幸兵役がないので戰地に行くことができない。然しこの會社で取るに足らぬ自分の技術ながら、紙の上に一本の線を引き、又は、人の書いたものをうつすにしてもだ、玆が軍需品を製作してゐる以上は、僕の生存が何かしら戰爭に役立つてゐることになる。いくら拙い技術でもだ、今は技術者の拂底の時代だ、技術を寢かせておくのは國家としては不經濟な

吉本、女Aをふざけた眼つきでにらんで、自席につく。
本田　……今夜の汽車で東京に歸へり給へ、旅費は僕がこしらへてやるたい。
中井　待つてくれ、もう少しやらせて見てくれないか、永年止めてゐたので萬事手勝手がちがつて、君にも迷惑かけるが、少し馴れて來れば十年前の腕までには返へれると思ふんだ。もう少しやつて見て、やはり駄目だとわかれば其時は、橋本と同じやうに人の書いた圖面を寫す仕事をさせて貰ふことにするから、寫すのだつたら！　僕にだつてできるから
本田（なぐりつける）……恥を知れ、貴様は、昔の女が上役のしかも、かつては机を並べた同僚の妻になつちよるのを見て何とも思はないのか……
中井　俺は、俺はルミ子の事は此十年ずつと思ひつゞけて來たんだ、石原の妻になつたといふことは今日始めて知つたのだ、誰も俺には知らせてくれなかつたので、今日は、俺は世界で一番不幸な人間だと始めて知つたのだ。……
本田　ふむ、それがわかつちよつて、懸敵の石原に毎日どなりつけられて、それでもこりずに、人の圖面を寫す仕事でもやるたア何事だ、おい、トレーサーとなればことだ。……

本田　ふーむ。
中井　どんな屈辱もこらへて、此會社で身に合ふ仕事をやつて行くのが僕として最も正しい生き方だと思つてゐるんだ
本田　……すまないことをした
中井　さうか、わかつてくれたか
本田　判つたとも
兩人握手する。
室内で石原が社員にどなる聲。
遠く工場では、今しも轉爐が横轉すると見えて、火焔が立つのが窓から見える。轟々たる音響聞える。その音響火焔が止む。
沛然たる雨。
本田　夕立だね、濡れるから上らう（と二人廊下に上る）
遠くで船の出船の汽笛鳴る。
中井　船の汽笛ぢやないか
本田（兩人、廊下の端から客席のあちこちを見て立ち）あの船だよ、見給へ、あの甲板に積んぢよるのは、みな此工場の製品だよ。
給仕、傘を數本持つてそこへ現はれる。
本田　傘をどうするんだね

證明

渡邊渡

私が生きてゐたといふ事實は——

風を除け
蹴とばされて、起き上り。
體の機能も、諸々缺けて
前額に巷の塵埃を被り。
かへ難き知己、肉身の死を幾度か弔ひ
尚、ここに暑さに汗を出す皮膚を持ち
私の命が、未だ朽ちずに生きてゐたといふ事實は——

時代の脈搏を生爪に傳へ
錯誤に指を動かせ
苦悶の日は空に向つて胸をはだけて
斷固として生物世界の退場を拒否してきたといふ事實は――
說明を絕して
酷烈な
動力である。

と
今朝
木蔭さわやかな土を踏んで
私は、私の生活の全面に證明した。

「文筆業者と農耕／体験から見た自給体制」『文學報國』第十五号（昭和十九年一月二十日刊）

文筆業者と農耕

體驗から見た食糧自給態制

渡邊　渡

朝、未明に起きて、午前中に原稿を書くこと、讀書を了し、午後は耕作に從事して、主要食をこめての自家食糧を自給する。——と、いつた極めて大ざつぱの考への下に、現住の都下西多摩郡福生町に移轉してきて、畑を約二反歩借りうけたのは、一昨年の十一月であつた。

私がかうした生活の刷新を決意したのは、滿ソ國境の第一線守備陣地においてであつた。一昨年私は關東軍報道部の命に依つて、滿洲國文化工作上の或る仕事のために北滿地區から東部國境に出たが、そこで國境守備の將兵の生活に接して異常な感動をうけた。これはひとり滿ソ國境に限つた事ではないと思ふが、第一線の將兵の生活は、それができるかできないかは問題でなくて、國家の發展のためには、これくのことはしなくてはならぬ——と、いふ事が先にきて、そこに肉體の能力を割りつける。といふ生き方である。

かうした前線での將兵の生き方は、同時に等しく日本人として國內生活の生き方の基準でもなければならぬと私は考へた。で、私は間もなく內地にかへるが、且し、國內で最大の問題は食糧問題であるが、かへつたならば、自分の職とする文學を遂行する傍ら、すくなくとも主要食をこめての自分の食ふだけのものは、自分の手で作らねばならぬと決意したのだつた

同時に他にもう一つ、前線の生活が私に教へてくれたことは、それまで自分は體力的に到底勞働はできぬと思つてゐたのが、前線での生活の間に、自分の體內には人並の體力が蓄てゐたことを發見したのだつた、この私のみならず都會生活者が一般的に陷ち入つてゐると思はれる遊休體力の發見といつたことが、更に拍車をかけて、私は東京にかへると即日計畫を實行に移した。

小麥蒔つけを手はじめに、私の半日農耕の生活は開始されたわけであつたが、始めてみると間もなく、私は、自分が農耕者としての最惡の條件の下におかれてゐることに氣がつかずにはゐられなかつた。私が流出した惡條件を列擧すれば、

一、私は生家が農業でなく、また長じて後農業の教育を全然受けなかつたこと、二、農業に必要な勞力資源が私の場合は家族が私一人だけであつたこと、三、必要な農具、設備を購入準備すべき資金が皆無で、借家の三軒長屋のまん中の家で農業を開始せねばならなかつたこと。

が、既にはじめた以上は、事情のゆるす範圍でやつてゆくより手はないと肚をきめて、農業に關する書物を數冊買つてきて、ひる間畑で起きた現象を夜、本の頁で調べて翌日處理するといふ風にしたけれども條件の不備はてきめんに畑の上に現はれて、開始半歲後の昭和十八年三月頃は、私の畑は暗澹たる狀況の下におかれてゐた。

小麥は、家の前の溝の上から見わたすと、他の麥畑は畑全體が青くみえるのに私の畑だけは土色によりみえない、土色の地にわづかに青か縞のやうに見えるだけだ。小麥といつしよに蒔いた豌豆とそら豆は、霜と夜盗虫にやられて九割は枯れてしまひ、麥類は全滅した。

が、これらの事はすべて、蒔きつけ期が遅れたことと、肥料の不足に起因することとわかつたので、堆肥材料の採集につとめながら、播種期を調べて春蒔野菜と、夏菜の收穫物の種子を一わたり下種して行つた。

二反歩のうち五畝は、雨が降れば水につかる砂利地で不毛の地として長年うちすてられてあつた畑だつたが、冬期の間にざつとそこの排水施設と整地を終へて、トウモロコシの播種期に穂子一本だけの種子をそこに蒔いた。小麥の間には陸稻のモチ米を播きつけて夏をむかへた。夏三ケ月間は、雜草と勝つか負けるかの激しい戰ひだやがて稻の刈り入れを終へ、小麥の蒔きつけを終へて畑は農閑期に入つた。十二月は農家の決算期で私も一年間の收穫をこゝで計算したのだつたが、けつして最上とはいへないけれど、意外にも相當の收穫をあげ得てゐたことがわかつた。

即ち、實收量一年通計米五斗、小麥三斗六升、馬鈴薯七十貫、キビ四升、大豆四升、小豆五升トウモロコシ一斗、落花生五貫目、里芋二十貫、サツマ芋三十貫、その他季節毎の蔬菜類で、以上の中でも荒地に播いたトウモロコシと小豆は特にできがよくて、今年は近所の專業農家で私の家のを種子に用ひる事になつてゐる。

私はこれらの收穫物を前に置いて今更ながら、文學の業の効うすきに反して、農の業の過しやすきをおもふた。で、更に畑一反歩を借り受けて昭和十九年度の栽培表に立ち向ふことにした。生活形式に屈伸性の持てる點で、文筆業者は、他の職業に携はる者よりも便利だ。私のやうな迂闊な農業に不向きな人間が、昨年第一年にして既に自家食糧の自給を達成することができた上に、書く方の收穫量もこの一年は、他の年よりも却つて多くを爲し得た。

右のやうな私の場合における事實に鑑み、文筆業者が事情の可能な範圍で都周邊に出てきて農耕を開始し、それが主導體となつて他の一般食料消費層に働きかけて行くならば、從來の食料消費地點たる東京都が、やがては自然圈となり、それを漸次に他都市にふえんして行けば、戰時日本の食糧問題は案外樂に自給態勢を確立することができるのではないかと思ふ。

文學報國　（金曜日）

決戰生活へ斷乎進發
空理空論の勤勞観一掃

先に決戦非常措置要綱は決定され、大東亞戦爭目的完遂に對し國民一本の結集態勢は成つた。今日一人の傍觀者なく激化せる戦線に立つたと云つて過言でない。一擧手一投足即戦力増強ならぬはなく一言一動悉く戦意熾烈の國民士氣昂揚に資せざるものはない。至[illegible]に前線の如く一切を擧げて捧げ、寸土を化して防塞とす。古来困苦に耐へ艱難に遇へば忽ち激發奮起の戦ひを示すは我國民性の特質である。現代戦の様相こそ職場は直接戦闘の現場より、國内各般の局面に展開して將に戦はれつゝある。既に生活そのものが戦ひの一環である以上、民族戦の眞相こそは各民族の特質を露出して殺到せる、決戦と云ひ得るのである。誰か國民として鬼畜米英の暴虐に劣る者があらうか。

皇國は『神武』の國である。百事の發興を貫くものこそ『神武』の精神に他ならぬ。皇國勤勞観と云ふも亦然り、生活の徹底的強化重點的戦爭精神の浸潤亦然り。戦局の様相を茲に正視し、艱難を克服してよく敵に勝つことこそ、國民一人一人の責務に於て果されねばならない。我等は殊に此事を痛感し呼號し来つた。空理空論に眩るは今日の事ではない。我等は先づ實踐せんとし、その道を勤勞に求めた。整然たる形態よりも實こそは國策を茲に貫流して、今日に發揮されねばならぬのである

戰闘勤勞配置へ
各方面から要望の聲高し

本日に於ては先般別項の如く西部その他と會合、文學者戦闘勤勞配置に就て具體的打合を行ひ、種々緊急の問題を實行することゝなつた。某新聞において『文士書齋は務まらん』といふ如き揶揄的批評があつたとは云へ、これは断じて眞相を捉へたものではない。舍監大いによし、厚生、勞務課員大いによし。否直接勤勞從事大いによしとして、我等は大きく一歩を踏み出してゐる。文學者を以て依然たる文弱の徒と思ふはむしろ傍觀的態度であつて、共通せる國民的感情により相提携し、共力して現前の國家目的に合致する事をこそ誇つて止まないのだ。

既に〇〇軍需工場側では厚生課長は舍監問題につき早速にも應募者あらば貰ひたい、〇〇鑛業山香人事課長は勞務管理者となる希望者はないか、等の要求あり會員花村奨農業者等は直接〇〇航空機工場と會見、文學者蹶起に對する先方の希望を質すところがあつた。また情報本部成瀬指導部長も本會の主旨に大いに賛同し、積極的に援助協力を致し何れも速急に實行を促す所があつた。蹶起せる會員及び會員たる勤報隊員諸君より早速にも應募者の出ることを期待し直接勤勞面に對する積極的の斡旋に應じ度いと思ふ。

勤報隊の初出動

文報勤勞報國隊は先日本部組織を確立し、前記の如く斯界[illegible]として早速理事會においてこれを図ることゝなり、また勤報隊としての出動も當局の要請に從ひ、三月十六日より五日間東京大隊第一第二隊員、三月十九日、二十日の兩日同第三、第四、第五中隊員が欣然参加、勞働奉仕及び農作業に出動することになつた

詩「匪賊村」『文學報國』第二十三号（昭和十九年四月二十日刊）

匪賊村

渡邊 渡

村は獣類の襲来を想起せしめる枝も拂はぬ木の柵の中にあつた。
今は軍隊に平定されて炊の煙もなく、村内荒廢し、家々は貧しげだつた。
私達の軍用トラックを見て家の中から驅け出してきた子供達は、
門口に立つて物珍らしげに車上の私達日本人の顔を見てゐる。

祖父は馬賊、父兄は匪賊。

代々、他人の所有を剝奪する事を以つて生活と爲し、自ら耕く事を爲さず、
自ら製作する事を知らぬ家系に生を受けた者たち——

原住滿洲民族か、はたまた移住漢民族か、私には誰とは判別できぬがやはり等しく私達日本人に類似の人種相貌を呈してゐる要地の村の子供達よ、

——君たち長じて、契つて父祖の業を繼ぐ勿れ、

——むしろ溯つて君達の世代に於いて、君達の家系に發じる原始遊牧民族の血の穢れを洗へ。

戸外に並んだ純樸な、不敵な、平均を失つた、汚れた小さい顔の列にむかつて、
私は車上で、ありたけの聲でどなりつけたい衝動を感じた。

風は左の頰に泥ぼこりをたたきつけて去つた。
ひとびとよ、
今こそ私は人類愛の痛恨、私の皮膚を肉をたち割つて、際限なく大地にむかつて噴騰するを覺えた。

農耕民族の詩

渡邊渡

一

今日の詩人に課せられたる課題は、日本民族獨自の詩の創造、——と、いふ點に在つて、その詩作品は、獨創的で、且つ民族的でなければならぬ。——と、いふ範圍では既に多く言はれてゐるが、更に一歩具體的に突き進んで、その詩は、從來の詩といかに區別されなければならぬか、また他國、他民族の詩といかに相違せねばならぬか、と、いふ點に就いては未だ適切な提示に理論的にも作品的にも接してゐないと思はれる。

獨創的であるためには、先づ何よりも、他の影響力を脱却せねばならぬ。このためには、時代の變革の角度を人類文化史的に、どの程度の角度に觀るべきかといふところから入つて行かねばならぬ。

この點、文學の關する問題の限りに於いては、歐洲に於ける近代國家群の發生以前に、歷史を四、五世紀前に抑し戻して考へるのが妥當であらうと私は考へる。

さうした文化史上特殊な人間生活を基礎として、その生活に適應した諸種の文學上の形式や作品が起つた。

詩の作品の情緒や、形態もまた、むろんその現象の中に包攝されるものであつて、困つたことは、明治以後の、われ／＼の屬する詩の分野も、また直接には、さうした物の影響力の下に發達を來たしたものであることだ。

今後に於いて、われ／＼が起さねばならぬ詩は、すべてこの種の影響力を取り去つたものたらしめねばならぬ。

從來的な詩が、この意味に於いて文學的特殊に屬するものであることに就いて、今後、われ／＼は絶えざる自己檢討と、正しい判斷を持たねばならぬ。

卽ち、われ／＼の詩が獨創的たるためには、何を措いても先づ最初に一切の近代詩の教程を机邊から退けなければならぬ。

二

次に民族的なる詩。——と、いふ點に來ると、要點は先づ、民族本來の特色を直截に把握するに勝る方法はない。

けれども、それを爲すためには、前

項の場合の如く、單に歐米的文化の影響下にあつた明治以後の短期間を思考から取り去るだけでは不備である。

例へば、從來民族的な詩を考へる場合には必ず取り上げられて來た萬葉集に就いて觀るも、その時代は今から數へて僅かに一一七一年――一二五八年前にあたるに過ぎない。これは世界各民族の文化年代に照應して、さして古い時代とは言ひ難く、またこれをわれらの民族の歴史からいつても、民族史の中間の一點に位置する作品に過ぎず、事實はまた周知の如く、萬葉集は直接には漢文學の影響を多分に受けて居り、またそれらの諸詩人の生活には佛教の影響がふかく侵蝕してゐる。いづれにしても萬葉集を以つて、直ちに民族本來の特性を遺憾なく發現せしめた作品とする取り扱ひ方は不當である。

茲で便宜上、一時、詩の技術論の面に問題を移して見たいと思ふ。その場合、今後のわれ／＼の詩の規模、構成の點では、むろん近代詩の教程を捨てると同時に、併はせて萬葉集に限らず、その他あらゆる國詩の形式に捕はれてゐる必要は更にない。眼を文化史の全面に灑いで、ひろく人類の遺産たる詩の業蹟の上に視野を擴大して、ホーマーであれ、ダビデであれ、また漢詩であれ、各個の好みによつて勝れる點は自由に取り上げてゆく態度を採用すべきである。

方法論上のこの點を特に主張したいために、私は、前述の獨創の條に於いて、わざ／＼文化史變更の角度を近代殖民國家に限定したものであつて、文化史的に正常な軌道の上に置かれた業蹟に就いて學ぶことは決して獨創性を阻害するものではない。

日本の詩人が出直しを策するにあたつて最も困難なことは言葉、――國語の問題である。

言葉の詩としての效果、――と、いふ限りに於ては、われ／＼の前に置かれた言葉ば詩の用語としては雜駁、無韻で、それは萬葉集、新古今集、または古今集の詩歌の開拓してゐる境地にも遠く及ばない。

だが、それかといつて、單に困難の理由から、詩人が實感を以つて取り扱へない、且つまた、一般人にも理解し難い古典の言葉に逃げこむことは詩の全面的退却の他の何物でもない。

國語の詩の用語としての困難の點に就いては、ボウも、英語のギリシヤ語、ラテン語に比しての不備を絶望的に訴へてゐるが、それにも關らず、同じ英語を以つて、英國の詩人ポープは、ホーマーの作品を原作に近い效果で英語使用國民の間に移植することに成功してゐる例もあり、またわが國い於いても口語乃至は一般に通用する平易な文語を以つて、白秋は「思ひ出」の諸詩に見られるやうな、纖細な感覺を盛ることに成功してゐるが、あの作品の現はれるまでは現代の日本の言葉を以つてあれだけの表現を爲し得るとは誰しも考へ及ばなかつたことであり、また朔太郎の作品に於いても同樣のことが言へる。

　さうした諸種の例が敎へてゐる樣に、詩に於ける言葉の問題は、それがいかに困難であらうとも絕對的な問題ではないことが判る。

右に述べ來つたやうな諸條項を前提として、私は茲に一つの結論を導き出さうと思ふのであるが、そのためには私は、前に一度取り捨てた萬葉集を、特にその初期作品を更めて更び取り上げねばならないのだ。

　むろん、それは既に指摘したやうに、他の文化の影響を受けた民族史の中間的な一點に於ける作品には相違ないが、現在といふ一つの基點に立つて、その中間の一點を通じて民族當初の諸特性を思惟の上に把握することは可能であると同時に、かうした目的のためには、それを措いて他に適當な資料を發見することができないからである。

　さて、萬葉初期作品を通じての推理、考察の許す限りに於いて、われらの民族の他民族の間に介在しての顯著な特色は、それらの作品に現はれた甚だ多種類の植物と、それらの人々の生活との密接不離な接觸が、何よりも力強く物語つてゐる點から觀ても判るやうに、われ／＼の民族は農耕民族であるといふ點である。

　即ち、われ／＼は人種學上對蹠的な遊牧民族ではなくて、農耕民族ではあるが、それは支那大陸の奧地、或は中央亞細亞の、――と、いつたやうな地平線から地平線の間に於いて生活し、生涯を終へる種類の農耕民族ではなくて、周圍海洋に圍まれた島嶼に定住する農耕民族である。

　むろん、これらの事實は何ら事新らしい發見ではないが、然し、獨創的にしてかつ民族的な民族獨自の詩を創造するといふことは、取りも直さず詩に於けるこの點の明確化に他ならぬ。と、信じられる。

掲載作品一覧

主な参考文献

渡邊渡『海の使者』（中央文化社　大正11年　1922）
渡邊渡『大平原の二少年』（昭和17年　1942）
渡邊渡『國境の人形芝居　満ソ国境巡演記』（育英社　昭和18年　1943）
渡邊渡『東京』（図書研究社　昭和18年　1943）
渡邊渡『現地報告　北の守備線』（大日本出版　昭和19年　1944）
大脇繁吉：渡邊渡 補『八丈島仙郷』（黒潮会　昭和3年　1928）
今川英子編『林芙美子全集』（文泉堂　昭和52年　1977）
佐藤公平『林芙美子――実父への手紙』（KTC出版社　平成13年　2001）
林芙美子　新鋭文学叢書『放浪記』（改造社　昭和5年　1930）
竹本千万吉『人間・林芙美子』（筑摩書房　昭和60年　1985）
多田不二『多田不二著作集　詩篇』（潮流社　平成9年　1997）
多田不二『多田不二著作集　児童文学・評論篇』（潮流社　平成10年　1998）
寺島珠雄『南天堂』（晧星社　平成11年　1999）
寺島珠雄『小野十三郎ノート』（松本工房　平成9年　1997）
平林たい子『砂漠の花　第一部』（光文社　昭和32年　1957）
田辺若男『俳優　舞台生活五十年』（春秋社　昭和35年　1960）
野村吉哉・岩田宏編『魂の配達　野村吉哉作品集』（草思社　昭和58年　1983）
岡本潤『罰当たりは生きている　ひんまがった自叙伝I』（未来社　昭和40年　1965）

主な参考文献

岡本潤『詩人の運命　岡本潤自伝』（立風書房　昭和49年　1974）
小野十三郎『奇妙な本棚　詩についての自伝的考察』（第一書店　昭和39年　1964）
小野十三郎『底本小野十三郎全詩集　1926―1974』（株式会社立風書房　昭和54年　1979）
矢橋丈吉『黒旗のもとに』（組合書店　昭和39年　1964）
秋山清『あるアナキズムの系譜』（冬樹社　昭和48年　1973）
菊田一夫『がしんたれ』（光文社　昭和34年　1959）
菊田一夫『落穂の籠』（読売新聞社　昭和48年　1973）
菊田一夫『流れる水のごとく』（オリオン出版社　昭和42年　1967）
三木澄子『小説　菊田一夫』（山崎書房　昭和49年　1974）
松尾邦之助『ニヒリスト』（オリオン出版社　昭和42年　1967）
辻潤・玉川信明編・解説『辻潤……孤独な旅人』（五月書房　平成8年　1996）
玉川伸明『ダダイスト辻潤』（論創社　昭和59年　1984）
倉橋健一『辻潤への愛　小島キヨの生涯』（創樹社　令和2年　2020）
壺井栄『風』（文藝春秋社　昭和33年　1958）
壺井繁治『激流の魚』（光和堂　昭和41年　1966）
壺井繁治編『回想の壺井栄』（私家版　発行者壺井繁治　昭和48年　1973）
野口存彌編『内藤鋠策人と作品』（あい書林）
長谷川時雨『近代美人伝』（サイレン社　昭和11年　1936）
原田種夫『西日本文壇史』（東京「文画堂」　昭和33年　1958）
宮本一宏『九州の近代詩人』（東京国文社　昭和39年　1964）

菊池康雄『現代詩の胎動期』（現文社 昭和42年 1967）
仲野正昭『ムーラン・ルージュ新宿座―軽演劇の昭和小史』（株式会社森話社　平成23年 2011）
増井敬二『浅草オペラ物語』歴史、スター、上演記録のすべて（株式会社芸術現代社　平成2年 1990）
秋葉啓編『渡辺渡回想』（ワープロ打　昭和62年12月25日発行）
中野正昭「童謡詩人の30年代　―ムーラン・ルージュ小史―」
中野正昭「カジノ・フォーリーとモダン・エイジのアナキストたち」
中野正昭「新興芸術派とレヴュー劇場」
―蝙蝠座、雑誌『近代生活』とカジノ・フォーリー、ムーラン・ルージュ―
「尾道と林芙美子」刊行委員会編『尾道と林芙美子』ある女流作家の故郷の記録（昭和49年 1974）
『風信』（第三号）（風信社　昭和45年8月1日発行）所収、柴山群平「渡辺渡のこと他」
『壺井繁治全集　第五巻』（青磁社　昭和64年 1989）
『林芙美子全集』（文泉堂　昭和52年 1977）、同別冊「年譜・著者目録」今川英子作成
【芸術…夢紀行】シリーズ3　放浪記アルバム』（芳賀書店　平成8年 1996）
『日本現代詩大系　第七巻』（河出書房　昭和26年 1951）
『日本近代文学大事典　机上版』（日本近代文学館編　講談社　昭和59年 1984）
『現代詩誌総覧』（日外アソシエーツ　平成9年 1997）
『日本現代詩大系　第七巻』
『現代日本文芸総覧』
『近代文学研究叢書　第六十九巻』著作年表
『大正ニュース事典Ⅳ　大正12―13年』（㈱毎日コミュニケーション発行所　昭和63年 1988）

『北九州史』北九州市編
『愛媛県史』愛媛県編
『愛媛県百科大事典』（愛媛新聞社　昭和60年　１９８５）
『茨城の近代詩人群像』（茨城新聞社　平成29年　２０１７）
『コレクション・都市モダニズム　第2巻　アナーキズム』（ゆまに書房　平成21年　２００９）
日本社会主義文化運動資料33『太鼓・詩原』（冬山社　昭和63年　１９８８）
『詩研究』宝文館　昭和20年11月（二巻二号）
『日本詩集』（抒情詩社編　昭和10年）
『新喜劇』
『抒情詩』大正14年1月号・2月号・5月号
『びろうど』大正5年6月号
『詩盟』大正13年5月25日納本　同年6月1日発行の第2巻6號
『藝術解放』第二年1月から10月號（6月・9月號欠落）
『近代詩歌』大正14年5月号・大正15年5月号
『太平洋詩人』第一巻第一號〜第二巻第四號　計8冊
『文學報國』（不二出版　平成2年　１９９０）

明治・大正時代の古地図
元禄九年丙子舊版・文政五年壬午補改・天保十四年癸卯再販の古地図

あとがき

私が詩人・渡邊渡のことを知ったのは二十年余り前のことであった。

当時、在野で林芙美子研究をしており、不穏なことに一、二年で『林芙美子　実父への手紙』を上梓したのだが、執筆のあいだに何度も渡邊渡の名を目にしたのである。そして、『放浪記』の初出とされる『女人藝術』連載最初の「秋が来たんだ」以前に、渡邊渡主宰の『太平洋詩人』にその原型と思われる「秋の日記」が掲載されているのを見つけ、また渡邊渡が愛媛県の壬生川出身で私と同郷であることから、深く興味をひかれたのである。

そこで、小書『林芙美子　実父への手紙』を印刷にまわしてから、渡邊渡の研究に取り掛かった。

母校、壬生川小学校での学籍簿などの発掘、図書館を利用しての『太平洋詩人』

の全巻や『びろうど』などコピー資料入手、ネット古書店での第一詩集『東京』を購入、などはその頃の成果である。しかし、四、五年取り組むうちに自然と頓挫してしまった。当時としてはネット環境を使いこなしていたと思うが、なかなか新資料が出なかったからである。

令和三年十一月二十三日から令和四年一月三十日まで北九州市立文学館で同館第30回特別企画展として「詩の水脈　－北九州　誌の１００年－」が開催された。そして、その準備段階で同館から渡邊渡について問い合わせがあったのだが、その際に助言ができたのは、学籍簿により発掘した生年月日だけである。老人保健施設管理者をしている都合、コロナ禍で企画展に赴けなかったのが悔やまれるが、その代わりに籠って渡邊渡についての調べを再開しようと、ふとキーボードを叩いてみると何冊かの渡邊渡著作がヒットしたではないか。国立国会図書館や日本近代文学館などのネット利用環境も随分と使いやすく整備されているし、ネット古書店の在庫チェックが以前に比べはるかに充実していることに気づいた。

関係ありそうな資料を孫引きながら、各方面で入手し、一年あまりで纏めなおした結果が本書である。

初校に際して読み直してみると、ある部分は文壇小史のようであり、またある部分は宛ら蘊蓄とも言えるかも知れないが、渡邊渡の足跡を柱にして自分なりに推測も働かせながら纏めたものである。当然のことに、網羅はできていないが後半に研究途上で目にすることが出来た渡邊渡の筆、詩や編集後記などの雑文あるいは脚本を掲載したのは、もちろん業績を残すという意味合いもあるが、後追い研究の足掛かりという意味も大きい。

新たな資料が発掘され、郷土の詩人について掘り起こされることを願ってやまない。

令和五年一月十七日

著　者

●著者略歴

佐藤 公平

昭和30年（1955）愛媛県周桑郡壬生川町（現：愛媛県西条市壬生川）生まれ。壬生川小学校及び愛光中学校・高等学校を経て東邦大学医学部を卒業、現在、医療法人弘仁会理事長、同法人介護老人保健施設あすか施設長、西条市医師会副会長、西条西警察署警察医などをつとめる。著書に『林芙美子実父への手紙』（KTC出版）があり、林芙美子関連の蒐集家でもある。

足跡

—愛媛 ニュ川の詩人 渡邊渡とその周辺—

2023年4月25日 初版 第1刷発行

著者 佐藤 公平

編集発行 愛媛新聞サービスセンター
〒790-0067
松山市大手町一丁目11-1
〔出版〕089-935-2347
〔販売〕089-935-2345

印刷 アマノ印刷

ISBN978-4-86087-170-3 C0095